Un allié si attirant

*

Les disparues de Roaring Springs

*

Au jeu des secrets

CARLA CASSIDY

Un allié si attirant

Traduction française de
CAROLE PAUWELS

BLACK ROSE

HARLEQUIN

Collection : BLACK ROSE

Ce roman a déjà été publié en 2020

Titre original :
COWBOY DEFENDER

HARPERCOLLINS FRANCE
83-85, boulevard Vincent-Auriol, 75646 PARIS CEDEX 13
Service Clients — https://www.harlequin.fr/contenu/contactez-nous
ISBN 978-2-2805-1864-2 — ISSN 1950-2753

Édité par HarperCollins France.
Composition et mise en pages Nord Compo.
Imprimé en avril 2025 par CPI Black Print (Barcelone)
en utilisant 100% d'électricité renouvelable.
Dépôt légal : mai 2025.

MIXTE
Papier issu de sources responsables
FSC® C159065

Pour limiter l'empreinte environnementale de ses livres, HarperCollins France s'engage à n'utiliser que du papier fabriqué à partir de bois provenant de forêts gérées durablement et de manière responsable.

1

Miranda Silver était de mauvaise humeur et elle essayait désespérément de le cacher à ses deux enfants : Henry, huit ans, et Jenny, sept ans, qui couraient devant elle sur le trottoir.

En fait, elle était épuisée, et ça la rendait toujours irritable.

Sa fatigue était en partie due au fait que les lycéens à qui elle enseignait la littérature s'étaient montrés particulièrement turbulents toute la journée, tellement ils avaient hâte de voir arriver les vacances scolaires.

Il leur restait encore deux semaines à tenir bon. Et à elle aussi.

Mais en réalité, le vrai coupable de son épuisement était son ex-mari, Hank.

Il avait débarqué chez elle à 1 h 30 du matin, complètement ivre, en pensant que c'était le moment idéal pour réparer le perron en bois de la maison où il avait autrefois vécu.

Il avait fallu qu'elle le menace d'appeler Dixon Bowie, le chef de la police de Bitterroot, Oklahoma, pour que Hank accepte finalement de rentrer chez lui. Par chance, il n'avait pas réveillé les enfants, sinon elle se serait vraiment mise en colère.

— Moins vite, cria-t-elle aux enfants.

Si elle avait eu seulement la moitié de leur énergie, cela aurait bien fait ses affaires.

Elle fit passer son sac de courses d'une main à l'autre et s'efforça de ne pas s'inquiéter pour l'argent qu'elle venait de dépenser.

La veille, les enfants et elle avaient fait le tri dans leurs vêtements d'été de l'année précédente, et elle avait eu la mauvaise surprise de découvrir que presque plus rien ne leur allait.

Un voyage au centre commercial avait donc été nécessaire, et elle avait dépensé plus que prévu. Le prix de nouvelles baskets avait suffi à lui seul à lui couper le souffle.

Naturellement, ça l'aurait aidée que Hank lui verse une pension alimentaire, mais il ne travaillait pas pour le moment, et elle ne pouvait pas compter sur une quelconque aide financière de sa part.

À dire vrai, elle n'avait jamais pu compter sur lui pour quoi que ce soit.

Durant les deux dernières années de leur mariage, il n'avait jamais été capable de garder un emploi plus de quelques mois, et ça ne s'était pas arrangé depuis qu'ils avaient divorcé, un peu plus d'un an auparavant.

Les enfants s'arrêtèrent brutalement devant un magasin, dont la devanture était ornée de rideaux à carreaux roses et blancs.

— Maman, on peut entrer ? demanda Jenny, ses grands yeux bleus brillant d'excitation.

Henry revint en arrière, prit la main de Miranda, et la regarda d'un air adorablement charmeur.

— Allez, maman. On a été vraiment gentils toute la semaine. On a fait nos devoirs, et nos lits, et tout... S'il te plaît ? S'il te plaît ?

Malheureusement, le Cupcake Palace était un peu cher.

— Oui, vous avez été très gentils tous les deux, mais je viens de dépenser beaucoup d'argent pour vos nouveaux vêtements d'été.

Elle eut de la peine en voyant la déception assombrir leurs petits visages.

Fichu Hank, qui ne s'inquiétait jamais de savoir si ses enfants avaient besoin de quelque chose.

— Je serais ravi d'offrir une pâtisserie à deux enfants adorables et à leur maman.

Une voix caressante aux accents traînants s'était élevée dans le dos de Miranda, et elle se crispa aussitôt.

— C'est vrai, monsieur Madison ? demanda Henry.

Il laissa tomber la main de sa mère.

— Ce serait trop génial.

— Oui, génial, répéta Jenny.

Miranda se tourna vers le cow-boy qui faisait tourner la tête de quasiment toutes les femmes dans leur petite ville.

Clay Madison était ridiculement séduisant, avec ses cheveux blonds en bataille qui lui frôlaient les épaules, et ses yeux d'un bleu étincelant. Son chapeau brun était légèrement incliné, lui donnant un air insolent, et le sourire qui étirait ses lèvres, outre qu'il creusait deux charmantes fossettes dans ses joues, semblait illuminer toute la zone autour d'eux.

— Bonjour, Miranda, dit-il, avec un petit signe de tête courtois.

— Bonjour Clay, marmonna-t-elle, d'un air pincé.

— Maman, monsieur Madison a dit qu'il voulait nous offrir un cupcake, dit Henry. Tu as entendu ?

Le petit garçon trépignait d'excitation.

— Comment se fait-il que tu connaisses M. Madison ? demanda-t-elle.

Bitterroot était une petite bourgade, mais il n'y avait pas de raison que son fils de huit ans connaisse un cow-boy qui travaillait au Holiday Ranch, à la sortie de la ville.

— Il est venu dans notre classe la semaine dernière, pour parler de son métier, répondit Henry. Moi aussi, quand je serai grand, je veux être un cow-boy comme M. Madison.

Elle était surprise que Clay n'ait pas expliqué aux enfants comment devenir un homme à femme et un fêtard.

D'après la rumeur, il maîtrisait ces deux comportements à la perfection.

— Et j'étais sérieux, dit Clay. Ça me ferait plaisir de vous inviter tous les trois.

Il fit un geste vers la porte de la boutique.

— Maman, s'il te plaît ? demanda Jenny, d'un ton suppliant.

Comme Miranda hésitait, Clay se pencha vers elle, le regard narquois.

— Ce n'est qu'une pâtisserie, Miranda.

— Très bien.

Elle avait capitulé parce qu'elle savait que refuser maintenant ferait d'elle la mère la plus méchante du monde entier.

Henry et Jenny sautillèrent de plus belle.

— N'oubliez pas vos bonnes manières, leur murmura-t-elle, tandis que Clay ouvrait la porte et s'effaçait pour les laisser entrer.

Des myriades de senteurs les accueillirent, toutes plus délicieuses les unes que les autres. L'odeur du chocolat se mêlait à celle d'un doux mélange fruité. La cannelle et le sucre ajoutaient à l'appétissante combinaison.

Des petites tables carrées en formica blanc, et des chaises en skaï rose, invitaient à s'asseoir et à profiter des lieux.

Miranda retint une grimace en découvrant le couple âgé installé au fond de la salle.

Wally Stern travaillait au bureau de poste, et l'occupation préférée de sa femme consistait à colporter des ragots à travers toute la ville.

À tous les coups, on ne parlerait plus que d'elle et de Clay d'ici le lendemain matin.

Henry et Jenny se précipitèrent vers le comptoir, où étaient exposés des cupcakes monstrueusement gros. En outre, ils étaient servis avec une copieuse coupe de glace, ce qui en faisait un dessert totalement décadent.

Mandy Booth, une jolie brune moulée dans un jean et un T-shirt rose portant le logo du Cupcake Palace, les accueillit avec un grand sourire.

— Vous n'avez pas suffisamment de travail avec le café ? demanda Miranda.

Mandy avait acheté le bistrot local six mois auparavant et avait ouvert la pâtisserie le mois dernier.

Elle éclata de rire.

— Le café est mon gagne-pain, mais le Cupcake Palace est mon bébé. J'avais pensé ouvrir une sorte de salon de thé un peu chic, mais ce n'est pas vraiment le genre de Bitterroot. Et le Tammy's Tea House fait déjà le plein de clients. Alors, j'ai eu cette idée qui me permet de laisser libre cours à mon inspiration en matière de pâtisserie.

— Et que pense Brody de votre frénésie de travail ?

Mandy et Brody Booth s'étaient mariés deux mois auparavant.

— Oh ! croyez-moi, je sais toujours trouver du temps pour mon cow-boy, répliqua-t-elle, avec des étoiles au fond de ses yeux verts. Et maintenant, dites-moi ce qui ferait plaisir à ces deux charmants enfants.

Au cours de la brève conversation, Miranda avait été excessivement sensible à la présence de Clay. Il se tenait si près d'elle qu'elle pouvait sentir, en dépit des odeurs de la boutique, l'odeur de savon et d'eau de Cologne qui émanait de lui.

— Euh…, murmura Henry.

Jenny et lui observaient toutes les pâtisseries, comme s'il s'agissait de la décision la plus importante de leur vie.

— J'aimerais ce gâteau bleu, fit finalement Henry. Le bleu est ma couleur préférée.

— Excellent choix, déclara Mandy. C'est un gâteau au fromage frais, avec un glaçage à la myrtille.

— Et moi, je veux un rose, dit Jenny.

— Je parie que c'est ta couleur préférée, répliqua Mandy, d'un ton amusé.

— Oui, j'aime le rose. Mais, j'aime aussi le violet.

— Eh bien, le rose est également un excellent choix. Il est au chocolat, avec un nappage à la framboise.

Mandy déposa les cupcakes sur des assiettes.

— Et pour vous, Miranda ?

— Rien, merci, s'empressa-t-elle de répondre.

Elle ne serait jamais entrée si Clay n'avait pas fait en sorte de la placer dans une situation embarrassante vis-à-vis de ses enfants.

Il pouvait offrir des gâteaux aux enfants si cela lui chantait, mais elle ne voulait rien de Clay Madison.

— Allons, vous avez sûrement envie de quelque chose, protesta Clay.

— Non, merci. C'est très bien comme ça.

Clay parut déçu, mais son lumineux sourire ne tarda pas à réapparaître.

— Comme vous voudrez. Allez-vous asseoir. J'apporte les cupcakes.

Miranda dirigea les enfants vers une table éloignée de celle de Wally et de Dinah, sa commère de femme.

Calée sur sa chaise, elle observa Clay au comptoir.

Sa chemise bleue était tendue sur ses larges épaules et les muscles de son dos, et personne ne portait mieux le jean que lui.

Il dit quelque chose à Mandy qui rit aux éclats. Ce type était indéniablement un charmeur... Le don Juan de la ville.

Eh bien, Miranda n'était pas intéressée par ce qu'il avait à proposer.

Clay Madison était le dernier homme sur terre avec qui elle voudrait être en relation, dans quelque domaine que ce soit.

Avec un peu de chance, les enfants allaient dévorer leurs gâteaux en un rien de temps, et on n'en parlerait plus.

Elle détacha les yeux de Clay et, tournant la tête vers le fond de la salle, surprit Dinah qui les observait. Puis la vieille dame se pencha vers son mari et lui chuchota quelque chose.

Parmi tous les couples de la ville qui auraient pu se trouver là à ce moment précis, pourquoi fallait-il que ce soit justement celui-là ?

— C'est trop cool, déclara Henry. On a demandé à papa de nous emmener ici le week-end dernier, mais il a dit non.

— Il dit toujours non quand on veut faire des trucs avec lui, ajouta Jenny. Et puis, quand on va chez lui, il dort presque tout le temps.

— Et il ronfle vraiment fort, dit Henry, en gloussant. Mais Lori joue avec nous et tout. Elle est vraiment gentille.

Lori Stillwell était la nouvelle compagne de Hank, et elle vivait avec lui dans le modeste ranch qu'il louait. Elle travaillait à domicile comme correctrice pour des revues médicales et ne semblait pas s'offusquer que Hank soit porté sur la boisson, ni qu'il lui laisse payer toutes les factures.

Mais Miranda considérait que cela ne la regardait pas. Tout

ce qui lui importait, c'était que Lori soit gentille avec ses enfants quand ils passaient le week-end chez leur père.

Clay revint avec un plateau contenant les desserts des enfants et deux autres cupcakes.

Il déposa un gâteau nappé de chocolat devant Miranda.

— Je ne connais aucune femme qui dit non à du chocolat, dit-il, l'air très sûr de lui.

— Et vous en connaissez un rayon en ce qui concerne les femmes, répliqua sèchement Miranda.

— Aïe. Je vois que ma réputation m'a précédé.

L'étincelle de gaieté dans ses yeux se ternit un peu.

— Et vous devriez savoir qu'il ne faut pas croire tout ce qu'on entend.

— Vous avez pris quoi, comme goût, monsieur Madison ? demanda Jenny.

— Banane-rhum.

S'ensuivit une conversation entre lui et les enfants, à propos des fruits qu'ils aimaient, et de ceux qu'ils trouvaient dégoûtants.

Miranda écoutait d'une oreille discrète. Elle était tout simplement soulagée qu'il n'ait plus les yeux rivés sur elle.

Même si elle souhaitait de toutes ses forces le contraire, quelque chose en elle se réchauffait subtilement quand il la regardait, comme s'il l'avait caressée avec ses mains rugueuses de travailleur manuel.

Ça devait être ça, son pouvoir sur les femmes. Il suffisait qu'il les regarde pour qu'elles se sentent les personnes les plus importantes du monde.

Elle ne savait pas pourquoi il les avait invités tous les trois à déguster des pâtisseries. Mais s'il avait derrière la tête l'idée de la séduire, il n'était pas au bout de ses peines.

Elle refusait d'être un numéro de plus sur la liste des conquêtes de Clay Madison.

Que ce Roméo de pacotille ne compte pas sur elle pour être sa Juliette.

Aux yeux de Clay, Miranda Silver n'était pas seulement l'une des plus belles femmes de la ville.

C'était aussi une enseignante respectée, et elle avait la réputation d'être une mère extraordinaire.

Cela faisait un an qu'il était à la recherche de la femme de sa vie, et il s'intéressait tout particulièrement à Miranda depuis son divorce.

Il avait vu ses collègues du ranch Holiday trouver le bonheur, et commencer à bâtir leur avenir, chacun avec la femme de ses rêves. Mais jusqu'à présent, il n'avait pas trouvé celle avec qui il passerait le reste de sa vie.

Pourtant il le voulait.

Il attendait impatiemment de la rencontrer.

En revanche, s'il trouvait Miranda extrêmement attirante, sa froideur l'avait toujours intimidé, l'empêchant de lui proposer un rendez-vous.

Offrir des pâtisseries à toute la famille était l'opportunité idéale pour briser la glace et apprendre à la connaître un peu mieux.

Avec un peu de chance, il se sentirait suffisamment à l'aise, à l'issue de ce temps passé ensemble, pour l'inviter vraiment.

— Alors, vous avez des projets pour vos vacances d'été ? demanda-t-il.

Miranda glissa derrière son oreille une mèche de ses soyeux cheveux blonds et souleva sa fourchette à dessert.

— Les enfants participent à de nombreuses activités, et cela m'occupe bien. Je fais aussi du bénévolat au centre communautaire, quand je le peux.

Elle croisa son regard un court instant et baissa les yeux vers son assiette.

Se trouver à proximité de Miranda était encore mieux que ce qu'il s'était imaginé. Elle sentait comme un champ de fleurs en été, et sa peau semblait tellement douce qu'il avait terriblement envie de la toucher. Mais il était évident qu'elle aurait préféré être n'importe où ailleurs plutôt qu'avec lui.

Au moins, elle avait commencé à goûter le cupcake qu'il lui avait offert.

— C'est bon ? demanda-t-il.

— Très, répondit-elle à contrecœur.

— Le mien est délicieux, dit Jenny.

Sa lèvre supérieure s'ornait d'une moustache de glaçage rose, et Miranda tendit une serviette à sa fille.

— Le mien aussi, dit Henry.

Avec le plus grand sérieux, il s'essuya la bouche avec la serviette que sa mère lui avait également tendue.

Clay se creusa la tête pour trouver un sujet de conversation.

— Je sais que vous enseignez au lycée. Vous aimez votre travail ?

— Beaucoup.

Elle fixait son cupcake, comme s'il s'agissait de la chose la plus étonnante qu'elle ait vue de sa vie.

— Vous enseignez la littérature, n'est-ce pas ?

— Oui.

Clay retint un soupir de frustration.

À l'évidence, elle n'avait pas envie de faire la conversation avec lui. Il n'avait pourtant jamais rien fait ou dit pour la mettre en colère. Était-elle comme ça avec tous les hommes ? Il n'avait jamais entendu dire qu'elle était sortie avec quelqu'un depuis son divorce.

— Monsieur Madison ? demanda Henry, avec un regard empli d'espoir. Vous savez jouer au base-ball ?

— Eh bien, il se trouve que oui.

Quand il était plus jeune, il passait beaucoup de temps sur le terrain, car c'était le seul endroit où il pouvait échapper aux violentes colères de son père.

L'odeur de l'herbe fraîchement coupée remplaçait le doux parfum de violette de sa mère absente, et la tape amicale d'un coach sur son épaule était la seule marque de gentillesse qu'il recevait.

— Monsieur Madison ?

La voix de Henry l'arracha à ses pensées.

— Vous voudriez venir à la maison, et m'apprendre comment mieux jouer ? J'ai demandé à mon papa de m'aider, mais il m'a dit qu'il n'aimait que le football, et qu'il ne connaissait rien au base-ball.

— Je suis certaine que M. Madison a des choses beaucoup plus importantes à faire que de t'apprendre à améliorer ton jeu, intervint Miranda.

Elle semblait totalement paniquée à l'idée qu'il puisse aider son fils.

— En fait, ça me ferait très plaisir, répondit-il à Henry. Si tu veux, je pourrai venir chez toi deux jours par semaine après l'école.

— Ce serait génial, répondit Henry.

— Nous pourrions même commencer demain.

Clay avait sincèrement envie d'aider le jeune garçon.

Non seulement ça lui rappellerait de bons souvenirs, mais ça lui donnerait peut-être une chance de mieux connaître Miranda.

Et ça permettrait aussi à cette dernière de savoir qui il était vraiment, sans se laisser influencer par sa réputation.

Le sourire de Henry s'évanouit.

— Je ne peux pas, demain. On va toujours chez papa le samedi et le dimanche.

— Eh bien, que dirais-tu de lundi après l'école ?

Il adressa à Miranda son plus beau sourire.

C'était vraiment une belle femme. Le chemisier bleu qu'elle portait s'accordait à la couleur myosotis de ses yeux bordés d'épais et longs cils noirs.

Malheureusement, elle ne lui rendit pas son sourire.

À plusieurs reprises, il essaya d'engager la conversation avec elle. Mais, quelles que soient ses questions, elle répondait chaque fois le plus brièvement possible.

Les enfants terminèrent leur gâteau bien trop vite à son goût, et tout le monde se leva.

— C'était une rencontre inattendue, dit-il, mais très plaisante.

— Pour le moins inattendue, répliqua Miranda. Merci, Clay.

— Je vous en prie.

Il s'adressa à Henry.

— On se voit lundi après-midi.

— C'est promis ? demanda l'enfant, le regard empli d'espoir.

— Promis.

Les enfants coururent devant eux pour sortir de la boutique.

— Vous n'êtes pas vraiment obligé de venir lundi, murmura Miranda, pour que ses enfants ne l'entendent pas.

— J'ai fait une promesse, répliqua-t-il. Et vous devez savoir une chose à mon sujet, c'est que j'honore toujours une promesse.

Ils sortirent dans l'air tiède de la fin d'après-midi.

— Merci encore, dit-elle. C'était vraiment gentil pour les enfants.

— Je suis un garçon gentil. Bonne soirée, Miranda. On se voit lundi.

Il tourna les talons et se dirigea vers son pick-up, garé devant le General Mercantile Store.

Tandis qu'il roulait vers le ranch, il ne pouvait s'empêcher de penser à Miranda. Il y avait quelque chose chez elle qui l'attirait incroyablement, mais il était évident qu'elle ne ressentait pas la même chose pour lui.

Il baissa la vitre et laissa la brise de cette belle soirée de mai emplir l'habitacle. L'air portait l'odeur fraîche et un peu âcre des sapins, et celle plus sucrée des fleurs en pleine éclosion.

Il adorait le printemps, quand les pâtures gorgées d'eau boueuse se transformaient en immenses tapis verts, et que les arbres se paraient à nouveau de feuilles. C'était généralement la saison des naissances. Les vaches vêlaient, les juments poulinaient, et il y avait des lapins partout. Tous les cow-boys regorgeaient d'énergie et de projets, après un hiver vécu au ralenti.

Quinze minutes plus tard, Clay franchit l'entrée du Holiday Ranch.

C'était son foyer depuis qu'il avait treize ans et qu'il avait trouvé le courage de quitter Fox Hill, une petite ville à trente kilomètres d'Oklahoma City. Il s'était enfui pour échapper à la maltraitance physique et émotionnelle de son père, et il avait vécu dans la rue pendant trois mois. Lucky l'avait tiré de là et l'avait confié à Cass Holiday qui avait déjà recueilli au ranch onze autres garçons perdus. Cass n'était plus de ce monde, mais le ranch continuait à vivre grâce à sa nièce, Cassie.

Il passa devant la grande maison blanche à deux étages où vivaient Cassie et son mari, le chef de la police, Dillon Bowie.

Un peu plus loin, quelques lampes commençaient à s'allumer dans le baraquement des cow-boys. Le bâtiment, tout en longueur, rassemblait des chambres individuelles, un réfectoire, et un salon commun.

Clay se gara et se dirigea vers le salon, où il savait que la plupart de ses collègues seraient en train de se détendre après une journée de travail.

Comme il s'y attendait, il retrouva Jarod Steen, Flint McCay et Mac McBride, affalés sur les canapés ou dans les fauteuils.

— Hé, salut vieux, dit Mac. Quoi de neuf ?

— Rien de spécial.

Clay se laissa tomber sur le canapé à côté de Jarod.

— J'ai juste mangé des cupcakes avec Miranda Silver et ses deux enfants.

Les trois hommes le dévisagèrent avec stupéfaction.

— Toi et Miranda Silver ? Impossible ! décréta Flint.

— En tout cas, c'est probablement la seule femme de tout l'état avec qui Clay n'est pas sortie, remarqua Jarod.

— Très drôle ! répliqua Clay.

Puis il lui parla de sa rencontre fortuite avec Miranda et ses enfants.

— J'admets que je ressens un truc pour elle depuis un moment, et ça a été une vraie chance de pouvoir lui parler. J'aimerais vraiment beaucoup la connaître mieux.

— Et est-ce qu'elle ressent un truc pour toi ? demanda Mac.

Clay songea à leur conversation embarrassée, et aux subtiles critiques qu'elle lui avait faites.

— C'est sûr qu'elle ressent un truc pour moi : elle me déteste.

— Ça risque de compliquer vos relations, ironisa Mac.

— La bonne nouvelle, c'est que Henry m'a demandé de l'entraîner au base-ball, et du coup je vais la voir plusieurs fois par semaine.

— Quel dommage que le père du gamin soit un tel crétin, dit Jarod. Henry et sa sœur ont participé à des activités au centre communautaire. Ce sont des enfants formidables. Ils méritent mieux que Hank.

— Alors, tout ce que j'ai à faire, c'est de convaincre Miranda que je ne suis pas un crétin de plus, dit Clay. Il va falloir que je déploie tout mon charme légendaire.

— Tout le monde sait que tu as du succès avec les femmes, dit Mac, mais j'ai le sentiment que tu n'arriveras à rien avec Miranda.

Plus tard, étendu dans son lit, Clay repassa la conversation dans sa tête.

Il est vrai qu'il était sorti avec beaucoup de femmes, surtout l'année dernière. Mais comment un homme pourrait-il trouver la femme de sa vie s'il ne la recherchait pas activement ?

Deux heures plus tôt, Miranda avait quitté le Cupcake Palace avec Clay Madison.

Comme toujours, elle était l'élégance même avec son pantalon noir et son chemisier en soie bleu vif.

Ses cheveux blonds coupés aux épaules étincelaient dans le soleil déclinant, et elle était aussi jolie et mince qu'elle l'était au lycée, comme si le temps n'avait pas d'emprise sur elle.

Il fallait qu'elle meure.

Ou alors, qu'elle soit atrocement mutilée.

C'était vraiment satisfaisant de prendre enfin des décisions sur ce qu'il convenait de faire.

Maintenant, ce n'était plus qu'une question de temps et d'opportunité.

La belle Miranda Silver ne le savait pas, mais elle portait désormais une date d'expiration tamponnée sur le front.

2

Le samedi matin, Miranda se réveilla avec un léger sentiment de culpabilité à propos de la façon dont elle avait agi la veille. Il était indéniable qu'elle s'était montrée grossière avec Clay, et ça ne lui ressemblait pas.

Quoi qu'il en soit, il y avait chez lui quelque chose qui l'agaçait prodigieusement. Peut-être parce qu'elle n'était pas aussi insensible à son charme qu'elle l'affirmait.

Bon d'accord, elle l'admettait, elle avait toujours été secrètement attirée physiquement par lui. Mais elle pensait aussi que c'était un homme futile, qui comptait un peu trop sur sa beauté pour le faire avancer dans la vie.

Qui plus est, elle n'avait pas envie d'une nouvelle relation sentimentale. Son mariage avec Hank l'avait quelque peu dégoûtée de l'idée du couple.

Elle avait renoncé à sa dignité et au respect d'elle-même en restant aussi longtemps avec Hank.

Maintenant, elle voulait juste être une bonne mère et une bonne prof. Elle n'avait pas besoin d'un homme pour accomplir cela.

À 10 heures, les enfants étaient dans le salon avec leurs sacs à dos.

— Vous avez pris vos brosses à dents ? demanda Miranda.

Ils répondirent que oui.

— Et des chaussettes propres et des sous-vêtements, ajouta Henry.

Puis il gloussa.

— Je savais que ce serait la prochaine question, parce que tu demandes toujours la même chose tous les samedis.

— Et ensuite, ajouta Jenny, tu vas nous dire que tu nous aimes, et qu'on doit être gentils avec papa et Lori.

— Très bien. Je n'ai donc pas à répéter les mêmes vieilles rengaines, répliqua Miranda, en riant.

On frappa à la porte, et elle alla ouvrir.

Sur le seuil se tenait son ex-mari, le garçon dont elle était tombée amoureuse à seize ans, et qu'elle avait cessé d'aimer après quelques années d'un mariage malheureux.

— Salut, Miranda.

Il avait ce sourire en coin, qui avait autrefois le don de faire battre son cœur plus vite, et qui maintenant la rendait simplement triste.

Ses yeux étaient injectés de sang et ses paupières bouffies, mais au moins il ne sentait pas l'alcool.

— Bonjour, Hank, répondit-elle.

Par-dessus son épaule, elle vit Lori assise au volant de l'énorme pick-up à double cabine du couple, et elle lui fit un signe de la main.

Les enfants déboulèrent. Un flot de baisers et quelques recommandations de dernière minute furent échangés.

Miranda les regarda monter à bord de l'imposant véhicule et suivit celui-ci des yeux, jusqu'à ce qu'il disparaisse au coin de la rue. Puis elle ferma la porte et se dirigea vers la cuisine.

Le samedi, en général, elle nettoyait la maison et faisait du tri dans ses papiers. Mais, avant qu'elle ait pu commencer quoi que ce soit, le téléphone sonna.

— Bonjour, maman, dit-elle en décrochant.

— Bonjour, ma ravissante fille.

Miranda sourit en imaginant sa mère assise dans son fauteuil préféré, recouvert d'un tissu à fleurettes bleues, ses cheveux blancs parfaitement coiffés, un discret maquillage rehaussant ses pommettes ciselées et ses yeux couleur myosotis.

Personne ne voyait jamais Katherine Albright tant qu'elle n'était pas absolument tirée à quatre épingles. Même quand elle avait soigné pendant des mois son mari, aujourd'hui enterré au cimetière de Bitterroot, jamais elle ne s'était laissée aller.

Aux yeux de Miranda, sa mère était la femme la plus forte qui soit.

— J'ai entendu une petite rumeur ce matin, chez la manucure, dit Katherine.

Miranda grimaça.

— Quelle rumeur ?

Elle connaissait déjà la réponse.

— Il paraît que les enfants et toi avez mangé des cupcakes avec ce beau cow-boy, Clay Madison.

— C'est vrai, mais c'était juste une rencontre fortuite. Cela ne signifie rien. Il n'y a pas de quoi en faire toute une histoire.

— Eh bien, c'est dommage. Tu pourrais trouver bien pire que Clay. Non seulement il est agréable à regarder, mais c'est un travailleur acharné. Et il est toujours si aimable et charmant quand je le croise dans la rue.

Il ne manquait plus que cela !

Ce type avait apparemment charmé sa mère, en plus de toutes les autres femmes de la ville.

— En fait, Henry lui a demandé de l'aider à mieux jouer au base-ball, et Clay a accepté.

— Ce serait plutôt à son père de le faire.

S'ensuivit une diatribe de plusieurs minutes contre l'homme qui avait été son gendre.

Comme d'habitude, Katherine lui reprochait d'avoir trompé Miranda, de ne pas pourvoir aux besoins de sa famille, d'être un père absent, et d'avoir des problèmes d'alcool.

— Tu as fini ? demanda sèchement Miranda, lorsque sa mère s'arrêta enfin pour reprendre son souffle.

— Pour le moment. Je ne comprends pas comment un homme avec un tel potentiel peut gâcher sa vie comme ça.

— La bonne nouvelle, c'est qu'il ne gâche plus la mienne.

— C'est un soulagement. Et maintenant, venons-en à la raison de mon appel. As-tu l'intention d'emmener les enfants au carnaval de printemps, ce week-end ?

— Pourquoi ? Tu veux venir avec nous ? Tu sais que ça nous ferait plaisir.

— En fait, je vais aider Halena et Mary sur leur stand. Elles ont toujours beaucoup de monde.

— Tu es sûre que tu es en état de le faire ?

Sa mère souffrait de polyarthrite rhumatoïde entraînant des crises inflammatoires qui limitaient sa mobilité. Certains jours, elle souffrait tellement qu'elle était incapable de sortir de son lit.

— On ne peut pas s'arrêter de vivre à cause de quelques douleurs, répliqua Katherine. Je serai sur leur stand.

— Eh bien nous passerons te voir.

Appartenant à la tribu Choctaw, Halena Redwing et sa petite-fille, Mary Nakni, proposaient de l'artisanat amérindien ainsi que des tableaux peints par Mary, et leur stand avait toujours beaucoup de succès.

Les deux femmes discutèrent encore pendant une dizaine de minutes puis raccrochèrent.

Le reste de la journée se déroula sans événement marquant. Miranda fit le ménage et s'attaqua à la pile de linge à repasser, qui semblait ne jamais connaître de fin avec deux enfants très actifs.

Et bientôt, sans qu'elle ait vu le temps passer, ce fut l'heure de se coucher.

Il était 18 heures, le dimanche soir, quand Hank et les enfants apparurent sur le seuil. Tandis que Jenny et Henry se ruaient dans la maison, Miranda sortit pour parler avec son ex-mari.

— J'espère qu'ils ont été sages.

— Ils le sont toujours. Mais, c'est quoi cette histoire ? Clay Madison va venir à la maison enseigner le base-ball à mon fils ?

— Henry lui a demandé, et il a accepté. Je te rappelle que Henry t'a demandé plusieurs fois de l'aider à améliorer son jeu, et tu l'as systématiquement envoyé promener.

— Admettons. Mais je n'ai pas très envie que ce cow-boy traîne par ici. Tu devrais te méfier, Miranda. Il a la réputation de faire tourner la tête des femmes. Il est du genre à prendre et à jeter.

— Crois-moi, ma tête ne risque pas de tourner. Elle est solidement ancrée sur mes épaules.

La dernière chose dont elle avait envie, c'était de donner son cœur à un autre homme qui pourrait ne pas en prendre soin. Et le risque était encore plus grand avec un homme de la réputation de Clay Madison.

Hank sortit son portefeuille de sa poche et l'ouvrit.

— Les enfants m'ont dit que tu leur avais acheté des vêtements pour l'été.

Il lui tendit un billet de vingt dollars.

— Je sais que ce n'est pas beaucoup, mais je fais ce que je peux. Dès que j'aurai retrouvé du travail, je t'aiderai davantage.

— Je sais Hank.

Il était pétri de bonnes intentions, mais elle avait cessé d'attendre quoi que ce soit de sa part.

— J'ai prévu d'emmener les enfants au carnaval de printemps, vendredi soir.

Les vingt dollars combleraient une partie des dépenses.

— C'est bien. Ils vont passer un bon moment. Ils sont déjà en train de parler des manèges, des gaufres et de la barbe à papa. Nous irons peut-être y faire un tour, Lori et moi. Sinon, on se verra samedi prochain, quand je viendrai chercher les enfants.

Le reste de la soirée passa très vite, entre les bains des enfants et les lectures du coucher.

Ce ne fut qu'une fois dans son lit à son tour que Miranda prit conscience d'une chose : dans quinze heures environ, Clay Madison frapperait à sa porte.

Et elle ne savait pas du tout ce qu'elle devait en penser.

Le lundi, à 15 h 30, Clay se doucha et enfila un jean et un polo bleu marine à manches longues.

Quand il monta dans sa voiture et prit la direction de la maison de Miranda, un frisson d'excitation bourdonnait en lui.

Sur le siège passager se trouvait tout l'équipement qu'il avait acheté la veille pour Henry et pour lui : des gants de batteur et un gant de receveur, des balles et une batte en bois.

Il avait oublié combien il avait aimé jouer au base-ball, jusqu'à ce qu'il essaie un gant dans le magasin, et il avait vraiment hâte de jouer avec l'enfant.

Le cœur léger, il s'engagea dans la rue tranquille bordée d'arbres où vivait Miranda.

C'était un jour idéal pour faire du sport. Le ciel était bleu comme un œuf de rouge-gorge, et la température avoisinait les 18 degrés.

Il se gara le long du trottoir. La maison était peinte en blanc, avec des volets vert sapin et une galerie ouverte. Des suspensions fixées sous l'avant-toit accueillaient des pots de pétunias, ajoutant du charme à l'ensemble.

De loin, la maison semblait en bon état, mais Clay ne tarda pas à constater que les marches du perron de bois avaient besoin d'être consolidées, et que la peinture des volets s'écaillait.

La porte s'ouvrit avant qu'il ait eu le temps de frapper, et Henry jaillit à l'extérieur. Vêtu d'un bermuda beige et d'un T-shirt rayé bleu et blanc, il avait l'air prêt à jouer.

— Bonjour, monsieur Madison. Je suis tellement content de vous voir. Je n'étais pas sûr que vous alliez venir.

Il tenait à la main un gant de base-ball qui semblait avoir été acheté dans un magasin de jouets.

— Je te l'avais promis. Que dirais-tu d'échanger ton gant contre celui-ci ?

Il lui tendit le nouveau gant.

Henry ouvrit de grands yeux.

— C'est vrai ?

— C'est vrai, répondit Clay.

Il regarda par-dessus l'épaule de l'enfant, espérant apercevoir Miranda, mais il n'y avait aucun signe d'elle.

— Je peux le garder pour toujours ?

Clay éclata de rire.

— Bien sûr.

Une émotion inattendue noua la gorge de Clay lorsque le jeune garçon passa les bras autour de sa taille et le serra de toutes ses forces.

— Merci, monsieur Madison.

— Tu peux m'appeler Clay, tu sais.

Henry s'écarta, posa son ancien gant sur le perron et enfila le nouveau.

— Ta maman sait que je suis là ?

— Oui. Je lui ai dit quand j'ai vu votre voiture.

— Eh bien, allons-y, alors.

Pendant l'heure qui suivit, ils échangèrent des balles, et Clay comprit très vite que l'enfant avait de bonnes bases mais manquait tout simplement de pratique.

Il était presque 17 heures quand Miranda apparut sur le perron. Son pantalon bleu marine et son chemisier blanc lui donnaient l'air un peu sévère qu'on attendait d'un professeur, mais elle n'en demeurait pas moins féminine et ravissante.

— Clay, dit-elle, sèchement.

— Bonjour, Miranda.

Il aurait voulu aller s'asseoir dans l'un des fauteuils à bascule de la terrasse et discuter avec elle. Mais, rien dans son accueil distant et dans sa posture crispée ne laissait augurer une telle invitation.

— Henry, il faut rentrer, maintenant. Merci à vous, Clay, de l'avoir aidé.

Elle tourna les talons et disparut dans la maison, le laissant vaguement désappointé.

— Vous allez revenir ? demanda Henry, d'un ton vibrant d'espoir.

— Bien sûr. Que dirais-tu de demain, à la même heure ?

— Génial. Maman va bientôt m'inscrire dans une équipe, et je veux être un vraiment bon joueur.

Henry donna une rapide accolade à Clay.

— À demain.

Le lendemain et le surlendemain se déroulèrent à l'identique. Henry et Clay s'entraînèrent dans le jardin devant la maison, et Miranda ne se montra pas, sauf pour rappeler à son fils qu'il était l'heure de rentrer.

Cependant, Clay apprécia le temps passé avec Henry. Il avait l'air d'un bon garçon, soucieux de faire plaisir, et débordant de gratitude.

Il avait aussi un rire merveilleux, dont l'innocence touchait Clay. Peut-être parce qu'il avait à peu près le même âge que Henry quand sa mère était partie, en emportant la gaieté avec elle.

Le jeudi, lorsque Clay arriva pour une nouvelle séance d'entraînement, Jenny était assise à côté de Henry sur le perron. Ils se levèrent tous les deux d'un bond et coururent vers lui, alors qu'il descendait de voiture.

— Vous avez dit qu'on allait travailler le frapper de balle aujourd'hui, dit Henry. Donc, Jenny va faire le joueur de champ extérieur.

— Je ne sais pas ce que ça veut dire, champ extérieur, ajouta Jenny. Mais je vais courir après les balles quand Henry va les lancer.

— Tu as tout compris, répondit Clay, en riant.

Il ne chercha même pas à apercevoir Miranda. S'il avait eu d'autres idées en tête en proposant d'aider Henry, il s'était réellement pris d'affection pour le petit garçon et il avait à présent à cœur de faire de lui le meilleur joueur possible.

Clay fut agréablement surpris par l'habileté de Henry à la batte, tandis que Jenny était fort occupée à courir après les balles que son frère touchait. Ils jouaient depuis une heure, quand Miranda les rejoignit, avec un plateau garni de verres en plastique colorés.

Clay sentit son pouls s'accélérer en la découvrant moulée dans un jean et un débardeur noir. Ses cheveux étaient relevés en un chignon désordonné et, aussi incroyable que ça puisse paraître, elle lui adressa un sourire.

— Il fait un peu chaud aujourd'hui, dit-elle, et j'ai pensé que vous auriez tous envie d'une boisson fraîche.

Elle souleva l'un des verres et le tendit à Clay.

— Merci.

Soudain, il se sentait tout intimidé en sa présence. Pourtant, il avait l'habitude de faire la conversation à quantité de femmes. D'ailleurs, il avait espéré toute la semaine qu'il pourrait discuter avec Miranda.

Pourquoi alors ne trouvait-il rien à lui dire ?

Miranda distribua les verres à ses enfants qui allèrent s'asseoir avec sur la terrasse et lui sourit à nouveau.

— C'est une belle journée, n'est-ce pas ?

— Plus chaude que d'habitude.

La brise rabattit vers lui les effluves de son parfum, et il les respira à pleins poumons.

— C'est vraiment gentil à vous d'aider Henry comme vous le faites. Il passe toutes ses soirées à parler de vous et de base-ball.

— Ça doit vous rendre folle, répliqua-t-il, sur un ton ironique.

— Pas tant que ça. C'est agréable de le voir aussi enthousiaste. Vous l'aidez à prendre confiance en lui, et j'apprécie beaucoup cela.

— C'est un bon garçon.

Clay but une gorgée de limonade, ravi de l'agréable conversation qu'ils partageaient.

Henry ne tarda pas à les rejoindre.

— Clay, on va au carnaval demain soir. Est-ce que tu veux

venir avec nous ? Ce serait tellement bien. Hein, maman ? On pourrait y aller ensemble.

Clay se demanda qui de lui ou Miranda était le plus surpris. Quoi qu'il en soit, il n'allait pas laisser passer cette chance.

— J'aimerais beaucoup me joindre à vous mais je crois que c'est quelque chose dont ta mère et moi devons discuter en privé.

— Oh ! d'accord.

Henry tourna les talons et courut vers la terrasse.

— Maintenant, vous pouvez parler, cria-t-il.

— Je ne voudrais pas vous mettre dans l'embarras, dit Clay.

— Vous voulez dire, comme vous l'avez fait au Cupcake Palace ?

Il lui sourit.

— Si nous n'avions pas mangé de cupcakes ensemble, Henry n'aurait pas de coach.

— C'est vrai, admit Miranda.

Et, pour son plus grand plaisir, elle lui sourit à son tour.

— Vous savez, j'adorerais vous emmener tous les trois au carnaval. Ce n'est jamais drôle d'aller tout seul à ce genre de manifestation.

Elle se rembrunit.

— Je suis sûre que vous pourriez facilement trouver quelqu'un pour vous accompagner, si vous le vouliez.

— C'est sans doute vrai. Mais, il n'y a rien de mieux pour apprécier un carnaval que la présence d'enfants.

Il jeta un coup d'œil vers la terrasse, où Jenny et Henry étaient assis.

— S'il vous plaît, accordez-moi le plaisir de sortir demain soir avec les enfants et vous.

Il retint son souffle en attendant la réponse.

— Ce ne sera pas un rendez-vous galant, dit-elle finalement.

Il s'empressa de la rassurer.

— Bien sûr que non !

— Parce que je n'en accepte jamais.

— Pas de problème.

Elle l'observa un long moment, avant de hocher la tête.

— Très bien. Nous irons avec vous, à condition que vous compreniez que je le fais pour mes enfants. Il n'est pas question que nous ayons une quelconque relation vous et moi.

— Je comprends parfaitement. À quelle heure voulez-vous que je vienne vous chercher ?

— 18 heures. Et nous resterons jusqu'à ce que la nuit tombe. Les enfants adorent regarder les lumières du carnaval.

Clay hocha la tête.

— Ça fait partie du spectacle.

Il se tourna vers les enfants.

— Nous allons au carnaval ensemble, demain soir.

— Génial ! s'écria Henry, avant de dévaler les marches et de courir vers eux.

Jenny était juste derrière, son adorable frimousse piquetée de taches de rousseur illuminée de joie.

— Est-ce que tu aimes les montagnes russes ? demanda-t-elle.

— Beaucoup. Ça fait partie de mes attractions favorites.

— Oh ! super. Parce que maman et Henry n'aiment pas ça. Ils sont trop peureux.

— Eh bien, je serai ton coéquipier.

Clay rit en voyant la fillette taper dans ses mains et sautiller.

— Est-ce que tu aimes les beignets ? demanda Henry.

— J'adore. Et... En parlant de nourriture, je ferais bien de rentrer au ranch, avant que Cookie ne débarrasse la table.

Cord Cully, alias Cookie, était le vieux cuisinier irritable qui servait les repas des cow-boys du Holiday Ranch, et il était très strict au sujet des horaires.

— On se retrouve demain, à 18 heures.

Quelques minutes plus tard, tandis qu'il se dirigeait vers le ranch, Clay bouillait d'excitation.

Quel que soit le nom que lui donnait Miranda, demain il aurait son premier rendez-vous avec elle.

3

D'accord, elle avait eu un moment de faiblesse.

C'était la seule façon d'expliquer qu'elle ait accepté d'aller avec Clay au carnaval.

Durant toute la journée du vendredi, Miranda lutta contre l'envie de prendre son téléphone et de l'appeler ou de lui envoyer un texto pour annuler la soirée.

C'était probablement la chose la plus raisonnable à faire, mais elle ne put finalement s'y résoudre.

Il est vrai que ça ne l'aidait pas non plus que Jenny et Henry soient surexcités à l'idée de passer la soirée avec lui. Non seulement les enfants n'avaient parlé que de cela la veille mais, dès 17 h 30, ils s'étaient plantés devant la fenêtre pour guetter son arrivée.

Si elle avait annulé la sortie, les enfants auraient été amèrement déçus.

Il y aurait beaucoup de spéculations quand on les verrait tous ensemble. Les gens allaient parler…

Mais pourquoi s'en soucier ? Elle était habituée à ça. Elle avait souvent été la cible des ragots quand elle était mariée avec Hank.

Miranda reporta son attention sur le miroir de la salle de bains.

Il était supposé faire un peu froid ce soir, et elle avait choisi de porter un jean, un T-shirt à manches longues bleu ciel et un gilet blanc.

Elle ne savait pas si elle redoutait cette soirée, ou si elle l'attendait avec impatience. Ce qui était sûr, c'était qu'elle avait envie de voir Jenny et Henry s'amuser.

Elle n'avait pas vraiment peur de passer du temps avec Clay. Elle était juste prudente.

Très prudente.

Chaque après-midi, quand Clay venait entraîner son fils, elle avait passé un long moment à l'observer, cachée derrière les rideaux du salon.

La première chose qu'elle avait remarquée, c'était la façon dont sa chemise était tendue sur ses larges épaules et les muscles de son dos, et celle dont son jean épousait ses fesses et ses longues jambes.

Oui, ce type était indéniablement sexy.

Mais, ce qui comptait le plus, c'était sa patience avec Henry, et sa capacité à lui faire des compliments. Il y avait aussi beaucoup de rires entre eux durant l'entraînement.

C'était difficile de détester un homme qui possédait ce genre de qualités.

Pour le bien de Henry et Jenny, elle s'accommoderait de la présence de Clay ce soir. Mais, à l'avenir, il n'y aurait pas d'autres activités sociales entre eux.

Elle n'avait pas besoin, à nouveau, d'un homme à femmes et d'un fêtard dans sa vie. Elle était passée par là et elle ne voulait plus jamais connaître ça.

Elle quitta sa chambre et se rendit dans le salon pour attendre l'arrivée de Clay.

La conversation tourna autour de la barbe à papa, des gaufres, et des montagnes russes. Cela faisait longtemps que Miranda n'avait pas vu ses enfants aussi enthousiastes,

— Il va y avoir beaucoup de monde au carnaval, les prévint-elle. Donc, il est important que nous restions toujours ensemble. Ça veut dire qu'il ne faut pas courir dans tous les sens. C'est bien compris ?

C'était surtout Jenny qui avait pour mauvaise habitude de détaler comme un poulain échappé de son corral, et de vagabonder d'un centre d'intérêt à un autre.

C'est pourquoi elle tenait à s'assurer qu'ils aient bien assimilé cette règle avant de partir. Ils hochèrent tous les deux la tête.

À 18 heures précises, Miranda fut [illegible] par la sensation [illegible] de papillons s'envolait au creux de son ventre, quand le pick-up bleu de Clay s'engagea dans son allée.

Avant qu'il ait eu le temps de sortir, elle attrapa son sac et poussa les enfants dehors.

— Bonjour.

Il l'accueillit avec ce sourire qui creusait des fossettes dans ses joues et semblait tout illuminer autour de lui.

— Vous êtes prêts à aller vous amuser ?

Henry et Jenny hurlèrent d'excitation, étouffant la réponse de Miranda.

— Vous êtes ravissante, dit-il, en démarrant la voiture.

— Merci.

Il n'était pas mal non plus. Et il sentait bon.

— Si ça ne vous ennuie pas, j'aimerais que nous commencions par le stand d'Halena et Mary. Ma mère les aide ce soir, et elle aimerait que nous nous y arrêtions.

— Avec plaisir. J'adore votre mère.

Tandis qu'ils roulaient vers l'ancien stade de rodéo, la conversation resta superficielle et agréable.

Miranda commença à se détendre, même si son cœur s'emballait à chaque fois que Clay tournait la tête vers elle.

Parmi tous les hommes de Bitterroot, pourquoi fallait-il que Clay Madison lui fasse cet effet-là ?

Il était le contraire de ce qu'elle recherchait chez un homme... Si toutefois elle avait recherché un homme, ce qui n'était pas le cas.

Elle fut soulagée quand ils arrivèrent. La musique des manèges concurrençait les cris des bateleurs, qui haranguaient la foule. Des odeurs de barbe à papa, de hot dogs, et de pop-corn envahissaient l'air.

— Est-ce que tu veux bien aller sur le manège avec moi ? demanda Henry. On dira que je suis un cow-boy, et que je chevauche dans la prairie.

Clay passa un bras [illegible] du jeune garçon.

— Je serai honoré de chevaucher avec toi, partenaire.

Ce geste aurait dû être fait par Hank, songea Miranda. Mais son ex-mari préférait la compagnie d'une bouteille de gin.

Cela faisait un moment qu'elle s'était résignée aux défaillances de Hank, et elle essayait de tenir à la fois le rôle de la mère et du père pour ses enfants.

Toutefois, elle ne voulait pas que son fils s'attache trop à Clay, au risque de souffrir. C'était déjà bien assez que Hank le déçoive régulièrement.

Tandis qu'ils se mêlaient à la foule, elle ne tarda pas à être confortée dans sa méfiance à l'égard du trop séduisant cow-boy.

— Bonsoir, Clay.

Sur leur gauche, Bonnie Abrahams jouait avec une mèche de ses cheveux blond platine et battait des cils.

— Bonsoir, Bonnie, répondit Clay, avec son grand sourire habituel. Tu as réussi à faire réparer ta vieille voiture ?

— Larry s'en est occupé, et elle ronronne maintenant comme un chaton.

Clay se tourna vers Miranda.

— Bonnie possède une superbe Mustang cabriolet de 1969. J'ai essayé de l'aider, mais je ne suis pas mécanicien.

Il grimaça un sourire d'excuse, qui ne fit qu'ajouter à son charme.

— Demandez-moi de prendre une vache au lasso ça, oui, je sais faire. Mais les voitures, ce n'est pas trop mon truc.

— Quand même, j'ai apprécié tes efforts, dit Bonnie, en minaudant de plus belle.

Tandis qu'ils continuaient vers le stand de Mary et Halena, Clay fut salué par plusieurs autres femmes.

— Y a-t-il une seule femme dans cette ville que vous ne connaissez pas ? finit par demander Miranda, d'un ton pincé.

Cette remarque le fit éclater de rire.

— Je pense qu'il doit y en avoir quelques-unes...

Il haussa les épaules.

— Que voulez-vous que je vous dise ? Je passe beaucoup de temps en ville quand je ne travaille pas au ranch. Je traîne au café, ou au Watering Hole, donc je rencontre beaucoup de gens. Et je pense que je dois connaître autant d'hommes que de femmes.

Il lui adressa un sourire ravageur, accompagné d'un petit clin d'œil.

— Je suis du genre amical.

Heureusement, ils étaient arrivés devant le stand et ils n'eurent pas à poursuivre cette conversation.

Les enfants se ruèrent vers leur grand-mère qui les enveloppa dans une accolade groupée.

Mary regarda d'abord Miranda, puis Clay, sans cacher sa surprise.

— Quelle surprise ! déclara Halena. Clay, tu as intérêt à bien la traiter. C'est une femme exceptionnelle.

— Oh ! ce n'est pas ce que vous croyez ! protesta Miranda. Clay aide Henry à s'améliorer au base-ball, et il a proposé de nous accompagner. Mais, nous ne sommes pas ensemble.

— Ah... Eh bien, c'est dommage. Vous formez un joli couple.

Soucieuse de changer de sujet, Miranda s'adressa à Mary.

— Comment vont les affaires ?

— Comme vous le voyez, c'est un peu calme pour le moment.

Henry s'impatienta.

— Dis, maman, je peux avoir un hot dog ? Je meurs de faim.

— Pourquoi pas...

La foule avait pris de l'ampleur depuis leur arrivée. Ils n'étaient plus très loin du stand de hot dogs, quand ils tombèrent sur Hank et Lori.

— Papa !

Les enfants se ruèrent vers lui pour l'embrasser.

— Voyez-vous ça !

Miranda devina à son regard brouillé et à son intonation belliqueuse qu'il avait bu.

— Je t'avais pourtant mise en garde contre ce cow-boy, Miranda. Qu'est-ce que tu fiches ici avec lui, bon sang ?

— Hank, quel que soit votre problème avec moi, ce n'est pas le moment, dit posément Clay, en désignant les enfants, qui, apeurés, s'étaient rapprochés de Miranda.

Lori glissa son bras sous celui d'Hank.

— Tu m'as promis un tour dans le train fantôme. Allons-y.

Hank marmonna entre ses dents, tout en regardant méchamment Clay, mais Lori parvint à l'entraîner plus loin.

— Venez les enfants, allons manger des hot dogs, dit Clay, en brisant la tension d'un sourire chaleureux.

Miranda lui sourit, reconnaissante qu'il n'ait pas envenimé la situation, en voulant jouer les machos.

Quelques minutes plus tard, l'incident était déjà oublié.

— Alors, par quel manège vous voulez commencer ? demanda Clay, tandis qu'ils prenaient place à une table de pique-nique.

— L'Octopus, dit Jenny.

— Le Carrousel, dit Henry.

— Et vous, Miranda ?

— Je suis un peu comme mon fils. Rien de trop rapide ni de trop dangereux. Pourquoi pas les autos tamponneuses ?

Le regard de Clay s'éclaira.

— Qu'est-ce que vous en pensez les enfants ? Si on s'amusait tous les trois à tamponner votre mère ?

— Oui ! cria Henry.

— Ne t'inquiète pas, maman, dit Jenny. Je vais te défendre en tamponnant Clay très fort.

Des défis furent lancés en riant, et l'ambiance fut résolument à la fête.

Durant une heure, ils testèrent diverses attractions puis firent une pause au stand de gaufres.

— J'adore les gaufres, dit Henry.

Le bas de son visage était couvert de sucre glace.

— Je crois que c'est mon dessert préféré. Et toi, Clay ?

— J'aime bien les pâtés de sable, dit-il.

Ça lui valut de grands éclats de rire

— Moi aussi, j'aime bien en faire, dit Jenny. Mais je ne les mange pas.

— Encore heureux, dit Miranda, en riant.

Après cette pause, ils se décidèrent pour un tour de manège.

Henry choisit un cheval blanc, avec une guirlande de fleurs bleues dans la crinière, et Clay monta sur le noir juste à côté. Miranda et Jenny prirent place sur le duo de chevaux derrière eux.

Alors que la musique commençait et que le manège se mettait à tourner, Miranda constata qu'elle s'amusait beaucoup... et qu'elle appréciait la compagnie de Clay.

Il avait énormément d'humour et ne cessait de la faire rire, ainsi que les enfants.

Avec la musique et le bruit de la foule, il n'était pas facile d'avoir une vraie conversation, mais leur interaction paraissait tellement simple et naturelle...

C'était étrange. Elle ne pensait pas qu'il la séduisait délibérément, et pourtant elle était séduite.

Elle le regarda qui se penchait sur l'encolure de son cheval, comme pour l'encourager à aller plus vite. Henry rit de contentement, et l'imita aussitôt.

Ça la touchait qu'il soit aussi gentil avec les enfants. Et il paraissait tellement sincère...

Ses yeux magnifiques pétillaient de malice, et il avait un sourire qui aurait déridé même le pire des misanthropes.

Elle fut surprise de comprendre combien elle était attirée sexuellement par lui. Il est vrai que cela faisait deux ans qu'elle n'avait pas fait l'amour. Ses relations avec Hank avaient cessé un an avant leur divorce.

Clay était beau et sexy. Pourquoi ne serait-elle pas attirée par lui ?

Cela ne signifiait pas pour autant qu'elle allait passer à l'acte...

— Je propose que Henry et moi allions essayer de gagner quelques peluches pour ces dames, dit Clay, tandis qu'ils descendaient du manège.

— Ça l'air amusant, dit Henry. On peut, maman ?

Miranda avait l'intention d'éviter les jeux d'adresse, mais elle capitula devant la majorité.

Ils étaient presque arrivés à l'une de ces attractions, quand trois adolescents déboulèrent face à eux.

Jason Rogers, Robby Davies, et Glen Thompson étaient tous en terminale. C'étaient de grands gaillards qui adoraient terroriser les plus jeunes et les plus petits qu'eux.

— Hé, du calme, dit Clay, tandis qu'ils se donnaient l'un l'autre des coups d'épaule, précipitant Jason contre Henry.

— Tiens donc, mais c'est Miss Coincée, ironisa Robby, faisant glousser bêtement ces copains.

Miranda rougit d'embarras.

Elle savait que certains de ses élèves la surnommaient ainsi dans son dos, mais c'était la première fois qu'on le lui disait en face.

— Ce n'est pas tellement malin de mal parler à un professeur juste avant le diplôme de fin d'études, remarqua Clay, d'un ton qui contenait une note d'avertissement.

— C'est toi qui n'es pas malin, pauvre type, rétorqua l'adolescent, avec une animosité qui surprit Miranda. Je ne suis pas dans sa classe.

— Allez viens, Robby, intervint Jason, comme s'il percevait la tension qui flottait soudain dans l'air.

— Ouais mec, allons-y, ajouta Glen. Je crève de faim.

— Vous avez bu ? demanda Miranda.

Elle était certaine de sentir une odeur d'alcool.

— Consommer de l'alcool quand on est mineur est un délit, dit Clay. Je devrais peut-être appeler le chef Bowie.

— Allons-y, dit Glen. Je ne veux pas d'ennuis. Mon père me tuerait.

— Avant de partir, je crois que vous devez des excuses à Mme Silver, dit Clay.

Une lueur de colère passa dans le regard de Robby. Puis il fourra les mains dans ses poches et baissa la tête.

— Désolé, m'dame, marmonna-t-il, d'un ton ostensiblement narquois.

— Laisse-moi te donner un conseil, ajouta Clay. Fais bien attention avant de traiter quelqu'un de pauvre type. Tu pourrais te prendre une belle correction.

Clay soutint le regard frondeur de l'adolescent, jusqu'à ce que celui-ci baisse les yeux.

— Venez les gars, dit finalement Robby. On a mieux à faire que de perdre notre temps ici.

— Quelle bande d'idiots, dit Clay, tandis que les trois adolescents disparaissaient dans la foule.

— Je crois qu'ils étaient désinhibés par l'alcool. Je ne les avais jamais vus aussi irrespectueux.

— Oublions cela.

Clay passa un bras autour des épaules de Miranda, et regarda les enfants.

— Et maintenant, voyons si nous pouvons gagner quelques peluches.

Elle se dit qu'elle devrait repousser son bras et s'écarter de lui. Mais la nuit était fraîche, et il émanait de son corps une agréable chaleur.

Et elle n'était absolument pas troublée...

Quoi qu'il en soit, ce fut lui qui retira son bras lorsqu'ils approchèrent du premier stand. Il fallait viser une cible avec de l'eau, afin de remplir un ballon, et Clay insista pour qu'ils y jouent tous. Finalement, il gagna un bracelet en plastique fluo, qu'il donna à Jenny.

— C'était juste un échauffement dit-il.

Puis il désigna le stand voisin, où des animaux en peluche étaient suspendus à des crochets au-dessus de leurs têtes. Chiens et tigres, éléphants et ours... Tous semblaient les supplier de les rapporter à la maison.

À la fin de la soirée, Jenny et Henry avaient tous les deux une peluche dans les bras. Et, si elle ne connaissait pas davantage Clay qu'avant, Miranda ressentait une étrange proximité avec lui... Une complicité forgée par le rire et l'amusement.

Et ils s'étaient vraiment bien amusés.

Elle avait apprécié sa compagnie, et c'était pour cette raison qu'elle ne voulait pas se retrouver à nouveau dans ce genre de situation avec lui.

Il pourrait continuer à venir donner des leçons de base-ball à Henry, mais ça s'arrêterait là.

Ils se frayèrent un passage dans la foule pour regagner le parking et prirent le temps d'admirer les illuminations de la fête.

Les enfants s'exclamèrent devant les magnifiques couleurs des lumières de la grande roue et des diverses attractions, qui se détachaient sur le ciel assombri. Mais Miranda se rendit compte qu'ils étaient fatigués. Et c'était tout à fait compréhensible. La soirée avait été longue pour eux.

Tandis qu'ils se remettaient en chemin, Miranda fut violemment bousculée et reçut un jet de liquide sur le devant de son gilet.

Au début, elle crut que quelqu'un avait renversé sa boisson sur elle.

Puis une odeur nauséabonde emplit l'air.

— Bon sang ! cria Clay.

Il saisit son gilet par l'arrière du col, le fit glisser le long de ses bras, et le jeta par terre.

— Vous en avez sur votre T-shirt ? Sur votre peau ?

— Non.

Elle le dévisagea sans comprendre.

— Qu'est-ce que c'est ? Ça sent l'œuf pourri.

— C'est de l'acide sulfurique.

— Quoi ?

Elle baissa les yeux vers son gilet, abandonné au sol.

L'acide avait déjà commencé à ronger la laine.

Elle vacilla sur ses jambes, tandis que la foule qui l'entourait disparaissait dans une sorte de brouillard.

Songeant à ce qui se serait passé si l'acide avait atteint son visage, elle fut envahie par un froid intense et se mit à trembler.

Clay l'attira contre lui, ainsi que les deux enfants, qui avaient compris qu'il se passait quelque chose d'anormal.

Elle prit appui contre son flanc, ressentant le besoin d'être réchauffée et rassurée.

— J'appelle Dillon, dit-il, en sortant immédiatement son téléphone de sa poche.

— Est-ce qu'il faut ramasser le gilet ? demanda-t-elle, en claquant des dents.

— Non ! N'y touchez pas.

En ligne avec le chef de la police, Clay expliqua où ils se trouvaient et ce qui s'était passé.

— Il sera là dans quelques minutes, dit-il, après avoir mis fin à la communication.

Puis il resserra son bras autour d'elle comme s'il sentait qu'elle avait besoin de sa force pour ne pas sombrer dans l'hystérie.

Ce devait être une horrible erreur.

Sinon, cela signifiait que quelqu'un avait essayé de la défigurer avec de l'acide.

4

Clay et Miranda suivaient la voiture de Dillon jusqu'au poste de police, afin de remplir une déposition.

Peu avant, Miranda avait appelé sa mère pour lui demander de venir chercher les enfants et de les garder chez elle pour la nuit.

Après avoir déposé le gilet dans un sachet, Dillon avait questionné un grand nombre de personnes, tandis que Clay gardait un bras autour de la taille de Miranda, ce qui ne l'empêchait pas de trembler comme un chien effrayé par l'orage.

Il était toujours horrifié par ce qui s'était passé, parvenant à peine à y croire.

Quel monstre pouvait faire une telle chose ?

Il jeta un coup d'œil à Miranda.

Dans le halo du tableau de bord, elle était aussi pâle qu'un fantôme et triturait sans relâche ses doigts fins.

Il avait augmenté le chauffage, car la nuit s'était rafraîchie, et Miranda n'avait plus de gilet. Mais elle continuait à trembler.

— Comment ça va ? demanda-t-il gentiment.

Elle laissa échapper un soupir tremblant.

— Je ne sais pas. Je suis toujours en état de choc. J'essaie encore de comprendre comment quelqu'un a pu faire ça. Vous n'avez vu personne transportant quelque chose de bizarre ?

Clay serra un peu plus fort le volant.

— Pour être honnête, je ne faisais pas attention aux gens autour de nous. J'essayais juste de nous extirper de la foule tous ensemble. Je suis désolé.

— Ne vous excusez pas.

Elle eut un petit rire amer.

— Qui aurait pu deviner que nous aurions dû guetter la présence d'un psychopathe ?

Elle frissonna à nouveau, et Clay posa une main sur les siennes, jointes sur ses genoux.

— Dillon trouvera une piste, dit-il, avec plus de conviction qu'il n'en ressentait. Au moins, il n'y a pas eu d'éclaboussures sur votre peau.

— Non, mais mon gilet préféré est fichu.

Il pressa sa main et la libéra, tandis qu'il entrait sur le parking du poste de police.

— Dites-vous que vous pourrez toujours racheter un gilet, mais pas un autre joli visage.

Il coupa le moteur, et ils descendirent de voiture.

À l'accueil, Annie O'Brien parut surprise de les voir.

Avant qu'ils aient eu le temps de parler, Dillon, qui s'était garé derrière le bâtiment, sur le parking réservé au personnel, apparut sur le seuil de son bureau et leur fit signe d'entrer.

La pièce de travail de Dillon était spartiate. Pas de photos intéressantes sur les murs. Pas de documents officiels exposant ses compétences, ni d'articles de journaux encadrés soulignant ses exploits. Il n'y avait qu'un grand bureau avec un ordinateur, un fauteuil de cuir, et deux chaises pour les visiteurs.

— Bien, racontez-moi à nouveau ce qui s'est passé, demanda Dillon, quand tout le monde se fut assis.

Tandis qu'elle racontait comment elle avait été bousculée puis aspergée d'acide, Clay serra les poings.

Si, comme il le croyait, elle avait été poussée pour l'isoler des enfants et de lui, alors il s'agissait d'une attaque très personnelle.

Et cette idée lui glaçait le sang.

— Et aucun de vous deux n'a rien vu ? demanda Dillon.

— Non, répondit Clay, avec une moue désolée.

— Je n'ai pas la moindre idée de qui a pu faire ça, dit Miranda. Il y avait tellement de monde.

— Savez-vous si quelqu'un aurait des raisons de vous en vouloir ?

— Je ne vois pas...

— Et ces ados que nous avons croisés ? suggéra Clay.

— Quels ados ? demanda Dillon.

— Nous sommes tombés sur Robby Davies, Glen Thompson et Jason Rogers, répondit Miranda. Ils faisaient les fiers-à-bras et se sont montrés irrespectueux. Je pense qu'ils avaient bu.

— J'ai dit à Robby que quelqu'un finirait par lui donner une correction, dit Clay.

Une horrible sensation de culpabilité l'envahit.

— Oh non... J'espère que je ne suis pas responsable de cette agression.

— Ne pensez pas une telle chose ! protesta Miranda. Je ne peux pas croire que ces garçons y soient pour quelque chose. Ils peuvent être bruyants et mal élevés, parfois même un peu méchants. Mais ça, c'est beaucoup trop vicieux pour eux.

— J'ai déjà été obligé de rappeler plusieurs fois Robby à l'ordre.

Le regard de Dillon était sombre et soucieux.

— Mais il s'agissait pour l'essentiel de bagarres entre jeunes. Rien d'aussi grave.

— Et Hank ? suggéra Clay. Il n'était pas du tout content de me voir avec Miranda.

— Hank ne me ferait jamais une chose pareille, protesta Miranda, avec force.

— Avez-vous eu un désaccord ou une querelle avec un parent d'élève ? demanda Dillon. Ou peut-être un collègue ?

— Non, rien de la sorte.

Miranda blêmit un peu plus.

— Mais... Vous avez l'air de penser qu'il s'agit d'une attaque personnelle, plutôt que l'acte d'un déséquilibré agissant au hasard.

Le front de Dillon était creusé par un pli soucieux.

— Pour le moment, je ne sais pas quoi penser. Je vais envoyer votre gilet au laboratoire, mais ça va prendre du temps pour avoir les résultats.

Il se leva.

— Je vais interroger les garçons, et continuer à enquêter. En attendant, je vous conseille de rester sur vos gardes, et de me prévenir si vous remarquez quelque chose de suspect, ou si un autre incident se produit.

Miranda fut choquée par les paroles du policier. Clay le vit à son regard assombri, et à la façon dont elle tituba en se levant. Il se précipita pour l'aider à retrouver son équilibre, mais elle s'était déjà raccrochée à sa chaise.

— Je n'y crois pas, dit Miranda, le souffle court, tandis que Clay démarrait la voiture.

— Je suis persuadé qu'il s'agit d'un acte de folie aléatoire, répliqua-t-il, afin d'alléger un peu son angoisse. Vous êtes très aimée et respectée dans cette ville.

— Mais, quel genre de personne peut faire une chose pareille ? On se croirait dans un film d'horreur. Je ne peux même pas croire que je connaisse quelqu'un qui soit capable de faire ça.

Elle serra ses bras autour d'elle, comme pour se protéger.

— Excusez-moi, je divague.

— Ne vous excusez pas. C'est bien compréhensible. La plupart des femmes seraient hystériques à votre place.

— Je n'ai jamais été du genre hystérique. Mais, je me réserve le droit de l'être si autre chose de ce genre se produit.

— Espérons que non.

Clay s'arrêta dans l'allée, et Miranda observa un long moment sa maison plongée dans l'obscurité, avant de se tourner vers lui.

— Euh... Voudriez-vous entrer un moment ?

Elle eut un petit rire gêné.

— Je crains de n'avoir que du café à vous offrir, ou du sirop de grenadine.

Il savait qu'elle ne l'aurait pas invité si la nuit s'était terminée sans incident. Mais elle avait peur, et il s'inquiétait pour elle.

— Je n'ai jamais pu résister à une bonne grenadine, répliqua-t-il, avec un clin d'œil.

Elle lui adressa un petit sourire crispé.

Ils sortirent ensemble de la voiture et montèrent les marches chancelantes du perron.

— Vous auriez bien besoin d'un nouvel escalier et d'une rampe, remarqua-t-il, tandis que Miranda déverrouillait la porte.

— Cela fait des mois que Hank promet de les réparer. Il a même débarqué ici au milieu de la nuit, la semaine dernière, pour le faire. Il sentait l'alcool à plein nez, et je l'ai renvoyé chez lui.

Elle soupira.

— Je commence à me dire qu'il va falloir que je fasse appel à un artisan.

Elle ouvrit la porte et l'invita à entrer.

Le salon correspondait totalement à l'impression de simplicité et de convivialité qui se dégageait de Miranda.

Un grand canapé de velours bleu recouvert de coussins fleuris invitait à s'asseoir. Deux bibliothèques emplies de livres et de DVD encadraient une télévision, offrant l'embarras du choix pour un moment de détente. Une odeur de cannelle flottait dans l'air, comme si on avait récemment fait de la pâtisserie.

Immédiatement, Clay se sentit chez lui.

— Vous voulez vraiment de la grenadine, ou bien vous préférez un café ?

— Pour commencer, je voudrais visiter votre maison.

Il tenait surtout à s'assurer, après la mésaventure qu'ils venaient de vivre, qu'il n'y avait pas d'intrus sur place.

Elle le regarda avec surprise.

— Oh... D'accord.

Elle le précéda dans l'escalier et ouvrit la première porte sur la droite.

C'était une explosion de rose... Couvre-lit, rideaux, et même le tapis en fausse fourrure... Tout était rose.

— C'est une super chambre pour une petite fille.

Il se dirigea vers la penderie et l'ouvrit.

— Avec un bel espace de rangement.

Une lueur de suspicion passa dans le regard de Miranda.

— Ce n'est pas ma décoration qui vous intéresse, ni la disposition des pièces.

Clay soupira. Il pensait avoir été assez subtil pour qu'elle ne remarque rien mais, apparemment, il avait échoué.

— Vous avez raison. Je veux m'assurer que personne ne se cache dans la maison.

— Merci, dit-elle, d'une petite voix.

Quinze minutes plus tard, ils étaient assis à la table de la cuisine, devant une tasse de café. Clay avait vérifié toutes les pièces.

Il avait été rassuré de constater que toutes les portes avaient de bonnes serrures et des verrous. Toutes les fenêtres du rez-de-chaussée étaient aussi équipées d'une fermeture sécurisée.

— On peut dire que vous savez comment pimenter un premier rendez-vous, dit-il.

— Ce n'était pas un rendez-vous !

— Ah oui, c'est vrai. Vous n'acceptez pas d'invitations des hommes. Pourquoi ? Une femme comme vous devrait aimer et être aimée.

Non seulement elle était belle, mais elle était aussi intelligente et elle avait un rire délicieusement musical.

— La principale raison, c'est que je ne cherche pas de relation. Je n'ai pas envie de me remarier et donc je ne vois pas l'intérêt de rencontrer des hommes.

Elle but une gorgée de café et lui lança un coup d'œil tout en reposant sa tasse.

— Et vous, pourquoi sortez-vous autant ? Vous devez savoir qu'on vous surnomme Roméo.

— Justement, je cherche ma Juliette. Et comment faire pour la trouver, sans rencontrer des femmes ?

— Selon la rumeur, vous vous êtes attaqué à une bonne partie de la population féminine du coin.

— Je n'ai pas couché avec toutes les femmes de la ville, si c'est ce que vous insinuez. Ce qu'il y a, c'est que je sors deux, trois fois avec une femme, je me rends compte que ce ne sera pas pour la vie et j'arrête là.

— Eh bien, j'espère que vous trouverez votre femme idéale.

— J'y travaille.

Il n'allait certainement pas lui dire qu'il y travaillait en ce moment même, et qu'il cherchait un moyen d'obtenir un deuxième rendez-vous avec elle.

— Il se fait tard, dit-elle. Et, pour être honnête, je suis épuisée.

Il n'y avait pas à s'y tromper : elle le mettait à la porte.

Il finit son café d'un trait et se leva.

— Vous me raccompagnez à la porte ?

Elle hocha la tête et se leva à son tour.

Sur le seuil, Clay se tourna vers Miranda.

— Essayez de ne pas trop vous inquiéter. Je reste persuadé qu'il s'agit d'une attaque aléatoire et que cela n'a rien à voir avec vous.

— J'ai tellement envie de le croire.

Elle semblait si fragile...

Tout en sachant qu'il risquait une rebuffade, il ne résista pas à son envie de la prendre dans ses bras.

Au début, elle se crispa. Puis elle se laissa aller, trouvant sa place comme si elle était faite pour ses bras. Son corps était chaud et souple, et il sentait la pression de ses seins contre son torse.

Au début, il voulait simplement la réconforter. Puis une vague de désir le traversa.

Miranda soupira et leva son visage vers lui pour le regarder. Ses lèvres s'entrouvrirent, et il saisit cette opportunité pour y poser les siennes.

Elle eut un mouvement de recul, et il laissa immédiatement retomber ses bras.

— Ça n'aurait pas dû se produire, dit-elle.

— Considérez cela comme le baiser d'un ami. Nous pouvons être amis, n'est-ce pas ?

Elle eut une moue hésitante.

— Nous verrons. Bonne nuit, Clay. Et merci pour tout.

— Bonne nuit, Miranda.

Bon sang, c'était complètement raté.

L'acide n'avait pas atteint son visage, comme c'était prévu.

L'idée, c'était que le produit dévore les traits magnifiques de Miranda.

L'idée, c'était qu'elle soit horriblement défigurée, et devienne un objet de pitié à travers tout Bitterroot.

Plus aucun homme ne voudrait d'elle. Ils la regarderaient tous avec répulsion.

Mais l'attaque de ce soir avait été un échec total.

Avec la foule au carnaval, c'était l'opportunité idéale. Et ça ne se reproduirait probablement pas de sitôt.

Il était temps de passer au plan B.

Et dans ce plan, Miranda Silver allait mourir.

Miranda sortit du lit après une nuit quasiment blanche.

À chaque fois que la vieille maison craquait, elle se redressait dans son lit, le cœur battant à tout rompre. Elle s'était levée plusieurs fois pour vérifier que les portes et les fenêtres étaient bien fermées.

Et, comme si la crainte que quelqu'un en ait après elle ne suffisait pas, ses pensées avaient été consacrées presque exclusivement à Clay et à cette ébauche de baiser.

À présent, elle se trouvait attablée dans la cuisine avec sa mère, devant une tasse de café. Les enfants, étaient montés préparer leurs sacs pour passer le week-end chez leur père.

Katherine tendit le bras au-dessus de la table et prit la main de sa fille.

— Je suis tellement heureuse que tu n'aies rien eu. Comment te sens-tu ce matin ?

— Fatiguée et toujours un peu effrayée. Je n'ai quasiment pas dormi.

— Je n'arrive pas à croire que quelqu'un dans cette ville puisse t'en vouloir de quoi que ce soit.

— Moi non plus. Je me suis creusé la tête toute la nuit pour essayer de trouver une personne qui pourrait avoir des griefs contre moi. Et il ne m'est pas venu un seul nom.

— Ce doit être une terrible erreur.

Katherine lui pressa la main et la libéra, se laissant aller contre le dossier de sa chaise.

— Et qu'en pense Dillon ?

— Je n'ai pas encore eu de nouvelles ce matin. Mais il m'a dit de rester sur mes gardes.

Elle frissonna en prononçant ces mots.

— Tu as de bonnes serrures ?

Miranda hocha la tête.

— Hank s'en est occupé juste après le divorce. Il voulait être sûr que les enfants et moi soyons en sécurité.

— Au moins une chose de bien venant de sa part, répliqua sèchement Katherine.

— Désolée de t'avoir imposé les enfants, dit Miranda, en cherchant à changer de sujet.

— Tu sais bien que ça ne me dérange pas. Ils n'ont pas arrêté de répéter qu'ils s'étaient amusés comme des petits fous avec Clay. Ils ont l'air de l'adorer.

Katherine haussa un sourcil.

— Et toi ? Que penses-tu du beau cow-boy ?

Miranda haussa les épaules.

— C'est juste un ami. Il n'y a absolument rien de romantique entre nous. Tu sais ce que je pense du couple.

— C'est ridicule. Tu es une femme belle et intelligente qui mérite d'avoir un homme dans sa vie. De plus, tu es encore assez jeune pour me donner d'autres petits-enfants.

— Maman, il n'y aura pas d'autres petits-enfants.

— Sait-on jamais...

Katherine se leva.

— Et maintenant je m'en vais, car je ne tiens pas à croiser ton ex-mari. Je ne suis pas d'humeur à être aimable avec lui, aujourd'hui.

— Tu n'es jamais d'humeur à être aimable avec lui, rétorqua Miranda, en riant.

— Tu as raison.

Miranda raccompagna sa mère à la porte, et celle-ci la prit dans ses bras.

— Fais attention à toi, mon bébé.

— Ne t'inquiète pas, maman. Ça va aller.

Hank arriva quinze minutes après le départ de Katherine, l'air hagard.

— Miranda, je suis tellement soulagée que tu sois saine et sauve. Quand j'ai appris ce qui t'est arrivé la nuit dernière, j'ai appelé Dillon pour lui dire que nous avions besoin de réponses très vite.

— Je suis sûre qu'il m'appellera dès qu'il saura quelque chose.

Il n'y avait aucune raison que Hank s'occupe de ça.

— Les enfants, votre père est là, appela-t-elle, en direction de l'escalier.

Ils dévalèrent les marches et, en quelques minutes, ils furent partis.

D'ordinaire, elle attendait avec impatience d'avoir la journée rien que pour elle, mais aujourd'hui le silence l'oppressait.

Elle envisagea de passer au centre communautaire pour voir si elle ne pouvait pas aider à quelque chose. Elle songea aussi à appeler une collègue pour déjeuner avec elle mais, à dire vrai, elle avait un peu peur de s'aventurer hors de la maison.

Était-ce à cela que sa vie allait ressembler tant qu'elle n'aurait pas de réponse ?

Est-ce que la peur allait diriger chacun de ses actes ?

Comment pourrait-elle être un bon professeur et une bonne mère si elle avait peur en permanence ?

Miranda venait de s'asseoir à la table de la salle à manger pour trier des papiers administratifs, quand on sonna à la porte.

Elle regarda dans l'œilleton et découvrit Clay sur le perron. Elle ouvrit la porte et vit qu'il avait son gant de base-ball à la main.

Avec le souvenir de leur baiser en tête, il était vraiment la dernière personne qu'elle avait envie de voir.

— Bonjour.

Il ôta son chapeau et lui adressa son plus beau sourire.

— Henry est là ?

Elle le regarda avec surprise.

— Les enfants passent toujours le week-end chez Hank.

— Oh ! c'est vrai. J'avais oublié.

Son expression s'assombrit.

— Vous avez eu des nouvelles de Dillon ?

— Non. Et vous ?

— Non plus.

Elle n'avait pas envie qu'il entre dans la maison mais, maintenant qu'il était là, elle n'était pas certaine non plus de vouloir qu'il s'en aille.

— Euh... Vous voulez vous asseoir sur la terrasse et boire une limonade ?

— Avec plaisir.

Il se dirigea vers un des fauteuils à bascule, posa son chapeau et son gant par terre et s'installa.

— Je reviens, annonça Miranda.

Tout en se dirigeant vers la cuisine, elle se maudit de l'avoir invité.

Elle avait passé toute la matinée à se dire qu'elle devait garder ses distances avec lui. Et pourtant, il avait suffi qu'il lui sourit pour que sa peur se dissipe, et qu'un sentiment de bien-être se diffuse en elle.

Qu'est-ce que cela pouvait bien signifier ?

En tout cas, cela ne pouvait pas faire de mal de passer un peu de temps à discuter avec lui. Et puis s'ils s'asseyaient sur la terrasse, personne ne pourrait gloser sur le fait qu'elle avait fait entrer Clay dans la maison en l'absence des enfants.

Elle remplit deux grands verres de limonade et rejoignit Clay.

— Quelle est votre couleur préférée ? demanda-t-il.

Elle le dévisagea avec une surprise.

— C'est une drôle de question pour entamer une conversation.

— Si nous devons être amis, alors j'ai besoin de connaître ce genre de choses.

— Turquoise. Et je suis balance. Et j'adore la cuisine italienne. Voilà ! Vous savez tout ce qu'il y a à savoir sur moi.

Il rit.

— C'est largement insuffisant. Mais, disons que c'est un bon début.

— Pourquoi voulez-vous absolument être mon ami ?

— Pourquoi je ne le voudrais pas ? Vous êtes jolie, intelligente, et je trouve qu'on n'a jamais trop d'amis.

— Vous n'aviez pas vraiment oublié que Henry ne serait pas à la maison, n'est-ce pas ?

— D'accord, vous avez raison. La vérité, c'est que je voulais prendre de vos nouvelles. Je m'inquiétais pour vous. Vous étiez assez secouée la nuit dernière.

Son regard chaleureux et son expression attentionnée provoquèrent une accélération de son pouls. Elle ne se rappelait pas la dernière fois qu'un homme s'était inquiété pour elle.

— C'est gentil, mais je vais bien.

— Alors, venez dîner avec moi ce soir au café.

— Oh ! non !

— Pourquoi pas ? Ne me dites pas que vous préférez rester ici toute seule.

— Vous essayez de me manipuler en utilisant mes propres peurs contre moi !

Il afficha une mimique contrite.

— Vous avez raison. Ce n'était pas très *fair-play*. Vous voulez bien dîner avec moi quand même ? Je sais que ça ne serait pas un rendez-vous, car vous ne sortez pas avec les hommes. Nous serions juste deux amis qui partagent un repas.

Miranda devait admettre qu'elle hésitait.

Elle redoutait vraiment de passer la soirée sans les enfants. Un dîner en ville était cent fois plus tentant...

Mais, si les gens la voyaient au café un samedi soir, ils penseraient que Clay et elle sortaient ensemble. D'autant plus qu'on les avait déjà vus ensemble au carnaval.

Compte tenu des circonstances, elle n'était pas certaine de se soucier de ce que les gens pensaient. Ce qui comptait, c'était que Clay et elle soient sur la même longueur d'onde. Et elle lui avait clairement fait comprendre qu'elle n'était pas intéressée par une relation sentimentale.

— Allez, Miranda. C'est juste un dîner.

Elle finit par capituler.

— Très bien. Puisque vous insistez.

— Je passe vous chercher à 18 h 30 ?

— Parfait.

Elle fut étonnée de voir qu'il ne se levait pas pour s'en aller.

Après un long silence gêné, elle dit ce qui lui passa par la tête.

— Et vous, quelle est votre couleur préférée ?

— Bleu ciel. Je ne crois pas qu'il existe un plus joli bleu que celui du ciel de l'Oklahoma au printemps.

— Vous avez toujours voulu être cow-boy ?

— Pas du tout. Quand j'étais plus jeune, je voulais devenir, soit joueur de football professionnel, soit psychiatre.

— Psychiatre ?

Elle le dévisagea avec surprise.

Il hocha la tête.

— Vraiment. Je voulais essayer de comprendre pourquoi les gens agissaient comme ils le faisaient. Par exemple, pourquoi un père battait son enfant. Ou pourquoi une mère décidait d'abandonner son fils.

Il haussa les épaules et eut un rire qui ne semblait pas tout à fait sincère.

— Et puis j'ai rencontré Cass Holiday et j'ai décidé que la vie de cow-boy était faite pour moi.

— Je ne connaissais pas Cass, mais j'ai entendu beaucoup d'histoires à son sujet. J'ai été désolée d'apprendre son décès l'année dernière.

— Oui, elle pouvait être dure, mais elle était comme une mère pour moi et les autres garçons du ranch.

Il se leva d'un bond.

— Je ferais mieux d'y aller. Merci pour la boisson fraîche. On se voit tout à l'heure.

Elle le suivit des yeux tandis qu'il marchait vers sa voiture. Mais, avant qu'il ait démarré, elle retourna dans la maison et verrouilla la porte.

Elle resta un moment dans l'entrée, à penser à l'homme qui venait de partir.

À l'homme avec qui elle allait dîner tout à l'heure.

Celui qu'elle avait cru superficiel, le cow-boy qu'elle soupçonnait de naviguer dans la vie grâce à son sourire et ses fossettes, avait laissé transparaître une faille.

Et elle fut surprise de découvrir qu'elle était impatiente d'explorer cette faille.

Sur un plan purement amical, bien sûr.

5

Clay était très enthousiaste et vaguement surpris que Miranda ait accepté de dîner avec lui.

Non seulement il avait hâte de passer plus de temps avec elle, mais il savait aussi qu'elle serait en sécurité avec lui.

Il passa le reste de l'après-midi à vaquer à ses occupations, avec un peu de vague à l'âme en songeant à Cass Holiday.

Il avait été terrifié lors de leur première rencontre. Figé sous son regard scrutateur, il se tenait devant elle dans le salon du ranch, attendant qu'elle le renvoie à la rue. « Tu es bien maigrichon, avait-elle fini par trancher. Ne t'inquiète pas, nous allons te remplumer et faire de toi un homme formidable et un bon cow-boy. »

Et c'était exactement ce qu'elle avait fait.

Il n'était pas sûr pour l'aspect formidable, mais elle lui avait appris à monter à cheval et à capturer les vaches au lasso.

Elle avait été un employeur sévère mais juste, et aussi un mentor et une figure maternelle qui s'était prise d'une affection féroce pour les garçons dont elle avait la charge.

Depuis son décès, elle lui manquait terriblement. Il savait que tous ceux qu'elle avait élevés ressentaient aussi cela. Elle avait tant représenté pour eux… Clay arrêta de travailler à 17 heures et alla au baraquement se doucher et se changer.

Il ne cessait de penser à Miranda et il avait hâte de la retrouver.

Au moment où il s'apprêtait à partir, il reçut un appel de Dillon.

— Je n'ai rien, dit le chef. J'ai interrogé des dizaines de personnes au carnaval, ainsi que les trois ados dont vous m'avez parlé.

Sa voix était emplie de frustration.

— Malheureusement, ça n'a rien donné. Je n'ai rien de plus à vous apprendre.

L'espoir que Clay avait entretenu en voyant le nom de Dillon s'afficher sur son écran se volatilisa.

— Donc, nous ne savons toujours pas s'il s'agit d'une attaque aléatoire ou d'une vengeance personnelle.

— Exact. Je n'ai pas assez d'informations pour répondre à cela. Je viens d'avoir Miranda au téléphone et je lui ai dit la même chose.

Il soupira.

— Je voudrais bien mettre la main sur le coupable. Jeter de l'acide sur quelqu'un est un acte grave. Je n'aime pas savoir qu'un criminel se promène tranquillement dans les rues de la ville.

— Espérons que quelqu'un finisse par se souvenir de quelque chose.

— Ou que le coupable se soûle au Watering Hole et se vante de ses exploits...

La conversation se termina, et Clay se dirigea vers le hangar où était garé son pick-up.

L'appel de Dillon le perturbait. Il pensait qu'à présent le coupable aurait dû être découvert et placé derrière les barreaux.

Il n'imaginait pas que Miranda puisse avoir des ennemis.

À sa connaissance, tout le monde l'aimait. Mais peut-être avait-elle des secrets...

Il préférait privilégier la piste de l'attaque aléatoire. Après tout, Bitterroot avait son lot de déséquilibrés.

Comme Leroy Atkinson, par exemple, qui était persuadé que des extraterrestres se posaient la nuit dans son champ. Pour se protéger des ondes de l'espace, il avait doublé tout l'intérieur de sa maison de feuilles d'aluminium.

Il y avait aussi Raymond Humes, et les hommes qui travaillaient pour lui. Ils n'étaient pas fous, mais ils étaient tous animés de mauvaises intentions.

Le simple fait de penser au vieil homme qui possédait la ferme voisine du Holiday Ranch le mettait en colère.

Même si les choses avaient été relativement calmes cet hiver, le beau temps réveillerait les bas instincts des hommes de Humes, et les incivilités reprendraient.

Par le passé, ces types avaient abattu des clôtures, déclenché des incendies et volé du bétail. Raymond Humes haïssait Cass et, même après sa mort, il voulait détruire tout ce qu'elle avait créé.

Mais il était difficile de croire qu'un de ses hommes avait attaqué Miranda. Ils n'avaient absolument aucune raison de faire ça.

Le Watering Hole était le bar le plus populaire de la ville, avec des boissons bon marché et une vaste piste de danse. Il espérait que le coupable y boive quelques verres de trop et finisse par se trahir. Lorsqu'il s'arrêta devant chez Miranda, Clay avait fait le vide dans sa tête et s'était débarrassé de ses sombres pensées.

Comme toujours, une légère excitation courait dans ses veines à la pensée de passer du temps avec elle.

Elle devait bien l'apprécier un peu quand même, pour avoir accepté son invitation. Et il n'en était que plus impatient de voir ce qui en ressortirait.

La porte s'ouvrit avant qu'il l'ait atteinte, et Miranda sorti.

Il faillit perdre le souffle devant tant de beauté. Le soleil déclinant parait son visage d'un halo doré, et allumait des reflets dans sa chevelure. Un pantalon noir ajusté mettait en valeur ses longues jambes, tandis qu'un sweat rose pâle soulignait la finesse de sa taille et la plénitude de sa poitrine.

— Vous êtes ravissante, dit-il.

— Merci. Vous n'êtes pas mal non plus.

Il se réjouit d'avoir opté pour son plus beau jean et une chemise à carreaux bleus et blancs.

— Vous avez faim ? demanda-t-il, tandis qu'ils s'installaient dans la voiture.

— Très. J'étais tellement occupée à trier des papiers que j'ai oublié de déjeuner ce midi.

Il rit.

— Je ne sais pas comment font les gens pour sauter un repas. Je suis généralement le premier arrivé au réfectoire. Il est vrai que nous avons la chance d'avoir un excellent cuisinier. Même s'il n'a pas très bon caractère, il faut reconnaître qu'il s'y connaît pour régaler une douzaine de cow-boys affamés. Et vous ? Vous savez cuisiner ?

— Je me débrouille. Mes enfants ne se plaignent pas.

— Vous avez une spécialité ?

— Mes enfants diraient que ce sont les hamburgers. Mais, j'avoue que je suis assez fière de ma sauce spaghettis.

— J'adore les hamburgers. Et, parler de nourriture me donne encore plus faim.

Le parking du café attestait de la popularité de l'endroit, surtout les week-ends. En dépit de la foule, ils parvinrent à trouver une table au fond de la salle.

Ils s'étaient à peine installés que la serveuse, Carlie Martin, se présenta à leur table.

La jeune et jolie blonde leur tendit à chacun un menu.

— Quelle boisson prendrez-vous ?

— Un thé glacé, s'il vous plaît, répondit Miranda.

— Moi aussi.

Dès qu'elle se fut éloignée, Miranda interrogea Clay.

— Je suppose que Dillon vous appelé aussi ?

— Oui. Mais ne parlons pas de choses négatives pendant le repas.

— Bonne idée.

Durant le dîner, Miranda lui dit combien elle aimait son métier d'enseignante, mais aussi qu'elle avait hâte que l'été arrive, afin de passer plus de temps avec ses enfants.

— C'est dur, parfois de jongler avec toutes mes activités, et j'ai l'impression d'accorder plus d'attention aux enfants des autres qu'aux miens. C'est pour cela que, l'été, je fais le plus possible de choses avec eux.

— Quoi, par exemple ?

— Nous aimons bien aller à la piscine municipale.

— Ça a l'air amusant.

Il essaya de ne pas l'imaginer en maillot de bain.

— Et quoi d'autre ? reprit-il en essayant de bannir les visions qui se formaient dans son esprit.

— Nous faisons des balades dans la nature. Un jour, j'aimerais les emmener au zoo, à Oklahoma City. Mais, parlez-moi un peu de vous. Que faites-vous exactement au Holiday Ranch ?

Il lui raconta son quotidien, et elle posa des questions, lui prouvant qu'elle s'intéressait sincèrement à lui. Il lui expliqua aussi qu'il était proche des autres hommes qui avaient grandi avec lui au ranch. Aujourd'hui, certains ne travaillaient plus là, mais ils restaient tous en contact et partageaient encore des liens très forts.

Au cours du repas, plusieurs personnes s'arrêtèrent à leur table pour les saluer. Certains dirent à Miranda combien ils étaient désolés de ce qui s'était passé au carnaval.

Heureusement, ces interruptions furent de courte durée, et n'entamèrent pas la bonne humeur qui régnait sur leur conversation.

Miranda lui parla de l'amour qu'elle portait à ses parents, et lui dit combien son père lui manquait.

— Il était le centre de mon monde, dit-elle.

— Je ne le connaissais pas. Que faisait-il ?

— Il était facteur. À la fin de la journée, il rapportait toujours à la maison un courrier spécial pour moi, soit une carte postale, soit un petit mot pour me dire qu'il m'aimait.

— Ce devait être un homme formidable.

— Oui. Et ça a été horrible de le voir mourir du cancer à

petit feu. Ma mère a beaucoup souffert de son décès, mais elle a réussi à tenir le coup pour moi.

Après un silence, elle demanda.

— Et vos parents ? Vous avez encore des liens avec eux ?

— Non. Je suis sûr que vous connaissez l'histoire des garçons perdus de Cass...

C'était une histoire que beaucoup de gens en ville connaissaient.

Après la mort de son mari, beaucoup d'employés avaient quitté le ranch, car ils ne voulaient pas travailler sous les ordres d'une femme. Douze jeunes fugueurs qui vivaient dans les rues d'Oklahoma City lui avaient été confiés pour qu'elle les éduque et leur apprenne un métier.

— Vous savez que je suis un de ces garçons perdus, continua-t-il. Je me suis enfui de chez mon père quand j'avais treize ans. Je traînais dans la rue depuis quelques mois quand un travailleur social qui était ami avec Cass m'a conduit chez elle.

Elle le regarda avec curiosité.

— Pourquoi vous étiez-vous enfui ?

Le souvenir des coups infligés par son père déferla dans la tête de Clay. Mais, le pire était le harcèlement moral qu'il subissait, le dénigrement systématique qui entamait sa confiance en lui et le laissait désespéré.

Le contact doux et chaud d'une paume sur sa main le rappela à la réalité.

— Vous n'êtes pas obligé d'en parler, si c'est trop douloureux.

— Non, ça va. Je suis parti parce que mon père me battait et m'insultait.

— Et votre mère ?

— Elle est partie quand j'avais huit ans. Je ne l'ai jamais revue.

— Oh ! je suis désolée.

— Mais tout finit bien, non ? J'ai eu un départ difficile dans la vie, mais aujourd'hui je suis heureux. Et j'espère travailler encore longtemps au ranch.

Ils venaient de terminer leur dessert et sirotaient un café, lorsque Robby, Jason et Glen s'arrêtèrent à leur table.

Robby prit la parole.

— Madame Silver, nous voudrions vous parler. Je sais que nous avons mal agi, la nuit dernière. En fait, on avait pas mal bu...

Son visage devint écarlate.

— Mais, on ne vous aurait jamais fait de mal, déclara Glen. Ce n'est pas notre genre.

— Le chef Bowie nous a dit ce qui vous était arrivé, reprit Robby. Jeter de l'acide sur quelqu'un... c'est n'importe quoi. Il faut être fou pour faire ça.

— Ouais, renchérit Jason. Et on ne ferait jamais ça.

Clay avait envie de les croire, mais il savait aussi qu'un ado était capable de vous regarder innocemment dans les yeux et de mentir.

— Je vous remercie de vous être arrêtés pour me le dire, répondit Miranda.

— Si on ne vous avait pas vue ici, on avait prévu de passer chez vous, dit Robby.

Puis il se tourna vers Clay, l'air embarrassé.

— Je suis désolé de vous avoir manqué de respect. Je voulais avoir l'air cool, mais c'était stupide.

— Excuses acceptées.

— Bon, ben on y va maintenant, dit Glen.

Tandis qu'ils s'installaient au bar, Miranda remarqua :

— Ce ne sont pas de mauvais garçons. Je ne les crois pas coupables.

Elle se rembrunit soudain et posa une main sur sa joue, comme si elle imaginait les ravages de l'acide sur sa peau.

— Hé, ne faites pas cette tête-là. Nous étions d'accord pour ne pas parler de choses négatives, ce soir.

— Vous avez raison.

Elle laissa retomber sa main et lui adressa un sourire.

— Merci de m'avoir obligée à sortir de chez moi. J'ai passé une très bonne soirée.

Pour lui, la soirée avait été plus que bonne.

Il n'avait cessé de guetter un signe, l'impression familière que ce n'était pas la personne qui lui fallait.

Mais ce soir, rien ne l'avait rebuté.

Au contraire, à mesure que le temps passait, il se demandait déjà quand il pourrait la revoir.

Une demi-heure plus tard, Clay engageait sa voiture dans l'allée de la maison de Miranda.

— Ce n'est pas la peine de descendre de voiture, dit-elle, en ouvrant déjà sa portière.

— Et puis quoi, encore ? Je raccompagne toujours les dames à leur porte.

C'était une magnifique soirée. La lune était presque pleine, et le ciel était piqueté d'étoiles.

Le cadre était propice à un autre baiser.

Tandis qu'ils avançaient dans l'allée, il ne pensait qu'à ça.

Ses lèvres auraient probablement la saveur de la cannelle contenue dans la tarte aux pommes qu'elle avait prise en dessert.

Il avait envie d'y goûter. De savourer à nouveau sa bouche.

— Merci, Clay, pour cette merveilleuse soirée, dit-elle, quand ils furent à la porte.

Puis elle se tourna pour tourner la clé dans la serrure.

— Je vous en prie. Ça m'a beaucoup plus aussi. Je suppose qu'on se verra lundi, quand je viendrai pour l'entraînement de Henry ?

— Bien sûr.

Elle ne se retourna pas et s'engouffra dans la maison, le laissant comme un idiot sur le seuil, avec une envie qui ne serait pas satisfaite ce soir.

Miranda soupira de soulagement quand la cloche annonça la fin des cours. Les lundis étaient généralement difficiles, mais cette journée avait battu des records.

Elle avait mal dormi la nuit précédente, toujours angoissée par son agression, et avait fait des rêves peuplés de monstres qui voulaient la défigurer.

En se rendant au travail ce matin, elle redoutait à moitié qu'on s'en prenne de nouveau à elle. Elle avait eu peur en voiture, puis quand il lui avait fallu traverser le parking à pied.

Était-elle vraiment la cible de cette agression ? Chercherait-on de nouveau à s'en prendre à elle ? Quand et où cela aurait-il lieu ?

Comment faire pour se protéger d'un agresseur non identifié ?

Et comme si elle n'avait pas assez de soucis comme ça, elle pensait à Clay, à ses yeux pétillants, à son magnifique sourire... Il lui avait été d'un réel soutien, passant prendre de ses nouvelles et l'invitant à dîner pour qu'elle se sente moins seule.

Il fallait qu'elle cesse de le voir.

C'était trop dangereux pour sa tranquillité d'esprit et sa résolution de ne pas s'impliquer avec lui.

Chaque petite chose qu'elle découvrait à son sujet lui donnait l'envie d'en savoir davantage. L'aperçu qu'elle avait eu de son enfance lui avait serré le cœur, mais elle s'était aussi demandé quel genre de blessures émotionnelles il avait pu conserver des mauvais traitements subis.

Et le fait de s'interroger sur lui était dangereux. Cela impliquait un intérêt, une envie de mieux le connaître. Elle n'avait pas envie de s'avouer qu'elle ressentait cela.

Lorsqu'il l'avait raccompagnée, elle lui avait volontairement tourné le dos. L'ambiance de clair de lune était beaucoup trop romantique, et elle avait deviné qu'il chercherait à l'embrasser.

Et elle ne voulait pas que cela se produise. Des amis ne devraient pas s'embrasser de cette façon...

Paula Durrand, une des collègues de Miranda, entra dans sa classe. C'était une petite brune un peu ronde, qui enseignait les mathématiques. Tout comme Miranda, elle était divorcée et elle avait deux jeunes enfants, et il leur arrivait souvent de se lamenter sur le sort des parents célibataires.

— Eh bien, tu as l'intention de rester dormir ici ce soir ? lança Paula, d'une voix impétueuse.

— Si je devais passer une nuit loin de mes enfants, ce n'est sûrement pas l'endroit que je choisirais. J'en ai eu plus que mon compte aujourd'hui.

— D'habitude, tu pars toujours avant moi.

Paula se percha sur le bord du bureau.

— Tu es sûre que tout va bien ?

— Aussi bien que possible. J'étais simplement perdue dans mes pensées et j'ai perdu la notion du temps.

— Je suis sûre que tu ne peux pas t'empêcher de songer à ce qui s'est passé au carnaval. J'ai été horrifiée quand j'ai appris ça.

— Et moi donc ! Je voudrais tellement que Dillon arrête le coupable.

— Je n'en reviens pas que quelqu'un soit capable de faire ça à Bitterroot. On entend parler de ça dans les grandes villes, mais c'est souvent l'acte d'un amoureux éconduit.

— Et je n'ai jamais éconduit personne.

Paula se leva.

— Prends tes affaires. Je t'accompagne à ta voiture.

Dehors, il faisait un soleil splendide. L'air était doux, et le ciel d'un bleu parfaitement uni.

Tandis qu'elles traversaient le parking, les deux collègues se plaignirent de certains de leurs élèves.

— Parfois, j'ai envie de prendre une corde et de ligoter Bret Samuels à sa chaise pour la durée de mon cours. Ce gamin passe son temps à se lever et à distraire toute la classe.

— Et tu te ferais renvoyer, répliqua Miranda, en riant.

Courage. Rappelle-toi qu'il ne reste plus que sept jours. À partir de lundi prochain, nous pourrons nous détendre.

— Et nous préparer à une nouvelle année d'enfer.

Paula éclata de rire et s'empressa de rectifier.

— Tu sais que c'est une façon d'évacuer mon stress. En fait, j'adore mon métier.

— Je le sais. Comment vont les enfants ?

— Très bien. Jimmy a décidé qu'il voulait devenir astronaute et il porte un casque en permanence, y compris dans son lit.

Miranda éclata de rire.

— Henry veut devenir cow-boy, comme Clay Madison.

Les yeux noirs de Paula s'enflammèrent de curiosité.

— Qu'est-ce qu'il y a entre vous deux ? Je sais que vous êtes allés au carnaval ensemble, et on vous a vu dîner au café samedi soir.

— Nous sommes seulement amis. Il n'y a pas de quoi en faire toute une histoire.

Immédiatement, Miranda songea à leur baiser, et ne put s'empêcher de rougir.

— Aucun de mes amis masculins ne me fait rougir comme ça, commenta Paula, narquoise.

— Jamais je ne pourrais avoir une relation romantique avec Clay. Il ressemble beaucoup trop à Hank. Je sais qu'il traîne beaucoup au Watering Hole, et tout le monde connaît sa réputation avec les femmes.

— Clay n'a rien à voir avec ton ex-mari. Il travaille dur et, s'il veut se détendre en prenant un verre ou en multipliant les aventures, au moins il est célibataire.

Elles étaient arrivées devant la voiture de Miranda.

— Je me demande pourquoi nous avons cette conversation, étant donné qu'il n'y a rien entre Clay et moi.

— Si tu le dis.

— À demain, Paula.

Tandis que sa collègue se dirigeait vers sa propre voiture, Miranda se mit au volant.

Elle mit le contact et regarda l'heure sur le tableau de bord.

Heureusement que Paula l'avait tirée de sa rêverie. La navette scolaire allait déposer les enfants devant la maison quinze minutes après.

Elle allait devoir se dépêcher pour arriver avant eux.

Elle sortit du parking et s'engagea sur Main Street. Il n'y avait qu'un feu de circulation au centre de la ville. Avec un peu de chance, il serait au vert.

Elle accéléra et songea à ce qu'elle allait cuisiner pour le dîner. Elle avait mis des cuisses de poulet à décongeler ce matin. Peut-être pourrait-elle les servir avec des spaghettis au parmesan ? Les enfants adoraient ça. Ils aimaient tout ce qui était à base de pâtes.

Elle voulait à tout prix éviter de penser à sa conversation avec Paula.

Tout le monde en ville devait penser qu'elle sortait avec Clay, et c'était une raison de plus pour garder ses distances avec lui.

Un coup d'œil au compteur lui apprit qu'elle roulait trop vite, tandis qu'au loin le feu était au rouge.

Elle freina.

La pédale s'enfonça jusqu'au plancher, mais la voiture ne ralentit pas.

La panique l'envahit.

Elle écrasa à nouveau la pédale de frein.

Un frisson glacé d'horreur se répandit en elle.

Oh ! Seigneur, elle n'avait plus de freins.

Elle allait trop vite.

Devant elle, un camion de livraison ralentit dans le carrefour pour tourner à gauche.

Horrifiée, elle comprit qu'elle allait le percuter.

— Non... Non... Non !

Soudain, le camion fut juste devant elle. Si volumineux qu'elle ne voyait plus rien d'autre.

Le choc fut violent.

Une douleur intense s'abattit sur elle, et tout se mit à tourner dans sa tête.

Heureusement, les douces ténèbres de l'inconscient l'envahirent.

— Je n'en pouvais plus d'attendre. Vous avez des nouvelles ?

— Non, toujours rien. Je suis aux urgences, avec Dillon. On attend que quelqu'un vienne nous parler. Comment vont les enfants ?

— Ils sont un peu perturbés par le changement dans leurs habitudes, mais ça va. Tandis que moi, je suis une loque. Il faut que ma fille s'en sorte.

— Croyez-moi, je ressens la même chose. Je vous promets de vous appeler dès que j'ai du nouveau.

Il venait de raccrocher quand le Dr Wendall Johnson entra dans la salle d'attente.

— Comment va-t-elle ? demanda Clay, le cœur battant si fort qu'il l'entendait résonner dans ses tempes.

— Elle est réveillée. Aucune fracture, mais elle s'est cogné les genoux et tordu la cheville. Ma principale préoccupation, c'est qu'elle s'est violemment cogné le front sur le volant et qu'elle souffre d'une commotion cérébrale. Heureusement, le scanner n'a révélé aucune hémorragie dans le cerveau, ni fracture du crâne.

Clay était si soulagé qu'il sentit ses jambes flancher.

— Je peux la voir ? demanda-t-il.

— J'aimerais lui poser des questions, ajouta Dillon.

— Je ne crois pas qu'elle puisse vous être d'une grande utilité maintenant, protesta le médecin. Elle est encore confuse, elle n'arrête pas de réclamer ses enfants, et il faut lui éviter tout stress.

— Je ne la bousculerai pas, c'est promis, affirma Dillon.

— Elle a été transférée à la chambre 105. Je veux la garder cette nuit pour observation.

Tandis que Dillon se dirigeait vers la chambre, Clay passa un appel rapide à Katherine pour la rassurer. Puis il se hâta dans les couloirs, anxieux de revoir Miranda. Le lit d'hôpital semblait l'engloutir. Elle semblait si fragile... La seule couleur sur son visage était l'hématome violet qui s'étirait sur son front.

— Où sont mes enfants ? demanda-t-elle, tandis qu'ils

étaient rejoints par le Dr Johnson. S'il vous plaît, que quelqu'un me le dise.

— Ils sont en sécurité chez votre mère, dit Clay.

Elle soupira et parut se détendre.

— Miranda, pouvez-vous me dire ce qui s'est passé ? demanda Dillon.

Elle plissa le front puis porta la main à sa tête, comme si cette mimique lui avait fait mal.

Clay ne souhaitait rien tant que s'asseoir à côté d'elle et lui prendre la main, mais il ne voulait pas la distraire.

— J'ai eu un accident de voiture, dit-elle.

— Vous vous souvenez de ce qui s'est passé ? demanda Dillon.

— Non... Non. C'est le Dr Johnson qui me l'a dit. Je ne me souviens plus de rien. Est-ce que j'ai blessé quelqu'un ?

— Non, rassurez-vous. Et, ce n'est pas grave si vous n'avez aucun souvenir pour le moment. C'est le choc. Nous en reparlerons demain, quand vous vous serez reposée. Docteur Johnson, vous me raccompagnez ?

Dès que les deux hommes eurent quitté la chambre, Miranda réclama à nouveau ses enfants.

Supposant que c'était dû à la commotion, Clay tira une chaise pour s'asseoir près du lit.

— Les enfants vont bien. Ne vous inquiétez pas.

— Je me sens tellement confuse. J'ai mal à la tête et je crois que j'ai aussi un peu envie de vomir.

Elle s'agita entre les draps.

— Je veux rentrer à la maison. Mes enfants ont besoin de moi.

Il lui prit la main entre les deux siennes.

— Vous devez rester ici et vous reposer.

Elle tourna la tête vers lui, les yeux écarquillés.

— Clay, j'ai peur.

— Il ne faut pas. Je suis avec vous et je ne bouge pas d'ici.

— Vous avez un travail, protesta-t-elle faiblement.

— Pour le moment, mon seul travail, c'est de veiller sur vous.

Elle le regarda longuement puis finit par s'endormir.

Clay en profita pour sortir dans le couloir et passer quelques appels.

Le premier fut pour Katherine, afin de prendre des nouvelles des enfants.

Puis il appela Rudy Bailor, le proviseur du lycée et lui expliqua ce qui s'était passé.

Enfin, il appela sa patronne, Cassie, pour lui demander quelques jours de congé.

— Dillon m'a prévenue. Tu as l'intention d'aider Miranda ?

— Absolument. Elle va probablement sortir de l'hôpital demain et elle va avoir besoin de quelqu'un pour s'occuper des enfants et de la maison.

— Tu sais que ça ne pose pas de problèmes que tu prennes quelques jours. Les autres employées se répartiront ton emploi du temps. Et je suis contente que tu aides Miranda. Katherine n'a malheureusement plus la force physique pour accomplir les tâches du quotidien.

Il ne savait pas comment Miranda accueillerait sa décision, mais ce n'était pas une femme avec des genoux contusionnés, une cheville tordue et une commotion qui allait le faire changer d'avis.

Il retourna dans la chambre, où Miranda dormait toujours, et s'assit sur la chaise.

Clay avait dû s'endormir sur la chaise, car le jour se levait quand il ouvrit les yeux et vit Dillon entrer dans la chambre.

Le policier lui fit signe de le suivre dans le couloir.

— Que se passe-t-il ?

Clay sentit son estomac se nouer, en découvrant la sombre expression sur le visage de Dillon.

— Elliot a passé les dernières heures à inspecter la voiture de Miranda. Il a constaté que le câble de freins a été coupé, et l'airbag désactivé.

Clay le dévisagea avec horreur.

— Donc, ce n'était pas un accident. C'est une volonté délibérée de blesser Miranda.

Dillon hocha la tête, et un muscle joua dans sa mâchoire.

— Il s'agit d'une tentative de meurtre.

Tentative de meurtre

Les mots résonnèrent dans la tête de Clay comme une déflagration.

Qui pouvait souhaiter la mort de Miranda ?

Cela semblait tellement surréaliste.

C'était un cauchemar.

— Et cela nous oblige à considérer autrement l'attaque à l'acide, continua Dillon. Je pense que nous pouvons maintenant en conclure qu'il ne s'agissait pas d'une agression aléatoire. C'était dirigé contre Miranda.

Deux attaques...

Mais qui se cachait derrière ça ? Et surtout, que risquait-il de se passer la prochaine fois ?

Clay était rongé d'angoisses et de questionnements.

— Vous pouvez envoyer quelqu'un monter la garde devant sa porte ? J'ai prévu de m'installer chez elle le temps de sa convalescence et je dois retourner au ranch prendre quelques affaires. Mais, en attendant, je ne veux pas qu'elle reste seule. Il ne faut pas non plus qu'elle reçoive de visite, puisque nous ne savons pas qui lui en veut.

— Je vais envoyer l'officier Ramirez, le temps que vous fassiez ce que vous avez à faire.

Quinze minutes plus tard, ayant été relevé par l'officier Ramirez, Clay quitta l'hôpital.

Durant le trajet jusqu'au ranch, il ne put s'empêcher de ressasser des questions dont il ne possédait pas les réponses.

Heureusement, Miranda avait survécu à l'accident.

Cela aurait pu être tellement pire...

Clay achevait de jeter quelques effets dans un sac de voyage, quand Flint et Mac apparurent sur le seuil de sa chambre.

— Qu'est-ce que tu fais ? demanda Mac.

— Je m'installe chez Miranda.

Il leur expliqua ce qui s'était passé.

— Mais, qui peut bien vous en vouloir ? demanda Mac, incrédule.

— Si seulement je le savais.

— Et elle sait que tu as l'intention de t'installer chez elle ? demanda Flint.

— Non, mais je pense qu'elle ne s'y opposera pas quand elle saura pourquoi elle a eu cet accident.

Clay ouvrit le tiroir supérieur de sa commode et en sortit son holster et son arme.

— Par deux fois, on a essayé de lui faire du mal. La troisième fois, je serai là et je n'hésiterai pas à tirer.

Miranda ouvrit les yeux et sentit comme un poignard lui transpercer la tête.

Elle cilla et tourna la tête vers la fenêtre.

À sa grande surprise, elle vit que le soleil était levé.

Quel jour était-on ?

Était-elle allée au lycée la veille ? Le jour d'avant ?

Depuis combien de jours et de nuits était-elle ici ?

Est-ce que ses enfants allaient bien ?

Tout était tellement confus.

Tournant la tête de l'autre côté, elle vit Clay endormi sur une chaise.

Elle savait qu'il avait passé la nuit à côté d'elle, mais elle ne savait pas pourquoi. Elle ne savait pas non plus ce qu'elle devait penser de lui.

Soudain, elle s'aperçut qu'il avait ouvert les yeux.

— Bonjour, dit-il, en se redressant sur sa chaise.

— Je ne suis pas sûre que ce soit une bonne journée, répliqua-t-elle.

Aussitôt, le sourire de Clay s'évanouit, tandis qu'il l'enveloppait d'un regard inquiet.

— Vous souffrez ?

— J'ai mal partout. J'ai l'impression d'être passée dans une essoreuse.

— Vous voulez que j'appelle une infirmière ? On peut peut-être vous donner un cachet.

— Non, je ne veux rien prendre. Je veux seulement qu'on me dise quand je vais rentrer chez moi. Il y a tellement de choses dont je dois m'occuper.

— Oh ! doucement. Il n'y a rien d'urgent. Vous rentrerez chez vous quand le médecin aura donné son feu vert, et pas une minute avant.

Elle fit un effort de réflexion, mais tout était tellement confus...

— Il faut que j'appelle quelqu'un pour venir me chercher.

— Inutile. Je suis votre chauffeur. Je vous ramènerai chez vous, le moment venu.

Il se tut un instant et tendit l'oreille.

— Je crois que j'entends le chariot du petit déjeuner. Vous avez faim ?

— Pas du tout.

L'idée même de la nourriture lui donnait envie de vomir.

— Vous devriez essayer de manger quelque chose.

Elle secoua la tête et tiqua sous l'effet de la douleur.

— Peut-être plus tard.

Il était tout juste midi quand le Dr Johnson entra dans la chambre.

— Comment vous sentez-vous, aujourd'hui ?

— Courbaturée, et les idées un peu confuses. Mais, je veux rentrer chez moi.

— C'est d'accord, à condition que vous reposiez votre cerveau pendant une dizaine de jours. Pas de jeu vidéo, pas de surf sur Internet... Vous devez aussi éviter de prendre appui sur votre cheville et la laisser surélevée.

Miranda dévisagea le médecin avec stupéfaction. Comment allait-elle faire avec toutes ces restrictions ?

— Et mon travail ? demanda-t-elle finalement.

— Pas de travail pour le moment.

— Je m'en suis occupé, dit Clay. J'ai appelé Rudy pour lui dire de vous trouver un remplaçant.

Elle se demanda si elle devait lui en vouloir de s'être occupé de tout ou lui en être reconnaissante.

— Je veux vraiment rentrer chez moi, insista-t-elle.

— Très bien, dit le médecin. Je vous laisse sortir. En attendant, je vous envoie Katie pour vous aider à vous habiller.

Katie Francis était jeune et souriante. Elle avait été l'élève de Miranda, cinq ans auparavant, et elle était brillante.

Elle entra dans la chambre avec des béquilles.

— Le Dr Johnson a pensé que vous en auriez besoin, à cause de votre cheville.

— Oh ! je ne pense pas que ce soit bien méchant.

Ça l'était. Et plus encore.

Lorsqu'elle fut prête à partir, sa seule envie était de se recoucher. Elle n'avait pas d'équilibre, et son mal de tête était épouvantable.

Jamais elle ne s'était sentie aussi mal de sa vie, et elle avait le plus grand mal à retenir ses larmes.

Clay revint dans la chambre.

— Prête à y aller ?

Il s'avança et grimaça.

— On dirait que vous êtes sur le point de vous évanouir.

— Je vais bien, dit-elle, en essayant de sourire. Ou, en tout cas, j'irai bien quand je serai rentrée chez moi.

Pour la première fois, elle nota qu'il portait un revolver à la ceinture.

— Vous vous attendez à une fusillade en sortant d'ici ?

— Non, mais je préfère être prêt à toute éventualité. Vous connaissez la devise des boy-scouts : toujours prêt.

— Vous n'avez jamais été scout.

Il ne fallut pas deux pas à Miranda pour comprendre que marcher avec des béquilles était une vraie torture.

— Arrêtez, dit Clay, avant même qu'ils aient atteint le bout du couloir.

Il prit les béquilles, les tendit à Katie, qui les accompagnait jusqu'à la sortie, et souleva Miranda dans ses bras.

Elle voulait protester, mais elle avait aussi envie de poser la tête sur son épaule.

Elle se dit que c'était la gratitude qui lui permettait de se détendre dans ses bras. Il ne signifiait rien pour elle. Il lui rendait simplement service à un moment particulier. Si elle rentrait chez elle, il allait pouvoir retourner à ses occupations, et elle aux siennes.

À nouveau, elle sentit les larmes lui monter aux yeux.

Pourtant, elle n'était pas une pleurnicheuse.

Quand Hank s'était enivré nuit après nuit durant leur mariage, elle n'avait pas versé une larme. Quand elle avait réalisé qu'il la trompait, elle n'avait pas pleuré.

Alors, pourquoi avait-elle envie de pleurer maintenant ?

Tandis que Clay la conduisait chez elle, Miranda essaya de trouver un sens à tout ce qui s'était passé.

— Où est ma voiture ?

— Elle a dû être remorquée.

— Il va falloir que j'appelle mon assurance. Mais, comment vais-je leur dire ce qui s'est passé, alors que je ne me souviens de rien ?

— Ne vous inquiétez pas pour ça. Le médecin a dit que vous deviez laisser votre cerveau au repos.

— Je ne suis pas responsable des pensées qui traversent mon esprit.

Elle l'observa un moment puis tourna la tête vers sa vitre.

Être avec Clay en ce moment était aussi surprenant que tout ce qui lui était arrivé en l'espace de vingt-quatre heures.

Quand il s'arrêta dans son allée, elle le regarda à nouveau.

— Pourquoi faites-vous ça, Clay. Pourquoi m'aidez-vous ?

Il coupa le moteur et se tourna vers elle.

— Parce que vous avez besoin d'aide et que je peux vous aider.

— Je ne vais pas coucher avec vous, dit-elle, avec fermeté.

Si rien n'était clair dans sa propre tête, il lui semblait important d'être claire avec lui.

Il lui adressa un sourire dévastateur.

— Je ne vous l'ai pas demandé, ma belle.

Il ouvrit sa portière.

— Et maintenant, donnez-moi votre clé, que nous puissions entrer.

Heureusement, son sac avait été apporté à l'hôpital.

— Lit ou canapé ? demanda Clay, quand ils furent à l'intérieur.

— Canapé.

Il l'aida à s'installer et cala un oreiller sous sa cheville.

— Vous avez besoin d'une couverture, ou de quelque chose à boire ?

— Non, merci. Tout va bien. Je pense que vous pouvez retourner au ranch, maintenant.

Il prit place dans le fauteuil le plus proche.

— En fait, je suis en vacances pendant deux semaines. Il n'y a rien qui m'empêche de rester avec vous et de vous aider avec les enfants jusqu'à ce que vous alliez mieux.

Elle le dévisagea avec surprise.

— Oh ! mais ce n'est pas la peine que vous restiez ici.

Elle n'avait surtout pas envie d'avoir Clay chez elle en permanence, de sentir son odeur, d'entendre son rire...

Elle ne voulait pas s'attacher à lui plus qu'elle ne l'était déjà. Il représentait un danger pour son confort émotionnel.

— Comment allez-vous gérer le quotidien ? demanda-t-il. Pour le moment, vous ne pouvez pas poser le pied par terre. Vous ne serez pas capable de monter l'escalier. De plus, le médecin a dit que vous devez vous reposer pendant au moins dix jours, et ne pas faire travailler votre cerveau.

— Ma mère peut m'aider.

Clay secoua la tête.

— Pas avec ses problèmes de santé. J'ai mon sac de voyage dans la voiture et je suis prêt à m'installer.

— Je persiste à croire que ce n'est pas une bonne idée.

Il l'observa un long moment, et soupira.

— Miranda, je ne voulais pas vous le dire tout de suite, mais il faut que vous le sachiez.

Son expression assombrie provoqua une accélération de son pouls, et une soudaine bouffée d'anxiété.

— De quoi s'agit-il ?

— Ce n'était pas un accident. Votre câble de frein a été coupé et l'airbag désactivé. Quelqu'un a essayé de vous tuer, Miranda. Et je ne vous lâcherai pas d'une semelle tant que Dillon n'aura pas arrêté le coupable.

Elle le dévisagea, assimilant ce qu'il venait de dire, et les larmes qui avaient menacé toute la journée jaillirent sans retenue.

7

Bon sang ! Son intention n'était pas de la faire pleurer.

Il ne souhaitait même pas lui apprendre tout de suite la vérité sur l'accident. Il aurait préféré attendre qu'elle aille mieux.

Mais elle devait comprendre pourquoi il fallait qu'il reste avec elle.

— Allons, allons, ne pleurez pas.

Il se leva d'un bond et vint s'asseoir à côté d'elle sur le canapé.

Les larmes roulaient sur ses joues, tandis qu'elle était secouée de sanglots.

Elle le chassa d'un geste impatient puis se couvrit le visage de ses mains.

— Je ne pleure jamais, parvint-elle à prononcer entre deux sanglots.

— Je crois que, compte tenu des circonstances, vous en avez le droit, dit-il gentiment.

Il avait terriblement envie de la prendre dans ses bras, et de la serrer contre lui.

Mais il ne le fit pas.

Ce n'était pas ce dont elle avait besoin pour le moment. À la place, il se leva et retourna dans son fauteuil.

Miranda s'essuya les joues d'un geste rageur.

— Comment êtes-vous au courant pour la voiture ?

Il lui expliqua et il vit ses yeux se remplir de crainte.

— Non seulement j'aurais pu être tuée, mais j'aurais pu aussi tuer quelqu'un d'autre. Je n'y comprends rien. Pourquoi moi ?

Ses yeux se posèrent sur le revolver à sa ceinture.

— C'est pour ça que vous portez une arme.

Il hocha la tête.

— Je ne laisserai personne faire du mal aux enfants ou à vous. C'est pour ça que je m'installe ici.

Il se pencha vers elle.

— Vous avez besoin de quelqu'un ici en permanence. Et ce quelqu'un, c'est moi.

— La chambre d'amis se trouve à l'étage. C'est la première porte sur la gauche.

Elle laissa aller sa tête en arrière et ferma les yeux.

Lorsqu'il comprit que Miranda s'était endormie, Clay alla chercher son sac et les béquilles dans sa voiture. Puis il vérifia que tous les accès étaient bien verrouillés et monta s'installer dans sa chambre.

C'était une pièce agréable, avec un lit double recouvert d'un plaid bleu ciel. Il ne lui fallut pas longtemps pour suspendre ses vêtements dans la penderie, ranger ses chaussettes et sous-vêtements dans un tiroir de la commode et se sentir comme chez lui.

Il alla ensuite déposer sa trousse de toilette dans la salle de bains, avec l'idée de déballer ses produits, mais il comprit que c'était celle des enfants. Le rideau de douche était à l'effigie d'un héros de dessin animé, et les serviettes de toilettes étaient assorties. Sur le rebord de la baignoire trônaient de grands flacons de bain moussant et de shampooing aux couleurs vives, au milieu de jouets en plastique.

Pas question de laisser ses rasoirs là. Il remporta sa trousse dans la chambre sans l'avoir vidée et redescendit au salon.

À nouveau, les questions se mirent à virevolter dans sa tête, le laissant à demi étourdi.

Soudain, on frappa violemment à la porte, et Miranda se réveilla en sursaut.

Il était trop tôt pour que ce soit Katherine. Clay lui avait parlé au téléphone un peu plus tôt, et il avait été convenu qu'elle garde les enfants jusqu'au dîner.

Il regarda dans l'œilleton et ouvrit la porte à Hank et Lori.

— Où est-elle ?

Hank le bouscula au passage. Lori le suivit, les bras chargés d'une lourde cocotte en fonte.

Hank s'arrêta net en découvrant Miranda sur le canapé.

— Bon sang, tu as une sale mine.

— Hank, voyons ! protesta Lori, d'une voix flûtée.

— C'est la vérité, rétorqua Hank. Regarde cette bosse à la tempe.

Miranda porta une main à sa tête et grimaça.

— Au moins, ce n'est qu'une bosse, pas une fracture, tempéra Lori

— Encore heureux ! s'exclama Hank

Lori se tourna vers Miranda.

— Je vous ai apporté du pot-au-feu. Vous n'aurez qu'à le réchauffer. Et, n'hésitez pas à nous dire si vous avez besoin de quelque chose. Si vous voulez que nous gardions les enfants quelques jours, il suffit de le demander.

— Merci, mais nous avons pris des dispositions, répondit Clay.

Il prit la cocotte et alla la déposer dans la cuisine, tandis que Hank interrogeait Miranda sur son accident.

Il trouva intéressant que Miranda lui dise qu'elle ne se rappelait rien, et qu'elle ne savait donc pas ce qui s'était passé.

— Vous ne leur avez pas dit qu'on avait saboté votre voiture, remarqua Clay, quand les visiteurs furent partis.

— Je sais qu'il finira par le découvrir, mais je n'ai pas envie qu'il aille embêter Dillon en lui reprochant de ne pas avancer assez vite dans son enquête. J'ai suffisamment mal à la tête sans l'entendre perdre les pédales. En revanche, c'était gentil de la part de Lori d'apporter du pot-au-feu.

— En parlant de nourriture, vous voulez manger quelque chose ?

— Je n'ai toujours pas faim.

— Vous ne pouvez pas laisser votre estomac crier famine. Vous avez de la soupe ?

— Il y a du bouillon de poule aux vermicelles.

— Eh bien, c'est parti.

Avant qu'elle ait pu protester, il se dirigea vers la cuisine.

Quelques minutes plus tard, Clay servait sa soupe à Miranda avec quelques crackers à part et se laissait tomber dans le fauteuil en face d'elle.

— Vous êtes inquiète, dit-il.

Elle avala une cuillère de soupe et soupira.

— Je me fais du souci pour Jenny et Henry.

— Il n'y a aucune raison. Ils ne sont pas en danger.

— Ce n'est pas ce qui m'inquiète.

Elle prit une deuxième cuillerée et le regarda.

— Vous n'êtes pas précisément connu pour vos talents domestiques.

— Et alors, quoi ? Vous avez peur que je ne sache pas m'occuper des enfants ? Ne vous en faites pas. Je vais me débrouiller.

Elle eut une moue dubitative.

— Je gère des troupeaux de centaines de vaches. C'est sûrement plus compliqué que de s'occuper de deux enfants.

— J'attends de voir.

À 18 heures, Katherine arriva avec les enfants.

Ils se précipitèrent vers Miranda.

— Oh ! c'est une grosse bosse, s'exclama Jenny. Ça te fait mal ?

— Un petit peu, avoua Miranda.

— Et, qu'est-ce que tu as au pied ? demanda Henry.

— Je me suis tordu la cheville, et le docteur a fait un bandage. J'ai aussi des béquilles pour m'aider à marcher.

— Est-ce que ça va aller ? demanda Henry, l'air inquiet.

Miranda sourit à son fils.

— Tout va bien, mon poussin. Ne t'en fais pas.

— Et si vous alliez jouer un peu dans vos chambres ? suggéra Katherine.

Dès que les enfants furent partis, elle s'exclama :

— Oh ! ma chérie, tu as eu tellement de chance que ce ne soit pas pire que ça. Seigneur, tu aurais pu être tuée.

Miranda grimaça.

— Ne me le rappelle pas.

— Qu'est-ce que Dillon en dit ? demanda Katherine.

— Il doit passer demain pour faire le point sur la situation, répondit Clay.

— J'espère qu'il aura des réponses.

Elle enveloppa Clay d'un regard empli d'attentes.

— Et vous veillerez bien sur elle, n'est-ce pas ?

— Vous pouvez compter sur moi.

— J'aimerais pouvoir être plus utile. Appelez-moi si vous êtes débordé par les enfants.

— Je suis certain que tout va bien se passer.

Katherine resta encore une demi-heure, avant de s'en aller.

— Les enfants vont devoir prendre leur bain, dit Miranda. Mais avant j'aimerais me doucher rapidement.

Elle s'assit et bascula les jambes par-dessus le rebord du canapé.

— Vous êtes sûre que c'est une bonne idée ?

— Je pense que je me sentirai mieux après.

— Vous avez besoin d'aide ?

— En fait, si vous pouviez aller dans ma chambre, là-haut, et me rapporter ma chemise de nuit et mon peignoir qui sont accrochés derrière la porte. Je vais dormir sur le canapé. L'escalier me fait trop peur pour le moment.

— Dites-moi s'il vous faut autre chose, je serai ravi de vous l'apporter.

— Non, merci.

Elle resta assise, tandis qu'il se précipitait à l'étage.

La chemise de nuit bleue et son peignoir assorti étaient là où elle l'avait dit. Lorsqu'il les ôta de la patère, le parfum de Miranda s'en échappa, et un désir inattendu réchauffa son sang.

Il savait que c'était déplacé, compte tenu des circonstances, et il s'exhorta à contrôler l'envie qu'il avait d'elle.

Ce n'était pas ce dont elle avait besoin pour le moment.

Ce qu'il lui fallait, c'était sa tendresse et son attention.

Ce qu'il lui fallait, c'était un ami.

Il descendit et lui tendit ses vêtements.

— Si vous pouviez me passer mes béquilles...

Tandis que Miranda se trouvait dans la salle de bains du bas, Clay était remonté pour voir ce que faisaient les enfants.

Il les trouva tous les deux dans la chambre de Henry, en train de jouer à un jeu vidéo.

— On doit attraper le poisson, expliqua Henry.

Clay s'assit sur le lit de l'enfant.

— Vous aimez pêcher ?

— On n'a jamais pêché, à part dans ce jeu, répondit Jenny.

— Quand votre mère ira mieux, nous pourrons peut-être aller pêcher dans l'étang du Holiday Ranch. Il y a beaucoup de bars communs dedans. Savez-vous qu'on l'appelle aussi loup, ou perche, et que sa taille moyenne est de soixante-dix centimètres pour un kilo ? Mais il y en a des plus gros.

— J'aimerais bien en attraper un très gros, dit Henry.

Ils parlèrent de pêche pendant quelques minutes, puis la conversation dévia sur les projets pour les vacances.

— J'ai oublié de te dire... Maman m'a inscrit dans une équipe de base-ball, les Buffalos.

— C'est formidable.

— Et notre premier match d'entraînement est jeudi.

Jeudi ? Comment Clay allait-il faire pour emmener Henry à son match et veiller en même temps sur Miranda ?

Avant qu'il ait eu le temps d'y réfléchir, il entendit que l'eau s'était arrêtée en bas et descendit aussitôt. Miranda était assise sur une chaise, dans la salle à manger. Ses cheveux étaient humides, et elle sentait comme un bouquet de fleurs. Enveloppée dans son peignoir, elle réveilla en lui un nouvel élan de désir totalement déplacé.

Comment pouvait-elle lui inspirer une telle envie, alors qu'elle était en si piteux état ?

Une fois encore, il se dit qu'il devrait avoir honte de lui.

— Vous vous sentez mieux demanda-t-il ?

Elle sourit faiblement.

— Un peu.

Les enfants dévalèrent l'escalier et se ruèrent dans la pièce.

— Clay a dit qu'il allait nous emmener pêcher quand tu iras mieux, déclara Henry, tout excité.

— Ça m'a l'air très amusant. Mais ce que je voudrais savoir pour le moment, c'est qui va prendre son bain le premier.

— Moi ! cria Jenny.

Elle commença à se diriger vers l'escalier puis se ravisa.

— Est-ce que Clay va rentrer chez lui, ce soir ?

— Non, répondit l'intéressé. Je m'installe ici pour quelque temps. Est-ce que ça te va ?

— C'est super !

— Et tu vas t'occuper de nous pendant que maman se repose ? demanda Henry.

— Je vais m'occuper de vous et de votre maman.

— Et j'espère que vous allez être très gentils tous les deux, ajouta Miranda. Et maintenant, le bain !

— Dites-moi ce qu'il faut faire. Je m'occupe de tout, proposa Clay.

— Juste vérifier la température de l'eau avant qu'ils n'entrent dans la baignoire, et s'assurer qu'ils ont bien mis leur pyjama.

— Compris. Et maintenant, reposez-vous et ne pensez plus à rien. Vous avez besoin d'aide pour vous étendre sur le canapé ?

— Non, merci.

Il se tourna vers Jenny.

— On y va, petite luciole ?

— Pourquoi tu m'appelles comme ça ?

— C'était le surnom que ma mère me donnait. Elle disait que j'éclairais sa vie. Et je suis sûr que tu éclaires la vie de ta maman.

Clay avait prononcé ces mots sans réfléchir. Aussitôt, son cœur se serra, et il ressentit de la colère.

Oui, sa mère lui avait dit cela tous les soirs, et pourtant elle était partie sans même lui dire au revoir. Elle avait disparu de sa vie, et il n'avait plus jamais entendu parler d'elle.

Comment une mère pouvait-elle disparaître de la vie de son enfant ? Était-il si monstrueux qu'elle ne pouvait l'aimer ? Après le bain, Clay redescendit avec les enfants, et ils firent un jeu de société sur la table du salon.

Henry fut ravi de gagner la première partie, et Jenny afficha ostensiblement son succès quand elle remporta la seconde.

— Maintenant, il est temps d'aller vous coucher, décréta Miranda, avant qu'il soit question d'une nouvelle partie.

— Mais maman, protesta Henry, il faut laisser à Clay une chance de gagner.

— On verra ça demain dit Clay. Embrassez votre mère, et je viendrai vous border.

— Je suis désolée de ne pas pouvoir le faire ce soir, dit Miranda à ses enfants. Je ne peux pas monter l'escalier, à cause de ma cheville.

— Ce n'est pas grave, dit Jenny.

— On va voir comment Clay se débrouille, dit Henry.

Clay commença par lui, remontant la couette sous le menton du petit garçon et lui passant la main dans les cheveux.

— Je te souhaite de faire de beaux rêves. Dors bien, mon grand.

Il quitta la chambre et se dirigea vers celle de Jenny.

Elle était déjà couchée et lui fit un adorable sourire

Il fit de la même façon avec elle qu'avec Henry.

— Et toi, demanda la fillette, est-ce que tu vas faire de beaux rêves ?

— J'espère.

— Et, tu vas nous faire le petit déjeuner demain matin ?

— Bien sûr. Ta maman a besoin de se reposer, et je vais m'occuper de vous quelques jours. Qu'est-ce que tu veux pour le petit déjeuner ?

— Des pancakes. Henry et moi, on adore les pancakes.

Clay grommela *in petto*. Elle n'aurait pas pu choisir un bol de céréales ? Il n'avait jamais fait de pancakes de sa vie.

— C'est d'accord, dit-il. Et maintenant, il faut dormir.

— Tu ne me fais pas un bisou ? Maman le fait toujours pour me souhaiter une bonne nuit.

— Eh bien, je vais faire comme maman, alors.

Il se pencha et déposa un baiser sur la joue de la fillette.

Elle passa ses petits bras autour de son cou et le serra fort. Puis elle le lâcha et sourit.

— Je suis content que tu sois ici. Bonne nuit, Clay.

— Bonne nuit, mon petit cœur.

Une douce chaleur avait envahi le cœur de Clay, tandis qu'il retournait au rez-de-chaussée. Il serait si facile d'aimer les enfants de Miranda. Ils étaient tellement adorables et semblaient l'accepter sans difficulté.

— Je crois que je vais essayer de dormir, dit Miranda.

Elle grimaça en changeant de position.

— Si la douleur ne m'en empêche pas.

— Vous ne voulez pas prendre un des cachets que le Dr Johnson vous a prescrits ?

Il détestait la voir souffrir ainsi.

— Pas question. Imaginez qu'un de mes enfants appelle et que je ne l'entende pas.

— Moi, je les entendrai. Vous avez eu une longue journée, Miranda. Cessez de faire la têtue et prenez un cachet.

— Très bien, capitula-t-elle.

Il alla chercher un verre d'eau dans la cuisine et le lui apporta.

— Je peux faire quelque chose d'autre pour vous ?

— Ça vous ennuierait d'aller chercher une couverture dans le placard de l'entrée ?

Il s'exécuta aussitôt et drapa la douce couverture en polaire rose sur les jambes de Miranda.

— Avant de vous endormir, parlez-moi un peu de la routine matinale des enfants.

Tandis qu'elle lui décrivait leurs habitudes alimentaires et les horaires du bus scolaire, il ne pouvait penser à rien d'autre qu'à son désir de se blottir contre elle sous la couverture, et de la tenir dans ses bras toute la nuit.

— Ça ne me dérange pas si vous voulez rester et regarder la télévision, dit-elle.

— Vous êtes sûre ?

— Croyez-moi, il faudrait un tremblement de terre pour m'empêcher de dormir.

Clay prit la télécommande sur la table basse, alluma la télévision et baissa le volume pour que le son soit à peine audible. Il n'avait pas vraiment envie de regarder un programme, mais il n'était pas prêt à se coucher déjà. Il avait besoin d'un peu de temps pour digérer tout ce qui s'était passé et réfléchir à la façon dont allait se passer son temps avec Miranda.

Au bout de quarante-cinq minutes, Clay décida d'aller se coucher et éteignit la télévision. Miranda dormait paisiblement, mais ça l'ennuyait de la laisser seule en bas.

Il alla chercher une chaise dans la cuisine et la cala sous la poignée de la porte. Au moins, il entendrait si quelqu'un essayait d'entrer.

Il fit la même chose avec la porte de service, même s'il ne

croyait pas vraiment à une intrusion alors que son pick-up était garé dans l'allée, indiquant que Miranda n'était pas seule.

Il éteignit la lumière et monta dans sa chambre. Là, il posa son revolver sur la table de chevet, là où il serait facile à saisir en cas de besoin, et commença à se déshabiller.

Ça allait être difficile pour lui de rester ici. Il était venu pour la protéger et la défendre, pas comme son amant. Pourtant, il ne pouvait empêcher son cœur de battre plus vite à chaque fois qu'il la regardait.

Il n'avait aucun contrôle sur le désir qui prenait vie à chaque fois qu'il se tenait près d'elle, respirant son parfum fleuri. Il avait tellement envie de l'embrasser, de caresser sa peau qui paraissait si douce...

Il se coucha et ferma les yeux, cherchant le sommeil.

Mais au lieu d'être emporté par des rêves plaisants, il fut envahi par une effrayante pensée qui avait tenté d'infiltrer son esprit toute la journée.

Il y avait eu deux tentatives manquées d'agressions. Pour le moment, le coupable avait été mis en échec. Mais il ne renoncerait pas tant qu'il ne serait pas parvenu à ses fins. Quand frapperait-il à nouveau ?

Miranda était étendue sur le canapé et écoutait les bruits que faisait Clay en rangeant la cuisine.

C'était le troisième matin qu'il préparait le petit déjeuner pour les enfants, s'assurait qu'ils étaient correctement vêtus et surveillait qu'ils montaient sans encombre dans le bus scolaire.

Si elle s'était méfiée de lui à cause de son charme et de son *sex-appeal*, elle était maintenant stupéfaite par cet aspect de sa personnalité.

Il l'avait surprise par ses qualités domestiques. Il était aussi à l'aise dans une cuisine qu'il devait l'être au Watering Hole. Les repas se déroulaient toujours dans la bonne humeur, réveillant en elle d'anciens rêves.

Avant la naissance des enfants, elle avait envisagé ce genre de vie : sa famille rassemblée autour d'une table, partageant les événements de la journée et riant ensemble.

Mais lorsque Jenny était arrivée, Hank avait déjà commencé à boire. Au moment du dîner, il était généralement affalé sur le lit.

Elle voulait un conte de fées, et Hank avait brisé son rêve.

La présence de Clay dans sa maison ravivait tout doucement ce rêve, et ça lui faisait peur.

Sa tête lui disait que c'était simplement une illusion, mais son cœur lui susurrait qu'elle avait peut-être mal jugé le beau cow-boy.

Personne d'autre dans son entourage n'aurait proposé de faire ce qu'il avait fait pour elle. Personne n'aurait mis sa propre vie entre parenthèses comme lui.

Derrière le personnage d'homme à femmes que tout le monde connaissait, se cachait-il quelqu'un d'autre ?

Certes, elle n'était pas intéressée par une relation romantique avec lui, mais elle était curieuse d'en savoir plus sur lui.

— La vaisselle est finie, annonça Clay.

Il se laissa tomber dans le fauteuil en face de Miranda, et lui sourit.

— Votre hématome au front prend une intéressante couleur de jaune.

— Je l'ai vu ce matin. D'ici une semaine, il devrait avoir complètement disparu. En tout cas, je commence à me sentir mieux.

— J'en suis heureux. Ça me faisait de la peine de vous voir dans cet état.

Avait-il une telle habitude de dire des choses gentilles que cela paraissait sincère ?

— Vous voulez quelque chose ? demanda-t-il. Un autre café, ou un jus de fruit ?

— Non, merci. Tout ce que je veux, c'est un peu de conversation. Ces derniers jours, j'ai l'impression d'avoir passé ma vie à dormir.

— Vous aviez besoin de vous reposer. Mais, la conversation, voilà quelque chose que je sais faire. De quoi voulez-vous parler ?

Avant qu'elle ait eu le temps de répondre, on frappa à la porte.

Clay bondit de son fauteuil, la main sur la crosse de son arme et alla ouvrir. Il se détendit en découvrant Dillon sur le seuil.

— Bonjour, dit le policier. J'ai pensé qu'il était temps que je vienne faire un point avec vous.

— Asseyez-vous, dit Miranda.

Elle se redressa sur le canapé, pour que Clay puisse s'asseoir à côté d'elle.

— Voulez-vous une tasse de café ? proposa Clay.

Dillon hésita un moment, puis hocha la tête.

— Avec plaisir. Je n'en ai bu qu'un ce matin, avant de quitter la maison.

Il prit place dans le fauteuil que Clay avait libéré.

— Comment vous sentez-vous ? demanda-t-il, tandis que Clay disparaissait dans la cuisine.

— De mieux en mieux chaque jour, mais je n'ai toujours aucun souvenir de l'accident.

— Ne vous inquiétez pas pour ça.

— Alors, comment avance votre enquête ? demanda Clay, en revenant avec le café.

Dillon prit la tasse qu'il lui tendait, et soupira.

— J'ai interrogé tout le personnel du lycée...

— Et ? s'impatienta Clay.

— Rien. Tout le monde apprécie Miranda. Personne ne comprend que quelqu'un puisse lui en vouloir.

Il testa prudemment une gorgée de café et dut le trouver trop chaud, car il reposa sa tasse.

— Moi non plus, je n'ai aucune idée de la personne qui se cache derrière les agressions, dit Miranda.

Elle avait l'impression de faire un horrible cauchemar et de ne pas pouvoir se réveiller.

Elle ne reconnaissait même pas sa vie.

— Je n'ai pas cessé d'y réfléchir, mais aucun nom ne me vient.

— Je dois reconnaître que mon enquête est au point mort. Une partie du problème vient du fait que la voiture a été sabotée sur le parking du lycée. Ça peut donc être un élève, un professeur… ou n'importe qui puisque le parking n'est pas sécurisé.

— Le champ des suspects est large, constata Clay.

— Oui…

Dillon s'interrompit pour boire une gorgée de café.

— C'est la même chose pour le carnaval. La moitié de la ville s'y trouvait quand vous avez été attaquée.

— Et la voiture ? demanda Clay. Vous n'avez pas trouvé d'empreintes ?

— Non. La personne qui a fait cela portait probablement des gants.

Miranda observa Clay, l'air soucieux.

— Peut-être que nous abordons la question sous le mauvais angle.

— Que voulez-vous dire ? s'étonna Dillon.

— Au lieu de regarder de mon côté, il faudrait peut-être regarder du côté de Clay.

Il la regarda avec stupéfaction.

— Qui pourrait me vouloir du mal ?

— Peut-être une femme avec qui vous êtes sorti, qui ne comprends pas que nous sommes justes amis, et qui me voit comme une rivale.

— Ça m'étonnerait. Aucune ne s'est attachée à ce point à moi.

Dillon posa sa tasse sur la table basse et sortit un crayon et un stylo de sa poche.

— Je vais quand même prendre les noms des femmes avec qui vous êtes sorti ces six derniers mois.

Miranda fut surprise de le voir rougir.

— Tanya Baker, Christi Landon, Mary Jo Atkins, Kelli Carson et Bonnie Abrahams, récita-t-il. Mais elles sont toutes passées à autre chose, tout comme moi.

Cette litanie de noms rappela à Miranda pourquoi elle ne voulait pas s'impliquer sentimentalement avec lui.

— Je n'ai eu que deux ou trois rendez-vous avec chacune, continua Clay. Et quand j'ai décidé d'arrêter, elles l'ont bien pris.

Il haussa les épaules.

— C'était assez superficiel, de toute façon. Je n'en imagine aucune s'attaquer à Miranda. Les choses n'étaient pas assez pas passionnées ni profondes avec ces femmes.

— Je vais quand même les interroger, décréta Dillon.

Il se leva.

— Je vous tiens au courant. Et, merci pour le café.

Clay se leva à son tour.

— Je vous raccompagne.

Miranda se dit qu'il voulait probablement apporter à Dillon plus d'informations sur ses relations avec ces femmes.

Non que ça lui pose un problème.

Pas du tout.

Clay reprit sa place dans le fauteuil en face de Miranda.

— Je suis sorti avec elles, mais nous n'avons pas couché ensemble.

— Ça ne me regarde pas.

— Mais c'est important pour moi que vous le sachiez.

— C'est noté.

Un silence gêné s'installa entre eux.

— Henry a son match d'entraînement demain, reprit finalement Clay. Il faut que je trouve le moyen d'être à deux endroits en même temps.

— Comment cela ?

— Il faut que je conduise Henry au match, et il faut que reste ici pour veiller sur vous.

— Mais pas du tout. Je veux aller au match.

— Vous êtes sûre que vous êtes en état ?

— Ma cheville va beaucoup mieux, et mon cerveau ne va pas entrer en surchauffe en regardant un match.

Il n'était pas question qu'elle manque le premier match de son fils.

— Très bien. Alors nous irons ensemble.

— Je vais essayer de me rappeler tout ce que tu m'as appris, dit Henry, tandis qu'ils roulaient vers le stade.

— C'est bien, approuva Clay. Mais, le plus important, c'est que tu écoutes ton coach.

— Est-ce que papa vient ? demanda Jenny.

— Je ne sais pas.

Miranda doutait que son ex-mari vienne, mais ça aurait été gentil de sa part.

Son fils ne l'embrassa pas, tout occupé qu'il était à se précipiter vers son équipe, et le cœur de Miranda se serra.

Son petit garçon grandissait si vite... Aujourd'hui, un match de base-ball... Demain il conduirait une voiture et se marierait.

Elle rit intérieurement de son excès d'émotivité.

Puis elle comprit que quelqu'un avait l'intention de la tuer, et qu'elle ne verrait peut-être pas grandir ses enfants.

Elle ne voulait pas les imaginer être élevés par Hank.

Qui pouvait manquer de cœur au point de vouloir priver des enfants de leur mère ?

Était-ce quelqu'un qu'elle voyait au lycée tous les jours ? Un ou une collègue ?

Tandis qu'ils prenaient place sur les gradins de bois, Miranda ressentit la tension qui irradiait de Clay, alors qu'il balayait les lieux du regard.

Elle comprit qu'il était en mission de protection, observant tout le monde d'un œil soupçonneux.

Une immense gratitude l'envahit tandis que, pour la première fois depuis l'attaque à l'acide, elle s'autorisait à reconnaître qu'elle avait peur.

Elle avait peur parce qu'elle savait qu'une nouvelle attaque se préparait.

Elle ignorait seulement quand et où elle arriverait.

8

Ils débordaient encore d'enthousiasme quand ils revinrent à la maison. L'équipe de Henry avait gagné cinq à trois, et Henry lui-même n'avait pas démérité.

Ils fêtèrent cela avec des cupcakes achetés chez Mandy et, sans que Clay ne s'en rende compte, ce fut bientôt l'heure du bain et du coucher des enfants.

Assis dans les gradins avec Miranda et Jenny, il s'était senti comme un membre de la famille, plutôt que comme un homme seul, et il avait apprécié.

C'était de cela dont il avait envie à ce stade de sa vie.

Il avait toujours voulu une vraie famille pour remplir le vide que sa mère avait laissé en partant.

On disait que le quotidien engendrait de l'agacement et du mépris, mais il ne ressentait rien de cela.

C'était tout le contraire.

Miranda le charmait par ses sourires. Son rire lui faisait le cœur léger. Son amour pour ses enfants l'ébahissait.

Et il éprouvait pour elle un désir fou.

Il avait appris qu'elle n'était pas matinale, qu'elle aimait son café sans sucre… et aussi que la fatigue la rendait un peu ronchon, mais cela faisait partie de son charme.

Oui, Miranda lui faisait ressentir des choses qu'il n'avait jamais ressenties pour aucune femme.

Malheureusement, elle semblait vouloir s'en tenir à l'amitié.

— Fatiguée ? demanda-t-il.

— En fait, je crois que l'excitation du match m'a donné un second souffle.

Elle tapota le coussin du matelas à côté d'elle.

— Venez me tenir compagnie un moment, et racontez-moi ces anecdotes improbables dont vous avez le secret.

Pendant plus d'une demi-heure, Clay lui raconta la vie de certains des fugitifs qui avaient trouvé un foyer au ranch de Cassie et en vint à évoquer l'ancien contremaître du ranch, Adam Benson, qui s'était avéré être un tueur en série.

— Vous avez dû être choqué quand vous avez appris pour Adam.

Il hocha la tête.

— Autant que lorsque j'ai découvert que je n'étais pas aussi laid que je le redoutais quand j'étais petit.

Elle le regarda avec un mélange de curiosité et de stupéfaction.

— Mais pourquoi pensiez-vous une telle chose ?

Clay lutta contre une vague d'émotion qui s'élevait soudain en lui.

Il ne l'avait jamais dit à ses collègues du ranch, ni aux femmes avec qui il était sorti.

C'était l'essence même de son identité. Une part de lui qu'il ne révélait jamais.

Et cependant, il avait soudain envie de partager cela avec Miranda.

Pour la première fois de sa vie, il n'avait pas peur de révéler son secret le plus profond.

— Mon père m'a toujours dit que j'étais laid. Et quand ma mère est partie, il m'a dit qu'elle ne pouvait pas m'aimer parce que j'étais affreux. Et ces mots m'ont fait plus mal que les coups qu'il me donnait.

Les souvenirs déferlaient en lui. De mauvais souvenirs qui l'accompagneraient toujours.

Son enfance avait laissé des cicatrices dans son cœur, mais aussi dans son âme.

Elle posa une main sur son bras.

— Oh Clay, je suis tellement désolée, dit-elle d'une voix douce.

— Merci.

Il laissa passer un silence.

— Vous savez, les gens ne se rendent pas compte du pouvoir de leurs mots. Et pourtant ils peuvent faire plus mal que des poings. J'ai grandi en pensant que j'étais l'enfant le plus laid de la terre, et que même mes parents ne pouvaient pas m'aimer.

— Ça ne m'étonne pas que vous ayez voulu vous enfuir.

Elle ôta sa main, mais son regard était toujours empli de compassion.

— Votre père était-il déjà comme ça quand votre mère était là ?

— Oui, il me disait des choses horribles. Mais le soir, elle venait me border et me disait de ne pas prendre à cœur ses paroles. Puis elle est partie.

Sa voix se brisa.

— Elle était ma seule source de douceur et d'amour, et elle m'a abandonné.

— Votre père était-il violent avec elle aussi ?

— Je ne l'ai jamais vu la frapper, mais il y avait des jours où elle avait un coquard ou les lèvres enflées et des bleus sur les bras et les jambes. Il n'était pas difficile de comprendre qu'il se passait des choses affreuses entre eux quand j'étais couché.

— Et vous n'avez plus jamais eu de nouvelles de votre mère ?

Il secoua la tête.

— Cet abandon était si brutal que j'ai décidé de ne plus jamais aimer personne, pour être sûr de ne pas connaître à nouveau cette souffrance de l'abandon.

Il sentit les larmes lui monter aux yeux et détourna le regard.

Elle l'attira dans ses bras, et il fut embarrassé par cette soudaine démonstration de faiblesse.

Il essaya de s'écarter mais elle s'agrippa à lui, et il finit par céder à la chaleur et au réconfort qu'elle lui offrait.

— Vous ne méritiez pas une enfance comme celle-là. Votre père aurait dû être envoyé en prison.

Ces paroles l'apaisèrent, tout comme les mains de Miranda qui frottaient son dos de bas en haut.

C'était comme si elle avait trouvé le petit garçon blessé qui vivait en lui, et lui donnait l'amour qu'il n'avait jamais reçu.

Mais les vestiges de ce petit garçon ne tardèrent pas à s'estomper quand il prit conscience de la douceur de ses seins contre son torse.

Son parfum l'enveloppa, et le désir prit possession de lui, remplaçant son chagrin.

Il leva la tête et, pendant un long moment, leurs regards restèrent rivés l'un à l'autre.

Dans les profondeurs de ses prunelles bleues, il vit de la compassion, de la sympathie.

Mais il découvrit aussi quelque chose d'autre : une émotion hésitante qu'il crut reconnaître.

Les lèvres de Miranda étaient si proches des siennes, qu'il ne pensait plus qu'à y goûter à nouveau. Elle les entrouvrit, comme si elle attendait qu'il l'embrasse, et il s'empara de sa bouche.

Loin de reculer, elle prit appui contre lui et ouvrit la bouche pour accueillir la caresse intime de sa langue.

Un élan de chaleur l'envahit, et son pouls s'accéléra.

Glissant les doigts dans ses cheveux, il se laissa emporter par la passion.

Il avait follement envie d'elle. Et il savait qu'elle le désirait aussi.

Le fait qu'elle ne mette pas fin à leur baiser lui donna du courage.

Il glissa les mains sous son T-shirt. La peau de son dos était chaude et souple, et d'une douceur bouleversante.

Il avait envie de la soulever dans ses bras, et de la porter jusqu'à son lit.

Des visions d'elle nue dans ses bras venaient le torturer.

Il déplaça sa main et l'arrondit sur un sein.

— Clay, arrêtez !

Il rejeta la tête en arrière.

Elle regardait par-dessus son épaule et pointait un doigt tremblant vers la fenêtre.

— Je... Je viens de voir un visage. Il y a quelqu'un dehors.

Clay bondit du canapé, animé par un autre genre d'adrénaline.

Heureusement, il n'avait pas encore coincé la chaise sous la poignée de la porte. Il l'ouvrit donc à la volée, et se précipita dehors.

Il lui fallut quelques instants pour que ses yeux s'habituent à l'obscurité. Il vit alors une silhouette sombre qui courait sur le trottoir.

Il s'élança à sa poursuite et put déterminer, à sa taille et à sa corpulence, qu'il s'agissait d'un homme.

Soudain, le fuyard bifurqua dans une ruelle. Clay accéléra et eut l'impression que son cœur explosait dans sa poitrine.

L'homme était rapide, mais Clay était déterminé et il ne tarda pas à rattraper du terrain.

Lorsqu'il fut suffisamment proche, il plongea vers les épaules de l'homme. Ils tombèrent ensemble à terre et roulèrent.

Clay se releva et sortit son arme, la braquant sur… Robby Davis.

— Ne tirez pas !

Robby se recroquevilla en position fœtale.

— Je vous en supplie, ne me tuez pas.

— Lève-toi, dit Clay.

— Je n'ai rien fait.

— À part espionner la maison de Miranda. Et maintenant, lève-toi, avant que je te tire une balle dans la jambe.

Robby obéit aussitôt.

— Je n'ai rien fait de mal, gémit-il, tandis que Clay lui faisait signe de faire demi-tour vers la maison de Miranda.

Robby refusa de leur parler ou de les regarder, tandis qu'ils attendaient l'arrivée de Dillon.

Que faisait-il à rôder dans l'ombre autour de la maison ? Cherchait-il un moyen d'entrer ? Espérait-il qu'elle serait seule ?

Miranda observa l'adolescent qu'elle voyait chaque jour dans les couloirs du lycée. Ses cheveux noirs étaient gras et en désordre, et il arborait une expression butée.

Elle n'avait jamais rien fait pour attirer sa colère.

Était-ce lui qui avait essayé de l'asperger d'acide ? Qui avait saboté sa voiture ? Il était au carnaval cette nuit-là et il avait accès à sa voiture. Et que faisait-il dans le jardin à l'espionner ?

Clay aussi gardait le silence, en attendant l'arrivée du chef de la police.

Sa sombre expression et l'énergie qui émanait de lui la plongeaient dans l'angoisse.

Elle savait que Clay songeait lui aussi à la culpabilité de Robby.

Heureusement qu'il avait réussi à l'attraper. Sinon, ils n'auraient jamais su qui les observait. Au moins, ils avaient un suspect maintenant.

Ils furent soulagés lorsque Dillon arriva. Clay lui expliqua rapidement la situation, et le policier observa Robby avec sévérité.

— Que faisais-tu devant la maison de Miranda ?

— Rien.

L'adolescent gardait les yeux baissés.

— Je sais que tu regardais par la fenêtre, Robby. Je t'ai vu, répliqua Miranda.

— Je n'avais pas de mauvaises intentions.

Robby rougit et se décida enfin à regarder Dillon.

— Je peux vous parler en privé ?

Dillon hésita puis finit par hocher la tête.

— Nous allons sortir. Mais ne crois pas que tu vas pouvoir t'enfuir. Où que tu ailles, je te retrouverai.

— Je ne vais pas m'enfuir.

— Je me demande quelle excuse il va fournir à Dillon, dit Miranda, lorsqu'elle se retrouva seule avec Clay.

— En tout cas, il n'avait rien à faire ici. Ça m'incite à me demander...

— Oui, moi aussi. Vous avez vu quelqu'un avec lui ?

— Non. Mais quelqu'un s'est peut-être enfui par l'arrière de la maison, pendant que je le poursuivais.

Était-il possible qu'une bande d'adolescents soit derrière tout ça ? Était-ce le résultat d'un pari stupide ?

Se passait-il quelque chose au lycée qu'elle ignorait ?

Cette idée la terrifia.

Clay faisait les cent pas devant elle, et les quelques instants avant qu'elle ne voie un visage à la fenêtre lui revinrent.

Elle savait maintenant ce que cela faisait d'être embrassée vraiment par lui. Et elle avait été si profondément troublée par ses baisers et ses caresses.

Si elle n'avait pas repéré l'intrus, elle n'aurait pas demandé à Clay de s'arrêter.

Elle lui aurait permis...

Non. Elle l'aurait encouragé à continuer de l'embrasser, et à lui faire l'amour.

Et cela aurait été une terrible erreur.

Si les baisers de Clay en étaient une indication, faire l'amour avec lui serait magique et inoubliable. Et alors, elle voudrait le faire et le refaire encore.

Et finalement, il lui briserait le cœur.

Sans doute devait-elle remercier Robby pour son interruption, songea-t-elle, avec ironie.

— Où est Robby ? s'étonna, Clay, en voyant Dillon revenir seul.

— Je l'ai laissé repartir, après une ferme mise au point. Je n'avais rien contre lui qui aurait justifié une arrestation.

— Si vous l'aviez mis en prison, les menaces contre Miranda se seraient peut-être arrêtées.

Clay se laissa tomber sur une chaise, visiblement frustré.

— Je n'aurais pas pu le garder indéfiniment sur de simples présomptions.

— Et alors ? Que faisait-il là ? demanda Clay.

— Je pense que nous sommes face à ce qu'on appelle un béguin d'adolescent.

Miranda écarquilla les yeux.

— Un béguin ?

Dillon hocha la tête.

— Ça m'a pris un moment pour lui faire avouer, mais il a finalement admis qu'il était inquiet pour vous, après l'accident, et qu'il voulait prendre de vos nouvelles.

Une lueur amusée s'alluma dans l'œil du policier.

— Il m'a aussi dit qu'il vous considérait comme la plus belle femme de la ville.

— Si je partage son impression, je crois que ce gamin nous cache quelque chose. Vous lui avez demandé s'il y avait quelqu'un d'autre avec lui ?

— Oui, et il m'a dit qu'il était seul. Il ne voulait pas que ses amis sachent qu'il venait prendre des nouvelles de Miranda.

Dillon soupira.

— Écoutez, je ne veux pas gâcher la vie d'un gamin si son seul crime est d'avoir un béguin pour une jolie professeure et de regarder par sa fenêtre.

— Vous ne pouvez vraiment rien faire ? insista Clay.

— Si, je peux toujours charger un de mes adjoints de surveiller ses allées et venues pendant quelques jours…

— Eh bien, faites cela, dit Clay.

— Merci d'être venu, Dillon, ajouta Miranda. C'était vraiment effrayant de voir quelqu'un à la fenêtre.

Un frisson la traversa, tandis qu'elle repensait à ce moment.

— Je ne pense pas que vous ayez à vous inquiéter à propos de Robby. Je lui ai fait suffisamment peur pour lui faire passer l'envie de revenir.

Dillon s'adressa à Clay.

— Juste par mesure de sécurité, voulez-vous que nous fassions rapidement le tour de la maison pour être sûr que tout est normal ?

— Allons-y.

Clay tourna les yeux vers Miranda.

— Je vais verrouiller la porte derrière nous.

Miranda avait soudain l'envie de se lever et de l'accompagner à la porte. Elle ressentait le besoin de l'embrasser pour lui dire adieu, comme si elle n'allait jamais le revoir.

Elle se raisonna vite, et les deux hommes sortirent. Assise sur le bord du canapé, Miranda attendait le retour de Clay.

Une telle confusion agitait ses émotions.

Elle avait envie de mettre cela sur le compte de sa commotion cérébrale. Mais elle savait que ce n'était pas la raison.

Comme si le fait d'être la cible de la haine de quelqu'un ne suffisait pas, ses sentiments pour Clay perturbaient le fonctionnement de son cerveau.

Elle avait presque peur que Dillon s'en aille. Une fois qu'il ne serait plus là, elle se retrouverait seule avec Clay et elle n'avait pas envie de parler de ce qui s'était passé... et ce qui aurait pu se passer.

En parler donnerait de la substance aux faits, et elle voulait oublier que cela s'était produit.

La porte s'ouvrit, l'arrachant à ses pensées.

— Nous n'avons rien trouvé, annonça Clay, avant de verrouiller à nouveau derrière lui.

— Eh bien, dans ce cas, je crois que je vais essayer de dormir. Je suis épuisée.

Volontairement, elle évita son regard.

— Et ce soir, je veux dormir dans mon lit.

— Vous êtes sûre de pouvoir monter l'escalier ?

— Ma cheville va beaucoup mieux. Ça ne devrait pas être un problème.

Le drame étant désormais derrière elle, sa seule préoccupation était d'éviter Clay.

— Très bien. Dans ce cas, je vais me coucher aussi.

Il la suivit à l'étage, où elle vérifia si Jenny et Henry dormaient. Heureusement, ils n'avaient pas été réveillés par le fracas.

Elle se dirigea vers sa chambre et se retourna sur le seuil.

— On se voit demain matin.

Il soutint son regard un long moment, et elle eut peur qu'il dise quelque chose à propos de ce qui s'était passé entre eux.

Elle avait peur aussi qu'il essaie de l'embrasser à nouveau. Car alors elle serait perdue.

— À demain, dit-il finalement, avant de s'éloigner dans le couloir.

Elle soupira de soulagement et se dirigea vers sa commode pour y prendre une tenue de nuit propre, puis elle alla dans la salle de bains.

Elle ne voulait pas penser au fait que quelqu'un voulait sa mort. Elle ne voulait pas non plus spéculer sur la possibilité qu'il pouvait s'agir de Robby.

Elle ne voulait pas non plus penser à Clay, mais ses pensées la ramenaient constamment à lui.

Son enfance avait été horrible, et elle n'en appréciait que plus d'avoir été élevée par des parents qui l'adoraient, qui lui faisaient sentir chaque jour de sa vie qu'elle était spéciale.

Les confidences de Clay lui avaient serré le cœur, lui donnant l'envie de retrouver le petit garçon en lui et de lui dire qu'il était beau et qu'il méritait d'être aimé.

Était-ce pour cela qu'il sortait avec autant de femmes ? Cherchait-il la confirmation qu'il n'était pas laid ? C'était possible. Miranda se doucha, enfila sa chemise de nuit et son peignoir et, pour la première fois depuis l'accident, se coucha dans son lit. Le matelas sembla l'accueillir comme un vieil ami, et elle commença à se détendre.

Elle voulait désespérément s'endormir, arrêter de penser, mais son cerveau continuait à fonctionner en surrégime.

Elle songea à Clay en train de jouer avec ses enfants, à sa façon de les écouter avec intérêt quand ils lui parlaient, à sa patience infinie...

Elle savait que ses enfants l'adoraient...

Des visions d'eux assis à table et riant ensemble lui vinrent à l'esprit. Des visions de bonheur familial.

Finalement, une plaisante chaleur l'envahit, quand elle se rappela les baisers de Clay, et ce qu'elle avait ressenti dans ses bras.

Levant les yeux vers le plafond, où la lumière de la lune qui filtrait à travers les stores dessinait des ombres dansantes, elle fut envahie par un flot d'émotion quand elle comprit ce qui était en train de se passer.

Elle était dangereusement proche de tomber follement et totalement amoureuse de Clay Madison, alias Roméo.

9

Samedi matin, Hank vint chercher Henry et Jenny comme d'habitude. Lori l'accompagnait et avait cuisiné un nouveau plat pour Miranda.

— C'est du poulet et du riz à réchauffer.

— Lori, il ne fallait pas, protesta Miranda.

Clay prit le plat pour elle.

— Comment te sens-tu ? demanda Hank.

— Beaucoup mieux, maintenant.

— Ça fait plaisir à entendre, dit Hank. Ton hématome au front a presque disparu.

— Tant mieux. Et ma cheville ne me fait presque plus mal.

— Nous nous sommes inquiétés pour vous dit Lori.

— J'en étais malade, ajouta Hank.

Clay déposa le plat dans le réfrigérateur et revint au salon, où le couple et les enfants s'apprêtaient à partir.

— Vous nous préviendrez si Dillon trouve quelque chose ? demanda Lori.

— Je veux être tenu au courant de tout, ajouta Hank.

Lorsqu'ils furent partis, Clay et Miranda retournèrent dans la cuisine, où ils étaient précédemment en train de prendre de prendre un café.

— Flint devrait arriver d'un moment à l'autre, dit Clay.

— Qui est-ce ?

— Flint McCay, un de mes collègues au ranch.

— Je ne crois pas l'avoir déjà rencontré.

— C'est un type bien. C'est une star des rodéos. Il chevauche des taureaux et il a gagné des tas de médailles.

— Je ne crois pas avoir de taureaux à chevaucher, dit-elle, malicieusement. Il vient nous rendre visite ?

— Pas exactement. Je lui ai demandé de venir m'aider à réparer le perron.

— Oh ! Clay, vous n'avez pas à faire ça, protesta-t-elle.

— Bien sûr que si.

Clay avait vraiment besoin de sortir, et de respirer l'air frais plutôt que son parfum. Il avait besoin d'une activité physique qui lui permettrait d'évacuer l'adrénaline qui le dévorait.

Il avait désespérément besoin de se concentrer sur autre chose que son envie d'elle.

C'était pour cela qu'il avait appelé Flint à l'aube, afin d'organiser cette journée de travail.

— Ce n'est pas grand-chose, dit-il. Quelqu'un va finir par se blesser sur ses marches, et ça pourrait être un de vos enfants. Et je sais que vous ne voulez pas cela.

— Bien sûr que je ne le veux pas. Il n'empêche que ce n'est pas à vous de le faire. J'avais l'intention d'appeler un artisan.

— Ça a besoin d'être fait, et je suis là.

La sonnette retentit, et il se leva.

— Voilà Flint. Ça ne sert plus à rien de protester maintenant.

Il ouvrit la porte, révélant un grand cow-boy à l'allure nonchalante.

— Hé, Flint.

Clay accueillit son ami et le conduisit à la cuisine.

— Je te présente Miranda. Miranda, voici Flint.

— Ravi de vous rencontrer, dit Flint, en pinçant le rebord de son chapeau entre le pouce et l'index.

— Moi aussi. Mais, je viens de dire à Clay que ce n'était pas nécessaire.

— Excusez-moi de vous contredire, mais je viens de monter ces marches et je vous assure qu'il y a des réparations à faire.

— Dans ce cas, je tiens à vous payer, aussi bien pour les matériaux que pour vos heures de travail.

— Vous verrez ça avec Clay.
— Nous en parlerons plus tard, dit l'intéressé

— Je pense que nous avons tout ce qu'il faut, dit Flint, tout en observant les marches et la rampe.

Clay regarda en direction du pick-up garé dans l'allée, chargé de matériaux de construction et d'outillage.

— Merci, vieux. J'apprécie vraiment ton aide.

— Pas de problème. Et tu sais que je ne veux pas d'argent pour ça. J'aime bien l'idée que tu me doives quelque chose. Comme ça, je pourrai te demander de nettoyer les écuries à ma place le jour où ce sera mon tour.

— Tu peux toujours rêver.

C'était une belle et chaude journée, et Clay ne tarda pas à transpirer. Tandis qu'ils travaillaient à démonter la rampe et les anciennes marches, Flint lui raconta tout ce qui se passait au ranch.

— Cassie a engagé un nouveau. Il s'appelle Alex Scott et il vient du Texas.

— Qu'est-ce qui l'amène chez nous ?

— Abe Breckinridge est son grand-oncle.

— Pourquoi ne travaille-t-il pas pour lui ? Son domaine est aussi grand que le Holiday Ranch.

— Il dit qu'il n'aime pas mélanger le travail et la famille.

— Qu'est-ce que tu penses de lui ?

— Ça va. Il travaille bien, mais il est un peu secret.

Ils se turent et se consacrèrent à leur tâche. Ils travaillaient bien ensemble. Ils le faisaient souvent autrefois dès qu'il s'agissait de réparer quelque chose au ranch. Il était midi passé lorsque Miranda apparut à la porte.

— Et si vous faisiez une pause pour déjeuner ? J'ai fait des sandwichs fromage-jambon et du thé glacé.

Flint posa son marteau.

— Je ne vais pas me le faire répéter deux fois.

— Pareil pour moi, dit Clay.

Miranda avait dressé une table avec une pile de sandwichs, un paquet de chips et des boissons fraîches. Ils se lavèrent les mains à l'évier de la cuisine et s'installèrent.

— C'est vraiment gentil à vous, dit Flint.

— C'est la moindre des choses.

— Vous ne déjeunez pas avec nous ? demanda Clay.

— Je n'ai pas faim.

Elle se tenait dos à l'évier, et le soleil qui entrait par la fenêtre dansait dans ses cheveux.

Bon sang, même en mangeant un sandwich, il avait envie d'elle.

— Clay m'a raconté tout ce qui vous est arrivé, dit Flint. J'espère que vous allez bien.

— Beaucoup mieux. Mais, je ne sais pas ce que j'aurais fait sans Clay. Il a été formidable avec mes enfants, et il a bien pris soin de nous.

Elle lui sourit.

— Ça m'a fait plaisir, répondit-il, avant de détourner les yeux.

Depuis la nuit où ils avaient commencé quelque chose qui avait été interrompu par Robby, il avait du mal à penser à autre chose.

Ils n'en avaient pas reparlé, et elle faisait comme si ça ne s'était jamais produit, ce qui l'incitait à croire qu'elle le regrettait. Clay avait accueilli avec soulagement le moment de se remettre au travail. Il avait besoin de s'occuper. À la fin de la journée, sans doute parviendrait-il à contrôler ce désir qui le saisissait à chaque fois qu'il était en sa présence.

— Tu sais qu'elle est folle de toi, dit Flint.

Il éclata de rire, malgré la brutale accélération de son pouls.

— Je ne crois pas.

— Je sais ce que je vois. Sa façon de te regarder quand elle croit que tu ne la vois pas ne trompe pas.

Les paroles de Flint continuèrent à tourner dans l'esprit de Clay tandis qu'ils travaillaient.

Serait-il possible que Miranda soit prête à donner à leur relation un tour plus sérieux ?

C'était en tout cas ce qu'il avait pensé quand elle l'avait embrassé avec tant de passion.

Tandis que l'après-midi avançait, le soleil gagna en intensité, et Clay ôta sa chemise. Flint l'imita.

— Je ne pensais pas qu'il allait faire si chaud aujourd'hui, remarqua Clay.

— On risque d'avoir de l'orage dans la soirée.

— Ah, le printemps...

À cette époque de l'année, il fallait toujours craindre de forts orages en Oklahoma. Peut-être passeraient-ils à côté ce soir.

L'heure du dîner était presque arrivée quand les deux hommes terminèrent de charger le pick-up. Des nuages sombres s'accumulaient au sud-ouest, promettant au minimum une bonne averse.

Miranda sortit pour admirer son nouveau perron, et ses yeux s'emplirent de larmes.

— Je ne sais pas comment vous remercier tous les deux.

— Pas la peine de me remercier, dit Flint. Ça m'a permis d'échapper au ranch pendant une journée, et de travailler avec celui-ci.

Il passa le bras autour du cou de Clay, et les deux hommes chahutèrent quelques instants comme des adolescents.

Clay s'extirpa de la poigne de Flint et sourit à Miranda.

— Maintenant, si quelqu'un trébuche dans l'escalier, ce sera par maladresse.

Flint leur dit au revoir, et ils se retrouvèrent dans la cuisine, où Miranda avait cuisiné un rôti et de la purée.

— Il faut que je prenne une douche, dit Clint.

— Il faut aussi que vous me disiez ce que je vous dois.

— Très bien. Quand nous aurons dîné, vous me donnerez un baiser. C'est le paiement que je demande.

Elle rougit.

— Clay, je suis sérieuse.

Il sourit.

— Moi aussi. Embrassez-moi, et nous serons quittes.

— Allez prendre votre douche, dit-elle, en essayant de le frapper avec un torchon à vaisselle. Clay riait encore sous le puissant jet d'eau tiède de la douche. C'était si bon de voir à nouveau pétiller le regard de Miranda, et de savoir qu'elle se sentait mieux. Il était également sensible au fait qu'elle se sentait maintenant assez à l'aise pour plaisanter avec lui.

Les enfants étaient chez Hank, et cela voulait dire que Miranda et lui seraient seuls cette nuit.

Elle n'avait pas dit non pour le baiser, et il avait bien l'intention de l'obtenir.

Miranda essayait de ne pas penser à la nuit à venir.

Elle passerait de longues heures, seule avec Clay. Et, s'il avait été dehors une grande partie du temps, elle avait senti son désir pour lui s'amplifier.

Elle avait passé beaucoup trop de temps à regarder par la fenêtre et à l'observer en train de travailler. Elle avait admiré la beauté de son dos et la façon dont ses muscles roulaient sous sa peau bronzée.

Tandis qu'elle rêvait de se trouver à nouveau dans ses bras, elle avait compris que ce qu'elle éprouvait pour lui n'avait rien à voir avec de la reconnaissance pour tout ce qu'il avait fait pour elle et ses enfants.

Ce qu'elle voulait, c'était faire l'amour avec lui.

Voilà, c'était dit.

Cela faisait longtemps qu'elle n'avait pas ressenti cela. Clay réveillait des sentiments qu'elle pensait ne plus jamais connaître. Il apparut dans la cuisine avec les cheveux humides et nimbé d'une odeur de gel douche et de mousse à raser.

— Ça fait du bien, dit-il, en s'asseyant à table. Rien de tel qu'une bonne douche pour remettre les idées en place.

— Je préfère les bains. Avec beaucoup de mousse.

Miranda prépara une assiette et la posa devant lui.

— J'espère que vous avez faim.

Sous l'intensité de son regard, elle avait du mal à retrouver son souffle.

— Croyez-moi, j'ai une faim de loup, répondit-il.

Elle soutint un court instant son regard.

— Vous devez arrêter de me regarder comme ça.

— Je vous regarde comment ?

— Vous le savez bien.

Elle rougit.

— Comme un gâteau que vous voudriez pour le dessert.

Il rit.

— Je ne vous vois pas comme un gâteau, mais comme une femme belle et désirable, mais aussi forte et courageuse. Et maintenant asseyez-vous et partagez ce repas avec moi.

Elle se servit une assiette et le rejoignit à table.

— Les nuages s'accumulent. On dirait qu'il va y avoir de l'orage cette nuit, dit-elle.

Elle voulait éviter de penser aux mots merveilleux qu'il venait de prononcer.

— Vous avez peur de l'orage ?

— Pas vraiment. Sauf s'il y a une menace de tornade.

— Et les enfants ?

— Jenny n'y prête pas attention du tout. Henry a peur du tonnerre.

Elle plissa le front, inquiète pour son petit garçon.

— Je suis sûr que Lori et Hank vont le réconforter s'il a peur, dit gentiment Clay, comme s'il avait lu dans ses pensées.

— Vous avez raison, dit-elle.

Mais la perspective de ne pas pouvoir prendre son petit garçon dans ses bras raviva la pensée que quelqu'un avait essayé de l'arracher pour toujours à ses enfants.

Et que cette personne était toujours là à rôder dans l'ombre, avec cette intention à l'esprit.

Quand *essayerait-elle* à *nouveau* de s'en prendre à elle ?

Elle avait survécu à deux agressions et s'en était tirée sans trop de mal. Aurait-elle autant de chance la prochaine fois ?

— Et vous ? demanda-t-elle, que ressentez-vous à propos des orages ?

Elle voulait essayer de penser à autre chose.

Il hésita.

— C'est un peu compliqué. D'un côté, je n'en ai pas peur mais, de l'autre, ça me rappelle le départ de ma mère. Il y avait un orage, la dernière fois qu'elle m'a bordée. Et c'était aussi la dernière fois que je l'ai vue.

Elle tendit le bras et lui effleura le dos de la main.

— Je suis désolée, Clay.

Il haussa les épaules.

— C'est juste quelque chose qui m'est arrivé. Ça ne définit pas ce que je suis, ou ce que je suis devenu.

— Et vous êtes devenu un homme formidable, répliqua-t-elle.

À cet instant, elle ne pouvait imaginer qu'il ne soit pas là avec elle. Ça présence lui permettait de bien dormir, en sachant qu'il était là pour la protéger.

En dehors de l'intrusion de Robby, les choses avaient été calmes. Mais elle ne pouvait oublier qu'elle était toujours en danger.

Elle tourna la tête vers la vitre, ses pensées agitées comme de sombres nuages annonciateurs de tempête.

À part pour aller au match de Henry, elle était restée enfermée chez elle. Mais elle ne pourrait pas toujours se terrer comme un animal pris au piège. Et Clay ne pourrait pas rester éternellement.

— Hé...

La voix de Clay la rappela à la réalité.

— Je n'aime pas les pensées qui tournent dans votre tête.

— Comment savez-vous à quoi je pense ?

— Quand vous avez des soucis, un petit pli se forme entre vos sourcils.

Elle soupira et posa sa fourchette.

— Je pensais aux agressions, et aussi à vous.

— À moi ?

Il la regarda avec surprise.

— Pourquoi ?

— Vous n'allez pas pouvoir rester indéfiniment. Vous avez une vie. Et moi, je ne peux pas me cacher dans la maison en permanence. Ce ne serait pas juste pour mes enfants qui ont plein d'activités prévues pour les vacances.

— Prenons les choses comme elles viennent, jour après jour.

Il hésita quelques instants, et ses yeux s'assombrirent légèrement.

— Je ne pense pas que cela va prendre très longtemps avant qu'une autre attaque se produise.

— Merci de me rassurer, dit-elle, sèchement.

— Je crois qu'il vaut mieux être franc. Vous avez été attaquée un vendredi soir, puis le lundi suivant. Je pense que la personne est impatiente, et cela veut dire qu'elle va bientôt recommencer.

— Et s'il ne se passait rien jusqu'à la fin de vos vacances ?

— Eh bien, j'irai travailler et je reviendrai ici tous les soirs. Personne ne peut trafiquer vos serrures et, tant que vous n'ouvrez pas la porte, tout ira bien.

— Et si je dois sortir dans la journée ? Jenny et Henry ne vont pas passer tout l'été enfermés dans la maison.

Il soupira.

— Nous trouverons une solution. Il me reste encore une semaine complète de vacances. Et si j'ai besoin de quelques jours de plus, je suis sûr que ce ne sera pas un problème.

— Je pense que vous avez d'autres choses à faire que de rester ici.

— En fait, ce n'est pas vrai. Que pourrais-je faire de mieux que de passer mon temps avec une belle femme ? Et en bonus, je profite de la compagnie de deux enfants incroyables.

Il semblait si enthousiaste que les peurs de Miranda s'évanouirent. *Il avait raison. La seule chose à faire* était de prendre les choses comme elles venaient. Sinon, elle deviendrait folle. Après avoir terminé de dîner, ils avaient fait la vaisselle et s'étaient installés dans le salon, où une nouvelle forme de tension avait pris place entre eux.

Assis sur le canapé, ils discutaient de tout et de rien, mais Miranda ne pouvait s'empêcher de penser qu'ils étaient seuls dans la maison, sans les enfants.

Si elle en croyait ce qu'il lui avait dit avant, elle lui devait un baiser.

Elle savait que, s'ils échangeaient ce baiser, cela risquait de partir dans une spirale incontrôlable.

Ils finirent par allumer la télévision et tombèrent sur une série policière.

Peu après, les premiers signes de l'orage résonnèrent au-dessus de leurs têtes.

— On dirait que nous allons avoir de la pluie, dit-elle.

— Ça ne fera pas de mal. Jusqu'à présent, le printemps a été sec.

Clay se rapprocha sur le canapé.

— Vous savez que je vais réclamer mon baiser, dès que la série sera terminée.

Il parlait lentement, la voix plus enrouée qu'à l'accoutumée.

Une chaleur délicieuse envahit son corps.

Elle fixa la télévision, mais elle aurait été bien incapable de dire de quoi cela parlait.

Elle ne pensait qu'à se retrouver dans ses bras, et à sentir sur les siennes la caresse de ses lèvres.

Lorsque le programme se termina, l'orage était au-dessus d'eux. Le tonnerre roulait, et les éclairs déchiraient le ciel.

— Vous voulez regarder autre chose ? demanda-t-elle.

— Non.

Il se leva et s'étira, les bras au-dessus de la tête. Puis il les laissa retomber et lui tendit la main.

Le regard de Clay se posa sur ses lèvres et s'y arrêta.

Un lent sourire retroussa le coin de ses lèvres.

— Je suis prêt à recevoir le paiement pour mon dur travail de la journée.

Elle hésita, ne sachant pas si ses jambes allaient la soutenir. Puis elle hocha la tête, prit sa main et se laissa soulever contre lui.

Prenant appui contre son torse, elle lui donna un petit baiser sur la joue.

— Voilà. Vous êtes payé.

Il rit, les yeux pétillants.

— Ça ne me paie même pas ma première heure de travail.

Elle savait ce qu'il voulait, et elle avait envie de le lui donner aussi.

Nouant les bras autour de son cou, elle effleura sa lèvre inférieure du bout de la langue puis couvrit sa bouche de la sienne.

Il eut un petit sursaut d'étonnement, puis il serra les bras autour de sa taille.

Ce fut elle qui donna à leur baiser un tour plus passionné. Sous la caresse de sa langue qui jouait avec la sienne, un son guttural sortit de la gorge de Clay, affolant un peu plus ses sens.

Il s'arracha finalement à ce baiser et dessina un chemin de baisers tout le long de son cou.

— Miranda...

Son prénom était un soupir enfiévré près de son oreille.

— J'ai tellement envie de vous.

C'était le moment pour elle de tout arrêter. S'il fallait que ça s'arrête...

Elle savait qu'il risquait de lui briser le cœur.

Elle savait aussi que faire l'amour avec lui signifierait beaucoup plus pour elle que pour lui.

Mais, elle n'avait pas envie de le repousser.

— Moi aussi, j'ai envie de vous.

Le regard de Clay s'embruma, et il l'embrassa éperdument. Puis il la souleva dans ses bras et l'emmena dans la chambre qu'il occupait. Clay la déposa sur le lit, dans la chambre plongée dans l'obscurité et, quand un éclair l'illumina momentanément, elle vit une faim dévorante sur ses traits.

Un frisson de ravissement courut le long de sa colonne

vertébrale. Jamais elle n'avait ressenti cela pour un homme auparavant, comme s'il était une nourriture essentielle à sa survie, l'air qu'elle respirait.

Elle fit passer son T-shirt au-dessus de sa tête, et le laissa tomber à terre.

Elle avait hâte d'être nue dans ses bras.

Ils furent bientôt enlacés dans le lit, s'embrassant passionnément.

Elle aimait le contact de sa peau et celui de ses mains qui la caressaient inlassablement, éveillant des sensations qu'elle avait presque oubliées.

— Tu es tellement belle, murmura-t-il.

Ses mains se déplacèrent sur ses seins, et elle gémit tandis que ses doigts commençaient à taquiner doucement les pointes dressées. Il les remplaça par sa bouche, les agaçant tour à tour de la langue, les mordillant, tandis que des éclairs intermittents éclairaient la chambre, ajoutant mystère et romantisme à la scène.

Quand une main glissa vers son ventre, pour la toucher aussi intimement qu'un homme pouvait toucher une femme, elle gémit à nouveau de ravissement.

Il savait comment la caresser, quelle pression exercer pour lui procurer le plus intense des plaisirs.

La flamme en elle brûlait de plus en plus fort, puis vinrent les magnifiques vagues de l'orgasme qui la laissa faible et gémissante.

Ne lui laissant pas le temps de récupérer, il prit un préservatif, là où il l'avait posé sur la table de chevet, et se positionna entre ses cuisses.

— Je ne peux plus attendre, Miranda.

Elle souleva les hanches à sa rencontre et crispa les mains sur ses fesses musclées.

Enfin, il se perdit en elle et l'entraîna dans une danse sauvage, lui imposant un rythme rapide et puissant. Exprimant son plaisir par des gémissements rauques, elle ne tarda pas à chavirer et cria son prénom.

Quand moururent les derniers soubresauts de leurs corps, elle se blottit contre Clay, ivre de bonheur,

— C'était vraiment... incroyable, déclara-t-il.

— Je suis d'accord.

Miranda constata qu'elle avait du mal à parler, bien plus émue qu'elle ne l'aurait voulu.

Jamais elle ne s'était sentie aussi aimée qu'à cet instant.

C'était comme si elle avait attendu Clay toute sa vie.

— Il pleut toujours, remarqua-t-il.

— Je sais. Et je me disais que j'avais envie de sortir danser nue sous la pluie.

Se redressant sur un coude, il suivit du bout des doigts le contour de son visage.

— Il y a quelque chose de spécial entre nous... Non ?

Ces mots remplirent d'allégresse le cœur de Miranda et, à cet instant, elle sut qu'elle était amoureuse de Clay.

Elle voulait le voir de plus près.

Il fallait absolument qu'elle lui parle.

Elle savait que Miranda Silver avait des ennuis, mais elle ne s'attendait pas à ce qu'il s'installe chez elle.

Elle aurait dû l'approcher plut tôt.

Maintenant qu'il passait ses journées et ses nuits chez Miranda, il était impossible de lui parler.

Jour après jour, elle restait garée dans la rue à surveiller la maison, guettant une opportunité... attendant le bon moment pour agir.

À présent, tandis que la pluie résonnait sur le toit de sa voiture, elle essayait de réfléchir à la manière de procéder.

Quelque chose lui disait qu'elle n'aurait droit qu'à une seule chance.

Il était impératif qu'elle ne la laisse pas passer.

10

Ils firent à nouveau l'amour à l'aube. Ce fut une étreinte languide et tendre, qui laissa Clay plus satisfait qu'il ne l'avait jamais été.

Plus tard, lorsque Miranda quitta le lit pour commencer sa matinée, il resta étendu sous les draps qui portaient à présent l'odeur de Miranda.

Faire l'amour avec elle avait été extraordinaire. Il se sentait plus intime, plus connecté émotionnellement à elle, qu'il ne l'avait été avec les autres.

C'est la bonne. L'élue de ton cœur.

Les mots explosèrent dans sa tête.

Et il en ressentit de la peur.

Elle est ta Juliette.

Il se rembrunit, soudain déstabilisé par ses propres sentiments.

Était-ce vraiment ce qu'il voulait ?

L'idée de construire un avenir avec elle lui faisait peur.

Comment expliquer cela ?

Une odeur de café et de bacon frit incita finalement Clay à se lever. Il était temps pour lui de s'habiller et de descendre.

Le temps... Peut-être avait-il besoin d'un peu plus de temps pour comprendre ce qui se passait dans son propre cœur.

Et puis, pour être l'élue de son cœur, encore fallait-il que

Miranda soit d'accord. Ce n'était pas parce qu'elle avait fait l'amour avec lui qu'elle était amoureuse de lui.

Vêtue d'un T-shirt rose qui lui descendait à mi-cuisses, les cheveux relevés en chignon approximatif, Miranda se tenait devant la plaque de cuisson.

En l'entendant entrer, elle se retourna et lui adressa un magnifique sourire.

— Bonjour.

— Oui, je crois que la journée va être bonne.

Il se dirigea vers le comptoir où était posée la cafetière.

— J'espère que tu as faim. J'ai fait des pancakes et des œufs au bacon.

— Quel festin ! Je peux t'aider à faire quelque chose ?

— Ne reste pas dans le passage, c'est tout ce que je te demande. Tu as tellement cuisiné pour nous, c'est à mon tour maintenant.

Il se servit un café et s'assit.

— Je suis content de voir que tu te sens mieux.

— En fait, je me sens tellement bien que j'éprouve de la culpabilité à ne pas aller travailler demain. C'est le dernier jour de l'école et, même si les cours sont terminés, j'aimerais bien y passer une heure ou deux pour dire au revoir à tout le monde.

Il eut une moue pensive.

— Je pense que nous pouvons arranger ça. Je pourrais te déposer, et faire un saut au ranch pendant que tu seras au lycée.

En fait, il n'était pas contre l'idée de passer un peu de temps loin d'elle, afin de faire le tri dans ses pensées et sentiments.

Il avait besoin de comprendre pourquoi, s'il croyait qu'elle était la femme de sa vie, il était aussi effrayé par cette idée.

Heureusement, elle n'était pas le genre de femme à vouloir discuter longuement de ce qui s'était passé entre eux et à exiger des promesses ou de grandes déclarations.

Tandis qu'ils prenaient le petit déjeuner, elle lui parla des projets qu'elle avait pour Jenny et Henry.

— Ils font toujours deux semaines de centre aéré en juillet. Ils adorent ça. On leur fait faire plein d'activités créatives.

— Jarod y travaille pendant ces deux semaines, dit Clay, en faisant référence à un des cow-boys du Holiday Ranch.

Elle sourit.

— Les enfants adorent Jarod, même s'il est parfois sévère avec eux.

— Oui, c'est vraiment un type bien. Je pense que nous nous en sommes tous bien sortis.

Le petit déjeuner terminé, Clay avait de nouveau éprouvé le besoin de s'éloigner de Miranda.

Il était donc sorti dans le jardin pour passer la tondeuse, même si la tâche était un peu compliquée par la pluie qui était tombée la veille.

Cela eut au moins le mérite de l'occuper jusqu'au déjeuner.

Après quoi, il prit des cisailles et entreprit de tailler tous les petits arbustes du jardin, et notamment les buis, qu'il s'amusa à façonner en boules parfaites.

Même s'il aimait passer du temps avec Miranda, le grand air et les travaux physiques lui manquaient.

Dès son arrivée au ranch de Cass, il avait adoré être sur le dos d'un cheval, avec le soleil qui lui cuisait les épaules. S'il passait au ranch le lendemain, la première chose qu'il ferait serait de prendre son cheval, Rowdy, et de faire une balade à travers champs.

Il se sentait profondément cow-boy et ne voulait rien faire d'autre. Il n'envisageait pas non plus de travailler pour quelqu'un d'autre que Cassie.

Si sa relation avec Miranda évoluait, il avait l'intention d'aller travailler tous les jours au ranch, et de rentrer le soir à la maison, pour y retrouver Miranda et les enfants.

Tout en travaillant dans le jardin, il observait régulièrement les alentours, afin de s'assurer que personne ne cherchait à s'approcher de la maison.

Il avait toujours à l'esprit l'agresseur de Miranda, éprouvant la sensation d'un compte à rebours jusqu'à la prochaine attaque.

Un jet d'acide, un sabotage de voiture… À quoi fallait-il s'attendre ensuite ? Une bombe jetée par la fenêtre ? Un tireur embusqué sur le toit d'une maison voisine ?

Il posa les cisailles et regarda de chaque côté de la rue.

Il n'y avait qu'une voiture garée le long du trottoir.

Il ne savait pas à qui appartenait la berline noire, mais il l'avait vue tous les jours au même emplacement. Elle était immatriculée au Texas, et il en avait déduit qu'un des voisins avait de la visite.

Un 4x4 familier apparut soudain. Comme il se garait devant la maison, Clay agita la main et s'avança jusqu'à la vitre du conducteur.

— Salut, Tony. Comment ça va ?

Tony Nakni était le mari de Mary, la peintre, et l'un des « frères » de Clay au ranch.

— Je suis en ville pour acheter des fournitures et je voulais passer te dire bonjour. Alors, comment ça se passe, ici ?

— Bien. En tout cas, il n'y a pas eu d'autres incidents. Mais je suis toujours à l'affût du moindre problème.

— Dillon n'a toujours pas de piste ?

— Ce n'est pas évident. Il n'y a pas d'indice, pas de vrai suspect…

— On y a tous réfléchi au ranch, mais on ne voit pas qui pourrait en vouloir à Miranda. Quant à toi, la liste de tes conquêtes est tellement longue que ça nous donnait le vertige, alors on a arrêté.

— Très drôle !

— Alors ? Comment ça se passe entre Miranda et toi ?

Clay grimaça.

— Je ne sais pas trop…

Il hésita un moment, avant de poursuivre.

— Je pense que c'est la bonne, Tony. Mais, je me dis aussi que je ne suis peut-être pas prêt pour ça.

Tony le dévisagea avec surprise.

— Je croyais que tu cherchais la femme de ta vie. Ça fait un an que tu n'arrêtes pas de nous en parler. Qu'est-ce qui te fait dire que tu n'es pas prêt ?

À nouveau, il hésita avant de répondre.

Il ne voulait pas admettre qu'il avait peur, et qu'il ne savait pas pourquoi.

— Je ne sais pas ce que j'ai, finit-il par dire.

— Et Miranda ? Qu'est-ce qu'elle ressent ?

Clay songea à leurs étreintes passionnées de la veille, et à son magnifique sourire au réveil.

— Je crois qu'elle est amoureuse de moi.

— Alors, tu devrais être heureux.

— Je sais et je le suis en partie. Mais il y a une autre partie de moi qui a envie de prendre la fuite.

Il grimaça à nouveau, en ayant l'impression de mettre son âme à nu.

— Ne t'inquiète pas. Je vais finir par y voir clair.

— Clay, je sais que c'est dur d'engager son cœur mais, je peux te dire que ça en vaut la peine. J'avais une peur bleue de m'engager avec Mary. Mais je suis content de l'avoir fait, car je ne peux pas imaginer ma vie sans elle maintenant. Si tu crois que Miranda est en train de tomber amoureuse, ne tarde pas à te décider.

— Je sais...

Clay soupira.

— Mais ça arrive tellement vite.

Tony éclata de rire.

— C'est comme ça que ça se passe. Tout d'un coup, tu comprends que tu es fou amoureux.

— Pour le moment, je me sens fou tout court.

Les deux hommes discutèrent encore quelques minutes, puis Tony s'en alla, et Clay reprit la taille des buissons.

Qu'est-ce qui n'allait pas chez lui ?

Il était plus épris de Miranda qu'il ne l'avait été d'aucune autre femme auparavant.

Alors, qu'est-ce qui le retenait ?

La maison sentait la cire d'abeille, et de délicieuses odeurs de tomate et d'ail s'échappaient de la cuisine.

Visiblement, Miranda avait été aussi active à l'intérieur que lui dans le jardin, nettoyant la maison, et exerçant ses talents culinaires.

— Ça sent bon ! s'exclama Clay, en entrant dans la cuisine.

— Sauce tomate maison.

Elle désigna la table.

— Tout est prêt.

— Ça tombe bien, parce que j'ai faim.

Il se lava les mains à l'évier de la cuisine.

— Je peux faire quelque chose ?

— Sortir la salade du réfrigérateur. J'apporte le pain à l'ail.

Quelques instants après, ils étaient à table.

— Tu as passé beaucoup de temps dehors, remarqua-t-elle.

— La pelouse avait besoin d'être tondue, dit-il, en évitant son regard. C'est bien que j'aie trouvé tout l'outillage dont j'avais besoin dans le garage.

— Hank n'a rien emporté quand il est parti. Je crois que Lori prend quelqu'un pour entretenir le jardin chez eux.

Elle hésita et regarda son assiette.

— J'ai l'impression que tu m'as évitée toute la matinée.

Quand elle releva enfin les yeux vers lui, il lui sourit.

Il était impossible de ne pas lui sourire.

Avec son T-shirt jaune et son jean blanc, elle lui faisait penser à un rayon de soleil, et son cœur se réchauffait à sa vue.

— Je ne t'évitais pas. Le jardin avait vraiment besoin d'entretien.

Ce n'était qu'un demi mensonge. Effectivement, le jardin avait vraiment besoin d'entretien. L'ambiance du dîner était bizarre.

Clay était anormalement calme, et leur conversation semblait un peu forcée. Ça n'avait jamais été comme ça entre eux avant, et ça rendait Miranda nerveuse.

Il l'ignorait mais son cœur lui appartenait désormais. Et,

ces deux derniers jours, elle avait eu l'impression qu'il l'aimait aussi. Elle l'avait vu dans ses yeux, et elle l'avait senti irradier de lui quand ils avaient fait l'amour.

Mais elle ne sentait pas du tout d'amour à cet instant.

Elle voulait lui demander ce qui se passait, mais Hank choisit ce moment précis pour arriver avec les enfants.

— Le jardin a belle allure, dit Hank, d'un ton bourru, tandis que les enfants se ruaient dans la maison, comme de jeunes chiens fous.

— Clay y a travaillé toute la journée.

Hank l'observa longuement.

— Tu as des sentiments pour lui, n'est-ce pas ?

Elle envisagea de mentir, mais elle décida finalement d'être honnête.

Après tout, elle n'avait pas à avoir honte de ce qu'elle ressentait pour Clay.

— C'est vrai, dit-elle.

— J'espère qu'il ne va pas te briser le cœur.

Hank eut une mimique attristée.

— Je t'ai fait suffisamment souffrir pendant notre mariage. Tu ne le méritais pas, et je voudrais que tu sois heureuse pour le reste de ta vie.

— Merci, Hank.

C'était la première fois qu'il reconnaissait qu'il lui avait fait du mal.

— Si tu l'aimes, j'espère pour toi qu'il t'aime aussi.

— Moi aussi.

— En tout cas, les enfants l'adorent et ne parlent que de lui quand nous les avons.

— Et les enfants aiment beaucoup Lori aussi. Je crois pouvoir dire que nous avons beaucoup de chance dans ce domaine.

— En parlant de Lori, elle m'attend dans la voiture. On en reparle plus tard.

Lori était garée le long du trottoir dans sa petite citadine bleu ciel. Miranda lui fit un signe de la main, et dit au revoir à Hank.

Elle verrouilla la porte et alla dans le salon, où Clay avait installé un jeu de société.

Une fois de plus, alors qu'elle le regardait interagir avec ses enfants, elle eut la confirmation qu'il avait entièrement gagné son cœur.

Et pourtant, même en jouant, il semblait un peu distant avec elle.

Était-ce ainsi qu'il se comportait, après avoir fait l'amour avec une femme ? Devenait-il froid, cherchant à fuir tout engagement émotionnel ?

Ou bien, se faisait-elle des idées, par excès de sensibilité.

Il avait travaillé dur dehors, toute la journée. Peut-être était-il seulement fatigué... Quand elle était fatiguée, elle devenait bougonne. Peut-être se mettait-il en retrait, gardant le silence.

Pour finir, elle se dit qu'il valait mieux ne pas essayer d'interpréter son humeur.

— J'aimerais aller au lycée vers 10 heures, demain. Si ça te va...

Ils venaient de coucher les enfants et se trouvaient dans le couloir

— Comme ça, tu pourrais revenir me chercher vers 12 h 30...

— Pas de problème, dit-il. Sur ce, je vais aller me coucher. Le jardinage m'a fatigué.

— Hank a dit que le jardin était bien entretenu. Merci de t'être donné autant de peine.

— Ce n'est rien.

Il l'attira dans ses bras.

— J'ai vraiment besoin d'un baiser de bonne nuit.

Elle sourit.

— Et je suis ravie de te le donner.

Le baiser fut doux et tendre et apaisa les craintes qu'elle avait ressassées toute la journée.

Lorsque leur baiser prit fin, il repoussa gentiment une mèche de cheveux derrière son oreille.

— Dors bien. On se voit demain.

Tandis qu'elle regagnait sa chambre, Miranda ne savait toujours pas à quoi s'en tenir.

Il lui avait envoyé des signaux contradictoires, d'abord en semblant l'éviter toute la journée, puis en lui donnant un baiser incroyablement tendre.

Elle se changea pour la nuit et se coucha en pensant à Clay.

L'intensité de l'amour qu'elle éprouvait pour lui la choquait. Elle ne se rappelait pas avoir ressenti la même chose pour Hank. Et pourtant elle lui avait donné deux enfants.

Elle avait l'impression qu'elle était tombée sous le charme de Clay le jour où il leur avait offert des cupcakes. Sa séduction avait continué à s'exercer jour après jour, jusqu'à ce qu'elle en soit irrémédiablement amoureuse.

Et maintenant, allait-il la laisser tomber ?

Était-il vraiment ce genre d'homme qui prenait et jetait ? C'était l'idée qu'elle se faisait de lui avant de le connaître. Puis elle avait changé d'avis.

L'avait-il bernée ?

Son cœur se serra à l'idée qu'il ne fasse plus partie de leurs vies.

S'il n'avait pas de vrais sentiments pour elle, alors ce serait bizarre qu'il continue à assurer sa protection. Et cela ne ferait que raviver jour après jour son chagrin.

Elle n'osait même pas imaginer ce que ressentiraient ses enfants.

Elle finit par s'endormir, et ses rêves se mélangèrent. Un instant elle était en sécurité dans les bras de Clay, et la minute suivante elle était poursuivie par une silhouette sombre armée d'un grand couteau. Le lendemain matin, Miranda se réveilla plus tard qu'à l'accoutumée.

Attrapant son peignoir, elle dévala l'escalier, et arriva en bas au moment où Clay refermait la porte, après avoir envoyé les enfants prendre le bus scolaire.

— J'ai trop dormi, dit-elle.

Il lui sourit.

— Tu devais avoir du sommeil en retard.

— Sans doute, mais je ferais bien d'aller me doucher et m'habiller très vite, si je veux être au lycée à 10 heures

— Tu veux que je te prépare quelque chose pour le petit déjeuner ?

— Non, merci. Mais, laissez-moi vous dire, monsieur Madison, que vous êtes aussi utile qu'une poche dans une veste.

— Et vous, mademoiselle Silver, vous êtes aussi jolie qu'un arc-en-ciel après l'orage.

En montant l'escalier, Miranda avait le cœur plus léger que la veille. Le regard de Clay était empli d'une chaleur qui l'avait enveloppée comme une douce couverture par une nuit froide.

Il n'était peut-être pas encore amoureux d'elle mais, quand il la regardait comme ça, elle pensait qu'il finirait par avoir un avenir commun.

Il était 9 h 30 quand elle descendit, portant un pantalon à pinces noir, et un chemisier à pois noir et blanc. Son maquillage était discret, et ses cheveux tirés en chignon.

C'était comme un jour de travail ordinaire, mais aujourd'hui elle allait dire au revoir à ses élèves et à ses collègues. Clay était assise à la table de la cuisine. Il se leva quand elle entra.

— Oh ! tu es magnifique ! s'exclama-t-il.

Elle rougit.

— Merci. Eh bien, je suis prête à y aller.

Quelques minutes plus tard, ils se trouvaient dans le pick-up et se dirigeaient vers le lycée.

C'était encore une belle journée, avec un soleil éclatant et un ciel sans nuage, d'un bleu incroyablement vif.

— Ça fait du bien de sortir de la maison, dit-elle. Je suis sûre que ça va te faire du bien aussi de te retrouver au ranch.

— Je dois avouer que j'ai hâte d'aller faire un tour avec mon cheval.

— Tu sais, j'apprécie vraiment ce que tu fais pour moi.

Il tourna la tête pour lui sourire.

— Ça me fait plaisir.

L'amour qu'elle éprouvait pour lui s'épanouit dans son cœur telle une fleur, emplissant tout l'espace.

Clay s'arrêta devant le lycée.

— Je viens te chercher vers 12 h 30. Attends de voir ma voiture avant de sortir du bâtiment. Je viendrai te chercher à l'intérieur.

— Je t'attendrai.

Elle descendit de voiture et ferma la portière. Puis elle se pencha à la vitre, restée ouverte.

— Je veux juste te dire que je suis follement amoureuse de toi.

Il la dévisagea d'un air horrifié.

Elle n'attendit pas qu'il dise quelque chose. Son expression était explicite.

Elle se retourna et courut vers l'entrée du bâtiment.

Quand elle fut à l'intérieur, Clay s'en alla, et elle le suivit des yeux le plus longtemps possible.

Bon sang ! Elle n'aurait jamais dû dire cela. C'était stupide de sa part.

Elle était tellement persuadée qu'il ressentait la même chose qu'elle. Sans doute avait-elle pris le désir de Clay pour de l'amour, et vu dans l'aide qu'il lui apportait autre chose que de l'amitié.

Seigneur, elle ne pouvait pas se sortir de l'esprit l'expression horrifiée qu'il avait eue.

Elle s'apprêtait à se tourner pour emprunter le couloir, quand elle repéra une voiture familière.

Lori ? Que faisait-elle là ?

La compagne de son ex-mari ouvrit la portière et agita frénétiquement le bras.

Intriguée, Miranda sortit.

— L'école vient d'appeler Hank. Henry est tombé à l'école et s'est cogné la tête. Il faut que vous alliez à l'hôpital immédiatement.

Henry ? Blessé ?

Totalement paniquée, Miranda n'hésita pas. Elle se précipita vers la voiture de Lori et s'engouffra à l'intérieur.

— Où est Hank ? demanda-t-elle, tandis que Lori démarrait en trombe.

— Malheureusement, il n'est pas en état de gérer ça. Vous savez bien ce qu'il en est.

— Ils ont dit si Henry était sévèrement blessé ?

Le cœur de Miranda battait à une allure folle. Tout ce qu'elle voulait, c'était prendre son petit garçon dans ses bras.

— Tout ce que je sais, c'est qu'il est tombé et qu'il a été conduit à l'hôpital.

— Mais, pourquoi ce n'est pas moi que l'école a appelée ?

— Ils ont dit qu'ils ne réussissaient pas à vous joindre. Je me suis précipitée chez vous et j'ai vu la voiture de Clay qui démarrait. Du coup, je vous ai suivis.

Lori tourna brièvement la tête vers elle.

— J'aimerais pouvoir vous rassurer, mais c'est tout ce que je sais.

— Oh ! j'espère qu'il n'a rien.

Des larmes d'inquiétude lui brûlaient les yeux.

— Moi aussi, dit Lori.

Elle désigna son sac sur le plancher, du côté passager.

— Vous voulez bien prendre la seringue dans mon sac. Je n'ai pas eu le temps de faire mon injection avant de partir.

Miranda la regarda avec surprise.

— Vous êtes diabétique ?

— Oui.

— Vous êtes sûre que ça ne vous dérange pas que je fouille dans votre sac ?

— Pas du tout. La seringue doit être sur le dessus. Je l'ai jetée dans le sac à la hâte, avant de quitter la maison.

Elle avait raison. Ce fut la première chose que Miranda vit. Elle la sortit du sac et la tendit à Lori.

— Merci.

Lori la plaça sur ses genoux.

— Merci. Je vais l'utiliser dès que j'aurai arrêté la voiture devant l'hôpital.

Miranda hocha la tête d'un air absent.

Elle était obsédée par l'état de santé de son fils. La seule chose qui comptait, c'était de le rejoindre au plus vite.

Il était probablement en train de pleurer et de réclamer sa maman.

À moins qu'il ne soit inconscient...

Cette pensée lui donna envie de hurler de douleur.

Elle faillit s'évanouir de joie en voyant l'hôpital au loin.

Tiens bon, Henry, maman est là.

Elle récita un millier de prières, espérant que l'école s'était affolée pour rien. Peut-être n'était-ce qu'une mesure de précaution. En réalité, Henry allait bien.

Oh ! elle le souhaitait tellement.

Elle voulait... Non, elle avait besoin qu'il aille bien.

Tandis qu'elles approchaient de l'hôpital, Lori accéléra et passa en flèche devant.

— Lori ! Qu'est-ce que vous faites ? s'affola Miranda. Pourquoi vous ne vous êtes pas arrêtée ?

Elle essaya d'agripper le volant, mais Lori lui tapa sur la main.

— Arrêtez ! Vous allez provoquer un accident.

— Qu'est-ce que vous faites ? répéta Miranda, en criant sa question.

Lori attrapa la seringue et la planta dans le bras de Miranda.

— Que... Qu'est-ce qui se passe ?

Miranda arracha la seringue, à présent vidée, et voulut saisir la poignée de la porte.

Elle découvrit qu'il n'y en avait pas. Elle avait été enlevée.

Il fallait qu'elle sorte de là !

Lori avait visiblement perdu l'esprit.

Il fallait qu'elle trouve un moyen d'arrêter la voiture.

Mais ce qu'il y avait dans la seringue commençait à faire effet.

Ses membres devenaient lourds. Ses paupières se fermaient.

Oh ! Seigneur, elle n'avait jamais pensé à Lori.

Personne n'avait pensé à Lori.

Pourquoi cette femme faisait-elle ça ? Elle ne lui avait jamais fait de mal.

Tandis que son esprit commençait à sombrer dans l'inconscient, la seule pensée qui surnageait, c'était qu'elle était dans un sacré pétrin.

11

« Je veux juste te dire que je suis follement amoureuse de toi. »

Ces mots l'avaient médusé.

Tandis que Clay s'arrêtait près des écuries, la déclaration de Miranda occupait encore son esprit.

Il ne s'attendait pas à cela.

Oh ! bien sûr, il savait qu'elle avait de l'affection pour lui, mais il ne se doutait pas qu'elle était déjà amoureuse.

Et maintenant il devait décider ce qu'il allait faire.

Il savait qu'elle n'était pas femme à donner son cœur à la légère et il avait conscience du cadeau qu'elle lui faisait.

Allait-il prendre bien soin de son cœur, ou allait-il le briser ?

Une brise tiède transportait les bruits familiers du ranch : le ronronnement lointain d'un tracteur, l'aboiement d'un chien, et Clay se sentait parfaitement dans son élément. Cependant, il était presque soulagé qu'aucun de ses collègues ne soit là pendant qu'il sellait son cheval.

Il ne voulait pas parler. Il ne se sentait pas d'humeur sociable. Il avait besoin de penser et il ne réfléchissait jamais aussi bien que lorsqu'il chevauchait Rowdy.

Sans effort, il enfourcha son alezan et, d'une pression des jambes, dirigea le cheval vers un chemin à travers champ. Rowdy était inhabituellement nerveux, comme s'il sentait son anxiété, et il le lança au galop vers un petit bois au loin.

Savourant la brise fraîche qui lui sifflait aux oreilles,

menaçant de faire envoler son chapeau, Clay ne tarda pas à atteindre le bois.

Ralentissant son cheval, il le fit marcher quelques minutes pour le calmer, s'enfonçant bientôt dans une pinède odorante et fraîche.

En foulant le chemin silencieux encadré de fougères les sabots de Rowdy faisaient craquer les feuilles, les brindilles et les pommes de pin qui jonchaient le sol.

Finalement, il mit pied à terre et attacha son cheval à une branche basse. Puis il se jeta sur un épais tapis de mousse au pied d'un arbre et observa le feuillage au-dessus de sa tête.

Depuis cet après-midi plutôt étrange où il avait offert des cupcakes à Miranda et aux enfants, cette dernière l'avait enchanté. Chaque moment passé avec elle avait vu ses sentiments pour elle s'amplifier.

Il avait l'impression qu'il pourrait parler avec elle tous les jours de sa vie, sans jamais manquer de sujets de conversation, et sans qu'il ne se lasse de l'écouter.

Il aimait son esprit, son rire... Elle faisait ressortir chez lui une douceur qu'il ne pensait pas posséder. Et il appréciait qu'elle soit une aussi bonne mère.

Il ne put s'empêcher de faire le parallèle avec la sienne.

La dernière fois qu'il l'avait vue, elle portait un jean et un T-shirt rose. Ses cheveux d'un blond presque blanc dessinaient autour de sa tête un halo de boucles. Ses yeux bleus débordaient d'amour, et elle portait un parfum évoquant son prénom.

Il avait pensé que Violet Madison était la plus belle femme du monde.

Elle avait été son premier véritable amour et elle l'avait abandonné.

Quand il avait compris qu'elle ne reviendrait jamais, il s'était promis qu'il ne serait plus jamais abandonné, qu'il n'aimerait jamais une femme d'un amour aussi profond.

Était-ce à cause de cela qu'il refusait de s'avouer qu'il aimait Miranda ?

Les craintes du petit garçon entraient en conflit avec les sentiments de l'homme adulte.

Il se leva d'un bond et enfourcha Rowdy.

Il aimait Miranda et il voulait le lui dire le plus vite possible. Il ne pouvait pas attendre le moment d'aller la chercher au lycée. Il devait y aller maintenant et lui dire qu'il l'aimait et qu'il voulait faire sa vie avec elle. Lorsque Clay arriva aux écuries, Mac était là.

— Salut, Clay. Je ne savais pas que tu étais là aujourd'hui.

— Je suis là, mais je pars.

Clay descendit de cheval.

— Tu peux me rendre un service ?

— Tout ce que tu veux, mon vieux.

— Tu peux t'occuper de Rowdy ? Je suis assez pressé.

— Pas de problème.

Mac prit les rênes de Rowdy.

— C'est quoi ton urgence ?

— Je dois dire à une femme que je l'aime, lança Clay par-dessus son épaule, alors qu'il se dirigeait vers la sortie.

— Vas-y, cow-boy, cria Mac, avec des vivats d'encouragements.

Clay en avait bien l'intention.

Il courut vers sa voiture, se précipita sur le volant et prit la direction du lycée.

Délivré de ses craintes d'enfant, son cœur était totalement ouvert à l'amour.

Il ne pouvait pas revenir en arrière et réparer l'abandon qu'il avait subi, mais il n'était plus un enfant.

Il était un homme qui savait ce qu'il voulait.

Il voulait un avenir avec Miranda et ses enfants.

Il voulait être celui sur qui elle pourrait compter, celui qui serait toujours là pour elle.

S'il était Roméo, alors elle était incontestablement sa Juliette.

Il n'avait rien dit quand elle lui avait révélé son amour. Il était tellement sous le choc qu'il n'avait pas trouvé les mots. Et maintenant qu'il y pensait, elle avait paru attristée.

Elle devait penser qu'il ne l'aimait pas.

Il devait la rassurer. Tout de suite. Le cœur gonflé d'allégresse, Clay entra dans le bureau d'accueil.

Abbie Lauper, la secrétaire du lycée, lui adressa un grand sourire. C'était une veuve proche de la retraite, qu'il avait quelques fois aidée à charger ses courses dans sa voiture.

— Clay Madison ! Quelle surprise. Que puis-je faire pour vous ?

— Je cherche Miranda. Je l'ai déposée un peu plus tôt. Elle voulait venir dire au revoir à ses élèves et à ses collègues.

Abbie plissa le front et remonta ses lunettes à montures métalliques sur le haut de son nez.

— Je ne l'ai pas vue ce matin. Mais elle est peut-être allée directement à sa classe.

— Où se trouve sa classe ?

— Deuxième étage, salle 210.

— Merci Abbie.

Il sortit précipitamment du bureau et se rua dans l'escalier, montant deux marches à la fois.

Il frappa deux coups secs à la porte et entra sans attendre.

Une jeune femme qu'il ne connaissait pas se tenait près du tableau. C'était la remplaçante de Miranda. Il n'y avait aucune trace de celle qu'il voulait voir.

— Quelqu'un a vu Mme Silver, ce matin ? demanda-t-il.

Un ensemble de voix, y compris celle de la professeure, répondit « non ».

Soudain, Clay eut un mauvais pressentiment.

Il s'efforça de ne pas céder à la panique et essaya de réfléchir.

Il se fit indiquer la salle des repos des professeurs, et s'y précipita.

Il fallait qu'elle y soit. Elle ne pouvait pas être ailleurs. Clay ouvrit la porte et fut aussitôt assailli par une odeur de vieux café et de thon.

Assise à l'une des trois tables rondes, deux femmes grignotaient un sandwich.

Miranda n'était pas là.

— Vous avez vu Miranda Silver, ce matin ? demanda-t-il.

Elles répondirent toutes les deux par un signe de tête négatif.

L'inquiétude que Clay essayait de contenir explosa dans sa poitrine.

Il ne lui restait plus qu'un endroit à vérifier.

Il prit la direction du réfectoire.

On approchait de midi, et une odeur de tacos emplissait l'air.

Il virevolta dans la pièce, désorienté par le bruit et la foule des élèves attablés.

Il balaya désespérément des yeux la salle, mais Miranda ne s'y trouvait pas.

Il regagna le hall et prit appui contre un mur.

Tout indiquait qu'elle n'était jamais arrivée au lycée. Cela voulait dire qu'elle avait disparu depuis une heure et demie.

Il sortit son téléphone et appela Dillon.

Le policier répondit à la deuxième sonnerie.

— Miranda a disparu.

Elle avait mal à la tête.

Sa bouche était sèche comme du carton.

Ses paupières étaient si lourdes.

Mais une petite voix hurlait au fond de sa tête : *Miranda, réveille-toi ! Danger ! Danger ! Il faut te réveiller.*

Était-elle encore à l'hôpital ?

Peut-être n'en était-elle jamais sortie.

Le temps qu'elle avait passé avec Clay, son amour pour lui... Tout cela n'était-il qu'une hallucination provoquée par les médicaments ?

Elle parvint à soulever une paupière et la referma aussitôt.

Rien n'avait de sens, et elle avait si mal à la tête...

Elle essaya à nouveau de regarder autour d'elle.

Une chose était sûre, elle n'était pas à l'hôpital.

Où était-elle ?

La brume qui noyait son cerveau commençait à s'estomper.

Elle était au lycée, mais elle n'y était pas entrée... Henry ! Henry était blessé. Non... Non, ce n'était pas vrai. C'était un mensonge, un horrible mensonge.

Lori.

Le nom explosa dans sa tête comme un coup de tonnerre.

Elle ouvrit les yeux.

Le soleil frappait une vitre sale, ne laissant filtrer qu'une lumière chiche sur une pièce inconnue.

Elle était assise sur une chaise, dans une cuisine. La peinture des placards était écaillée, et l'équipement semblait dater des années 1960.

La pièce sentait le renfermé et, dans un coin, une grande toile d'araignée pendait au plafond.

Ce fut quand elle essaya de porter sa main à son front qu'elle comprit qu'elle était ligotée.

La panique obstrua sa gorge, gênant sa respiration.

Elle regarda autour d'elle.

Le dessus de la table et des plans de travail était vide. Il n'y avait rien qu'elle pouvait utiliser pour couper ses liens.

Comment allait-elle faire pour s'échapper ?

Y avait-il quelqu'un d'autre dans la maison ?

Lori était-elle la ?

Et Hank ?

Oh ! Seigneur, son ex-mari était-il lié à tout cela ? Comment pouvait-il lui faire une chose pareille ? Pourquoi ?

Elle retint son souffle et écouta.

Il n'y avait pas un bruit.

Elle expira.

Apparemment, elle était seule, coincée sur cette chaise, dans une cuisine délabrée.

Combien de temps s'était écoulé depuis que Clay l'avait déposée au lycée ?

Qu'y avait-il dans cette seringue ? Avait-elle été inconsciente pendant des minutes… Pendant des heures… Pendant une journée entière ?

S'il faisait sombre dans la pièce, c'était à cause de la saleté de la fenêtre, ou parce qu'il faisait nuit ?

Clay savait-il seulement qu'elle avait des ennuis ?

Oh ! Seigneur, comment allait-il la retrouver ?

Lori n'était même pas sur la liste des suspects. Et en plus, elle n'avait cessé de dire que Hank ne ferait jamais une chose pareille.

Alors, c'était ça, la dernière trahison de Hank : la tuer et l'éloigner à jamais de leurs enfants ?

Était-ce Lori qui l'avait convaincu ?

Lori voulait ses enfants ?

Son sang se glaça de pure terreur.

Elle fit alors la seule chose qu'elle pouvait faire.

Rejetant la tête en arrière, elle se mit à hurler de toutes ses forces.

12

Clay était fou d'inquiétude.

Il n'avait pas fallu longtemps à Dillon pour arriver au lycée et commencer à questionner tout le monde. Et cela n'avait fait que confirmer ses craintes : personne n'avait vu Miranda.

— Il faut faire savoir qu'elle a disparu, dit Clay. Plus il y aura de personnes pour la chercher, mieux ce sera.

Il saisit le bras du policier.

— Il faut la retrouver, Dillon. Nous savons tous les deux qu'elle a des ennuis.

Dillon lui tapota la main.

— Nous la retrouverons.

— Et si nous allions au café ? C'est le meilleur endroit pour diffuser l'information.

Clay suivit Dillon jusque là-bas, son cœur battant si bruyamment qu'il entendait à peine le bruit du moteur.

Que lui était-il arrivé ? Où était-elle ?

Il était tellement rongé d'angoisse qu'il en avait mal au ventre. Il avait envie de se jeter à genoux et de pleurer.

Mais il savait qu'il devait rester fort pour Miranda.

Il était prêt à retourner toute la ville pour la retrouver. Le lundi, il y avait toujours beaucoup de monde au café, et c'était une bonne chose. Plus il y aurait de personnes qui se joindraient à eux, plus ils auraient de chance de retrouver Miranda.

— Hé, tout le monde, cria Clay, pour se faire entendre dans le brouhaha des conversations et les bruits de vaisselle. Hé !

Le silence se fit. Les gestes restèrent suspendus, tandis que les têtes se tournaient vers lui.

— Miranda Silver a disparu. Je crois qu'elle est en danger.

Pour sa plus grande horreur, sa voix se brisa, et ses jambes vacillèrent.

Dillon lui prit le haut du bras.

— Allez vous asseoir, je prends le relais.

Mac, qui était assis un peu plus loin à une table avec Flint, lui fit signe.

Clay les rejoignit, tandis que Dillon expliquait la situation.

— Que tous ceux qui ont des informations viennent me parler en privé, conclut-il. Je serai dehors.

Lorsque Dillon sortit du café, une femme brune le suivit. Clay voulut se lever, mais Mac le retint.

— Qu'est-ce qu'on peut faire pour aider ? demanda-t-il.

— Je ne sais pas.

Clay avait l'impression d'être dans un cauchemar et de ne pas pouvoir se réveiller.

Il avait promis de veiller sur Miranda et il avait échoué.

Bon sang, il aurait dû attendre un peu plus longtemps quand il l'avait déposée devant le lycée. Il aurait dû entrer avec elle.

— Clay ?

La voix de Flint l'arracha à ses pensées.

— Et si on rassemblait les hommes du ranch pour fouiller les granges abandonnées du secteur ?

Au même moment, Dillon entra et lui fit signe.

Clay se précipita vers lui.

— J'ai une piste. Une femme se trouvait au lycée en même temps que vous, et elle a vu Miranda monter dans une petite citadine bleu ciel. Elle n'a pas vu la plaque, mais il y avait une femme au volant. Une femme aux cheveux bruns.

— Où est le témoin ? Qui est-ce ?

— Elle veut rester anonyme pour le moment.

Clay réfléchissait à toute allure.

— En tout cas, si Miranda est montée dans la voiture, c'est qu'elle était en confiance.

Il songea à toutes les femmes brunes qu'il connaissait…

Lori.

Le nom lui apparut comme une évidence.

— Ça ressemble à la voiture de Lori, dit Dillon, apparemment sur la même longueur d'onde. Je me rends immédiatement chez elle.

— Je vous accompagne ou vous préférez que je vous suive ?

— Je préfère que vous m'attendiez ici, répondit Dillon, en se dirigeant vers sa voiture de patrouille.

— Et vous savez bien que ça ne se passera pas comme ça.

Clay ouvrit la portière passager et s'installa dans l'habitacle.

Tandis que Dillon démarrait, le doute commença à s'insinuer en lui. Et s'ils se trompaient ? Si ce n'était pas Lori et qu'ils perdaient du temps sur une fausse piste ?

Quel genre de témoin voulait rester anonyme dans une petite ville comme celle-ci ?

Était-ce la femme qui avait suivi Dillon à l'extérieur ? Qui était-elle ? Que faisait-elle au lycée ?

Et si elle était de mèche avec le ravisseur et les avait intentionnellement envoyés sur une fausse piste ?

Il laissa échapper un soupir d'anxiété.

Il ne voulait même pas formuler ses doutes à haute voix, de peur de leur donner de la substance.

C'était forcément Lori. Il fallait que ce soit elle.

Il se pencha en avant, comme si cela pouvait faire que Dillon conduise plus vite.

Hank était-il impliqué ?

Machinalement, Clay posa la main sur la crosse de son arme.

— Vous réalisez que, si Hank a quelque chose à voir dans tout ça, je suis capable de tirer une balle dans son cœur de pierre.

Dillon lui lança un regard sévère.

— Contrôlez-vous. Je vous jure que, si vous causez le moindre trouble, je vous menotte à l'arrière de la voiture.

Clay savait que Dillon disait vrai.

Il se cala dans son siège et tenta de respirer calmement.

Rationnellement, il savait qu'il ne tuerait pas Hank. Mais, uniquement parce qu'il ne voulait pas finir ses jours en prison.

La maison de Lori et Hank se trouvait au fond d'une impasse. Tandis qu'ils approchaient, Clay sentait monter l'adrénaline.

— Pas de geste inconsidéré, le prévint Dillon. Je vais frapper à la porte et me comporter comme une personne civilisée. Je compte sur vous pour en faire autant.

Clay jaillit hors de la voiture avant même que Dillon ait coupé le moteur et courut jusqu'à la porte. Puis il se tourna et attendit Dillon.

— Lori ? Hank ? Il y a quelqu'un à la maison ? appela le policier, après avoir frappé sur le battant de bois.

Dillon frappa plus fort, et la porte s'entrebâilla.

Ils attendirent un moment.

— Ils n'ont pas l'air d'être là, finit par dire Dillon.

Clay essaya de jeter un coup d'œil à l'intérieur.

Soudain, un gémissement s'éleva.

— Vous avez entendu ? demanda-t-il à Dillon. Quelqu'un souffre.

Clay avait envie d'entrer en trombe. Seul le fait que Dillon se trouvait devant lui l'en empêchait.

— Faites quelque chose, mon vieux, cria-t-il frénétiquement.

— Je vais entrer faire un contrôle de sécurité.

Dillon sortit son arme et poussa la porte.

Ils se trouvèrent directement dans le salon. Il y avait une couverture et un oreiller sur le canapé, mais personne n'y dormait pour le moment.

— Les chambres, murmura Clay, comme si Dillon était un novice et avait besoin d'instructions.

À son tour, il sortit son arme, tandis qu'il suivait Dillon à travers la maison.

Les deux premières chambres étaient vides. Clay serra les

doigts autour de la crosse de son arme tandis qu'ils approchaient la dernière.

Dillon entra le premier et jura entre ses dents. Puis il rengaina son arme.

La pièce sentait la transpiration et l'alcool. Hank était affalé en travers du lit, vêtu d'un boxer et d'un T-shirt sale. Il était visiblement ivre.

— Où est Lori ? demanda Dillon.

Hank entrouvrit les yeux.

— Partie.

— Hank, nous avons besoin de votre aide, intervint Clay, en se rapprochant du lit. Où est Lori ?

Il avait envie de le secouer pour le faire réagir.

— Lori ? Elle est… Elle est…

Hank ferma les yeux.

— Mais bon sang, espèce d'ivrogne ! s'exclama Clay, à bout de patience. Lori a enlevé Miranda. Dites-nous où elle est.

Hank rouvrit les yeux, affichant une expression médusée.

— Quoi ? Lori a enlevé Miranda ? Mais pourquoi elle a fait ça ? C'est horrible.

Il se mit à pleurnicher.

— Oh ! mon Dieu, pourquoi ?

— Hank, ressaisissez-vous, bon sang, l'exhorta Dillon. Nous avons besoin de votre aide.

Il s'adressa à Clay.

— Voyez s'il y a de quoi préparer un café très fort.

Du café ? Mais ils n'avaient pas le temps de faire du café.

Miranda était épuisée.

Elle n'avait pas la moindre idée du temps qui s'était écoulé, mais elle l'avait employé à tirer sans relâche sur ses cordes.

Elle avait crié jusqu'à en voir mal à la gorge. Mais il était évident que, là où elle était, personne ne pouvait l'entendre.

À présent, elle se tenait tranquille, essayant de retrouver l'énergie qu'elle avait dépensée.

Elle avait besoin de force et d'être prête si une occasion se présentait.

Cependant, elle ne pouvait faire taire la voix fataliste qui lui murmurait à l'oreille que c'était trop tard, que personne ne viendrait la chercher, et qu'elle ne reverrait plus ses enfants.

Elle avait été tellement stupide de monter dans la voiture de Lori. Elle n'aurait jamais dû lui faire confiance.

Elle essaya à nouveau de faire taire la voix dans sa tête, qui lui disait qu'elle ne reverrait pas ses enfants.

Même si Clay ne l'aimait pas, il la chercherait. Il retournerait toute la ville.

Mais, la retrouverait-il à temps ?

Qu'avait-elle fait pour mériter ça ?

Un chien aboya à proximité. Ça avait l'air d'être un gros chien. Il aboya peut-être pendant une minute, puis se tut.

Miranda se crispa soudain en entendant le bruit d'une clé dans une serrure. Il y eut un déplacement d'air tandis que la porte s'ouvrait.

Oh ! Seigneur. Les muscles de son ventre se crispèrent de terreur.

Des bruits de pas approchèrent, et Lori apparut, transportant plusieurs sacs.

— J'ai dû aller jusqu'à Clutter Creek pour faire des courses, dit-elle, en posant les sacs sur les plans de travail.

Clutter Creek ? Ça se trouvait à une heure de route de Bitterroot. Où se trouvait-elle, exactement ?

— Lori ? Pourquoi faites-vous ça ?

Lori garda le silence, tandis qu'elle sortait de la nourriture d'un des sacs.

— Lori... Pourquoi ?

Elle se tourna, le visage déformé par la colère.

— Taisez-vous ! Vous ne voyez pas que je suis occupée ? Je n'ai pas envie de vous parler.

Elle se retourna et se remit à la tâche.

Miranda l'observa, en proie à un sentiment grandissant

d'impuissance. Elle avait espéré pouvoir raisonner Lori avant que ça n'aille trop loin.

— Est-ce que Hank est votre complice ? ne put-elle s'empêcher de demander.

Lori se tourna à nouveau, en brandissant un couteau.

— Je vous ai dit de vous taire. Si vous ne vous tenez pas tranquille maintenant, je vous éventre comme un poisson.

Miranda chercha son souffle. Le venin dans la voix de Lori et la cruauté sur son visage lui laissaient penser qu'elle était tout à fait capable de mettre sa menace à exécution.

Sans rien dire, elle la regarda ranger du lait et du fromage dans le réfrigérateur, et des plats cuisinés dans le congélateur.

Combien de temps avait-elle prévu de passer là ?

Combien de temps avait-elle prévu de la garder prisonnière ? Qu'avait-elle l'intention de faire d'elle ?

Quand Lori commença à vider le second sac, Miranda fut encore plus perplexe. Un marteau, des clous, un pot de peinture... Que diable Lori avait-elle l'intention de faire avec tout ça.

Les minutes s'écoulaient, et Lori ne disait toujours rien.

Finalement, elle tira une chaise et s'assit en face de Miranda.

— Maintenant, je suis prête à vous écouter.

— C'est vous qui avez projeté de l'acide sur moi, au carnaval ?

Lori hocha la tête.

— On peut dire que j'ai mal visé. Je voulais vous défigurer.

Tout en parlant, Lori faisait passer son couteau d'une main à l'autre.

— J'ai aussi saboté votre voiture.

— Mais pourquoi ? Qu'est-ce que je vous ai fait ?

— Vous m'empêchez d'avoir Hank pour moi seule.

— Je ne comprends pas. Il vit avec vous, il vous aime... Il n'y aura plus jamais rien entre Hank et moi. Je... Je suis amoureuse de quelqu'un d'autre.

La voix de Miranda se fit suppliante.

— Laissez-moi partir maintenant. Je ne dirai rien à personne.

— Je ne peux pas. Il faut que vous disparaissiez.

Elle se leva, et Miranda se crispa. Finalement, elle se mit à faire les cent pas devant elle.

— Vous êtes très difficile à tuer, Miranda. À chaque fois que j'ai essayé, j'ai échoué.

— Quel est cet endroit ?

Miranda avait besoin de temps, et la seule façon de s'en sortir était peut-être de créer un lien avec Lori.

Lori s'arrêta et sourit.

— C'était la maison de mes grands-parents. À leur mort, j'en ai hérité et je l'ai louée. Mes derniers locataires sont partis, en laissant un désordre incroyable. Vous voyez, c'est mon alibi. J'ai fait des courses à Clutter Creek, et j'ai le ticket de caisse pour le prouver. Puis j'ai passé deux jours ici à rénover la maison pour la mettre à nouveau en location.

Elle sourit à nouveau.

— J'étais ici avec mon chien. Vous l'avez entendu aboyer ? Hank déteste Duke. Bref, j'ai passé toute la journée ici et ne suis pas avertie de votre enlèvement.

— Où se trouve cet endroit ?

Tant qu'elles parlaient, il ne se passerait rien. S'il existait une petite chance qu'on vienne à sa rescousse, alors il était vital qu'elle continue à faire parler Lori.

— À cinquante kilomètres de Bitterroot, et ce chalet est niché dans les bois. On ne le voit pas de la route. Personne ne va vous retrouver, Miranda.

Elle s'efforça de ne pas céder au désespoir.

— Vous étiez proche de vos grands-parents ?

— Pas vraiment, mais je leur suis reconnaissante de m'avoir laissé cet endroit. Les loyers m'aident à pourvoir aux besoins de Hank et à le rendre heureux.

— Est-ce qu'il a quelque chose à voir dans tout ça ?

— Non. Et il ne saura jamais ce qui vous est arrivé. Personne ne le saura.

— Il connaît ce chalet ?

— Il y est venu deux fois, mais il était ivre et il ne retrouvera jamais le chemin tout seul.

— Où était-il quand vous êtes partie ?

— À votre avis ? Effondré sur le lit, en train de cuver.

— Lori, vous n'êtes pas obligée de faire ça. Pour l'amour du ciel, pensez aux enfants.

— J'ai pensé à eux. Je sais qu'ils seront très tristes mais, avec le temps, et avec mon amour, ils finiront par s'en remettre. Je les aime, Miranda, et je m'occuperai bien d'eux.

Ces paroles brisèrent un peu plus le cœur de Miranda.

Ses enfants seraient élevés par une criminelle, et un jour ils finiraient par oublier qu'ils avaient eu une mère. Mais, que se passeraient-il s'ils mettaient Lori en colère ?

Les ferait-elle disparaître aussi ?

— Vous n'êtes pas obligée de faire ça, répéta-t-elle. Je vous dis que Hank vous aime. Il est avec vous.

— Oui, il est avec moi. Il dort avec moi, mais il est obsédé par vous. Il parle de vous sans cesse. Il s'inquiète pour vous, comme si vous étiez encore un couple.

Les yeux de Lori lancèrent des étincelles.

— Je n'ai jamais détesté une femme comme je vous déteste.

— Je suis sûre qu'il s'inquiète parce que je suis la mère de ses enfants.

— Non, non... C'est vous. Et ça ne s'arrangera pas tant que vous n'aurez pas disparu.

Miranda retint le cri qui montait dans sa gorge lorsque Lori s'approcha d'elle.

— Et maintenant, je vais vous expliquer comment ça va se passer.

Elle crispa les doigts autour du manche, tout en tremblant de rage et se pencha jusqu'à ce que son visage ne soit plus qu'à quelques centimètres de celui de Miranda.

— Vous allez passer l'après-midi avec moi. Puis, à la tombée de la nuit, je vous tuerai et je vous mettrai dans un trou que j'ai déjà creusé.

Elle leva le couteau et appuya la pointe contre la joue de Miranda.

— Et si vous vous demandez ce que nous allons faire en

attendant, je vais vous le dire : je vais faire un peu de peinture, et vous allez me regarder. Et, avant de vous tuer, je vais vous faire souffrir un peu.

Comme pour le prouver, elle fit glisser le fil du couteau le long de la joue de Miranda qui hurla de douleur tandis que le sang coulait.

Oh ! Seigneur, elle avait besoin d'aide.

Elle ne savait pas quelle heure il était, ni combien d'heures elle avait devoir endurer la torture de Lori, avant que le crépuscule et la mort arrivent.

13

De précieuses minutes s'étaient écoulées, se transformant en heure.

Hank était maintenant assis à la table de la cuisine, une tasse de café devant lui et se tenait la tête dans les mains.

Clay et Dillon l'avaient tiré du lit, et lui avaient fait prendre une douche froide pour le réveiller. Puis ils l'avaient gavé de café.

— Je ne peux pas croire que Lori soit capable de faire une chose pareille, finit-il par dire.

Il releva la tête, et ils virent que ses yeux étaient emplis de larmes.

— Comment pouvez-vous affirmer que c'est elle ?

— Un témoin a vu Miranda monter dans la voiture de Lori, répondit Dillon. Maintenant, êtes-vous assez sobre pour nous dire où Lori aurait pu l'emmener ?

— Réfléchissez, mon vieux, insista Clay. Miranda est en danger, et vous être notre seule chance de la sauver.

Hank fit un effort de réflexion.

— Peut-être le chalet.

— Quel chalet ? demandèrent d'une même voix Clay et Dillon.

— Il appartenait à ses grands-parents et il se trouve à une cinquantaine de kilomètres d'ici. Ses anciens locataires ont laissé du désordre, et elle est partie là-bas faire des travaux.

— Vous avez l'adresse ? demanda Dillon.

— Non.

— Vous y êtes déjà allé ? Vous pouvez nous y emmener ? demanda Clay.

— Oui, j'y suis allé, mais j'avais pas mal bu...

— Vous croyez que vous pouvez retrouver la route ?

— Je peux essayer.

— Dans ce cas, allons-y.

Clay fut le premier à s'installer dans la voiture de Dillon. Il prit place à l'arrière, de façon à ce que Hank puisse indiquer la route.

Il lui semblait que cela faisait des heures depuis qu'il avait quitté le lycée pour partir à la recherche de Miranda.

Malgré tous leurs efforts, allaient-ils arriver trop tard ?

Il ferma les paupières.

Non. Non. Il ne pouvait pas être trop tard.

Miranda n'était pas morte. Ce n'était pas possible.

Si c'était le cas, il ne serait plus jamais le même. Il ne pourrait plus aimer personne.

Il rouvrit les yeux et regarda par la vitre le paysage qui défilait.

La sirène de la voiture de patrouille hurlait, et les voitures s'écartaient pour les laisser passer.

Personne ne parlait, tandis que la voiture avalait les kilomètres.

Dillon conduisait vite, mais ce n'était pas assez vite pour Clay.

Au bout de trente minutes, Hank demanda à Dillon de ralentir.

— Je sais qu'il va falloir tourner à droite prochainement.

— Et ensuite, nous serons encore loin du chalet ? demanda Dillon.

— Peut-être cinq kilomètres...

Dillon coupa la sirène.

— Inutile d'annoncer notre arrivée, avant d'avoir une idée de la situation. Quand vous serez sûr que nous sommes proches, Hank, nous laisserons la voiture et nous irons à pied.

Clay approuvait ce plan. Avec l'élément de surprise de leur côté, ils pourraient entrer et sauver Miranda, avant que Lori ait compris ce qui se passait.

— À droite, cria soudain Hank.

Ils s'engagèrent dans un étroit chemin de terre, et Clay sentit son pouls s'accélérer.

Il ne voulait même pas envisager la possibilité que Lori n'ait pas amené Miranda ici, et qu'ils avaient suivi une fausse piste.

— Attendez…, dit soudain Hank, ce n'est pas la bonne direction. Je me suis trompé.

— Bon sang !

Frustré, Clay donna un coup de poing dans l'arrière du dossier de Hank.

— Désolé, je fais ce que je peux.

Dillon fit demi-tour et regagna la route. Ils arrivèrent à la hauteur d'un autre croisement, mais Hank dit à Dillon de continuer.

Hank savait-il vraiment où il les emmenait ? S'il était ivre la dernière fois qu'il était venu, comment pourrait-il se souvenir de quoi que ce soit ?

Finalement il leur indiqua une bifurcation.

— Cette fois, je suis sûr que c'est le bon chemin, affirma-t-il.

Clay espérait qu'il disait vrai. La panique le submergeait. Son front était couvert de sueur. Son besoin de revoir Miranda était plus fort que tout ce qu'il avait vécu jusqu'à présent.

— Vous pouvez vous garer maintenant, dit Hank.

— Vous êtes sûr ? demanda Dillon.

— Certain.

Clay descendit de la voiture avant l'arrêt et attendit les deux autres.

— On y va doucement et on évalue la situation, recommanda Dillon. Il ne faut rien faire qui pourrait l'empirer. J'ouvre la voie. Heureusement, il y a assez de végétation pour nous cacher.

Empruntant un chemin envahi par les mauvaises herbes, ils purent bientôt apercevoir le chalet.

Vu de l'extérieur, l'endroit semblait abandonné. La peinture grise avait pâli et s'était ternie par endroits et de la moisissure apparaissait sur le bois.

En apercevant la voiture de Lori garée sur le côté, Clay reprit espoir. Elle était la dernière personne à avoir été vue avec Miranda, et il y avait de forte chance que Miranda soit bien ici.

Soudain, un rottweiler se leva sur la terrasse. Il était attaché à une chaîne et montait apparemment la garde. À la consternation de Clay, il se mit à aboyer.

Une fenêtre s'ouvrit.

— Qui que vous soyez, partez ! cria Lori.

Dillon quitta l'abri d'un arbre et s'avança.

— Lori, je veux juste vous parler.

Un coup de feu partit.

Dillon se remit à couvert.

— Je vous ai dit de partir. Je suis occupée. Je n'ai pas le temps de faire dans les mondanités.

— Je n'en ai que pour quelques minutes.

— Je n'ai pas quelques minutes à perdre.

Elle tira à nouveau.

Oh ! Seigneur, c'était mal parti !

Clay n'avait pas du tout envisagé que Lori aurait une arme, et qu'elle n'hésiterait pas à s'en servir.

— Est-ce que Miranda est avec vous ? demanda Dillon. Nous savons qu'elle est montée dans votre voiture.

— Je ne sais pas de quoi vous parlez. Je suis ici depuis ce matin.

— Un témoin a vu Miranda monter dans votre voiture, devant le lycée, insista Dillon.

— Lori, mon cœur, si Miranda est avec toi, laisse-la partir.

— Il n'y en a toujours que pour Miranda, cria Lori, folle de rage.

Un autre coup de feu fut tiré.

— Allez-vous-en.

— Voyons, Lori, il est trop tard, et vous le savez.

La voix de Dillon était calme et apaisante.

— Si vous laissez sortir Miranda maintenant, la justice sera plus clémente.

— Tout ce que je veux, c'est l'amour de Hank. Mais il faut toujours que Miranda se mette entre nous.

— Ce n'est pas vrai, protesta Hank. Tu sais que je t'aime, Lori. Je n'ai jamais aimé Miranda comme je t'aime, toi. Aujourd'hui, elle est juste la mère de mes enfants. Elle ne signifie rien pour moi.

— Dites-nous si Miranda est là, et si elle est en vie, demanda Dillon.

— Mouais, la garce est vivante. Mais elle n'est plus aussi jolie qu'avant.

L'estomac de Clay se noua. Qu'est-ce que Lori avait fait à Miranda ? Était-elle gravement blessée ?

— Libérez-la, demanda Dillon, et nous trouverons une solution.

— S'il te plaît, mon cœur, insista Hank. Sors, et reprenons notre vie ensemble. Si tu tues Miranda, tu iras en prison à perpétuité, et nous ne serons plus jamais ensemble.

Un long silence suivit, seulement troublé par les grognements du chien.

— Je pensais que si elle n'était plus là, ça irait mieux entre nous, dit finalement Lori.

— Si tu sors, je te promets que ce sera différent. J'ignorais que tu ressentais cela. Mais, tu sais bien que je t'aime.

— Tu le penses, Hank ? Ça va vraiment changer ? Tu vas arrêter de me parler d'elle sans arrêt ?

— Je te le promets.

Rien ne se passa pendant quelques minutes.

Clay retint son souffle.

Finalement, la porte s'ouvrit, et Lori apparut, les mains en l'air.

— Allez-y, dit Dillon à Hank. Éloignez-la du chalet.

Hank sortit du couvert des arbres et ouvrit ses bras.

— Viens, mon bébé, dit-il. J'ai vraiment besoin de te prendre dans mes bras.

Lori courut vers lui, le visage radieux. Mais, quand elle fut dans ses bras, Hank la remit à Dillon qui la menotta.

Ne voulant pas prendre le risque de passer devant le chien, Clay fit le tour du chalet et trouva un autre accès.

Il ramassa une pierre et la jeta dans une fenêtre.

— Miranda, cria-t-il, en enjambant le rebord.

Il n'y eut pas de réponse.

Il entra dans une petite chambre vide, gagna le couloir et courut à travers toute la maison.

Il finit par découvrir Miranda dans la cuisine, ligotée et bâillonnée.

Du sang coulait dans ses yeux, l'aveuglant et dessinant une fleur écarlate sur son chemisier.

Il tomba à genoux devant elle, ne pouvant retenir ses larmes, tandis qu'il lui ôtait son bâillon.

— Est-ce que ça va ? Qu'est-ce que cette folle t'a fait ?

— Ça va. Détache-moi s'il te plaît, dit-elle entre deux sanglots. Fais-moi sortir d'ici.

Clay comprit que Hank venait d'entrer dans la pièce.

— Oh ! mon Dieu ! Qu'est-ce que je peux faire pour aider ?

— Donnez-moi ce couteau et appelez une ambulance.

Lorsqu'elle fut libérée de ses liens, Miranda se jeta dans les bras de Clay, en larmes. Il fit de son mieux pour la réconforter en attendant l'arrivée de l'ambulance.

Lorsqu'il voulut monter avec elle à l'arrière du véhicule, elle refusa, au prétexte qu'elle voulait se reposer et lui proposa de la retrouver plus tard à l'hôpital, quand on l'aurait examinée.

Il la regarda partir, déçu qu'elle n'ait pas voulu de lui.

Maintenant que le danger était vraiment écarté, allait-elle prendre ses distances ?

Assise sur la table d'examen, Miranda essayait de ne pas crier de douleur, tandis que le Dr Johnson recousait sa plaie au visage. L'estafilade sur son front n'avait requis que des sutures adhésives.

— Heureusement, la coupure est propre, dit le médecin. C'est facile à refermer, et ça ne vous laissera pas une grosse cicatrice.

Il acheva sa tâche et se cala contre le dossier de son fauteuil.

— Avez-vous besoin d'un soutien psychologique ?

— Non, ce n'est pas nécessaire. Tout ce que je veux, c'est retrouver ma vie.

Et surtout, elle avait envie de revoir ses enfants.

Après avoir cru qu'elle ne les reverrait jamais, son cœur souffrait du besoin de les serrer dans ses bras et d'embrasser leurs petits visages.

— J'aurai besoin de vous revoir dans dix jours pour enlever les fils, dit le médecin, en l'aidant à descendre de la table d'examen.

— D'accord.

Elle se dirigea vers la salle d'attente pour y retrouver Clay.

Il se leva en la voyant, visiblement soulagé.

— Te voilà enfin, ma beauté.

Elle effleura la gaze qui recouvrait ses points de suture.

— Plus si belle que ça.

— Tant que tu peux sourire, tu es belle.

Elle grimaça un sourire.

— Allons au poste de police maintenant, pour que Dillon prenne ma déposition. J'ai vraiment envie d'en finir avec les formalités et de retrouver mes enfants.

Clay se gara sur le parking du poste de police, coupa le moteur et se tourna vers Miranda.

— On peut prendre juste une minute pour parler de nous ? Je veux que tu saches que je t'aime.

Au lieu de lui faire plaisir, les mots de Clay lui firent mal, et elle se rendit compte qu'elle était en colère contre lui.

Où était son amour quand elle lui avait ouvert son cœur ? Son expression horrifiée quand elle lui avait dit qu'elle l'aimait était marquée au fer rouge dans sa mémoire.

— Je crois que nous avons besoin d'un peu de distance, dit-elle.

— Un peu de distance ?

— Je pense qu'il vaut mieux que tu fasses tes bagages et que tu rentres chez toi. J'ai vraiment envie de retrouver ma vie, mes habitudes.

Il la fixa, et elle vit de la peine dans ses yeux.

— Je ne comprends pas. Ce matin, tu me dis que tu m'aimes et, là, je viens de te dire que moi aussi...

— Clay, je viens de vivre une journée traumatisante et je n'ai pas envie de discuter de ça maintenant.

Elle sortit de la voiture sans attendre sa réponse et se dirigea vers le bâtiment.

Elle ne croyait pas à l'amour qu'il venait de lui déclarer. Il n'avait rien dit ce matin et, comme par hasard, il le faisait après qu'elle avait été enlevée.

Elle était certaine qu'il s'agissait d'un mélange de pitié, et de soulagement d'avoir réussi à la sauver.

Dillon les attendait dans son bureau.

— Je dois savoir tout ce qui s'est passé. Pourquoi avez-vous accepté de monter dans la voiture de Lori ?

Il prit des notes tandis qu'elle s'expliquait et continua à lui poser des questions.

Malgré ce qu'elle avait dit à Clay dans la voiture, il prit ses doigts froids et tremblants dans sa grande main chaude, et son cœur se serra devant cette marque de soutien.

— Vous n'aurez plus à vous inquiéter d'elle, conclut Dillon. Elle a commis assez de crimes pour ne pas ressortir de sitôt.

— Nous pouvons y aller ? demanda Clay. Je sais que Miranda est pressée de rentrer chez elle.

— Avant que vous ne partiez, le témoin veut vous parler. Elle attend dans la salle de conférences.

Clay échangea un regard curieux avec Miranda. Pourquoi voulait-elle leur parler maintenant ? Dillon leur avait dit qu'elle voulait rester anonyme.

— Je suis ravie d'avoir cette chance de la remercier, dit Miranda.

— Moi aussi, dit Clay. Elle a sauvé la femme que j'aime.

Il adressa un regard empli d'espoir à Miranda, mais elle tourna ma tête.

Ils suivirent Dillon dans un couloir, et il leur fit signe d'entrer dans une pièce, où était assise une femme aux cheveux bruns.

Elle se leva en les voyant, et leur adressa un sourire timide. Elle était très belle, avec un visage en forme de cœur, et des yeux de la couleur des myosotis.

— Je suis Rachel Jones, dit-elle en tendant la main à Clay.

Il la serra, mais elle ne le libéra pas tout de suite.

— Autrefois, je m'appelais Violet Madison.

Clay retira sa main comme s'il avait reçu une décharge électrique, et Miranda resta bouche bée en comprenant qu'elle était devant la mère de Clay. Clay dévisagea la femme qui était sortie de sa vie quand il avait huit ans.

Une myriade d'émotions bataillaient dans sa tête, dans son cœur.

Il était partagé entre l'envie de fuir, et celle d'avoir enfin les réponses dont il avait tant besoin.

Il fourra les mains dans ses poches et la toisa.

Malgré les années passées, et le fait que ses cheveux étaient maintenant bruns au lieu de blonds, il se rappelait ses traits, ses yeux magnifiques...

— Qu'est-ce que tu fais ici ? demanda-t-il finalement.

— Pouvons-nous nous asseoir ? demanda-t-elle.

— Je devrais peut-être sortir, suggéra Miranda.

— Non, protesta Clay. Reste.

Il ne pensait pas pouvoir affronter ce rebondissement sans elle.

Elle hocha la tête et s'assit. Il prit place à côté d'elle, tandis que sa mère se mettait en face.

— Cela fait quelques semaines que je suis en ville, commença-t-elle. Je te suivais. C'est comme ça que j'ai vu Miranda monter dans la voiture de Lori.

— Pourquoi me suivais-tu ?

— J'essayais de trouver le courage de te parler. Il y a certaines choses que je dois te dire.

Il croisa les bras sur son torse.

— Et si je ne veux pas les entendre ?

— Alors, je m'en irai et je ne te dérangerai plus.

— Je t'écoute.

— Je... Je ne sais pas par où commencer.

— Peut-être par ta disparition.

Il décroisa les bras et les posa sur la table. Il fut surpris et réconforté quand Miranda lui prit la main et entrelaça ses doigts aux siens.

— Cette nuit-là, je t'ai mis au lit comme tous les soirs. Et ton père m'a battue, en me disant qu'il me tuerait si je le quittais. Je l'ai cru. Et j'ai compris aussi qu'il me tuerait si je restais avec lui. Je lui ai dit que je devais rentrer le linge. Je suis sortie et j'ai marché. Sans réfléchir, sans aucun plan. Et je suis partie.

— Et tu as décidé comme ça de me laisser avec ce salaud.

— Quand j'étais avec lui, il n'a jamais levé la main sur toi.

— Eh bien, les choses ont changé après ton départ.

Des larmes apparurent dans les yeux de Violet.

— J'avais l'intention de revenir te chercher.

— Que s'est-il passé ? J'ai besoin de savoir pourquoi tu m'as laissé là-bas.

Elle raconta qu'elle avait fait du stop jusqu'à Oklahoma City, où elle avait trouvé un foyer pour la nuit. Le jour, elle vivait dans la rue. Au bout de quelques jours, elle avait développé une pneumonie et s'était retrouvée à l'hôpital pendant deux semaines. On lui avait aussi diagnostiqué un stress post-traumatique, et des troubles de l'anxiété.

— Je n'étais pas en état de venir te chercher, ni physiquement, ni mentalement, ni matériellement. Je n'avais pas d'endroit où vivre et je n'aurais pas pu te nourrir.

Clay aurait voulu la détester, sortir de la pièce en l'ignorant, mais il était sensible à sa détresse.

— Je me suis retrouvée dans un foyer pour femmes battues, reprit-elle, et j'ai commencé à reconstruire ma vie. Je me suis teint les cheveux pour que ton père ne me retrouve pas et j'ai trouvé du travail dans un restaurant. Quand j'ai eu assez d'argent, j'ai acheté une voiture, et loué une chambre dans un quartier miteux.

Elle le regardait avec tellement d'amour qu'il en eut le souffle coupé.

— Tu me manquais tellement… Un jour, j'ai trouvé le courage de venir assister à un de tes matchs de base-ball.

— Pourquoi tu ne m'as pas fait savoir que tu étais là ?

— À cause de ton père. Et puis tu semblais si heureux. Je n'avais pas le droit de t'arracher à ta vie. Je n'avais rien à t'offrir.

— Le terrain de base-ball était le seul endroit où j'étais heureux, parce que je pouvais échapper à mon père.

Violet se mit à pleurer, et il sentit le pardon emplir son cœur. Ils avaient été tous les deux les victimes d'un homme brutal.

— Comment m'as-tu retrouvé ?

Elle essuya ses larmes et se redressa sur sa chaise.

— Grâce aux réseaux sociaux. Il y a quelques semaines, tes amis et toi avez apporté une grosse contribution pour sauver des chevaux maltraités. Il y avait une photo de vous avec vos noms. Je suis venue aussitôt.

— Et que veux-tu, maintenant ?

— Avoir une place dans ta vie. C'est pour cela que je voulais que Miranda assiste à la conversation. Il est évident que vous êtes amoureux et, si tu m'acceptes dans ta vie, je ferai aussi partie de celle de Miranda.

Un silence passa.

— Je sais que ça prendra du temps, reprit Violet. Mais je suis prête à prendre tout ce que tu voudras me donner. Je veux retrouver ma petite luciole. Et je crois qu'un jour, la cicatrisation se fera.

Une fois encore, Clay étudia les traits de sa mère. Elle avait toujours les beaux yeux dont il avait gardé le souvenir, mais une douleur secrète les assombrissait maintenant.

N'avaient-ils pas tous les deux assez souffert ?

— La cicatrisation a déjà commencé, dit-il finalement.

C'était la vérité. Le pardon était tellement préférable à la colère.

— Moi aussi, je veux que tu fasses partie de ma vie, dit-il.

Même si je ne sais pas encore à quoi elle va ressembler. Mais, pour le moment, je dois raccompagner Miranda. Elle a vécu une journée traumatisante, et je sais qu'elle veut voir ses enfants.

— Bien sûr.

Violet se leva.

— Je peux t'appeler demain ?

Ils échangèrent leur numéro, et Violet s'en alla.

— Désolé, dit-il à Miranda.

— Il ne faut pas être désolé. C'était magnifique. Je ne sais pas ce que tu en penses, mais je la crois. Elle t'aimait, et il est évident qu'elle t'aime encore.

— Je le crois aussi.

Il avait perdu tant d'années avec sa mère, mais il espérait construire une nouvelle relation en tant qu'adulte. Le trajet de retour à la maison fut silencieux.

Clay savait que Miranda était épuisée, mais une dernière chose devait être clarifiée avant qu'elle ne retrouve ses enfants.

Il attendit qu'ils soient entrés dans la maison et posa les mains sur ses épaules.

— Si tu crois que je vais faire mes bagages et partir, tu te trompes. Je t'aime, Miranda, et je veux passer le reste de ma vie avec toi.

— Je ne t'ai jamais autant aimé que lorsque je t'ai vu trouver le pardon dans ton cœur pour ta mère. Mais, es-tu sûr que tu ne confonds pas la pitié et l'amour ?

Il la dévisagea avec surprise.

— Tu crois que j'ai pitié de toi ? Mais, pour quelle raison ?

Elle porta une main à sa joue.

— J'aurai peut-être une cicatrice.

— Ça m'est égal.

— Mais, ce matin, quand je t'ai dit que je t'aimais, tu as eu l'air horrifié.

— J'étais sous le choc, c'est différent. Il m'a fallu un peu de temps pour assimiler la nouvelle et comprendre que je ressentais la même chose. Je suis retourné au lycée pour te dire que je t'aimais, mais tu n'y étais pas.

Il l'attira contre lui, et les larmes lui montèrent aux yeux en songeant à ce qu'il avait ressenti quand il avait découvert sa disparition.

— Nous sommes faits l'un pour l'autre, Miranda. Ne le sens-tu pas dans ton cœur, dans ton âme ?

Elle hocha la tête.

— Tu te souviens que je tiens toujours mes promesses ?

— Oui.

— Eh bien, je promets de t'aimer tout le reste de ma vie.

— Et je te promets la même chose.

— Dans ce cas, je crois que c'est le moment du baiser.

Elle lui tendit les lèvres, et ils s'embrassèrent longuement, passionnément.

Oh oui, c'était assurément la femme qu'il attendait.

Épilogue

Cela faisait deux semaines que Miranda avait été séquestrée par Lori.

Ses points de suture lui avaient été retirés, et les blessures sur son visage cicatrisaient correctement.

Elle se tenait à présent à la fenêtre de son salon et regardait Clay jouer avec Henry et Jenny.

Son cœur débordait de bonheur... Un bonheur qui l'accueillait chaque matin quand elle se réveillait dans les bras de Clay.

Dans la journée, il travaillait au ranch. Quand son travail était terminé, il revenait à la maison qu'il emplissait de ses grands éclats de rire.

Les enfants étaient fous de joie.

Et le soir, il la ravissait par ses baisers, ses étreintes et les plans qu'il faisait pour leur avenir commun.

Elle se redressa en voyant le pick-up de Hank.

Son ex-mari se gara le long du trottoir et descendit.

Ils l'avaient très peu vu au cours des deux dernières semaines. Il n'avait même pas pris les enfants pour les week-ends.

Hank salua Clay de loin et monta les marches du perron.

Miranda ouvrit la porte et le fit entrer.

— Tu as l'air beaucoup mieux que la dernière fois que je t'ai vue, dit-il.

À l'inverse, Hank avait une mine affreuse. Ses paupières étaient bouffies, ses yeux injectés de sang, et son visage s'était creusé.

— Ça ne te dérange pas si on s'assied quelques minutes pour discuter ? demanda-t-il, d'un ton hésitant.

— Bien sûr que non.

Elle le conduisit au salon, où il s'assit au bord d'un fauteuil, tandis qu'elle se laissait tomber sur le canapé.

— Je te jure que je ne savais pas commença-t-il. Miranda, tu dois me croire. Je n'avais pas la moindre idée de ce que mijotait Lori.

Des larmes commencèrent à couler sur ses joues.

— Je l'aurais arrêtée. Si j'avais eu connaissance de ses projets, je l'aurais ligotée à une chaise et je l'aurais livrée à Dillon.

— Hank, je te crois, répondit-elle doucement. C'est pour ça que tu n'es pas venu me voir ? Que tu n'as pas pris les enfants ? Tu avais peur que je te croie coupable de quelque chose ?

Il hocha la tête en sanglotant.

— Si je n'avais pas été ivre la plupart du temps j'aurais peut-être pu deviner ce qu'elle manigançait. Quelque part au fond de ton esprit, tu dois m'en vouloir aussi.

— Hank, je t'en prie, ressaisis-toi. Je ne te reproche rien de ce que cette femme a fait. Elle était sournoise, et personne ne pouvait deviner qu'elle se cachait derrière ses agressions.

Il essuya ses joues humides d'un revers de main et prit plusieurs inspirations profondes pour se calmer. Puis il la regarda longuement et soupira.

— Je suis content pour Clay et toi. Je suis content que tu aies trouvé un homme digne de ton amour. Je te souhaite d'être toujours heureuse, Miranda.

— Je le sais, Hank. Et j'espère que toi aussi tu trouveras le bonheur.

— Je ne suis pas juste un ivrogne, tu sais. Je suis un alcoolique. Et je suis venu vous dire au revoir, à toi et aux enfants.

— Au revoir ?

Elle le regarda avec inquiétude.

— Je pars pour le Texas. Il y a une clinique là-bas qui a accepté de me prendre dans son programme de quatre-vingt-dix jours. Je dois le faire pour les enfants.

Miranda lui sourit.

— Tu dois le faire pour toi. Je suis tellement fière que tu aies pris cette décision.

— Oui je me sens bien de l'avoir fait.

Il se leva.

— Mes bagages sont chargés, et je suis prêt à prendre la route. J'avais juste besoin de m'arrêter ici et de te mettre au courant.

Elle l'accompagna à la porte.

— Bonne chance dans cette nouvelle aventure. Et tu sais que tu peux compter sur notre soutien.

Il paraissait si vulnérable qu'elle ne put se retenir de le prendre dans ses bras pour une accolade.

— Porte-toi bien, Hank.

Elle le libéra, et il sourit.

C'était le premier véritable sourire qu'elle lui voyait depuis très longtemps.

Ensemble, ils sortirent sur le perron, où Hank embrassa les enfants, leur dit combien il les aimait et leur expliqua qu'il allait devoir s'absenter un moment.

Il serra la main de Clay, monta dans sa voiture et démarra.

Quand il fut parti, Clay passa un bras autour des épaules de Miranda.

— Tout va bien ? demanda-t-il.

— Il part en cure de désintoxication au Texas.

— C'est bien. Tu sais que j'aime tes enfants, mais ils ont besoin que leur père s'implique dans leur vie.

— En parlant de ça, tu ne devais pas retrouver ta mère pour le déjeuner ?

Clay regarda sa montre et jura entre ses dents.

— Je n'ai pas vu la matinée passer.

— Dépêche-toi d'aller te changer et vas-y

— Tu es sûre que tu ne veux pas venir avec moi ?

Elle secoua la tête.

— J'aurai tout le temps de mieux la connaître plus tard. Mais pour le moment, je pense qu'il est important que vous ne soyez que tous les deux.

En deux semaines, il avait rencontré Violet à deux reprises ; une fois pour le petit déjeuner, et l'autre pour le déjeuner.

Clay la prit dans ses bras.

— Est-ce que je t'ai dit aujourd'hui que je t'aime ?

— Tu l'as peut-être mentionné, mais ça ne fait jamais de mal de le redire.

Il prit son visage dans le creux de ses mains.

— Je t'aime, Miranda Silver, et j'ai hâte de changer ton nom en Miranda Madison. Dis-moi que tu vas m'épouser, et faire de moi un homme honnête.

Elle rit.

— Si c'est pour sauver ta réputation alors, oui, je vais t'épouser.

— Vous allez vous marier ?

La voix surexcitée de Jenny les fit se retourner.

— C'est vrai ? demanda Henry.

— Oui, c'est vrai, dit Clay. Et ensuite, on va essayer de convaincre votre maman de vous donner un petit frère ou une petite sœur.

Tandis que les enfants se mettaient à danser de joie, Miranda comprit que son cœur n'aurait pas pu être davantage empli de bonheur.

Les rires excités de ses enfants et les regards débordant d'amour de Clay lui donnaient l'impression qu'elle était la femme la plus heureuse de la terre.

Si Clay Madison était Roméo, alors elle était ravie qu'il l'ait choisie pour être sa Juliette.

Quand elle regardait dans ses magnifiques yeux bleus, elle voyait un avenir empli d'amour et de rire, de tendresse et de passion.

Elle y voyait aussi se réaliser ses rêves de famille idéale.

Quand il se pencha pour lui donner un tendre et doux baiser elle sut qu'elle allait aimer ce cow-boy pour le reste de sa vie.

ADDISON FOX

Les disparues de Roaring Springs

Traduction française de

CATHERINE VALLEROY

BLACK ROSE

HARLEQUIN

Titre original :
THE COLTON SHERIFF

Ce roman a déjà été publié en 2020.

1

Aisha Allen prit une part de pizza, la plia en deux et mordit dedans. La douceur du fromage fondant, l'acidité de la tomate, la pâte brûlante et salée… Un délice. Le parfait antidote aux photos macabres qu'elle étudiait depuis des heures.

Six corps. Sept en comptant Lucy Reese, alias Bianca Rouge, une prostituée de Las Vegas convoquée à Roaring Springs pour égayer un client huppé.

Légalement, Aisha n'avait pas le droit de prendre connaissance des photos ou des détails rassemblés par la police. Il aurait fallu pour cela qu'on l'engage comme psychologue consultante. Mais elle le faisait à titre officieux pour Trey, car il avait besoin d'aide.

En outre, cela lui donnait l'occasion de garder l'œil sur lui. C'était son meilleur ami et, depuis l'âge de huit ans, ils avaient rarement laissé passer une journée sans se parler. Même durant les années qu'elle avait passées à New York, préparant son « luxueux diplôme de l'Ivy League », comme il aimait plaisanter, ils étaient restés proches.

Et si elle aurait aimé être encore plus proche, eh bien c'était son affaire. Il avait d'autres choses en tête que les rêvasseries de son amie d'enfance. Trey Colton, shérif actuel de leur ville, était le moteur du comté de Bradford. Et il livrait la bataille de sa vie : un tueur en série baptisé par la presse le « Tueur de l'Avalanche », une réélection tendue en novembre et une famille qu'on pouvait au mieux qualifier d'exigeante.

Personne ne pouvait reprocher aux Colton d'être effacés. Ils menaient grand train et se seraient fait remarquer même s'ils n'avaient pas compté dans leurs rangs un ancien président des États-Unis.

Aisha savait que Trey ne dédaignait pas d'utiliser son nom à l'occasion, mais qu'il détestait l'idée de compter uniquement dessus. Tout comme il détestait ce qui se passait désormais dans sa ville.

Après s'être nettoyé les lèvres et les doigts avec une serviette en papier, elle étala les photos. Six corps à divers stades de décomposition, du plus récent au plus ancien. Tous avaient été enterrés assez profond pour les protéger des intempéries, mais suffisamment en surface pour être exhumés par une avalanche.

C'étaient les derniers qui retenaient surtout son attention. En particulier leurs points communs, pensa-t-elle en rapprochant l'une des photos de ses yeux. Sabrina Gilford, vingt-deux ans, avait été désignée comme la victime la plus récente. Ses longs cheveux teints en noir ainsi que ses yeux bruns faisaient partie des fameux traits distinctifs.

En dehors de la couleur de ses cheveux, elle était approximativement du même âge et de la même stature que les autres victimes. Taille moyenne, mince, ossature délicate. Une jeune femme qui avait dû faire tourner les têtes sur son passage.

Qui aurait dû faire tourner les têtes, pensa Aisha avec colère. Qui aurait dû être jeune, libre, idiote, voire stupide, mais pas morte.

Toutes ces victimes seraient encore de simples disparues si une énorme avalanche ne s'était pas produite, défiant les explications. Ils avaient déjà eu des chutes de neige tardives, mais cette avalanche-là avait englouti un skieur.

En déblayant la neige et les débris, on avait découvert les corps. Deux d'entre eux avaient été identifiés comme ceux de Sabrina Gilford et d'une jeune femme nommée April Thomas, qui avait disparu à Roaring Springs au printemps précédent. Trey travaillait jour et nuit pour identifier les autres. C'était une tâche d'une lenteur exaspérante, et Trey et sa meilleure adjointe, Daria Bloom, s'y attelaient depuis des mois.

Puis, quelques semaines auparavant, Skye, la cousine de Trey, avait également disparu. Directrice du marketing de l'empire Colton – une entreprise qui englobait la moitié de Roaring Springs, y compris la Loge, la principale station de ski —, Skye était exubérante et toujours en mouvement. Aisha l'avait vue plus d'une fois aux réunions familiales et se rappelait bien la petite rouquine qui courait partout avec sa jumelle Phoebe.

C'était sur cette personnalité de feu follet qu'ils comptaient tous à présent. Skye restait rarement en place, et ils s'accrochaient à l'espoir qu'elle était partie à l'aventure sur un coup de tête. Aussi loin de Roaring Springs que possible, de préférence. Sauf qu'aucun d'eux n'arrivait à écarter l'idée affreuse qu'elle ait pu attirer l'attention du tueur de l'avalanche. Sa chevelure flamboyante ne correspondait pas au profil habituel des victimes, mais son âge et son petit gabarit étaient les mêmes.

Et penser à Skye menait tout droit à la Loge et aux étranges circonstances entourant la découverte des corps. Occupé comme il l'était vingt-quatre heures sur vingt-quatre, Trey avait reparlé plus d'une fois de l'avalanche. Mais l'enquête sur les meurtres et l'avidité de la presse lui prenaient tellement de temps que les recherches sur les caprices de la montagne avaient dû attendre.

Aisha visualisa mentalement son ami. Ses larges épaules, l'angle de sa mâchoire, la barbe naissante qu'il ne rasait pas les jours de congé. Cela arrivait de moins en moins parce qu'il semblait travailler tout le temps, même si ses délicieux yeux mordorés étaient plus souvent qu'à leur tour injectés de sang par manque de sommeil.

Trey Colton était homme à aller au bout de ses réserves, et elle ne voulait pas qu'il échoue. C'était pour cela qu'à peine achevée une séance éprouvante avec un patient, elle avait filé au bureau du shérif et repris cet horrible dossier.

— Mon Dieu, Aish, ne regarde pas ça ! fit une voix rauque.

Elle se retourna et ne fut pas surprise de voir Trey au seuil de la salle de réunion. Elle ne lui avait pas dit qu'elle venait, mais s'était doutée que l'odeur de pizza révélerait sa présence à un moment ou un autre. Elle avait d'ailleurs commandé trois autres pizzas au cas où quelqu'un se serait offusqué de la voir occuper leurs locaux.

— Et comment suis-je censée t'aider à arrêter un tueur si je n'étudie pas ses méfaits ?

— Quand même...

Trey s'était déjà jeté sur la pizza, choisissant la moitié qui lui était destinée, au pepperoni et au fromage.

— Ça va te couper l'appétit. Sans parler de te faire perdre foi en l'humanité.

Il mordit dans la pizza, fermant à demi les yeux.

— Tu as commandé chez Bruno.

— Bien sûr.

Elle prit une autre part, ravie de cet en-cas partagé.

— Où pourrais-je passer commande, sinon ?

Trey eut un large sourire.

— Bien sûr. Ce n'est pas uniquement la psychologie que tu as étudiée à New York...

— Tu m'en diras tant...

Elle n'avait pas seulement exploré les ressorts de la psyché humaine et les garnitures appropriées pour la pizza, elle en avait aussi énormément appris sur son propre cœur. Malgré ce qu'elle croyait savoir d'elle-même, il était étonnamment sensible. Et même fragile.

Et elle n'avait pas eu envie de le remettre en danger depuis. Un béguin pour son meilleur ami était à peu près tout ce qu'elle s'autorisait pour ne pas modifier le statu quo.

— Alors qu'avons-nous ?

Trey engloutit le reste de sa part et en prit une seconde.

— Nous avons étudié ces photos des semaines sans rien trouver, reprit-il. En dehors des âges, des tailles et des dates estimées de la mort, il y a très peu à en tirer.

— Sabrina semble être la seule à être née ici, souligna Aisha. C'est un début, peut-être.

— Daria nous l'a fait remarquer aussi. Cela expliquerait pourquoi nous n'avons pas pu les rapprocher de disparitions dans la région. Mais nous ne savons pas qui elles sont, donc ce pourrait être aussi une fausse piste.

— Les disparues que vous avez ne correspondent pas aux victimes ? insista Aisha, consciente que Daria l'aurait vérifié en une minute.

— Non.

Trey déglutit le reste de sa pizza.

— Mais examinons ta théorie. Le tueur aurait ramené ses victimes à Roaring Springs comme des trophées après les avoir enlevées ailleurs ? Et pourquoi changer de schéma avec Sabrina ?

— Les tueurs en série changent effectivement de schéma. Ce n'est pas fréquent, mais cela arrive. Sabrina a peut-être remplacé une autre victime. Ou peut-être est-ce une surenchère.

— Personne n'a signalé de jeune femme ayant échappé aux griffes d'un tueur dans l'État. N'est-ce pas généralement un incident de cette nature qui fait qu'un tueur remplace une victime par une autre, même si son profil n'est pas tout à fait le même ?

Trey et elle avaient déjà discuté de cela, et Aisha était consciente qu'elle s'entêtait un peu. Mais tous les détails indiquaient que les activités du tueur avaient monté d'un cran et qu'il était encore plus dangereux que prévu.

— En outre, reprit Trey en contemplant les photos étalées sur la table, s'il a tué ses victimes ailleurs, pourquoi revenir les enterrer ici ?

Aisha n'avait pas de réponse à cette objection. Se trompait-elle en pensant que le tueur jouait l'escalade ? L'intervalle entre la cinquième et la sixième victime semblait suggérer que son intuition était exacte, mais il aurait été déraisonnable de supposer qu'il n'avait qu'une seule cache. Les grands espaces du Colorado, avec leurs montagnes et leurs forêts, offraient d'infinies possibilités pour dissimuler des corps.

Mais choisir une victime originaire de Roaring Springs était effectivement une rupture de son mode opératoire.

— Il devient peut-être plus audacieux. Et il chasse des proies plus près de chez lui parce que ses pulsions gagnent en force.

Aisha soupira et posa sa part de pizza pour rapprocher la photo de Sabrina Gilford.

— S'il y a une chose dont tu n'as pas besoin, c'est que la presse s'empare de cela. Ils se débrouilleront pour terrifier tout le monde dans un rayon de huit cents kilomètres.

— Encore une chose qu'Evigan pourra me mettre sur le dos. Les femmes sont en danger dans mon comté.

— Barton Evigan est un imbécile et il n'aurait jamais dû se présenter au poste de shérif.

— Mais il l'a fait.

Les yeux sombres de Trey croisèrent les siens par-dessus les sinistres photos et la grande table éraflée.

— C'est un véritable adversaire, et je ne peux pas me permettre de l'ignorer.

Surgi de nulle part, Barton Evigan s'était lancé dans la course aux élections pour le poste de shérif. Et, compte tenu de la réputation exemplaire de Trey et du soutien des forces de police, il était surprenant – voire décourageant – de voir à quelle vitesse il avait fédéré les mécontentements.

Au cœur de ces critiques, il y avait l'idée que Trey était à la botte de sa riche et vaste famille. Et, en une occasion, Evigan avait émis une insulte probablement raciste, suggérant que Trey n'avait pas l'intelligence requise pour le poste.

Aisha avait tenté à plusieurs reprises d'attirer l'attention de Trey sur cette remarque, mais il faisait la sourde oreille. Il se contentait d'affirmer qu'il était bien un Colton et qu'ils avaient effectivement plusieurs crimes non résolus dans le comté. Fin de l'histoire.

Sauf que ce n'était pas fini.

Aisha était peut-être éprise de Trey Colton, mais son amour ne l'aveuglait pas. C'était un homme bon et honorable, et le comté de Bradford avait de la chance de l'avoir comme shérif. Jusqu'au tueur de l'avalanche, il avait réussi à faire baisser le crime et la délinquance dans la région. Un succès sur lequel reposait l'industrie touristique locale.

La famille Colton n'était pas la seule à diriger une station dans la région. Tous les établissements hôteliers et les commerces avaient prospéré grâce à cette période de calme et de stabilité.

Son regard s'attarda à nouveau sur ces horribles photos. Peu importe quel bien Trey avait fait au comté, s'ils ne réussissaient pas à capturer très vite le tueur de l'avalanche, sa carrière serait compromise.

Qu'elle soit damnée si elle laissait cela se produire.

Trey se passa une main sur la nuque et sentit que ses cheveux étaient un peu longs. Il avait besoin d'une coupe, mais du diable s'il avait cinq minutes pour respirer, moins encore pour aller chez le coiffeur.

— Je ne te suggérais pas d'ignorer Evigan, dit Aisha. Mais je pense que les gens qui te respectent vont te laisser du temps. Un tueur en série, ce n'est pas quelque chose qu'on résout en quelques jours.

— Nous vivons dans un monde à la demande, Aish. Les gens s'attendent à ce qu'on résolve un crime en huit épisodes.

— Les faits contre la fiction, rétorqua-t-elle.

— Ou la réalité déformée dans laquelle nous vivons, désormais.

— Eh bien, c'est une réalité qui n'a rien de sympa !

Ces mots lui arrachèrent un rire.

— C'est le moins qu'on puisse dire !

Sa meilleure amie avait réussi à le faire rire et à rendre l'atmosphère un peu plus légère.

On disait d'elle qu'elle était trop sérieuse, avec ses grands yeux sombres. Il avait entendu certains la qualifier de froide, mais il savait qu'elle était tout sauf ça. Aisha était une psychologue remarquable. Avocate passionnée de ses patients, elle trouvait toujours le moyen de les aider à dénouer leurs conflits.

Et elle était aussi sa plus vieille amie.

Quand elle était avec lui, elle se montrait moins sérieuse,

plus espiègle. Il fallait la voir imiter l'un de ses cousins ou le taquiner à propos d'un épisode depuis longtemps oublié de leur enfance. Et il lui était vraiment reconnaissant de son soutien durant cette crise.

Mais, même avec son aide, il était au milieu d'une crise majeure. Ce crétin de Barton Evigan constituait un véritable problème. Trey ne se croyait pas au-dessus de ses adversaires, bien au contraire. Les gens du comté de Bradford méritaient un candidat compétent. Ce n'était pas parce que lui-même voulait ce poste qu'il méritait de remporter les élections.

Mais Evigan, c'était une autre paire de manches. Sans aucune expérience, il détournait l'attention quand on l'interrogeait sur son parcours et s'en prenait systématiquement à Trey. Le bureau du shérif avait traité plus d'une centaine d'affaires en trois ans et demi, mais le tueur en série l'avait presque fait oublier.

Trey avait donc dû redoubler d'efforts. Ces pauvres femmes découvertes sur le flanc de la montagne méritaient le meilleur de lui-même, quoi qu'il en coûte. Les recherches pour retrouver Skye de même.

Se tournant vers Aisha, il tapota la photo la plus proche.

— D'accord. Résume-moi ça encore une fois. Que nous apprennent les corps ?

— À supposer que ce soit le seul endroit où le tueur a caché des corps – et c'est un *si* de taille —, l'intervalle entre les meurtres est significatif. Presque cinq ans entre les deux premiers. Puis quelques années entre les numéros deux, trois et quatre.

— Et après ? insista-t-il.

— C'est là que les choses se précipitent. Soit le tueur a eu un déclencheur quelconque, soit il ne pouvait plus assouvir ses instincts à ce rythme-là.

— Il ? interrogea Trey.

— Figure de style. Les crimes en série sont majoritairement le fait d'hommes, et tu devrais leur donner la priorité en matière de suspects. Mais, en ce qui concerne la presse, mieux vaut ne pas décider d'un genre.

Trey remarqua une légère chair de poule sur sa peau noire. Il posa la main sur son avant-bras.

— Nous n'avons pas besoin de parler de ça maintenant. Il est tard et il y a de quoi en perdre le sommeil.

— Nous le devons à ces femmes, Trey. Et à Skye.

— Mais...

Elle posa ses doigts sur les siens.

— Je vais bien. Continuons, tu veux ?

Cette femme avait une compréhension de la psyché humaine qui le dépassait. Quelques étés en arrière, il l'avait surprise en train de lire une biographie de Jack l'Éventreur. Quand il lui avait demandé pourquoi, elle lui avait dit que les ressorts psychiques de cet homme la fascinaient.

Quant à lui, s'il aimait les romans policiers, il n'avait nulle envie d'avoir affaire à un tueur en série dans la vraie vie.

Ce qui rendait son idée suivante d'autant plus difficile à énoncer.

— Ça te décevrait si je te disais que, moi, je ne vais pas bien ?

— Non.

— Parce que je ne vais pas bien.

Il recula sa chaise dans un grincement métallique.

— Je voudrais aller bien, mais je ne peux pas m'empêcher de penser à toutes ces femmes. Et c'est pire quand j'essaye d'imaginer ce qui a pu arriver à ma cousine.

Trey réprima cette pensée. Skye avait disparu, mais cela ne signifiait pas qu'elle était devenue la cible d'un tueur en série. Ils devaient croire que sa disparition était due à d'autres forces. À quelque chose de déraisonnable, comme Skye elle-même.

— Je sais.

Aisha hocha la tête.

— Je sais que c'est dur.

— Quand je regarde autour de moi, je vois la beauté du Colorado. Les montagnes, les arbres, tous ces grands espaces. C'est un lieu où on a la place de respirer, de se trouver. Et tout ce que ces femmes ont trouvé, c'est la mort. Une mort particulièrement brutale, si l'on en juge par les examens médico-légaux.

— Oui, c'est vrai.

Aisha ramassa les photos et les retourna.

— Ce sont les comportements classiques des tueurs en série, la domination et le désir de faire mal. Pas seulement de tuer, mais de torturer avant.

— Des lâches que la peur excite.

— Oui, confirma Aisha.

— Ici même. Sous notre nez.

Trey poussa un soupir et jeta un regard au carton à pizza. La faim qui l'avait attiré dans cette pièce s'était dissipée, et il ressentait désormais un vide étrange.

Tout cela s'était produit chez eux Et, s'il n'y mettait pas bon ordre, cela arriverait encore. De cela, il n'avait aucun doute.

2

Aisha prit place au dernier rang de la salle du centre communautaire. En tant que capitale du comté, Roaring Springs possédait un certain nombre de bâtiments consacrés aux affaires publiques, et celui-ci était régulièrement utilisé. Les auditions, les votations et tout un tas d'autres choses se déroulaient entre ces murs.

Autrefois elle ne s'intéressait guère à la politique locale, mais, depuis que Trey était devenu shérif, elle s'était découvert un intérêt pour les débats publics. Même si c'était parfois banal et souvent terre à terre, Aisha devait admettre que ce n'était jamais ennuyeux. Et cela lui offrait des aperçus sur son principal centre d'intérêt : la nature humaine.

À l'ordre du jour, il y avait un débat public sur les crimes du tueur de l'avalanche et des propositions d'augmentation des effectifs de la police. Ce qui avait quelque chose de savoureux étant donné que le FBI était déjà présent en masse, bien que l'affaire ne soit pas à proprement parler fédérale.

Cette audition était néanmoins une occasion en or pour Trey d'asseoir son autorité. Plusieurs de ses électeurs étaient éparpillés dans la salle. Ses parents, Calvin et Audrey, étaient assis au milieu, vers le devant. Assez près pour l'encourager et assez loin pour lui donner de l'espace. Daria Bloom, son adjointe, était au premier rang. Elle se tenait très droite, dans un uniforme aussi net que s'il venait d'être repassé.

Aisha poursuivit son examen. Il y avait là plusieurs Colton, quelques employés de la Loge et du Château, et un homme que Trey lui avait désigné comme un agent du FBI, Stefan Roberts.

Elle venait de reporter les yeux sur Trey quand un nouvel arrivant accrocha son regard.

Barton Evigan.

Il entra à grandes enjambées, un sourire suffisant aux lèvres. C'était à peine mieux que le rictus qu'il arborait habituellement. Quelques personnes l'accompagnaient, dont un homme qu'elle reconnut comme son directeur de campagne et une femme mince et effacée qui devait être son épouse. Tous s'assirent au premier rang.

Mauvais signe.

Aisha sortit ses notes et les survola une fois de plus. Bien que Trey et elle aient gardé secrète sa participation à l'enquête, elle avait préparé quelques arguments en tant que citoyenne inquiète des meurtres et assez cultivée pour soulever des points pertinents. Elle avait pris soin de ne rien révéler qui n'ait été rendu public, mais espérait que cela donnerait un tour professionnel et clinique au débat. D'après ce qu'elle avait entendu dire, les habitants de la ville étaient prêts à cloîtrer toutes les jeunes femmes entre quinze et trente ans.

Des murmures la tirèrent de ses réflexions, et elle se retourna, curieuse de voir ce qui créait ce remue-ménage. Il s'en fallait encore de cinq minutes avant que la réunion ne commence. À cet instant, plusieurs personnes se séparèrent et Aisha comprit la raison de cette agitation.

Une authentique star de cinéma était parmi eux.

S'il avait espéré passer incognito, Prescott Reynolds avait raté son coup. Phoebe Colton, l'une des jeunes cousines de Trey, était à son bras. Bien que tous deux présentent un front uni et heureux, il était visible qu'ils étaient gênés de faire l'objet de l'attention générale.

Aisha ne connaissait pas bien Phoebe, mais elle lui fit signe dès qu'elle put accrocher son regard. Il restait beaucoup de sièges libres dans la rangée du fond, les gens s'étant surtout assis devant.

Phoebe répondit d'un signe de tête à son invitation, et quelques secondes plus tard tous deux s'assirent à ses côtés.

— Merci pour ce sauvetage, murmura la jeune femme en se glissant sur son siège.

Aisha ne manqua pas de remarquer le bras protecteur que Prescott avait passé autour de ses frêles épaules.

— Laissez-moi vous présenter...

Il ne fallut qu'un instant pour qu'Aisha fasse connaissance de l'une des stars les plus en vue du moment. Même si son cœur battait depuis longtemps pour Trey Colton, elle ne put nier qu'il accélérait un peu à la vue de ce visage. Prescott Reynolds était chaleureux, d'une gentillesse évidente et d'une beauté renversante. Son image sur grand écran ne rendait pas justice à ses yeux d'un bleu étincelant et à son sourire à mille volts.

Malgré le tumulte qui semblait l'accompagner partout, elle l'apprécia immédiatement. Et il était visiblement amoureux de Phoebe.

Tous deux avaient rendu leur relation publique la semaine précédente, et c'était une des choses qui avait donné un léger répit à Trey. Si un tueur en liberté était et restait une nouvelle majeure, l'idylle d'une des stars de Hollywood avait donné une note romantique à l'interminable couverture médiatique de Roaring Springs.

Trey lui avait aussi expliqué que la volonté du couple de se montrer en public n'était pas seulement inspirée par leur bonheur. Sa cousine Skye était la sœur jumelle de Phoebe, et cette dernière était prête à tout pour la retrouver. Leurs apparitions publiques étaient un appât pour la faire sortir de sa cachette. Si Skye était partie de son plein gré, elle entrerait en contact en apprenant la nouvelle. Si elle avait été enlevée, le battage médiatique pourrait faire sortir le tueur du bois.

Un jeu dangereux, songea Aisha. Elle trouvait cependant de la logique à ce raisonnement.

La réunion débuta, et les murmures se turent. Trey se détacha d'un groupe, de même que le maire de Roaring Springs, qui faisait office de modérateur et de lien avec le siège du comté.

Le maire présenta l'objet de la réunion et passa très vite le micro à Trey. Il avait à peine commencé à énumérer ses arguments en faveur de l'augmentation des effectifs et des heures supplémentaires que Barton Evigan intervint.

— Quelle idée géniale, shérif ! Dépenser encore plus d'argent pour une affaire déjà mal engagée.

Trey ne perdit pas contenance, mais, même depuis la rangée du fond, Aisha vit le pli dur de sa bouche et l'éclat métallique de ses yeux.

— Nous avons suivi le protocole à chaque étape.

— Cette affaire devrait être terminée depuis des semaines ! Vous l'avez bousillée depuis le début. Shérif…

Sans voir son visage, Aisha se doutait que le sourire suffisant d'Evigan avait disparu et que le rictus était de retour.

— Nous sommes au milieu d'une enquête minutieuse sur la mort de six femmes. Il n'est pas question de la bâcler par crainte d'une mauvaise publicité.

Un point pour toi ! pensa Aisha avec satisfaction. Trey refusait d'aller au conflit avec Barton, mais il avait le droit de se défendre. Faire ressortir l'angle publicitaire était l'un des meilleurs arguments dont il disposait.

— Donc, dans l'intervalle, vous laissez cette ville à la merci d'un tueur en série.

Visiblement agacé par les sarcasmes de Barton, Trey se leva. Il portait son uniforme d'apparat, dont la couleur kaki soulignait ses larges épaules.

— Cette enquête n'est pas un show télé, monsieur Evigan, et je ne suis pas en quête d'audimat. Je veux que l'auteur de ces crimes soit appréhendé et mis derrière les barreaux aussitôt que possible. Mais je ne prendrai pas de décisions hâtives, sous prétexte que des perturbateurs mal informés critiquent le travail des hommes et des femmes de mon service.

L'atmosphère de la réunion tourna en sa faveur, et des applaudissements se firent entendre. Evigan eut le bon sens de se rasseoir, mais Aisha vit que la tension ne l'avait pas quitté. Il lui rappelait un animal blessé, qui rassemble ses forces avant de frapper.

— Un type vraiment charmant, commenta Prescott. Je n'arrive pas à croire que ce clown se présente contre Colton.

Il n'avait pas élevé le ton, mais on l'avait forcément entendu autour d'eux. Aisha avait déjà remarqué des regards furtifs dans leur direction. Et si elle voulait que Trey gagne cette réélection en toute transparence, le soutien d'une célébrité ne pouvait que lui être favorable.

La réunion se poursuivit sans autre interruption. Ce fut seulement quand Russ Colton prit la parole que l'ambiance changea à nouveau.

— Je te suis reconnaissant de ce que tu fais, Trey. Dans cette ville, il n'y a personne à qui je me fie plus qu'au fils de mon frère pour maintenir l'ordre et la loi. Mais je ferai preuve de négligence en n'exprimant pas ma préoccupation concernant le tourisme. Le festival cinématographique le mois dernier a eu quelques ratés, comme nous le savons tous. Ma fille Skye n'a toujours pas été retrouvée. Comment pourrions-nous ne pas nous inquiéter ?

— Oh ! bon sang, murmura Phoebe en prenant la main de Prescott.

Aisha parcourut ses notes, dans l'espoir de trouver de quoi désamorcer la situation. Elle venait de se lever pour demander le micro, quand l'odieux Barton la battit d'une longueur et se lança dans une diatribe.

— Même votre famille se fait du souci, shérif ! Si les riches et célèbres Colton s'inquiètent, que dire du reste de Roaring Springs ? De tout le comté de Bradford ! Qu'avez-vous à répondre à cela ?

Il fallut à Trey toute sa maîtrise pour ne pas s'en prendre à Evigan. Cet homme était un fauteur de troubles. Russ avait certes déclenché le deuxième round, parce qu'il était inquiet pour sa fille. Skye avait disparu depuis plus d'un mois, et la famille était en alerte maximale.

L'assassinat d'une prostituée un peu plus tôt dans l'année avait provoqué un tollé. Personne ne voulait entendre parler de meurtre dans les parages, surtout au pic de la saison. Mais le sens pratique avait pris le dessus. La mort de Bianca Rouge avait été qualifiée de triste et troublante, mais cela restait un événement mineur dans les vies luxueuses des touristes demeurant à la Loge.

La mort de Sabrina Gilford, en revanche, avait fait changer Russ de ton. Il était prêt à écarter un événement navrant pour ne pas nuire à la gestion de son empire touristique, mais risquer la vie de sa fille était tout autre chose.

Trey s'était toujours montré tolérant envers son oncle. Sa famille lui avait donné à la fois une enfance privilégiée et un énorme handicap vis-à-vis d'une fonction publique. Le changement d'opinion de Russ durant les dernières semaines avait été en quelque sorte rafraîchissant. Même si les raisons de ce changement étaient affreuses.

— Monsieur Colton, je comprends votre émotion et je peux vous assurer que nous avons tous les mêmes buts, le retour de votre fille saine et sauve, l'identification des femmes découvertes dans la montagne et une capture rapide du tueur de l'avalanche. Le département travaille aussi dur qu'il est possible de le faire pour y parvenir.

— Ouais, c'est ça ! cria Barton.

Trey ignora son sarcasme et continua de s'adresser à Russ, optant à la dernière minute pour un ton plus personnel.

— Ce que nous te demandons, oncle Russ, ce que nous vous demandons à tous...

Il s'interrompit et laissa son regard errer sur la salle.

— ... C'est de la vigilance. Beaucoup d'inconnus circulent dans cette Mecque du tourisme. Ils viennent ici pour s'amuser et oublier leurs soucis. Il ne s'agit pas de les soupçonner, mais de rester sur nos gardes. Amicaux, mais concentrés. Conscients de qui nous rend visite.

— C'est votre réponse pour attraper un dangereux tueur ? railla à nouveau Barton.

Ce commentaire souleva quelques murmures approbateurs dans la foule.

Trey ignora Baron et continua :

— La sécurité du public est entre nos mains. Et, à en juger par les corps que nous essayons toujours d'identifier, quelqu'un ne voulait pas laisser ces aimables visiteuses rentrer chez elles.

En matière de révélation, celle-ci était particulièrement maladroite, mais Trey s'était juré de divulguer ce qu'il pouvait, quand il le pouvait, à ses concitoyens. Rien dans leur enquête n'avait révélé un lien entre les victimes et Roaring Springs ou même le comté de Bradford, jusqu'à Sabrina Gilford. Ce qui voulait dire qu'ils avaient un autre problème sur les bras.

Un tueur local qui comptait sur des innocentes venues d'ailleurs pour étancher sa soif de sang.

— Une manière de tuer l'industrie touristique, marmonna quelqu'un assez fort pour attirer l'attention de Trey.

Mais ce fut une silhouette au fond qui capta son attention.

Aisha.

Elle se tenait là comme une déesse guerrière, à la fois souple et charpentée, d'une grâce incroyable au milieu de cette réunion chaotique. Trey fit signe à l'un des modérateurs de lui tendre un micro. Quand elle l'eut en main, elle attendit quelques secondes que la salle fasse silence.

— Le shérif Colton a raison.

Aisha laissa ses paroles résonner quelques instants avant de reprendre la parole.

— Pour ceux qui ne me connaissent pas, je m'appelle Aisha Allen et j'exerce comme psychologue ici à Roaring Springs. J'ai fait office de consultante sur un grand nombre d'affaires depuis une décennie et je peux témoigner que le shérif Colton et ses adjoints respectent minutieusement les règles dans cette enquête.

— On n'a pas le temps de faire dans les règles ! cria Evigan. Pas avec un tueur en série en liberté !

Sans même lui jeter un coup d'œil, Aisha poursuivit avec autorité :

— L'identification est cruciale pour résoudre cette affaire avec succès. Le soin avec lequel les corps et la scène de crime ont été préservés est de premier ordre. C'est grâce au travail soigneux des experts qu'on a pu identifier rapidement Mlle Gilford. Et le fait qu'il maintienne le calme et l'ordre durant cette période parle en faveur de l'homme que nous avons élu. Je propose que nous permettions au shérif Colton et à ses adjoints de faire leur travail sans les déranger par nos interférences.

Le regard de Trey dériva vers Daria, assise au premier rang. Il vit une ombre de sourire passer sur ses lèvres. Elle souriait rarement, mais le soutien d'Aisha semblait l'agréer. Il remarqua alors Stefan Roberts, assis un peu plus loin. L'agent du FBI s'était montré loyal avec Trey jusque-là, mais il se doutait que le FBI avait son propre agenda, à savoir remporter le crédit pour la résolution de l'affaire.

En toute honnêteté, Trey se fichait pas mal de savoir qui y arriverait – il voulait juste qu'on arrête le tueur. Il avait envisagé de leur proposer de collaborer, mais il avait finalement décidé que son équipe et lui continueraient à travailler de leur côté et qu'ils ne feraient appel au FBI qu'en cas de besoin.

Dans l'intervalle, Aisha ne manquait jamais de le soutenir. Ses intuitions étaient précieuses et sa capacité à dissiper la tension étonnante.

Micro en main, elle se tenait très droite, avec un professionnalisme évident.

— C'est une période difficile pour nous tous. Plusieurs de mes patients ont exprimé leur inquiétude et l'impact émotionnel que cela a sur notre communauté. J'ai échangé avec mes confrères, et nous sommes déterminés à fournir aide et soutien à tous ceux qui en ont besoin.

Cette approche, jointe à la compassion dont elle faisait preuve, dissipa le reste des récriminations. Les murmures se calmèrent, et Trey vit que les gens se tournaient les uns vers les autres pour commenter. Le maire saisit cette occasion pour réorienter la séance. En une demi-heure, Trey eut ce qu'il était venu chercher : l'attribution d'heures supplémentaires en fonction des besoins, une augmentation d'effectifs en provenance d'autres comtés, et l'autorisation qu'il voulait par-dessus tout, la possibilité d'embaucher une consultante.

Aisha se tenait au fond de la salle avec Calvin et Audrey. Elle avait croisé les parents de Trey à la fin de la séance, alors qu'ils se frayaient un passage dans la foule.

Elle aimait Calvin et Audrey depuis sa petite enfance. Leur maison avait toujours été un lieu chaleureux pour elle. Et leurs animaux... Oh ! elle avait adoré les chevaux de la famille Colton. Accueillie à bras ouverts, elle avait passé nombre d'étés insouciants à jouer avec Trey et sa petite sœur Bree.

Aisha avait eu du mal à se faire des amis à l'école, et son lien avec Trey et ses parents avait toujours été spécial.

Et puis la mère de Trey lui ressemblait. C'était une drôle d'idée – qui s'était dissipée au fur et à mesure qu'elle grandissait – mais, quand elle était enfant, c'était important. Faire des études à New York lui avait permis d'élargir le cercle de ses relations mais, trente ans auparavant, Roaring Springs n'était pas un haut lieu de diversité. Rencontrer une femme de couleur qui ne fasse pas partie de sa famille avait beaucoup signifié pour elle.

C'était aussi pour cela que sa propre mère avait compris et accepté ses liens avec Audrey Colton.

Bien qu'ils soient restés en contact, Aisha avait de moins en moins vu les parents de Trey au cours des dernières années. L'augmentation croissante de sa patientèle avait réduit son temps libre à un luxe, et c'était délicieux de reprendre la conversation où ils l'avaient laissée.

— J'ai vu ta mère au supermarché il y a quelques semaines, disait Audrey. Elle m'a annoncé que Tanisha attendait un enfant.

— Pour la fin de l'hiver, répondit Aisha. Elle avait demandé à maman de ne pas en parler avant le cap des trois mois, mais je crois que ça lui est impossible.

— Certainement, s'il faut en croire ses yeux étincelants et son grand sourire.

Audrey l'étreignit.

— Félicitations, tu vas devenir tante.

Aisha accepta cette étreinte affectueuse et pensa à sa petite sœur, qui attendait l'arrivée d'une nouvelle vie pour le début de l'année. Toute la famille était excitée, même s'il était difficile d'imaginer faire naître un enfant dans un monde si chaotique. En tant que psychologue, Aisha savait identifier les réactions de frayeur engendrées par l'existence d'un tueur dans la région. Mais en tant que sœur et future tante...

Elle avait du mal à affronter la terreur que cela supposait. Elle ne pouvait qu'espérer que Trey mette la main sur lui avant qu'autre chose ne se produise. Ou que quelqu'un d'autre ne soit tué.

— Le voilà. La vedette du spectacle.

Calvin assena une claque dans le dos de son fils, tandis qu'Audrey attendait de pouvoir l'enlacer. Trey se laissa faire avec bonne humeur, et Aisha remarqua une fois de plus combien ils formaient une famille unie.

Elle-même avait eu la chance d'avoir une mère et une sœur affectueuses. L'argent leur avait souvent fait défaut, mais jamais l'amour. Et cela avait été très dur de quitter Roaring Springs pour aller étudier à trois mille kilomètres de là, mais sa mère l'avait encouragée à toutes les étapes.

Et, aujourd'hui, elle la poussait à dire à Trey ce qu'elle éprouvait pour lui.

Aisha détestait être aussi transparente et espérait que c'était l'amour maternel qui rendait sa mère si perspicace. Elle détestait l'idée que Trey connaisse ses sentiments. Ou pire, que ses parents les devinent et en soient navrés pour elle.

Quel embarras !

S'excusant auprès du trio, elle tourna les talons pour aller chercher un rafraîchissement, quand une voix tonitruante flotta vers eux.

— Eh bien, regardez-moi ça !

Barton Evigan avait abandonné son directeur de campagne quelque part – ou, s'il était malin, celui-ci avait abandonné son candidat indigne – et n'avait que sa femme à ses côtés. Celle-ci paraissait légèrement embarrassée, réticente à bouger ou à s'exprimer en présence de son mari.

L'instinct professionnel d'Aisha se mit en route, et elle imaginait déjà le moyen de s'adresser à cette femme quand Barton, un rictus aux lèvres, lança :

— On a des supporters colorés, je vois !

Aisha n'était malheureusement pas étrangère aux remarques racistes – subtiles ou non —, mais une remarque aussi venimeuse dans la bouche de quelqu'un qui postulait à des fonctions officielles la surprit.

Avant qu'elle puisse réagir, Calvin Colton s'approcha d'Evigan. Sa taille et ses larges épaules avaient de quoi impressionner. À plus de soixante ans, Calvin était encore un adversaire avec lequel il fallait compter.

— Êtes-vous en train de suggérer quelque chose de désobligeant à l'encontre de mon fils, ma femme ou notre amie ?

Evigan les dévisagea tour à tour avant de reprendre :

— Je suggérais simplement que vous, les Colton, vous êtes hauts en couleur.

— Bien sûr, cracha Calvin, c'est ce que vous vouliez dire.

Même si le père de Trey avait l'avantage de la taille, Barton avait la jeunesse de son côté, et cela suffisait pour faire ressortir le pire de sa personnalité.

— Vous avez une autre interprétation ?

Audrey posa une main sur le bras de Calvin sans dire un mot, ce qui eut pour effet d'apaiser son mari. Il se détourna d'un air dédaigneux.

— Cela ne vaut pas une minute de notre temps.

Un bref instant, Aisha crut que Barton allait entamer une altercation, car la haine transparaissait dans son regard. Mais il parut se raviser et, se tournant vers sa femme, il l'entraîna d'un pas vif hors du centre.

— Je suis désolé, maman.

Trey se tourna vers Aisha pour l'englober.

— Ton soutien a été formidable.

— Et je vais continuer à te soutenir. Ici et partout où on m'écoutera.

Aisha se rapprocha et lui passa un bras autour de la taille. La chaleur de sa poitrine oblitéra presque ses pensées, mais elle ne bougea pas.

— Je suis dans ton camp, Trey. Je l'ai toujours été et je le serai toujours. Excuse-toi encore, et je te traîne dehors pour essayer mes derniers enchaînements de kickboxing sur toi.

Trey hésita un instant puis se reprit.

— D'accord... Inutile de me botter le derrière.

Elle soutint son regard en hochant la tête.

— Fais en sorte que ça ne change pas.

Le père de Trey reprit la parole :

— Sortons d'ici et allons manger de la glace.

— Papa, j'ai un...

Audrey fit taire son fils.

— Allez viens. Nous avons bien le droit de goûter à la croustade aux myrtilles et à la glace que j'ai préparées cet après-midi.

— Tu as fait une croustade ?

La voix de Trey avait gagné en animation, ce qui rappela leur enfance à Aisha. Trey Colton ne pouvait résister à une croustade aux myrtilles. À n'importe quelle croustade, d'ailleurs.

Audrey se tourna vers elle.

— Aisha, tu viens avec nous ?

— Bien sûr. Je ferai quinze minutes de gym supplémentaires demain, ajouta-t-elle avec malice.

La mère de Trey secoua la tête.

— Tout ce sport que vous faites, vous les jeunes, ça me dépasse.

— Vous êtes très en forme, madame Colton.

Aisha contempla la fine silhouette de son aînée.

— Vous devez faire quelque chose pour rester mince.

— J'exploite une ferme avec mon mari. Je n'ai pas regretté une seule fois de manger de la glace faite avec le lait de mes vaches ou un gâteau fait avec les fruits de mon verger.

Tandis que Calvin et Audrey la raccompagnaient à sa voiture et que Trey allait prendre sa voiture de patrouille, Aisha songea que c'était une bonne réponse. Elle n'aurait abandonné sa patientèle pour rien au monde, mais il fallait reconnaître les avantages du travail manuel.

Une heure plus tard, assise sur le porche des Colton, le ventre plein de glace à la vanille et de croustade, Aisha compléta cette pensée.

Il y a quelque chose de délicieux à savourer les fruits du labeur physique. Mais c'était encore meilleur quand on les partageait avec autrui.

3

En lisant son rapport, Trey remercia une fois de plus la providence d'avoir l'étonnante Daria Bloom pour adjointe. Son dévouement et son sens du détail étaient remarquables. Il avait de la chance avec tous ses adjoints, car les hommes et les femmes qui constituaient le personnel du shérif étaient des agents solides et capables, mais Daria se distinguait du lot.

Tous deux étaient restés tard au travail la veille, préparant la visite d'un haut fonctionnaire qui devait commencer dans dix minutes. Bien qu'il ait revu les éléments dont ils disposaient jusqu'à en avoir la vue floue, Trey s'y était remis dès 6 heures du matin, résolu à ce que cette rencontre soit un succès.

Et encore plus déterminé à leur prouver qu'il était l'homme de la situation.

Il était furieux que Barton Evigan ait réussi à le déstabiliser. Dès qu'il avait aperçu les grands airs de ce salopard, il avait compris qu'il y aurait des problèmes. Il avait voulu l'ignorer. Il était doué pour ignorer les brutes et il l'avait fait la plus grande partie de sa vie. Mais ceci était différent.

S'il perdait contre Evigan lors des élections, son remplaçant pousserait le comté de Bradford sur une voie chaotique. Il le savait, et poser les yeux sur son adversaire ne faisait que le lui rappeler.

— Shérif...

Au coup à la porte, il leva les yeux et vit Winnie Han, leur dispatcheuse durant les mois d'été. Bien que plusieurs adjoints aient offert de reporter leurs congés jusqu'à ce qu'on ait arrêté le tueur, Trey voulait l'éviter autant que possible. La tension était forte et leur travail était examiné à la loupe. Ses hommes méritaient leurs vacances et en avaient besoin.

— Le superviseur du comté est là.

Winnie fit une pause avant de poursuivre.

— Ainsi que le secrétaire privé du gouverneur.

Fichtre ! Une attaque surprise...

Trey hocha la tête.

— Merci, Winnie. Je vais les accueillir moi-même.

— Bruce Patrillo a acheté des donuts et des cafés en chemin.

— Qu'il n'oublie pas de se faire rembourser, ajouta Trey, reconnaissant du soutien de son équipe.

Il rectifia son nœud de cravate et suivit Winnie hors de son bureau. Ils allaient s'installer dans la salle de réunion, que Daria et lui avaient préparée la veille en affichant les photos des corps des femmes et la date approximative de leur décès. Trey les avait regardées tant de fois qu'il les connaissait par cœur.

Bien qu'il ait heureusement eu peu de meurtres dans sa carrière, il pensait la même chose à chaque fois : quel terrible gâchis d'une vie.

Qui avait fait ça ? Qui s'était arrogé le droit de tuer ces femmes, de les torturer jusqu'à ce que leur terreur devienne frénétique ?

Il n'aurait de cesse de trouver le meurtrier, d'utiliser tous les moyens à sa portée pour capturer ce minable.

— Shérif Colton.

Le superviseur du comté, Dave Olson, lui tendit la main.

— Ravi de vous revoir.

— Également.

Trey se tourna vers l'assistant du gouverneur.

— Steve. Je suis désolé que notre rencontre soit due à d'aussi mauvaises circonstances.

— Moi de même. J'ai suivi votre carrière. Le gouverneur aussi. Vous avez une formidable base électorale et vous l'avez gérée avec habileté et bonne humeur, si nos informations sont exactes.

— J'essaye.

— Vous faites mieux qu'essayer, d'après ce que nous avons entendu.

Steve agita la main, un geste insouciant contrastant bizarrement avec son luxueux costume bleu.

— Cela nous renforce dans l'idée que cette histoire de tueur en série est une ineptie.

Trey reconnaissait un discours de campagne quand il en entendait un et décida que le hall n'était pas le meilleur endroit pour cela. Ses adjoints étaient loyaux et évitaient les opinions politiques trop tranchées, mais personne n'avait envie d'entendre son travail ignoré avec tant de promptitude.

— Nous avons préparé du café dans la salle de réunion. Pourquoi ne pas y aller ?

Trey prit les devants car il voulait voir la réaction des deux hommes quand ils seraient devant ses tableaux. Quelques instants plus tard, il ne fut pas déçu. Le sourire poli de Steve s'évanouit et il écarquilla les yeux devant les photos. Le superviseur du comté n'était pas plus à l'aise, mais il garda contenance, ayant déjà eu à s'occuper du transfert des corps.

Une fois le choc initial dissipé, Steve s'approcha des tableaux et demanda :

— Ces femmes ? Elles ont toutes été tuées par le même homme ?

— Nous le pensons. Mais il y a un doute à propos de la sixième victime, Sabrina Gilford.

Trey tenait à user de son nom, surtout à cause de l'incapacité dans laquelle ils étaient de nommer quatre des autres victimes. Cela leur permettait de rester concentrés.

Et cela leur rappelait constamment que des vies avaient été volées. Des vies appartenant à des femmes réelles, avec des rêves et des projets réels.

— Quel genre de doute ?

Steve, qui avait posé une fesse sur un coin de table, se releva brusquement.

— Les quatre premières victimes n'ont pas été identifiées,

mais nous pensons que le tueur s'en est pris à des touristes. Nous savons qui est la cinquième, April Thomas, parce que sa mère a insisté à plusieurs reprises pour qu'on la recherche. Elle pensait qu'April était venue à Roaring Springs et elle était en quête de réponses.

Et elle en avait eu une terrible quand les corps avaient été découverts à flanc de montagne.

— Et les autres ? demanda Dave.

— Nous avons écumé les listes de personnes disparues au niveau national et nous avons fait de notre mieux pour collaborer avec le FBI. Ils ne nous donnent pas grand-chose et nous gardons aussi des détails pour nous, mais je ne suis pas assez mesquin pour ignorer leurs ressources. Quand ils m'ont offert un accès à leur base de données, j'ai sauté dessus.

— Les fédéraux tiennent à leur juridiction ici. Techniquement, ils y ont droit, déclara Steve.

Même si le secrétaire du gouverneur avait repris contenance et que son expression ne trahissait rien de ses pensées, Trey ne voulait prendre aucun risque. Il avait besoin de soutien et il n'était pas prêt à reculer.

— Je n'essaye pas de leur barrer la route, mais ils ne connaissent pas le comté de Bradford aussi bien que moi ou mes adjoints. Nous évincer de l'affaire serait une erreur majeure.

— Ouh là, shérif, je ne parlais pas de vous évincer !

— Que suggérez-vous alors ?

Steve se pencha vers lui avec un air de sérieux absolu.

— Je suis navré pour ces femmes. Profondément navré. Personne, sauf peut-être le gouverneur, ne veut autant que moi voir celui qui a fait ça en prison. Mais nous avons un État à faire tourner et une industrie touristique à protéger.

— Oui, monsieur. Je comprends, dit Trey.

Il connaissait la musique – il avait fait lui-même campagne pour être élu —, mais cette réponse le dérangeait. Tout était-il donc politique ?

Le comportement de Barton Evigan lui revint en mémoire. Bien sûr que tout était politique. Tous ceux qui occupaient des fonctions officielles le comprenaient. Ce n'était pas le moment de l'oublier.

Apparemment satisfait de sa réponse – ou de son absence —, Steve reprit son siège. Il ne jeta plus un seul coup d'œil aux tableaux et se concentra fermement sur Trey.

— Vous allez vous-même vous soumettre à une élection. Je crois comprendre que vous rencontrez des difficultés ?

Au lieu de détourner la question comme il en avait eu l'intention, Trey avoua :

— J'ai un adversaire très bruyant.

— Le gouverneur en a eu aussi en son temps, dit Steve avec un large sourire. Je vous offrirais bien mon aide, mais vous êtes un Colton. Je soupçonne que vous en avez plus que votre part.

— En fait…

Trey ravala sa réponse.

Il était reconnaissant de l'influence de sa famille dans cette partie du pays, mais tout n'était pas rose. Evigan faisait une fixette sur son nom dans la guerre qu'il lui livrait.

Et les murmures, qui se faisaient de plus en plus insistants depuis qu'Evigan avait annoncé sa candidature, avaient aussi changé de nature. Ils tendaient de plus en plus vers l'idée que les Colton étaient trop puissants. Si puissants, en fait, que c'était grâce à eux que Trey avait été élu. Une marionnette à la solde de sa famille, qui fermait les yeux sur leur empire financier.

Cela le dérangeait. Non, se corrigea Trey, cela le rendait furieux. Il travaillait dur pour ses électeurs. S'il ne s'était agi que de commérages, il aurait fait la sourde oreille. Il y était accoutumé et avait cessé de s'en inquiéter. Mais, quand ces bavardages remettaient en cause ses compétences et son intégrité, il avait le droit de se fâcher. Il faisait de son mieux et c'était exaspérant de les voir bafouées.

— Ma famille est vaste et opiniâtre, monsieur. Je veille à ce que ces opinions ne débordent pas du cadre familial.

— Sage précaution.

Steve regarda autour de lui avant de se pencher vers Trey.

— Vous n'êtes pas marié, je crois ?

Bon sang, qui était ce type ? Sa mère ?

— Je travaille presque vingt-quatre heures sur vingt-quatre. Je n'ai pas beaucoup de temps pour les relations.

— Mais c'est justement la question.

Steve se gratta le menton comme s'il s'apprêtait à émettre un avis d'une grande sagesse.

— Les électeurs adorent cette idée en théorie, un fonctionnaire infatigable. Mais ce qu'ils aiment encore plus, c'est un authentique père de famille. Ajoutez à cela une idylle bien sentimentale, et ils en redemandent. Votre adversaire est marié, lui ?

— Oui.

Une image de la femme d'Evigan lui traversa involontairement l'esprit. Elle était aussi effacée qu'une souris, et Trey avait observé qu'elle essayait de se faire aussi petite.

Aisha avait fait la même remarque l'autre soir chez ses parents. Elle n'avait pas exactement mis des mots dessus, mais Trey avait compris qu'elle pensait que cette femme était susceptible de faire l'objet de maltraitances, présentes ou futures. C'était un peu hâtif de l'accuser de violences conjugales, mais quelque chose chez Barton Evigan ne lui revenait pas.

— Vous devriez vous trouver une femme. Cela vous faciliterait les choses, et vous auriez ainsi quelqu'un à vos côtés chaque fois que ce vantard prend la parole.

— J'apprécie votre suggestion, monsieur, mais…

Trey s'immobilisa soudain, saisi. Une *femme* ?

— Bien sûr.

Steve haussa les épaules.

— Vous avez le physique et l'attitude qui conviennent. Ajoutez à cela l'angle familial et vous aurez le profil parfait.

— Mais je…

Trey jeta un regard à Dave, mais les yeux du superviseur étaient fixés avec détermination sur les photos, comme si contempler des cadavres était préférable à discuter de la vie sentimentale de Trey. Ou de son absence.

— Écoutez, Steve. Je vous suis reconnaissant de ce conseil. Vraiment. Mais…

Le secrétaire du gouverneur fit comme s'il n'avait pas entendu.

— Vous êtes plus que qualifié. Le gouverneur est un homme intelligent, qui sait que le comté de Bradford est entre de bonnes mains. Trouvez-vous une femme ou au moins une fiancée, et allez jusqu'au bout de la campagne de réélection. Quand les choses se seront calmées, vous pourrez toujours retrouver votre liberté si c'est ce que vous préférez.

Puis, baissant la voix malgré la porte fermée, il ajouta :

— Ou bien gardez-la et prenez une succursale. Cela arrive tout le temps. Affichez seulement une image respectable pour les électeurs. Cela fera un monde de différence quant à vos chances.

Abasourdi, Trey termina son briefing en pilotage automatique. Les éléments que Daria et lui avaient préparés jouèrent en sa faveur, et il présenta ce qu'ils savaient des meurtres, leurs hypothèses de travail et les progrès du médecin légiste quant à l'identification des quatre autres corps. En moins d'une demi-heure ce fut fini, et après dix minutes d'amabilités finales Trey vit enfin les deux hommes partir.

Il retourna à la salle de réunion, secouant toujours la tête, referma la porte, prit un donut et suivit les tableaux un par un en mâchant pensivement. Les terribles images auraient dû faire irruption dans ses pensées, mais il les fixait sans les voir, se repassant mentalement cette conversation déstabilisante.

Marié ? Avec une succursale ? Afficher l'image d'un homme heureux et dévoué à sa famille ? Dans quel univers parallèle était-il entré ? Avait-il fait un voyage dans le temps jusqu'aux années 1850 ? Parce qu'il avait l'impression qu'on venait de lui ordonner de chercher une promise par correspondance.

Qui diable pourrait-il épouser, de toute façon ?

Il n'avait pas menti sur sa situation. Il travaillait tellement que son dernier rendez-vous galant remontait à six mois. Il ne s'était pas très bien terminé d'ailleurs, car il avait dû répondre à une urgence à la Loge. Il aurait pu envoyer un adjoint, mais avait préféré saisir la chance de s'échapper.

Qu'est-ce que cela disait de lui ?

Il revint sur ses pas pour se resservir du café et entendit son téléphone bourdonner dans sa poche. Un texto d'Aisha.

Comment ça s'est passé ?

Il tapa une brève réponse.

Attaque sournoise du bureau du gouverneur…

Il vit s'afficher les trois points avant que la réponse d'Aisha lui parvienne.

Pas possible ? ! ! !

Eh si. Le larbin en chef du gouv. Tout propre dans un costume neuf. On aurait dit un animateur télé. Sacré numéro.

Aisha lui envoya plusieurs émojis rieurs avant d'ajouter :

Qu'est-ce qu'il voulait ? S'informer sur le tueur de l'avalanche ?

Trey réfléchit à sa réponse. Même si c'était Aisha et qu'il s'interrogeait rarement sur ce qu'il lui disait, c'était gênant d'avouer qu'il n'était pas sorti depuis longtemps avec une femme.

L'estimerait-elle moins pour cela ?

Elle était belle et accomplie. Bien qu'ils semblent éviter le sujet pour une raison bizarre, il s'attendait à ce qu'elle fréquente des hommes et qu'elle fasse la fête chaque fois qu'elle en avait l'occasion.

Mais… Quand avait-elle mentionné un rendez-vous au juste ?

Tu es là ?

Désolé. Occupé.

Pourquoi mentait-il ? Comme il avait déjà envoyé sa réponse, il se hâta de corriger la sensation perturbante de lui cacher quelque chose.

Tu veux dîner ce soir ? Pour une fois je suis libre et j'ai envie d'enchiladas. Je te raconterai à ce moment-là.

Elle lui adressa une série de tacos entrecoupés de smileys, ce qu'il aurait interprété comme un « oui » même sans sa réponse :

Oui ! ! ! ! ! ! !

À 6 heures au Maggie's Tortilla House.

See you later,

répondit-elle avec un petit alligator.

Une fois encore, Trey songea que la femme que tout le monde qualifiait de sérieuse ne l'était pas avec lui. Elle se servait généreusement de smileys et avait une bizarre tendresse pour l'alligator.

Son rendez-vous d'avril avait critiqué avec grossièreté la serveuse pour n'avoir pas apporté de pain. Qui faisait ce genre de choses ?

Pas Aisha. Elle se battait le matin à la salle de gym et elle continuait à se battre toute la journée pour ses patients. Puis elle se battait pour s'amuser.

Comme si Steve avait été encore là, murmurant dans un coin, son conseil inopportun semblait imprégner l'atmosphère.

Vous devriez vous trouver une femme. Cela vous faciliterait les choses.

D'où cela sortait-il ? Aisha était une femme forte et indépendante, pas une petite souris timide et sans défense. Elle n'était certainement pas du genre à accepter de feindre des fiançailles.

Des fiançailles ? Avec Aisha ?

C'était *ça* qu'il avait retenu de son entrevue ?

Comme la visite de Steve l'avait manifestement plus secoué qu'il ne le croyait, Trey se dit qu'il avait besoin de changer d'air. Il avait une heure de libre et il allait en profiter pour faire de l'exercice dans leur salle de gym au sous-sol. Une séance de *speed bag*, des haltères et un peu de cardio lui feraient le plus grand bien.

Il en avait besoin, se dit-il. Parce que pendant une fraction de seconde, il avait effectivement envisagé l'idée de demander à Aisha Allen si elle voulait feindre d'être sa fiancée.

4

Aisha inspira les riches saveurs de sa tortilla et poussa un soupir d'aise. Elle avait attendu toute la journée ce moment bien mérité.

Un patient qu'elle voyait depuis cinq mois – et dont elle avait cru qu'il faisait des progrès – avait sérieusement décompensé. Cela avait été une séance difficile, suivie d'une discussion avec sa femme sur les possibilités de traitement. Une expérience douloureuse, qu'elle était contente de ne pas faire trop souvent.

À partir de là, la journée n'avait cessé de se dégrader.

Ayant eu vent de son intervention à la réunion du comté, la presse l'avait gratifiée d'une visite surprise à l'heure du déjeuner. L'insistance des journalistes était telle qu'elle avait dû demander à sa secrétaire d'appeler la police pour les inviter à vider les lieux.

Comme tout ceci avait pris du temps, cela avait interféré avec sa patiente suivante, que la vue des uniformes avait fait paniquer. Il avait fallu presque une heure pour la ramener au calme. Après quoi, Aisha avait été tentée d'annuler le reste de ses rendez-vous de l'après-midi.

Donc ouf ! pensa-t-elle, tandis que Trey lui tendait la carte des boissons. Elle avait bien gagné une margarita à la sangria. Et l'énorme assiette d'enchiladas qu'elle avait déjà sélectionnée sur le menu.

— Dure journée ?

La question de Trey lui fit rouvrir les yeux. C'étaient ces petits instants d'intimité qui ne manquaient jamais de la surprendre. Il la *voyait*. C'était... Eh bien, une chose sur laquelle il valait mieux ne pas s'appesantir.

Ignorant résolument cette brève flambée de désir, elle lui confia ce qu'elle pouvait.

— J'ai vu mieux. Mais, avant que je t'ennuie avec le récit de mes malheurs, je veux savoir comment s'est passée ta matinée. Tu as eu un visiteur impressionnant.

— Le larbin du gouverneur n'a rien d'impressionnant.

— Bien sûr, souligna Aisha en se servant d'une chips, ce n'était pas le gouverneur lui-même. Quand il se montre, on sait qu'on a un vrai problème.

— Tu me remontes le moral, dit Trey en déplaçant les menus afin de faire de la place aux boissons qu'apportait la serveuse.

— Rayon de soleil, c'est mon prénom.

La plaisanterie lui arracha un bref sourire, mais il semblait de très mauvaise humeur. Ils s'étaient donné rendez-vous à son cabinet, puis avaient remonté la rue principale vers le sud. Dans l'autre sens, les magasins et les restaurants étaient plus luxueux, mais Aisha préférait les établissements branchés. En outre c'était une parfaite soirée pour flâner, et elle aurait besoin d'un peu d'exercice après son orgie d'enchiladas.

Elle prit sa margarita et réfléchit à une autre approche. Elle connaissait cet air entêté sur ce beau visage. Laissé à lui-même, Trey ruminerait pendant des heures. Des mesures spéciales étaient nécessaires pour alléger son humeur. Le moment était venu de faire appel à M. Scrupuleux.

— La presse est venue aujourd'hui.

— Quoi ? Où ça ?

— À mon cabinet. Un reporter a lu le compte rendu de la réunion de mardi et a décidé de venir me cuisiner sur les meurtres.

— Ils n'ont pas le droit de faire ça.

Il posa brusquement sa bière, les yeux étrécis.

— C'est pourquoi j'ai appelé la police.

— Tu ne m'as pas appelé, moi. Tu ne me l'as même pas dit.

— Je te le dis maintenant.
— Ce n'est pas la même...
Elle pointa un doigt dans sa direction.
— Tu vois ce que ça fait ?
Un éclair de compréhension traversa les yeux mordorés de Trey, chassant la colère.
— Ce n'est pas juste.
— C'est incroyablement injuste. Les amis ne devraient pas faire ça. Et si tu veux le savoir, je te l'aurais dit, mais j'ai eu des urgences et les papiers m'ont occupée jusqu'à ton arrivée. Donc...
Elle prit une gorgée de margarita, savourant son acidité sur sa langue.
— À ton tour. Raconte-moi la visite du larbin en chef.
— Qu'est-ce que tu veux que je te dise ?
— Que s'est-il passé ? Qu'ont-ils dit ? Vont-ils faire appel au FBI, comme tu le redoutais ?
C'était devenu sa plus grande crainte à mesure que l'affaire du tueur de l'avalanche se développait. Outre la guéguerre avec Barton Evigan et l'opinion publique du comté, Trey s'inquiétait de savoir jusqu'où irait l'influence du FBI.
C'était son territoire. Son comté et ses concitoyens, qu'il devait protéger. Les fédéraux voulaient faire un gros coup, mais Trey voulait la justice, elle le savait. Il voulait que ses concitoyens se sentent en sécurité.
Y avait-il quelque chose de plus sexy ?
À cette pensée inattendue, elle jeta un regard circonspect à sa margarita. Elle n'avait bu que quelques gorgées et son cerveau se représentait déjà Trey en guerrier protecteur, à moitié dévêtu, les armes à la main, tel un shérif du Far West.
C'était ridicule, et elle se sentit rougir d'entretenir de telles pensées.
— Aish ? Ça va ?
— Très bien.
— Tu avais l'air ailleurs.
— C'est la margarita. Elle est forte, et je n'ai pas eu le temps de déjeuner avec ces fichus journalistes.

— J'en suis vraiment désolé.

— Ce n'est pas grave. C'est fini, et je suis là pour le raconter.

Elle prit à nouveau son verre et but une gorgée.

— C'est plus qu'on ne peut en dire des reporters, qui sont repartis la queue entre les jambes.

— Tu as l'air d'une harpie quand tu dis ça.

— C'est ce que je ressens. Leur présence a perturbé mes patients. Les gens qui viennent me consulter ne méritent pas ça.

— Non, en effet, approuva Trey.

Et voilà, pensa Aisha. Leurs ressentis pouvaient différer, mais ils étaient toujours d'accord sur le fond.

— Ça y est, je te l'ai dit. À toi, maintenant. Que s'est-il passé ce matin ?

— Je n'ai pas apprécié d'être pris au dépourvu. C'était une attaque sournoise à tous points de vue.

Hochant la tête, elle prit un peu de sel sur le rebord de son verre.

— C'est ce que j'ai compris d'après tes textos.

— Ce n'était pas tant sa présence que ce qu'il a dit.

Ce piège inattendu montrait à quel point la situation échappait à Trey. Le gouverneur pensait-il qu'il lui cachait quelque chose ? Ou pis, s'était-il convaincu qu'une visite de son subordonné était indispensable pour lui mettre la pression ?

Parce que s'il y avait quelqu'un dont le dévouement ne faisait aucun doute, c'était bien Trey Colton. Il ne jurait que par son travail. La visite surprise d'un sous-fifre du gouverneur était... insultante.

— Tu rougis de nouveau.

— Cette fois, c'est de colère.

— Et avant ça ?

Démasquée, songea Aisha. Mais elle se mordit la langue et désigna son verre.

— L'effet de l'alcool.

— Oh.

Il agita un sourcil avant de prendre sa bière.

— On a démarré sur un drôle de pied, ce soir.

— Tu trouves ?
— Oui. Alors recommençons à zéro.
Il posa son verre.
— Aisha. Comment était ta journée ?
— Pourrie. Et la tienne ?
— Pire, dit-il.
— Il y a quelque chose que je peux faire ?
Aisha trouvait légèrement inquiétante l'expression hébétée de Trey depuis qu'il était venu la chercher. Que s'était-il passé ? Le gouverneur avait-il des informations sur le tueur ? Quelque chose que lui seul savait ?
— Allez, ça suffit, Trey ! Dis-moi ce qu'il se passe.
— Je crois qu'on devrait peut-être se marier.

En matière de demande en mariage, celle-ci était plus que maladroite : stupide. Il n'était pas l'homme le plus diplomate du monde, mais il avait en général assez de bon sens pour ne pas lâcher tout ce qui lui passait par la tête.

Le problème, c'était qu'il n'avait pas pensé à grand-chose d'autre depuis la visite de l'assistant du gouverneur. La gym n'y avait rien fait. Trois heures de paperasserie non plus. Pas plus qu'une excursion sur son application de rencontres en ligne.

Il n'avait pensé à rien d'autre qu'à demander à Aisha d'être sa fiancée. Ou sa fausse fiancée, si une telle chose existait.

Ce genre de stratagème constituait sans doute le ressort de bon nombre de comédies, mais il n'avait jamais rencontré personne dans la vraie vie qui ait fait ça. On ne résolvait rien en se mariant. Ou en feignant de se marier. Ou en demandant à quelqu'un de feindre de se marier.

Sauf qu'il l'avait fait.

Et il s'exécuterait si Aisha disait oui.

La présence de sa meilleure amie à son bras résoudrait une tonne de problèmes et aplanirait les difficultés des prochains mois. Parce qu'il n'avait pas réussi à gérer Barton Evigan, ni arrêter le tueur en série et à identifier les quatre autres mortes.

Les deux derniers points prendraient aussi longtemps qu'il le faudrait, mais le premier... Steve avait répondu à cela.

— Qu'est-ce que tu as dit ?

— J'ai besoin que tu m'épouses.

Aussi confuse qu'ait été sa journée, Trey était conscient que ce n'était pas la bonne manière de le présenter.

— Attends. Laisse-moi recommencer.

Voyant qu'elle ne disait mot et se contentait de le fixer par-dessus la table, Trey songea qu'il ferait mieux de s'expliquer au plus vite.

— L'assistant du gouverneur a émis quelques bonnes remarques. L'une d'elles était que je suis en position de faiblesse par rapport à Evigan parce que je ne suis pas marié.

— Il y a vraiment des gens dans l'équipe du gouverneur qui donnent des conseils comme celui-ci ? demanda-t-elle avant d'ajouter : ils doivent être très bien payés.

— Apparemment oui.

— Et quelque part entre la rencontre de ce matin et cette tournée d'enchiladas, tu t'es dit que c'était une bonne idée ?

— Ce n'est pas une mauvaise idée.

— Trey ! s'exclama-t-elle. Ce sont nos vies dont tu parles, pas d'une pièce de théâtre idiote !

— Je sais.

— Qu'est-ce qui t'as persuadé que cela valait la peine d'en discuter ?

— J'ai besoin d'aide, Aish. De quelque chose qui fasse disparaître les problèmes avec Evigan. Et j'y ai réfléchi. Nous n'avons pas besoin d'être vraiment fiancés. Il suffit de dire aux gens que nous le sommes. Nous nous connaissons depuis toujours. Nous en savons plus l'un sur l'autre que la plupart des gens mariés.

La curieuse rougeur qu'il avait remarquée sur son visage avait décru, remplacée par quelque chose qui ressemblait beaucoup à de la colère. Ou plutôt non, se corrigea-t-il, à de la déception.

Pensait-elle qu'il était lâche, qu'il avait peur de combattre Evigan avec ses seuls mérites ?

Quelle qu'ait été cette expression, elle s'évanouit, et Aisha reprit la parole sur un ton précipité.

— Ce n'est pas parce que nous nous connaissons bien que les gens croiront à des fiançailles subites. Nous ne sortons même pas ensemble.

— Comment appelles-tu cette soirée ?

Il regarda autour de lui. Cinq autres couples étaient attablés dans la salle.

— Un dîner du mardi soir chez Maggie's.

— Mais ça pourrait être un rendez-vous. Personne ne penserait autrement en nous voyant.

Il argumentait maintenant que le choc initial d'Aisha s'était dissipé. Y avait-il une chance que ça marche ? Parce que, sans aucune logique, soudain il ne voulait plus reculer.

— Peu importe ce que pensent les gens…

Elle leva la main pour l'empêcher de l'interrompre.

— … Personne ne croira que nous sommes fiancés. Que dirait ta famille ? Ta sœur, qui est bien fiancée, elle, et qui sait à quoi ça ressemble ? Tes cousins ? Tes adjoints ? Ils te voient au travail tous les soirs depuis six mois. Comment aurions-nous réussi à nous courtiser comme par magie ?

— Tu viens beaucoup au bureau pour m'aider. Ils penseront que quelque chose a fleuri entre nous.

— Fleuri ?

Ce fut son tour de hausser un sourcil.

— Qu'est-ce qui t'arrive aujourd'hui ? Parce que si tu ne me le dis pas, je vais appeler Daria pour lui demander si tu n'as pas reçu un coup sur la tête.

— Je n'ai rien. Je vais très bien.

Sauf que ce n'était pas vrai, c'était le plus bizarre. Il avait l'*impression* d'avoir reçu un coup sur la tête. Au point que le monde lui apparaissait différent de ce qu'il était quand il s'était réveillé.

— Trey, ce dont tu parles est de la folie pure. Nous sommes amis.

Elle avait raison, Trey le savait instinctivement. Alors

pourquoi la voyait-il en longue robe ivoire et sentait-il son bas-ventre se contracter douloureusement ? Il ne l'avait pas regardée ainsi depuis des années.

Aisha était une femme chaleureuse, compétente et attentionnée. En tant que psychologue, elle était formidable et elle avait confiance en elle. Et elle était belle à couper le souffle. Il l'avait compris quand, vers l'âge de quatorze ans, ils étaient allés se baigner dans un étang. Elle avait laissé tomber ses cheveux sur ses épaules, et il en était resté bouche bée.

Ce jour-là, il avait eu des pensées dont il ne savait que faire. Vingt ans plus tard, il ne savait toujours qu'en faire et les refoulait pour qu'elles ne gâchent pas la meilleure relation de sa vie.

Aisha lui avait manqué chaque jour qu'elle avait passé à New York. Son absence avait failli le tuer, même s'il savait que c'était pour son bien. Elle avait besoin de partir pour se trouver. Pour découvrir le monde et prendre conscience qu'elle était chez elle à Roaring Springs. Pour y revenir pour toujours.

Il était sorti avec des femmes pendant son absence et depuis son retour, et il espérait qu'elle avait fait de même. C'était un domaine dans lequel ils avaient conclu une trêve implicite : ils n'en parlaient pas. Mais, comme ils n'en parlaient pas, il avait le sentiment d'être libre d'avancer ses pions.

Aisha était la clé pour contrarier les visées d'Evigan. Et pour modifier la perception qu'avaient de lui les habitants du comté.

S'il fallait qu'il garde pour lui l'attirance persistante qu'elle lui inspirait, il le ferait. Cela n'avait rien de nouveau, il était le champion du refoulement des émotions.

Sa réélection – ou sa défaite – était pour dans trois mois. Comment cela allait-il se passer ?

Aisha avait terminé ses enchiladas et sa deuxième margarita, et elle avait mal au cœur. Sauf que maintenant elle pouvait ajouter l'indigestion au malaise.

Des fiançailles feintes ? Était-elle soudain dans un film ? Qui avait suggéré une chose pareille ? Certainement pas le shérif si comme il faut de Roaring Springs.

C'était d'autant plus bizarre d'y réfléchir. Et grisant.

Fiancée à Trey ? Comme si son fantasme de toujours s'était matérialisé entre les chips et la salsa. Deux heures plus tard, elle en était encore étourdie.

Quand ils sortirent du restaurant et allèrent reprendre leurs voitures, elle dut s'avouer que ce fantasme avait des failles. D'énormes failles.

Pour commencer, ils n'étaient pas amoureux l'un de l'autre. Ou plutôt, Trey n'était pas amoureux d'elle. Ses propres sentiments, réprimés depuis si longtemps, ne constituaient pas une base saine pour un engagement. Ou un engagement feint. Cela ne pouvait mener qu'à des dégâts émotionnels.

Mais ça l'aiderait.

Elle ne pouvait rejeter d'emblée cet aspect des choses, même si cela lui mettait le cerveau en ébullition.

Et qu'en penserait sa mère ? Ou Tanisha ? Ou la famille de Trey ? S'ils disaient à tout le monde qu'il ne s'agissait que d'une ruse, cela reviendrait tôt ou tard aux oreilles d'Evigan et tout le gain de la chose serait perdu. Ce qui voulait dire que la seule alternative était de mentir à leurs proches.

Sa mère ne comprendrait pas. LaShanna Allen la soutenait en tout, mais Trey constituait une sorte d'angle mort pour elle. Elle n'avait jamais fait mystère de son souhait de les voir ensemble. Si Aisha lui faisait miroiter des fiançailles, la pauvre femme ne s'en remettrait jamais. Et, quand viendrait l'inévitable rupture – *coucou, ce n'était que du chiqué* —, Dieu la préserve de son courroux.

Aisha était si absorbée par ses réflexions qu'elle faisait à peine attention à Trey. Soudain, il lui passa un bras autour de la taille comme un amoureux ordinaire et la poussa dans l'entrée d'un petit bar à vins.

— Trey ? protesta-t-elle.

Mais il lui fit franchir la porte de l'établissement. Sous l'éclairage tamisé, la gaieté et l'excitation étaient palpables.

— Donne-moi une minute, ordonna Trey. Reste ici.

Elle obéit, encore stupéfaite. Sa vision s'était à peine adaptée à la pénombre du bar que déjà il tournait les talons.

— Que se passe-t-il ? demanda-t-elle dans son dos.

— J'ai cru voir quelque chose.

— Quel genre de chose ?

— Un type dans une voiture. Je l'ai remarqué à l'heure du déjeuner et je l'ai revu quand nous sommes sortis de chez Maggie's. C'est bizarre.

— Tu crois qu'il nous suit ?

— Je ne sais pas. Ce n'est pas un crime d'être assis dans sa voiture.

— Peut-être, mais ça n'en est pas un non plus de te fier à ton instinct.

Aisha voulait constater les choses par elle-même, mais un je-ne-sais-quoi la retenait.

— Tu n'avais pas besoin de me pousser là-dedans. Tu aurais pu me le dire à l'oreille.

— Je ne savais pas ce qu'il ferait.

— Exactement. Tu n'es ni armé ni en uniforme. Comment croyais-tu pouvoir te défendre ?

— Je suis un policier qualifié.

— Et moi, je suis une psychologue qualifiée. Quelqu'un qui veut te faire du mal en trouvera toujours le moyen.

Et c'était là le cœur du sujet. Même si elle avait confiance en Trey, les événements des derniers mois l'avaient plus inquiétée que tout autre chose. Il se mettait en danger chaque jour et il avait sans doute attiré l'attention d'un meurtrier S'opposer à un tueur en série ? C'était une tâche mortellement dangereuse.

Rendue encore plus difficile par le fait que ledit tueur avait gagné en habileté au fil des ans. Il se délectait sans nul doute des reportages quotidiens sur ses crimes. Et Trey se proposait de stopper son envolée vers la gloire et la célébrité.

5

— Tu as une mine épouvantable.

Trey leva les yeux et vit sa sœur Bree le dévisager d'un air joyeux. Ses longs cheveux retombaient en un flot de boucles dans son dos.

— Merci, Bree.

— Je t'en prie.

Elle entra dans son bureau d'un pas dansant et regarda autour d'elle. Ses yeux se posèrent sur un grand tableau accroché au mur du fond.

— Pourquoi est-il de travers ?

— Un tremblement de terre ? suggéra Trey, souriant de la voir plisser ses yeux mordorés.

— Je l'ai peint exprès pour toi.

Trey jeta un coup d'œil au loup.

— Je sais et je l'adore. Et, avant que tu penses que je n'en prends pas soin, laisse-moi te dire que mes adjoints étaient ici ce matin pour un briefing. Certains se sont appuyés contre le mur et cela a un peu dérangé le tableau. Il n'est pas comme ça, en général.

Toute censure évanouie, Bree virevolta vers lui.

— Tous tes adjoints ? Ça va si mal que ça ?

— Assez mal, déclara Trey. Même le gouverneur s'inquiète.

Bree écarquilla ses grands yeux dorés et fit le tour du bureau pour le serrer dans ses bras.

— Je suis désolée de t'avoir dit que tu as mauvaise mine. Ce n'était pas gentil.

— C'est vrai.

Elle lui posa une main sur la joue, avec l'expression inquiète de leur mère.

— C'est juste que c'est rare de voir mon grand frère avec une barbe de plusieurs jours sur la figure.

— Ça ne fait qu'un jour, dit Trey en lui tapotant la main. J'envisage un autre look.

Bree laissa retomber sa main avec un petit rire.

— Tu n'as pas eu d'autre look depuis que tu as du poil au menton.

— Il est peut-être temps de m'y mettre.

Cela ne convainquit pas Bree, qui lui adressa un regard aigu. Même si neuf ans les séparaient, il avait rarement été capable de lui faire prendre des vessies pour des lanternes. Elle était perspicace, intelligente et elle aimait passionnément sa famille.

Il faillit lui avouer son faux pas avec Aisha la veille. Elle avait écarté d'emblée sa demande, mais cela n'avait fait que renforcer sa détermination à lui faire accepter ce procédé loufoque.

Une demande en mariage… Trey secoua mentalement la tête en songeant à ce que cela impliquait. Des alliances. Un engagement durable. Du sexe… Il repoussa ces pensées avant de s'attarder trop longtemps sur l'image d'Aisha nue.

— Les fiançailles te vont bien, dit-il à sa sœur.

— Je sais.

Bree tourbillonna autour du bureau et se laissa tomber lourdement sur une des fragiles chaises réglementaires.

— Et même si je m'inquiète pour tout le monde, surtout pour toi, je suis heureuse. Heureuse à en crier. N'est-ce pas étrange ?

Ce n'était pas étrange, non.

Bree avait bon cœur et aimait sa famille, mais elle ne faisait pas facilement confiance. Sa créativité la rendait plus sensible que la moyenne des gens. Rylan Bennet avait cependant réussi à contourner ses défenses.

— Bien. Je sais que tu n'es pas ici pour parler de mes talents de décorateur. Que me vaut le plaisir de ta visite ?

— Maman pense que tu travailles trop et elle veut que tu viennes dîner à la maison demain soir.

Que dirait-elle si elle savait qu'on me suivait hier soir ?

Il avait tellement pensé à Aisha qu'il n'avait guère réfléchi à cette surveillance, mais il le fallait. Qui l'avait suivi ? Parce qu'il était dans la police depuis assez longtemps pour savoir que c'était bien le cas.

Tout en prenant mentalement note d'en discuter avec Daria, il sourit à sa sœur et dit d'un ton gentil :

— Maman a raison. Mais ça ne veut pas dire qu'elle peut me donner des ordres ou te déléguer le sale boulot.

— Allons, Trey. Elle s'inquiète pour toi. Et elle s'est dit que si je faisais mon regard de biche et que je te culpabilisais un peu, tu viendrais.

— Deux caractéristiques que tu as héritées d'elle.

Trey contempla sa sœur. Elle avait le teint clair comme lui, mais sa carrure et ses traits étaient pratiquement identiques à ceux de leur mère. De même que sa tendance à penser qu'elle avait droit à tout ce qu'elle désirait.

Bree haussa les épaules.

— Papa la gâte, qu'est-ce qu'on peut dire ?

— Comme Rylan te gâte ?

La mention de son fiancé eut l'effet escompté, et sa sœur bondit vivement, arpentant la pièce avec élan. Depuis leur enfance, Trey savait que sa personnalité versatile tenait à ses dons artistiques. Malgré leur différence d'âge, il avait été conquis par sa beauté quand leurs parents l'avaient ramenée à la maison. Le bébé aux grands yeux était devenu une enfant active et curieuse, puis une jeune femme incroyablement créative. Leur mère avait compris comment canaliser ce tempérament en offrant un espace personnel à Bree pour peindre et rêver.

C'était en partie grâce à cela qu'elle avait pu se lancer. Sa galerie était l'un des commerces les plus florissants de Roaring

Springs. Elle avait fermement laissé derrière elle le vandalisme et les menaces dont elle avait souffert et s'était même trouvé un futur mari dans les décombres de cette épreuve. Maintenant elle regardait vers l'avenir, et Trey n'aurait pu être plus heureux pour elle.

Bree cessa de faire les cent pas et se tourna vers lui, le loup au-dessus de son épaule gauche.

— On a des nouvelles de Skye ?

— Pas encore. Phoebe espérait que l'annonce de sa relation avec Prescott l'inciterait à se manifester, mais rien.

— Papa et maman sont allés plusieurs fois chez Russ et Mara. Tante Mara est malade d'angoisse. Elle oscille entre la tristesse pour la mort de Sabrina et le soulagement qu'on n'ait pas découvert Skye dans cette fosse.

Bree hésita, soudain un peu éteinte.

— C'est bizarre comment tout ça a rapproché papa et oncle Russ.

— Je dirais que c'est dommage qu'il faille une telle tragédie pour que les Colton se rapprochent.

— Je sais.

Bree jeta un coup d'œil à la bague étincelante à sa main gauche.

— Parfois, je me demande pourquoi Rylan veut s'unir à cette famille.

— C'est toi qu'il veut épouser, Bree.

Trey se pencha en avant.

— C'est toi qui es merveilleuse. Le reste des Colton n'est qu'un excédent de bagages.

— On croirait que j'y serais habituée maintenant. Mais il me surprend tous les jours.

— N'est-ce pas une bonne chose ?

— La meilleure du monde !

Bree sourit.

— J'ai toujours envié votre proximité à toi et Aisha. C'est comme si vous pouviez lire mutuellement dans vos pensées. Je n'aurais jamais cru que je rencontrerais aussi quelqu'un comme ça. Mais tout est facile quand je suis avec Rylan. Et naturel.

D'où sortait donc cette idée ? Trey scruta le visage de sa sœur, craignant qu'elle n'ait remarqué quelque chose chez lui. Ou pis, qu'elle avait entendu dire qu'Aisha avait rejeté sa proposition.

— Tu trouves qu'Aisha et moi, nous sommes pareils ? lâcha-t-il prudemment.

— Eh bien, oui. Quiconque passe plus de cinq minutes avec vous se rend compte de l'accord qui existe entre vous.

— Mais je ne vais pas l'épouser.

— Bien sûr. Mais je veux dire... Eh bien, c'est ta meilleure amie.

— C'est vrai.

Trey eut envie de tout avouer à sa sœur, mais quelque chose le retint. Aisha et lui n'avaient pas une relation semblable à celle de Bree et Rylan. Ni à celle de leurs parents. Ils étaient amis, mais cela ne voulait pas dire qu'ils étaient compatibles en tant que couple.

S'ils l'étaient, Aisha aurait-elle donné une réponse différente à sa demande ? Cette question le hantait depuis la veille au soir.

— Trey, ça va ?

Bree le dévisageait.

— Tu étais ailleurs.

— Bien sur que oui. Et je viendrai demain chez papa et maman.

— En parlant de ça, amène Aisha avec toi. Je ne l'ai pas vue depuis un bout de temps, et elle me manque.

— Je verrai avec elle si elle est libre. C'est un samedi soir, elle a peut-être un rendez-vous.

— Ah oui, bien sûr.

Bree marqua une pause, puis ajouta :

— Ça ne t'ennuie pas ?

— Non.

Le mot à peine articulé, Trey prit conscience que c'était un mensonge. L'idée qu'Aisha sorte avec un homme le dérangeait effectivement. Mais qu'était-il censé y faire ?

De quelque façon qu'on le tourne, elle avait refusé sa demande en mariage. Certes c'était un subterfuge, mais tout de même... L'aurait-elle voulu si cela avait été vrai ? Et pourquoi, au bout de vingt ans, cette question lui paraissait-elle aussi cruciale ?

Une journée et une nuit s'étaient écoulées depuis leur conversation, et Aisha n'était pas tout à fait remise. Encore abasourdie, elle se surprenait à fixer le vide d'un air hébété.

La sonnerie du minuteur la tira de son absence. Elle ouvrit la porte du four et vérifia la cuisson des brownies avec un cure-dent. C'était le dessert préféré de Trey.

— Fiancés ? lança-t-elle tout haut.

Fiancés pour de faux, lui rétorqua promptement sa conscience.

Quoi qu'il soit, vrai ou faux, tout le monde le saurait. Trey était-il devenu fou ?

Elle comprenait qu'il était sous pression. Un meurtre dans le comté, c'était déjà stressant, mais il en avait sept sur les bras. Sa famille avait été plusieurs fois agressée depuis le nouvel an, et son poste était désormais menacé. En dehors de l'amour qu'elle éprouvait pour lui, Trey Colton était son meilleur ami depuis l'âge de huit ans. Elle le connaissait et elle savait que la situation actuelle le minait.

Mais des fiançailles étaient-elles vraiment la solution ?

Laissant refroidir les brownies, elle revint aux photos étalées sur sa table de cuisine.

Sept femmes mortes.

La fréquence avec laquelle cette pensée lui traversait l'esprit était alarmante. Bien qu'elle soit d'abord intéressée par le travail clinique, elle avait beaucoup étudié les personnalités psychopathiques. Ce mélange de rage et d'absence de remords était la marque du trouble mental. Et c'était évident sur chacune des photos qu'elle contemplait.

Qui avait pu faire ça ? Était-ce un de leurs concitoyens ? Et s'ils le connaissaient tous, n'était-il pas terrifiant de penser qu'il cachait un comportement aussi violent depuis des années ?

Aisha était persuadée que Trey découvrirait le coupable. Il était déterminé, et son dévouement était sans limites. Mais il faudrait du temps pour le trouver. Le tueur avait évité la capture jusque-là et il était peut-être sur la pente descendante, mais il ne fallait pas sous-estimer sa dangerosité.

Et si cela prenait tant de temps que Trey perdait les élections entre-temps ?

Un monde où Trey ne pourrait accomplir la tâche qui lui tenait tellement à cœur était difficile à imaginer. Elle se rappelait encore le soir de l'élection précédente. Ils s'étaient réunis dans le salon de ses parents, attendant les résultats. L'appel était venu vers 22 heures, et ils avaient célébré la victoire jusqu'au milieu de la nuit. Leur joie et leur excitation étaient palpables.

Mais il devait désormais défendre sa réputation contre un homme aux allures de serpent à sonnette. Et aux tendances nettement racistes.

On ne s'habituait jamais aux remarques racistes. Au début, cela brûlait comme une gifle retentissante, puis on s'en souvenait longtemps, avec une tristesse accablée.

Mais cela faisait aussi partie de ce qui les avait rapprochés, Trey et elle. Durant leur enfance, il y avait peu d'enfants de couleur à l'école. Roaring Springs était heureusement devenu plus diversifié ces dernières années, mais un quart de siècle auparavant les choses étaient différentes. On ne la choisissait jamais pour faire équipe, on ne l'incluait jamais dans un groupe à la récréation. Par réaction, elle s'était mise à lire constamment, et elle avait le nez plongé dans les aventures de Trixie Belden, sa dernière passion, quand un garçon aux yeux mordorés s'était assis à côté d'elle. Elle avait l'habitude de se réfugier au fond de la cour, sur les marches d'un petit toboggan que les autres disaient être pour les bébés. C'était son havre personnel. Ce jour-là, elle avait senti une tape sur son épaule et avait croisé une paire d'yeux sérieux.

*Qu'est-*ce que tu lis ?

Une histoire de détectives.

C'est bien ?

C'était son livre préféré. Une histoire d'émeraudes disparues pendant la guerre de Sécession et une course pour les retrouver avant un type très désagréable. Elle l'avait déjà lu trois fois et elle comprenait de mieux en mieux les indices que l'auteur avait semés dans son récit.

Je l'aime bien.

C'est un gros bouquin. Personne ne lit des livres aussi gros dans notre classe.

Aisha savait qu'elle était en avance sur ce plan, mais elle ne sut quoi dire. Il n'avait pas l'air de se moquer d'elle, mais on ne savait jamais. Les gens faisaient parfois semblant de dire des choses gentilles avec des sous-entendus très méchants. Cela arrivait souvent à sa mère et cela l'attristait.

Elle essayait toujours de jauger de ses intentions quand il reprit la parole, s'asseyant à côté d'elle sur une marche.

Je trouve que c'est cool. J'ai essayé d'en lire un, mais je ne suis pas encore prêt. Alors ma mère m'a acheté plein de bandes dessinées et m'a dit qu'on les lirait ensemble. Elle est enceinte.

C'est vrai ?

Aisha avait une petite sœur et se rappelait vaguement le ventre de sa mère, mais c'était il y a longtemps. Et après que son père était parti avec sa nouvelle femme, sa mère n'avait plus eu l'air d'avoir envie de se marier. Elle serrait toujours Tanisha et elle dans ses bras en leur disant qu'elles étaient les trois Mousquetaires.

C'est un garçon ou une fille ?

On ne sait pas encore.

Qu'est—ce que tu voudrais ?

Je m'en fiche. Un frère, ce serait bien, mais une sœur, ce serait génial. Je serai un gentil avec elle. Il faudra que je la protège et que je la surveille.

Les bébés sont petits. Il faudra aussi que tu t'occupes de lui, si c'est un frère.

Oui.

Il avait haussé les épaules, mais elle avait vu une détermination subtile chez lui.

Il faut toujours faire attention.

Tu fais attention, toi ?

Bien sûr, mais j'ai mes deux parents. Ce n'est pas comme ça pour tout le monde.

Aisha n'avait pas compris ce qu'il voulait dire, mais pour une raison quelconque, cela lui avait semblé trop personnel pour poser la question.

Surtout qu'elle savait que les gens parlaient de lui. Une fille de sa classe l'appelait « Colton » d'une voix qui laissait entendre que son nom de famille était important. Elle avait même parlé d'une station de ski en disant que ça appartenait à sa famille.

Tu veux venir jouer ? Je sais que ton livre est intéressant, mais on va faire une autre partie de kickball avant la fin de la récréation.

Aisha avait regardé Trixie sur la couverture et s'était sentie remplie de joie à l'idée que la chasse aux émeraudes pouvait attendre.

D'accord.

Viens !

Un coup sonore résonna à la porte, suivi d'un cri étouffé.

— La pizza est là !

Cela la tira de souvenirs auxquels elle n'avait pas pensé depuis longtemps. Mais elle avait encore ce livre, niché sur ses étagères. Chaque fois qu'elle le prenait, soit pour l'épousseter soit pour le relire, elle se rappelait ce jour-là, dans la cour de récréation.

Le jour où elle avait rencontré Trey Colton.

Avant, Aisha se contentait en général de crier à Trey d'entrer, mais elle avait fini par céder à l'inquiétude générale et verrouillait désormais sa porte.

Il se tenait sur le perron, un carton à pizza dans les mains, lequel dégageait une odeur délicieuse. Il avait quitté son uniforme pour un jean et un T-shirt, et Aisha s'ordonna mentalement de ne pas le déshabiller du regard.

— Salut.

— Salut.

La nervosité qui l'accompagnait depuis vingt-quatre heures revint en force.

— Merci d'avoir pris une pizza.

— Comment pourrais-je te laisser tomber un vendredi soir ?

Trey se dirigea vers la cuisine.

— Les vendredis soir sont faits pour la pizza.

C'étaient des propos ordinaires. En tant que psychologue, Aisha savait que c'était ainsi que les gens se mettaient mutuellement à l'aise. Mais, en l'occurrence, c'était tout sauf confortable.

Trey était son meilleur ami, pourtant. Elle était peut-être stupidement entichée de lui et consciente de chacun de ses gestes, mais elle n'était jamais gênée en sa présence. Elle avait laissé la gêne sur les marches de ce toboggan, des années auparavant. Parce que la vie était toujours meilleure avec un ami. Et, depuis ce jour, Trey était son ami.

Qu'avait-il fait ? se demanda Trey en allant déposer la pizza dans la cuisine. L'appartement d'Aisha était spacieux et il s'y sentait habituellement à l'aise. Mais maintenant ?

Il avait l'impression qu'ils étaient au bord d'un à-pic, obligés à une extrême prudence. Mais comment éviter la chute avec Aisha ? Les cheveux relevés en chignon souple, elle portait un de ces pantalons de yoga qu'elle affectionnait. Une tenue qui le rendait fou, tant elle mettait en valeur ses hanches et ses fesses.

Pour repousser l'image de son joli derrière, il s'intéressa au chat qu'elle avait recueilli cinq ans auparavant.

— Où est Fitz ?

— Il se cache. Il est mal luné, aujourd'hui.

Trey sortit des assiettes du placard.

— Pourquoi ? Il n'a pas de quoi se plaindre.

— Je ne sais pas, dit Aisha pendant que Trey ouvrait le carton à pizza. Mais il arrivera en courant quand il aura décidé qu'il vaut mieux avoir de la pizza que bouder.

— Mangeons, alors. Ou bien peut-on sauter directement au dessert ? dit-il en avisant la plaque posée sur la cuisinière.

— Comme les enfants ?

Une image d'Aisha nue traversa son cerveau par surprise, et il faillit lâcher l'assiette qu'il tenait. Écartant une repartie spirituelle, il s'assit à table. Les photos qu'il avait remises à Aisha étaient toujours là. Il les rassembla rapidement et les retourna pour ne plus les voir pendant le dîner. Il les aurait brûlées, s'il avait pu.

— On a commencé la semaine avec ça et on la termine de la même façon. Nous n'avons pas avancé d'un pas.

— Ça ne fait que quelques jours, Trey, lui rappela-t-elle.

— Et des semaines depuis qu'on a découvert les corps. Le labo n'est pas plus près d'identifier les autres femmes, et le FBI commence à rouler des mécaniques.

— Ils veulent l'affaire ?

— Oh ! il ne s'agit pas de vouloir, ils l'ont. Je ne suis que le plouc de service qu'ils ménagent pour lui tirer les vers du nez en cas de besoin.

Elle haussa un sourcil.

— Je croyais que Roberts était sympa ?

— Daria n'arrête pas de me le dire, et je me fie à son jugement, mais on ne l'entend plus beaucoup ces derniers jours. J'en conclus qu'on lui a ordonné de ne plus se montrer aussi coopératif.

Trey connaissait son rôle. Son travail était de protéger ses concitoyens. C'était sa priorité, et il ne voulait pas perdre cela de vue. Il était depuis assez longtemps dans la police pour savoir que les fédéraux pouvaient revendiquer une juridiction comme ils le jugeaient bon.

Mais cela ne voulait pas dire qu'il devait rester assis à se tourner les pouces. Un tueur avait pris sa ville pour cible. Et, à en juger par les événements tout au long de l'année, son regard était tourné vers les Colton. La disparition de Skye pesait lourdement sur tous.

Ses craintes n'étaient peut-être pas aussi aiguës que celles de Russ et Mara, mais il s'inquiétait pour la sécurité de sa cousine. Ou de toute autre femme assez malchanceuse pour avoir attiré l'attention du tueur.

Il ne fallait pas qu'il y ait d'autre victime. Il était déterminé à arrêter l'homme avant que l'impensable ne se produise encore une fois.

6

Aisha ignorait comment c'était arrivé, mais, quelque part entre l'arrivée empruntée de Trey et les vertus curatives de la pizza, la conversation s'était remise sur les rails. Il lui avait fait part de ses craintes concernant l'affaire – à savoir qu'ils ne réussissent pas à éviter une nouvelle victime —, et elle avait fait de son mieux pour l'aider à se concentrer sur ce qu'il pouvait contrôler.

Les autopsies. La recherche des personnes disparues dans les bases de données auxquelles ils avaient accès. Même le travail d'enquête sur les derniers jours d'April Thomas et de Sabrina Gilford était une étape essentielle dans la traque du tueur.

Et puis il y avait sa demande en mariage. Elle flottait toujours entre eux aussi distinctement que le parfum du pepperoni, mais au moins ils riaient à nouveau ensemble.

— Ce sont des brownies au chocolat noir ?

— Avec un cœur au caramel.

— Pourquoi ai-je mangé autant de pizza ?

Trey se tapota l'estomac, le regard fixé sur la cuisinière.

Aisha hocha la tête.

— Va les chercher.

Il sauta sur ses pieds, manquant de trébucher sur Fitz qui, sous la table, récupérait des miettes de pepperoni.

Aisha jeta un coup d'œil à son chat et, en croisant ses yeux verts, lui jeta un petit morceau de sa part inachevée.

L'animal goba l'offrande et s'éclipsa furtivement. Ils vivaient ensemble depuis assez longtemps pour qu'il sache qu'il n'y aurait pas de second morceau. En boudant, il avait le dernier mot.

— Il pourrait au moins être reconnaissant, dit Trey en se rasseyant.

— Oh ! ça... Si j'étais forcée d'avaler des graines pour lutter contre les boules de poil, je serais aussi ronchon.

— Pas d'équivalent félin de la pizza ?

— Pas s'il espère atteindre l'âge de la retraite.

— Voilà qui est parlé comme une vraie professionnelle de santé.

Aisha lui fit un clin d'œil et reprit les photos mises de côté. Pour se distraire de ses pensées, elle s'était forcée un peu plus tôt à considérer les meurtres sous un autre angle. Même si ses réflexions étaient trop éparses pour constituer un tout cohérent, elle était impatiente de soumettre quelques idées à Trey.

— Tu dois vraiment les regarder ?

Trey servit un des brownies et lui tendit l'assiette.

— Moi, elles sont gravées dans mon cerveau...

Aisha sondait Trey de temps à autre pour s'assurer qu'il prenait soin de lui et qu'il n'était pas menacé de burn out. Ce rejet viscéral suggérait la nécessité d'y regarder d'un peu plus près.

— Tu es sûr que tu vas bien, avec tout ça ?

— Ces femmes sont mortes. Depuis des années, pour certaines.

— À cause d'un dément.

— Et tout ça sous mon nez. Quel genre de shérif suis-je pour ne m'être jamais douté de ce qui se passait ?

— Mais un tueur en série agit dans l'ombre. Beaucoup d'entre eux ne sont arrêtés qu'après des années. Ce sont des individus ingénieux, qui savent comment dissimuler leurs actes.

— Cela ne devrait pas entrer en ligne de compte. C'est une région touristique, ici. Des gens du monde entier viennent skier et profiter des Rocheuses. Je suis censé les protéger et pourtant je ne me suis pas aperçu de la disparition de ces femmes.

Aisha comprenait sa frustration, mais ce soudain accès de culpabilité la surprenait.

— Qu'aurais-tu pu faire ?

— Protéger ces gens. Garder l'œil sur eux. Comme sur Skye !

Trey repoussa sa chaise et se mit à faire les cent pas dans la cuisine. L'angoisse déformait son corps, raidissant ses membres et voûtant ses épaules. Elle ne l'avait jamais vu ainsi. De l'autre bout de la cuisine, il se tourna vers elle avec une expression hagarde.

— Je ne cesse pas de les voir, Aisha. Et je ne cesse pas d'imaginer que je reçois un appel disant qu'on a trouvé ma cousine. Battue, brisée, violentée au-delà de ce qu'un être humain devrait endurer...

— Oh ! Trey...

Le besoin de le réconforter prit le dessus sur la tension qui l'habitait depuis la veille, sur les fantasmes qu'elle entretenait et même sur le mur de protection dont elle s'entourait depuis que son grand amour l'avait trahie.

Sans plus réfléchir, elle s'approcha de lui et le prit dans ses bras. Même s'il faisait plus d'un mètre quatre-vingt, son mètre soixante-dix à elle était suffisant pour l'étreindre.

— Nous la retrouverons, lui dit-elle.

Un rire creux résonna à ses oreilles tandis qu'il s'appuyait sur elle.

— Je n'en doute pas. C'est juste l'état dans lequel on va la retrouver qui me terrifie.

Aisha était bouleversée de le sentir si désespéré, mais elle ne pouvait nier le plaisir que lui procuraient ses bras. Une part d'elle – qui savait que c'était une torture de vouloir ce qu'on ne pouvait avoir – lui conseillait de reculer. Mais elle ne le fit pas.

Pressée entre ces bras musclés, contre cette large poitrine. Enlacée, aimée... Elle se blottit un peu plus contre lui et se concentra sur ses inquiétudes. Même si elle refusait de croire que Skye était déjà morte – elle ne voulait même pas y penser —, il n'avait pas tort. Tous les signes pointaient dans le sens d'une surenchère du tueur. Et il était possible que Skye Colton se soit involontairement mise à sa portée.

Ils restèrent ainsi plusieurs minutes. Aisha avait un millier de questions, mais elle s'abstint de les poser. Il y aurait tout le temps plus tard d'interroger Trey, de se former un avis clinique sur son état mental.

Pour l'instant, il y avait quelque chose qu'elle pouvait faire pour l'aider.

— Si l'offre tient toujours, je feindrai d'être ta fiancée.

Le timbre rauque de sa voix avait résonné contre son cou. Trey redressa la tête, n'osant croire à ce qu'il avait entendu.

— Tu quoi ?

— Je prendrai part à ce stratagème. Tu as besoin de toute ton énergie pour traquer le tueur, et Barton Evigan ne devrait pas t'en enlever. C'est en mon pouvoir de t'aider et je veux le faire.

— Mais, Aish...

Il s'interrompit, prenant conscience qu'elle disait vrai.

Au fond, il n'avait jamais cru qu'elle accepterait. Mais la possibilité d'affaiblir son adversaire était une véritable chance. Cela le tranquillisait beaucoup.

Et si les pensées déplacées qu'il entretenait vis-à-vis de sa meilleure amie étaient le prix à payer pour prendre le dessus sur Evigan, il assumerait.

— Tu es vraiment sûre ?

— Oui, je suis sûre.

Elle scruta son visage, comme en quête de quelque chose. Apparemment satisfaite, encore qu'il n'avait aucune idée ce qu'elle y avait lu, elle se dégagea de leur étreinte.

— Mais nous devons établir quelques règles de base.

— Lesquelles ?

— Eh bien, pour commencer, je veux être sûre que cela ne fera de mal à personne.

— À qui ?

— Avant tout à nos familles.

Elle leva la main avant qu'il puisse protester.

— Nos familles proches. Tes parents et ta sœur. Ma mère et ma sœur. C'est tout.

Une fois encore, son amie, si intelligente, si pratique et si incroyablement séduisante, avait raison.

— Qu'est-ce que tu veux leur dire ?

— La vérité. Comme nous allons mentir à tout le monde, c'est le moins que nous puissions faire. En outre, ils pourront nous aider à répandre la rumeur. Il faut qu'autant de gens que possible sachent que le shérif Colton n'est pas seulement un policier remarquable, mais que très bientôt il sera également un mari et un père de famille dévoué.

— Tu y as beaucoup réfléchi, dis-moi.

Cette fois, il vit un peu d'ironie dans ses yeux chocolat.

— Honnêtement, tu as pensé à autre chose depuis hier ?

— Non.

— Eh bien moi non plus.

— Ce n'est que pour les apparences, Aisha.

— C'est pourquoi il faut mettre des règles en place. Nous ne sortirons avec personne d'autre pendant ce temps. Cela irait à l'encontre de tout ce que tu essayes de faire.

— Bien sûr.

Non qu'il soit beaucoup sorti ces derniers temps, mais c'était un point important. Ce à quoi il ne s'attendait pas, ce fut une bouffée de satisfaction à l'idée qu'elle ne sortirait avec personne jusqu'au mois de novembre.

— J'ai une bague de ma grand-mère, que nous pourrons utiliser comme bague de fiançailles, continua Aisha, inconsciente de ses pensées. Et pas de baisers.

— Quoi ?

— Ce ne sont pas de vraies fiançailles. Nous n'allons pas commencer à nous donner en spectacle.

Trey fit un effort pour maîtriser ses pensées vagabondes. D'autant plus que son corps s'emballait à l'idée d'embrasser Aisha.

— Mais c'est ce qu'on attendra de nous. Des gestes tendres, des mains enlacées, du flirt.

— Du flirt ?

— Tu sais ce que je veux dire.

Elle secoua la tête.

— Honnêtement, non. Mais nous ferons le minimum pour que personne ne se doute de rien. C'est tout.

Comme il risquait grandement de surjouer son rôle, il hocha la tête et commenta d'un ton sibyllin :

— Naturellement. Pas de baiser.

— J'appellerai ma mère tout à l'heure. Et tes parents ?

Sa conversation avec Bree lui revint.

— Ils font un barbecue demain. Bree et Rylan vont venir et on m'a demandé de t'inviter. Nous le ferons à ce moment-là.

— D'accord.

Aisha hocha la tête, satisfaite d'avoir réglé les détails.

— Je vais aller chercher la bague. Elle est dans mon coffret à bijoux.

En la regardant s'éloigner, Trey dut admettre que son plan malhonnête avait des failles. Il écartait un obstacle immédiat mais ne réduisait pas le nombre de problèmes dans sa vie.

Certes, il allait pouvoir combattre Barton Evigan à armes égales, mais il avait gagné une très sexy et très tentante Aisha à la place. Sa vie n'en serait pas facilitée.

Ils franchirent le portail de la ferme des Colton. Aisha avait toujours adoré venir dans cette propriété, qui était comme un second chez-elle.

Peu de temps après sa rencontre avec Trey, sa mère, Audrey, avait appelé la mère d'Aisha, pour inviter cette dernière à venir jouer chez eux. Ayant entendu sa fille parler sans cesse d'un gentil garçon nommé Trey, LaShanna avait sauté sur l'occasion. Et s'imaginait depuis qu'ils feraient leur vie ensemble.

Aisha avait eu donc bien du mal à quitter sa mère, qui n'arrêtait pas de parler des fiançailles, convaincue qu'elles deviendraient réelles avec le temps.

Et ils allaient maintenant s'infliger la même épreuve avec les parents de Trey.

Après avoir parcouru la longue allée, Trey s'arrêta près des écuries. Les chevaux de la ferme avaient toujours eu une place spéciale dans le cœur d'Aisha. Elle était amoureuse de ces animaux depuis aussi loin qu'elle se souvienne. Mais, si sa mère avait fait de son mieux pour favoriser les passions de ses filles, des leçons d'équitation étaient définitivement hors de ses moyens.

Rencontrer des chevaux à la ferme avait donc eu tout du rêve devenu réalité. D'autant plus que les parents de Trey l'avaient emmenée se promener sur l'une des juments. Par la suite, Audrey et LaShanna étaient devenues amies, et Tanisha et elle, des invitées permanentes à la ferme Colton.

— Comme un rêve.

— Hum ? fit Trey en la regardant.

— Ta maison. Cette ferme. C'était comme un rêve devenu réalité pour moi.

— Mon père disait la même chose. Il prétend que l'air est différent ici.

Trey haussa les épaules en coupant le moteur.

— Je n'en sais rien. Ce sont peut-être les gens qui sont différents.

En grandissant, Aisha avait compris que Calvin, le père de Trey, s'était engagé dans une voie différente du reste de la famille. Son frère aîné, Russ, avait entrepris de bâtir l'empire Colton, tandis que le benjamin, Whit, courait après tout ce qui portait un jupon. Calvin, lui, avait épousé Audrey Douglas et fondé une famille avec elle.

— Pas de manoir pour ton père ?

— Non.

Trey sourit.

— Il aime cet endroit. Donne-lui ma mère et un cheval, et il sera heureux jusqu'à la fin de ses jours.

— Je pense que c'est ce contentement qui le rend si spécial. Il sait qui il est. Ta mère aussi. Une fois que l'on a ça, c'est beaucoup plus facile d'accepter les autres tels qu'ils sont.

— C'est une jolie façon de le dire.

— C'est vrai.

Aisha contempla les chevaux à travers le pare-brise.

— Tu penses qu'ils vont accepter ce que nous faisons ?

Même si elle avait insisté pour qu'ils disent la vérité à Calvin et Audrey, maintenant que le moment était venu elle se sentait beaucoup moins enthousiaste.

— Ils comprendront.

— Peut-être. Mais j'ai l'impression qu'ils vont penser que nous prenons une mauvaise décision.

— Je ne sais pas.

Trey tourna la tête pour la regarder, et ses yeux se posèrent sur la petite émeraude qu'elle avait glissée à son doigt.

— Tu crois que nous faisons une erreur ?

— Je ne le pensais pas hier soir.

— Et maintenant ?

— Je n'en sais rien. Les gens n'aiment pas être trompés. Même si nous restons amis après tout ça, certains seront bouleversés en comprenant que nous leur avons menti.

Trey posa une main sur les siennes.

— Alors personne n'est obligé de l'apprendre. Nous dirons simplement que nous avons rompu nos fiançailles. Tout en restant amis.

— Tu crois que c'est aussi simple que ça ?

— Nous ferons en sorte que ce soit simple.

Elle avait envie de le croire. Elle voulait se convaincre qu'elle pouvait soutenir Trey durant une période, puis revenir à la situation antérieure.

Après avoir goûté à l'annonce au monde entier de ses sentiments pour lui.

Trey prit place sur le porche arrière de ses parents et regarda son père officier au-dessus du gril. Officier était peut-être un mot un peu fort... Les repas chez les Colton étaient toujours meilleurs l'hiver – quand c'était sa mère qui cuisinait —, mais son père faisait des barbecues passables. En général parce que sa mère préparait suffisamment d'accompagnements pour les rassasier.

— Je suis content que tu sois là, fils. Ça fait trop longtemps que nous n'avons pas mangé en famille.

— Je sais.

— J'ai été chargé de te dire que ta mère s'inquiète pour toi.

Calvin posa les grosses pinces dont il se servait pour retourner les hamburgers, prit sa bière et s'assit à ses côtés.

— Mais je suis aussi inquiet.

— Je vais bien, papa. Vraiment.

— Comprends-moi bien. Tu es aussi solide qu'un roc et tu l'as toujours été. Mais ceci ne ressemble à rien de ce que nous avons connu.

— Je sais.

— Russ et Mara...

Calvin s'interrompit, accablé par les soucis de sa famille.

— Ils sont malades de peur pour Skye.

— Nous le sommes tous, papa.

— Et ces femmes... Les journalistes se sont un peu calmés maintenant, mais je n'arrive pas à décider si c'est une bonne ou une mauvaise chose.

Même si la couverture médiatique qui s'était abattue sur Roaring Springs avait été oppressante, le calme des deux dernières semaines était frustrant. Moins de reportages signifiaient moins de publicité pour le tueur. Et moins de publicité voulait dire qu'il avait tout le loisir d'imaginer et préparer son prochain forfait.

— Nous travaillons aussi vite que possible, dit enfin Trey, résolu à ne pas supposer le pire à propos de sa cousine. Les médias seront de retour quand nous aurons quelque chose à leur offrir. Je ne vais pas me plaindre du calme dans l'intervalle.

— Ce n'était pas calme, l'autre soir.

— Tu veux parler d'Evigan ?

— Ta mère s'est heurtée à lui plusieurs fois. Il a provoqué des troubles et joué les brutes dans plusieurs manifestations qu'elle avait organisées ces dernières années.

À l'idée que quelqu'un ait bousculé sa mère, Trey se raidit.

— Il lui a fait quelque chose ?

Calvin haussa les sourcils.

— Tu crois qu'il marcherait encore sur ses deux jambes si c'était le cas ?

Trey ne put retenir un sourire.

— Bien sûr que non.

— Tout ce que je dis, c'est que cet homme est un fauteur de troubles. Tiens-toi sur tes gardes avec lui.

— Oui, papa. À propos de ça...

Sur le point d'annoncer ses fausses fiançailles, Trey se rendit compte qu'Aisha et lui n'avaient pas vraiment discuté de la façon de procéder. Comme elles étaient feintes, il supposait qu'il pouvait le faire en dehors de sa présence. D'ailleurs, se dit-il, c'était probablement mieux. Il pourrait jauger de la réaction de son père et adapter en conséquence sa manière de le dire à sa mère.

— Que se passe-t-il ?

— Le gouverneur m'a envoyé son assistant l'autre jour.

— Oh...

— Oui. Ça ne m'étonne pas qu'ils se tiennent au courant de l'enquête, mais j'ai été surpris quand l'assistant a poussé la conversation dans une autre direction.

— Il ne remet pas ton jugement en question, j'espère ?

La fierté de son père à propos de sa femme valait aussi pour son fils. Cela réchauffa le cœur de Trey et lui rappela les raisons pour lesquelles il travaillait si dur. Il se serait coupé un bras plutôt que de décevoir ses parents.

— Non, mais il a suggéré que mon statut de célibataire pourrait me nuire vis-à-vis d'Evigan.

— Tu plaisantes ?

— Non. Et l'assistant non plus. Ce qui m'a fait réfléchir.

Calvin plissa les yeux mais resta silencieux tandis que Trey entrait dans les détails.

— Je veux dire que j'aimerais me marier, mais je n'ai guère eu le temps dernièrement d'entamer une relation. Ou même de sortir avec une femme, en l'occurrence.

— Tu es jeune. Tu devrais t'amuser de temps en temps.

— Je m'amuserai plus tard. Après...

Trey laissa sa phrase en suspens, la réalité étant malheureusement qu'il ne savait pas quand viendrait cet « après ».

— Le fait est que je ne suis pas marié, et que je n'ai aucun moyen d'y remédier. Ou plutôt, je croyais ne pas pouvoir y remédier.

— Que veux-tu dire ?

— J'ai parlé à Aisha, et elle est d'accord pour faire ça avec moi.

— Faire quoi ?

— Feindre d'être ma fiancée. Jusqu'aux élections. Nous ferons semblant de prévoir notre mariage. Cela devrait rassurer les gens sur mon potentiel de père de famille.

— C'est ridicule.

— Vraiment ?

Trey prit une gorgée de bière et attendit que son père encaisse la nouvelle.

Cela semblait ridicule, pour toutes les raisons qu'Aisha avait listées la veille. Pourtant, il avait été incapable de trouver une alternative.

— Considère-le du point de vue des électeurs. C'est moi qui ai été nommé, et je n'ai pas réussi à accomplir ma tâche.

— Tu fais régner l'ordre et la loi dans ce comté depuis quatre ans. On découvre un tueur en série, dont même les fédéraux ignoraient tout, et tout à coup tu ne représentes plus rien ?

Calvin secoua la tête.

— Je n'avale pas ça, Trey.

— Les gens ont besoin d'un bouc émissaire quand ils ont peur.

— Mais tu es au-dessus de tout reproche. Tu n'as jamais fait d'erreur.

— Et il y a encore un tueur en liberté.

Son père ouvrit la bouche, puis la referma. Il parut peser ses mots avant de reprendre la parole.

— J'aime beaucoup Aisha. Ta mère et moi, nous l'aimons. Mais est-ce vraiment une bonne chose pour vous deux ?

N'était-ce pas le cœur du sujet, justement ? Bien que Trey ne puisse envisager faire cela avec quelqu'un d'autre, il aurait été malavisé de s'imaginer qu'il n'y aurait aucune conséquence.

Il croyait leur amitié assez forte pour le supporter. Il en était certain, en fait. Et pourtant il s'inquiétait.

— Elle me connaît.

— Et tu la connais.

— Nous sommes amis depuis notre enfance.

Calvin hocha la tête.

— Ça aussi.

— Nous trouverons un moyen. Ce n'est pas comme si les choses allaient changer dans le privé.

Il aurait mieux fait de se taire, car son père ne rata pas cette bévue.

— Tu aimerais que les choses changent dans le privé ?

— Avec Aish ? Allons donc.

— Je ne sais pas, fils. C'est une très belle femme. Intelligente, aussi. N'importe quel homme serait heureux de l'avoir.

Son père avait raison. N'importe quel homme serait heureux de l'avoir. Et un jour, il allait devoir accepter qu'un autre homme l'ait. Mais ce n'était pas aujourd'hui, et il devait se concentrer sur le présent.

— Je sais.

— Donc vous devriez peut-être profiter de ces trois mois. Vous pourriez vous surprendre.

— Calvin Colton, est-ce que tu es en train de brûler ces hamburgers ?

La voix d'Audrey flotta vers eux avant qu'elle apparaisse sur le porche.

— Je sais que tu les aimes archi-cuits, mais cesse de jacasser avec ton fils et ôte-les du gril.

Le travail agricole avait gardé son père en forme, mais il se leva avec plus de célérité que Trey ne l'aurait cru possible. Bondissant de son siège, il se précipita vers le gril et en souleva le couvercle pour retirer les pièces de viande.

— Waouh ! Juste à temps.

Sa mère secoua la tête avant de rejoindre son mari.

— Je vais m'en occuper. Va dire bonjour à Bree et Rylan.

Ils viennent juste d'arriver. Et je pense qu'Aisha aimerait une boisson fraîche.

Elle adoucit ses ordres d'un baiser sur les lèvres et lui tapota les fesses.

— Vas-y.

Trey attendit que son père soit hors de portée d'oreille pour commenter l'évidence.

— Je pense qu'il est content que tu t'en occupes.

— Bien sûr que oui. S'il faisait cuire ces hamburgers un peu plus longtemps, ce serait des briques.

Audrey les transféra sur une assiette et la posa à côté de la monstruosité chromée qui ne parvenait pas à améliorer les talents culinaires de son mari.

— J'ai mis le dîner en danger en vous donnant cinq minutes de plus.

— Tu nous as donné du temps ?

— Il voulait te parler. J'ai dû le dissuader d'aller te voir en voiture hier soir.

Sachant combien elle était observatrice, Trey tenta de faire obstacle au sixième sens de sa mère.

— C'est une période difficile, bien sûr. Mais je peux gérer. Je vais bien, maman.

— Tu gères bien, mais tu ne vas pas bien. Nous discuterons de cela une autre fois.

Trey soupira.

— Je savais dans quoi je mettais les pieds en acceptant ce job.

— Moi aussi. C'est pour ça que nous ne nous en mêlons pas.

Il s'approcha de sa mère et lui posa un bras sur les épaules.

— C'est pour ça que je vous aime.

Elle se tourna vers lui, et il sentit son attitude changer quand elle lui passa les bras autour de la taille.

— Ne fais pas l'erreur de confondre nos inquiétudes avec une remise en cause de tes compétences. Nous sommes fiers de toi tous les jours que Dieu fait.

— Merci de me le dire.

— Maintenant, dis-moi autre chose.

Il resserra son étreinte et déposa un baiser sur ses cheveux.

— Bien sûr.

— Pourquoi Aisha porte-t-elle une bague à l'annulaire ?

7

Trey recula d'un pas et laissa tomber les bras. Bon sang, elle était effrayante. Avec elle, l'intuition maternelle portait bien son nom.

— Euh... Tu as remarqué ça ?

— Je ne suis pas une artiste comme ta sœur, mais j'observe le monde autour de moi. Et j'ai remarqué ce bijou. Je lui aurais posé la question à un moment ou un autre, mais je l'ai vu le regarder plus d'une fois pendant que nous parlions. Du coup, je me suis interrogée.

— C'est la bague de sa grand-mère.

— Oh...

Trey savoura un instant de satisfaction pour avoir amené sa mère à penser qu'il s'agissait seulement d'un bijou de famille, avant d'avouer :

— Mais ta super intuition est juste.

— C'est-à-dire ?

— Certains pensent qu'il sera plus difficile de me battre si les électeurs me voient comme un homme porté sur la famille.

— Tu es porté sur la famille.

— Non, je suis un Colton, ce n'est pas la même chose.

Il s'attendait à des protestations, mais il ne récolta qu'un gros soupir.

— C'est quelque chose que personne n'aime oublier, par ici.

— Et mon adversaire l'utilise à son avantage. Evigan ne fait pas dans la dentelle quand il s'agit de me prendre pour cible.

— Qu'est-ce que cela a à voir avec Aisha ?

C'était comme d'arracher un pansement, songea-t-il avant de se lancer.

— Elle a accepté de feindre d'être ma fiancée pendant les prochains mois. Jusqu'aux élections.

— Trey Douglas Colton ! Tu vas mentir à tout le monde ?

Sa mère ne se servait pas souvent de son matronyme, si bien que cela ajouta aux questions qu'il se posait déjà lui-même.

— Aisha et moi sommes amis. Nos relations ne sont l'affaire de personne, pas plus que la manière dont nous passons notre temps.

— Mais tu vas user d'un stratagème pour gagner des votes.

— Je vais user d'un stratagème pour m'assurer que ce crétin incompétent ne soit pas nommé à ce poste.

Audrey quitta sa posture combative et laissa tomber ses bras à ses côtés.

— On ne va pas se fâcher pour ça, mais j'ai du mal à te suivre. Cet homme est odieux, c'est certain. Mais je ne suis pas assez entichée de mon propre fils pour ne pas reconnaître qu'il y a d'autres gens qualifiés dans le monde.

— Donc tu comprends ?

— Je comprends, mais je n'aime pas ça.

— Je n'aime pas ça non plus, avoua-t-il. Mais je ne vois pas d'autre moyen. Et en faisant baisser la pression sur les élections, cela me permettra de consacrer toute mon attention au tueur.

— Tu crois vraiment que c'est le seul moyen ?

— Tu en vois un autre ?

Le regard de sa mère ne fléchit pas quand elle le fixa dans les yeux. Il y vit soudain un petit déclic, et elle hocha la tête.

— Non.

— Aisha et moi, nous sommes solides. Nous viendrons à bout de cela et nous reprendrons une vie normale en temps voulu.

Sa mère, qui semblait être parvenue à une conclusion, remua inconfortablement à ces mots.

— Tu crois que c'est aussi simple ?

— Bien sûr que oui. Nous sommes amis depuis toujours.

Nous nous connaissons bien. Et nous passons suffisamment de temps ensemble. Ça tombe sous le sens que ce soit elle.

— Hum, murmura Audrey, ça tombe sous le sens, hein ?

— Oui. Tout le monde sait que nous sommes amis. De là à imaginer que nous sommes devenus amoureux il n'y a qu'un pas.

N'était-ce pas un vœu pieux de se dire qu'ils reviendraient à la normale comme si rien ne s'était passé ? Car quelque chose se serait passé. Un faux quelque chose, mais quelque chose quand même.

— Tu penses que tu peux faire ça ? Sans que ton cœur s'en mêle ?

— C'est le vide de mon cœur qui est en cause. Et le manque d'une épouse.

— Tu en es sûr ?

L'était-il ? Surtout parce qu'il ne se sentait ni sûr ni vide quand il était avec Aisha. Réprimant ces tergiversations, il afficha un calme qu'il ne ressentait en rien.

— Bien sûr.

— Et Aisha, alors ?

— Tout va bien pour elle. Tu la connais, elle est forte.

Sa mère lui posa une main sur la joue.

— Oh ! chéri, est-ce que tu t'entends ?

— C'est un stratagème, maman. Tout ira bien.

Ses yeux noirs cherchèrent les siens, et même dans la lumière déclinante, il vit son scepticisme. Mais ce fut le ton tranquille de sa dernière question qui le prit au dépourvu.

— Et si tout ne va pas bien ?

— Pourquoi est-ce que ça n'irait pas bien ?

— Vous êtes très proches, tous les deux. Vous l'avez toujours été. Ce serait injuste de l'exhiber partout en disant à tout le monde que tu l'aimes.

— Mais je l'aime.

La main de sa mère retomba.

— Comme un homme aime une femme, Trey.

Une fois encore, l'intuition de sa mère faisait basculer les perspectives.

— Mais nous sommes amis.

— Et si l'un de vous tombe vraiment amoureux ?

Les pensées perturbantes qui l'accompagnaient depuis le début de cette histoire revinrent en force. Sauf que cette fois, au lieu de jauger ses propres émotions, il devait s'interroger sur celles d'Aisha.

— Tu crois qu'elle ferait ça ?

— Elle sort avec des hommes ?

— Je n'en sais rien. Je le suppose.

Sa mère releva tout de suite ce terme.

— Tu le *supposes* ? Les amis ne parlent donc pas de ces choses ?

— Nous ne le faisons pas.

— Pourquoi ?

Il haussa les épaules devant son regard scrutateur.

— Je ne sais pas, maman. Elle a droit à une vie privée. Je ne l'interroge pas sur ce qu'elle fait et elle ne m'interroge pas non plus.

— Promets-moi que vous ferez attention l'un à l'autre.

— Bien sûr que oui.

La voyant toujours froncer les sourcils, il la prit dans ses bras.

— Je ferai attention. C'est ma meilleure amie. Je ne vais pas gâcher ça. Pour rien au monde.

— J'espère que non, chéri.

Audrey poussa un soupir qui flotta dans l'air du soir.

— J'espère vraiment que non.

Il avait repéré la fille quand elle était sortie en minaudant d'un salon d'onglerie du centre-ville. Cela n'avait pas été difficile de la suivre. Elle paraissait apprécier l'attention qu'attiraient son petit derrière et ses gros seins.

Il avait vu beaucoup de femmes aller et venir au fil des ans. Même en hiver, les femmes trouvaient toujours le moyen de se mettre en valeur avec des tenues de ski moulantes. Mais, en été, c'était bien plus commode de s'exhiber.

Et celle-ci était parfaite. Elle avait la taille et l'apparence qui convenaient et, s'il jouait bien ses cartes, elle serait facile à appâter.

La liasse de billets faisait une bosse dans sa poche. C'était tellement simple d'impressionner en sortant négligemment de grosses coupures. Il le faisait depuis des années et s'émerveillait que cela marche à chaque fois.

La beauté brune ne le déçut pas en se dirigeant vers le quartier chaud de Roaring Springs. Les rangées de bars et de boîtes se préparaient pour un samedi soir très animé, et elle était visiblement en chasse. Il patienta le temps qu'elle sélectionne un bar et fut content de la voir entrer dans l'un des plus sombres.

Parfait.

Il attendit qu'elle franchisse la porte, certain qu'elle en bougerait plus de la soirée, puis descendit de voiture.

Il était temps de se mettre au travail.

Aisha déverrouilla sa porte et pénétra dans son appartement. Trey la suivit, à la fois opportun et importun. Ce qui différait grandement de toutes les fois où elle était en sa compagnie. Les choses avaient-elles déjà tellement changé entre eux ?

Bien qu'elle se soit résignée à ce plan insensé, l'effort d'en faire part à la famille de Trey l'avait épuisée.

— Tu veux un café ?

Fitz rôdait entre ses jambes. Aisha alluma les lumières avant de le prendre dans ses bras.

— Volontiers.

Elle se dirigea vers la cafetière électrique et la mit en route. En quelques minutes, le café commença à couler et le chat, lassé de son attention, fila vers son refuge préféré, sous le lit de la chambre d'amis.

— Mes parents étaient contents de te voir, dit Trey, une épaule appuyée sur le chambranle de la porte.

— Et j'étais contente de les voir. Mais c'est toujours le cas. C'était bon aussi de revoir Bree. Rylan et elle ont l'air vraiment heureux.

— Je sais que je manque à mes devoirs de grand frère, mais je n'arrive pas à trouver une bonne raison de le chasser à coups de pied.

Cela fit sourire Aisha, qui se rappela le jour où Tanisha avait amené son mari à la maison.

— J'ai eu le même sentiment avec Randall. Je voulais le trouver désagréable, mais il y a quelque chose de désarmant chez quelqu'un d'aussi toqué de ma petite sœur. J'en étais presque désolée pour lui.

— Pourquoi ça ?

— Parce que je savais dans quoi il mettait les pieds.

La cafetière cessa de gargouiller, et elle tendit un mug à Trey avant de se servir.

— Ça me semble pervers.

— Non. C'est honnête. Heureusement, même s'il est fou amoureux, Randall garde sa lucidité. C'est une combinaison importante pour préserver le bonheur.

— Tu crois ?

— Oui, j'en suis persuadée.

Elle haussa les épaules, consciente qu'elle avait échoué à le trouver elle-même.

— Ou du moins, il faut que ça y ait une part. On ne peut mettre pas son partenaire sur un piédestal, et pourtant il faut être convaincu qu'il ou elle possède quelque chose de spécial. C'est un équilibre.

— Pourquoi pas sur un piédestal ? lança Trey.

— Les êtres humains ne vivent pas sur un piédestal. C'est trop demander à quelqu'un d'y rester. On aimerait un idéal au lieu d'apprendre à aimer un être humain réel.

Il réfléchit à ses paroles.

— Mais la partie spéciale ? C'est important aussi.

— Ah, dit-elle en prenant son mug. C'est la vraie difficulté, je suppose. Continuer de se dire que l'autre est spécial après avoir passé des vacances ensemble, préparé un repas ou partagé la salle de bains. C'est là le plus difficile.

— Quand il est clair qu'il n'y a plus de piédestal ?

— Exactement.

Ils s'assirent à la table, face à face. Les photos des corps étaient toujours dessus, et Aisha les repoussa pour ne pas les tacher de café.

— Et ça ? dit Trey en désignant la pile du menton. Ces photos. La preuve qu'on peut dissimuler ses actes ?

Que dire ?

Les relations et le mariage avaient leurs difficultés, mais comment pouvait-on devenir aussi monstrueux, aussi inhumain ? Au point qu'il ne reste plus aucune trace – ou espoir – d'humanité ou de normalité ?

— C'est très difficile. Savoir ce que ces femmes ont souffert est épouvantable. Savoir que ça s'est produit ici, à Roaring Springs... Ça m'obsède.

Trey baissa la tête.

— J'ai le sentiment de les avoir laissées tomber.

— Comment peux-tu dire ça ? Ce n'est pas toi qui as fait ça, Trey. Rien de tout cela n'est ta faute.

— Oui, mais garder les gens en sécurité, c'est mon métier.

— C'est ton métier de t'occuper de ceux qui agissent mal. Mais tu n'es pas omniscient. Tu ne peux pas savoir ce qui va se passer avant que cela se passe.

Aisha fixa les photos retournées, se souvenant très exactement de ce qu'elles représentaient.

— Tu ne peux pas deviner le mal chez quelqu'un avant qu'il ne s'exprime.

— Alors quelle est l'alternative ? Cesser de s'inquiéter ? M'en ficher ?

Il avait prononcé ces derniers mots d'un ton déchirant et il bondit de sa chaise.

— Je ne sais plus qui je suis quand je ne protège pas les gens. Et tout indique que je me suis débrouillé comme un âne !

Aisha ne l'avait jamais vu ainsi. Même s'il n'était pas arrogant, Trey exsudait normalement la confiance en lui. Son respect des lois et des procédures faisait de lui un leader fiable, et son équipe lui emboîtait le pas. Il faisait en sorte d'être au-dessus de tout reproche.

Elle croyait fermement que les êtres humains ne vivaient pas sur un piédestal, mais Trey était néanmoins ce qui se rapprochait le plus de la perfection. Il était bienveillant et attentionné. Il traitait les autres avec le plus grand respect, quelle que soit la manière dont ils le traitaient en retour. Et il était loyal. Digne de confiance. Vrai.

Et ô comme elle l'aimait !

Elle se disait depuis des années que ce serait une erreur de laisser libre cours à ses sentiments. Elle lui avait dit, pas plus tard que la veille, qu'il fallait établir des règles de conduite. Elle savait que tout autre comportement serait une erreur qui pourrait gâcher leur amitié.

Mais elle ne pouvait rester à distance en l'entendant exprimer cette souffrance. Elle ne pouvait le laisser affronter cet abîme tout seul. Incapable de résister, elle se leva et s'approcha de lui. Le temps d'un battement de cœur, elle regarda au fond de ses yeux dorés.

Puis elle se pencha en avant et posa ses lèvres sur les siennes en un baiser fervent.

Trey ne comprit pas ce qu'il s'était passé. Une seconde auparavant, il était déchiré par la panique et la culpabilité à l'idée qu'on fasse du mal à une autre femme, et celle d'après Aisha était dans ses bras.

Et ils se dévoraient l'un l'autre.

Son long corps mince pesait entre ses bras, sa bouche recouvrait la sienne, et toute pensée rationnelle s'était évanouie. Il ne voulait plus qu'une seule chose, la sentir, la goûter, la posséder.

Le baiser se prolongea, gagnant en fièvre et en passion. Il ignorait jusqu'à l'existence de ce besoin, mais maintenant qu'elle était dans ses bras il ne pouvait nier la justesse de cet instant.

Sans cesser de l'embrasser, il fit courir ses mains sur les biceps d'Aisha, dont la puissance affleurait sous sa peau douce.

La sensation de ses lèvres pleines sous les siennes était ce qu'il avait connu de meilleur dans sa vie. Puis sa langue rencontra la sienne, et un duel au parfum de café s'engagea, que tous deux semblaient déterminés à remporter. Il l'aspira dans sa bouche, mémorisant son goût. Acceptant de se laisser marquer et de la marquer en retour.

C'était Aisha. *Son* Aisha. Qui avait toujours été à lui et pourtant jamais tout à fait.

La voix de sa mère résonna dans sa tête, avec une force inattendue. *Et si l'un de vous tombe vraiment amoureux ?*

Amoureux ?

Déconcerté, il redressa la tête et la fixa. Ses pommettes hautes avaient pris de la couleur, aussi chaudes que le reste de son corps.

— Aish ?

— Hum ?

Elle rouvrit les yeux, prenant conscience qu'ils avaient cessé de s'embrasser.

— Oh...

Ses minces sourcils s'arquèrent au-dessus de ses yeux aussi noirs que le ciel de minuit.

— Oh ! waouh.

Elle se dégagea de ses bras et croisa les siens.

— Bon d'accord. Il ne m'a pas fallu longtemps.

Il se sentait aussi hébété qu'elle.

— Longtemps pour quoi ?

— Pour que je transgresse les règles.

— Quelles règles ?

Elle leva les deux mains.

— Celles sur lesquelles nous nous sommes mis d'accord hier !

— Ne te fâche pas contre moi.

— Je ne suis pas fâchée, je...

— Parce que ce n'est pas moi qui ai... fait ça.

— Ce n'est sûrement pas moi !

— C'est toi qui as commencé.

— Je…

Son énervement retomba aussi vite qu'il avait commencé.

— Tu as raison. C'est moi.

— C'était agréable.

Agréable ?

Si l'on pouvait qualifier une expérience transcendante d'agréable. Était-il fade à ce point ? Aussi ridiculement guindé ? Embrasser Aisha n'était pas agréable. Ni simple. À cet instant, Trey prit conscience que rien dans cette situation n'était simple. Et il ne pouvait le reprocher à personne d'autre qu'à lui-même.

— Je vais feindre de ne pas avoir entendu cet « agréable » et te demander de partir.

— Ça vaut mieux, sans doute.

— Je crois, oui.

Trey alla vider son mug dans l'évier et regarda le liquide s'écouler dans le siphon. Il ouvrit le robinet pour rincer, souhaitant qu'il soit aussi facile de faire disparaître les derniers instants. Ou même les derniers jours. Depuis l'arrivée de l'assistant du gouverneur et cette idée ridicule qui avait consumé ses heures de veille.

— Tu peux laisser le mug dans l'évier.

Il fit ce qu'elle demandait et se retourna pour la regarder. La rougeur avait quitté ses joues, mais les conséquences de ce qu'ils avaient fait – cet embrasement mutuel – se voyaient encore dans la tension de son corps.

Il eut envie de la prendre dans ses bras, de rallumer la passion qui avait flambé entre eux. Il pariait qu'il y faudrait moins de dix secondes.

Mais il s'en abstint. Parce que le très correct Trey Colton ne faisait pas des choses comme ça. Il ne feignait pas d'être fiancé. Il ne transgressait pas les règles.

Et il n'embrassait pas sa meilleure amie, à moins d'avoir perdu jusqu'à la dernière parcelle de bon sens.

— On se parle demain ?

Depuis qu'ils se connaissaient, il lui avait posé cette question un millier de fois, toujours certain de la réponse.

Sans répondre, elle le laissa traverser la cuisine.

Comme il était choquant de constater qu'un simple baiser pouvait tout changer.

8

Le jour se leva, clair et frais. Aisha courait dans Roaring Springs, sentant le vent froid lui laver le visage. Laissant le centre-ville derrière elle, elle était presque parvenue au Château quand le soleil estival monta dans le ciel. Elle avait envisagé de s'arrêter dire bonjour à Phoebe, mais la très sérieuse cousine de Trey devait encore dormir à 6 heures du matin.

Ou profiter de cette heure matinale pour faire l'amour avec son beau fiancé. Si elle était intelligente. Et Aisha savait qu'elle l'était.

Ce qui était plus qu'elle ne pouvait dire d'elle-même.

Elle s'était toujours prise pour une femme futée et perspicace, mais après cette soirée elle était forcée de revoir son jugement. Il n'était pas facile de remettre en cause une image personnelle vieille de trente-cinq ans et de se rendre compte qu'on n'était qu'une idiote.

Voilà comment chutent les puissants.

C'était le commentaire favori de sa mère quand elle voyait une célébrité ou un politicien tomber de son piédestal. Aisha avait toujours senti du dédain dans cette remarque, comme si la folie des êtres humains était une évidence.

Pour sa part, même après son chagrin d'amour, elle voulait croire en la bonté de ses congénères.

En tant que psychologue, elle savait très bien qu'elle ne pouvait aider tout le monde. Elle n'aurait pas dépassé sa première année de pratique si elle n'avait pas accepté cela.

Mais elle conservait l'espoir que les gens pouvaient s'améliorer. Qu'ils avaient la capacité de s'élever au-dessus d'eux-mêmes.

Bien sûr, pensa-t-elle, aussi essoufflée par l'effort que par le dégoût d'elle-même. *Des illusions, tout ça.*

Elle ne cessait de battre sa coulpe pour avoir cédé à une impulsion aux conséquences désastreuses.

C'était agréable.

Agréable ?

La femme assise à côté d'elle à l'église était agréable. L'odeur de la lessive était agréable. Les fleurs poussant dans son jardin étaient agréables.

Mais embrasser Trey Colton. C'était...

Exceptionnel.

Sauf qu'il ne l'avait visiblement pas pensé. Il s'était montré poli et avait filé ventre à terre. Et il ne l'avait pas appelée la veille.

Ils ne se parlaient pas chaque jour, mais presque. Au minimum, ils communiquaient par textos. Mais Trey n'avait fait ni l'un ni l'autre, et elle était soigneusement restée à l'écart de son téléphone, allant jusqu'à le fourrer au fond de son sac.

Pour se changer les idées, elle avait étalé les pièces du dossier du tueur de l'avalanche sur le parquet de son salon et, assise par terre, avait tenté de repérer un schéma. Schéma qu'elle était convaincue de distinguer si elle se concentrait suffisamment.

Mais au bout de huit heures, de plus en plus déprimée par l'absence de tout lien, elle avait finalement renoncé et rangé les photos dans son cartable avant d'aller se coucher. Son humeur ne s'était pas beaucoup améliorée sous la couette, mais elle avait eu le temps de réfléchir au moyen de remettre les compteurs à zéro avec Trey.

Trop tard pour faire rentrer le génie dans la bouteille, mais il était peut-être possible de limiter les dégâts.

Ce n'était pas le premier cahot dans leur relation. Durant sa liaison avec Kenneth, elle avait invoqué plus d'une fois le stress des études pour justifier ses mails vagues, ses appels brefs et ses longues absences. Quand elle était revenue, Trey n'avait paru se douter de rien et n'avait pas changé d'attitude envers elle. Mais elle n'avait pas été particulièrement franche avec lui.

Son histoire avec Kenneth avait été tout à la fois un grand amour, un terrible chagrin et une énorme leçon de vie. Elle se rappelait encore aujourd'hui les longs mois d'euphorie avant l'humiliation et le désespoir.

Ce baiser avec Trey était une erreur d'autant plus monumentale. Qu'est-ce qui lui avait pris ?

En le voyant se torturer, elle s'était sentie submergée par la pitié. Trey était un homme bon, et elle était toujours prête à lui accorder du crédit malgré son attitude.

Le tueur de l'avalanche n'était pas sa première affaire difficile. Des sommes considérables circulaient dans le comté de Bradford, et le crime était florissant. Durant ses quatre années en poste, Trey avait démantelé un trafic d'armes et un gang de trafiquants de drogue près de Vail, et résolu deux meurtres.

Mais l'absence de progrès dans l'enquête, les visées du FBI, les pressions de la famille, la campagne de dénigrement d'Evigan, tout cela était plus difficile pour lui qu'elle ne l'avait imaginé.

Le Château, majestueux centre de balnéothérapie, se dressa devant elle. Son impressionnante façade dissimulait l'un des établissements les plus luxueux de Roaring Springs. Elle s'y rendait rarement, en dehors de quelques congrès professionnels. Quelques années auparavant, Tanisha et elle avaient offert une journée de soins à leur mère pour son anniversaire, et Aisha y avait aussi organisé l'enterrement de vie de jeune fille de sa sœur.

S'arrêtant pour reprendre son souffle, elle considéra le domaine niché au cœur de la vallée. Comme le reste de la ville, le Château était le terrain de jeu des ultra-riches et une stricte politique interdisait l'accès de la propriété aux médias.

Richesse, opulence, privilège. Pourquoi pensait-elle à cela, tout à coup ?

Aisha se repassa mentalement les photos qu'elle avait étudiées et les compara aux images de la prostituée assassinée chez Wyatt Colton en janvier.

Bianca Rouge était venue par avion à la demande d'un client du Château. Compte tenu de sa profession et de son apparence, la police considérait que son meurtre relevait davantage du crime opportuniste que de l'assassinat planifié.

Mais c'était une femme qui était à l'aise sur le plan financier. Les enquêteurs avaient découvert qu'elle possédait un très joli appartement à Las Vegas ainsi qu'un compte en banque conséquent. Ce n'était pas le type de personne à chercher refuge à Roaring Springs.

Sabrina Gilford ne correspondait pas non plus au profil de la pauvre fille esseulée. Elle aimait s'amuser et avait un peu trop d'argent pour son propre bien. La famille Gilford n'était pas aussi riche que celle des Colton, mais qui l'était ? En tout cas, c'était une famille ancienne et sans faire partie des ultra-riches, ils n'étaient pas à plaindre.

Quant à April Thomas, elle était loin d'être fortunée.

Y avait-il quelque chose à conclure de tout cela ? Un angle qu'ils avaient négligé ?

Vu le peu qu'ils savaient, l'aspect financier pouvait être quelque chose d'important. C'était assez en tout cas, pour qu'elle ait envie de sonder Trey à ce sujet. Tournant les talons, elle laissa le Château derrière elle et reprit la direction du centre-ville.

L'heure était venue d'affronter le shérif Colton.

— Est-ce que tu m'écoutes ? demanda Daria Bloom à Trey en lui tendant une tasse de café.

— Bien sûr que oui.

Ses grands yeux noirs le fixaient avec sérieux par-dessus le bord de sa tasse.

— Qu'est-ce que je viens de dire ?

— Tu penses que les fédéraux nous cachent des choses et que l'agent Roberts est un faux jeton.

— Ce n'est pas ce que j'ai dit.

— Mais tu le penses.

— C'est vrai.

Daria sourit.

— Comment fais-tu ça ? Écouter quand tu as l'air de faire tout autre chose. C'est flippant.

— Ça s'appelle diviser son attention. Et ce n'est pas pour rien que je t'ai demandé de collaborer avec lui. Il t'irrite peut-être, mais tu es douée avec les gens. Tu sais les déchiffrer et réagir en conséquence.

Comme il avait passé deux nuits blanches à se torturer à propos d'Aisha et qu'il ne lui restait plus guère d'énergie pour se concentrer sur son travail, il décida de ne pas se disputer avec son adjointe préférée.

— Donc Roberts fait de la rétention d'information ?

— Oui. Il s'est refermé comme une huître. Tant pis pour les bonnes relations.

— Il est dans une position difficile, hasarda Trey.

— Tu lui trouves des excuses ?

— Non.

Il but une gorgée de café.

— C'est juste que moins ils passent de temps avec nous, moins nous avons à en passer avec eux.

— Ça veut dire aussi que nous ne savons pas ce qu'ils mijotent.

— Et ce que nous savons ne vaut même pas le bout de papier sur lequel on pourrait l'écrire.

— Je n'ai pas dit ça, dit Daria.

Ce fut au tour de Trey de sourire.

— Mais tu le penses.

— Tu m'agaces.

Avant qu'il puisse ajouter quelque chose, un coup se fit entendre à la porte et Aisha apparut, dans une tenue de sport dévoilant joliment ses membres gracieux.

— Salut.

— Salut.

Elle salua Daria d'un signe de tête un peu réticent.

— Je vous interromps ?

— Difficile d'interrompre rien, plaisanta Daria. Le tueur de l'avalanche est une grosse impasse.

— Eh bien, je crois que j'ai peut-être quelque chose.

— Quoi ? lancèrent Trey et Daria à l'unisson.

Aisha désigna la porte du menton.

— Allons dans la salle de réunion voir vos tableaux.

Ils sortirent tous ensemble du bureau.

— Je vais me resservir du café, annonça Daria. Vous en voulez un ?

— Vous avez de l'eau ?

— Bien sûr.

Cela donna quelques minutes à Trey, et il se tourna vers Aisha dès qu'ils eurent franchi la porte de la salle de réunion.

— Tu vas bien ?

— Très bien.

— Parce que tu as l'air...

Il s'interrompit. Il ne savait comment qualifier une tenue qui montrait tant de son corps.

— Agréable ? lança Aisha.

Il sourit, conscient qu'elle lui en voulait toujours de son commentaire étourdi.

— Je te promets que je réparerai ça.

— Comment ?

Avant qu'il puisse répondre, Daria revint et tendit une bouteille d'eau à Aisha.

— Alors, qu'est-ce qui se passe ?

— Ce matin, je courais vers le Château...

— Comment ça, ce matin ?

Trey, qui s'était perché au bord de la grande table, se pencha en avant.

— Dans le noir ?

— Le soleil était en train de se lever.

— Donc il faisait noir quand tu es sortie de chez toi ? Aisha, c'est dangereux n'importe quand, mais surtout en ce moment, avec ce tueur en liberté.

— Trey...

Daria les interrompit.

— Vous pourrez résoudre ça plus tard. Juste pour que ce

soit dit, Aisha, je suis d'accord avec Trey quant au danger. Maintenant, quelle est votre idée ?

Aisha lança un regard noir à Trey et se tourna vers Daria.

— L'argent. Sabrina Gilford venait d'une famille fortunée, mais pas April Thomas. C'était une fille esseulée, qui a disparu à peine arrivée.

— Et alors ?

— Alors Sabrina constitue une exception dans le schéma. Comme cette femme assassinée en janvier, Bianca Rouge. Ce n'était pas non plus une femme dépourvue de moyens. On a d'abord cru que son meurtre était destiné à piéger Wyatt, puis on l'a associé au tueur de l'avalanche. Mais si ce n'était pas le cas ?

Trey repensa à son cousin, que l'enquête avait fini par innocenter.

— Qu'est-ce que cela a à voir avec le tueur ?

— Ce sont des exceptions. Nous considérions Sabrina comme la sixième victime parce qu'elle a été découverte avec les autres corps. Mais si elle n'en faisait pas partie ? Comme Bianca Rouge ?

— Un autre tueur ?

Daria posa son gobelet et s'approcha du tableau dédié à Sabrina Gilford.

— Mais comment aurait-il su où se trouvaient les autres femmes ? On a retrouvé Sabrina au même endroit.

— Je ne sais pas, dit Aisha en tirant sur sa queue-de-cheval. Mais je sais que quelque chose ne va pas.

— Et..., ajouta Daria, s'il n'y avait pas eu l'avalanche, nous n'aurions même pas trouvé les corps. On ne peut pas écarter l'élément de hasard.

Sans se laisser décourager par cette objection, Aisha poursuivit :

— Trey dit depuis le début que quelque chose le chiffonne dans cette avalanche. Le fait est qu'elle était très tardive. Et qu'elle a fait d'énormes dégâts sur des pistes régulièrement entretenues.

Aisha avait raison, cette histoire ne lui revenait pas. Après la découverte des cadavres, la situation était devenue tellement chaotique que Trey avait repoussé à l'arrière-plan les questions de physique. Mais il y avait quelque chose d'étrange à ce que le courroux de Mère Nature se soit déclenché précisément à ce moment-là.

— Je pense que tu tiens quelque chose, Aish. Tu disais que Sabrina représente une exception. Peut-être est-ce plus qu'une exception.

Daria prit une gorgée de café, le regard toujours fixé sur le tableau.

— Je crois qu'il faut que nous retournions à la Loge, examiner encore une fois les pistes

— Les pluies de printemps n'ont sans doute pas laissé grand-chose, intervint Trey.

— Il n'y a qu'un seul moyen de le savoir, objecta Aisha.

Trey piétina l'herbe au pied de Wicked Mountain, fixant les innombrables traces de VTT au sol. Même si la zone était encore délimitée par de la rubalise, ils n'avaient pas pu interdire l'ensemble de la montagne. Ce qui voulait dire que la probabilité de trouver un indice était proche de zéro.

Il s'agenouilla pour examiner la profondeur des traces.

— Ça fait trop longtemps. On ne trouvera plus rien.

Aisha se rapprocha de lui.

— Continuons. Il y a beaucoup de cyclistes qui descendent cette piste. Il faut peut-être monter un peu plus haut.

Trey n'avait pas grand espoir, mais il savait qu'elle avait raison : ils se devaient de chercher. Ses adjoints avaient passé la zone au peigne fin le lendemain de la découverte des corps, en vain. Il aurait dû entreprendre les recherches lui-même, se disait-il maintenant. Ou ordonner qu'on y passe plus de temps.

La piste noire de Wicked était l'une des plus difficiles de tout le comté, et les skieurs descendaient exprès à la Loge pour s'y lancer. Elle était donc régulièrement entretenue.

— Tu as trouvé quelque chose ? demanda Aisha, interrompant le fil de ses pensées.

— Non.

— Alors pourquoi hoches-tu la tête ?

— Ça me turlupine depuis le début. D'où est sortie cette avalanche ?

— La nature est imprévisible.

— Pas tant que ça. Même si mes cousins me rendent dingues, ils entretiennent bien la station et surveillent l'état des pistes. C'est nécessaire pour que les skieurs soient en sécurité.

Trey leva les mains en l'air.

— Je ne comprends pas. Quand la météo est mauvaise, on a de petites avalanches, mais celle-ci était une vraie catastrophe.

Mettant sa main en visière pour s'abriter des rayons du soleil, Aisha contempla la cime de la montagne.

— Mais comment pourrait-on falsifier les réactions d'une montagne ?

— Que veux-tu dire ?

— Si on devait recréer une catastrophe naturelle, comment s'y prendrait-on ?

Trey haussa les épaules.

— De la même manière que pour entretenir les pistes. Poser des charges explosives. Déblayer la neige.

— Et la Loge a des équipements pour ça ?

— Bien sûr. Toutes les stations en ont.

Trey comprit où elle voulait en venir.

— Allons parler à l'équipe d'entretien.

— Trey, je ne peux pas te laisser intimider l'équipe.

— Alors viens avec moi. De toute façon, je dois leur parler.

Aisha assistait aux négociations entre Trey et son cousin Decker. Ce bel homme avait toujours été son préféré parmi les cousins Colton. Travailleur acharné, il était rarement présent aux événements familiaux. Mais cet état de choses avait changé au printemps précédent, quand il était tombé amoureux de

Kendall, une écologue travaillant pour Hadley Forestry, la société de son père.

Trey avait tenu Aisha au courant des événements à l'époque, y compris de l'enlèvement manqué de Kendall en mars. Puis elle avait été personnellement témoin de l'accident dont avait été victime la jeune femme. Durant un vernissage à la galerie de Bree, un énorme rocher projeté sur la vitrine avait sérieusement blessé Kendall au visage. De nombreuses et longues opérations avaient été nécessaires pour sauver son œil et réparer son visage, et Decker était resté en permanence à ses côtés.

Aisha avait été heureuse d'entendre parler de leurs fiançailles et, plus tard, d'être invitée à leur mariage.

Malgré tous ces bouleversements, Decker restait très pragmatique.

— Tes adjoints les ont interrogés après l'avalanche. Et ces fichus fédéraux ont mis leur nez partout.

— Ils ont trouvé quelque chose ?

— Non, bien sûr que non, riposta Decker en bombant légèrement la poitrine.

— Et les fouineurs ont parlé à l'équipe d'entretien des pistes ?

— Non.

La note de triomphe était absente de sa voix, cette fois.

— Écoute, Decker...

Le ton de Trey s'adoucit, et il adopta une autre approche.

— Je ne suis pas en train de dire qu'ils ne connaissent pas leur boulot. Mais il faut que je leur parle.

— D'accord, acquiesça finalement Decker. Mais je viens avec toi.

— Naturellement. Un front uni est préférable.

Decker se tourna alors vers Aisha.

— C'est bon de te revoir. Puis-je te faire apporter un café ? Un petit déjeuner, peut-être ?

— Elle vient avec nous, gronda Trey. C'était son idée.

— Tu vas interroger mes hommes comme des criminels ?

— Je vais les interroger comme des travailleurs. Des gens qui ont des yeux et de l'expérience et qui peuvent nous être utiles.

Trey passa un bras autour des épaules d'Aisha.

— Ma fiancée aussi a de bons yeux et de l'expérience.

— Vous êtes fiancés ? s'exclama Decker, les yeux écarquillés. Ça alors ! Félicitations !

Aisha aurait aimé être un peu mieux préparée à l'annonce de l'« heureuse nouvelle », mais sans doute n'y aurait-il pas de meilleur moment. Decker lui ouvrit les bras, et elle fut surprise de sentir une joie sincère dans sa chaleureuse accolade.

— Bienvenue dans la famille, dit Decker en reculant. Ou dois-je dire enfin ?

Avant qu'elle puisse imaginer une réponse à cela, Decker se tourna pour donner une forte embrassade à son cousin.

— C'est une nouvelle fantastique, mon vieux. Toutes mes félicitations.

La surprise suffit à diffuser la tension qui régnait jusqu'alors. Tandis qu'ils attendaient qu'un employé rassemble l'équipe, Decker les interrogea sur le futur mariage.

— Monsieur Colton ?

Un coup discret à la porte mit fin à la conversation.

— L'équipe est prête.

— Merci, Maris.

Decker, qui avait adopté une attitude plus insouciante, reprit soudain son sérieux.

— Bon, finissons-en.

Trey approuva, et les deux hommes firent signe à Aisha de sortir la première. En quittant le bureau de Decker, elle se demanda à quoi ils allaient avoir affaire. De la transparence et des éléments concrets ? Ou le genre de dérobade qui semblait être la marque de l'affaire ?

Le regard sans âme de la femme fixait le ciel. Son joli visage maquillé avait depuis longtemps disparu, remplacé par un masque d'angoisse.

Ce n'était pas sa faute. Il n'avait pas abusé d'elle. C'était elle qui était devenue folle, écarquillant les yeux et agitant les bras dans tous les sens. Il avait essayé de lui parler, mais dès qu'il lui avait retiré le bâillon elle s'était mise à hurler. Il l'avait finalement giflée d'un revers de la main pour la faire taire.

Pour ça, les femmes savaient hurler...

Elle était tombée dans les pommes, à son grand soulagement. Il avait fait ce qu'il avait à faire avant qu'elle reprenne conscience.

— La fin justifie les moyens, marmonna-t-il en la retournant sur le flanc.

Il avait besoin de sang et de cheveux, et il devait opérer rapidement. On l'attendait en ville dans une demi-heure, et il fallait qu'il termine la mise en scène et passe l'appel.

Après tout, le tueur de l'avalanche avait une réputation à soutenir.

9

Les agents d'entretien des pistes étaient alignés sur un seul rang, tous vêtus de shorts kaki et de chemises de golf vertes. La Loge possédait plusieurs bâtiments, et ils se tenaient devant les bureaux, les Rocheuses se dressant en majesté derrière eux.

Aisha adopta une attitude discrète – malgré sa tenue de joggeuse – et les observa. Il y avait une majorité d'hommes, mais aussi trois femmes, tout aussi musclées et robustes que leurs collègues masculins. Ils ne semblaient pas nerveux, seulement curieux. Une attitude qui ne se modifia pas quand Trey sortit du bureau en uniforme.

Decker prit la parole :

— Je vous présente le shérif Colton. Il a quelques questions à vous poser, et j'aimerais que vous y répondiez.

Aisha scrutait les visages avec acuité. Quelques rires nerveux s'élevèrent et certains remuèrent les pieds, mais personne n'arborait l'air acculé que l'on associe d'ordinaire à la culpabilité.

— Je voudrais vous interroger sur l'avalanche qui a eu lieu à la fin du printemps.

— La grosse ?

Un petit badge et une chemise d'une couleur différente identifiaient l'homme qui avait parlé comme le chef d'équipe.

— Qui a permis de découvrir les corps ?

Decker hocha la tête.

— Celle-là même, Rick.

— Une cochonnerie, déclara le dénommé Rick en secouant

la tête. On a essayé de comprendre, mais ça n'a aucun sens. On avait entretenu cette piste. On les entretient toutes.

— Vous trouvez ça bizarre ? demanda Trey. Qu'il y ait eu une avalanche ?

L'homme haussa les épaules.

— La nature est toujours imprévisible. C'est particulièrement vrai quand il neige aussi tard dans la saison. Mais la taille de cette avalanche ? Ce n'est pas son comportement habituel.

— Son comportement ? releva Trey. Le comportement de qui ?

Rick désigna du pouce l'espace derrière lui.

— Elle. La montagne. C'est une garce, mais elle est trop grande pour garder ses secrets, vous voyez ?

Fascinée, Aisha se rapprocha un peu. Rick parlait de la montagne comme d'une personne. Ce n'était peut-être pas surprenant de la part de quelqu'un qui en tirait sa subsistance.

— Vous avez été étonné, alors ? insista Trey.

— Comprenez-moi bien, monsieur. Le danger sur la montagne est réel, et peu importe la somme de travail qu'on y met, elle a son propre avis. Mais la gravité et l'ampleur de cette avalanche ? Ce n'était pas normal. Pas du tout. On trouve encore des coins où il faut déblayer.

— Pourquoi n'avez-vous rien dit, Rick ? intervint Decker.

— Ce n'était pas à moi de le faire, monsieur. Les adjoints du shérif nous ont interrogés. Un type du FBI aussi, qui nous a sorti son badge comme si c'était un as.

Rick cracha par terre.

— Mais, quand on a essayé d'expliquer comment elle fonctionne, tout ce qu'on a récolté c'était des regards vides. Et comme personne n'est revenu, on s'est dit que c'était fini.

Aisha connaissait assez Trey pour savoir qu'il allait passer un fameux savon à ses adjoints, mais il garda un ton égal.

— J'aimerais comprendre. Et je vous promets que je ne vous jetterai pas un regard vide.

— D'accord.

Rick pointa une fois encore la montagne.

— On va grimper.

Ses adjoints s'étaient manifestement débrouillés comme des pieds, mais Trey s'en inquiéterait plus tard. Il se faisait déjà suffisamment de reproches pour ne pas avoir creusé cet aspect des choses.

Le chef d'équipe pouvait bien personnaliser la montagne et lui attribuer des humeurs, il connaissait son affaire. Il leur avait montré les particularités du terrain et leur avait expliqué comment ils utilisaient de faibles explosifs pour déplacer la neige.

Le reste de l'équipe était retourné au travail, et Rick, Aisha et lui escaladaient maintenant la montagne. Aisha suivait calmement, en bon petit soldat.

Elle avait aussi réagi avec calme quand il avait annoncé leurs fiançailles à son cousin. Ses motivations n'étaient pas entièrement pures – il avait voulu détourner la conversation —, mais la réaction chaleureuse de Decker l'avait rempli de fierté.

Bienvenue dans la famille... Ou dois-je dire enfin ?

Était-ce ainsi qu'ils voyaient tous Aisha ? Bien sûr, elle était un point d'ancrage dans sa vie, mais qu'avaient-ils perçu dans leur relation ? C'était logique après tout, se dit-il. Depuis vingt-cinq ans, elle était présente à presque toutes les réunions et les barbecues familiaux. Elle lui servait aussi régulièrement de cavalière dans les soirées données par Russ et Mara.

Elle faisait partie de sa vie. N'était-ce pas le point clé d'ailleurs ? Feindre des fiançailles avec elle était facile parce que tout n'était pas feint. Mis à part le fait qu'ils ne sortaient pas ensemble, ils affichaient toutes les caractéristiques d'un couple sur le point de se marier. L'affection, la confiance, l'amitié. Il aimait Aisha depuis son enfance. Il n'en faisait pas mystère, et cette idée ne l'effrayait pas.

Cela ne voulait pas dire qu'il était amoureux d'elle. Decker et Kendall étaient amoureux. Bree et Rylan étaient amoureux. Même ses parents étaient amoureux, offrant au monde un exemple parfait d'amour durable.

Aisha et lui n'en étaient pas là.

— Vous voyez ça, là ?

La voix de Rick tira Trey de pensées inconfortables, et il essaya de se concentrer sur ce qu'il disait.

— Les trous dans la terre ?

— Oui. C'est là qu'on a posé les charges. En explosant, elles laissent ces petites dépressions.

— Je vois.

— On les place stratégiquement pour démanteler les congères.

— C'est logique.

Trey se représenta mentalement Rick et son équipe comme des fourmis sur la montagne, mais il songea que leur travail devait être plus rationnel que cela.

— Comment savez-vous où placer les détonateurs ?

— L'équipe sait à quoi elle a affaire, à force. Les zones de neige balayée ou instable. Ce qu'ils ressentent en skiant. La patrouille et les moniteurs de ski doivent nous signaler tout ce qui sort de l'ordinaire.

— Et personne n'a rien signalé cette fois-là ?

Rick secoua la tête. Les rides autour de ses yeux se creusèrent, et il contempla le flanc de la montagne.

— Non. On avait prévu de faire des patrouilles de nuit, mais il n'y avait rien de bizarre.

Trey jeta un coup d'œil à Aisha, mais elle ne dit rien, se contentant de faire un signe de tête à Rick tandis que celui-ci reprenait l'escalade.

— Où ont regardé mes adjoints ?

— Au bas de la montagne. À mille mètres d'altitude.

— Et où a commencé l'avalanche ? intervint Aisha derrière lui.

— Plus haut. Vers mille trois cents mètres.

— Et personne n'est allé voir par là ? demanda Trey, répétant mentalement ce qu'il allait dire à ses subordonnés.

— C'était un accident exceptionnel, shérif. La montagne est imprévisible, et comme je l'ai dit, les chutes de neige tardives sont les pires. On ne sait jamais ce qu'on va avoir. Il y avait beaucoup de glace et d'humidité. Il n'en faut pas plus pour que la gravité prenne le dessus.

— Combien faut-il de force pour déloger la neige ? s'enquit

Aisha, qui se maintenait à la hauteur de l'infatigable Rick sans effort apparent.

— C'est ça qui est le plus compliqué. Il y a beaucoup de chercheurs qui viennent ici essayer des modèles numériques. Des simulations.

Rick tira sur sa casquette qui arborait le logo de la Loge et se gratta la tempe.

— C'est utile parfois. Mais on ne peut pas tout modéliser. La nature a ses propres règles. Une simulation peut être exacte quatre-vingt-dix-neuf pour cent du temps, et soudain, quelque chose d'autre se produit. Un rocher sur la trajectoire, une congère particulièrement compacte, peu importe...

Trey les suivait, intrigué par les questions d'Aisha. La gravité, la pente, la vitesse du vent. Il était fasciné par la manière dont elle utilisait ses notions limitées pour encourager Rick à faire part de son expérience et de sa connaissance du terrain. Là où la police l'avait laissé désabusé, Aisha parvenait avec un intérêt non feint à mettre ses compétences en valeur. Étonnant.

Cette pensée continua de flotter dans son esprit un bon moment.

— C'est beaucoup plus simple que je n'imaginais, dit Aisha en posant une main sur le bras que Rick lui offrait pour gravir un gros rocher. C'est une question de pente et de gravité.

— Il n'y a rien d'autre.

Rick l'aida encore quelques pas avant de désigner de la main une plaque de neige au sommet de la montagne.

— C'est un avertissement pour les skieurs. Si la pente est assez raide pour skier, elle est assez raide pour une avalanche. Les touristes ne veulent pas le comprendre. Ils veulent s'amuser sans s'inquiéter. M. Colton a le même point de vue. Alors nous prenons autant de précautions que possible pour gérer le terrain. Nous avons aussi des équipes de secours quand il se passe quelque chose que nous ne pouvons pas contrôler.

— Comment faites-vous..., commença Trey

Il trébucha et faillit s'étaler. Son élan le projeta sur Aisha et Rick. Elle le retint par le bras, et Rick, dont les réactions étaient plus rapides que ne le laissait supposer son âge, le stabilisa sur ses jambes.

— Ça va ?

Trey avait repris son équilibre et tenait Aisha par la taille.

— Tout va bien, dit-elle en posant ses mains sur les siennes. Il n'y a pas de mal.

Soulagé, Trey ôta ses mains de la taille d'Aisha, non sans avoir noté la peau douce entre son short et son T-shirt.

— Qu'est-ce que c'était que ça ?

Le sourire de Rick s'était évanoui, et il considérait l'endroit où Trey avait trébuché. Il se laissa tomber à genoux pour l'examiner de plus près.

— Rick ? questionna Aisha, en se rapprochant de lui. Qu'est-ce que vous avez vu ?

— Ça, là.

Rick désigna le bord d'un trou profond.

— Vous voyez ce petit cratère ?

Trey s'accroupit à ses côtés.

— On dirait les creux que vous nous avez montrés tout à l'heure.

— Oui. Mais celui-ci est plus profond, vous voyez ? Et les deux dépressions se chevauchent.

Trey le regarda tracer la périphérie des trous.

— Oui, je vois.

— Il y avait deux charges.

— Mais pourquoi les a-t-on fait placer si près l'une de l'autre ?

— Ce n'est pas ce qui s'est passé.

Rick s'assit sur ses talons.

— Elles ont été déclenchées à distance.

Trey étrécit les yeux.

— Vous en êtes sûr ?

— Absolument. Et nous n'avons pas posé de charge avant l'avalanche.

L'assurance avec laquelle il parlait laissait peu de place au doute, mais Trey voulait en être certain.

— Vous tenez un registre des explosions ?

— Bien sûr que oui. C'est la politique de la Loge. Toutes les explosions sont planifiées et décomptées. Si un truc imprévu se passe, on le signale aussitôt. On fait aussi le compte des explosifs pour s'assurer que rien n'a été laissé sur la montagne.

La Loge était l'une des principales stations de ski du Colorado, et Trey savait que sa famille exerçait une gestion rigoureuse. Le niveau de sécurité était impressionnant, et il était clair que Decker et le personnel prenaient tout cela très au sérieux.

Ayant passé un appel radio, Rick eut rapidement confirmation que les tableaux étaient à jour, selon les protocoles de la Loge.

— Trey...

Aisha se rapprocha et s'appuya sur lui.

— Si ce n'est pas le personnel qui a fait ça, ça veut dire que quelqu'un a délibérément placé des charges explosives.

Comme elle formulait précisément ce qui le chiffonnait, il se contenta de lui presser la main et de hocher la tête.

— Rick, je voudrais délimiter cette zone et la fouiller. Il faut que nous vérifiions s'il y en a d'autres.

Rick acquiesça.

— Oui, monsieur.

Il appela des renforts par radio.

Aisha fixa les photos étalées sur la table et tenta de les faire correspondre à ses souvenirs récents de Wicked Mountain. Les recherches avaient malheureusement porté leurs fruits, et ils avaient découvert trois autres sites d'explosion. Chacun d'eux présentait le même caractère de chevauchement et de double impact.

Tout cela parce que Trey avait trébuché. Quelles étaient les probabilités que cela arrive ?

Cette idée l'accompagnait depuis qu'elle avait quitté la Loge en compagnie de Kendall, qui avait proposé de la déposer en ville. La femme de Decker était encore troublée par son épreuve, et Aisha avait été contente de disposer de quelques minutes en tête à tête avec elle.

Même si elle ne pouvait s'attribuer le mérite de l'avoir apaisée, Kendall semblait moins effrayée quand elle était repartie pour le refuge animal. Elle lui avait arraché la promesse de venir leur rendre visite, et Aisha avait été ravie de voir combien le fait de parler de sa vocation restaurait son équilibre.

— Et le tien, d'équilibre ? se murmura Aisha, en notant les traces de l'explosion sur les photos.

Trey avait rassemblé son équipe pour les mettre au courant de leur découverte. Même si elle n'avait pas été présente, Daria lui avait résumé ce qui s'était passé. Trey avait ordonné avec raideur à Tom et Jeff de rester après la réunion.

Aisha ne leur enviait pas le savon qu'ils étaient sans nul doute en train de recevoir. Et elle ne voulait pas penser aux piques qu'Evigan lancerait quand il apprendrait que les adjoints avaient manqué à leurs devoirs. C'était un mauvais point pour le bureau du shérif, et le fait que les fédéraux n'y aient vu eux aussi que du feu ne freinerait pas Evigan.

— Pas de pizza ?

L'expression de Trey était morose et son visage crispé.

— Je croyais que tu ne tarissais pas d'éloges sur Bruno.

— Nous avons mangé beaucoup de pizzas cette semaine. J'ai commandé des salades à la place. Le nouveau restaurant livre à domicile. J'ai pris des pousses de printemps.

— Génial ! De la nourriture pour lapins...

Trey lança un mince dossier sur la table, les nerfs visiblement à vif.

— Juste ce que j'espérais.

Aisha s'était préparée à supporter sa mauvaise humeur après cette journée pénible et farcie de problèmes potentiels. Mais, autant qu'elle sache, elle n'était pas sa gouvernante.

— Tu as dix doigts, non ? Tu peux appeler Bruno si tu veux une pizza.

— Je ne veux pas de pizza.

— Tu n'as pas l'air de vouloir d'aide non plus. Je m'en vais.

— Aish...

Il lui saisit le coude alors qu'elle s'apprêtait à sortir.

— Allez…

Bien que son ton fût suppliant, Aisha se sentait assez énervée pour deux. Les crimes étaient déjà perturbants. Maintenant il fallait y ajouter des explosions clandestines ? Ce que l'on avait qualifié de caprice de la nature avait pris un tour beaucoup plus sinistre. Aisha ne pouvait cacher sa peur de ce que Trey affrontait.

De ce que leur ville affrontait.

Que se passait-il ? Était-il possible qu'il y ait deux tueurs ? Un qui s'en prenait aux femmes et l'autre qui dissimulait ses desseins derrière les crimes du premier ?

— Laisse-moi tranquille, Trey.

— Tu vas rentrer chez toi et ruminer mon imbécillité pendant des heures ?

— Oui.

Il laissa retomber sa main.

— Je ne peux pas te le reprocher.

Les événements des derniers jours pesaient lourdement sur eux. Malgré tout, une petite flamme s'éveilla au fond d'elle. Elle n'était pas vraiment fiancée, mais pour ce qu'en savait le reste de Roaring Springs, c'était bien le cas. Peut-être était-il temps de se comporter comme telle.

— Ne me rembarre pas comme ça.

— Je ne te rembarre pas, rétorqua-t-il.

— Si. Je le vois dans tes yeux. Dans ta mauvaise humeur. Tu n'es pas méchant et tu te mets rarement en colère. Mais quand tu es à fleur de peau comme ça, ça m'indique quelque chose.

— Allons, Aisha, ne m'analyse pas.

— Ne me donne rien à analyser alors.

Trey tira une chaise de sous la table et s'y laissa tomber.

— À quoi t'attends-tu ? Tout repose sur moi. Les fédéraux peuvent bien dire que c'est leur affaire, c'est ma juridiction.

— Alors tu dois garder une longueur d'avance. Ils ont aussi raté ces indices. La montagne est immense. Ce n'est pas ta faute

de n'avoir rien trouvé jusqu'ici. Quelques trous dans la terre. Qui s'attendrait à cela ?

— Ça me chiffonnait, tu sais ? dit-il comme s'il ne l'avait pas entendue. Une avalanche à la fin de l'hiver. D'une ampleur pareille. Je ne connais pas la montagne aussi bien que Rick ou Decker, mais je connais le Colorado. On n'a pas de catastrophes comme ça aussi tard dans l'année.

Il secoua la tête.

— Je le savais, Aisha. Mais j'ai ignoré les signes. Je trouvais plus important de me battre pour mon poste et de rivaliser avec le FBI. Si nous avions trouvé cela il y a six semaines, où en serions-nous aujourd'hui ?

Elle prit un siège près de lui et posa la main sur la sienne.

— Mais tu sais de quoi il s'agit, maintenant. Tu dois te concentrer là-dessus.

— Et si c'est trop tard ? Pour Skye ? Pour une autre femme dont nous ignorons l'existence ?

Une fois de plus, le fardeau de Trey frappa Aisha par sa dimension viscérale, presque physique. Une montagne d'inquiétude qui pesait sur son dos comme sur le proverbial Atlas.

— Tu n'es pas tout seul là-dedans, dit-elle.

Un rire dur échappa à Trey, contrastant avec le calme qui régnait autour d'eux. Aisha savait que des membres du personnel se trouvaient encore dans le bâtiment, mais tous se concentraient sur leurs tâches. Elle avait l'impression qu'ils étaient seuls au monde. Était-ce mal de le désirer ?

— Je suis là. Daria est aussi dévouée qu'on peut l'être. Et, malgré l'incident d'aujourd'hui, tes adjoints sont compétents et loyaux. Tu les as bien formés.

— Et si nous n'y arrivons pas à temps ?

Il secoua la tête, les yeux assombris par la peur.

— Et s'il y en a d'autres ?

Il aurait été facile d'écarter cette possibilité d'un geste, mais Aisha savait que ce n'était pas la réponse. Ignorer la menace ne la faisait pas disparaître et ne dissuadait pas celui qui s'inquiétait.

Trey avait ses moments de doute, mais elle le savait capable de marcher sur le feu pour accomplir son travail.

— S'il y en a d'autres, nous nous en occuperons. Ensemble.

— Que ferais-je sans toi ?

— Tu n'auras pas à le découvrir.

Sans cesser de le regarder dans les yeux, elle s'autorisa une petite taquinerie.

— À moins que tu ne continues à critiquer mes choix de menu.

— Eh bien si tu le prends comme ça...

Il retourna sa main pour enlacer ses doigts.

— Que ferais-je sans toi ? répéta-t-il sur un autre ton.

Ils faisaient depuis si longtemps partie de la vie l'un de l'autre qu'il était facile de supposer qu'il en serait toujours ainsi. Mais si cela changeait ? Si les circonstances se modifiaient au point qu'ils ne pouvaient revenir en arrière ?

— Tu n'auras pas à le découvrir, dit-elle avec conviction, autant pour s'en persuader que pour le rassurer.

Comme dans un rêve, Trey leva l'autre main et repoussa quelques mèches échappées de sa queue-de-cheval. Puis il suivit la courbe de sa joue du bout des doigts, un léger sourire jouant sur les lèvres.

— À moins que je ne refuse la salade.

— Naturellement, dit-elle d'une voix essoufflée. Une femme se doit d'avoir une ligne de conduite.

— Autant que je me souvienne, tu as défini des règles de conduite plutôt strictes.

Aisha savait ce qu'il voulait dire. Même s'ils s'étaient embrassés, elle s'était crue capable de ne pas le refaire. Oh ! comme elle s'illusionnait...

— Tu crois que je n'en suis pas capable.

— Je ne sais pas.

Il pencha la tête et la rapprocha, restant juste hors de portée de ses lèvres.

— Premier dîner. Premier baiser. Je te demande de renoncer à beaucoup de choses.

— Tu m'as entendue protester ?

Il s'immobilisa et chercha ses yeux.

— Non.

Le moment parut s'étirer à l'infini tandis qu'elle attendait qu'il se décide. Le silence de la salle fut rompu par la sonnerie d'un téléphone, mais il aurait pu aussi bien être à un millier de kilomètres.

Puis ses lèvres trouvèrent les siennes, et la sonnerie s'évanouit. Elle n'entendait plus que le léger gémissement qui montait dans la gorge de Trey, le délicieux bruissement de sa barbe naissante sur sa peau.

Le baiser fut aussi doux que le premier, mais différent. Moins impulsif et plus déterminé. Et oh, tellement stupéfiant !

Aisha s'abandonna entre les bras de Trey et rendit caresse pour caresse de sa langue. Sa bouche la dévorait et dévorait ses résistances.

C'était juste. Réel. Et si tentant qu'elle était prête à...

— Trey !

Le claquement de la porte contre le mur et l'exclamation les firent reculer en sursaut. Daria se tenait sur le seuil, dans son uniforme impeccable, sans un cheveu dérangé. Sauf que l'urgence la faisait danser d'un pied sur l'autre.

Trey se redressa.

— Qu'y a-t-il ?

— Le tueur de l'avalanche. Sur la une.

10

Trey prit le téléphone et pressa la touche une. Il avait ordonné à Daria d'enregistrer l'appel, mais elle s'en était déjà occupée.

Et maintenant il était en ligne avec l'homme qui terrorisait Roaring Springs depuis des années.

— Colton à l'appareil.

— Monsieur Colton... Ou dois-je vous appeler shérif ?

Trey garda un ton ferme et égal.

— Shérif, ça ira.

— Oui, profitez du titre pendant que vous l'avez encore.

La voix était déformée par un modificateur électronique, mais l'intention était claire. Trey reconnut la tactique pour ce qu'elle était. Mais il enregistra dûment le fait que le tueur était au courant de la politique locale.

— Mon adjointe dit que vous vouliez me dire quelque chose.

— Vous êtes tellement à côté de la plaque ces derniers temps que j'ai décidé de vous jeter un os.

— Un os ?

Bien que le FBI ait profilé le tueur de l'avalanche comme un individu extrêmement dangereux, l'homme au bout du fil pouvait n'être qu'un fêlé. Il fallait qu'il aille au bout de cet appel, mais la conversation n'était pas celle à laquelle il s'attendait.

— Pourquoi ne pas nous rencontrer ? Vous pourriez m'en parler. Me dire ce que vous voulez.

— Vous me croyez stupide ?

Comme l'homme avait appelé un service de police, Trey opta pour l'absence de réponse.

— Nous parlerions de ce qui vous pousse. Je voudrais vous comprendre.

— Vous voulez seulement être réélu.

Avant que Trey puisse réagir, l'homme poursuivit :

— Devant vos bureaux. Je vous ai laissé un paquet. Amusez-vous.

La ligne fut coupée. Trey poussa un coup de gueule tout en sachant que c'était inutile. Il n'avait pas eu le temps de l'interroger sur Skye ni même d'obtenir un indice, aussi minime soit-il.

— Trey ! cria Daria à l'autre bout du couloir. L'équipe s'en occupe.

Pas sans moi, pensa-t-il en se ruant hors de la pièce.

Aisha était toujours assise, mais le désir qui les habitait quelques instants auparavant s'était évanoui.

Un tueur s'était trouvé à portée de main, et ils l'avaient tous manqué.

Daria avait déjà franchi le seuil du bâtiment, trois autres adjoints sur les talons. Ils se déployèrent en arc de cercle, comme le prévoyait leur formation.

Trey les suivit, arme à la main, prêt au besoin à faire feu. Mais rien ne le nécessitait.

Quelques secondes plus tard, un cri signala la découverte du paquet. Trey était prêt à appeler le SWAT, mais en se rapprochant il vit que ce n'était pas un colis piégé. Il s'agissait d'un sac en plastique, plein de sang et de cheveux. Aucune trace de bombe.

Mais il allait devoir émettre une alerte à toutes les patrouilles concernant une autre femme disparue.

Aisha contempla le contenu du sac. Le sang formait des caillots sur les cheveux déjà placés dans un sachet à indices. Elle avait prié Trey de lui permettre de rester, bien que son statut de civile présente un risque maintenant qu'ils avaient reçu un appel et un élément matériel.

Trey avait écarté ces considérations et lui avait annoncé qu'à partir de cet instant, elle était nommée consultante.

Les hommes de Trey avaient déjà photographié l'échantillon, conscients qu'ils ne pourraient pas retenir le FBI bien longtemps. Un appel de cette nature – et les provocations qui l'accompagnaient – devait être géré par les autorités responsables. Et, que cela plaise ou non à Trey, cette juridiction était maintenant dans les mains des fédéraux.

Ce qui ne faisait qu'ajouter à l'urgence avec laquelle les hommes s'activaient.

Les photos, la copie de l'enregistrement et la transcription de la conversation avaient déjà été préparées. Daria étudiait différents scénarios à l'ordinateur, tandis que Trey ordonnait de recenser les personnes disparues aussi bien au Colorado qu'au Wyoming et en Utah.

Aisha prenait des notes en se demandant pourquoi tout cela la perturbait autant. Ce n'était pas l'affreux paquet, livré comme un vulgaire sac de commissions. Non, c'était la manière dont le tueur avait changé de conduite. S'il n'y avait pas eu l'avalanche, ils n'auraient jamais découvert les corps. Et soudain il recherchait l'attention et raillait les flics ?

— Je donnerais bien un penny pour tes pensées, mais elles m'ont plutôt l'air de valoir un bon dollar en argent.

Trey s'assit près d'elle, le regard fixé sur le paquet.

— Ça n'a aucun sens, murmura Aisha, luttant pour éclaircir ses idées.

Elle savait que quelque chose n'allait pas, mais elle n'arrivait pas à poser le doigt dessus.

— Je vais le mettre de côté.

Trey prit l'échantillon sur la table et le déposa dans une boîte.

— Roberts va venir le prendre, de toute façon.

Aisha attendit que Trey reprenne son siège et parla à voix basse. Plusieurs adjoints entraient et sortaient de la salle, mieux valait ne pas les énerver davantage.

— Tu crois qu'ils vont te dessaisir de l'affaire ?

— Probablement.

Trey passa une main sur ses cheveux courts puis se massa la nuque.

Aisha eut aussitôt envie de la masser elle-même, mais elle s'en abstint. La nouvelle de leurs « fiançailles » avait déjà fait le tour des bureaux, mais ce n'était pas le lieu d'en faire la publicité.

Trey avait parlé au tueur.

Une peur viscérale la fit frissonner, et pour la première fois l'ampleur de ce qu'ils affrontaient la frappa. Oh ! elle avait déjà compris le problème. Les photos des mortes hantaient ses rêves et le feraient encore des années.

Mais, pour aussi réelles qu'elles soient, cet appel téléphonique leur donnait encore plus de poids. Cette voix moqueuse. Ce paquet sanglant. Et le fait que le tueur se soit trouvé à proximité à un moment donné.

Il aurait facilement pu braquer une arme sur Trey, Daria ou n'importe quel membre de l'équipe.

— Trey, je veux que tu me promettes d'être prudent.

Il la regarda.

— Bien sûr que oui.

— Non, tu dois me le promettre.

Aisha perçut le désespoir dans sa voix et pria pour que Trey l'entende aussi. Qu'il comprenne la gravité de la situation.

— Aish...

Trey rapprocha le fauteuil roulant sur lequel elle était assise.

— Je fais attention.

— Je ne veux pas te perdre.

— Tu ne vas pas me perdre.

— Promets-moi...

Avant qu'elle puisse finir sa phrase, il se pencha et déposa un baiser sur ses lèvres. C'était doux et plein de promesses, et elle eut envie de se cramponner à lui. Elle l'aurait fait s'ils n'avaient pas été en public.

Ils restèrent ainsi un long moment. Bien qu'elle ait senti de l'ardeur dans ce baiser, il était plus destiné à la réconforter qu'à susciter son désir. Et c'était une leçon d'humilité de prendre conscience que le simple contact de leurs lèvres suffisait à apaiser le tourbillonnement de son esprit.

Trey redressa la tête.

— Nous allons le trouver. Et l'arrêter.

— Mais il est là, quelque part. Si proche.

Malgré elle, elle reposa les yeux sur la boîte où gisaient les indices matériels.

— Il s'est approché si près.

— C'est pourquoi nous allons l'attraper. Je dois y croire, et toi aussi, acheva-t-il en lui caressant la joue.

Aisha hocha la tête. Quand on la laissait se développer, la frayeur pouvait être paralysante. Elle l'avait constaté chez ses patients. Sans pour autant les déconsidérer, elle savait que c'était la peur qui les privait de discernement et de paix. En tant que professionnelle, elle s'efforçait de trouver le moyen de les aider à la gérer au mieux.

Mais ceci était différent.

Il y avait bien un tueur en liberté, ce n'était pas le produit de son imagination. Un homme qui s'était emparé de la vie de six femmes et maintenant d'une septième. Un maniaque qui avait Trey Colton en ligne de mire. Quels que soient ses efforts pour distinguer le bon côté des choses, elle n'en voyait aucun. Et elle n'avait pas la moindre idée de la manière de garantir la sécurité de l'homme qu'elle aimait.

Trey vit les émotions jouer sur le beau visage d'Aisha. La peur, la résolution, et même une touche de résignation avant qu'elle repose les yeux sur lui.

— Tu l'attraperas.

Elle l'avait dit avec conviction, et la détermination se lisait dans son regard.

— Nous l'attraperons.

Trey aurait voulu rester plus longtemps avec elle, mais le bourdonnement des voix venait de changer d'intensité. Il se retourna et vit l'agent Stefan Roberts au seuil de son bureau.

— Colton, dit ce dernier avec un signe de tête.

— Roberts…

Trey était disposé à donner son dû à l'agent fédéral, mais il n'était pas non plus une chiffe molle. En tant que shérif du comté de Bradford, il méritait le respect.

— Ce type a des nerfs d'acier. Mais Bloom dit que votre équipe et vous avez géré comme des champions, déclara Roberts d'un ton radouci.

Trey contempla Daria qui, toujours droite et fière, avait posé une fesse sur la table. Il lui avait demandé d'assurer la liaison avec les fédéraux dans l'espoir que son impassibilité et son approche consciencieuse les gagneraient à leur cause. Ou du moins aplaniraient les difficultés.

De plus, Daria était incroyablement compétente. Infatigable, elle ne s'arrêtait pas avant d'avoir trouvé une réponse. Et elle était habile plutôt qu'intrusive. Autant qu'il sache, Daria aurait pu résoudre le crime à elle toute seule et faire croire au FBI que c'étaient eux qui l'avaient fait.

— Dès que Daria a compris à qui nous avions affaire, elle a tout mis en route. Grâce à elle, nous avons un enregistrement complet.

Roberts désigna la salle d'un geste.

— Pourquoi ne pas me montrer ce que vous avez après m'avoir présenté ?

Aisha avait passé beaucoup de temps au bureau du shérif, mais elle n'avait jamais rencontré le FBI.

— Agent Stefan Roberts, je vous présente Aisha Allen, consultante.

— Consultante ? releva Roberts en haussant les sourcils.

— Mme Allen est psychologue clinicienne. Son opinion nous est très précieuse.

Trey se demanda s'il devait taire le reste, puis décida que cela paraîtrait bizarre à Roberts s'il l'apprenait par ailleurs.

— Elle est aussi ma fiancée.

Les sourcils grimpèrent de quelques millimètres, mais l'agent n'exprima rien d'autre.

— Quand vous êtes-vous fiancés ?
— Le week-end dernier.
Aisha s'avança, main tendue.
— Un plaisir de vous rencontrer, agent Roberts.
Bien qu'elle n'y ait mis aucune séduction, Trey ne rata pas sa nuance de déférence. Cela ne lui ressemblait pas, mais il vit Roberts se détendre et lui jeter un regard admiratif sans se départir de ses bonnes manières.
Cela irrita Trey au-delà du supportable. Un toussotement de Daria attira leur attention à tous.
— Agent Roberts. Peut-être aimeriez-vous voir les indices matériels ?
Rien ne l'indiquait en apparence, mais Trey ne put s'empêcher de penser que son adjointe était également irritée. Et même furieuse.
Roberts se tourna vers elle en souriant.
— Voyons cela, madame Bloom.
Daria prit des gants dans une boîte et les lui tendit. Ses mouvements étaient efficaces mais raides, et Trey songea à nouveau que quelque chose l'agaçait.
— Je crois qu'elle l'aime bien.
Aisha lui avait murmuré cela à l'oreille, assez bas pour que personne n'entende, mais elle aurait aussi bien le hurler pour l'effet que cela lui fit.
— Quoi ?
Aisha pencha très légèrement la tête.
— Regarde.
Trey écarquilla les yeux, sans pour autant y voir plus clair. De quoi s'agissait-il, de toute façon ? Étaient-ils encore à l'école primaire ? Rivalisaient-ils tous pour l'affection les uns des autres ?
Comme ses propres sentiments pour Aisha étaient à fleur de peau – surtout cet élan de testostérone quand Roberts lui avait serré la main —, cette comparaison avec une cour de récréation lui plaisait moyennement.
— C'est une rupture dans son schéma ordinaire.
Roberts tournait et retournait le sachet dans ses mains.

— Une sorte de surenchère, même si cela n'y ressemble pas tout à fait.

— Le schéma n'est pas seulement différent, il pointe vers un nouveau joueur, ajouta Aisha. Un *copycat*, peut-être ?

Malgré le scepticisme qui s'était peint sur le visage de Roberts, Trey vit que la teneur de la conversation changeait.

— Vous avez travaillé sur les tueurs en série, madame Allen ?

— Pas vraiment. Mon travail est surtout de nature clinique. Mais j'en sais assez pour comprendre les psychoses sous-jacentes auxquelles nous avons affaire.

— Et votre opinion dans cette affaire ?

— Ce changement abrupt est préoccupant. Il est possible que la découverte de ses crimes ait actionné un déclencheur chez lui, mais...

Elle secoua la tête.

— Cette provocation... C'est aussi inquiétant que déconcertant.

— Mes collègues ont besoin de temps pour revoir tout cela, mais je pense que leurs conclusions refléteront les vôtres.

— Merci.

Roberts tapota sur la table.

— Vous avez l'emballage dans lequel ceci a été livré ?

— Pas d'emballage, dit Daria. C'était un sac en plastique. Nous n'avons fait qu'ajouter un sachet à indices.

— Pas de message ?

— Non plus, affirma l'adjointe de Trey. Notre équipe a pris des photos de la scène. Je vais en chercher des copies pour vous.

Aisha croisa le regard de Trey et inclina la tête vers la porte.

— Je vais vous laisser discuter de l'affaire. Je m'en vais.

— Tu m'attends ? demanda Trey d'un ton de commande.

Voyant qu'elle haussait un sourcil, il ajouta hâtivement :

— S'il te plaît.

— Bien sûr.

Roberts attendit que les deux femmes aient quitté la pièce pour reprendre la parole.

— Vous avez attiré son attention. Prenez garde à vous.

— Je le ferai.

— Nous sommes là pour vous, Colton. Nous sommes dans le même camp.

— Vraiment ?

Bien qu'il sût que cela équivalait à un défi, Trey était soudain las de la politique et de la diplomatie. Ils traversaient une crise et avaient un tueur en liberté à Roaring Springs.

— Vous ne me croyez pas ? repartit l'agent.

Son air modeste et sympathique s'était dissipé, et Trey vit à la place un vrai dur à cuire. Une alarme se déclencha dans sa tête, mais il n'en avait cure.

— Je pense que vous voulez tous agrafer ce désaxé. L'occasion est trop belle de démontrer que les investissements dans le Bureau portent leurs fruits.

— Vous ne voulez pas aussi agrafer le tueur ?

— Je veux chasser cette menace de ma ville. Je veux qu'elle quitte les rues et qu'elle s'éloigne de mes concitoyens. Les histoires de schémas et d'états mentaux ne m'intéressent pas.

— Alors pourquoi avez-vous une consultante ? Ou dois-je l'appeler une fiancée consultante ? dit Roberts en souriant.

Trey ignora cette pique, peu désireux de discuter de sa relation avec Aisha avec cet homme.

— Elle connaît Roaring Springs et elle connaît la nature humaine. J'ai besoin de ces deux compétences pour résoudre l'affaire.

— C'est ce que nous voulons aussi, Colton. Quiconque suggère autre chose ne me connaît pas.

Trey n'était pas convaincu que l'attitude du Bureau était identique à celle de l'agent Roberts, mais il devait se fier à ce qu'il avait devant lui. Et pour l'instant c'était un agent sérieux, qui faisait son travail.

— Six femmes, agent Roberts. Et maintenant sept. Et ma cousine n'a toujours pas réapparu, dit-il en soutenant son regard. Je veux en finir. Vous savez que le gouverneur m'a envoyé son larbin, il y a quelques jours ?

— Steve Lucas vous a aussi rendu visite ? devina Roberts. Je me demande par qui il a commencé.

— Il fait la tournée, hein ?

Trey se demanda si Roberts avait bénéficié du même encouragement à se marier, mais quelque chose chez Lucas suggérait qu'il avait assez de jugeote pour ne pas dépasser les limites avec les fédéraux.

— Bien sûr. Le gouverneur est très préoccupé par la découverte des corps. Il veut s'assurer que le Bureau donne la priorité maximum à l'affaire. L'habituelle énergie du désespoir quand les élections sont en vue.

Une fois encore, Trey fut forcé d'admettre la réalité de la situation. Il voulait attraper le tueur. Et tous ceux avec qui il était en contact semblaient y voir un coup politique.

Six femmes assassinées n'avaient rien de politique. Une femme morte quelque part à Roaring Springs ne représentait pas un pion au milieu d'une partie d'échec. Et qu'il soit damné si on jetait sa cousine Skye en pâture aux loups, à seule fin de démontrer avec brio comment on attrapait un dangereux criminel.

Le temps manquait pour toutes ces manœuvres, et Trey ne comprenait pas pourquoi il était le seul à regarder sa montre.

11

Aisha enfila la robe portefeuille et se demanda comment elle allait jouer la soirée. Bien que les Colton soient toujours bouleversés par l'absence de Skye, l'analyse des cheveux avait prouvé sans l'ombre d'un doute qu'ils ne lui appartenaient pas. Cela n'avait pas diminué leur anxiété mais leur avait tout de même redonné espoir.

Soulagée qu'il ne s'agisse pas de sa sœur jumelle, Phoebe avait insisté pour qu'ils célèbrent les fiançailles de Trey et Aisha au Château, lors d'un dîner de famille.

Moyennant quoi, Aisha avait passé une heure à fouiller son armoire, essayant toutes ses tenues. Les ensembles corsages pantalons qu'elle portait pour travailler étaient trop décontractés et ses robes de cocktail trop habillées, même pour l'atmosphère d'élégance du Château. Elle était censée se marier, s'était-elle dit en tournant sur elle-même devant le miroir, pas aller à une cérémonie des Oscars.

Elle avait finalement choisi une robe portefeuille achetée l'année précédente pour un rendez-vous qui avait très mal tourné, et qu'elle avait fourrée au fond de son armoire. Et maintenant elle se tenait là, enveloppée de soie lavande.

Mauvais présage, Allen.

Elle se tourna de profil pour vérifier le tombé de la jupe, tout en revoyant mentalement ce rendez-vous.

Ou choix inspiré par la nécessité de se souvenir qu'il n'y avait pas de fiançailles ?

Toute la soirée, l'homme en question avait oscillé entre une fierté mal placée parce qu'il avait « invité une noire » et une bizarre autoflagellation parce qu'il sortait rarement avec des femmes. Dès la fin des hors-d'œuvre, elle avait renoncé à tout espoir romantique et s'était mise à lui donner des conseils. Il fallait bien se distraire d'une manière ou d'une autre.

Heureusement cette soirée avait peu de chances de se reproduire, mais elle devrait tout de même feindre le bonheur. La famille Colton l'avait toujours bien accueillie, et il lui faudrait sourire et se comporter comme si elle allait en faire partie.

Un coup à la porte interrompit ces réflexions amères. Elle s'empara d'une petite pochette et quitta la chambre, éteignant la lumière au passage. Elle pouvait continuer à se torturer ou faire ce qu'elle s'était promis de faire : sourire et prendre sur elle. Trey méritait une alliée de bonne composition. D'autant plus que la presse avait eu vent du paquet déposé par le tueur. Cela les avait déconcertés, car les détails de cet incident avaient été soigneusement gardés à l'abri des oreilles indiscrètes.

Les journalistes s'étaient mis à camper devant les bureaux du shérif, et Barton Evigan jacassait devant les caméras qui voulaient bien se tourner vers sa vilaine figure.

Après le paquet, un message était arrivé le mercredi en fin d'après-midi. Aisha louchait encore tant elle avait fixé la copie qu'on lui avait remise. Et, bien qu'elle ait mémorisé chaque mot, elle n'y trouvait aucun sens.

Bête comme le renard
Prends garde à tout
Preuve au placard
Victime à tout coup.

Le rythme était infantile et le langage banal, comme si le but était seulement de rimer. Et depuis quand les renards étaient-ils bêtes ? Ils étaient au contraire connus pour leur ruse, non ?

Confortablement installée dans la salle de réunion, elle n'en avait pas moins fini par s'exaspérer de cette charade. Pendant ce temps, Trey et ses adjoints avaient passé le comté de Bradford au peigne fin. À présent, on était vendredi et le moral des troupes était en berne, faute d'avoir trouvé le tueur ou sa victime.

Écartant ces pensées démoralisantes, Aisha ouvrit la porte et trouva Trey sur le seuil, vêtu d'un complet gris et d'une cravate rouge.

Waouh !

Elle retint in extremis son exclamation. Mais qu'il était beau !

— Salut shérif...

— Salut toi !

Il franchit le seuil et déposa un chaste baiser sur sa joue.

— Tu es magnifique.

— Merci.

Le regard admiratif de Trey s'attarda sur elle.

— Ce n'est pas la robe que tu portais pour cet horrible rendez-vous l'année dernière ?

Cette réflexion la tira en un clin d'œil d'un léger brouillard de désir.

— Génial. Tu te souviens de ça ?

— Seulement parce que tu as traité le type d'abruti et que tu râlais d'avoir dépensé autant pour cette robe.

Il sourit et se frotta les mains.

— C'est moi qui en ai de la chance.

— Quoi ? Pourquoi ?

Se rapprochant, Trey posa ses mains sur sa taille.

— Parce que je ne peux te faire passer une soirée pire que celle-là. Elle sera donc forcément meilleure.

— Tu ne lui donnes pas un très bon début.

Le sourire disparut.

— Pourquoi ?

— Parce que tu te souviens de cette conversation. Et de ce rendez-vous raté. L'un de ceux desquels je t'ai parlé, en tout cas.

— Tu as eu d'autres rendez-vous ratés ?

Cela arrêta net Aisha.

— Pas toi ? rétorqua-t-elle.

L'expression de Trey était beaucoup moins joyeuse, mais il avait laissé ses grandes mains sur sa taille. Aisha savait qu'elle ferait mieux d'ignorer la chaleur qui en émanait, de même que son envie croissante de se blottir contre lui.

— Eh bien, si. Mais c'est un sujet dont nous ne parlons jamais. J'ai été surpris quand tu l'as évoqué, mais je me suis dit que c'était parce que tu étais furieuse.

Ce n'était certainement pas la conversation à laquelle elle s'attendait, mais, maintenant que Trey l'avait entamée, elle prenait le train en marche.

— Et pourquoi, à ton avis ? Pourquoi ne parlons-nous pas de nos rencontres ?

— Je ne sais pas. C'est peut-être un truc homme-femme. Ou parce que c'est un domaine de notre vie où nous voulons préserver l'intimité.

Elle réfléchit à cela. Même quand elle sortait avec Kenneth, elle n'avait rien dit à Trey. Pour aussi heureuse qu'elle croyait être, elle avait eu un peu l'impression de le trahir. Elle n'y avait pas beaucoup réfléchi à l'époque, mais, chaque fois que l'occasion s'était présentée de parler de son petit ami à son meilleur ami, elle avait reculé.

Et quand cet imbécile était parti, emportant avec lui son cœur brisé, elle avait été secrètement ravie de ne pas en avoir informé Trey. Expliquer qu'on avait rompu était déjà assez gênant, préciser que son prétendu grand amour était marié aurait été l'humiliation suprême. À ce jour, les deux seules personnes qui étaient au courant étaient sa sœur et sa colocataire à l'université. À tous ceux qui avaient posé la question, elle avait répondu qu'ils avaient simplement décidé de poursuivre leur chemin séparément. Elle au Colorado, et lui avec sa femme et ses deux enfants. Plus un troisième, avait-elle entendu dire plus tard.

— Aish ? Où étais-tu ?

— Je suis là, désolée.

Secouant la tête, elle tenta de repousser ses pensées.

— Tu as sans doute raison. C'est parce que nous ne sommes pas du même sexe. Et ce n'est pas parce que tu es mon meilleur ami que tu n'as pas droit à une vie privée.

— Bien sûr, tu as raison.

Il ôta ses mains et recula un peu.

— La vie privée est une bonne chose.

C'était peut-être une bonne chose, mais, maintenant qu'elle y réfléchissait, cela avait aussi érigé un mur impénétrable entre eux. Aisha connaissait Trey depuis toujours et pourtant elle ignorait s'il avait jamais été amoureux. Et il n'en savait pas davantage sur elle.

Pénétrée de cette idée, elle désigna la porte.

— Tu es prêt à partir ?

— Allons-y.

Il lui tendit le bras.

— Fiancée ?

Aisha noua son bras autour du sien.

— Fiancée. Et amie, ajouta-t-elle pour faire bonne mesure.

La semaine avait été stressante, et ils se rendaient maintenant à une soirée que l'on pouvait espérer légère et amusante. Ce fut sa dernière pensée avant qu'elle éteigne les lumières de son appartement et referme la porte.

Trey prit un siège au bout de la longue table de la salle à manger principale du Château et regarda sa famille rassemblée. On avait donné la place d'honneur à son grand-père Earl, à l'autre bout. Russ et Mara étaient au milieu, d'un côté, et ses parents de l'autre. Tout le monde était venu, y compris la mère, la sœur et le beau-frère d'Aisha.

Il se pencha vers Aisha et lui pressa la main.

— Ça va ?

— Tout va bien.

Elle posa une main sur le dossier de sa chaise et inclina la tête vers lui. Aux yeux de ceux qui les regardaient, ils avaient l'air aussi heureux et amoureux que le reste des cousins Colton. Eux seuls, et leurs parents, connaissaient la vérité.

Leur conversation à l'appartement le turlupinait encore. Pourquoi s'étaient-ils caché les détails de leur vie privée ? Elle avait raison, bien sûr. Une amitié comme la leur ne signifiait pas qu'ils avaient le droit de savoir tout ce qu'ils pensaient ou faisaient.

Mais ils avaient délibérément omis de se parler l'un à l'autre de leur vie amoureuse. Il savait qu'Aisha avait eu une expérience malheureuse à New York, mais elle n'y avait jamais fait allusion et il avait évité de la questionner. En retour, elle savait très peu, voire rien, sur les femmes avec qui il était sorti. Et, même si la pression de son travail ainsi que son indifférence croissante aux autres femmes avaient créé un vide dans sa vie, pendant longtemps il avait considéré ses fréquentations d'un autre œil.

Il en résultait que ces domaines de leurs vies semblaient interdits l'un à l'autre.

Y avait-il une autre raison ?

Il l'avait qualifié de truc « homme-femme », mais peut-être était-ce plus que cela. Peut-être était un truc « Trey-Aisha ».

Cette pensée en tête, il regarda sa cousine Phoebe se lever. Elle posa une main sur l'épaule de son fiancé, et Prescott lui jeta un regard aimant.

— Je suis heureuse que nous soyons tous réunis ce soir. Nous avons vécu des jours difficiles mais nous avons eu aussi notre part de joies. Et ce soir nous en avons une autre à célébrer.

Elle leva son verre et se tourna vers eux.

— À Trey et Aisha. Vos fiançailles sont la plus heureuse des nouvelles. Aisha a toujours fait partie de notre famille, mais maintenant mon cousin va rendre cela officiel et je sais que je parle au nom de nous en disant que je m'en réjouis de tout mon cœur.

— À Trey et Aisha !

Des acclamations s'élevèrent et les verres s'entrechoquèrent quand les membres de la famille portèrent des toasts à leur « mariage » imminent.

Tout au long du dîner, Trey tint la main d'Aisha, et tous deux sourirent sans se lasser à la ronde.

Trey évitait cependant de regarder sa mère. Bien qu'elle ait l'air joyeuse et réponde avec animation aux questions de ses voisins de table, il n'avait pas manqué les regards noirs qu'elle lui lançait. Non plus qu'il avait oublié ses conseils de prudence, concernant le fait que l'un d'eux puisse développer des sentiments pour l'autre.

À ce moment-là, il avait cru que sa mère parlait d'Aisha. Mais maintenant...

Il jeta un coup d'œil à Aisha qui, lumineuse dans sa robe lavande, parlait à Decker et Kendall, et il se demanda s'il n'était pas l'idiot de cette histoire. Quand cette mascarade prendrait fin, retournerait-il vraiment à sa vie comme si de rien n'était ? Maintenant qu'il savait ce que c'était de l'embrasser ? D'aller la chercher et de l'emmener, habillée à ravir, à une soirée ? De travailler avec elle, de la voir mettre en œuvre sa formidable intelligence sur des photos de scène de crime entre deux pizzas ?

C'était lui qui s'était infligé cela, bien sûr. Tous ses cousins et ses cousines avaient rencontré des partenaires cette année, et lui s'était plongé dans le travail, choisissant la voie de la facilité afin d'être réélu. Il survola les visages autour de la table. Les heureux couples souriaient tous à belles dents.

Wyatt et Bailey étaient assis à côté d'Earl. Le grand-père de Trey était visiblement charmé par la douceur de Bailey. De l'autre côté d'Earl se tenaient Blaine et Tilda. Son cousin Blaine avait redécouvert sa petite amie d'université et, dans un incroyable coup de théâtre, avait aussi rencontré leur fils adolescent, Joshua. Adepte des sports extrêmes, Blaine s'était mis en danger durant des années. C'était formidable de voir à quel point il avait changé. Son côté casse-cou n'avait pas disparu, mais il mettait toute son énergie à reconstruire sa famille, et Trey ne pouvait s'empêcher d'envier la manière dont le destin les avait réunis.

Ce qui était terriblement égocentrique et n'avait rien à voir avec le bonheur de son cousin. Pourtant, cette envie le tourmentait comme un vent violent.

Avait-il renoncé à toutes ses chances pour son travail ? Pour un sens du devoir qui le poussait à faire des efforts surhumains et à s'en tenir toujours aux règles ?

Et si l'un de vous tombe vraiment amoureux ?

Repoussant les paroles de sa mère – et l'idée qu'il n'y aurait pas d'heureux dénouement pour lui —, il se força à contempler les membres de sa famille.

Venaient ensuite sa cousine Sloane et son nouveau mari, Liam Kastor. Inspecteur de police à Roaring Springs, Liam s'était montré d'une aide précieuse pour le tueur de l'avalanche, et Trey, Daria et lui échangeaient régulièrement des informations. Liam était de la même école que lui : le tueur de l'avalanche ciblait *leur* ville et ils avaient un intérêt personnel dans la capture de ce salopard.

Il avait passé quelques minutes avec Liam avant le dîner pour le mettre au courant de la note qu'ils avaient reçue. Aisha leur avait fait part de ses impressions quant à l'écriture maladroite et l'absence de sens. Les yeux verts de Liam s'étaient éclairés et il avait voulu en savoir plus, mais Bree les avait grondés de parler boutique et leur avait enjoint de s'asseoir pour le dîner.

— Tu t'amuses ?

Aisha se penchait vers lui et Trey s'imagina à nouveau qu'on les voyait comme un heureux couple, se parlant d'un ton intime.

— Oui. Pourquoi ?

Elle lui jeta un regard franc et lui murmura à l'oreille :

— Tu souris, mais je vois de la tristesse dans tes yeux.

— Je suis heureux pour ma famille. Cela a été une année difficile pour les Colton, mais ils s'en sont sortis.

Il pencha légèrement la tête, désignant l'ensemble de la tablée.

— Chacun d'eux a affronté les pires épreuves de sa vie et en est revenu plus fort.

— Tu ne crois pas que tu peux faire la même chose ?

— Je ne sais plus.

Avant de réfléchir, il se pencha et captura ses lèvres. Il ne savait plus du tout. En fait, il était choqué de se rendre compte à quel point il ne maîtrisait plus rien. Son travail. Le tueur qui hantait Roaring Springs. Même les élections à venir. Tout cela était hors de contrôle, parcourant sa vie avec la force d'un volcan en éruption.

Pourtant, Aisha se tenait au centre de tout cela, avec un calme qui ne cessait de l'étonner. Elle était là, présente, impliquée, engagée de toutes les manières.

Non seulement il ne voulait pas y renoncer, mais il ne pouvait s'empêcher d'y goûter.

Leurs lèvres se joignirent, brûlantes et affamées. Bien qu'il reste conscient de leur entourage, il ne pouvait tout à fait réprimer la vague de désir qui le fouettait.

Les lèvres d'Aisha étaient à la fois fermes et pulpeuses, assez douces pour accueillir, assez fortes pour véhiculer la passion qui montait. Sa langue vint à sa rencontre, ni hésitante ni timide. Bien qu'ils ne se soient embrassés qu'une ou deux fois, elle savait ce qu'elle voulait et ne cachait pas son envie. Elle le traitait en égal.

Il se délecta de cet échange, conscient que cette sensation enivrante s'intensifiait, mais qu'il devait garder la maîtrise de ses émotions. Il ne pouvait avoir ce que son corps désirait avec tant d'évidence. Elle le lui avait fait clairement comprendre quand ils avaient conclu cet arrangement. Ce baiser – toute cette soirée, d'ailleurs – n'était destiné qu'à la galerie.

Mais qu'avait donc cette femme ? Et pourquoi, au bout de tant d'années d'amitié, la teneur de leur relation avait-elle changé ?

Sa suggestion lui avait paru simple. Feindre d'être fiancés pendant quelques mois. Ils avaient déjà passé un temps considérable ensemble. Tout ce qu'il fallait, c'était afficher une image publique et, le reste du temps, laisser les choses telles qu'elles étaient : réglées une bonne fois pour toutes, confortables, normales.

Sauf que plus rien n'était normal. Il désirait sa meilleure amie avec une intensité proche de la folie. Et, pour autant que le trouble Aisha, il n'arrivait pas à trouver cela anormal.

Parce qu'il avait une sensation de justesse incroyablement satisfaisante.

— Eh bien, eh bien...

Un simulacre d'applaudissement interrompit les bavardages, prenant de la force à mesure que les rires s'éteignaient.

— Vous n'êtes pas le bienvenu ici, Evigan !

Trey crut reconnaître la voix grondante de Rylan.

Sans se démonter, Barton Evigan s'approcha de la table.

— Je m'arrête juste pour féliciter l'heureux couple.

En voyant cet individu massif se dresser au-dessus d'Aisha, Trey se leva sans réfléchir et s'interposa entre lui et elle. À l'arrière-plan, la femme de Barton se tordait les mains à côté d'un homme qui ressemblait comme deux gouttes d'eau à son mari.

— Vous avez dit ce que vous aviez à dire. Maintenant, partez.

— Oh allez, shérif !

Les yeux bleus et injectés de sang d'Evigan brillaient.

— Est-ce une façon de parler à l'un de vos concitoyens ?

— C'est comme ça que vous vous décrivez maintenant ?

— Je suis un contribuable résident du comté de Bradford. Que pourrais-je être d'autre ?

— Un enquiquineur public, jeta Aisha, en se levant pour rejoindre Trey.

L'intention première de Trey avait été de protéger Aisha, mais il n'aurait pas d'autre occasion comme celle-ci. D'autant plus que tout le monde s'était tu dans la salle à manger.

Les sourcils haussés, Evigan déshabilla Aisha du regard, une lueur mauvaise dans ses yeux rouges.

— Je vous suggère d'avoir un peu plus de respect pour la femme qui va être mon épouse, lança Trey.

— Les vrais hommes n'ont pas besoin de bousculer les gens, renchérit Aisha.

Son regard se posa intentionnellement sur la femme d'Evigan, debout à quelques mètres, les yeux baissés.

— Ils sont fiers de marcher aux côtés de leur épouse, ajouta-t-elle.

— Un peu soupe au lait la demoiselle, non ? Une moricaude qui se pousse du col avec son diplôme.

Evigan avait craché les derniers mots d'une voix glaciale. Tout le monde les observait, mais, même en tendant l'oreille, ils n'avaient pu saisir les paroles prononcées ni leur mépris.

Trey savait depuis le début que Barton Evigan serait la pire option pour le comté de Bradford. C'était décourageant de constater qu'il ne s'était pas trompé.

— Allez, Bart.

L'homme qui était visiblement son frère s'approcha et assena une claque sur le dos de Barton.

— Les gens commencent à nous remarquer. Tu sais qu'on attrape plus de miel avec des mouches.

Un sourire malveillant se répandit sur les traits de Barton.

— Tu as raison, Trace. Laissons cette famille à ses réjouissances.

Les deux hommes se retirèrent, silhouettes presque jumelles en taille et en poids. Trey ne bougea pas et ne se rassit pas tant qu'ils n'eurent pas quitté la salle. Il avait appris très tôt à ne jamais tourner le dos à un fauve, et ces deux abrutis appartenaient bien à cette catégorie.

Il voulut tout de même rassurer Aisha. L'œil fixé sur le dos des frères Evigan, il chercha sa main.

— Tu vas bien ?

Elle noua les doigts aux siens et les pressa gentiment.

— Tout va bien.

— Il n'est digne pas de notre attention.

— Peut-être pas, mais il est digne d'être combattu.

Quand les deux hommes eurent disparu, Trey se tourna vers elle.

— Je suis désolé. De ce qu'il t'a dit.

— Je ne peux pas supporter les brutes racistes. J'en ai déjà rencontré quelques-unes.

Trey serra les dents.

— Tu n'aurais pas dû. Pas ici. Et certainement pas un homme qui cherche à se faire élire.

— C'est pour ça que tu vas le battre. Je suis avec toi, Trey. Et je vais t'aider à le faire.

Il l'attira contre lui, sans se soucier de ce que supposerait sa famille.

Quoi qu'il se soit passé ce soir, son adversaire avait dévoilé ses cartes. Sa véritable nature avait déjà pointé le nez, mais ce soir il avait étalé au grand jour son ambition et sa férocité. Il était venu les provoquer à leur table avec une arrogance sans limites.

Mais il y avait eu un retour de flammes.

Le doute qui taraudait Trey quant à leur ruse s'évanouit. Evigan devait être battu, et Trey était l'homme qu'il fallait pour ça. Il n'avait jamais eu peur des brutes à l'école, il n'allait pas commencer à présent.

Sauf qu'il y avait une différence maintenant.

Aisha aussi était en ligne de mire.

12

Daria survola les résultats sous la barre de recherche, déçue de leur manque de pertinence. Pas un seul Bloom.

Réprimant une douloureuse déception, elle ferma le navigateur. À l'affût de nouveaux outils, elle avait entendu parler de la mise à jour de cette base de données et avait espéré y trouver sa mère biologique.

Mais rien.

Encore un échec. Un samedi soir, en plus.

Elle était accro au travail, et le samedi soir n'avait donc rien de particulier – surtout en ce moment —, mais tout de même... Elle avait espéré que sa pause lui apporterait quelque chose. Même sans preuve, un petit bout d'information aurait déjà été une victoire.

Elle saisit la plaque sur son bureau, sur laquelle était gravé son nom.

Daria *Bloom* au lieu de Daria *Colton.*

Bloom était son nom d'origine, qu'elle avait repris quand elle avait décidé de rechercher sa mère biologique. Cela la reliait à elle – du moins le croyait-elle. Quelle déception de s'apercevoir que cela ne l'avait pas rapprochée d'un iota de la réponse à la question qui la hantait.

Pourquoi sa mère l'avait-elle abandonné ?

L'amour constant de ses parents adoptifs n'avait pu combler son besoin de savoir d'où elle venait. Joe Colton avait été un père modèle et il lui avait donné tout ce dont elle avait besoin

– il était toujours prêt à le faire —, mais il n'avait pu lui offrir ce qu'elle désirait par-dessus tout : des réponses.

Elle était donc venue dans le Colorado. Parmi les quelques indices qu'elle possédait, elle savait que sa vie avait commencé dans l'ouest du pays. En apprenant qu'elle pouvait se rapprocher des Colton de Roaring Springs, elle avait sauté sur l'occasion. Bien que leur branche soit assez éloignée de l'ex-président Joe Colton, elle aimait l'idée d'être proche d'eux.

Leur dire qui elle était, toutefois, était une autre paire de manches. Quand elle se déclarerait comme une Colton, il faudrait qu'elle sache déjà qui était Daria Bloom.

Malheureusement, elle était à Roaring Springs depuis bientôt un an et n'avait toujours rien découvert.

Et tous ceux qu'elle connaissait, y compris son lointain cousin Trey, ignoraient qui elle était vraiment.

Que diraient-ils en le découvrant ? Une année de supercherie ne parlerait pas en sa faveur. Sa conscience lui soufflait de tout avouer. Ils étaient sa famille. D'une manière ou d'une autre, ils comprendraient. Pourtant, elle continuait à se taire. Elle aimait travailler pour Trey et le tenait pour un homme juste et honorable. Dans ses moments de calme, elle se persuadait de lui confesser son secret.

Puis une occasion se présentait, et elle reculait.

Ce qui était stupide, car il aurait sans doute pu l'aider. Pour l'instant le tueur de l'avalanche les occupait vingt-quatre sur vingt-quatre, mais elle avait eu le temps d'apprécier la manière de travailler de Trey. Il était méthodique et prudent, scrupuleux à l'extrême et pourtant capable d'agir à l'instinct quand il le fallait. C'était un don rare d'équilibrer ces deux aspects, et elle lui vouait un grand respect et un dévouement éternel.

Alors dis-lui.

Agacée par cette petite voix, elle alla se servir un café et retourna à la salle de réunion pour revoir les tableaux des meurtres. Cela modérerait sa déception en lui donnant quelque chose sur lequel se concentrer.

Dix minutes plus tard, un café crème à portée de main, elle

contemplait les indices de la dernière victime. Les cheveux et le sang ne signifiaient pas forcément qu'elle était morte, mais depuis l'appel du tueur et la découverte du paquet, ils avaient fait l'hypothèse qu'il y avait un corps quelque part. Le message ultérieur, avec l'emploi du mot victime avait renforcé cette hypothèse.

— Mais si...

Elle avait murmuré les mots à voix haute et faillit renverser son café en entendant quelqu'un y répondre.

— Mais si elle était vivante ?

Pivotant sur elle-même, elle découvrit l'agent Stefan Roberts sur le seuil de la pièce.

— Que faites-vous ici ?

— Je pourrais vous poser la même question.

— Je travaille ici, rétorqua-t-elle.

— C'est pourquoi je suis venu vous voir.

— Moi ?

Il désigna l'une des chaises à roulettes.

— Je peux ?

— Bien sûr.

Il braqua ses yeux noirs sur les tableaux, et elle en profita pour l'examiner. Il avait la plus jolie peau qu'elle ait jamais vue, et ce n'était pas quelque chose qu'elle remarquait habituellement chez un homme. La sienne était marron foncé, lisse, sans défaut. Chaque fois qu'elle le voyait, elle éprouvait l'envie insensée de passer un doigt sur sa joue, convaincue qu'elle ne sentirait rien d'autre que le léger grattement de sa barbe naissante.

Il était délicieux.

Elle ne cessait d'y revenir, et l'image de son doigt était bien vite remplacée par ses lèvres.

C'était pourquoi elle évitait autant que possible de penser à l'apparence de Stefan Roberts, à son goût ou même au son de sa voix. Une voix grave et profonde, qu'elle avait entendue plus d'une fois en rêve depuis qu'ils s'étaient rencontrés.

— En quoi puis-je vous aider, agent Roberts ?

— Le message. Celui qui est arrivé mercredi. Nous l'avons étudié en long et en large, et nous pensons qu'il y a peut-être un indice derrière le mot placard.

— Nous sommes d'accord.

— Nous ?

Il se pencha en avant, soutenant son regard un instant.

— Pas « je » ?

— Nous travaillons en équipe, ici.

— Je l'ai remarqué.

Daria ne manqua pas de percevoir la sécheresse de son ton.

— Cela vous pose un problème ?

— Non.

— Parce que ça en a l'air.

— Vous avez mal entendu.

— Mes oreilles fonctionnent très bien, riposta-t-elle.

— Alors écoutez bien. Je n'ai pas de problème.

Daria n'était pas prête à changer d'avis, mais il n'y avait rien à gagner à s'obstiner.

— Bon. Le message ?

— « Bête comme le renard. Prends garde à tout. Preuve au placard. Victime à tout coup. »

Il avait récité les mots qu'elle connaissait déjà par cœur. C'était aussi déconcertant à voix haute que sur le papier.

— Ça n'a aucun sens en dehors de la rime, dit-elle quand il eut fini.

— Vous pensez que c'est important ? demanda-t-il, avec un regard brillant de curiosité.

— Pas vous ?

— Ce sont des absurdités sans aucune logique.

Daria ne put retenir un sourire, qu'elle dissimula derrière son mug.

— C'est votre opinion ?

— La mienne et celle de nos profileurs, dit-il en souriant également.

C'était un sourire lent et subtil, mais, une fois qu'il se fut étalé sur ses traits, il les illumina positivement. Cet homme était non seulement beau, il était incroyablement sexy. Consciente de l'intensité de son attirance, Daria cessa de sourire et se concentra sur le sujet.

— Qu'est-ce qu'ils en pensent ? J'ai mon avis, mais le profilage n'est pas mon domaine.

— Les corps découverts par l'avalanche évoquent les schémas classiques d'un tueur en série. Un comportement méthodique, une gestion méticuleuse des corps. Même avec les dégâts de l'avalanche, les vestiges montrent qu'ils ont été enterrés avec soin. Dans la même position, d'après ce que nous avons pu voir. Cela indique un haut degré de conscience et de préparation.

— Le message ne dit pas la même chose ?

— Ce galimatias rimé ?

Comme elle se contentait de hocher la tête, il poursuivit :

— C'est idiot et hâtif.

— Une rupture du schéma, peut-être ?

— Ou quelque chose de tout différent.

Aisha n'avait soulevé l'hypothèse d'un *copycat* que devant Daria et Trey, donc il était intéressant qu'elle soit soutenue par l'agent Roberts et ses profileurs.

— Un *copycat* ?

— Oui.

— Alors où est le véritable tueur ?

— Quelque part, en liberté. C'est pourquoi je suis ici.

Et pas pour moi.

Daria le savait bien, mais elle ne put réprimer une nouvelle bouffée de déception. Elle reprit de sa voix la plus professionnelle :

— De quoi avez-vous besoin ?

— Trey a mentionné l'autre jour que le gouverneur s'intéresse à l'affaire.

— Naturellement. Et je parie que quelle que soit la pression qu'on met à Trey, le Bureau en a le double.

— Vous gagneriez votre pari.

Elle haussa un sourcil.

— Et en quoi cela a-t-il des conséquences pour moi ?

— Vous êtes intelligente et compétente. Je sais que nous

nous sommes mis d'accord pour travailler ensemble, mais jusqu'ici nous l'avons fait à contrecœur. Je suis prêt à vous montrer mes cartes. En totalité.

— Pourquoi ?

— Parce que je veux appréhender le véritable tueur, répondit-il. Arrêter un simulateur rendra peut-être le sommeil aux politiciens, mais cela ne me sera d'aucune utilité.

Daria réfléchit à ce qu'il disait. Ainsi qu'à ce qu'il ne disait pas. La pression qu'ils subissaient était énorme. Si le gouverneur entendait parler d'un *copycat*, il lui serait bien trop facile, pour des raisons politiques, de les obliger à clore l'affaire. Et ils seraient dans de beaux draps, les citoyens du comté de Bradford plus que tout.

Le tueur de l'avalanche opérait depuis plus d'une décennie à l'insu de tous. Si l'on faisait porter le chapeau à un quelconque désaxé, il le saurait en un clin d'œil. Il ne manquait certainement pas d'intelligence. Ayant échappé à la capture si longtemps, il lui serait facile de fermer boutique et de reprendre ses machinations ailleurs. Aux yeux du public, il serait en train de pourrir en prison.

— Il faut que j'en parle à mon patron.

— Bien sûr. Je veux le plein accord de Colton.

Stefan regarda autour de lui.

— D'ailleurs où est-il ?

— À une fête pour ses fiançailles. Sa cousine a organisé un dîner pour Aisha et lui.

Un dîner auquel elle n'avait pas été invitée. *Et à qui la faute, Daria Colton Bloom ?*

Quel que soit son nom, Daria était honnête avec elle-même. Elle l'avait toujours été, mais elle avait redoublé de scrupules après avoir décidé de retrouver sa mère. Si elle ne maîtrisait pas fermement ses émotions et ses motivations, elle n'obtiendrait jamais les réponses qu'elle cherchait.

Une nouvelle idée germa alors dans son esprit. Si Roberts et elle se rapprochaient professionnellement, il pourrait sans doute l'aider. En tant qu'employée du comté, elle avait accès à de vastes ressources, mais ce n'était rien en comparaison de ce dont disposaient les fédéraux. Pouvait-elle lui faire confiance ? Oserait-elle lui poser la question ?

Elle avait presque décidé de prendre le taureau par les cornes, quand Stefan sourit à nouveau, la détournant de ses pensées.

— Tant mieux pour eux. C'est important de profiter des bons moments.

Son sourire s'évanouit, remplacé par la tristesse.

— Ils sont trop rares pour les négliger.

— Vous n'avez pas de bons moments dans votre vie ?

— Non.

Il croisa son regard franchement et répondit :

— Pas un seul.

Aisha fulminait en repensant à la malveillance d'Evigan. Elle avait d'abord cru que c'était un trublion ordinaire, mais les événements au centre communautaire, puis la scène au Château l'avaient forcée à réviser son opinion.

Oui, il s'était approché de leur table pour chercher le conflit, mais les échanges avaient été teintés d'une menace à laquelle elle ne s'attendait pas.

Que croyait donc être ce salopard ? Trey ne l'avait pas quittée d'une semelle après cela. Sa mère et sa sœur s'étaient aussi rapprochées, ainsi que Calvin et Audrey. Elle était au milieu des gens qu'elle aimait le plus au monde, et pourtant rien n'avait réussi à la calmer.

C'était ce type pour lequel les bonnes gens du comté de Bradford allaient voter en novembre ?

Son frère n'était pas mieux et peut-être même pire. Elle n'avait manqué de remarquer comme cette brute jouait les chiens de garde, prêt à attaquer quiconque oserait s'interposer.

— Je connais cet air.

Audrey Colton était assise à côté d'elle, parlant d'une voix douce.

— Mon mari me dit que c'est l'air que je prends chaque fois que je vais manifester.

Audrey était engagée dans des activités militantes depuis l'enfance d'Aisha. Elle avait lutté aussi bien pour la protection des espaces naturels, que pour les droits des Amérindiens ou les droits des femmes et des minorités. C'était dans sa nature de faire entendre sa voix, et Aisha prit comme un compliment qu'elle voie la même chose chez elle.

— Je vous remercie, mais je ne peux pas le croire.

— Tu étais déjà une guerrière. Tu te bats quand il le faut, et c'est tout ce qui compte.

— Vous vous battez pour tout.

Audrey haussa ses épaules minces, toujours élégante à soixante ans.

— Je me suis fait mes opinions et je les ai défendues en mon temps. Tu feras de même.

— C'est un monstre.

Aisha réprima sa colère, espérant retrouver un semblant d'équilibre.

— Trey devrait avoir un vrai adversaire. Ce n'est pas bon qu'une élection soit du tout cuit et qu'il n'y ait pas de vraie opposition. Mais Evigan ne ressemble à rien de cela.

— Non, en effet.

Un rire méprisant souligna ces mots, que venait de prononcer Earl, le grand-père de Trey. Il se plaça entre Audrey et elle. Bien qu'il se serve d'une canne et se déplace lentement, il conservait un cran typiquement Colton. Aisha savait qu'Earl déclinait depuis quelques années mais, ce soir, il avait en quelque sorte rajeuni.

— Monsieur Colton.

Aisha se pencha pour l'embrasser sur la joue.

— Je suis heureuse que vous ayez pu venir.

Audrey l'imita.

— Beau-papa...

— Mes filles...

Earl sourit et lança un regard à ses fils et ses petits-fils en grande conversation.

— J'adore mes garçons, mais je suis fichtrement heureux qu'il y ait plus de filles que de garçons dans cette famille. Et il y en a de plus en plus chaque mois !

— Il y a beaucoup de mariages en cours, approuva Aisha, essayant de ne pas se sentir coupable de son mensonge.

Si Audrey éprouvait la même chose, elle ne le montra pas. Au lieu de cela, elle adressa un sourire éblouissant à Earl.

— N'est-ce pas merveilleux, beau-papa ? Tout le monde est casé et heureux.

— Bien sûr.

Le vieil homme s'assena une claque sur la cuisse.

— Nous aurons de quoi nous réjouir à l'automne. Trey va battre ce crétin d'Evigan, et Aisha entrera dans la famille.

Aisha jeta un regard à Audrey par-dessus la tête d'Earl, mais ne vit rien d'autre qu'un sourire espiègle. Pas de secours de ce côté-ci, songea-t-elle.

— Merci, monsieur Colton.

— Il était grand temps, de toute façon. Enfants, vous couriez déjà partout ensemble. On aurait dit deux petits diables jumeaux. C'est ce que j'ai toujours dit à mon Alice, qu'elle repose en paix.

Earl inclina la tête en prononçant ces derniers mots, et Aisha le revit tel qu'il était avant que l'âge ne le courbe. C'était un homme fort et fier, et sa femme aimait autant que lui leur famille et leur domaine. Elle était décédée depuis plusieurs années, mais il était facile de voir qu'il était toujours aussi attaché à elle.

N'était-ce pas un attachement semblable qui existait entre Trey et elle ? Le romantisme en était absent, mais ils avaient toujours été de bons compagnons l'un pour l'autre. Était-ce à cause de l'absence d'amour véritable que cette histoire lui faisait si mal ?

— Maman Alice adorait regarder les enfants s'amuser, ajouta Audrey. Elle m'a dit il y a très longtemps que Trey et Aisha finiraient ensemble.

Aisha faillit tomber à la renverse. *Finiraient ensemble ?* Pendant des années, elle avait entendu sa mère répéter cette sottise, mais Audrey connaissait la vérité. Elle savait qu'il n'y avait rien entre Trey et elle. *Sauf ces baisers...*

Il était facile de rembarrer sa mère avec des « Oh ! maman, sois sérieuse ! » Mais, avec la famille de Trey – et cette prétendue bague de fiançailles à son doigt —, il était plus difficile de s'en sortir.

— C'est adorable. C'est la preuve que les heureux dénouements plaisent à tout le monde, dit-elle enfin.

— Surtout quand deux bonnes personnes se sont trouvées.

Earl se tourna vers elle et déposa un baiser sur sa joue.

— C'est le meilleur dénouement possible.

Earl se dirigea vers le cercle d'hommes au bout de la table. Aisha le regarda s'éloigner, méditant ses paroles.

Oh ! comme elle aurait voulu mériter cet heureux dénouement !

Trey raccompagna Aisha à sa porte. La contrariété que lui avait causée l'apparition d'Evigan le disputait encore au plaisir d'avoir passé la soirée en famille. Ces derniers mois, il avait vu les épreuves rapprocher les différentes branches de la famille, et il se félicitait de cet état de choses.

Chacun de ses cousins et cousines lui avait témoigné son soutien après l'incident, résolu à l'aider de toutes les manières possibles. Même son grand-père s'était montré en grande forme. L'âge avait beau poursuivre son inexorable travail de destruction sur lui, durant ces quelques heures, ils avaient vu réapparaître le jeune homme qu'il était autrefois.

— Ça va ?

Aisha retira sa clé de la serrure et se tourna vers lui.

— Tout va bien. Je me rappelle tout ce dont je dois être reconnaissant.

Il vit une question dans ses yeux et enchaîna :

— Ma famille. J'étais tellement obnubilé par Evigan que

j'ai failli oublier quelle soirée agréable c'était. Et combien j'ai apprécié leur compagnie.

Elle sourit avec un naturel et une chaleur qui éclairèrent son visage.

— Tout à fait.

— Tout le monde t'aime.

— Et je les aime aussi. Ils sont bruyants et excentriques, mais ils ont vraiment de l'affection les uns pour les autres, c'est un plaisir d'en être témoin.

Ils avaient aussi beaucoup d'affection pour Aisha. Cela avait été le thème récurrent de la soirée. Toutes les félicitations qu'il avait reçues avaient été promptement suivies d'exclamations telles que « Il était temps ! », « Pourquoi as-tu attendu aussi longtemps ? » et « Je le savais depuis toujours ».

Son grand-père avait été jusqu'à dire que Trey était idiot d'avoir fait attendre Aisha aussi longtemps. Comment avait-il pu rester aveugle à ce que tout un chacun voyait depuis toujours ? Était-ce le secrétaire du gouverneur qui ait mis tout cela en branle ? Qui l'avait poussé dans la bonne direction ?

Il n'était pas certain d'avoir envie de penser cela. Pas plus qu'il n'était sûr qu'Aisha éprouve la même chose.

Il savait qu'ils étaient attirés l'un par l'autre. Le désir qui les submergeait chaque fois qu'ils s'embrassaient le prouvait sans l'ombre d'un doute. Mais l'attirance physique n'était pas l'amour. Et, quoi qu'il en soit par ailleurs, tous deux partageaient d'extraordinaires liens d'affection, de respect et d'amitié. Oserait-il mettre tout cela en danger ?

Pourtant, en contemplant ce beau visage qu'il connaissait aussi bien que le sien, Trey se demanda comment il pourrait lui résister.

— Ma famille pense que c'est une bonne idée, toi et moi.

Le sourire qui s'attardait sur les lèvres d'Aisha se dissipa.

— Ils m'ont dit la même chose.

— Tu penses que c'est une bonne idée ?

— Ces fiançailles ?

Elle poussa un petit soupir en laissant tomber sa pochette sur une chaise.

— Nous y sommes allés les yeux ouverts, Trey. Il s'agit d'un moyen en vue d'une fin, et étant donné l'intrusion de Barton ce soir, je dirais que nous avons pris la bonne décision.

Logique et pragmatique. Il y avait là toutes les raisons pour lesquelles ils s'étaient engagés dans ce stratagème.

Mais désormais il voulait plus. Beaucoup plus, et il le voulait avec elle.

— Ma famille semble le penser.

— C'est dans l'air du temps. Ils voient l'amour partout. De Wyatt et Bailey à Liam et Sloane, et le reste de tes cousins qui se sont mis en couple cette année. Même ta sœur Bree et son fiancé ont des étoiles dans les yeux.

— Et s'ils avaient raison ?

— À quel sujet ?

Trey s'immobilisa une fraction de seconde avant de réduire l'écart entre eux.

— Nous, Aisha. Toi et moi.

Il posa les mains sur sa taille, sans aller plus loin. Il était dévoré d'envie de l'embrasser, mais il se retint. Il fallait que ce soit elle qui fasse le reste du chemin. Il avait besoin de savoir si elle ressentait la même chose.

— Oh ! Trey...

Ses yeux noirs parurent s'illuminer dans le doux éclairage de la pièce.

— Si tu savais depuis combien de temps j'attends cela...

— Vraiment ?

— Oui. Mais cela changerait tout. Ça nous changerait, dit-elle en posant ses mains sur les siennes.

— Peut-être que je veux tout changer.

— Du moment que tu comprends qu'on ne pourra pas revenir en arrière.

Au fond de lui, Trey savait ce qu'elle voulait dire. Tout retour en arrière était impossible. Il s'en était douté dès qu'il avait émis l'idée, mais maintenant c'était encore plus évident. Il poursuivit donc :

— C'est ce que je veux, Aisha. Toi et moi. Je veux que ça change.

Elle hocha la tête, les yeux humides, et pressa un doux baiser sur ses lèvres. Mais ce furent les mots qu'elle murmura qui lui donnèrent la confirmation qu'il attendait.

— C'est ce que je veux aussi, Trey. Toi et moi.

13

Aisha se demandait si c'était un rêve.

Cela en avait l'apparence, pensa-t-elle en se délectant des caresses langoureuses de Trey. Sans qu'elle sache comment, ils avaient abouti dans sa chambre, à peine éclairée par la lampe du salon.

C'était Trey. *Son* Trey.

Quoi qu'il se passe par la suite, cette nuit leur appartiendrait. Elle n'était pas sans appréhension, car l'amour les changerait irrévocablement, même si leur amitié était aussi solide que le roc.

Elle aurait dû se protéger, elle le savait. N'avait-elle donc rien appris ? N'avait-elle pas déjà été anéantie par le chagrin ? Elle avait aimé Kenneth, même si leur relation n'avait jamais été aussi essentielle que son amitié avec Trey. Et pourtant elle allait de l'avant.

Elle acceptait les lèvres de Trey sur les siennes, elle acceptait que leurs bouches fusionnent dans un désir teinté de d'urgence. Et, en sentant les doigts de Trey se poser sur la fermeture Éclair de sa robe, elle attendait la suite avec une délicieuse anticipation.

La fermeture glissa doucement sur sa peau, et Trey fit courir ses doigts sur son dos à mesure que le tissu s'écartait. Ses lèvres continuaient à jouer avec les siennes, la suspendant au-dessus d'un abîme de désir.

Et derrière tout cela, il y avait l'amour. C'était une émotion encombrante, qui s'accompagnait de risques terribles. Mais elle aimait Trey.

Sans avoir couché avec beaucoup d'hommes dans sa vie, elle n'était pas inexpérimentée. Sauf qu'avant, le sexe était la première étape. C'était une voie vers l'amour, pas sa consécration. Mais avec Trey ?

L'amour était là, depuis le jour où il lui avait offert son amitié sur les marches d'un toboggan. Le meilleur garçon de l'école, devenu le meilleur homme du comté.

Une fois encore, des larmes lui piquetèrent les yeux. Trey Colton était un homme bien. Et la raison pour laquelle ils étaient dans cette situation, c'était que d'autres étaient décidés à traîner son nom dans la boue.

— Aish ? Ça va ? dit-il d'une voix rauque.

— Oui, ça va.

Sans reculer, il posa les mains sur ses épaules.

— Tu veux faire ça ?

— Oui.

Ses sourcils se haussèrent au-dessus de ses iris mordorés.

— Alors pourquoi pleures-tu ?

— Pour toi.

— Pourquoi ?

— Tu es un homme bien, Trey. Un des meilleurs que je connaisse. Et si nous en sommes là, c'est qu'Evigan veut obliger les gens à penser autrement.

— Tu crois que c'est pour ça ?

Bien qu'elle n'y ait pas beaucoup réfléchi, maintenant que cette idée avait pris racine, elle ne pouvait s'en débarrasser.

S'il n'y avait pas eu Barton Evigan, Trey et elle n'auraient jamais envisagé de feindre des fiançailles. Et, s'il n'y avait pas eu de fausses fiançailles, il n'y aurait pas eu d'intimité forcée. Pas d'intimité forcée, pas d'obstacles à renverser pour faire l'amour. C'était aussi simple que cela.

Même si c'était compliqué au possible.

— Tu ne le penses pas ?

— Ce n'est pas pour ça que je suis ici.

Il fit courir le bout de son index sur sa joue et la ligne de sa mâchoire.

— Toi si ?

Non, mais comment lui dire qu'elle attendait cela depuis des années ? Que malgré ses appréhensions et sa peur de tout gâcher, elle le voulait tout autant qu'il la voulait ?

— Je suppose que non.

— Tu supposes ?

La main de Trey retomba.

— Je t'ai connue presque toute ma vie, Aish. Tu ne supposes jamais rien. Tu *sais*.

Et voilà. Il la connaissait.

— Oui. Je veux être ici.

— Moi aussi.

— Mais si on gâche tout ? dit-elle.

— Tu crois que je ne m'inquiète pas aussi ? Tu es ma meilleure amie. Tu es mon havre et tu me connais mieux que personne. Je ne veux pas te perdre.

— Moi non plus.

— Mais j'ai compris quelque chose...

Avant qu'elle puisse répondre, il poursuivit :

— Je ne te perdrai pas. Je ne te perdrai jamais, Aish. Tu comptes pour moi, et rien, aucune force existante, ne va changer cela.

Ils se voulaient l'un l'autre - de cela, Aisha était sûre —, mais la sincérité de Trey avait tout changé. Il voulait ce qui se passait entre eux, oui, mais il n'avait pas ignoré ses questions.

Ni le fait que leur amitié comptait aussi pour lui.

Et, au bout du compte, ce fut cette sincérité qui l'apaisa.

Trey Colton faisait partie de sa vie. La dynamique de leur relation pouvait changer, mais pas ce qu'ils étaient fondamentalement. Ni ce qu'ils voyaient l'un chez l'autre.

Trey retint son souffle, attendant la réponse d'Aisha. Il était aussi tendu qu'un arc et il avait mal pour elle. Mais rien - pas même la tension sexuelle qui l'habitait - ne diminuait le besoin désespéré qu'il avait de la rassurer.

Rien ne changerait jamais ce qu'il ressentait pour elle. Elle était tout ce qu'il avait dit et bien plus encore. Et il voulait qu'elle le croie, parce qu'il avait dit entièrement vrai.

Mais était-ce suffisant ?

Cette pensée l'avait à peine effleuré qu'elle lui passa les bras autour du cou et posa ses lèvres contre les siennes. Dans un murmure, elle lui confirma ce qu'il avait besoin de savoir :

— S'il te plaît, Trey. Fais-moi l'amour.

Le désir l'emporta à nouveau, pulvérisant sa maîtrise de lui-même. Le besoin urgent de s'unir à elle... Comment avaient-ils pu l'ignorer si longtemps ?

Parce que avoir Aisha dans ses bras était d'une telle évidence.

Ils avaient feint d'ignorer ce qui les poussait l'un vers l'autre pour protéger leur amitié. Mais cela avait eu pour effet de les séparer pendant très longtemps.

Toujours stupéfait, Trey reprit son exploration de ses courbes féminines, de la peau si chaude de son dos. La robe tomba en flottant autour des pieds d'Aisha. Il lui fit faire un petit pas, qui suffit à les plaquer contre le lit. Aisha s'assit sur le matelas, vêtue uniquement de son soutien-gorge et de sa culotte. Elle leva les yeux vers lui, un petit sourire jouant sur ses lèvres.

— Il me semble que tu es un peu trop habillé.

— C'est ainsi, je suis toujours comme il faut.

Même si c'était une plaisanterie, il la vit rétrécir les yeux. Elle savait ce qui lui en coûtait de demeurer M. Scrupuleux, parce qu'il ne pouvait se permettre de faire autrement. Les gens devaient pouvoir se dire qu'il était responsable, digne de confiance.

Aisha l'avait toujours compris. Alors que ses cousins, ses amis et ses collègues le pressaient de s'émanciper, elle savait pour quelles raisons il se comportait avec tant de prudence.

S'emparant de sa cravate, elle l'attira à elle et lui murmura :

— Tu n'as pas besoin d'être comme il faut avec moi.

— Je suis toujours comme il faut.

— C'est un défi, alors. Un défi très excitant.

Se relevant, elle commença à déboutonner sa chemise. Il avait enlevé sa veste dans la voiture et il fut soudain content de l'avoir fait. Elle fit courir ses mains sur sa poitrine et ses épaules pour lui enlever sa chemise, puis elle souleva son T-shirt et le lui retira en un tournemain. Il la prit alors dans ses bras, avide du contact de leurs peaux. Avide de la sentir.

— Tu as fait de la musculation.

Même s'il se gardait en forme à la fois par fierté personnelle et pour les besoins de son travail, l'affaire du tueur le poussait à passer encore plus de temps à la musculation. Cela l'aidait à mettre de l'ordre dans ses pensées.

Mais l'admiration qui brillait dans les yeux d'Aisha était euphorisante.

— Tu n'arrêtes pas de me nourrir de pizza. Que puis-je faire ?

— Très impressionnant, shérif Colton.

Se penchant en avant, elle pressa ses lèvres sur l'arrondi de son épaule, puis suivit le contour de ses muscles jusqu'à sa poitrine. C'était érotique et terriblement titillant.

Son érection pressait contre son pantalon. Bien que les choses soient déjà bien entamées, il eut l'impression de manquer d'air quand elle s'attaqua à la ceinture de son pantalon. Bien vite, elle le libéra et pressa son membre. Trey se sentit perdu.

Ou trouvé, comprit-il avec humilité, en posant son front contre le sien. Aussi bien sur le plan physique que sur le plan émotionnel. Le contrôle strict qu'il exerçait sur lui-même tomba, et il se sentit libre d'explorer la femme qu'il connaissait et aimait.

Une éternité de désir explosa soudain en lui comme une boule de feu. Il posa doucement une main sur son poignet pour immobiliser ces doigts qui lui causaient une sensation insupportable.

— J'ai tellement envie de toi, Aisha.

Ses yeux chocolat lancèrent un éclair dans la lumière tamisée, et il se demanda s'il n'allait pas se noyer dans leurs profondeurs.

— Moi aussi.

Il lui prit la main et pressa à nouveau sa bouche sur la sienne. La simple rencontre de leurs langues était un miracle d'entente. La synchronicité de leurs mouvements, leur compréhension l'un de l'autre, l'accord de leurs souffles, tout contribuait à leur fusion.

Trey voulait savourer les choses au lieu de se précipiter. Il marchait sur une corde raide, mais l'atterrissage serait de toute façon doux et délicieux.

Soudain conscient qu'ils étaient encore à demi vêtus, il se débarrassa de son caleçon. Aisha fit mine d'ôter son soutien-gorge, mais il l'arrêta, désireux de lui enlever lui-même. Et, quand ses seins jaillirent à l'air libre, Trey connut une satisfaction sans limites. Elle était chaude, prête. Et sienne.

Cela n'aurait pas dû être ainsi, aussi bon, aussi satisfaisant, aussi nécessaire. Ces pensées stupides ne cessaient de revenir, comme pour équilibrer la réalité avec l'incrédulité.

Mais *c'était* bon.

Ils avaient à peine commencé qu'elle se sentait davantage comblée que par tous les rapports qu'elle avait eus auparavant.

Serrée dans ses bras, elle songea que le mot *nécessaire* acquérait une nouvelle définition. Elle avait toujours supposé que respirer, boire et manger étaient les seuls éléments à ranger dans cette catégorie, mais il semblait qu'il y en avait un quatrième.

Trey Colton.

Débarrassés de leurs sous-vêtements, ils étaient maintenant nus et blottis l'un contre l'autre. C'était la sensation la plus érotique de sa vie. Elle avait l'impression que la chaleur du corps de Trey l'enveloppait jusqu'au tréfonds d'elle-même. Leurs souffles se mêlaient au sein du cocon intime qui les enveloppait. Même si elle avait couché avec des hommes depuis sa rupture avec Kenneth, Aisha fut forcée de s'avouer la vérité. Elle n'avait pas *fait l'amour*.

— Aisha ?

Il l'appelait si souvent Aish que l'usage de son prénom mobilisa son attention.

— Ça va ?

— Oui.

Elle hocha la tête.
— Tu étais ailleurs, soudain.
— Je pensais.
Il écarquilla les yeux en une expression comique.
— Je m'y prends mal.
— Tu t'y prends exactement comme il faut. D'où mon émerveillement silencieux.
— Émerveillement silencieux ? En voilà, un beau compliment.
— C'est sincère.
— Alors laisse-moi te dire que c'est réciproque.
— Tu copies sur moi, Trey Colton ? le taquina-t-elle.
Puis changeant de ton, elle ajouta :
— J'ai des préservatifs dans la table de chevet. Je crois qu'il est temps de mettre cet émerveillement à bon usage.
Il fit ce qu'elle lui disait et sortit une boîte de préservatifs du tiroir.
— Elle est neuve, dit-elle à voix basse.
— Ce qui prouve à quel point nous sommes sur la même longueur d'onde, toi et moi.
— Ah bon ?
— Il y a aussi une boîte toute neuve dans ma table de chevet.
Ce n'était pas surprenant, puisqu'ils étaient tous deux adultes et en bonne santé. Mais c'était aussi merveilleux. Et quelque chose remua dans son cœur à l'idée qu'il avait lui aussi anticipé ce moment.
— Et si on s'y mettait ?
Il ne perdit pas de temps pour s'exécuter.
Les mots, si importants dans leur relation, laissèrent place aux gestes.
La repoussant sur le dos, Trey s'allongea sur elle de tout son long. Sa bouche était brûlante sur sa peau. Ses lèvres, ses dents et sa langue tracèrent un chemin enivrant de son cou et sa poitrine, où il s'arrêta pour s'occuper de ses seins.
Le plaisir explosa derrière ses paupières tandis qu'il les explorait de la bouche l'un après l'autre. Les caresses voluptueuses de sa langue firent durcir ses mamelons, et un puits de

désir se creusa au fond de son ventre, envoyant une décharge électrique le long de ses nerfs.

L'homme silencieux qu'elle connaissait – qui plaisantait sur ses scrupules – possédait un potentiel sensuel qu'il réprimait fermement. Après une généreuse exploration de ses seins, il continua à descendre vers son ventre.

Quand il arriva plus bas, Aisha sentit une exaltation émerveillée monter en elle, comme un pouls régulier, insistant.

Elle plongea les doigts dans ses courts cheveux tandis qu'il lui donnait du plaisir avec sa bouche. Un plaisir insensé, qui la prit par vagues, l'empêchant de penser. C'était cela sentir : une expérience brute, émouvante, essentielle.

Trey gardait un rythme régulier, la guidant vers le point de rupture. Et, quand tout explosa, ce fut l'inverse d'une destruction. La vie dans toute sa sauvagerie et sa gloire. Dans toute sa liberté et son ouverture.

Aisha aurait voulu reposer dans ce magnifique embrasement, toujours serrée dans les bras de Trey. Mais, alors même qu'elle éprouvait encore les derniers soubresauts de plaisir, elle voulait davantage.

Prenant un des préservatifs sur la table de chevet, elle déchira l'enveloppe et entreprit de le dérouler sur son membre en érection. Un grognement échappa des lèvres de Trey quand elle le lui enfila, et Aisha se délecta de son sentiment de pouvoir.

Il était à elle. Ce moment était à eux.

Ce qui existait avant et ce qui existerait après n'avait aucune importance.

Elle s'assit à califourchon sur lui, le guida en elle, puis s'enfonça lentement sur son membre. Cette glorieuse sensation ajouta des étincelles aux répliques de son premier orgasme.

Les grandes mains de Trey se posèrent sur ses hanches pour leur imprimer un rythme. Le plaisir devint à nouveau leur seul but, et ils se pressèrent l'un contre l'autre, gravissant sa pente ensemble.

Elle s'était attendue à ressentir de la tristesse à l'idée que leur ancienne relation soit sur le point de mourir. Mais, tandis que le plaisir la poussait vers un autre orgasme, Aisha se rendit compte qu'elle s'était trompée.

Quand il donna un ultime coup de reins, elle connut un rare moment de perfection. Et elle comprit que leur relation ne s'était pas affadie, au contraire. Elle avait crû pour faire d'eux plus que des amis : des amants. Et pour cimenter leur amour en un lien à jamais indissoluble.

L'appel vint à 3 heures du matin. Trey et Aisha venaient juste de finir de refaire l'amour. Repus et sur le point de s'endormir, ils reposaient l'un contre l'autre quand le téléphone de Trey se mit à bourdonner sur la table de chevet.

Une heure plus tard, Trey se tenait devant le corps de la femme, un café à la main, le visage balayé par une brise tiède.

S'il n'avait pas été en train de fixer ce cadavre, il aurait été couché à côté d'Aisha.

Aisha...

Il s'ordonna de ne pas penser à elle, tant ses émotions étaient encore à vif après leur nuit d'amour. Une nuit d'amour avec sa meilleure amie.

Il se concentra donc sur le corps allongé devant lui.

Ce n'est pas Skye.

Cette pensée tournait dans son esprit, tandis que ses adjoints s'activaient, photographiant et caractérisant le lieu en attendant le médecin légiste.

L'analyse du sang et des cheveux avait prouvé que Skye n'était pas la victime. Et c'était un nouveau soulagement qui saisissait Trey devant cette pauvre jeune femme. Sans aucun doute le médecin légiste confirmerait que les échantillons correspondaient.

Cela ne parvenait pas à effacer la peur que quelque chose soit arrivé à Skye, mais il y avait du réconfort à penser que son corps n'avait pas été jeté dans les bois comme celui de cette malheureuse.

Aisha avait voulu venir avec lui, mais il l'avait encouragée à rester au chaud. Il y aurait tout le temps voulu, plus tard, pour analyser. Était-ce égoïste de vouloir qu'elle reste chez elle, à distance du mal ? Même pour quelques heures ?

Elle faisait équipe avec lui. Elle l'avait prouvé jour après jour depuis le début de l'enquête. Il voulait son avis sur cette découverte macabre, faite par un couple de jeunes campeurs. Les jeunes gens en question étaient blottis à l'autre bout de la clairière, enveloppés de couvertures malgré la douceur de l'air. C'était en allant chercher des barres chocolatées dans leur SUV, tard le soir, qu'ils étaient tombés sur le corps, laissé en pleine vue.

À découvert.

Encore une rupture du mode opératoire.

Daria vint le rejoindre, un café fumant à la main.

— À découvert, hein ? lui dit-il.

— Oui. Si on ajoute ça aux sarcasmes de la semaine dernière, ça ne ressemble pas aux autres meurtres.

Trey s'était fait la même réflexion et il voulait en parler avec Aisha plus tard.

— L'agent Roberts pense que nous avons un *copycat* sur les bras, poursuivit Daria.

— Quand t'a-t-il dit ça ?

— Hier soir.

— Hier, on était samedi.

Même si la pénombre ne pouvait révéler sa rougeur, il la sentit se raidir.

— J'ai travaillé tard.

— Daria, je sais qu'on est sous pression, mais je n'attends pas ça de toi. Tu as droit à une vie privée.

— Si tu n'étais pas allé à ton dîner de fiançailles, tu serais resté toi aussi.

Pouvait-il honnêtement dire le contraire ?

Avant ses fausses fiançailles, il aurait été là, effectivement. Il n'avait pas pris plus de trois jours de congé depuis la découverte des corps. Mais il n'attendait pas la même chose de ses adjoints. Quels que soient leurs talents ou leurs dons par ailleurs.

— Je continue de penser que tu pourrais trouver de meilleures manières de passer le week-end.

Il leva une main avant qu'elle puisse répondre.

— Mais nous en discuterons un autre jour. Que voulait Roberts ?

— C'était une visite inattendue. J'ai fait de mon mieux pour me rapprocher de lui, comme tu me l'as demandé. Jusqu'à maintenant, j'ai l'impression qu'il lâche surtout des bribes de ce qu'il sait.

Daria prit une gorgée de café.

— Juste assez pour avoir l'air de collaborer, mais pas plus, tu vois ?

Trey voyait, en effet. C'était pour cette raison qu'il avait espéré que Daria obtiendrait davantage que lui, mais il était clair que les fédéraux voulaient l'affaire. Ils ne partageaient leurs informations que s'ils avaient quelque chose en retour.

— Il est juste passé comme ça ?

— Oui. Et il m'a fait une peur bleue. Mais j'ai été surprise d'entendre que non content de me donner des infos, il voulait mon avis.

Trey réfléchit à cela un moment. Roberts avait eu une attitude irréprochable jusque-là. Trey avait une expérience limitée des agents du FBI, mais il avait travaillé avec quelques-uns d'entre eux au cours de sa carrière. La plupart étaient corrects, mais ils se comportaient comme des mâles alpha dans presque toutes les situations.

Roberts n'avait pas fait mine de marquer son territoire, et son respect et son équité avaient fait beaucoup pour détendre Trey. D'un autre côté, s'il se montrait désormais coopératif, cela suggérait que l'affaire du tueur représentait un défi qu'aucun d'eux n'avait anticipé.

— Qu'est-ce qu'il avait à dire ? interrogea-t-il finalement.

— Ils sont déconcertés par le message du tueur, comme nous.

— Leurs profileurs n'en ont rien tiré ?

— Non. Ils n'ont pas réussi à décrypter les mots ni le rythme.

Daria se tourna vers lui, ses yeux reflétant la lumière des projecteurs que les hommes venaient d'installer.

— C'est pour ça qu'ils pensent que c'est un imitateur.

Ce n'était pas dénué de sens. Rien dans ce meurtre, depuis les railleries du tueur jusqu'aux restes macabres et au message découverts dehors, ne correspondait au schéma habituel.

Ce n'était pas non plus un mystère qu'un tueur sévissait dans la région. Les médias s'étaient abattus sur le comté de Bradford comme une nuée de sauterelles. Quiconque cherchait à en profiter n'avait besoin que de regarder les infos matin, midi et soir.

Et quiconque cherchait à commettre un crime pouvait facilement mettre ses pas dans ceux du tueur et s'en sortir quand il serait enfin arrêté.

— Shérif !

Le cri venait d'un des adjoints, debout près du corps. Ils l'avaient recouvert du mieux possible en attendant le médecin légiste, mais le drap ne cachait guère ce qu'il y avait en dessous. Quelqu'un avait pris de sang-froid la vie d'un autre être humain. Et, au bout du compte, c'était cela qui faisait mal.

Trey se fichait de savoir si c'était un imitateur ou le tueur initial. Une femme était morte sous sa garde. Une autre vie innocente supprimée.

Il renversa un peu de café sur sa main et desserra vivement les doigts. Il s'occuperait de ce meurtre comme des autres. En respectant les règles, avec dévouement et concentration.

Et il espérait de tout son cœur qu'il arriverait à temps pour empêcher le tueur de frapper encore.

L'homme se tenait au fond de la clairière, contemplant le sinistre spectacle devant lui. Une autre morte.

Qui n'était pas de son fait.

Quelles étaient les probabilités que cela arrive ?

Quelqu'un avait-il décidé de manipuler ces empotés de flics ?

Quant à lui, il en avait profité pour tirer les ficelles. Un tueur dans leurs rangs était un coup de chance, et il n'avait jamais été homme à refuser un petit coup de main du destin. Ou de tirer parti du malheur des autres.

Mais c'était aussi préoccupant. Depuis le début, il gardait le tueur de l'avalanche à l'œil. Il tirait même fierté d'être le seul en ville à connaître son identité. Mais la présence d'un nouveau joueur représentait une inconnue.

Les policiers continuaient à s'agiter comme des fourmis, et il contempla le shérif. Sa réputation le précédait, comme tous ces fichus Colton. Était-il possible qu'il soit la cible ?

Cela semblait improbable, mais un tueur en série était une très mauvaise nouvelle pour les forces de police. Il avait vu le shérif devenir de plus en plus hagard au fil des mois. C'était lui qui avait placé les explosifs pour déclencher l'avalanche, et leur bien-aimé shérif avait fait les frais de ce grand déballage.

Depuis, ses manœuvres en coulisse n'avaient fait qu'ajouter aux soucis du shérif. Il s'était tellement amusé à persécuter Phoebe et Prescott, faisant en sorte que le dernier mois du festival de cinéma soit émaillé d'incidents odieux. Et, avant même que les crimes du tueur soient découverts, il s'était assuré que les Colton ne se sentent plus jamais en sécurité.

N'avait-il pas mis un fusil en possession de David Swanson, dans l'espoir qu'il s'en servirait contre Bree Colton ? N'était-ce pas lui qui avait assommé Sloane Colton avant de mettre le feu à sa maison ?

Il était prudent et méthodique, et personne ne le soupçonnait. Grâce à cela, ce qu'il voulait depuis toujours se mettait en place.

Cela signifiait qu'il devait reprendre la main sur le *copycat*. La vengeance contre les Colton était son dû, pas celui d'un inconnu sans visage.

Il était arrivé jusque-là, impossible de renoncer.

14

Aisha avait du mal à équilibrer les élans de bonheur qui la traversaient avec la pensée de ce qu'on avait découvert dans le petit bois à la limite de Roaring Springs.

Un autre corps.

Mais, comme le message et les échantillons, ce crime différait de l'œuvre habituelle du tueur de l'avalanche. Il était en quelque sorte plus froid et plus détaché.

Ou plus fonctionnel, songea Aisha en contemplant les photos de la scène de crime. Les blessures par balles, la manière dont le corps avait été abandonné dans les bois, la coupe prélevée dans ses cheveux, tout indiquait un traitement fonctionnel.

Indubitablement une rupture du schéma.

Aisha n'était pas arrivée depuis longtemps au bureau du shérif, mais elle avait eu rapidement vent de la rumeur. Un *copycat* était la théorie actuelle pour cette femme non identifiée.

Même s'il y avait une sorte de réconfort bizarre dans le fait qu'on ne l'avait pas torturée, le dégoût et la rage étaient les mêmes. Une femme avait perdu la vie aux mains d'un autre être humain. Pas de maladie ou de vieillesse. Non, quelqu'un s'était attaqué à elle pour des raisons démentes et l'avait condamnée à une mort affreuse.

Quel droit ai-je d'être heureuse ? se demanda Aisha. Alors que ceci était arrivé à quelques kilomètres de chez elle ? La violence qui s'abattait sur Roaring Springs depuis huit mois était horrifiante.

En tant que spécialiste de santé mentale, elle savait quelle était sa réaction à de telles horreurs. Mais, en tant que femme, elle ne pouvait en dénier l'impact émotionnel.

Tout cela était terriblement triste.

— Aisha ?

Avant qu'elle ne l'entende arriver, Trey la prit dans ses bras et la pressa contre sa poitrine.

— Qu'est-ce qui ne va pas ?

C'est alors qu'elle prit conscience de l'étendue de son chagrin.

— Je suis triste, Trey. Ce qui s'est passé me rend malade.

— Je sais. Ça me rend malade aussi.

— Pourquoi y a-t-il toujours plus de morts ? demanda-t-elle finalement.

— Je ne sais pas. C'est une petite ville tranquille. Je n'irais pas jusqu'à dire bucolique, mais c'était calme jusqu'ici.

— Tu vas l'arrêter. Je sais que tu vas le faire.

Trey resserra les bras autour d'elle, et elle sentit leur force, comme la nuit précédente. La puissance de son corps quand ils faisaient l'amour. Leur sentiment d'évidence quand ils avaient réussi à surmonter leur nervosité initiale pour faire le grand saut dans l'intimité.

Cela avait été merveilleux. Et qu'elle se soit un peu inquiétée du changement de statut entre eux en se réveillant seule, c'était normal, non ?

Soudain, elle ne put penser à rien d'autre qu'à Trey et elle. Ils avaient tous deux des choses plus importantes à traiter, mais la nuit qu'ils venaient de passer ensemble s'imposait.

— Tu n'as pas besoin de rester ici. On est dimanche.

Les bras de Trey autour d'elle démentaient ces paroles.

— Si, il faut que je sois là. Je veux me rendre utile.

Trey la lâcha et recula d'un pas.

— Le FBI pense que c'est un *copycat*. Une conclusion à laquelle tu es parvenue la semaine dernière.

— C'est logique, si on prend en considération les ruptures de schéma. L'appel, les railleries, les cheveux et le sang. Le corps laissé à découvert...

Tout en parlant, elle fixait les photos sur la table. Il les désigna d'un geste.

— Tu as vu quelque chose ?

Aisha prit l'un des clichés.

— Tu as remarqué celle-ci ? Les ongles ?

Trey comprit immédiatement.

— Elle n'a pas l'air de s'être battue.

— Non. Et je ne comprends pas pourquoi. Visiblement, elle a été enlevée et pourtant elle ne s'est pas débattue. Qui ne ferait pas ça ? À moins que la question soit *pourquoi* ? Les corps découverts dans la montagne portaient tous des traces de lutte.

Aisha ne pouvait s'empêcher d'imaginer la terreur absolue qui s'abattrait sur elle si elle était dans la même situation. La frayeur. La panique. L'envie désespérée de fuir.

Trey passa un doigt sur les mains de la victime.

— Elle a lutté. Un peu. Il y a des contusions sur son visage, et on voit des traces autour de sa bouche. Sans doute un bâillon.

— Oui, bien sûr. Mais on pourrait penser qu'elle s'est débattue frénétiquement pour s'échapper. Or, il n'y a pas de traces sur les doigts ou les ongles. Aucune trace de sang ou même de contusions. Regarde là.

Aisha lui désigna ce qui avait attiré son attention.

— Elle a les ongles vernis, et on ne voit pas d'éclat dessus, en dehors des deux premiers. Elle n'a pas réellement lutté avant d'être tuée.

Si elle avait eu un statut différent, elle aurait posé la question au FBI. Bien que Trey l'ait bombardée du titre de consultante civile, elle ne voulait pas attirer l'attention sur elle. Mais Trey et Daria le pouvaient. C'était une question qu'ils devaient explorer.

— Le médecin légiste est en possession du corps, maintenant. Si elle a été droguée, les analyses toxicologiques le diront.

Aisha considéra à nouveau les ongles de la jeune femme.

— Je ne vois pas comment ce serait possible autrement.

— Moi non plus.

Soudain, une nouvelle idée la frappa.

— S'il y a un *copycat*, est-ce que le crime ressort de ta juridiction ou de celle des fédéraux ?

— S'ils écartent définitivement le tueur de l'avalanche, l'affaire nous reviendra. En l'état actuel, les fédéraux suivent l'affaire de près, mais ils nous manifestent plus de déférence que je n'en ai jamais vu chez eux.

— C'est bien.

Elle hésita en voyant le pli amer de sa bouche.

— N'est-ce pas ?

— Je ne sais plus, Aisha. Nous avons besoin de toute l'aide disponible. Et *copycat* ou pas, nous avons un autre cadavre sur les bras.

Il ramassa l'une des photos et l'étudia avant de la rejeter avec dégoût.

— Une autre femme. Une autre vie.

Aisha cherchait une réponse qui ne soit pas vide de sens, quand Daria se rua dans la pièce.

— Trey ! Vite.

Elle désigna l'une des télévisions placées dans un coin de la salle de réunion et, l'allumant, passa sur une chaîne d'information locale. Une image du bureau du shérif apparut, devant lequel Barton Evigan hurlait en faisant de grands gestes.

— Combien de temps les citoyens du comté de Bradford vont-ils supporter cela ? Une autre femme a été brutalement assassinée !

Trey se dirigea à grands pas vers la porte d'entrée. Il avait passé exprès sous silence la mort de la jeune femme, pour pouvoir d'abord avertir ses proches. C'est visiblement trop espérer que les médias gardent l'information sous le coude quelques heures.

Comment diable Evigan l'avait-il découvert si vite ?

Même si l'homme lui posait des difficultés depuis le début, Trey avait cru qu'il lui restait un peu de décence. Utiliser ce crime pour pousser son avantage politique prouvait encore une fois jusqu'où il pouvait s'abaisser.

Les cris, qui paraissaient étouffés à la télévision, prirent de l'ampleur quand Trey sortit du bâtiment. Une armée de caméras pivota dans sa direction, attirant l'attention d'Evigan. Bien qu'il ait fait effort pour garder une attitude correcte, l'agression dont avait été victime Aisha la veille au soir avait redessiné les perspectives de Trey.

— Que signifie tout cela ?

Ignorant sa question, la foule de reporters se mit à crier.

— Shérif ! Vous pouvez confirmer qu'il y a un autre corps ?

— Le tueur de l'avalanche a-t-il encore frappé ?

— Qu'allez-vous faire pour garder le comté de Bradford en sécurité ?

Trey leva les mains, à la fois pour ralentir le flot des questions et indiquer qu'il était prêt à parler. Son adversaire plissait déjà les yeux devant cette interruption, et Trey savait qu'il disposait de peu de temps.

— Mon bureau travaille avec toutes les agences de police disponibles pour trouver l'auteur de ce crime.

Une nouvelle salve de questions s'éleva.

— Une à la fois.

Trey désigna un reporter de Denver, qui s'était parfois montré sympathique avec lui.

— Shérif, où a-t-elle été trouvée ?

Trey se demanda à nouveau comment les médias savaient qu'il s'agissait d'une femme.

— Une victime de sexe féminin a été découverte dans un petit bois à l'extérieur de Roaring Springs. Mon bureau a été alerté tôt ce matin, et nous avons fait le maximum pour elle depuis.

Le reporter tenta de poser une autre question, mais Trey désigna une autre personne.

— Shérif, est-ce l'œuvre du tueur de l'avalanche ?

Trey se doutait que la question allait faire surface et il chercha à présenter le crime de manière à ne pas susciter immédiatement la panique.

— Nous savons que les crimes du tueur de l'avalanche occupent tous les esprits, mais il est prématuré de supposer qu'il est aussi l'auteur de celui-ci.

— Supposer ! Et que sommes-nous censés faire d'autre ? cria Evigan.

Trey garda son calme, insufflant toute la confiance et le sang-froid dont il était capable.

— Ce que vous devez faire, c'est laisser la police faire son travail.

— Son travail ! Peuh...

Evigan bomba le torse.

— Comme si vous aviez effectué un travail quelconque, jusqu'ici. On a retiré six femmes mortes de la montagne. En janvier, une autre femme est morte, sans qu'on n'ait aucune piste. Et maintenant, une autre encore, ici dans notre ville. Vous êtes un inutile, shérif.

Trey refusait de reculer. Peu importait que les paroles d'Evigan réveillent l'émotion et la frustration qu'il portait en lui, il ne le laisserait pas gagner la partie.

— Je reconnais que ce qui se passe n'est guère encourageant, mais ces femmes méritent une enquête minutieuse. Nous n'avons pas encore découvert d'élément menant à un individu en particulier. Et je n'ai aucun intérêt à procéder à l'arrestation d'un innocent simplement pour réfuter une petite phrase.

— Une petite phrase ? Êtes-vous en train de dire qu'il s'agit d'un subterfuge de la part des médias ?

— Non, monsieur Evigan. Ce que je suis en train de dire, c'est que vous vous servez de ces crimes pour favoriser votre campagne électorale.

Trey se tourna vers les reporters assemblés.

— Mon but est d'arrêter le criminel qui a tué cette femme. Nous vous ferons part de nos informations à mesure que nous les aurons. J'organiserai une conférence de presse cet après-midi à 16 heures, pour vous mettre au courant des derniers éléments.

Sans attendre, Trey rentra dans les bureaux. Evigan poursuivit ses fulminations derrière lui, mais les reporters, manifestement moins intéressés, s'égaillaient déjà. Trey savait qu'il s'agissait d'une victoire temporaire, mais il avait fait ce qu'il pouvait.

Et maintenant il devait trouver le moyen de traiter la situation en fin d'après-midi.

Après une matinée passée dans la salle de réunion, Aisha fut contente de sortir se dégourdir les jambes. Depuis sa rencontre avec les journalistes, Trey était distrait. Elle l'avait peu vu, car il était soit en réunion avec ses adjoints soit penché sur son ordinateur.

Ils avaient fait appel à toutes les ressources disponibles, et les adjoints étaient tendus à l'extrême. Ce qui donnait un double avantage à cette petite marche à l'heure du déjeuner. Elle prenait l'air et commandait à manger pour tout le monde. Gagnant-gagnant.

Contrairement à cette pauvre femme, qui gisait à présent à la morgue.

Aisha avait retourné cela toute la matinée. Pourquoi cette rupture du schéma ? C'était la question à laquelle elle ne cessait de revenir.

April Thomas, la cinquième victime, posait le même problème. Bien qu'Aisha ne l'ait pas totalement identifié à l'époque, maintenant qu'elle comparait sa mort aux cinq autres, elle voyait ce qu'elle avait raté. La mort de Thomas relevait davantage de l'opportunisme, alors que les autres femmes avaient été ciblées spécifiquement en raison de leur profil.

L'hypothèse du *copycat* était-elle la bonne ? Fallait-il la retenir ? Et, si oui, cela signifierait-il qu'on ignorait le tueur et ses crimes ?

C'était accablant. Elle savait que Trey souffrait d'un stress énorme, mais, vu de près, elle se rendait compte de l'ampleur de son découragement. Comme dans une pelote de laine, chaque fil que l'on tirait menait à une impasse.

Elle avisa l'enseigne de la pizzeria de Bruno devant elle et, concentrée sur la commande qu'elle entendait passer, faillit ne pas voir l'homme planté devant un magasin à proximité.

— Mais c'est notre petite poulette préférée...

Elle reconnut le frère de Barton Evigan. Son pouls accéléra, mais elle parla d'une voix égale, avec autant de dédain que possible :

— Je ne crois pas que nous nous connaissions.

— Bien sûr que si. Hier soir, pendant votre chouette petit dîner. Mais je vais vous le rappeler, à toutes fins utiles. Je m'appelle Trace Evigan.

— Que voulez-vous ?

— Un peu de respect.

Les yeux de l'homme étaient sombres et dangereux. Il se croyait supérieur à elle, soit parce qu'elle était une femme, soit parce qu'elle était noire, ce qui était pis.

— Je montre du respect quand il est mérité.

— Comme à votre précieux shérif ?

— Trey Colton est un homme bien. Contrairement à votre frère, qui est un opportuniste et une langue de vipère.

Sans réfléchir, l'homme avança de quelques pas vers elle.

— Vous réciterez une autre chanson avant peu, je vous le garantis.

Réciter une chanson ? L'urgence étant de s'éloigner de ce malotru, elle ignora cette expression bizarre.

— N'y comptez pas.

— C'est vous qui allez arrêter de compter. Votre petit ami et vous, vous comptez vos poulets avant même qu'ils soient sortis de l'œuf.

Bien qu'Aisha sache que c'était une discussion stérile, l'envie d'échanger une autre salve avec ce crétin était grande. Mais pourquoi ? Les conversations avec Evigan se résumaient à des menaces sous-entendues et des assertions belliqueuses. Le danger qui émanait des deux hommes était difficile à définir, mais il était tout de même bien là.

Elle n'eut pas à prendre de décision regrettable, car Trace recula, jetant ses dernières flèches.

— Mon frère fera un bien meilleur shérif pour les braves gens de ce comté. Vous pouvez compter là-dessus.

Sur ce, il recourba l'index pour mimer un coup de feu.

— Ce n'est qu'une question de temps.

— Et d'élection, marmonna Aisha après l'avoir vu remonter en voiture.

Les riches senteurs de la pizzeria l'accueillirent quand elle entra dans la boutique. Une pile de pizzas reposait déjà sur le comptoir, et Aisha comprit que c'étaient les siennes. Elle alla payer, plus soulagée qu'elle ne s'y attendait par le sourire de Rosa Bravo.

— Bonjour, ma belle. Comment vas-tu ?

— Je vais bien, Rosa, mentit-elle. Et toi ?

Rosa secoua la tête et gloussa en même temps.

— J'ai entendu parler de ce qui se passe, murmura-t-elle. Encore une pauvre fille tuée.

Aisha soupira. Entre les médias et la vitesse à laquelle les nouvelles se répandaient, il n'était pas surprenant que Rosa soit au courant. Mais tout de même...

Comment Trey pouvait-il garder le secret là-dessus ? Cette nouvelle mort défrayait la chronique, mais la police avait besoin de temps pour faire son travail.

Bien que l'inquiétude de Rosa paraisse sincère, Aisha hésitait à en dire trop. Sa loyauté allait à Trey, et elle ne voulait pas alimenter les ragots.

— C'est vraiment triste.

— Et au milieu de tant de bonheur...

Rosa posa une main sur la sienne.

— Vos fiançailles. Ta mère n'arrêtait pas de parler de cela, l'autre jour.

Contrairement à la mort d'une innocente, un futur mariage était le sujet idéal pour gloser sans fin. Trey et elle étaient censés rendre publiques leurs « fiançailles » la veille au soir, mais sa mère semblait ne pas avoir attendu. Il faudrait qu'elle parle à LaShanna de son impatience à répandre la nouvelle.

Mais elle avait bien l'intention d'éviter sa mère quelques

jours, jusqu'à ce que son trouble intérieur se soit un peu apaisé. Sa mère la connaissait mieux que personne, et Aisha doutait sérieusement de parvenir à cacher sa joie. Elle avait déjà l'impression que l'excitation suintait par tous ses pores. Une mère n'était-elle pas entraînée à remarquer ce genre de choses ? Dans quoi s'était-elle fourrée, bon sang ?

— Trey Colton est un homme formidable.

Le large sourire de Rosa transperça la confusion qui l'avait saisie à la pensée de sa mère.

— Ça fait longtemps que j'attendais ça.

— Merci.

Les commentaires d'Earl la veille parurent résonner dans la pizzeria.

Il était grand temps, de toute façon. Enfants, vous couriez déjà partout ensemble. On aurait dit deux petits diables jumeaux.

Rosa et Earl s'étaient-ils donné le mot ? Et pourquoi tout le monde s'attendait-il à ce que Trey et elle se mettent ensemble ?

Décidant d'y réfléchir plus tard, Aisha ouvrit son portefeuille pour payer sa commande. Rosa refusa d'un geste.

— C'est moi qui régale aujourd'hui. Tu leur diras que je leur suis reconnaissante de leur travail.

— Rosa, tu n'es pas obligée de...

Son aînée agita la main.

— Tout le plaisir est pour moi. Et remercie-les de ma part.

— Je n'y manquerai pas.

Aisha prit les pizzas et ressortit dans la rue. Le trajet était court jusqu'au bureau du shérif, et elle le parcourut tranquillement en pensant à ce qui s'était passé depuis vingt minutes.

Tout Roaring Springs savait qu'on avait découvert un autre cadavre. Tout Roaring Springs savait qu'elle était fiancée. Et sa mère avait pris visiblement grand plaisir à répandre la nouvelle des fiançailles de sa fille.

Quand sa vie avait-elle pris ce tour inattendu ? Et pourquoi avait-elle de plus en plus l'impression que rien ne reviendrait à la normale ?

Il regarda Aisha Allen s'éloigner d'un pas vif, les bras chargés. L'avait-il traité de poulette ? Ou de fouineuse ?

Il avait entendu les rumeurs, naturellement. Roaring Springs était petit, et il avait beaucoup de relations. Elle était fiancée au shérif. Cela paraissait soudain, mais ces deux-là étaient copains comme cochons depuis toujours. Ce n'était pas une grosse surprise qu'ils se soient rendu compte qu'ils faisaient des étincelles ensemble.

En outre, elle était drôlement bien roulée. À dire vrai, Trey Colton aurait dû lui sauter dessus bien plus tôt, s'il avait eu un sou de jugeote.

La vraie question était de savoir comment il pouvait utiliser cette information. Aisha Allen était futée et très respectée. Il avait toujours eu un sain mépris pour les psys, mais il savait garder ses distances. Ces gens n'aimaient rien tant que déterrer les histoires de tout le monde.

Il avait depuis longtemps enterré son passé et n'avait aucun intérêt à ce que ça change. Peut-être l'heure était-elle venue de créer une petite diversion.

Il voulait sa vengeance, mais il la voulait à l'heure dite. Un shérif en mal de réélection était forcément concentré sur la chasse au tueur.

Comme il ne savait pas encore qui avait tué cette femme, il avait besoin de temps pour réfléchir. La seule manière d'en avoir était de modifier les règles du jeu.

La silhouette d'Aisha rapetissait à mesure qu'elle se rapprochait du bureau du shérif. Puis elle disparut pour de bon en tournant dans le parking. Peu importait. Elle aurait fait une diversion sympa pour Trey Colton, mais au fond de lui il sentait qu'il fallait déployer les grands moyens.

Quelque chose de plus distrayant que d'envoyer la petite femme du shérif à l'hôpital.

De plus personnel, aussi.

15

Trey entendit le brouhaha avant de sentir l'arôme inimitable de la pizza. Dans le couloir, une cavalcade passa devant son bureau avec la légèreté d'une horde de rhinocéros, et son estomac fit entendre un grognement sonore. Trey se leva et emboîta le pas à ses adjoints.

Aisha était de retour.

Son cœur ayant fait un petit saut à cette pensée, il ralentit le pas pour essayer de rassembler ses idées. Malgré la folie du petit jour et tout ce qui avait suivi – y compris un coup de fil de leur estimé gouverneur —, la nuit qu'Aisha et lui avaient passée n'avait pas quitté son esprit. Il savait qu'il devait se concentrer sur la capture du tueur – *copycat* ou non —, mais son cerveau était résolu à disséquer chaque seconde de ses ébats avec sa meilleure amie.

Qui aurait cru que ce serait aussi merveilleux ? À moins qu'il ne vaille mieux se demander pourquoi ils avaient pris tant de temps pour en arriver là.

Ensemble.

Des images mentales l'avaient assailli toute la matinée, accompagnées de souvenirs brûlants de sa peau. Le poids de ses seins qu'il avait tenu l'un après l'autre. Les gémissements qui étaient montés dans sa gorge quand elle avait joui.

Tout cela était aussi vif que si elle avait été encore dans ses bras. Il en était comme marqué au fer rouge.

Le couloir de son bureau à l'entrée n'était pas si long, et il le parcourut en quelques pas. Aisha se tenait au milieu de son équipe, avec son épaisse queue-de-cheval et ses membres gracieux.

Elle était parfaite. Pas seulement forte, belle et adorable, mais aussi étonnante à l'intérieur. Elle avait analysé les photos de la scène de crime avec une telle intelligence, une telle rapidité... Et elle avait été aussi prompte à émettre l'hypothèse d'un copycat, à y réfléchir. Elle n'était pas profileuse, mais elle était douée pour la psychologie et elle comprenait la nature humaine.

Et elle le comprenait lui.

C'était ce dont il avait besoin. C'était ce qui le faisait vibrer. Son idée d'aller commander des pizzas était autant une offrande à son équipe qu'à lui. Elle voyait combien ils travaillaient dur et elle était déterminée à les encourager.

À leur faire sentir qu'on croyait en eux.

Oh Seigneur, comment allait-il pouvoir renoncer à elle ?

Il jouait avec cette idée depuis qu'ils avaient entamé cette imposture, mais quelque chose dans leurs ébats amoureux avait rendu la question beaucoup plus aiguë. Et beaucoup plus douloureuse.

— J'ai soustrait quelques parts de pepperoni aux bêtes affamées, dit Aisha en le voyant approcher.

— Merci.

L'un des adjoints émit un bruit de baiser, et Trey lui glissa un regard torve.

— Très drôle, Brooks.

Nathan Brooks était un farceur-né, qu'on n'avait pas besoin d'encourager.

— Quel fiancé vous faites, shérif ! s'exclama-t-il. Vous devriez être en train de goûter des gâteaux de mariage et d'interviewer des DJ au lieu d'être coincé ici. C'est étonnant qu'elle soit encore là, shérif.

— Nous avons tous les deux de la chance qu'elle soit là.

Nathan agita les sourcils en direction d'Aisha et plaqua une main sur son cœur.

— Laissez-le tomber, Aisha, et dites que vous serez à moi

pour toujours. Je ne travaille pas la plupart des week-ends et je suis loyal.

— Vous êtes peut-être loyal, mais pour ce qui est de la propreté, vous repasserez, riposta Aisha en désignant une tache de sauce tomate sur son T-shirt. Mais vous êtes mignon. Je peux peut-être vous brancher avec une de mes cousines.

Toute trace d'humour quitta le visage de Nathan.

— Vous êtes sérieuse ?

— Bien sûr...

Hochant la tête, Aisha se pencha vers lui et essuya la sauce tomate avec une serviette en papier.

— Je vous donnerai son numéro.

Trey savait bien qu'il ne s'agissait que de plaisanteries, mais entendre Nathan Brooks proposer à Aisha de sortir avec lui lui restait en travers de la gorge. L'allusion à une cousine n'avait pas fait grand-chose pour apaiser la tension qui lui nouait les épaules.

— Tu te rappelleras que tu dois une faveur à Aisha ?

Les yeux de Nathan brillaient déjà d'anticipation.

— Je m'en souviendrai, c'est sûr.

Ayant apaisé le plus gros de leur faim, les autres membres de l'équipe repartaient vers leurs bureaux avec des assiettes en carton contenant une deuxième ou une troisième part.

— Merci d'être allée chercher les pizzas. Je te rembourserai.

— Inutile.

— Bien sûr que si. Il n'y a pas de raison que ce soit toi qui nous nourrisses.

— En l'occurrence, je n'ai fait que livrer les pizzas. C'est Rosa qui les a offertes.

— Vraiment ?

— Tout à fait. Et sache que Rosa nous soutient.

Sans se refréner, Trey déposa un baiser sur sa bouche. Il prit son temps pour savourer le goût de la pizza sur ses lèvres, en un délicieux contrepoint à la chaleur de sa bouche et au souvenir de ce qu'ils avaient partagé quelques heures auparavant.

— Je nous soutiens aussi.

— Ce n'est pas ce que je voulais dire.

— Mais c'est ce que *je* voulais dire.

Il tenta de lui voler un autre baiser, mais sentit cette fois une légère réticence.

— Aish ? Ça va ?

— Bien sûr.

Elle sourit, mais il vit que c'était superficiel. Il y avait quelque chose. Était-ce la découverte du nouveau cadavre ? Ou la prise de conscience de la profondeur de leur attirance ?

— Je suis juste fatiguée. C'était une longue matinée, et je ne suis pas sûre que ce soit le bon endroit pour...

Elle hésita avant d'ajouter d'un ton calme :

— ... Parler.

— Nous sommes seuls.

Trey regarda autour de lui. Bien qu'il n'y ait personne dans le voisinage immédiat, son équipe se déplaçait dans le bâtiment. Il était fort possible que quelqu'un revienne chercher un morceau de pizza ou se procurer un papier.

— Et puis, nous sommes fiancés.

— C'est comme ça qu'on l'appelle ? dit-elle en baissant la voix. Je croyais que c'était une ruse destinée à couvrir toutes sortes de péchés.

Ils avaient certes passé un pacte au début, mais les choses n'avaient-elles pas changé la nuit précédente ? songea Trey.

— C'est comme ça que tu vois ce qui se passe ?

— Ce n'est certainement pas la vérité.

Trey ignorait comment les choses avaient commencé à dérailler, mais il n'avait pas l'intention de s'en tenir là.

— La nuit dernière, c'était vrai, dit-il enfin.

— Ah bon ?

Son intention n'était pas de déclencher une dispute. Mais maintenant que le sujet était sur le tapis, Aisha se rendait compte que la tension montait depuis quelque temps. Depuis leurs fausses fiançailles. Depuis qu'elle essayait de donner un sens aux sentiments qu'elle nourrissait pour Trey.

Ce n'était ni le moment ni le lieu pour déballer tout cela, mais elle ne pouvait continuer à jouer les gentilles filles. Ou les amoureuses, comme l'avait relevé le jeune adjoint. Pas plus qu'elle ne pouvait feindre de ne pas être émue par Trey. Par tout cela.

Elle s'était crue capable de gérer, mais il lui semblait de plus en plus qu'elle s'était illusionnée sur elle-même. Son cœur était loin d'être aussi résistant qu'elle l'avait pensé, et le risque qu'elle avait pris en acceptant cette ruse ridicule lui apparaissait maintenant évident.

Trey l'avait embrassée. Au-dessus d'une pizza, sous les yeux de ses adjoints. Comme si elle était l'une des leurs. Comme s'ils s'appartenaient l'un l'autre.

Elle avait envie d'y croire, mais elle s'était déjà fourvoyée dans une situation similaire. Elle avait bâti une relation sur un mirage et voilà qu'elle recommençait.

N'était-on pas censé gagner en sagesse ? Apprendre de ses erreurs ? N'était-ce pas ce qu'elle s'efforçait de faire comprendre à ses patients ?

Sauf que le conseil valait pour elle aussi. On dit que les cordonniers sont les plus mal chaussés, et elle était en train de prouver la véracité de cet adage.

— Tu crois que la nuit dernière était un mensonge ? demanda Trey, toute velléité de séduction évanouie.

— C'est un mot trop fort.

— C'est toi qui l'as dit, Aish. Tu as dit que cette nuit n'était pas la vérité.

Trey se tut un instant avant de reprendre d'un ton un peu pincé.

— Pour moi, c'était vrai.

Croyait-il vraiment ce qu'il disait ?

— Ce n'est pas le lieu pour cette conversation.

— Non, c'est vrai. Mais ça ne veut pas dire que nous n'allons pas l'avoir. Allons dans mon bureau.

L'odeur de la pizza flottait encore dans l'air. C'était un parfum qu'elle associait d'ordinaire aux choses heureuses – les vendredis soir, les dîners entre amis —, et maintenant elle aurait un autre souvenir à y associer.

La rupture avec son meilleur ami.

Malgré cela, elle suivit Trey. Elle participait à cette mascarade après tout, et il aurait été injuste de fuir. Et n'était-elle pas toujours juste ? Toujours prête à écouter l'autre partie ?

Ne l'avait-elle pas fait avec Kenneth ?

Bien sûr que je t'aime, Aisha. Je pense même que tu es l'amour de ma vie. Mais j'ai eu la malchance de rencontrer Grace en premier.

Elle n'oublierait jamais cela.

L'amour de sa vie.

C'était évidemment n'importe quoi, mais elle y avait cru à l'époque.

Le cœur brisé, elle avait désespérément cherché une raison au fait que cela faisait si mal. Elle s'était persuadé qu'il serait avec elle *si* seulement.

Trey fit halte au seuil de son bureau et lui fit signe d'entrer avant de refermer la porte sur eux. Le bureau en question était tout ce qu'il y a de plus fonctionnel, mais Trey avait malgré tout réussi à lui donner une touche personnelle. Quelques coussins cousus par sa mère gisaient sur un canapé à la mode du temps de Clinton. Et l'une des peintures de sa sœur était suspendue au mur, un loup qui ouvrait des yeux hypnotiques.

C'était tout Trey. Un mélange de fonctionnel et de familial.

Bree avait bien choisi le sujet de sa peinture. La représentation d'un chasseur à la fois solitaire et férocement protecteur lui correspondait tout à fait.

— Pourquoi as-tu reculé tout à l'heure ?

— Je n'ai pas reculé.

Trey baissa la tête, puis la releva et plongea dans les siens ses yeux mordorés.

— Quoi qu'il se passe entre nous, je mérite que tu me dises la vérité.

Il avait raison, et Aisha s'en voulut d'avoir cédé à la mauvaise humeur au lieu de s'attaquer au sujet principal. À savoir la confession qu'elle devait lui faire sans tarder, car les mots lui nouaient la gorge.

— J'ai aimé quelqu'un quand je vivais à New York.

— Je sais.

Cette réponse la surprit, et elle se demanda pourquoi il n'avait rien dit. Elle poursuivit néanmoins :

— Je pensais qu'il m'aimait aussi et que nous allions nous marier.

Un rire amer lui échappa.

— Mais c'est difficile quand la personne que l'on s'attend à épouser est déjà mariée.

Une lueur passa dans les yeux de Trey, mais il dit d'un ton égal :

— Je vois.

— Il s'est bien joué de moi, je dois lui reconnaître ça. Nous avons même regardé des bagues de fiançailles, un dimanche, en nous promenant.

Trey tressaillit, mais ne perdit pas son calme.

— Un salopard de première classe.

— Au bout du compte, oui, je crois que c'est ce qu'il était.

— Je suis désolé que tu aies dû vivre ça.

Bien qu'elle ait encore mal, elle n'était pas sûre de pouvoir dire la même chose. Quel qu'ait été le rôle de Kenneth dans sa vie, il lui rappelait la nécessité d'être humble et juste avec les autres. Les ressorts des êtres humains étaient rarement rationnels, et il lui avait fallu du temps pour comprendre que Kenneth croyait sans doute chaque mot de ce qu'il lui disait.

Son désir ardent d'être avec elle. Le « mauvais timing » de leur relation. Même ses protestations concernant « l'amour de sa vie » s'accompagnaient d'une sincérité anxieuse.

Pourtant, rien de tout cela ne suffisait pour construire une relation et établir la confiance. Pas pour elle et certainement pas pour sa femme.

— Tu t'es déjà demandé pourquoi tu ne m'as pas parlé de lui ?

La voix tranquille de Trey lui fit l'effet d'un ouragan.

— Pourquoi tu n'as pas pu me parler de quelque chose qui te rendait heureuse ?

— Ça ne me paraissait pas juste.

— Mais tu l'aimais. Et tu étais heureuse.

Elle avait été heureuse. Pendant près d'un an, elle avait flotté sur un petit nuage, persuadée d'avoir trouvé l'homme idéal. Et pourtant, elle n'en avait pas parlé à son meilleur ami.

— Oui, j'étais heureuse.

— Je me suis longtemps dit que tu finirais par me l'avouer. Que tu me parlerais de lui et de votre vie ensemble. Mais tu ne l'as jamais fait.

Le fardeau émotionnel que lui avaient procuré à la fois sa relation et sa rupture avec Kenneth pâlit soudain devant la peine de Trey. Non seulement elle ne lui avait pas parlé de Kenneth, mais elle avait inventé tout un tas d'excuses pour l'éviter. Mais elle ne pouvait plus fuir désormais.

— Comment l'as-tu su ?

— Ta mère l'a dit à la mienne. C'était une remarque anodine, comme quoi elle espérait que tu l'amènerais à la maison. Ma mère l'a mentionné en passant, en supposant que je savais déjà.

Aisha se rappelait cet événement. Sa mère avait prévu un pique-nique pour fêter le diplôme de fin d'études de Tanisha et s'était réjouie de rencontrer Kenneth. Aisha était tout aussi excitée par l'idée de le présenter enfin à sa famille.

Elle avait acheté ses billets et lui avait proposé de réserver les siens. Mais, comme il le lui avait dit un samedi après-midi, allongé près elle, il devait faire un déplacement à Seattle et sa secrétaire s'occuperait de son vol pour le Colorado. Comme tout semblait parfait alors ! Son businessman de petit ami arrivant de Seattle par avion pour rencontrer sa famille.

Jusqu'à ce qu'elle arrive à l'aéroport de Denver et qu'elle reçoive un texto de Kenneth, expliquant qu'il ne viendrait pas car il devait travailler sur un projet exigeant, qui lui prendrait tout le week-end.

Dans un désir désespéré de le croire, elle avait rationalisé son comportement. Elle pouvait difficilement lui en vouloir d'être coincé à l'autre bout du pays par des obligations professionnelles.

Plus tard, elle avait compris qu'il n'y avait sans doute pas eu de voyage à Seattle. Pas plus que les nombreux autres déplacements qu'il invoquait pour couvrir le temps qu'il passait en famille.

— Je suis désolée que tu l'aies appris ainsi.

— Vraiment ? demanda Trey, incrédule. Après tout ce temps… Tu es désolée ou tu es juste soulagée de ne pas avoir été obligée de me le dire ?

— Je ne te dois pas d'explications pour les événements de ma vie privée.

Sur ce, l'expression calme et décontractée de Trey laissa place à une colère ouverte.

— Un peu que tu m'en dois !

— Non, Trey. Nous sommes amis.

— Nous sommes plus que des amis. Nous l'avons toujours été et ce week-end l'a prouvé.

— Ne mélange pas tout.

— Je mélange tout parce que tout est mélangé, Aish ! Ce que je ressens pour toi maintenant. Ce que je ressentais pour toi à l'époque.

— Qu'est-ce que ça veut dire ?

— Ça veut dire que je suis attaché à toi ! Et tu n'as pas pensé à me parler de la chose la plus importante de ta vie. Tu me l'as cachée et tu es partie. En dehors de quelques textos, je ne crois pas t'avoir parlé plus de trois fois durant cette année-là.

— Ce n'était jamais le bon moment pour te parler.

En matière d'excuses, celle-ci était lamentable, mais c'était tout ce qu'elle avait trouvé.

— Et puis ça s'est terminé et il n'y avait plus rien à te dire, en dehors du fait que je m'étais comportée comme une idiote.

— Tu peux tout me dire.

— Je sais que tu le crois, mais je n'y arrivais pas. Chaque fois que j'y pensais, je trouvais toujours une bonne raison de ne pas le faire.

— Pourquoi ?

Un coup sonore à la porte fut suivi d'une brève pause avant que Daria passe la tête par l'entrebâillement.

— Désolée de vous déranger.

— Qu'est-ce que c'est ?

Trey perdait rarement son calme, mais sa réponse tendue indiquait qu'il était à bout de nerfs.

— L'agent Roberts est là. Avec des renforts.

— Des renforts ?

— Apparemment, son superviseur a décidé de se joindre à la fête.

— J'arrive dans une seconde.

Daria disparut aussi vite qu'elle s'était montrée, mais ce fut assez pour offrir une sortie à Aisha.

— Je vais te laisser.

— Nous n'avons pas fini de parler de cela.

— Sans doute pas.

Trey s'approcha d'elle et lui prit la main. Elle sentit la chaleur de ses doigts autour des siens, la caresse de son pouce sur le dos de sa main.

— Je suis là pour toi. Toujours.

— Moi aussi.

— On ne peut pas perdre ça.

Il plongea son regard dans le sien, et elle y vit toutes ces années écoulées entre eux.

— Toujours.

— Je sais.

Il lui pressa la main avant de quitter son bureau à grandes enjambées. Elle contempla la porte quelques instants, avant de reporter les yeux sur le loup. Même si Bree avait peint l'animal seul, Aisha connaissait le mode de vie des loups. Dans la nature, il y aurait eu une meute à proximité.

Elle faisait partie de la meute émotionnelle de Trey, comme il faisait partie de la sienne. Et pourtant c'était difficile de lui parler de Kenneth. Difficile de lui avouer sa naïveté et son embarras. Et encore plus difficile de lui expliquer pourquoi elle ne lui en avait jamais parlé.

Cela faisait beaucoup de choses à questionner et à méditer, mais elle le ferait dans l'intimité de chez elle. Un dimanche après-midi, blottie avec Fitz sur le canapé, à regarder une comédie sentimentale, était sans doute ce dont elle avait besoin.

Ce fut seulement quelques heures plus tard, quand le générique d'un mélo larmoyant avec Julia Roberts se mit à défiler, qu'elle s'autorisa à repasser mentalement sa conversation avec Trey.

Il avait affirmé qu'elle pouvait tout lui dire.

Mais le pouvait-elle vraiment ?

Kenneth avait gâché sa vie et ruiné sa confiance en elle au point qu'elle se rappelait encore parfois combien elle avait souffert.

Comme aujourd'hui.

Si elle en parlait à Trey, cela rendrait les choses réelles. Tangibles. Et cela élèverait une barrière entre eux qu'aucun d'eux ne pourrait tout à fait surmonter.

Elle caressa le poil doux de Fitz en fixant les noms qui défilaient sur l'écran et s'avoua qu'elle ne s'était jamais sentie aussi seule.

Trey avait plusieurs fois eu affaire aux fédéraux au fil des ans. On ne pouvait officier comme shérif sans se heurter aux agences fédérales de temps en temps. Il avait aussi croisé quelques agents quand il était dans la police. À chaque fois, il avait accepté leur prééminence hiérarchique. Il ne s'agissait pas de soumission, mais de la compréhension qu'il existait une chaîne de commande.

Mais apaiser l'agent Roberts et l'homme qui, comme il apparut rapidement, était son « big boss » ne l'intéressait pas le moins du monde.

— Ces meurtres sont préoccupants, shérif, dit le directeur Jared Wright en grattant son petit bouc. Très préoccupants.

— Je suis d'accord.

— Pourtant, ils continuent de se produire.

Le regard de Wright se fit plus aigu.

— Vous avez pris contact avec la police locale ?

Son équipe et lui avaient contacté tout le monde, depuis la police locale jusqu'aux sociétés privées qui assuraient la sécurité des commerces de Roaring Springs et des alentours. Bien que tout le comté soit affecté, Roaring Springs était l'épicentre du problème et avait retenu la plus grande partie de l'attention de Trey et de ses adjoints.

— Mon équipe et moi sommes en contact régulier avec la police de Roaring Springs.

Il était sur le point de donner la liste des organes qu'il avait appelés, mais décida à la dernière minute de ne pas le faire. Quel que soit l'interrogatoire que Wright voulait lui faire subir, il ne lui faciliterait pas les choses.

— Donc beaucoup d'yeux sont tournés vers cette ville.

— Je dirais cela, oui.

— Et pourtant un tueur continue de sévir.

Wright gratta à nouveau son bouc.

— Au point de s'approcher tout près de vos bureaux pour y laisser les restes d'une victime.

Cet aspect des choses restait sur l'estomac de Trey. Cela l'irritait qu'on lui jette à la figure, et il sentait que sa colère n'attendait qu'une étincelle pour flamber.

— Le tueur savait à quelle distance il devait rester pour échapper aux caméras. Le paquet a été déposé juste en dehors de leur portée.

— Et personne d'autre dans la rue n'a aperçu un homme avec un paquet ?

— Nous avons vérifié toutes les bandes du haut en bas de la ville. Rien qui corresponde.

Les vidéos qu'ils avaient regardées ne leur avaient rien appris. Pas de paquet, pas de comportement furtif, rien qui indiquât un tueur en liberté ou même un suspect potentiel.

— Alors trouvez une correspondance, shérif.

Le regard de Trey passa de Wright à Roberts, qui restait tranquillement assis pendant que son patron délivrait ses oracles.

— Je pensais que le travail de police se résumait à chercher la vérité. Pas à une manière commode de boucler l'affaire.

— Je ne parle pas de commodité.

Trey en avait assez de feindre la politesse.

— Alors de quoi parlez-vous ?

— Un tueur arpente la ville depuis trois mois. Qui sait si ce n'est depuis plus longtemps ? Pourtant, vos services se sont montrés incapables de trouver ne serait-ce qu'une piste viable.

Il avait suffi d'une simple inflexion de voix pour que Trey saisisse le véritable problème. Cette légère note d'irritation indiquait non seulement que le tueur les tenait en échec, mais qu'ils étaient aussi frustrés que lui-même.

— Il me semble que mon problème est aussi le vôtre. N'est-ce pas ce que vous essayez de dire, monsieur le directeur ?

— C'est votre comté, shérif.

— Et vous nous avez clairement fait comprendre que c'est votre enquête. Si nous joignions nos forces au lieu de les disperser, nous irions sans doute plus loin.

Wright jeta un coup d'œil à Roberts.

— Nous vous avons tenus informés.

Trey n'avait pas l'intention de mettre l'agent en difficulté. Depuis le début, il lui apparaissait comme un type bien. Mais cela ne voulait pas dire qu'il allait lui laisser toute latitude de développer les pratiques machiavéliques de sa hiérarchie.

— L'agent Roberts a fait ce qu'il pouvait, mais je ne doute pas que ses ressources sont bien plus vastes que les nôtres. Qu'avez-vous obtenu de la base de données nationale ? Des meurtres similaires ? Des femmes disparues qui correspondraient au profil ?

— Nous avons eu quelques touches, mais rien de concluant

Roberts s'avança, prenant la direction de la conversation.

— Ce qui me préoccupe le plus est le changement apparent de direction. La sixième victime de la montagne, Sabrina Gilford, ne correspond pas au schéma. La femme que vous avez à la morgue non plus.

— J'ai les rapports, dit sèchement Wright. Mais pourquoi un *copycat* ?

— C'est ce que nous ne savons pas, monsieur, continua Roberts. Mais plusieurs membres de la famille du shérif Colton ont été ciblés cette année, de différentes manières. Quelque chose semble bouillonner sous la surface.

C'était la description la plus exacte que Trey avait entendue jusque-là de ce qui l'embêtait. C'est-à-dire chacune des agressions contre sa famille, chacun des événements bizarres, depuis le meurtre au ranch de Wyatt à l'agression dont Bree avait fait l'objet, en passant par ce danger impalpable durant le festival cinématographique. Tout cela semblait obéir à un plan d'ensemble, sans rapport avec la conclusion qu'on avait donnée à chaque incident.

Il avait été satisfait de la manière dont on avait traité chacune des affaires, sans pouvoir se départir de l'impression que quelque chose rôdait hors de sa portée, comme un éclair à la lisière de sa vision. Mais, à chaque fois qu'il avait réexaminé les choses, il n'avait pu repérer ce qui le dérangeait. Même s'il savait que c'était là.

Cherchait-il dans la mauvaise direction ? Ou s'était-il laissé bercer par un faux sentiment de sécurité alors qu'il était manipulé de loin ?

— Approuvez-vous cette assertion, shérif ?

— Oui. J'essaye de ne pas me focaliser là-dessus, mais il y a indubitablement un aspect personnel dans ce qu'il se passe. Je ne dis pas cela pour que nous détournions notre attention du tueur. Un psychopathe se balade en liberté et aucun de nous ne peut l'oublier.

— Non.

Malgré ses rodomontades, Wright semblait s'être calmé durant la discussion, et son respect pour Roberts était visible. Il en avait tout autant pour la frustration que tous enduraient dans cette situation.

— Nous sommes ici pour vous aider, shérif. Vous avez ma parole là-dessus.

— Merci.

Les hommes s'attardèrent encore un peu, et Daria trouva moyen de leur offrir quelques parts de pizza. Après leur départ, Trey sentit la fatigue de la journée s'abattre sur lui. Il était tendu et se demandait quoi faire ensuite.

Descendre faire un peu de musculation ou filer chez Aisha ? Le simple fait que cette deuxième option recueille presque toute son attention était une raison suffisante pour faire l'inverse, mais il était las de faire ce qu'il aurait dû faire.

De suivre une sorte de protocole interne qui ne contrarie pas son adversaire aux élections, qui ne piétine pas les plates-bandes des fédéraux et qui n'exige pas de sa meilleure amie qu'elle dise pourquoi elle était sortie si longtemps avec quelqu'un sans le lui dire.

Tout cela pesait lourdement sur lui. Son désir d'agir avec justesse au lieu de lâcher la bride à ses émotions. Il était policier et il savait ce qui se passait quand les gens réagissaient à la hâte. Sauf que... N'y avait-il pas des moments où il fallait précisément se laisser emporter ?

Il retourna à son bureau pour tirer son sac de sport de sous sa chaise. Il reviendrait s'il le devait, mais il avait besoin de voir Aisha. De finir leur discussion précédente, même si cela signifiait sans doute qu'ils allaient s'affronter à nouveau.

Peut-être iraient-ils jusqu'à se réconcilier ?

Accompagné de cet espoir, il sortit du bâtiment et prit la direction de la ville. Inutile d'y aller en voiture, la maison d'Aisha n'était pas loin. Et cela lui donnerait l'occasion de s'aérer tout en réfléchissant à la manière d'aborder les choses.

Le soleil se couchait dans une débauche de rouge et d'or qui lui fit plisser les yeux. Il en conçut l'espoir qu'Aisha et lui réussissent à surmonter tout cela. Ils se frayeraient un chemin au milieu des difficultés et regagneraient un rivage heureux, encore plus beau que celui d'où ils étaient partis.

Une nuit d'amour ensemble était la garantie que de bonnes choses les attendaient. Une vie entière d'amitié l'assurait plus encore.

Cette pensée, cette conviction, redonna de l'élasticité à ses pas, et il pressa l'allure.

Ce fut sans doute ce qui le sauva quand une voiture surgit de nulle part, l'accrocha par-derrière et l'envoya valser dans les airs avec la force d'un mastodonte.

16

Aisha reçut l'appel de Daria. La pièce se mit à vaciller devant ses yeux quand elle saisit les paroles de la jeune femme. Des sirènes passèrent en hurlant devant ses fenêtres, répondant à l'appel lancé par le bureau du shérif.

Quelqu'un avait renversé Trey. Ou essayé de le faire.

Tout se mélangeait dans son esprit. Le souffle court, elle s'efforça de comprendre les instructions de Daria.

— Vous voulez que j'appelle ses parents ? demanda-t-elle.

— Je vais le faire dès que j'aurai raccroché.

La voix de Daria était tendue mais ferme, dégageant un calme qu'Aisha était loin de ressentir.

— Vous voulez que je vous envoie quelqu'un ?

— Non. Ça va.

Ce n'était pas vrai, mais il n'était pas question de distraire un seul membre de l'équipe de sa tâche.

— Je serai là dans dix minutes.

Aisha raccrocha et se laissa tomber sur le canapé, téléphone toujours en main.

Trey avait été renversé. Le pourquoi et le comment étaient confus, mais le fait en lui-même parfaitement clair. Il avait quitté son bureau, ayant apparemment décidé de marcher car sa voiture était toujours au parking. Son corps avait été retrouvé dans la rue principale.

Ce qui voulait dire qu'il venait la voir. Il ne marchait que quand il venait chez elle. Son appartement était trop loin et le ranch de ses parents était situé en bordure de la ville.

Pourquoi l'avait-elle quitté ?

Et pourquoi n'avait-il pas voulu laisser la nuit passer sur leur dispute ?

Sa décision d'aller à pied chez elle l'avait placé directement sur le chemin d'un criminel.

Elle envisagea d'appeler Calvin et Audrey pour leur proposer d'aller les chercher, mais le besoin de se rendre auprès de lui supplantait tout. Les connaissant, ils allaient de toute façon se précipiter à l'hôpital et arriver avant elle.

Elle avait questionné Daria sur la gravité de ses blessures, mais celle-ci en savait peu en dehors du fait que Trey était inconscient quand l'ambulance l'avait emporté.

Depuis qu'on avait découvert les crimes du tueur de l'avalanche, Aisha luttait contre un sentiment d'effroi. La pensée que des crimes d'une telle ampleur aient eu lieu dans leur ville l'avait ébranlée. Elle avait fait tout ce qu'elle pouvait pour tenir la peur à distance. Le sport, son cabinet, l'aide qu'elle apportait à Trey, tout cela était destiné à lui redonner la maîtrise d'elle-même. Mais où cela l'avait-il conduite ? Où cela les avait-il tous menés ?

Trey était à l'hôpital, luttant pour sa vie.

Son rêve était confus, brumeux. Aisha était dans son bureau, vêtue d'un débardeur mandarine et d'un short kaki qui dévoilait ses longues jambes sexy. Elle arborait une expression coléreuse, sans qu'il comprenne pourquoi.

Était-elle furieuse ? Triste ?

Cela le perturbait, mais il ne cessait de regarder par la fenêtre de son bureau. Cherchait-il quelqu'un ? Et pourquoi devait-il appeler le gouverneur ?

Quelqu'un lui prit la main. Était-ce Aisha ? Sa mère ? Tout se mélangeait. Une sorte de bourdonnement se déclencha dans sa tête quand une voix s'éleva près de lui :

— Réveille-toi, chéri. Nous sommes là.

Indubitablement sa mère.

— Trey ? Reviens-nous, s'il te plaît.

OK. Ça, c'était Aisha.

Revenir ? Où était-il ?

Il prit conscience d'un bip prolongé, en contrepoint des voix. Lointain mais insistant, il l'empêchait de sombrer à nouveau dans le brouillard.

Puis il entendit des sanglots, des reniflements, des soupirs. Il connaissait ce bruit, le bruit des larmes. Était-ce sa mère qui pleurait ? Ou Aisha ?

Ses paupières pesaient comme du plomb, ce qui ajoutait à son sentiment de panique. Pourquoi pleurait-on près de lui ? Se concentrant sur cette question, il ignora le bip qui semblait gagner en puissance et s'efforça d'émerger.

Soudain il ouvrit les yeux et il se rendit compte de trois choses. Sa mère pleurait. De même qu'Aisha et Bree. Et il y avait un sifflement bizarre.

Parce qu'il était à l'hôpital.

— Salut...

Ce mot sortit de sa bouche comme un croassement. Tout le monde se mit à parler en même temps, et il sentit la désorientation le reprendre.

Il voulait savoir ce qui l'avait amené à l'hôpital. Il revit mentalement les derniers jours, catégorisant les souvenirs au fur et à mesure.

Un barbecue chez ses parents par une belle soirée d'été. Un dîner avec la famille au grand complet au Château. L'amour avec Aisha.

Aisha.

— Que s'est-il passé ? demanda-t-il finalement.

— Chut, murmura sa mère. Tu as été blessé, chéri.

— Comment ?

— Quelqu'un t'a renversé.

C'était son père qui avait parlé d'une voix rauque. Ses yeux brillaient, comme ceux d'Audrey.

Il était attiré par le brouillard, prêt à sombrer à nouveau dans l'obscurité. Mais l'expression des visages devant lui l'incitait à rester éveillé.

Ils étaient tous là. Ses parents, Bree et Rylan derrière elle. Et Aisha. Assise au bout de son lit, elle avait posé une main sur ses pieds.

— Qu'est-ce qui m'est arrivé ? Aisha ?

— Quelqu'un t'a renversé avec sa voiture. Au moment où tu sortais du parking.

Il se souvint qu'il marchait. Il allait voir Aisha, car leur dispute lui faisait l'effet d'une blessure ouverte. Il avait besoin de se réconcilier avec elle. De tout réparer, même s'il ne savait pas bien ce qui n'allait pas.

Tout ce qu'il savait – il s'en souvenait maintenant – c'était qu'il devait faire amende honorable.

— On t'a tendu une embuscade, fils. D'après ce que disent tes adjoints, quelqu'un attendait que tu sortes du bureau. Tu as été renversé et laissé au milieu de la rue pendant que le salopard s'enfuyait.

Les paroles de son père, simples et directes, suffirent à l'enraciner de nouveau dans la réalité. On avait foncé sur lui et « embuscade » était le mot juste.

— Quand ? demanda-t-il.

— Vers 18 heures, répondit son père. Il est 22 heures maintenant.

Trey ne se rappelait ni choc ni la voiture, mais de vagues souvenirs flottaient dans son cerveau. Le hurlement des sirènes, qui lui avait paru enfler dans sa tête. Le trajet en ambulance, comprit-il. Il avait eu froid quand on lui avait enlevé sa chemise.

Il se rappelait aussi des questions. On lui avait demandé de bouger les membres, de remuer les doigts. Puis il avait dormi.

Une immense torpeur, une sorte d'épuisement pesait sur lui. Il fit effort sur lui-même et se redressa à moitié, grognant de douleur. Quand il s'était réveillé, la douleur était sourde, mais maintenant qu'il bougeait il sentait des élancements. Il avait mal partout, surtout dans le dos.

Un infirmier fit irruption dans la chambre. Trey le reconnut vaguement. Il connaissait la plus grande partie du personnel de l'hôpital, et il essayait encore de se remémorer son nom quand il vit son badge sur la poitrine. *Dan*.

— Comment vous sentez-vous, shérif ?

— Comme si on m'avait roulé dessus.

— Tant mieux.

Dan se mit au travail, vérifiant les moniteurs et tapant sur le clavier en dessous.

— Ça fait mal, mais la douleur signifie que vous êtes vivant.

Dan leva des yeux d'un vert franc.

— Que vous pouvez bouger.

Trey comprit le sous-entendu, de même que tout le monde dans la pièce. Il les entendit parler de s'éclipser. Sa mère lui pressa la main et lui dit qu'ils attendraient à l'extérieur. Il revint alors à lui et chercha Aisha.

— Reste, s'il te plaît.

Elle hocha la tête, mais se plaça en retrait pendant que Dan s'activait. Ce fut seulement quand l'infirmier partit avec un clin d'œil et une promesse de double dessert qu'elle se rapprocha de lui.

Avant qu'il puisse dire un mot, elle se pencha sur lui et posa un baiser fervent sur ses lèvres.

— Je suis désolée. Je suis vraiment désolée.

Bouger dans n'importe quel sens lui faisait mal. Mais quand il posa les mains sur les épaules d'Aisha, la douleur devint supportable. Il lui caressa le cou du pouce.

— Je suis désolé aussi.

— C'était moi. J'étais bouleversée par la nuit dernière. Et je n'aurais pas dû dire ce que j'ai dit.

— Si, Aish. Tu peux tout me dire. Toujours.

Les larmes qu'il avait entendues plus tôt revinrent en force, roulant sur ses joues.

— J'ai eu tellement peur. Je n'arrêtais pas de me dire que c'était la dernière chose que nous nous étions dite. Je ne peux pas te perdre.

Elle pressa ses mains. Ses paumes étaient froides. L'air conditionné était en marche dans la chambre, mais peut-être avait-elle peur aussi ? Il s'efforça de la rassurer, mais les mots lui manquaient.

Quelqu'un avait délibérément essayé de le tuer. En tant que policier il côtoyait le danger, cela faisait partie de son métier. Mais ça ? Un acte délibéré ?

C'était un avertissement. Quelqu'un rôdait, qui voulait sa mort. Cela ne pouvait pas être plus clair.

L'agitation en ville était palpable. Il l'avait perçue en allant chercher des donuts, à la station-service en remplissant son réservoir, et même en arrivant au travail.

Tout le monde parlait de Trey Colton.

Quelqu'un l'avait renversé en voiture, manquant le tuer. D'autres considérations émergeaient rapidement. Les pauvres, pauvres Colton et tout ce qu'ils avaient enduré. Leurs épreuves avec la disparition de Skye Colton et maintenant ce dernier événement.

Les pauvres Colton, mon œil. En ce qui le concernait, ils n'avaient eu que ce qu'ils méritaient. Mais il ne l'avait dit à personne. Oh non.

Il avait écouté, feignant de s'absorber dans le choix des donuts ou le remplissage de son réservoir. Il avait émis bien fort le souhait qu'on arrête le coupable. Et il avait écouté les ragots prétendument bienveillants, en dégustant son donut à la crème.

Il était bien placé pour savoir que les caméras de sécurité n'avaient rien enregistré d'utile. Il avait veillé à dissimuler les plaques d'immatriculation avec de la boue et était allé rapporter la voiture « empruntée » à quelques kilomètres de là.

C'était vraiment dommage que Colton ait soudain pressé le pas. Il avait délibérément choisi une hybride, afin qu'il ne l'entende pas arriver. Mais, même ainsi, le shérif avait paru tout à fait inconscient du danger.

Comme tous les autres.

N'était-ce pas le vrai plaisir là-dedans ?

Tout le monde parlait des *pauvres* Colton, mais ce n'était qu'un tas de pourris. Après une vie entière à jeter leur nom et leur argent à la face du monde, ils méritaient ce qui leur arrivait.

Mais il devait admettre qu'il se serait attendu à un peu plus de lucidité de leur part. Pourquoi ne comprenaient-ils pas que leur heure était arrivée ? Il y avait de quoi péter un câble.

Enfin... Il avala la dernière bouchée du donut – le seul qu'il se permettrait de la semaine – et réfléchit à la journée qui s'étalait devant lui.

Il était temps de revenir à ses moutons. Trey Colton était à l'hôpital, cible facile pour qui lui voulait du mal.

Il avait deviné qui avait assassiné la femme dans les bois. Cela lui était venu durant la nuit, et il n'avait eu qu'à jeter quelques hameçons pour s'en assurer. Dommage que les flics soient trop bêtes pour le comprendre, mais ce n'était pas son problème.

Sa tâche à lui était de s'informer et de faire des calculs soigneux. Il savait une chose que les flics ignoraient : c'était la vengeance qui faisait tourner le monde.

Aisha avait rarement, voire jamais regretté sa décision de ne pas faire médecine. Elle avait choisi la psychologie clinique parce qu'elle voulait s'occuper de patients sans les horaires à rallonge et les difficultés des médecins.

Mais, en voyant les spécialistes défiler dans la chambre de Trey, elle aurait aimé comprendre ce qu'ils observaient.

On lui avait dit plusieurs fois quelle chance il avait d'avoir évité une commotion. Mais il n'avait pas pu éviter les deux tonnes de métal qui l'avaient embouti par-derrière.

Plus d'une centaine de Colton étaient passés, avaient téléphoné ou envoyé un texto durant les dernières vingt-quatre heures. Des parents vivant dans des endroits aussi éloignés que le Dakota du Sud ou le Texas avaient appelé pour prendre de ses nouvelles. Trey avait accepté tout cela avec équanimité, même si elle voyait la tension monter en lui.

On était maintenant lundi soir et, toujours confiné sur son lit d'hôpital, il était prêt à exploser. Même l'arrivée de Bree et Rylan n'avait pas suffi à apaiser son irritation. Il feignait de prendre les choses avec philosophie, mais Aisha ne s'y était pas laissé prendre, pas plus que sa sœur.

— J'aimerais tellement que vous veniez au refuge ce week-end. Nous allons bientôt accueillir des émeus et nous sommes en train de leur préparer un enclos.

Le regard de Bree se posa sur les machines entourant Trey, et elle hésita légèrement avant de reprendre :

— Rylan et moi adorerions que vous nous aidiez à l'installer.

— On verra, grogna Trey.

Aisha prit bravement le relais d'un ton joyeux.

— Quelle bonne idée ! Quelques jours à la campagne lui feraient le plus grand bien. Des émeus ? Vraiment ?

— Ils ont besoin d'être soignés. Et on devrait pendre leur précédent propriétaire, ajouta Bree d'un air sombre.

Aisha resta tranquillement assise tandis que la conversation se poursuivait. Bree et elle finirent par descendre à la cafétéria, laissant Trey raconter l'accident à Rylan. Le fiancé de Bree avait passé plusieurs années dans l'armée, et ses connaissances tactiques seraient utiles à Trey pour comprendre ce qui lui était arrivé.

— Il est de mauvaise humeur, dit Bree dès que les portes de l'ascenseur se refermèrent sur elles. Non pas que je le lui reproche…

— Non, bien sûr. Il déteste l'hôpital, et il a failli exploser quand on lui a dit qu'il devait rester une nuit de plus en observation.

— Tu crois qu'il va s'en tirer sans dommage ?

Malgré l'agacement que lui inspirait l'attitude revêche de son frère, Bree était visiblement inquiète.

— Je crois que oui. Je ne comprends pas tout, mais j'en sais assez pour saisir l'essentiel. Il n'a pas de commotion cérébrale ni de fracture. Mais le choc était énorme, et comme il a été projeté en l'air ils veulent garder un œil sur son système vasculaire.

— Bon. C'est une bonne chose qu'ils soient prudents.

Aisha le pensait aussi, mais Trey avait manifestement un autre avis sur la question. Ses récriminations avaient atteint un pic depuis la dernière visite du médecin, et il était insupportable. Même ses parents avaient décidé de le laisser tranquille, en promettant de revenir le lendemain.

Elles arrivèrent à la cafétéria en quelques secondes. Aisha y avait passé plus de temps au cours des dernières vingt-quatre heures qu'elle n'avait jamais imaginé le faire, mais au moins le café y était bon. Tandis que Bree et elle ajoutaient lait ou sucre à leurs boissons, elle demanda :

— Tu étais sincère en nous invitant au refuge ?

— Oh oui ! J'adorerais que vous veniez. Et je suis si fière de ce que Rylan a fait.

Aisha n'avait pas encore visité le domaine, mais elle avait entendu parler du travail de Rylan pour sauver les animaux sauvages.

— Je peux te poser une question ? reprit Bree d'un ton beaucoup plus sérieux.

— Bien sûr.

Aisha jeta sa touillette et désigna une table à proximité.

— Asseyons-nous.

Elles avaient à peine pris place que Bree se lança :

— Je ne veux pas accabler Trey avec ça ou lui donner l'impression que je ne le soutiens pas. D'autant plus que tout le monde pense à ce nouveau meurtre...

— Mais ? la pressa Aisha.

— Est-ce qu'on cherche Skye ? Je m'en veux d'être obsédée par elle, mais je me fais du souci.

— Trey aussi. Nous sommes tous inquiets. Et je sais que les adjoints ont été briefés sur sa disparition.

Aisha n'avait pas l'intention de justifier Trey, mais elle savait combien il était occupé.

— Tout arrive en même temps.

— Je sais. Ça a été comme ça toute l'année, et la découverte de ces femmes a encore aggravé les choses.

— Comment vis-tu ça ?

Bien qu'elle se comporte rarement en tant que psychologue avec ses proches, Aisha était consciente qu'ils le pensaient peut-être et elle ajouta rapidement :

— Je te le demande en tant qu'amie.

Un prompt sourire s'étala sur les jolis traits de Bree.

— Et en tant que sœur...

— Ça aussi...

Aisha ne put se forcer à prononcer le mot *sœur*. Trey et elle avaient commencé à se réconcilier, mais cela ne changeait rien au fait que leurs fiançailles étaient simulées. Une nuit d'amour ne changeait pas la donne. Ou n'aurait pas dû la changer.

Ils avaient fait un pacte, et elle était résolue à le respecter. Il aurait trop simple de se répéter qu'ils s'étaient entendus à merveille sur le plan physique. C'était précisément ce contre quoi elle devait se protéger.

— Voyez-vous ça ! Deux poulettes dans un clapier...

Bree et elle se turent en entendant ces mots. Aisha n'eut même pas besoin de tourner la tête pour savoir de qui il s'agissait. La voix suffisait, de même que le mépris et l'hostilité qu'elle véhiculait.

— Dois-je appeler la sécurité ?

Trace Evigan se dressait au-dessus de leur petite table.

— Je n'ai rien fait de mal. Nous sommes dans un lieu public.

— Et pourtant vous n'arrêtez pas d'envahir mon espace et de proférer des choses désagréables. Je commence à penser que vous me harcelez.

Bien qu'il soit odieux, il avait raison en disant que ces rencontres s'étaient déroulées en public. Aisha était consciente que sa remarque était une piètre rebuffade.

Et pourtant...

Il plissait les yeux et bombait la poitrine dans une attitude belliqueuse.

— Trace Evigan ne harcèle personne.

— Alors que voulez-vous ? lança Bree.

— Je suis venu présenter mes respects. J'ai entendu parler de ce qui est arrivé au shérif. Ce serait dommage qu'il meure avant que mon frère puisse le battre en novembre.

Ses *respects* ? Ce type ne connaissait même pas le sens de ce mot !

— Vous comptez toujours vos poulets ? riposta Aisha.

— Haha...

Bruyant et odieux, son rire résonna dans la grande salle.

— Les poulets ont l'air d'avoir bien poussé, maintenant.

Sur ce il lâcha un autre ricanement et s'éloigna. Aisha fixait encore le seuil de la cafétéria quand Bree reprit la parole :

— Quels poulets ?

— C'est un tordu.

Aisha agita la main, le souvenir de leur rencontre devant chez Bruno encore à l'esprit.

— Sa vie fût-elle en jeu, il n'arriverait pas à utiliser une expression idiomatique à bon escient. Hier, il m'a dit que Trey comptait ses poulets avant qu'ils soient sortis de l'œuf.

— C'est un casse-pieds.

— Oui, mais comme nous avons de plus gros problèmes, nous nous inquiéterons de lui plus tard.

Ayant conclu sur ce point, elle n'en parla pas à Trey. Elle ne laisserait pas Trace Evigan l'ennuyer sans lui voler dans les plumes.

Une métaphore appropriée, pensa-t-elle avec satisfaction en s'installant pour la nuit sur une chaise longue dans la chambre de Trey. Elle avait eu l'intention de rentrer chez elle – Trey avait insisté pour qu'elle dorme dans son lit —, mais la rencontre avec Evigan l'avait tout de même perturbée et elle avait eu envie de rester. La télévision marchait tout bas, et elle zappa d'une chaîne à l'autre pendant un moment.

La découverte du corps faisait encore la une des journaux télévisés. La veille, les adjoints de Trey, en lien avec la police locale, avaient identifié la femme comme étant Wendy Sinclair. C'était une touriste qui, selon le réceptionniste de l'hôtel où elle avait séjourné, passait peu de temps dans sa chambre, avide de sortir s'amuser et de profiter des dernières belles journées d'été.

Quel amusement, pensa Aisha, somnolente. La pauvre fille était morte, et ces vacances au Colorado avaient été les dernières de sa vie.

Le sommeil l'avait presque prise quand elle se redressa soudain, saisie d'une intuition fulgurante.

La morte.

Les stupides commentaires d'Evigan sur les poulets.

Et le message.

— Qu'est-ce qu'il y a ?

Trey était bien réveillé, le regard vif et alerte.

— Le message. Celui qu'on vous a laissé la semaine dernière.

— Il est sur mon téléphone.

Trey prit son smartphone sur la table de chevet et le manipula avant de lui passer.

— Voilà.

Elle lut le message d'un regard neuf.

Bête comme le renard
Prends garde à tout
Preuve au placard
Victime à tout coup.

Bête comme le renard.

Ils s'étaient concentrés sur les rimes et avaient raté l'élément principal. Les renards n'étaient pas *bêtes*, ils étaient *rusés*. N'importe qui savait cela. Et Trace Evigan mélangeait continuellement les expressions idiomatiques.

— Que se passe-t-il, Aish ?

Elle expliqua son raisonnement.

— Il l'a fait au dîner de la semaine dernière au Château, tu te souviens ? Il a dit « on attrape plus de miel avec des mouches ». Et il l'a refait hier quand je suis allée chez Bruno.

— Tu penses que c'est lui ?

— Je pense que c'est une piste à explorer.

Trey tendit la main.

— Tu me rends mon téléphone ?

Elle le lui donna et ne s'étonna pas de l'entendre appeler Daria. Mais ce fut la suite qui la stupéfia.

— Appelle Roberts et dis-lui de venir avec ses profileurs. Je sors d'ici et je vous rejoins au bureau.

17

Malgré la douleur, Trey persévéra dans son intention. Il fit une frayeur aux infirmières en pressant le bouton d'urgence et, les voyant bouche bée au pied du lit, se mit en devoir de retirer lui-même sa perfusion. Cela les mit en mouvement.

Il régla les papiers en bas et quitta le Memorial en un temps record, sachant qu'il aurait à se justifier auprès de sa mère et d'Aisha quand tout serait fini.

Mais il devait retourner au travail.

Daria avait déjà rassemblé les informations disponibles sur Trace Evigan, et tout était étalé sur la table de la salle de réunion quand il y pénétra. L'agent Roberts était aussi là, l'air bien réveillé malgré l'heure tardive.

— D'accord, Colton.

Roberts désigna les dossiers.

— Faites-nous un résumé.

— C'est Aisha qui le fera.

Trey se tourna vers Aisha, fier d'elle. Son intelligence et sa capacité à faire des liens étaient l'une des innombrables raisons pour lesquelles il l'aimait.

L'amour.

L'amour jusqu'au bout. Un amour émergeant d'une amitié et qui s'enrichissait au fil du temps. Mais pourquoi pensait-il à cela ? Ils étaient en public et devaient arrêter un meurtrier.

Inconsciente de la direction de ses pensées, Aisha prit la parole :

— Tout du long, nous nous sommes préoccupés de deux éléments majeurs. La rupture de schéma que constituaient le meurtre le plus récent et le galimatias apparent de cette lettre.

Elle tapota la photo du message.

— C'est la référence au renard qui m'a mis la puce à l'oreille. Le reste ressemble à un fatras de rimes dénuées de sens, mais cette première phrase correspond à un autre schéma.

— Quel schéma ? demanda Roberts en s'avançant vivement.

Aisha lui expliqua le raisonnement qu'elle avait tenu à Trey à l'hôpital. Elle souligna les commentaires de Trace au Château, ainsi que l'altercation qu'ils avaient eue devant chez Bruno et les insultes qu'il avait lancées à la cafétéria.

— Il fait pression pour que son frère soit élu. Il a visiblement quelque chose à y gagner, dit pensivement Roberts. Mais il doit y avoir autre chose.

— Ce serait une aubaine pour ses affaires, intervint Daria. On n'a que des rumeurs pour l'instant, pas de quoi l'épingler. Mais il se murmure qu'il est passé de trafics à la petite semaine au trafic d'armes.

— À la petite semaine ? releva Trey, curieux de savoir pourquoi ils n'avaient rien vu venir.

— Rien de flagrant. Mais, maintenant que j'ai posé des questions, il semble que depuis des années il fasse office de bookmaker et d'entremetteur pour les gros flambeurs d'ici. Il sait où se procurer de la drogue et des prostituées de haut vol, et il a fait pas mal d'argent avec ça.

— Et les armes ? insista Roberts.

Daria prit un mince dossier.

— Les détails sont vagues, mais une cargaison a été interceptée à la frontière du Nouveau-Mexique il y a quatre mois.

— Je m'en souviens, dit Roberts. Notre bureau en a fait tout un foin, puis les meurtres ont été découverts et toute l'attention s'est portée sur eux.

Entendre Roberts reconnaître que les fédéraux n'avaient pas non plus les effectifs souhaités fut étrangement réconfortant pour Trey.

— Donc nous avons des soupçons, mais pas assez d'éléments concrets pour un mandat.

— On peut essayer de creuser l'angle bookmaker. Voir si on peut en tirer quelque chose, dit Daria.

Daria collaborait avec Roberts depuis le début, et Trey était fier de ce qu'elle avait accompli. Mais il était temps de passer à l'action.

— Nous n'avons pas besoin de mandat.

— Comment ça ? demanda Daria.

— Ce type adore être le centre de l'attention. Je vais provoquer une dispute avec son frère, et nous aviserons à partir de là.

Aisha fut la première à réagir.

— Il y a une heure, tu étais encore sur un lit d'hôpital.

— Je n'y suis plus.

— Trey, allons...

— Elle a raison, Colton, intervint Roberts. Il ne faut pas sous-estimer ce type, malgré ses rimes affreuses.

Trey appréciait leur souci, mais il n'allait pas laisser la perspective de quelques bleus le stopper. Pour la première fois, ils avaient une piste. Qu'il soit damné s'il la gâchait.

— Si Evigan espère développer son trafic en hissant son frère au pouvoir, il faut l'arrêter. Ce crétin belliqueux m'énerve depuis le début. Je ne vais pas rater l'occasion de les épingler tous les deux.

Aisha savait qu'il était inutile de discuter, mais elle n'était pas prête à céder sans faire une tentative. Daria avait emmené Roberts dans un bureau vide pour qu'il puisse passer un appel personnel, et cela lui donna quelques précieuses minutes pour argumenter.

— Trey, redis-moi pourquoi tu ne peux pas attendre quelques jours ? Evigan ne va pas s'évaporer comme ça. Il casse les pieds à tout le monde. Où irait-il ?

— Il pourrait prendre la poudre d'escampette s'il apprend que nous le soupçonnons de meurtre.

— C'est aller un peu vite en besogne. Nous ne savons pas s'il est le meurtrier. Il y a un abîme entre le trafic de drogue, de prostituées et d'armes et le meurtre.

— Il est manifestement passé la vitesse supérieure. Il a davantage à risquer.

Trey arpentait son bureau, comptant les crimes de l'homme sur ses doigts.

— Le meurtre n'est pas aussi éloigné que tu crois.

— Mais il est du cru, et personne ne lui a imputé de vrai crime pour le moment. Tu ne l'avais même pas dans le collimateur jusqu'ici, et maintenant…

Aisha comprit qu'elle avait trop parlé. La douleur, l'exaspération et la colère mêlées firent exploser Trey de rage.

— Je sais très bien que je ne l'avais pas dans le collimateur ! C'est pourquoi il ne va pas s'en sortir si facilement !

— Ce n'est pas ta faute.

— Si, c'est ma faute !

Sa fureur bouillonnait, en quête d'une issue. Aisha en était consciente et fit ce qu'elle pouvait pour l'aider à traverser cet instant.

— Son frère est une grande gueule raciste ! Une épine dans mon pied ! J'aurais dû comprendre qui sont ces gens et pourquoi ils s'en prenaient à moi de cette manière.

— Tu n'es pas omniscient, Trey. Personne ne l'est.

— C'est mon boulot de comprendre ! De savoir !

Les bonnes résolutions d'Aisha s'évanouirent en un clin d'œil.

— Bien sûr ! Parce que au milieu d'une enquête sur un tueur en série, avec les fédéraux collés à tes basques, tu aurais dû tout savoir ! Quel mauvais shérif tu fais !

— Oui !

— Ce sont des idioties !

Échauffée par la colère de Trey, elle décida d'en finir.

— Je te regarde depuis des mois. Tu t'es convaincu au fond de toi que tu devais te charger de ce fardeau tout seul.

— Parce qu'il m'appartient.

— Non, c'est le nôtre. Celui de ta famille. Celui de tes adjoints. Nous sommes tous là pour toi. J'étais là pour toi.

Elle hésita avant de poursuivre.

— J'aurais été là, avec ou sans fausses fiançailles.

— C'est un autre sujet.

— Vraiment ? Tu reçois la visite de l'assistant du gouverneur et soudain tu décides que tu dois jouer la comédie à toute la ville ?

— Ce n'est pas une comédie.

La panique saisit Aisha. Oh ! bonté divine, elle devait être prudente. Elle aurait voulu que ce soit vrai, mais si elle commençait à y croire, si elle commençait à croire en l'avenir, elle serait fichue.

Elle avait déjà fait cela une fois. Elle avait cru de jolis mensonges et en avait payé le prix fort. Il lui avait fallu des années pour reprendre confiance en elle. Et elle n'y était arrivée que parce qu'elle avait pris conscience que Kenneth n'arrivait pas à la cheville de Trey.

C'était seulement maintenant qu'elle affrontait la vérité. Celle que sa conscience n'avait cessé de lui murmurer. Ses sentiments pour Trey n'étaient pas fugaces. Et que le ciel lui vienne en aide, il lui serait impossible de sortir de ceci indemne.

Mais elle devait croire en sa capacité à garder un semblant de contrôle. Elle poursuivit donc :

— Si, Trey, c'en est une.

Avec une agilité surprenante pour quelqu'un qui était à l'hôpital moins de deux heures auparavant, Trey la prit dans ses bras et plaqua sa bouche contre la sienne. Une bouche dure et exigeante.

Oh ! comme elle avait eu envie de cela. Comme elle avait envie de croire qu'ils pouvaient se laisser couler dans le désir et que tout irait bien. Parce que c'était l'impression que cela donnait. Que tout allait bien. Mieux que bien, en fait.

C'était merveilleux.

Ce fut sa dernière pensée cohérente car il l'embrassa avec une urgence telle qu'on aurait cru qu'il voulait la marquer.

Sans se dérober, elle lui rendit son baiser, exprimant ainsi ses sentiments puisqu'elle ne pouvait le faire avec des mots.

Ils étaient amis. Mieux que des amis, en réalité. Mais cela ne voulait pas dire qu'ils étaient destinés l'un à l'autre.

Elle s'était convaincue qu'ils pouvaient être meilleurs, plus grands que ce qu'ils étaient. Qu'ils pourraient feindre d'être fiancés et faire l'amour sans que leur amitié en souffre. Mais elle voyait désormais la vérité de tout cela. Il n'y aurait pas de retour en arrière. Jamais.

Il fallait avancer, et elle craignait qu'une fois la poussière retombée ils se rendent compte qu'ils devaient continuer leur chemin séparément.

— Trey...

Elle posa les mains sur ses épaules pour l'immobiliser.

Il s'arrêta immédiatement, les yeux brillants de désir.

— Oh ! Aish ! S'il te plaît, ne t'éloigne pas de moi.

— Ce n'est pas réel.

— Si, ça l'est.

Il pressa son front contre le sien.

— C'est la chose la plus réelle que j'ai jamais vécue.

— C'est un mirage.

Elle avait murmuré ces mots, effrayée de leur pouvoir. Aussi effrayée de nier ce qu'il y avait entre eux que de l'accepter.

— Mais non, bon sang ! Je t'aime !

Tout ce qu'elle avait attendu – espéré – était contenu dans ces trois mots. Il aurait été facile de céder. Si facile de s'abandonner. Mais elle avait déjà fait cela une fois et elle devait rester forte.

Relevant la tête, elle posa un baiser sur ses lèvres et chuchota doucement avant de reculer :

— Je t'aime aussi. Je t'ai toujours aimé. Mais ça ne suffit pas.

Trace Evigan ignora un nouveau bip sur son téléphone et s'assit sur le canapé avec son ordinateur. Barton et lui avaient toujours eu des relations assez froides, et ces dernières semaines lui avaient rappelé pourquoi.

Son frère était un pleurnichard. Enfant déjà, il le poursuivait partout en l'importunant de ses criailleries. C'était un enquiquineur, et les trente dernières années n'y avaient pas changé grand-chose.

Donc oui, il ignorait ses textos et s'occupait de ses affaires. L'unique raison pour laquelle il soutenait le désir de Barton de devenir fonctionnaire. Il fallait que le shérif soit son allié et qu'il détourne les yeux de ses activités.

Le trafic d'armes était sa chance. Trace gardait toujours une oreille à l'affût et, quand il avait entendu dire par un de ses hommes qu'un gros bonnet du trafic de drogue et d'armes renonçait à un bel hiver à Miami pour venir skier dans le Colorado, il avait fait assaut de charme pour lui être présenté.

Durant les premières minutes, il avait craint pour lui-même. Victor Espirito avait paru plus qu'un peu irrité de devoir parler business pendant ses vacances. Ses yeux noirs étaient d'une froideur glaciale, mais Trace avait insisté. Il lui avait parlé de ses contacts et lui avait fait part de ses idées pour développer les affaires dans l'ouest du pays. Bien sûr, il avait dû marcher sur des œufs, mais il avait réussi à le convaincre.

Et il avait maintenant un contrat pour plusieurs cargaisons de drogue et d'armes.

La découverte de ces femmes dans la montagne avait failli tout faire capoter. Espirito avait eu la trouille, persuadé que les fédés allaient s'en mêler. Mais Trace avait insisté à nouveau. Puis il avait eu l'idée d'inclure Bébé Bart dans l'histoire.

Barton croyait que Trace ne s'occupait que de comptabilité, et c'était parfait comme ça. Moins il en savait, mieux c'était. Mais mettre le Grand Méchant B. à la place du shérif ferait beaucoup pour calmer les craintes d'Espirito.

Si seulement il n'y avait pas eu un Colton à ce poste. Trey Colton était l'un des pires de la bande. Trace avait réfléchi aux moyens de le compromettre, mais sa réputation était en béton. Et avec la nouvelle fiancée qu'il exhibait en ville, c'était fichu.

Il avait besoin d'une idée, et le temps filait. Il avait cru que Barton aurait le dessus, mais le vent semblait avoir tourné en faveur du shérif. La femme qu'il avait laissée en bordure du petit bois avait réveillé les craintes des habitants. Mais elle avait aussi fait émerger l'idée qu'il s'agissait d'un *copycat*. C'était la dernière chose dont il avait besoin.

Il s'était montré prudent, mais il ne fallait pas qu'Espirito apprenne ce qui se passait. Et il ne fallait pas non plus qu'on cherche tout à coup un autre meurtrier que le tueur de l'avalanche. Bon sang, quelle panade !

Son téléphone se mit à sonner, et il répondit par réflexe, oubliant qu'il filtrait les messages de Barton.

— Evigan.

— Bonjour, monsieur Evigan. Je suis ravi de vous entendre.

Trace éloigna le téléphone de son oreille, curieux. Numéro inconnu. Était-ce Espirito ? Il n'osa pas demander et mit autant d'autorité que possible dans son ton.

— Qui est-ce ?

— Un ami.

— J'ai des tas d'amis. Et je connais leurs noms à tous.

— Vous n'avez pas besoin de connaître le mien.

— Alors je vais raccrocher.

— Faites ça, et il ne me sera que trop facile de donner votre nom aux autorités. Elles seront ravies de clore l'affaire de cette pauvre Wendy Sinclair.

Une bouffée de panique lui tordit l'estomac. Trace se leva avec agitation.

— Je ne sais pas de quoi vous parlez.

— Bien sûr que si. Cette pauvre fille qui a terminé sa vie dans les bois. Vous vous êtes débrouillé pour dissimuler votre identité, mais pas assez pour moi.

Trace savait depuis longtemps qu'il fallait soit ne jamais renoncer soit renoncer tout à fait. En dehors de quelques railleries pour titiller Colton et pousser ses adjoints à le déprécier, il avait été très prudent. Tuer n'était pas sa besogne favorite et il savait comment garder les mains propres.

— Comme je vous l'ai dit, je n'ai pas besoin d'autres amis.

— Je pense que vous allez vouloir me connaître. Pourquoi

ne pas nous rencontrer dans ce petit bois, puisque vous l'aimez tant ? Je suis un lève-tôt, donc je vous verrai à 5 heures.

La ligne fut coupée avant que Trace puisse protester. Il avait les poils hérissés sur la nuque, mais il n'y avait rien à faire, il devait aller au bout de cette histoire.

Les enjeux étaient trop grands. Il jouait dans la cour des grands, maintenant. Et les grands ne laissaient jamais rien au hasard.

Ça ne suffit pas.

Trey fixait l'écran de son ordinateur. Il y voyait trouble, et ses yeux brûlaient de fatigue. Mais les paroles d'Aisha brûlaient bien davantage au fond de son esprit.

Bien sûr que ça suffisait, il le savait. Ils avaient peut-être mis très longtemps pour en arriver à ce point, et leur chemin n'avait été ni logique ni orthodoxe, mais ils y étaient arrivés, bon sang.

Ils avaient trouvé leur voie.

Pourquoi ne le comprenait-elle pas ? Ou pis, pourquoi était-elle si déterminée à le comparer à cet abruti avec lequel elle sortait à l'université ? Oui, leurs prétendues fiançailles étaient une ruse, mais cela ne signifiait pas qu'ils mentaient sur toute la ligne. Ils s'étaient montrés honnêtes l'un envers l'autre et avec leurs familles.

Ce qui lui était arrivé à New York n'avait rien à voir. Ce type lui avait caché qu'il avait une famille et avait feint le bonheur avec elle alors qu'il lui mentait constamment. Ce n'était pas du tout la même chose.

Comme ses pensées tournaient en rond, il essaya de passer à autre chose. Il était déjà fatigué, donc il pouvait aussi bien continuer à travailler. Sans compter qu'il était hors de question de perdre une autre journée alors que le tueur se promenait en liberté.

Il avait avalé une autre aspirine vers 2 heures du matin et s'était mis à étudier les dossiers de Daria. Ils étaient comme toujours minutieux et détaillés, mais il avait dû pourtant en relire certains deux fois, luttant contre l'épuisement.

La sonnerie de son téléphone le fit sursauter, le tirant d'une sorte d'hébétude. Trey jeta un coup d'œil à l'appareil et vit que l'écran affichait « numéro inconnu ».

Un appel anonyme sur le téléphone personnel du shérif ?

— Colton à l'appareil.

— Je pensais bien que vous seriez encore debout.

La voix était légèrement étouffée, mais il n'y avait pas à se tromper sur le ton de jubilation menaçante.

Le tueur de l'avalanche ?

— Que voulez-vous ?

— Oh ! il ne s'agit pas de ce que je veux, mais de ce que *vous* voulez.

— Je ne veux rien.

Ce qui n'était pas vrai, mais Trey était curieux de la réponse.

— Bien sûr que si, shérif. Nous voulons tous quelque chose. Du respect. De la compréhension. Une réélection. Les êtres humains ont toujours des raisons de faire ce qu'ils font.

Un gargouillement de rire se propagea sur la ligne.

— Vous devriez le savoir, vous entre tous. Votre jolie fiancée étudie la psyché humaine, non ?

À la mention d'Aisha, le sang de Trey ne fit qu'un tour.

— Que voulez-vous ?

— Je vous l'ai dit, mon ami. Ce que *vous*, vous voulez.

— C'est-à-dire ?

— L'homme qui a tué Wendy Sinclair. Vous le trouverez à l'endroit où il a abandonné le corps. Vers 5 heures du matin. Vous pourrez l'arrêter et regarder le soleil se lever.

La ligne fut coupée. Trey osait à peine croire à ce qu'il venait d'entendre, moins encore à ce que cela signifiait. Qui avait appelé et offert de lui livrer le tueur ?

Il regarda sa montre, calculant le temps dont il disposait pour appeler des renforts. Il voulait en effet arrêter le meurtrier, mais il n'était pas stupide. Pas au point de livrer bataille tout seul.

— Je n'aime pas ça, Trey.

Daria était assise avec lui dans l'une des voitures banalisées du service.

— Moi non plus, mais que faire d'autre ? Je ne peux pas l'ignorer.

— Non.

Il avait d'abord appelé Daria, puis avait joué avec l'idée de téléphoner à Aisha. Pour finir, il lui avait adressé un texto, disant qu'il l'aimait et que la façon dont leur conversation s'était terminée ne lui plaisait pas. Ce n'était pas une déclaration d'adieu, mais c'était au moins quelque chose. Et cela lui donnerait de quoi reprendre le dialogue quand tout serait fini.

— Je ne comprends pas pourquoi tu n'as pas appelé Roberts.

Mais Trey n'était pas prêt à laisser l'homme du FBI marcher sur leurs plates-bandes.

— C'est notre affaire. Wendy Sinclair est à nous.

— D'accord, dit Daria en hochant la tête. C'est vrai.

— Donc on va boucler nous-mêmes cette histoire.

Il avait réveillé six autres adjoints, leur laissant une heure et demie pour se préparer avant l'heure du rendez-vous. Deux d'entre eux les suivaient dans une voiture banalisée et les quatre derniers étaient postés par paires dans une voiture de patrouille et dans les bois.

— Tu es prête ?

Trey ajusta son gilet, bien conscient que si son torse était protégé, sa tête ne l'était pas. La même chose était valable pour Daria.

— Oui.

Il descendit de voiture, arme à la main, et marcha vers le site. L'arme n'allait pas faire plaisir à son visiteur, mais il se refusait à y aller sans protection.

La clairière était vide, quelques morceaux de rubalise traînant sur le sol. C'était là.

Daria ayant pris position hors de vue, il s'avança, déterminé à en finir. L'appel lui avait paru louche de bout en bout, mais laisser passer l'occasion de coffrer le meurtrier était hors de question. La vraie question était : qui avait passé cet appel ? Le véritable tueur de l'avalanche, irrité d'avoir un *copycat* ? Ou quelqu'un d'autre ?

Quelque chose mijotait derrière les événements de cette année. Les agressions contre les membres de sa famille. Les étranges incidents dans les différentes propriétés de l'empire Colton. Même l'apparition de Barton Evigan, surgi d'on ne sait où, avait été une surprise. Une surprise désagréable et incongrue.

— Colton !

Trey tourna sur lui-même et enregistra plusieurs choses en même temps. Trace Evigan se tenait à quelques mètres de lui, un revolver à la main. Et il avait indubitablement l'avantage. Retenant Daria au creux de son coude, il braquait le canon de son arme sur sa tête.

Aisha lut le texto de Trey, surprise de ce message matinal. Elle avait l'habitude d'en trouver un à son réveil – quelque réflexion amusante qui lui était venue pendant la soirée ou la nuit —, mais rien qui ressemble à cela.

La conversation n'est pas terminée.

Je ne renoncerai pas.

Je t'aime.

Cela sonnait bizarrement irrévocable, même si elle avait envie de croire ses paroles. Pensait-il qu'elle renonçait ?

Avait-elle renoncé ?

La question fusa si vite qu'elle ne put se la cacher. N'était-ce pas exactement ce qu'elle avait fait ?

Elle avait laissé son histoire avec Kenneth déteindre sur sa relation avec Trey. Bien sûr, il y avait des choses à ajuster – ce n'était que dans les contes de fées que les gens passaient en un clin d'œil de l'amitié à l'amour —, mais c'était injuste de dire qu'ils avaient perdu la tête. Ou qu'ils ne savaient pas ce qu'ils faisaient.

La sonnerie de son téléphone la fit sursauter. Elle vit le nom de Bree sur l'écran. La frayeur lui noua la gorge.

— Bree...

— Aisha, il faut que tu viennes. Rejoins-moi à la galerie.

— Qu'est-ce qui se passe ?

— C'est Trey. Rylan a eu un appel de Liam. Il est au petit bois et ses adjoints ont appelé des renforts.

Si elle n'avait pas été assise, Aisha serait tombée à genoux. Tout devenait clair. Le motif de ce texto. Ce bizarre sentiment d'irrévocabilité.

Trey était allé confronter le meurtrier.

Sans quitter Trace et Daria des yeux, Trey se maudit de toutes ses forces. C'était lui qui avait provoqué cela.

— Que faites-vous ici, Evigan ?

— Qu'est-ce que *vous* faites ici ? riposta l'homme. Comment m'avez-vous intercepté ? C'est vous qui m'avez appelé ?

— Comment ?

Evigan resserra sa prise sur Daria qui, tremblante de peur, essayait de parler.

— Ne mentez pas ! C'est vous qui m'avez appelé !

— Non, ce n'est pas moi. Mais j'ai aussi reçu un appel. Ce n'était pas vous ?

— Sûrement pas ! hurla Evigan.

Trey ne lâchait pas Daria du regard. Elle était formée à la gestion de crise, et il savait qu'elle saisirait la première occasion pour se libérer. Ce qui voulait dire qu'il devait se tenir prêt.

Il avait déjà ôté le cran de sûreté de son arme et il n'hésiterait pas à tirer sur Evigan. Même si cela signifiait rater l'occasion d'en apprendre davantage, notamment pourquoi ils avaient été convoqués dans un même lieu.

— Lâchez-la, Evigan !

— Vous êtes dingue ? Quelle autre protection j'ai ?

— La protection de la loi si vous baissez votre arme et relâchez l'adjointe Bloom.

Trace ricana.

— Bien sûr. Comme si vous alliez me protéger !

— Je le ferai. Parce que c'est mon travail et parce que c'est la chose à faire.

— Un tas de conneries, grogna Evigan.

— Vous ne croyez pas que votre frère ferait la même chose s'il était élu ?

— Barton est trop stupide pour réfléchir.

Trey était bien d'accord, mais ce n'était pas le moment d'en discuter.

— Il se présente pour le poste. Il devrait s'y préparer.

Un ricanement résonna dans l'air matinal. Une faible lueur se montrait à l'est, teintant l'air de violet. L'homme retenait toujours Daria d'une poigne de fer.

— Pourquoi êtes-vous venu ici ? Est-ce vous qui avez tué Wendy Sinclair ?

— Je ne vous dirai rien.

— Alors vous êtes le tueur de l'avalanche ? questionna Daria.

— Sûrement pas ! Je n'ai pas tué ces femmes et je ne m'y suis certainement pas mis depuis dix ans.

C'était un demi-aveu, pensa Trey, mais il ne voulait pas agiter l'homme.

— Alors relâchez mon adjointe, et nous pourrons en parler. Vous pourrez nous dire ce que vous savez afin que nous vous rayions de la liste des suspects.

— Je ne suis pas idiot, Colton ! cria Evigan à cette suggestion.

Ils étaient dans une impasse, et plus le temps passait, plus le risque augmentait. Les hommes désespérés faisaient des choses désespérées.

— Allez, Evigan, tenta Daria d'une voix plus dure qu'à la normale. Vous pouvez nous le dire. De toute façon, personne ne va partir d'ici. Comment avez-vous fait pour appâter vos victimes ? Comment avez-vous trouvé cet endroit dans la montagne pour les enterrer ?

Trace écarquilla les yeux, visiblement effaré. C'était l'ouverture qu'attendait Daria et, dès qu'elle sentit l'arme trembler dans sa main, elle agit.

Avec un cri suraigu, elle leva les bras au ciel, échappa à son emprise et tomba à genoux. Evigan se reprit rapidement – plus vite que ne s'y serait attendu Trey – et pointa son arme sur elle, qui rampait déjà dans l'herbe.

Les renforts postés dans le bois entrèrent alors en action, mais Trey avait déjà tiré. Trace tomba à terre.

Ce fut fini en quelques secondes. L'écho du coup de feu résonnait encore aux oreilles de Trey quand il contempla la silhouette d'Evigan prostrée sur le sol. Ses adjoints se précipitèrent vers lui, et Trey les suivit, résolu à en finir.

À être le chef qu'ils méritaient.

Il s'agenouilla près du corps et chercha un pouls. Constatant qu'il n'y en avait plus, il s'assit sur ses talons. Malgré l'odeur de poudre, le silence impressionnant, il sentit les premiers frémissements de soulagement.

Ils n'avaient pas pris le tueur de l'avalanche. Il avait parié presque tout là-dessus. Mais ils avaient eu raison de l'homme qui avait tué Wendy Sinclair. Avec une enquête soigneuse, il savait qu'ils arriveraient à relier Trace Evigan à la jeune touriste.

Pour le moment, cela devrait suffire.

Aisha le trouva dans cette position, agenouillé près du corps. Elle aurait voulu courir vers lui, mais les adjoints formaient un cercle protecteur autour de lui.

Elle attendit donc une minute, s'imprégnant de la scène et du moment. Laissant la brise matinale lever les derniers doutes dans son esprit.

Ils s'appartenaient l'un l'autre.

Tous ceux qu'ils connaissaient le savaient sauf eux, et il était grand temps qu'ils l'acceptent.

Daria la vit enfin et lui fit signe d'avancer, tout en posant une main sur l'épaule de Trey pour l'avertir.

Il se retourna en rengainant son arme, et Aisha sut qu'elle avait bien choisi. C'était un protecteur capable, juste et déterminé.

Il était temps qu'elle lui rende justice.

Elle attendit qu'il la rejoigne. Un million de choses qu'elle voulait lui dire lui passèrent par l'esprit, mais, quand il fut assez proche pour la toucher, elle l'entoura seulement de ses bras et l'attira contre elle. Les mots viendraient plus tard.

— Je t'aime, Trey. Je suis navrée qu'il ait fallu en arriver là pour te le dire. Et je suis navrée d'être partie hier soir en laissant tant de choses non dites.

— Je t'aime aussi.

Il pressa ses lèvres sur les siennes en un baiser appuyé avant de reculer.

— Je veux passer ma vie avec toi. Pour de bon. Plus de ruse ou de feinte. C'est ce que je veux pour nous.

— Moi aussi.

— Quand ?

Ses yeux s'embrumèrent, et il jeta un regard derrière lui.

— Il va falloir que je prenne des congés après ce qui s'est passé. C'est la règle.

— Ça nous donnera le temps de réfléchir.

Cela lui donnerait aussi l'occasion de garder l'œil sur lui, de s'assurer que les conséquences émotionnelles n'étaient pas trop dévastatrices.

— Et aussi de nous occuper des émeus.

— Quels émeus ?

— Ceux que Rylan et ta sœur vont recevoir au ranch. Ils nous en ont parlé, mais tu étais de trop mauvaise humeur pour y prêter attention.

— Ça ne me paraît pas très reposant.

— Je te connais depuis que tu as huit ans et je ne t'ai jamais vu te reposer.

— Tu as raison.

Il sourit et l'embrassa à nouveau. Malgré l'atmosphère funèbre qui régnait dans la clairière, il y avait de la joie.

Beaucoup de joie. Et des émeus.

MARIE FERRARELLA

Au jeu des secrets

Traduction française de
PASCALE DOMÉJEAN

BLACK ROSE

HARLEQUIN

Titre original :
CAVANAUGH COWBOY

Ce roman a déjà été publié en 2020.

Prologue

— Ça ne va pas, petit ? demanda Seamus Cavanaugh en s'asseyant à côté de Sullivan, un des fils de son neveu Angus.

Cet ancien policier qui aurait pu couler une retraite paisible était le patron d'une petite entreprise de sécurité florissante. Mais il se considérait surtout comme le patriarche d'un clan très implanté dans le milieu de la police et de la justice.

Seamus se faisait un devoir de veiller au bien-être de chacun des membres de sa famille, du plus âgé – son fils Andrew qui, comme lui, avait pris sa retraite après une longue carrière dans la police –, jusqu'à la petite dernière, la fille de Dugan et Toni, qui venait de souffler sa première bougie.

Tout d'abord, Sullivan Cavanaugh ne comprit pas que son grand-oncle s'adressait à lui. De nombreuses personnes étaient présentes à cette fête familiale organisée à l'improviste, et il y avait beaucoup de bruit. Toute la maison était pleine à craquer de Cavanaugh et d'amis proches, qui presque tous consacraient leur vie à maintenir l'ordre et la paix dans la ville d'Aurora.

En venant ici, Sully espérait oublier pour un temps le sentiment profond de lassitude qui s'était subitement emparé de lui au terme de dix-huit mois d'une enquête longue et difficile. Une traque acharnée qui s'était conclue par l'arrestation du meurtrier qu'il poursuivait.

D'ordinaire, lorsqu'il parvenait à retrouver le coupable et à le mettre sous les verrous, il se sentait plein d'énergie, prêt à repartir sur une nouvelle enquête.

Mais pas cette fois.

Cette fois-ci, il ressentait un sentiment de découragement de plus en plus oppressant, et il avait l'impression de ne plus pouvoir avancer.

Mais il n'aurait pourtant pas cru que d'autres le remarqueraient.

Sully cligna des paupières et se tourna vers son grand-oncle.

— Tout va bien, répondit-il en faisant de son mieux pour ne pas trahir son abattement.

Son grand-oncle le fixa de son regard pénétrant.

— Ne joue pas au plus fin avec moi, petit. J'ai déjà vu ça. Tu viens de conclure l'affaire Gilmore, n'est-ce pas ?

C'était une question rhétorique.

— Mon équipe a retrouvé le coupable, oui.

— C'était une grosse affaire, remarqua Seamus. On en a beaucoup parlé. Mais malgré ton succès, tu as vraiment une tête d'enterrement !

Sully haussa les épaules.

— Je pense que je paie le prix de toutes ces heures de travail ! Je devrais peut-être rentrer chez moi et faire la sieste.

Mais Seamus n'eut pas l'air convaincu.

— C'est plus grave que ça, déclara-t-il.

Il le dévisagea pendant un instant avant de lui demander :

— Tu fais un burn-out ?

Inutile de mentir, songea Sully. Le vieil homme était bien trop perspicace pour qu'il puisse espérer le tromper.

— Peut-être bien, reconnut Sully en haussant les épaules. Mais ça va aller.

Il avait surtout envie de s'en convaincre lui-même.

— J'en suis persuadé, répondit Seamus avec la conviction d'un homme qui avait vu beaucoup de choses au cours de sa vie. Mais en attendant, tu as besoin d'aide.

— D'aide ? répéta Sully, sans trop comprendre ce que son grand-oncle voulait dire.

Il craignait que Seamus ne fasse allusion à quelques verres de whisky.

Mais il se trompait, car Seamus hocha la tête et lui dit :

— Un changement de décor.

Sully ne voyait pas en quoi cela pourrait lui être bénéfique, aussi écarta-t-il cette suggestion.

— Je ne suis pas certain que des vacances...

Seamus poursuivit comme s'il ne l'avait pas entendu.

— Que dirais-tu d'aller au Texas ?

— Au Texas ? répéta Sully.

Il n'avait jamais mis les pieds dans cet État, et n'avait pas la moindre intention de le faire.

— Cela ne fait pas partie de mes projets. D'ailleurs...

Mais une fois encore, Seamus ne le laissa pas poursuive.

— J'ai une vieille amie qui dirige un petit restaurant à Forever, dans le Texas. Elle possède également un petit ranch où elle élève des chevaux. Je suis certain que, si je le lui demandais, Miss Joan t'accueillerait avec plaisir.

Sully regarda son grand-oncle avec perplexité. Il était de notoriété publique que Seamus avait parfois un comportement étrange.

— Je n'ai qu'à passer un coup de fil, poursuivit son grand-oncle.

— Je te remercie, répondit Sully en s'apprêtant à se lever. Je n'ai pas besoin de cela.

Seamus l'attrapa par le poignet. Pour un homme de son âge, il avait une force étonnante. Sully se rassit.

— Si, répliqua Seamus, tu en as besoin. Tu aimes les grands espaces et tu sais monter à cheval, n'est-ce pas ?

Le vieil homme avait une mémoire d'éléphant. Inutile de lui mentir. Sully aimait l'équitation. Cela lui rappelait les longues chevauchées qu'il faisait l'été en compagnie de son grand-père, lorsqu'il était enfant.

— Oui.

— C'est bien, répondit Seamus. Tu n'as plus qu'à faire ta valise.

Sully regarda son grand-oncle sans trop savoir quoi penser. Il semblait ne pas lui laisser le choix.

— Mais tu n'as pas encore appelé ton amie, lui fit-il remarquer.

Seamus se pencha vers lui.

— Ce qu'il y a de bien avec les vieilles connaissances, lui dit-il sur le ton de la confidence, c'est que tu connais la réponse avant même d'avoir posé la question. L'autre avantage est que tu peux toujours compter sur elles pour te rendre service.

Le vieil homme ajouta avec un large sourire.

— Et maintenant, arrête de discuter, petit. Va faire tes bagages !

1

L'arrivée de Sully Cavanaugh dans le restaurant ne passa pas inaperçue.

Miss Joan tournait le dos à la porte d'entrée, mais elle vit soudain une expression d'admiration se peindre sur le visage de ses serveuses, Mandy et Beth.

Mandy fut la première à se ressaisir. Avec un soupir, elle déclara :

— Il est pour moi !

— Il n'est pour personne, répliqua Miss Joan d'un ton sévère. C'est le petit-neveu d'un de mes amis.

— J'imagine que le grand-oncle n'était pas mal non plus ! repartit Beth avec enthousiasme.

Miss Joan se contenta de froncer les sourcils et obligea les deux jeunes femmes à sortir de leur contemplation.

— Vous avez des clients à servir, leur rappela-t-elle. Je suggère que vous le fassiez avant que tout refroidisse.

En tant que policier, Sully avait l'habitude d'entrer dans des endroits qui ne lui étaient pas familiers, et d'évaluer la situation. Il savait bien qu'il ne courait aucun danger en ce moment, mais il avait la nette sensation d'être observé avec attention.

C'était probablement parce qu'il n'était pas d'ici. D'après ce que son grand-oncle lui avait dit, Forever était une petite ville où la plupart des gens se connaissaient.

La femme qui se trouvait derrière le comptoir observait chacun de ses pas alors qu'il se dirigeait vers elle. Elle était mince, d'apparence très soignée, et ses cheveux étaient d'un roux flamboyant qui avait dû être naturel autrefois, mais qui aujourd'hui, étant donné son âge, devait nécessiter quelques artifices.

Elle avait dû être très belle, songea-t-il. Et il lui semblait qu'autrefois elle était certainement le genre de femmes qui plaisaient à son oncle.

— Bonjour, dit-il en s'éclaircissant la voix.

La femme le regarda, puis leva les yeux vers son chapeau.

Un peu tard, il se souvint d'enlever le stetson noir dont son grand-oncle lui avait fait cadeau lorsqu'il était parti pour Forever. Il n'avait pas l'habitude de porter un chapeau, mais le soleil brûlant rendait cela presque indispensable.

— Je voudrais parler à Miss Joan, poursuivit-il.

La femme cessa d'astiquer le comptoir et se pencha en avant.

— C'est moi.

Sully lui tendit la main.

— Je suis Sully Cavanaugh. Je pense que mon grand-oncle vous a téléphoné pour vous prévenir de ma visite.

Miss Joan considéra sa main tendue un instant avant de la serrer.

— Non, petit. Il m'a dit qu'il t'*envoyait* ici pour ton bien, rectifia-t-elle, que tu avais besoin de faire le point.

Sully était plutôt secret et répugnait à donner des informations sur sa vie privée. Cette femme semblait en savoir déjà beaucoup plus qu'il ne l'aurait voulu.

— Ce n'est pas exactement...

— C'est ce qu'il m'a dit, l'interrompit Miss Joan.

Elle l'examina de la tête aux pieds, sans chercher le moins du monde à s'en cacher.

— Tu ressembles beaucoup à Seamus lorsqu'il était jeune et beau, lui dit-elle. J'imagine que maintenant il est vieux, ratatiné et gros...

Elle laissa sa phrase en suspens, comme si elle l'invitait à la contredire.

— Il est mince et en excellente forme pour son âge, lui répondit Sully.

— Mais il est tout de même vieux, répliqua Miss Joan, remarquant qu'il ne l'avait pas contredite sur ce point.

— Vieux ? Ce n'est pas le mot qui vient à l'esprit lorsqu'on le voit !

Miss Joan secoua la main, l'air peu convaincu.

— Tu es son petit-neveu. Tu ne peux pas dire autre chose !

Au lieu de protester, Sully sortit son téléphone portable. Il ouvrit l'application où il gardait ses photos et en trouva une récente de Seamus.

Il tendit son portable à Miss Joan.

— Regardez vous-même.

Au lieu de prendre le téléphone, elle saisit la main de Sully pour tourner l'appareil vers elle, et regarda attentivement la photo qu'il avait choisie.

Elle pinça les lèvres et demanda avec méfiance :

— Quand a-t-elle été prise ?

Sully réfléchit un instant.

— Au mois de janvier.

Elle plissa les paupières et le considéra avec l'air de quelqu'un qui ne s'en laisse pas conter.

— De cette année ?

— Oui, madame.

— Eh bien ! murmura-t-elle en lui lâchant la main. Si je n'étais pas mariée, j'irais peut-être lui rendre visite pour voir s'il y a toujours la même alchimie entre nous.

Sully remit le téléphone dans sa poche.

— La même alchimie ? répéta-t-il.

Même si Sully se considérait comme très ouvert, il lui était difficile d'imaginer qu'une personne de l'âge de son grand-oncle puisse avoir une vie sentimentale.

Miss Joan le regarda avec impatience.

— Tu vois bien ce que je veux dire, non ? Je ne vais pas te donner de détails, petit !

Sully préféra changer de sujet.

— Oncle Seamus et vous m'appelez tous les deux « petit ».

Miss Joan le considéra un instant.

— Je vais t'avouer un secret : dire « petit » est beaucoup plus facile que se souvenir des prénoms de chacun. Même si je n'ai aucun mal à le faire, ajouta-t-elle avec autorité, comme si elle craignait qu'il en doute.

Sully sourit.

— J'en suis certain, madame.

— Ne m'appelle pas madame ! J'ai l'impression d'être au moins centenaire.

— Pas du tout, mad... Miss Joan.

Elle hocha la tête.

— C'est mieux comme ça, petit. Et maintenant, assieds-toi ! dit-elle en désignant un tabouret à côté de lui.

Lorsqu'il fut installé, elle prit un menu et le glissa devant lui.

— Que veux-tu manger ? Nous sommes en train de servir le déjeuner, mais si tu préfères un brunch, pas de problème.

Sully ne regarda même pas le menu.

— Je ne veux pas vous déranger. Je suis seulement passé pour me présenter et pour vous remercier.

— Si tu veux me remercier lui dit Miss Joan, tu vas commander quelque chose. Je ne veux pas que tu sortes d'ici le ventre vide !

Elle s'interrompit et le dévisagea.

— Pourquoi souris-tu ?

— Seamus m'a prévenu que vous aviez du caractère.

Miss Joan éclata de rire et répliqua :

— Il a probablement dit que j'étais têtue comme une mule !

Voyant que Sully s'apprêtait à protester, elle ajouta :

— Et il a bien raison, je suis têtue. Alors arrête de discuter, et choisis ce que tu veux commander. Plus vite tu auras mangé, plus vite tu partiras pour le ranch.

— Alors, vous acceptez que je reste ?

Seamus lui avait bien dit que *Miss Joan l'avait invité à passer* quelque temps sur le ranch, mais Sully n'en était toujours pas convaincu. Il ne voulait pas s'imposer si Miss Joan ne voulait pas de lui là-bas. Après tout, c'était l'idée de son grand-oncle, pas la sienne.

— C'est ce sur quoi Seamus et moi nous sommes mis d'accord, répliqua-t-elle d'un air décidé.

Puis elle le regarda avec intensité.

— Pourquoi ? Tu as changé d'avis ?

— Non, mad... Miss Joan.

Sully se rattrapa au dernier moment.

— Mais j'avoue que cela me surprend, reconnut-il.

— Pourquoi ? lui demanda Miss Joan.

— Vous ne me connaissez pas...

— Peut-être pas, mais je connais Seamus, et il ne m'enverrait jamais quelqu'un qui ne soit pas digne de confiance... Même si c'était un membre de sa famille ! Tu as encore des doutes que je peux calmer ?

Sully eut un petit sourire. Il secoua la tête.

— Non.

— Alors, c'est bon, déclara Miss Joan. Dis-moi ce que tu veux manger, et pendant qu'Angel le préparera, tu me donneras des nouvelles de ce satané Seamus.

Sully avait le sentiment que lorsqu'il rentrerait à Aurora Seamus souhaiterait lui aussi entendre parler de Miss Joan.

— Tout d'abord, il m'a demandé de vous remercier encore d'avoir accepté de m'accueillir.

Miss Joan fit un geste d'une main où affleuraient des veines bleutées.

— Il m'a déjà remerciée lorsque nous nous sommes parlé au téléphone. Ce qui m'intéresse, c'est ce qu'il a fait au cours des quarante années qui ont précédé cet appel.

Alors, comme il ne répondit pas immédiatement, elle changea de sujet et demanda en désignant le menu qu'elle avait placé devant lui :

— Tu as décidé ?

Cette femme passait facilement du coq à l'âne, songea Sully.

— Je vais prendre le plat du jour.

— Mandy, cria Miss Joan, dis à Angel de préparer un plat du jour. Saignant, à point, ou bien cuit ? demanda-t-elle.

Il préférait saignant, mais il savait que pour la plupart des cuisiniers, cela signifiait bleu. Alors, il choisit la sécurité.

— À point.

Miss Joan hocha la tête, avec l'air d'approuver son choix.

— C'est bien.

Elle jeta un coup d'œil à la serveuse qu'elle avait appelée, et vit que la jeune femme n'avait pas bougé : elle dévorait Sully du regard.

— Allons, Mandy, tu as entendu ? Va prévenir Angel.

Mandy se ressaisit et marmonna :

— Oui, Miss Joan.

Elle pivota sur ses talons et disparut derrière les portes battantes de la cuisine.

Miss Joan n'essaya même pas de réprimer le soupir qui s'échappa de ses lèvres. Parfois, les jeunes femmes qu'elle prenait sous son aile lui donnaient bien du fil à retordre.

En se retournant vers Sully, elle déclara :

— Bon, en attendant que le plat arrive, tu vas avoir le temps de me raconter ce que Seamus a fait au cours de toutes ces années.

Le restaurant s'était peu à peu rempli depuis que Sully était entré. Il avait remarqué les regards inquisiteurs que les nouveaux arrivés coulaient vers lui avant de s'installer à une table ou sur un tabouret au comptoir. Mais surtout, il avait conscience de leur nombre.

— Vous ne préférez pas vous occuper d'abord de vos clients ? demanda-t-il, espérant que Miss Joan lui laisserait un peu de répit.

L'expression qu'il lut sur le visage de la vieille dame lui fit comprendre qu'elle avait parfaitement compris son stratagème. Et elle avait une réponse toute prête.

— C'est moi qui possède ce restaurant, Sully. Et cela veut dire que je fais ce que je veux, quand je le veux... dans la limite du raisonnable. Puisque j'ai deux serveuses qui prennent les commandes et apportent les plats, plus une troisième qui va arriver dans un quart d'heure, je peux prendre le temps de te poser des questions pour savoir ce que ce bourreau des cœurs de Seamus est devenu.

— Bourreau des cœurs ? répéta Sully avec incrédulité.

Il s'apprêtait à boire une gorgée de café lorsque Miss Joan avait parlé, et il fut content de ne pas l'avoir fait. Sinon, il se serait étranglé… ou l'aurait recrachée.

— Ton grand-oncle, précisa Miss Joan. Tu le vois peut-être comme un vieil homme inoffensif, mais je suis persuadée qu'il n'en est rien.

Elle regarda Sully avec attention.

— Je me trompe ?

Elle avait parfaitement raison, songea Sully en repensant aux derniers faits et gestes de Seamus.

— Eh bien, il a d'abord essayé de prendre sa retraite, expliqua-t-il à Miss Joan. Mais, un beau jour, il a fait irruption chez oncle Andrew, en disant qu'il allait mourir d'ennui, et qu'il voulait reprendre du service.

Miss Joan ne sembla pas surprise par cette révélation. Elle n'avait jamais pensé que Seamus Cavanaugh puisse rester confortablement installé dans un fauteuil, à regarder les jours passer.

— Et c'est ce qu'il a fait ? demanda-t-elle.

— Eh bien, comme il ne pouvait plus retourner dans la police à cause de son âge, il a décidé de créer son entreprise, répondit Sully. Au départ, il pensait qu'il s'agirait d'une agence de détectives privés, mais il s'est vite rendu compte que cela nécessitait beaucoup de travail sur le terrain. Et même s'il a eu du mal à l'admettre, il a bien dû reconnaître que, physiquement, il n'était plus tout à fait le même homme. Alors, il a préféré monter une entreprise de sécurité.

Miss Joan éclata d'un rire sonore qui résonna dans toute la salle.

— C'est tout à fait Seamus ! s'exclama-t-elle avec des accents d'affection.

Puis avec une très légère inflexion dans la voix, elle demanda :

— Et que pense sa femme de sa nouvelle occupation ?

— Rien, répondit Sully.

Il vit les sourcils de Miss Joan se lever en une question silencieuse. Alors, il répondit avant qu'elle ne la formule :

— Sa femme est morte il y a plus de dix ans. C'était d'ailleurs ce qui l'avait poussé à prendre sa retraite. Mais ce style de vie ne lui convenait pas.

— Hum, répondit Miss Joan, je n'imagine pas Seamus heureux sans travailler.

Elle se pencha un peu vers lui.

— Et comment marche cette entreprise ?

Son grand-oncle venait tout juste de monter une succursale, et il devait refuser des contrats. Mais c'était à Seamus de raconter tout cela à Miss Joan, pas à lui.

Aussi se contenta-t-il de répondre :

— Ça l'occupe.

Miss Joan acquiesça, l'air pensif.

— Peut-être que, lorsque tu auras réussi à régler les problèmes qui t'amènent ici, nous inviterons Seamus à nous rendre visite, Harry et moi.

— Harry ?

Pendant un instant, Sully demeura perplexe. Était-ce un habitant de Forever, ou une ancienne connaissance de Seamus ?

— Mon mari, expliqua Miss Joan. L'homme qui a fini par m'avoir à l'usure et qui m'a passé la bague au doigt. Officiellement, le ranch où tu vas passer quelques jours lui appartient. Mais c'est un contremaître qui s'occupe de sa gestion.

Mandy apparut avec un plateau à la main. Elle s'adressa à Miss Joan.

— Voici ce que vous avez commandé.

— Ce n'est pas moi : c'est lui qui a demandé ça, rectifia Miss Joan.

Elle lui prit le plateau des mains et déposa le plat devant Sully.

— Voilà, petit. J'espère que tu vas aimer !

Le ton avec lequel elle disait cela révélait qu'elle en était certaine : visiblement, elle n'attendait pas moins qu'un chapelet de compliments, de la première à la dernière bouchée.

Bon, songea Sully, à la fois amusé et déconcerté, il pourrait toujours faire semblant d'apprécier le plat si c'était nécessaire !

Il découpa un morceau de son steak et le mit en bouche sous le regard perçant de Miss Joan, qui attendait de voir sa réaction.

Un feu d'artifice de saveurs explosa dans sa bouche.

— C'est très bon ! dit-il à l'amie de son grand-oncle.

— Bien sûr que c'est bon ! répliqua Miss Joan. Je t'avais dit que ça le serait. Tu en doutais ?

— Non, Miss Joan, répondit poliment Sully. Je vous faisais entièrement confiance.

La vieille dame se contenta de sourire, bien consciente qu'il la flattait. Mais étant donné qui il était, et surtout qui était son grand-oncle, cela ne la contrariait pas. Elle hocha la tête.

— Nous allons bien nous entendre, petit.

2

Miss Joan eut un sourire approbateur en enlevant les assiettes vides.

— Eh bien, pour un homme qui ne voulait pas manger, tu as fait honneur à ce steak et à cette tarte aux pommes ! remarqua-t-elle.

Elle passa un coup de torchon sur le comptoir pour enlever les miettes qui restaient. Lorsqu'elle eut terminé, elle lui demanda :

— Tu voudrais autre chose ?

— J'ai l'impression que je vais exploser !

— Je ne voudrais surtout pas voir ça ! répliqua Miss Joan en fronçant les sourcils. Bon, si tu peux attendre un peu ici – pas plus d'une heure – Harry m'a dit qu'il passerait te chercher pour te conduire au J-H Ranch.

Sully trouvait cela parfaitement inutile.

— Je ne veux pas vous déranger. Je suis certain que je pourrai trouver le ranch seul. Dites-moi seulement dans quelle direction je dois aller.

Miss Joan plissa un peu plus le front.

— Tu en es sûr ? demanda-t-elle. Cela ne gênera pas Harry : il est très sociable, et il aime beaucoup parler... D'ailleurs il prétend que lorsque je suis avec lui je lui coupe tout le temps la parole !

Et elle secoua la tête, comme pour manifester sa désapprobation.

— Lorsque je serai installé, je serai très heureux de rencontrer votre mari, Miss Joan. Mais pour le moment, il me tarde de découvrir l'endroit où je vais passer les prochaines semaines.

— Tu ne vas pas rester là-bas à ne rien faire, lui rétorqua Miss Joan. J'espère qu'il est clair pour toi que tu vas devoir travailler pour gagner le gîte et le couvert. Mon contremaître n'a pas beaucoup de patience avec ceux qui restent les bras croisés ! ajouta-t-elle.

— Il n'y a aucun problème, répondit-il pour écarter tout malentendu. Oncle Seamus m'a clairement expliqué les termes de votre arrangement. Et à dire vrai, il me tarde de faire un travail physique.

Miss Joan le considéra un instant. Puis, comme il lui semblait sincère, elle acquiesça.

— C'est entendu, donc. Je vais t'expliquer comment aller au ranch.

Miss Joan retourna le menu, sortit un stylo de la poche de son tablier, et dessina un plan sommaire.

— Tu es certain que tu ne veux pas attendre Harry ? demanda-t-elle en le regardant d'un air dubitatif.

— Non, ça ira très bien avec ça, dit Sully en tapotant le plan qu'elle venait de tracer pour lui.

Miss Joan doutait toujours de ce qu'on lui disait. Elle réagit donc avec sa méfiance coutumière.

— Tu te perds souvent ?

— Jamais. Je continue à avancer jusqu'à ce que j'arrive à destination, répliqua-t-il d'un ton décidé, pour mettre un terme à la conversation.

Il mit la main dans sa poche et en sortit son portefeuille.

— Combien vous dois-je ?

Le visage de Miss Joan s'assombrit comme un ciel avant l'orage.

— Tu remets ça dans ta poche, petit, ou tu vas devoir repartir chez toi avant même d'être arrivé, l'avertit-elle en le regardant d'un œil noir. Il est hors de question que tu paies tes repas.

— Je me sentirais mieux si je le faisais.

— Et je me sentirais mieux si j'avais vingt ans de moins,

mais on ne peut pas toujours avoir ce que l'on veut ! repartit Miss Joan. Et maintenant, pars. Et dis bien à Rae que c'est moi qui t'envoie.

— Ray ? demanda Sully.

Miss Joan hocha la tête.

— C'est le contremaître, Rae Mulcahy. Sinon, tu risques d'être renvoyé du ranch manu militari.

Apparemment, les gens d'ici ne s'embarrassaient pas de préambules.

— C'est entendu : je ne manquerai pas de dire que je viens de votre part, promit-il. Et merci pour le repas, Miss Joan. Il était vraiment délicieux.

Elle accepta ses compliments comme s'ils allaient d'eux-mêmes.

— Bien sûr qu'il était délicieux ! Si ce n'était pas le cas, cela ferait longtemps que ce restaurant aurait fermé ses portes ! Et ne te laisse pas faire si Rae te fait travailler trop dur, ajouta-t-elle alors qu'il s'apprêtait à quitter le restaurant.

Sully sourit en entendant son avertissement.

— Il n'y a aucun risque ! répondit-il juste avant de sortir.

Il fut surpris de parcourir aussi rapidement la trentaine de kilomètres qui le séparaient du J-H Ranch et, s'il n'avait pas remarqué le grand portique en bois portant le nom de la propriété, il n'aurait pas su qu'il avait atteint sa destination.

Il sortit du 4x4 qu'il avait loué à l'aéroport, et alla ouvrir le portail. Il retourna dans son véhicule, le remit en marche, avança de quelques mètres, et s'arrêta une seconde fois pour refermer les battants derrière lui. Il ne voulait pas laisser un des chevaux s'échapper, même s'il n'en apercevait aucun dans les parages pour le moment.

Eh bien, tu voulais un changement de décor, c'est bien ça ? Tu es servi !

Aurora n'était certes pas une grande métropole, mais elle

n'avait rien à voir avec les grandes étendues désolées des environs de Forever.

Il fallait être en paix avec soi-même pour vivre ici, songea Sully. Sinon, on pouvait vite devenir fou.

Pendant un instant, il eut envie de faire demi-tour, de retourner à l'aéroport, et de prendre le premier avion qui le ramènerait à la civilisation. Cela ne dura qu'un temps.

Il se fit mentalement la leçon : Seamus semblait penser qu'être ici pourrait l'aider à surmonter ce moment pénible de son existence. Alors, autant aller se présenter à ce fameux contremaître, qui allait le mettre au travail illico.

Il regarda le plan de Miss Joan qu'il avait déposé sur le siège du passager. L'habitation principale semblait être droit devant lui.

Il suivit la petite route sur environ deux kilomètres avant de l'apercevoir enfin. Derrière était situé un autre bâtiment qui devait être soit une étable, soit une écurie.

Il ne connaissait absolument rien au travail d'un ranch, et il se demanda si le contremaître de Miss Joan allait lui laisser un peu de temps pour s'installer. Il espérait que l'homme ne se révélerait pas être un de ces durs à cuire qui tirent fierté du nombre d'ouvriers agricoles qu'ils ont poussés à bout.

— Inutile de se faire du souci à l'avance, marmonna Sully.

Il n'était pas venu ici pour se faire des amis. Il voulait seulement retrouver sa joie de vivre... Celle qu'il avait perdue à traquer un tueur en série.

Sully décida qu'il allait se garer devant la maison, et voir s'il trouvait quelqu'un qui pourrait lui indiquer où travaillait le contremaître. Il ne voulait pas errer sur le ranch et courir le risque qu'il lui tire dessus, pensant chasser un intrus.

Sully eut un sourire amer : au moins, cela lui ferait oublier pour un temps ce sentiment d'épuisement constant qui l'avait conduit jusqu'ici.

Lorsqu'il eut immobilisé le véhicule, il ouvrit la portière et sortit. Pour l'instant, il décida de laisser sa valise sur le siège arrière. Cela ne servait à rien de s'en encombrer avant d'avoir trouvé le contremaître.

Sully se dirigea vers la maison. Elle semblait tout droit sortie des vieux westerns qu'il regardait autrefois avec son père, Angus. « Des classiques », disait-il.

En souriant à ce souvenir, Sully frappa à la porte.

Comme personne ne répondait, il frappa à nouveau. Puis une troisième fois, au bout de quelques minutes.

À la quatrième tentative, il dut se rendre à l'évidence : la maison était vide, et il allait devoir essayer de dénicher ce contremaître insaisissable ailleurs.

Sully regarda autour de lui. L'homme se trouvait peut-être dans le vaste bâtiment situé derrière la maison. Cela valait la peine d'aller voir.

Sully venait tout juste de descendre les trois marches du perron lorsque la porte d'entrée s'ouvrit soudain.

Enfin ! songea Sully en se retournant.

Son sentiment de triomphe s'évanouit immédiatement lorsqu'il se retourna, et vit que la personne qui était devant lui n'était pas le contremaître.

Ce n'était d'ailleurs pas un homme.

Il faisait face à une jeune femme mince, vêtue d'un jean et d'une chemise de travail, qui semblait avoir une vingtaine d'années. Elle avait de longs cheveux noirs rassemblés en une queue-de-cheval, des pommettes très hautes, et les yeux bleus les plus incroyables qu'il ait jamais vus.

Pendant un instant, ces yeux le retinrent captif, et il n'y eut plus pour lui ni temps ni espace.

Il dut faire un effort pour se ressaisir.

— Oui ?

La jeune femme prononça ce mot sèchement. Elle semblait plus agacée qu'amicale.

Cet accueil surprit Sully.

— Hum... Je viens de la part de Miss Joan.

— Bien évidemment, répliqua la jeune femme avec un soupir. Vous avez du matériel ?

Il n'avait pas la moindre idée de ce qu'elle entendait par là.

— Du matériel ?

Son incompréhension ne fit rien pour calmer l'agacement de la jeune femme... Au contraire.

— Des bagages, répliqua-t-elle. Des vêtements, des objets, je ne sais pas !

Il avait presque l'impression d'être un suspect en train de subir un interrogatoire.

— Oui. Dans ma voiture.

Puis, pour être sûr qu'il se faisait bien comprendre, il désigna du pouce le véhicule garé à proximité.

L'expression du visage de la femme ne s'adoucit pas pour autant. Elle continua à le fixer d'un air réprobateur.

— Vous pouvez garer votre voiture derrière la maison, et mettre votre matériel dans l'annexe.

— L'annexe ?

— Derrière l'écurie, là où les employés dorment.

Elle dut voir qu'il n'avait pas compris, car elle ajouta :

— Venez, je vais vous montrer.

En une seconde, elle fut au bas de l'escalier et se dirigea vers l'arrière de la maison, marchant devant lui.

Ils n'étaient pas partis sur de bonnes bases, songea Sully. Il avait rencontré nombre de criminels bien plus sympathiques.

Il l'appela.

— Attendez...

La jeune femme pivota sur ses talons. Visiblement, le peu de patience qu'elle avait réussi à rassembler s'épuisait de seconde en seconde. Elle ne dit rien, mais tout dans son attitude indiquait qu'elle attendait qu'il parle... et vite.

— Je cherche le contremaître...

Comme elle n'avançait plus, il la rejoignit.

— Ray Mulcahy.

Elle continuait à le regarder comme s'il n'avait pas tout compris. Et, puisque visiblement il n'avait pas d'illumination, elle déclara :

— Elle est là.

— Où ? demanda-t-il, regardant autour de lui.

Soudain, les mots qu'elle venait de prononcer résonnèrent dans son esprit.

— Elle ? répéta-t-il avec incrédulité.

Elle ouvrit la bouche, et il eut le sentiment qu'elle s'apprêtait à dire quelque chose de désagréable, mais elle se retint et demanda :

— Vous êtes sérieux ?

— Oui.

Avec un soupir exaspéré, elle tendit les mains devant elle et déclara :

— Là.

Sully regarda cette jolie jeune femme avec stupéfaction. Visiblement, les vieux westerns qu'il regardait avec son père n'étaient plus d'actualité.

— C'est *vous*, le contremaître ? demanda-t-il comme pour s'en convaincre.

Ce n'était pas la première fois qu'un des marginaux que Miss Joan avait décidé d'aider semblait effaré à l'idée de recevoir des ordres d'une femme.

— Oui. Cela vous gêne ? demanda Rae.

— Non, non, répliqua Sully, tâchant de dissimuler son embarras.

Il avait grandi entouré de femmes fortes. Cela ne lui posait aucun problème que ce soit une femme qui dirige le ranch. Il aurait simplement aimé être prévenu assez tôt pour ne pas avoir l'air d'un abruti.

Un peu tard, il ajouta :

— Ça me convient tout à fait.

Rae prit une profonde inspiration, s'intimant mentalement l'ordre de se calmer. Elle examina l'homme devant elle, et décida qu'il n'avait pas l'air choqué d'être sous les ordres d'une femme. Mais il semblait tout de même surpris.

Elle en tira la seule conclusion possible :

— Miss Joan ne vous a rien dit, c'est ça ?

— Elle s'est bien gardée de le faire !

Puis, comme les torts étaient partagés, il ajouta :

— En toute sincérité, je ne lui ai pas posé la question. Elle m'a seulement dit d'aller voir le contremaître, Ray Mulcahy.

Voilà le problème, songea Rae.

— Rae est le diminutif de Rachel, pas de Raymond, lui dit-elle.

— Oh ! Je n'ai pas pensé à ça un seul instant, reconnut-il.

Et, pour la première fois depuis bien longtemps, Sully éclata de rire.

Rae plissa les paupières, et se redressa. Elle avait travaillé dur pour obtenir ce poste et y rester. Miss Joan était généreuse, mais elle était également exigeante.

— Pourquoi riez-vous ? demanda-t-elle.

Sully dut reprendre son souffle avant de lui répondre.

— Mes sœurs vont bien se moquer de moi quand je leur raconterai cette histoire !

— Vous avez des sœurs ?

Les hommes que Miss Joan lui envoyait pour travailler sur le ranch étaient la plupart du temps des solitaires qui n'aimaient pas parler d'eux-mêmes, et certainement pas dès le premier jour. Celui-ci semblait différent, se dit-elle.

— Et des frères, ajouta Sully.

D'une certaine manière, il trouvait un certain réconfort à évoquer sa famille. Cela le surprenait, car au cours des dernières semaines il avait seulement ressenti l'envie de s'isoler et de couper tout lien avec les autres.

— Ainsi que toute une flopée de cousins, ajouta-t-il, dont presque la moitié sont des filles.

Il lui fit un sourire d'excuse.

— Je suis désolé. J'espère que je ne vous ai pas semblé insultant.

— Absolument pas, répliqua Rae.

Même s'il l'avait été, elle ne l'aurait pas reconnu : cela aurait été une façon de mettre ses sentiments à nu, et elle ne le faisait jamais.

Rae examina l'homme un peu plus attentivement. Il semblait fatigué... mais pas pour autant au bout du rouleau. Cela éveilla sa curiosité.

— Pouvez-vous me rappeler pourquoi vous êtes ici ? lui demanda-t-elle.

Sully se demanda si elle essayait de le piéger.

— C'est Miss Joan qui m'envoie.

— Pour travailler ?

Sully réfléchit une seconde, afin de retrouver les mots prononcés par Miss Joan.

— Je crois qu'elle a parlé de « gagner le gîte et le couvert ».

Rae le dévisagea. Cet homme ne semblait pas habitué à travailler sur un ranch, mais ce n'était pas non plus le cas de Rawlings ni de Warren, les deux personnes qu'elle employait en ce moment.

Elle n'aurait pas pu dire en quoi, mais il était différent des autres… Et elle n'aimait pas ce sentiment : cela lui donnait l'impression qu'elle n'était pas entièrement préparée à ce qui pouvait arriver.

— D'où êtes-vous ? demanda-t-elle.

— D'Aurora, en Californie, répondit Sully, alors que la jeune femme continuait à le considérer froidement.

— De Californie…, répéta-t-elle. Et vous êtes venu ici, à Forever ? s'enquit-elle avec scepticisme.

Sully ne voyait pas où était le problème.

— Oui.

Rae fronça les sourcils et le fixa de ses superbes yeux bleus.

— C'est vraiment un choix ?

Il faillit rire en voyant l'expression d'incrédulité peinte sur son visage, mais il comprit instinctivement que cela ne lui plairait pas.

Alors, il préféra lui dire :

— Seamus, mon grand-oncle, a pensé que cela me ferait du bien.

— Ce grand-oncle, Seamus, dit-elle en semblant avoir du mal à prononcer son nom, il ne vous aime pas beaucoup, n'est-ce pas ?

Ce n'était pas une question… Plutôt une constatation.

3

Sully regarda Rae Mulcahy. Il n'aurait su dire si elle le taquinait ou si elle s'était contentée d'exprimer son opinion, et il se demanda malgré lui ce que Seamus aurait pensé de cette jeune personne au caractère bien trempé.

Il aurait certainement été conquis : Seamus avait toujours aimé les femmes qui n'avaient pas froid aux yeux et qui ne craignaient pas de dire ce qu'elles pensaient.

— Jusqu'à aujourd'hui, je n'ai jamais eu l'occasion de le croire, finit-il par dire.

Rae haussa les épaules d'un mouvement nonchalant, et son corps bougea avec grâce sous le tissu à carreaux de sa chemise.

— Si vous le dites... Quoi qu'il en soit, j'ai remarqué ce matin qu'une portion de la clôture devait être réparée, et j'ai le sentiment que vous êtes plus à même d'effectuer ce travail que les deux autres ouvriers qui sont employés sur le ranch en ce moment.

Elle se dirigeait vers son véhicule pour l'emmener sur les lieux du chantier lorsque soudain elle s'immobilisa : il était plus prudent de ne rien tenir pour acquis.

— Vous savez creuser des trous pour enfoncer des piquets et vous servir d'une masse, n'est-ce pas ?

Sully ne savait pas si elle était sérieuse. Alors, il préféra répondre :

— Je pense que je peux m'en sortir.

— Bien. De toute façon, vous ne pouvez pas faire pire que Rawlings et Warren.

— Rawlings et Warren ?

Il essayait de se souvenir de tous les noms, car il avait le sentiment qu'il valait mieux ne pas demander à Rae Mulcahy de se répéter.

— Ce sont les deux hommes que Miss Joan vient d'embaucher pour travailler sur le ranch. En fait, corrigea-t-elle, dans le cas présent, c'est Harry qui a donné le feu vert.

— Harry est le mari de Miss Joan ? demanda Sully.

Il en était presque certain, mais il ne voulait plus faire d'impair... d'autant plus qu'il lui semblait que les gens du coin étaient un peu susceptibles.

Cette fois, Rae continua à avancer tout en lui parlant.

— Je vois qu'il vous arrive d'avoir raison.

Sully avait l'impression de marcher sur des œufs.

— Montez, lui dit-elle en indiquant le pick-up.

Elle s'assit derrière le volant et attendit qu'il soit installé pour lui demander :

— Comment vous appelez-vous ?

— Sully.

Rae fronça les sourcils.

— C'est un prénom d'homme ?

— Et Ray un prénom de femme ? répliqua-t-il.

— Je m'appelle Rachel, lui rappela-t-elle sèchement. Mais il vaut mieux éviter les prénoms féminins quand on est contremaître dans la région. Les hommes d'ici n'aiment pas trop ça !

Sully hocha la tête.

— J'ai compris. Et Sully est le diminutif de Sullivan, ajouta-t-il.

— Sully est plus simple.

— Tout à fait d'accord !

— Et quel est votre nom de famille, Sully ? lui demanda-t-elle en lui lançant un coup d'œil.

— Cavanaugh.

— Sullivan Canavaugh..., prononça-t-elle d'un ton solennel.

Était-ce pour se moquer de lui, ou pour juger de l'effet produit ?

— Ça en impose ! Bon, quoi qu'il en soit, lorsque vous aurez le temps, vous pourrez mettre vos affaires ici, lui dit-elle en désignant un bâtiment de plain-pied devant lequel ils étaient en train de passer. C'est là que vous dormirez.

— C'est l'annexe ?

— Gagné. Elle est plus près que l'hôtel, répliqua-t-elle sèchement. Je vous présenterai Rawlings et Warren – ils doivent déjà être en train de réparer la clôture en ce moment – et ensuite, vous pourrez vous mettre au travail. Le dîner est à 18 heures, sauf si le travail n'est pas terminé. Il est servi dans la maison : il n'y a pas de cuisine dans l'annexe.

— C'est compris.

— Vous avez des gants de travail ? lui demanda-t-elle comme si elle venait tout juste d'y penser.

— Non.

Il avait remarqué un magasin de bricolage en ville. Il pourrait toujours aller s'en acheter une paire là-bas.

Rae fronça un peu les sourcils.

— Je m'en doutais.

Elle glissa un coup d'œil en direction de ses mains.

— Pas de gants ! s'exclama-t-elle. Et vos mains ont l'air plus douces que celles de Miss Joan ! Laissez-moi deviner : vous n'avez jamais effectué un travail physique auparavant.

— Si, répliqua Sully, sans s'offusquer des jugements à l'emporte-pièce de la jeune femme. Mais je n'ai tout simplement pas pensé à emporter des gants de travail lorsque j'ai fait mes bagages.

— Bon, je vais voir si je peux vous en trouver une paire. Je ne voudrais pas que ces mains douces souffrent plus qu'elles ne devraient.

Qu'elle soit contremaître ou non, Sully commençait à en avoir assez de l'attitude presque insultante de la jeune femme.

— Montrez-moi l'endroit où je dois travailler, et je me soucierai de mes mains.

Elle arriva vers une portion de la clôture qui était très

clairement en mauvais état : l'ouvrage semblait sur le point de s'affaisser.

Sully remarqua que le froncement de ses sourcils s'accentuait au fur et à mesure qu'ils approchaient de leur destination.

— Quelque chose ne va pas ? finit-il par demander.

— Oui, répliqua-t-elle sèchement. Rawlings et Warren devraient être ici.

Elle freina brusquement, et le véhicule s'immobilisa. Elle en sortit, grimpa dans la benne du pick-up pour avoir un meilleur point de vue, et regarda autour d'elle.

Sans résultat.

Lorsque Rae s'apprêta à descendre de la benne, elle parut surprise de voir Sully lui tendre la main pour l'aider.

Elle commença par l'ignorer puis, avec un soupir d'agacement, elle prit sa main et descendit.

— Merci, dit-elle comme à contrecœur.

Sully se demanda si elle était toujours aussi en colère. Depuis qu'il était arrivé ici, il ne l'avait pas vue sourire.

— Vous pensiez retrouver ici vos deux employés ?

— Ce ne sont pas *mes* employés, corrigea-t-elle. Et oui, ils auraient dû être ici… en train de réparer cette clôture.

Elle poussa un soupir exaspéré.

— J'ai eu une mauvaise impression dès que je les ai vus. Harry a un trop grand cœur.

Elle regarda Sully d'un air accusateur.

— Je ne peux pas me prononcer là-dessus, répliqua-t-il. Je n'ai vu que Miss Joan, et j'ai l'impression qu'elle ne se laisse pas marcher sur les pieds.

— Effectivement… Cela ne veut pas dire qu'elle n'a pas un grand cœur, elle aussi, ajouta-t-elle rapidement, comme si elle craignait d'être mal comprise.

— Je n'ai pas dit le contraire, répondit Sully.

Elle scruta à nouveau les environs. Mais elle ne vit pas le moindre signe des hommes qui étaient censés être là en train de réparer la clôture.

— Cela va sérieusement retarder le travail, marmonna-t-elle.

Elle se tourna vers Sully et lança d'un ton irrité :

— Eh bien, ces deux-là feraient mieux de se manifester très rapidement ! En attendant, j'ai besoin que vous vous mettiez au travail immédiatement, sinon cette clôture va tomber.

Elle s'interrompit pour le considérer.

— Vous voulez que je vous montre comment faire ?

Il sourit intérieurement, et résista à la tentation de le lui demander.

— Je pense que je m'en sortirai.

— Pour notre bien à tous, je l'espère, lui dit-elle. Je vais retourner à l'annexe avec le pick-up.

Elle considéra la clôture, évaluant le travail nécessaire pour la remettre en état, et se demanda si elle ne faisait pas une erreur.

— Vous êtes certain que vous réussirez à vous débrouiller si je vous laisse ici ?

— Oui.

Alors qu'elle se dirigeait vers le véhicule, Sully ajouta sur le ton de la conversation.

— Mais si jamais vous voyez des charognards voler en rond au-dessus de cet endroit, je vous serais très reconnaissant de revenir.

Rae le regarda d'un air dubitatif.

— Dans ce cas, il sera certainement trop tard, répliqua-t-elle.

Le ronflement du moteur s'éleva, et quelques minutes plus tard, elle avait disparu.

Sully considéra le matériel étalé sur le sol devant lui : des piquets, des tas de planches soigneusement découpées, une masse, une pelle, et une quantité de clous qui – lui semblait-il – aurait pu suffire à bâtir une petite ville.

Tout ce dont il avait besoin semblait être là. Il était temps de gagner sa croûte.

Il prit la pelle, et se mit au travail.

La tâche était très physique, et Sully transpirait abondamment. Il tint bon aussi longtemps que possible, mais des filets de sueur collaient sa chemise à sa peau. Alors il l'ôta, et continua à travailler torse nu.

C'est ainsi que Rae le trouva lorsqu'elle revint plus tard.

Elle retint involontairement son souffle à ce spectacle : sous la peau moite de transpiration, les muscles de l'homme se tendaient à chacun de ses mouvements. Il avait des abdominaux qui semblaient taillés dans le roc, et pour la première fois depuis qu'elle avait quinze ans, elle fut comme hypnotisée par ce spectacle.

Mais elle se ressaisit presque immédiatement : il le fallait, car elle n'était pas seule dans le pick-up.

— Qui est-ce ? demanda Jack Rawlings, son passager.

— Quelqu'un qui n'a pas peur de travailler, répondit-elle sans prendre la peine de cacher son agacement envers son interlocuteur.

Elle sortit du pick-up et se dirigea vers Sully.

— Vous devriez peut-être remettre votre chemise, Cavanaugh, lui dit-elle.

Pris au dépourvu, Sully se retourna, surpris. Il considéra Rae et l'homme qui l'accompagnait.

— Vous avez un *dress code* ? demanda-t-il innocemment.

— Non, du moment que vous ne quittez pas votre pantalon, répliqua-t-elle. Mais le soleil tape à cette heure du jour. Si vous ne remettez pas votre chemise, vous allez très vite attraper un coup de soleil.

Il haussa les épaules à sa prétendue sollicitude.

— Ne vous inquiétez pas : je suis résistant.

Il jeta un coup d'œil à l'homme qui était debout à côté d'elle, et qui les regardait.

— Vous aviez dit qu'il y avait deux autres employés qui travaillaient sur le ranch.

— Oui, répondit Rae. Mais apparemment, l'autre – Warren – a décidé de partir… Du moins c'est ce que prétend Rawlings ici présent, ajouta-t-elle en désignant l'homme qui l'accompagnait.

— C'est exact, déclara-t-il.

Il avait une quarantaine d'années, des joues flasques, un air maussade, et ses habits étaient couverts de poussière.

— Lorsque je me suis réveillé ce matin, il était parti.

Sully s'interrompit dans son travail, et s'appuya sur le manche de sa pelle.

— Ses habits ont disparu ?

Jack Rawlings le regarda, l'air interloqué.

— Pardon ?

— Les habits de Warren, répéta Sully. Ils ont disparu, eux aussi ?

L'homme sembla irrité.

— Je n'en sais rien. J'imagine ! marmonna-t-il.

Puis il poursuivit avec véhémence :

— Hé, je n'ai pas regardé ! Je ne me le serais pas permis !

— Vous avez raison, acquiesça Sully. Je voulais seulement dire que, s'il n'a pas pris ses affaires avec lui, alors rien ne permet d'affirmer qu'il est parti. Il est peut-être tout simplement en train de travailler ailleurs. Le ranch est vaste.

Rae regarda Rawlings. L'homme leva les épaules d'un air excédé.

— Tout ce que je sais c'est qu'il n'était pas là lorsque je me suis réveillé, et qu'il ne m'a laissé aucun mot pour me dire où il se trouvait.

— Il vaudrait mieux le chercher avant de décréter qu'il est véritablement parti, suggéra Sully tout en reprenant sa pelle. Mais ce n'est que mon opinion.

— Et c'est tout à fait sensé. Vous avez entendu ? déclara Rae en se tournant vers Rawlings. Cherchez-le.

— Quoi ? C'est lui le patron maintenant ? demanda Rawlings avec colère en désignant Sully du pouce, l'air mauvais.

— Non. C'est moi. Et je viens de vous demander de faire quelque chose, répliqua Rae en regardant Rawlings d'un air autoritaire.

— Je vais en avoir pour des heures à pied !

Rae sortit une clé de son trousseau, et la tendit à Rawlings.

— Retournez prendre l'autre pick-up. Et essayez de ne pas

le mettre dans un fossé ! ajouta-t-elle d'un air menaçant. C'est celui de Miss Joan.

— Et elle va faire quoi si je l'abîme ? rétorqua Rawlings sur un ton moqueur.

— Croyez-moi, lança Rae en le regardant droit dans les yeux, il vaut mieux ne pas le savoir.

Rawlings fronça les sourcils.

— Je vais faire attention.

— Sage décision, répliqua-t-elle.

Rawlings glissa la clé dans sa poche, et se mit en route en direction de l'annexe, non sans couler auparavant un regard plein de colère à Sully.

— J'ai l'impression qu'il ne m'apprécie pas beaucoup, déclara Sully en se remettant au travail.

Malgré elle, Rae se retrouva à regarder fixement les muscles de l'homme se tendre sous sa peau à chacun de ses mouvements. Elle dut faire un effort considérable pour détourner le regard.

Elle se remémora les questions que son nouvel employé avait posées plus tôt lorsque Rawlings lui avait dit que Warren semblait avoir disparu. Quelque chose l'intriguait.

— J'ai oublié ce que vous faisiez avant de venir ici..., déclara-t-elle.

— Je ne vous l'ai pas dit.

Il s'arrêta un instant de travailler pour la regarder.

— Vous ne me l'avez pas demandé, précisa-t-il.

Il ne voulait pas qu'elle puisse penser qu'il était insolent.

— Alors, je vous le demande maintenant.

— Rien de très intéressant, répondit-il vaguement.

Certaines personnes réagissaient étrangement lorsqu'elles découvraient qu'il travaillait pour la police. Aussi évitait-il d'en faire état de prime abord.

— Et ce rien de très intéressant a un nom ? demanda Rae avec insistance.

— Oui, répondit-il, le souffle un peu court.

Il était en train de creuser un autre trou, et était heureux qu'il n'en reste plus que deux à faire.

— Vous allez me le dire, ou vous voulez que je vous supplie ? s'exclama Ray.

Lorsqu'elle le vit sourire, elle se dit qu'elle en avait assez.

— Alors ? lança-t-elle à bout de patience.

— J'étais enquêteur, répondit Sully.

Il ajouta, croisant les bras et s'appuyant sur le manche de la pelle :

— D'ailleurs, je le suis encore.

4

Rae regarda avec intérêt l'homme qui venait de se remettre au travail.

— Vous êtes enquêteur ?

— Oui, répondit Sully, le souffle court.

Elle le considéra à la lumière de ce qu'elle venait d'apprendre.

— Les gens vous embauchent comme détective privé ?

— Non, répondit-il patiemment, tout en continuant à creuser le dernier trou.

Le sol était argileux et très sec, et la tâche particulièrement ardue.

À chaque mouvement, il sentait les muscles de ses épaules protester vigoureusement.

— Je travaille pour la police.

Cela sembla encore plus invraisemblable à Rae.

— Vous travaillez pour la police ? répéta-t-elle.

— C'est... ce que... je viens de vous dire.

Il n'était peut-être pas en aussi bonne forme physique qu'il le pensait : ce travail le fatiguait plus qu'il n'aurait dû.

Sully s'arrêta un instant pour reprendre son souffle, puis se remit à creuser.

Rae vint se placer juste en face de lui.

— Si vous dites la vérité...

Il cessa de lutter contre ce sol aussi dur que le ciment pour la regarder. Il était bien trop fatigué pour se battre sur deux fronts en même temps : soit il creusait, soit il essayait de lui faire entendre raison.

— Pourquoi mentirais-je ?

— D'accord, corrigea-t-elle. Vous travaillez pour la police.

Elle voulait bien lui donner raison sur ce point, même si c'était difficile à croire.

— Mais dans ce cas, que faites-vous ici ?

Il regarda la pelle et se dit que, finalement, il était peut-être plus facile de creuser. Avec un peu de chance, Rae allait se lasser et mettre fin à la conversation.

— En ce moment, j'essaie de creuser un trou dans le sol, et je me demande pourquoi on dirait du béton armé, répliqua-t-il.

Rae fronça les sourcils. Elle voyait bien ce qu'il était en train de faire, et ce n'était pas l'objet de sa question.

— Le sol est très dur à cet endroit, c'est vrai, mais ce n'est pas ce que je veux savoir.

Elle saisit la poignée de sa pelle pour le forcer à interrompre son travail... Ce qui en soi n'avait rien de contrariant.

— Que faites-vous ici, Cavanaugh ? répéta-t-elle avec insistance.

Elle ne voyait pas ce qui avait pu l'amener ici, et elle détestait ne pas comprendre les choses.

— Forever n'est pas vraiment une destination touristique à la mode, ajouta-t-elle.

— Je ne suis pas en vacances, lui indiqua Sully. Je suis venu ici pour faire le point.

— Vous m'avez dit que vous étiez originaire de Californie. Je pense qu'il y a beaucoup d'endroits plus proches de chez vous où vous auriez pu faire la même chose, remarqua Rae.

Il croisa son regard, et elle le soutint, attendant une réponse. Elle ne lâchait rien ! Il devait reconnaître qu'elle était particulièrement persévérante... et qu'elle commençait à l'agacer prodigieusement.

— Peut-être que je n'avais pas envie d'être près de chez moi, répliqua-t-il. Et maintenant, si l'interrogatoire est terminé, j'aimerais travailler.

Ce n'était pas tout à fait exact, mais c'était préférable à une confrontation avec cette femme.

Rae ne se laissa pas démonter.

— Pourquoi êtes-vous allé si loin de chez vous ? Que s'est-il passé ?

Si elle avait encore une maison, une famille, jamais elle ne serait partie ! Elle ne comprenait pas qu'on puisse réagir ainsi.

Bon, songea Sully, il avait fait preuve de patience. Maintenant, il était temps de marquer les limites.

— Cela ne vous regarde absolument pas, madame Mulcahy. Tout ce qui importe ici, c'est que je travaille vite et bien.

Ravalant son irritation, Rae décida d'en rester là pour le moment. Elle arriverait à obtenir ces informations d'une manière ou d'une autre... plus tard.

— Vous êtes plutôt susceptible, non ? D'accord, je vous laisse travailler. Et lorsque vous aurez terminé de creuser ce trou, commencez à planter les piquets. Je reviendrai un peu plus tard.

— Je vous attendrai avec impatience, répliqua Sully d'un ton froid.

Rae ouvrit la bouche pour lui répondre du tac au tac, mais elle préféra se taire. Elle remonta dans son pick-up sans un mot, et retourna vers les bâtiments du ranch.

Au prix d'efforts considérables, Sully finit de creuser le dernier des trous. Il s'accorda quelques minutes de repos, et se mit ensuite à enfoncer les piquets dedans.

Il découvrit rapidement que cette tâche était beaucoup plus ardue qu'il ne l'avait tout d'abord imaginé, le problème étant de s'assurer que les poteaux étaient bien droits une fois la terre tassée autour.

Après deux essais infructueux, il fit une troisième tentative. Il était en train de remplir le trou de terre tout en maintenant le poteau contre son épaule, lorsqu'il entendit le bruit d'un véhicule qui s'approchait.

Il poussa un soupir, sans trop savoir s'il était soulagé ou agacé par cette interruption.

— J'ai l'impression que le patron vient voir comment je m'en sors, marmonna-t-il.

Il aurait préféré avoir mis en place au moins un piquet – sinon plus – avant que Mulcahy ne revienne, mais visiblement, c'était loupé.

Pourtant, lorsque le pick-up s'immobilisa près de lui, ce ne fut pas Rae qui en sortit, mais celui qu'elle avait présenté comme étant Jack Rawlings. Il était accompagné d'un autre homme.

Sully s'interrompit dans son travail. Il passa la main sur son front pour en essuyer la sueur, et éviter qu'elle ne vienne lui piquer les yeux.

Il examina rapidement l'homme qui se trouvait à côté de Rawlings. Gras et mou, il aurait été beaucoup plus à sa place derrière un bureau que sur un ranch.

— Je suppose que vous êtes celui qui avait disparu, déclara Sully.

— Celui qui avait disparu ? répéta l'homme, surpris.

Il regarda Sully puis Rawlings d'un air perplexe.

— Je n'avais pas disparu ! J'avais seulement quelque chose à faire.

Il était clairement irrité, mais tentait pourtant de le cacher.

— Rawlings, tu as dit à ce type que j'avais disparu ?

— Tu n'étais pas dans ta chambre quand je me suis réveillé. Comment je pouvais savoir que tu n'étais pas parti ?

— Je n'ai pas besoin de baby-sitter, répliqua sèchement John Warren.

Il ajouta plus calmement :

— Je n'ai pas à te demander la permission d'aller là où j'en ai envie.

Sully eut l'impression qu'ils étaient près d'en venir aux mains. Il ne voulait pas être pris entre ces deux hommes.

— Hé, les mecs, vous pourriez m'aider ! dit-il en attirant leur attention sur le piquet qu'il maintenait toujours de l'épaule.

Si l'un de vous pouvait le tenir bien droit, ça irait beaucoup plus vite.

À voir l'expression du visage de Rawlings, il était clair que, quoi qu'on dise, il allait mal le prendre.

— Tu es l'adjoint du contremaître, maintenant ? demanda-t-il avec agressivité.

— J'essaie seulement de faire le travail, répliqua Sully.

Puisque tenter d'être sympathique avec Rawlings ne marchait pas, il n'avait rien à perdre à le remettre à sa place.

— Peut-être que si tu arrêtais d'en vouloir au monde entier, tu pourrais te rendre utile.

Rawlings eut l'air furieux, et pendant une seconde, Sully eut l'impression qu'il allait se jeter sur lui.

Mais, au dernier moment, la raison finit par l'emporter... Le fait que Sully le dépasse d'une tête n'étant certainement pas étranger à ce revirement.

Rawlings fronça les sourcils et le regarda d'un air mauvais.

— Ce n'est pas terminé ! l'avertit-il.

— J'en suis certain, répliqua Sully avec calme.

Il dut faire un effort pour se concentrer sur le problème qu'il avait à régler pour l'instant.

— Et maintenant, quelqu'un peut tenir ça ?

Il était évident que Rawlings n'allait pas bouger le petit doigt, alors Warren s'avança.

— Je vais le faire, dit-il.

— Merci.

Warren maintint le piquet, et Sully se saisit de la pelle. Il commença à remplir le trou de terre. Même si cette tâche était infiniment plus facile que creuser le sol, Sully sentait des ampoules se former sur la paume de ses mains.

— Hé, cria Warren à l'attention de Rawlings, qui s'était assis par terre, tu pourrais nous aider !

Mais Rawlings demeura immobile.

— Vous vous débrouillez très bien sans moi. Je ne vois pas ce que je pourrais faire.

— Alors, c'est que tu es myope, répliqua Sully d'un ton égal.

Il n'était pas ici pour gagner un concours de popularité. En ce moment, il voulait seulement finir le travail qui lui avait été assigné par le contremaître de Miss Joan. Il ne savait pas quel était le problème de Rawlings, mais il n'allait pas se laisser faire.

— Tu ferais mieux de venir et d'aider Warren à tenir ce poteau bien droit pendant que je remets de la terre autour.

— Allez, Rawlings, intervint Warren. Plus vite tu viendras, plus vite nous aurons terminé.

— Ce n'est pas moi qui avais disparu ce matin ! répliqua-t-il sèchement.

— Oui, mais tu n'as pas travaillé pour autant, lui rappela Sully.

Il parlait d'une voix calme, mais tout dans son ton montrait qu'il valait mieux ne pas le pousser à bout.

En marmonnant des paroles inintelligibles, Rawlings se leva lentement et vint les aider.

Après s'être assurée que Rawlings et Warren étaient tous deux partis aider Cavanaugh, Rae décida d'aller rendre visite à Miss Joan. Elle avait des questions à lui poser.

Dès qu'elle entra dans le restaurant, elle aperçut sa patronne.

— Miss Joan, je voulais vous parler du nouvel employé que vous m'avez envoyé, dit-elle en se dirigeant vers le comptoir qui occupait tout le fond de la pièce.

Miss Joan venait tout juste de servir un des habitués de son établissement. Elle leva la tête en entendant Rae. Même si elle avait reconnu sa voix, elle était surprise de la voir ici.

Elle se ressaisit et prit un air sévère :

— Je n'ai pas droit à un « bonjour » ?

— Bonjour, répéta Rae avec impatience avant de revenir à l'objet de sa visite. D'où sort ce type ?

— Que veux-tu dire ? demanda Miss Joan.

Rae avait le sentiment que Miss Joan avait parfaitement compris sa question, mais elle lui répondit tout de même :

— Il prétend qu'il travaille pour la police.

Miss Joan hocha la tête.

— C'est ce qu'on m'a dit, lâcha-t-elle.

Rae pinça les lèvres. Elle était habituée à voir passer dans le ranch des hommes très différents, mais tous avaient une caractéristique commune : ils se retrouvaient là parce qu'ils traversaient une mauvaise passe.

Celui qui venait d'arriver ne leur ressemblait pas.

Miss Joan lui fit signe de s'asseoir sur un tabouret, mais Rae se sentait trop excitée pour cela.

— Pourquoi un policier voudrait-il venir ici ? demanda-t-elle.

— Peut-être qu'il a seulement besoin d'un peu de calme, suggéra Miss Joan.

— Vous êtes certaine qu'il dit la vérité ? Quelqu'un vous l'a recommandé ?

— Oui, se contenta de répondre Miss Joan.

Elle fut surprise d'entendre Rae insister.

— Et qui ?

Miss Joan la considéra un instant sans répondre. Puis elle finit par lâcher :

— La personne que j'estime le plus après Harry. Pourquoi ? Il y a quelque chose en lui qui te dérange ?

Rae secoua la tête.

— Il est différent de ceux qui travaillent habituellement sur le ranch.

— Dans mon souvenir, tu l'étais aussi lorsque j'ai décidé de t'en confier la direction, lui rappela Miss Joan. Plus d'une personne a jugé utile de me prévenir que je faisais une bêtise.

— Ça n'a rien à voir ! protesta Rae. Vous me connaissiez.

Miss Joan leva les yeux vers Rae.

— Je ne t'ai pas confié la direction du ranch parce que je te connaissais. Je l'ai fait parce que j'avais l'intuition que tu étais à la hauteur, et que tu avais besoin de cela à ce moment de ta vie.

Rae aurait voulu protester, lui redire que les choses étaient différentes... Lorsque son père était mort, la laissant seule, elle s'était sentie si perdue, si désespérée qu'elle avait failli baisser les bras. Elle n'avait plus envie de vivre. C'était Miss Joan qui l'avait sauvée.

Peut-être faisait-elle la même chose pour cet homme, ce policier qu'elle lui avait envoyé.

— Et vous avez une intuition à propos de ce Sully ? demanda Rae.

— Disons seulement que je suis certaine qu'il va travailler sérieusement. Maintenant, si tu as un problème avec lui, poursuivit Miss Joan en regardant Rae attentivement, je te conseille de lui parler directement. Mettre les choses à plat est toujours la meilleure manière de régler les problèmes.

Elle regarda Rae un moment. Lorsqu'elle vit que la jeune femme ne répondait pas, elle lui demanda :

— Tout va bien ?

— Oui, Miss Joan.

Rae se serait sentie ingrate si elle n'avait pas essayé de satisfaire sa bienfaitrice.

— Alors, c'est bon.

Miss Joan prit une tarte qui était dans une vitrine et la déposa sur le comptoir.

— Tiens, prends ça, et retourne surveiller le ranch, suggéra-t-elle en en coupant une part qu'elle plaça dans une petite boîte.

Elle fixa un couvercle dessus, et la poussa vers Rae.

— C'est Angel qui l'a faite.

Rae la prit et sourit à Miss Joan.

— Je la mangerai après le repas.

— Réchauffe-la. Ce sera meilleur. Tu peux aussi la partager, ajouta Miss Joan. C'est pour cela que j'en ai coupé un gros morceau.

Rae regarda la boîte qu'elle avait en main. Il était inutile qu'elle demande à Miss Joan qui était l'autre personne qui devait profiter de ce cadeau. C'était sous-entendu.

— Je le ferai peut-être, répondit Rae, préférant ne pas s'engager.

Elle pivota sur ses talons et sortit du restaurant.

Qui était cet homme pour Miss Joan ? Était-il un membre de sa famille ? Ou de la famille d'un ami proche de Miss Joan ?

Rae avait les sourcils froncés lorsqu'elle s'installa derrière le volant de son pick-up.

Sa conversation avec Miss Joan lui avait apporté plus de questions que de réponses. La seule chose dont elle était certaine, c'était que, tant qu'elle n'aurait pas évalué la situation, elle allait se comporter prudemment avec cet enquêteur. Elle voulait arriver à comprendre pourquoi un homme comme lui était venu creuser des trous et enfoncer des poteaux dans un ranch perdu au fin fond du Texas, au lieu de prendre des vacances dans une station balnéaire à la mode en Californie.

Cet homme se trouvait ici pour une raison précise, et elle avait bien l'intention de découvrir laquelle.

5

— J'arrive au mauvais moment ?

Rae se retourna en sursautant, et vit le mari de Miss Joan debout à la porte de la cuisine.

— J'ai frappé, précisa le vieil homme, mais je n'ai pas eu de réponse. Alors, je suis entré. J'espère que je ne te dérange pas.

Harry Monroe resta debout dans l'embrasure de la porte, attendant que la jeune femme lui fasse signe d'avancer.

Rae s'essuya rapidement les mains et traversa la pièce pour aller à la rencontre de cet homme qu'elle considérait presque comme son grand-père. Il était impossible de ne pas aimer Harry Monroe.

— C'est votre ranch. Vous avez le droit d'entrer chez vous !

Malgré tout, Rae était surprise de le voir ici. D'habitude, il appelait toujours pour la prévenir de son arrivée.

— Mais si tu es occupée, je peux revenir plus tard, proposa-t-il aimablement.

Rae éclata de rire.

— Nous sommes toujours occupés ici ! Mais en ce moment, j'étais seulement en train de réchauffer le dîner et de mettre la table.

Une demi-heure plus tôt, Rosa, une des employées de Miss Joan, avait apporté les plats qu'elle avait préparés pour la semaine. Rae en avait réservé certains pour le soir même, et avait rangé le reste dans l'énorme réfrigérateur.

— Rosa est une excellente cuisinière, ajouta-t-elle. Presque aussi talentueuse qu'Angel !

Le vieil homme hocha la tête, mais il aurait été surprenant qu'il proteste : jamais on ne l'avait entendu dire du mal de quiconque.

— C'est certain, déclara-t-il avec conviction.

Puis il ajouta :

— Si tu veux, Miss Joan peut lui demander de venir ici préparer les repas.

Mais Rae secoua la tête.

— Non, ce n'est pas nécessaire. Mais je ne sais pas ce que je ferais sans Rosa ! Je n'aime pas beaucoup cuisiner, avoua-t-elle.

— Tu fais déjà plein de choses ici ! Crois-moi, Miss Joan et moi sommes tout à fait conscients de la tâche que tu accomplis !

Rae était heureuse que son travail soit reconnu, mais les compliments la mettaient toujours mal à l'aise. Elle ne savait plus où regarder, ni quoi dire. Elle préféra demander :

— Vous venez à propos de cet enquêteur que Miss Joan a embauché ?

Harry sourit à cette question.

— Ainsi, tu as appris qu'il travaillait pour la police ?

Elle ne savait pas si Harry regrettait qu'elle le sache. Elle aurait peut-être mieux fait de se taire, mais c'était trop tard.

— Le sujet a été abordé, répondit évasivement Rae.

— Alors, comment se débrouille-t-il ? lui demanda Harry d'un ton toujours aussi amical.

Rae se dit qu'il valait mieux s'en tenir aux faits.

— Eh bien, contrairement aux deux autres employés que nous venons d'embaucher, il ne semble pas avoir d'aversion particulière pour le travail, indiqua-t-elle en revoyant en esprit Sully torse nu. En fait, il est en train de réparer la clôture, et il a fait du bon travail.

Elle préféra rester mesurée dans ses compliments.

— Comme vous le savez, la terre est dure à cet endroit.

Harry Monroe éclata de rire, comme s'il en avait personnellement fait l'expérience.

— C'est certain ! Alors, tu l'as aidé à s'installer ?

Rae hocha la tête tout en continuant à mettre la table.

— Il ne semblait pas avoir beaucoup d'affaires. Quand il aura terminé le travail de la journée, je l'emmènerai à l'annexe.

Elle remarqua l'expression étonnée du visage du vieil homme, et poursuivit :

— Il y a de la place.

— L'annexe ? répéta Harry.

Rae hocha la tête.

L'air un peu embarrassé, Harry s'éclaircit la voix avant de déclarer :

— Je pense qu'il y a un malentendu, Rachel. Miss Joan ne veut pas que Sully dorme dans l'annexe.

Elle ne voyait pas où était le problème.

— Mais c'est là que logent tous les employés !

— Je le sais, mais Sully est le petit-neveu d'un des plus vieux amis de Miss Joan. Elle le considère presque comme un membre de la famille.

Maintenant, Rae comprenait où il voulait en venir.

— Et les membres de la famille ne dorment pas dans l'annexe, conclut-elle.

Harry lui sourit en hochant la tête. Il semblait heureux qu'elle ait compris.

— Effectivement.

— Où voulez-vous qu'il s'installe ? demanda-t-elle prudemment.

Elle regarda Harry, espérant qu'il allait proposer une autre solution que celle qui lui venait à l'esprit.

Harry lui sourit. Il semblait ne pas avoir conscience de la situation difficile dans laquelle il la plaçait.

— Il y a trois chambres ici, déclara-t-il.

Comme Rae ne répondait pas, il poursuivit.

— Sully peut dormir dans l'une d'elles.

La situation devenait vraiment embarrassante, songea Rae, mais elle ne pouvait tout de même pas dire cela à Harry

Monroe. Le ranch lui appartenait, et il pouvait y recevoir qui il voulait. Elle n'avait pas son mot à dire.

Comme s'il lisait dans son esprit, Harry renchérit :

— Je sais que cet arrangement doit te sembler inhabituel, mais je t'assure que tu n'as aucun souci à te faire. Sully vient d'une famille tout à fait respectable.

— Comme Caïn... Mais il a pourtant tué Abel, marmonna-t-elle tout en se penchant pour mettre les derniers couverts.

— Je peux vous assurer que je ne suis pas comme lui ! déclara Sully en arrivant derrière elle.

Rae pivota, retenant un cri de surprise. Elle se ressaisit et tenta de demeurer impassible.

Il suffisait de regarder Sully pour comprendre qu'il avait travaillé très dur. Ses vêtements étaient couverts de poussière, et la sueur coulait sur son front. L'expression de son visage et son maintien trahissaient sa fatigue.

Malgré cela, Rae ne put s'empêcher de lui trouver l'air content de lui.

Harry fit un large sourire au jeune homme.

— Vous devez être Sullivan Cavanaugh, dit-il en lui tendant la main.

Sully la serra en lui rendant son sourire.

— C'est exact, répondit-il. Et je suppose que vous êtes le mari de Miss Joan.

Harry éclata de rire :

— C'est probablement ce que l'on gravera sur ma pierre tombale :

CI-GÎT LE MARI DE MISS JOAN

Même si Sully n'avait visiblement pas l'intention d'être impoli et que Harry semblait ne pas en prendre ombrage, Rae s'offusqua :

— J'espère que vous savez que si vous êtes ici, c'est parce que Harry a eu la gentillesse de donner son accord, n'est-ce pas ?

— J'en ai bien conscience, et je l'en remercie, dit Sully en s'adressant au vieil homme.

Il était clair qu'elle ne parvenait pas à impressionner Sully autant que ses deux autres employés.

De nouveau, Harry s'éclaircit la voix, comme s'il espérait ainsi détendre un peu l'atmosphère.

— Je ne suis pas venu ici pour semer la zizanie, déclara-t-il lorsque les deux jeunes gens le regardèrent. Je voulais seulement savoir si Sully était bien installé. Tout se passe bien ? demanda-t-il en se tournant vers lui.

Sully se rendit compte que le vieil homme ne posait pas la question par politesse, mais qu'il était véritablement intéressé par sa réponse, et soudain, il eut le mal du pays… Ce ne fut qu'un sentiment fugace.

— Oui, répondit Sully. Tout se passe bien. Mais cela sera encore mieux lorsque je pourrai prendre une douche et me changer.

— Alors, je vais vous laisser, répondit Harry d'une voix enjouée.

Il ajouta à l'attention de Rae :

— Je te conseille de lui donner la chambre avec salle de bains.

Sully regarda Rae, puis le vieil homme. Il avait jeté un coup d'œil dans l'annexe, et ne comprenait pas ce que Harry voulait dire.

— Je n'ai pas vu de chambres dans l'annexe, juste un dortoir…, dit Sully. À moins que j'aie loupé quelque chose ?

Rae fit de son mieux pour cacher sa contrariété.

— Vous avez loupé l'annonce comme quoi vous n'allez pas dormir dans l'annexe.

Sully la regarda sans comprendre.

— Et pourquoi donc ?

— C'est moi qui me suis mal exprimé, dit Harry, préférant endosser la responsabilité de ce malentendu. Rachel a pensé que Miss Joan et moi avions l'intention de vous loger dans l'annexe.

— Et ce n'est pas le cas ? demanda Sully d'un ton hésitant.

— Miss Joan ne me laisserait pas une seconde de répit si elle apprenait que vous êtes logé avec les deux autres employés, dit Harry en éclatant de rire.

— Je suppose qu'elle ne veut pas non plus qu'il travaille, déclara Rae.

Même si elle avait essayé d'adopter un ton détaché, il y avait une note acide dans sa voix.

Sully intervint :

— Je ne veux pas rester ici sans rien faire !

— Et c'est bien ce qui a plu à Miss Joan, repartit Harry.

Rae avait la sensation que, sous couvert de parler à Sully, c'était en fait à elle que Harry s'adressait. Quoi qu'il en soit, elle n'avait plus qu'à se résigner.

— Le dîner sera servi dans une demi-heure. Si vous n'êtes pas là à temps, je le mettrai de côté.

— C'est compris, répondit Sully de sa voix la plus enjouée.

Harry sembla heureux de ce qu'il entendait.

— J'ai l'impression que tout se passe bien. Maintenant, je dois partir. Je dirai à Miss Joan que tu as la situation en main… Comme d'habitude ! ajouta-t-il à l'attention de Rae.

Sully attendit que le vieil homme soit parti avant de se retourner vers Rae.

— Je peux rester dans l'annexe si vous préférez.

Elle le regarda avec surprise.

— Pourquoi feriez-vous cela ?

L'expérience lui avait appris que personne ne refusait une occasion d'améliorer sa situation. Pourquoi Sully choisirait-il de dormir dans l'annexe avec deux étrangers s'il pouvait avoir une chambre confortable ?

— Je ne veux pas que vous soyez mal à l'aise, commença-t-il.

Rae se redressa instantanément. Elle avait toujours cette réaction lorsqu'on était bienveillant avec elle, ou qu'elle pensait qu'on la regardait de haut. Croyait-il qu'elle avait peur de lui ? Elle savait très bien se défendre, merci.

— Et pourquoi le fait que vous dormiez dans la maison me mettrait-il mal à l'aise ? s'enquit-elle avec irritation.

— Alors, cela ne vous dérange pas ? lui demanda Sully.

Elle n'aurait su dire s'il posait la question en toute ingénuité ou s'il se moquait d'elle, mais elle préféra ne prendre aucun risque.

— Non, répliqua-t-elle sèchement.

— Désolé, je me suis trompé, déclara Sully. Je vais aller chercher mes affaires, lui dit-il avant de quitter la pièce, puis la maison.

Rae resta debout dans la cuisine, immobile. Elle avait l'impression désagréable d'avoir gagné une bataille, mais perdu la guerre.

La vérité était qu'elle ne voulait pas que Sully soit logé ici avec elle. Cette pensée l'oppressait.

La maison était plutôt petite, et même si ni elle ni Sully n'allaient y passer beaucoup de temps, ils ne pourraient éviter de s'y croiser le matin ou le soir. Pour Rae, ces deux moments de la journée étaient ses seuls espaces de liberté, et elle voulait pouvoir se relaxer sans crainte d'être vue par un des employés.

Surtout cet homme.

De plus, ce Sully avait un traitement de faveur, et il devait bien s'en rendre compte. De là à ce qu'il se croie tout permis et se conduise mal avec elle…

Ne commence pas à imaginer le pire : il ne va rien se passer. Il doit savoir que Miss Joan l'étriperait vivant s'il se comportait mal avec toi, petit-neveu d'un vieil ami ou pas !

Rae chassa résolument ces pensées pour se concentrer sur la préparation du dîner. Même si Rosa avait cuisiné, il fallait réchauffer les plats et parfois préparer quelques accompagnements, mais cela ne dérangeait pas Rae. Elle considérait que cela faisait partie de son travail.

D'ailleurs, elle devait bien reconnaître qu'en fait elle avait beaucoup de plaisir à accomplir ces mille et une petites tâches nécessaires à la bonne marche du ranch.

La plupart du temps, il s'agissait de travailler avec les chevaux et de diriger le travail des employés – essentiellement des hommes – que Miss Joan, et parfois Harry, embauchaient pour l'aider.

Elle en avait tant vu qu'elle avait l'impression qu'elle pourrait travailler avec n'importe qui. Pourtant, cet homme que Miss Joan lui avait envoyé – cet enquêteur – était différent.

Elle n'était pas parvenue à le cerner et, par conséquent, elle ne savait pas comment réagir en face de lui.

Apparemment, c'était quelqu'un d'éduqué, ce qui la changeait agréablement de ses employés habituels. Et jusque-là, il ne lui avait pas fourni la moindre occasion de se plaindre... Mais il n'était là que depuis quelques heures.

D'ordinaire, elle attendait avant de se faire une opinion. Elle allait donc laisser à cet homme le temps de s'habituer à la vie sur le ranch avant de porter un jugement sur lui.

Malgré tout, elle devait bien reconnaître qu'il y avait en lui quelque chose qui la troublait. En sa présence, elle avait la sensation d'être constamment sur le qui-vive, comme si quelque chose allait arriver...

Ce n'était pas qu'elle ne lui faisait pas confiance, c'était seulement que... que...

À la vérité, elle était incapable de définir pourquoi Sully Cavanaugh la mettait dans cet état.

Calme-toi, Rae.

Laisse-lui une chance.

C'était cela, songea-t-elle soudain : elle ne voulait pas lui laisser une chance, parce que cela pourrait l'entraîner dans une situation qu'elle se sentait incapable de gérer.

Elle prit une inspiration, et fit son possible pour se calmer.

Tu vas attendre et voir ce qui va se passer.

— Vous avez besoin d'aide ?

La voix grave qui résonna juste derrière elle la fit sursauter.

Décidément !

6

Rae avait l'impression que son cœur allait éclater dans sa poitrine.

— Vous n'avez pas le droit de surgir derrière quelqu'un comme ça ! s'écria-t-elle.

Elle avait conscience que son trouble était manifeste, et elle songea avec colère que cela devait amuser Sully.

— Je suis désolé, dit-il, l'air contrit.

Elle aurait juré qu'il était sincère.

— Je ne me suis pas rendu compte que j'allais vous faire peur.

— Eh bien, c'est le cas ! répliqua Rae.

— Vous êtes peut-être un peu tendue, suggéra Sully avec bienveillance.

Il regardait Rae aller et venir dans la cuisine.

— Et vous n'avez toujours pas répondu à ma question.

— Quelle question ? lança-t-elle d'un ton sec, manquant de le heurter avec la cocotte qu'elle sortait du four.

— Vous avez besoin d'aide ? demanda-t-il tout en désignant la table d'un coup de menton.

— J'ai surtout besoin de me remettre de ma peur !

Elle pensait qu'il allait partir, mais il n'en fit rien.

— En fait, je peux aussi vous aider pour cela.

Elle s'immobilisa et le regarda.

— En plus d'être enquêteur, vous êtes également médecin à vos heures perdues ?

Sully sembla indifférent au sarcasme, et répondit à sa question avec le plus grand sérieux.

— Non, mais une de mes tantes dirige une société d'ambulances, et elle a insisté pour enseigner les gestes de premiers secours et quelques soins d'urgence à toute la famille. Je sais faire un massage cardiaque, ajouta-t-il.

Rae lui jeta un rapide coup d'œil avant d'éteindre le feu sous les casseroles.

— Je veillerai à m'en souvenir.

— Bien. Et en ce qui concerne mon autre proposition ? Celle de vous aider ? ajouta-t-il lorsqu'elle le regarda d'un air perplexe.

Puisque, apparemment, il n'avait pas l'intention de s'asseoir à table et d'attendre, elle le prit au mot.

— Vous pouvez mettre cette assiette de charcuterie sur la table.

Sully sourit.

— Je devrais y arriver.

— On essaie de marquer des points ? demanda Rawlings en pénétrant dans la pièce.

Rae le regarda en fronçant les sourcils.

— Il me semble vous avoir demandé de quitter votre chapeau lorsque vous entrez dans la maison, lui dit-elle avec froideur.

Pour toute réponse, Rawlings lui lança un regard noir, mais il finit par ôter son stetson poussiéreux.

— Il y a trop de règles à respecter ici ! grommela-t-il.

— Warren ne s'en plaint pas, lui fit remarquer Rae lorsque l'autre employé vint les rejoindre.

— Oui, mais il disparaît sans rien dire et ne fait pas le travail qu'on lui a demandé, répliqua Rawlings.

— Et si nous cessions de nous chamailler pour manger en paix ? suggéra Sully.

Il regarda Rawlings qui affichait un air maussade, puis Warren, qui semblait exténué, mais également agacé que son absence lui soit une fois de plus reprochée.

— Je n'ai pas besoin qu'on me donne des ordres, marmonna Rawlings.

— Si vous n'êtes pas content, Rawlings, vous pouvez toujours prendre vos affaires et partir, déclara Rae. Personne ne vous retient !

Pendant une seconde, Rawlings la regarda, l'air furieux. Puis, jetant un coup d'œil à Sully qui s'était immobilisé et semblait prêt à réagir s'il le fallait, il se ravisa.

— Cette chaleur me rend nerveux, dit-il comme pour justifier son attitude.

Rae hocha la tête.

— C'est pénible pour tout le monde, reconnut-elle.

Elle allait apporter le plat de biscuits qu'elle avait préparés lorsqu'elle vit que Warren l'avait déjà en main et était en train de le déposer sur la table.

— Merci, Warren.

Il semblait presque déconcerté.

— Pas de problème, marmonna-t-il.

— Bon, maintenant, nous pouvons nous asseoir, dit-elle aux trois hommes.

Il y avait six chaises autour de la table.

— Je peux m'asseoir n'importe où ? demanda Sully.

Rae le regarda d'un air surpris et il poursuivit :

— Je ne sais pas si vous avez des habitudes...

— Installez-vous là, répondit Rae en désignant la chaise qui était en face d'elle.

Rawlings et Warren étaient déjà assis.

— Pour qui sont les deux autres chaises ? s'enquit Sully.

— D'autres personnes... lorsqu'il y en a... C'est-à-dire lorsque Miss Joan se sent d'humeur charitable.

— Elle ne m'a pas embauché par charité ! protesta Rawlings, le visage de plus en plus sombre. Je travaille dur ici !

Il sembla sur le point d'en dire plus, mais Rae lui lança un regard noir et il se tut. Il reporta son attention sur son assiette et se mit à manger sans lever la tête.

— C'est délicieux ! s'exclama Sully.

Il était évident qu'il cherchait à détendre l'atmosphère.

— Ce n'est pas moi la cuisinière, protesta Rae.

Sully eut l'air surpris.

— Pourtant, je vous ai vue travailler dans la cuisine !

— Je me suis contentée de réchauffer les plats.

Sully remarqua qu'elle évitait de croiser son regard – alors qu'elle regardait Rawlings en face.

— Une des employées de Miss Joan vient une fois par semaine nous apporter des plats préparés, ajouta-t-elle.

— C'est tout de même très bon, répéta Sully, essayant de mettre un terme à cet échange sans froisser quiconque.

— Tout le monde est d'accord là-dessus, répliqua Rae.

Sully sourit intérieurement. Il avait l'impression que cette femme était comme un chat prêt à sortir ses griffes à la moindre occasion. Il la soupçonnait même de prendre plaisir à se quereller. En cela, elle le faisait penser à ses sœurs.

— C'est une excuse pour ne pas nous payer cher, grommela Rawlings comme pour lui-même.

Rae se contint, et préféra répondre :

— Encore une fois, Rawlings, si vous n'êtes pas content, personne ne vous retient.

— Je vois : maintenant que ce type est arrivé, vous n'avez plus besoin de moi ! répliqua Rawlings.

— Pourquoi vous n'arrêtez pas ? lui demanda Sully. Ce n'est pas ce qu'elle a dit.

Il était clair que si Sully n'avait pas eu la même carrure Rawlings en serait venu aux mains. Mais il n'était pas idiot, et il voyait bien qu'il n'aurait pas le dessus. Alors, il se contenta de leur lancer un regard mauvais, et se remit à manger sans mot dire.

Le reste du repas se déroula en silence, les quatre convives s'observant l'un l'autre et restant sur leurs gardes.

Les minutes s'égrenèrent lentement pour tout le monde. Lorsque toutes les assiettes furent vides, Warren et Rawlings ne s'attardèrent pas : ils se levèrent de table et partirent... Sully se demanda un instant s'il devait les imiter.

Mais les réflexes inculqués par ses parents prirent le dessus.

Il se leva et saisit son assiette, ainsi que celles que les deux hommes avaient laissées derrière eux.

Il entra dans la cuisine adjacente juste au moment où Rae, qui lui tournait le dos, s'exclamait :

— Bon sang !

— Quelque chose ne va pas ?

Visiblement en colère, elle lui jeta un coup d'œil par-dessus son épaule.

— Vous pourriez arrêter de surgir de nulle part sans prévenir ?

— J'ai essayé de faire le plus de bruit possible pour ne pas vous surprendre, répliqua-t-il, les assiettes à la main.

Il répéta sa question.

— Quelque chose ne va pas ?

— Oui, quelque chose ne va pas ! répondit-elle en désignant le lave-vaisselle. Il est en panne !

La machine semblait aussi vieille que le ranch lui-même... fondé une quarantaine d'années plus tôt.

— Vous en êtes sûre ? demanda Sully.

Parfois, ces appareils se remettaient à fonctionner avec un bon coup de poing dessus, mais il préféra ne pas lui suggérer cette méthode.

— Oui, j'en suis sûre ! Mais si vous ne me croyez pas, vous pouvez toujours vérifier par vous-même.

Autant apaiser les choses.

— Je vous crois sur parole. Si vous voulez, je vais laver la vaisselle.

— Vous voulez faire la vaisselle ? s'exclama Rae, incrédule.

— Oui. Il y a un problème ?

Sully regarda autour de lui, puis ouvrit les portes du placard situé sous l'évier.

— Où est le liquide vaisselle ?

Il se pencha, et aperçut ce qu'il cherchait.

— Ça y est ! Je l'ai trouvé.

Apparemment, Rae essayait de se convaincre qu'elle n'avait pas rêvé.

— Cela ne vous dérange pas ? demanda-t-elle avec scepticisme.

— Non. Pourquoi ?

Avait-il enfreint une règle tacite ? Franchi une ligne rouge ? Il ne connaissait pas bien les us et coutumes du coin. Peut-être étaient-ils différents ?

— Non, c'est seulement que... rien, dit Rae.

S'il se proposait pour faire la vaisselle, elle n'allait pas l'en dissuader.

— Allez-y.

Un peu tard, elle ajouta :

— Merci.

Il hocha la tête tout en versant du liquide vaisselle, puis il tourna le robinet pour faire couler l'eau. Les bulles remplirent peu à peu l'évier.

— Merci à vous aussi.

— Pourquoi ? interrogea-t-elle, confuse.

— Pour avoir réchauffé le repas.

Elle songea d'abord qu'il se moquait d'elle. Puis elle le regarda et se dit qu'elle se trompait peut-être.

Pivotant sur ses talons, Rae s'apprêta à sortir de la cuisine, puis se ravisa. Elle revint sur ses pas et se saisit d'un torchon.

— Vous faites la vaisselle, j'essuie.

Si ce revirement le surprit, il n'en laissa rien paraître.

— C'est d'accord.

Elle le regarda un instant, tout en attendant qu'il lui tende le plat qu'il était en train de laver.

— Vous êtes vraiment étrange, Cavanaugh.

Il eut un petit sourire.

— J'ai déjà entendu pire !

Rae éclata de rire.

— Vous travaillez pour la police : ça ne fait aucun doute !

Rae prit l'assiette qu'il lui tendit, l'essuya rapidement et la déposa sur le comptoir. Puis elle attendit qu'il ait lavé la suivante.

— Pourquoi êtes-vous ici, Cavanaugh ?

— Je vous l'ai déjà dit, lui rappela-t-il. Pour faire le point.

Il la regarda en lui tendant une autre assiette.

— Quoi ? Vous ne me croyez pas ?

Elle ne répondit ni oui ni non.

— Vous devez bien reconnaître que c'est un peu étrange : vous quittez une ville animée et agréable pour venir enfoncer des pieux dans la terre la plus dure qu'il m'ait été donné de voir. Et je ne vous ai pas encore demandé de nettoyer l'écurie !

Sully se mit à rire. De toute évidence, il ne doutait pas un seul instant qu'elle le fasse.

— J'aime les défis !

Elle vit soudain son beau visage s'assombrir.

— Cela m'aidera peut-être à remettre les choses à leur place.

Elle sentit à nouveau sa curiosité s'éveiller.

— C'est-à-dire ?

Sully la regarda. Il resta si longtemps silencieux qu'elle pensa qu'il n'allait pas lui répondre.

Puis, d'une voix égale, il déclara :

— Peut-être que j'arriverai à me convaincre qu'il y a des gens honnêtes et bienveillants, et qu'ils sont plus nombreux que les autres.

— Plus nombreux que les autres ? répéta Rae.

Elle avait compris ce qu'il voulait dire, mais elle avait l'impression qu'il faisait allusion à un événement très précis. Et si, d'ordinaire, elle préférait éviter les sujets personnels, elle décelait dans la voix de Sully quelque chose qui lui donnait très envie d'en savoir plus.

— Oui. Plus nombreux que les autres, affirma-t-il, plus pour lui-même que pour elle.

— Vous voulez dire, que ceux qui enfreignent la loi ?

— On peut dire les choses ainsi...

Mais il voyait bien qu'elle avait envie qu'il précise sa pensée.

— Plus nombreux que ceux qui sont capables de découper leur prochain en morceaux, puis de continuer à vivre comme si rien ne s'était passé.

Elle en eut le souffle coupé.

— Vous ne dites pas cela au hasard, n'est-ce pas ?

Il lui suffit de le regarder pour avoir la réponse.

— Malheureusement oui, répondit-il d'une voix étrangement calme.

Rae poussa un soupir en se disant qu'il était certainement préférable de mettre un terme à la conversation avant qu'il ne lui raconte des choses plus horribles encore. Mais elle s'en sentit incapable. Elle avait besoin de réponses... comme toujours.

C'était son plus gros défaut.

— Et vous étiez chargé de l'enquête sur les crimes commis par cette personne ?

Il termina de laver le dernier plat et le lui tendit.

— Oui.

— Et... ? demanda-t-elle.

Rae déposa sur le comptoir le plat qu'il lui avait donné et regarda Sully, attendant qu'il lui en dise plus.

— Et je l'ai coincé. Avec l'aide de toute mon équipe, corrigea-t-il, car c'était un travail collectif, même s'il s'était retrouvé seul face à face avec le psychopathe.

À cet instant, il avait tout simplement eu envie de le tuer, de mettre ce monstre hors d'état de nuire. Il avait dû faire appel à toute sa volonté pour ne pas lui tirer une balle dans la tête. C'est à ce moment-là qu'il avait compris qu'il devait s'arrêter.

— Écoutez, ne m'en veuillez pas, mais je n'ai pas envie d'en parler.

Elle leva les mains pour lui montrer qu'elle le comprenait.

— Pas de problème, répondit-elle d'une voix calme.

Et pour la première fois depuis qu'il l'avait rencontrée, il eut l'impression qu'ils s'étaient vraiment parlé.

— Pourquoi n'allez-vous pas dans votre chambre ? proposa-t-elle. Je vais terminer. Il n'y a presque plus rien à faire, d'ailleurs.

Mais il secoua la tête et continua à laver les plats et les couverts qui restaient.

— Je finis toujours ce que j'ai commencé.

Elle ne protesta pas, et ils travaillèrent en silence jusqu'à ce que tout soit rangé. Alors seulement, Sully s'essuya les mains.

Il s'apprêtait à partir lorsqu'elle l'appela :

— Sully ?

Il se retourna en levant les sourcils, et attendit qu'elle parle.

— Ce que vous avez fait, c'était bien.

Il ne savait pas si elle faisait allusion au fait qu'il ait terminé la vaisselle, ou si elle le félicitait d'avoir attrapé le meurtrier qui avait terrorisé tant de personnes pendant un an et demi, mais il ne lui posa pas la question. Il se contenta de sourire avant de sortir de la pièce.

Il en avait assez dit pour le moment.

7

Les jours passaient, et se ressemblaient : Sully se levait à l'aube, et travaillait jusqu'au coucher du soleil. Ensuite, il allait dîner dans la maison en compagnie des autres employés. C'était également là qu'il prenait son petit déjeuner. Quant au déjeuner, il le trouvait chaque matin dans un sac de papier kraft qui était déposé dans la cuisine.

Durant sa journée de travail, la conversation avec Rawlings se limitait à quelques grommellements, accompagnés de regards noirs. L'autre homme, Warren, n'était pas loquace non plus, mais il lui arrivait parfois de parler de choses et d'autres, de sport par exemple.

Sully avait le sentiment que Warren était étranger à cette vie, et qu'il n'avait pas plus que lui l'habitude du travail agricole. Mais il tentait de s'acquitter de sa tâche avec sérieux.

Rawlings, quant à lui, ne cachait pas qu'il n'avait pas le moindre goût ni pour leur compagnie ni pour les travaux qui lui étaient assignés.

Après avoir passé toute la matinée à nettoyer les stalles, il était d'humeur exécrable. D'après ce que Sully avait pu voir, Rawlings n'était pas à l'aise avec les chevaux. Il était évident qu'il n'aimait pas travailler avec eux, comme les habituer à être sellés. Et les bêtes devaient très certainement le sentir.

Alors qu'ils finissaient d'entretenir l'écurie, Sully ne put s'empêcher de lui demander :

— Pourquoi as-tu choisi d'être employé sur un ranch où l'on élève des chevaux ?

— Parce qu'il a encore plus peur des vaches, lui confia Warren.

Puis il ajouta à voix haute :

— Je n'aime pas beaucoup les vaches, moi non plus. Il ne faut presque rien pour effrayer un troupeau et provoquer une ruée.

Sully n'avait pas la moindre expérience en ce domaine.

— Je te crois sur parole, répondit-il.

On entendit la voix de Rawlings s'élever d'une stalle attenante.

— Et moi, jamais je ne le croirai !

— Qu'est-ce qu'il a contre toi ? demanda Sully à Warren.

Warren haussa les épaules.

— Je n'en ai pas la moindre idée ! répondit-il avec un sourire. De toute façon, Rawlings en veut à tout le monde. J'imagine que déjà, lorsqu'il était enfant, la maîtresse devait dire à ses parents qu'il ne jouait avec personne !

Ce commentaire étonna Sully. Décidément, Warren ne semblait pas à sa place dans ce ranch. Il n'était pas habile de ses mains, et avait l'air bien plus heureux lorsqu'il lisait le livre qu'il emportait partout avec lui, et qu'il ouvrait dès qu'il avait un instant de répit.

Même si Sully était venu ici pour s'isoler, faire un travail physique et ne plus trop réfléchir, son cerveau semblait en avoir décidé autrement.

C'était comme s'il avait besoin d'avoir une énigme à résoudre pour retrouver sa clarté d'esprit et sa capacité de raisonnement habituelles.

Il ne cessait de se demander qui était vraiment Warren, et pourquoi Rawlings semblait si agacé et en même temps si intéressé par lui.

Ces questions le taraudaient, et il ne voyait pas le temps passer.

— Il y aura une fête demain au Murphy's, leur annonça Rae le vendredi suivant, alors qu'ils étaient tous attablés pour le dîner. Miss Joan m'a demandé de vous dire que vous seriez les bienvenus. Les invités sont attendus à partir de 17 heures.

— Miss Joan ? répéta Sully, perplexe. Vous n'avez pas dit que ça se passerait au Murphy's ?

Il n'avait pas quitté le ranch depuis son arrivée, mais cela ne l'empêchait pas de connaître déjà l'essentiel de la vie locale. Il n'y avait qu'un seul bar et un seul restaurant à Forever, et chacun des deux établissements veillait à ne pas empiéter sur le territoire de l'autre. Cela voulait dire que le Murphy's ne proposait pas à manger, et que Miss Joan ne servait pas d'alcool dans son restaurant. Cet arrangement avait-il soudain changé ?

— Oui, c'est bien au Murphy's, répondit Rae. Pour respecter la règle qu'elle s'est donnée de ne pas servir d'alcool, Miss Joan a décidé qu'il serait préférable que la fête ait lieu là-bas. Mais c'est Angel qui cuisinera.

Warren eut l'air heureux de cette perspective de réjouissance.

— C'est à quelle occasion ?

— Cash et sa femme vont avoir un autre enfant - Cash est le petit-fils de Harry, expliqua Rae en regardant Sully.

— Il est avocat, c'est bien ça ? demanda Warren.

— Oui, répondit Rae.

Rawlings, quant à lui, semblait totalement indifférent.

— J'irai avec plaisir, dit Warren à Rae. Pour une fois qu'on nous propose une activité qui n'implique pas d'avoir de la poussière sur ses habits ou des ampoules aux doigts !

— Les boissons seront gratuites ? demanda soudain Rawlings.

— Jusqu'à un certain point, j'imagine, répondit Rae.

Rawlings émit un grognement, puis déclara :

— Alors j'irai peut-être… si je suis libre.

Sully étouffa un petit rire. Après avoir passé deux semaines sur le ranch, il savait qu'à part travailler il n'y avait absolument rien à faire ici. Il ne voyait vraiment pas ce qui pourrait empêcher Rawlings de participer à un événement social qui romprait la monotonie de leurs journées.

Rae se tourna vers son nouvel employé.

— Et vous ? demanda-t-elle d'un ton qu'elle tentait visiblement de rendre indifférent. Vous pensez venir ?

Sully songea soudain avec nostalgie à son oncle Andrew à Aurora. Une fois retraité, l'ancien chef de police s'était découvert un talent pour la cuisine. Depuis, il cherchait n'importe quelle excuse pour rassembler la famille autour d'un repas.

D'ailleurs, la plupart de temps, il n'essayait même plus de trouver un prétexte. Il disait simplement à tous de venir s'ils étaient dans le coin.

— Bien sûr, répondit Sully. Vous avez dit que ça commencerait à 17 heures, c'est bien ça ?

Elle hocha la tête.

— Oui.

— Et qui va venir à cette prétendue fête ? demanda Rawlings, l'air méfiant.

De toute façon, Rawlings se méfiait de tout... et de tous, songea Sully.

— Tous ceux qui voudront bien venir, répondit simplement Rae.

Puis elle ajouta d'un ton agacé :

— Miss Joan ne m'a pas fourni une liste détaillée.

Sully se demanda si la jeune femme se comporterait de manière plus amicale dans ce contexte que sur le ranch. Rien que pour le savoir, il avait envie d'aller à cette soirée.

— Le lave-vaisselle est réparé ? demanda-t-il lorsque Warren et Rawlings eurent quitté la table pour retourner dans l'annexe.

Rae poussa un soupir. Elle avait l'intention de s'en occuper, mais elle était tellement prise par le travail qu'elle repoussait toujours à plus tard le moment de téléphoner au réparateur.

— J'ai encore oublié d'appeler Mick ! reconnut-elle à regret.

Elle se dit qu'il allait en rester là.

Mais elle se trompait.

— Mick ?

— C'est le mécanicien, expliqua-t-elle. Il répare surtout des voitures, mais il arrive aussi à nous dépanner avec l'électroménager, si ce n'est pas trop compliqué. Pourquoi me posez-vous cette question ?

— C'était une manière détournée de savoir si vous aviez besoin que je vous aide à faire la vaisselle.

Mais tout en parlant, il était déjà en train d'apporter les assiettes dans la cuisine et de les déposer dans l'évier.

— Vous n'êtes pas obligé de le faire !

— Plonger les mains dans l'eau savonneuse est la seule manière que j'ai trouvée d'ôter la poussière que j'ai sous les ongles. En fait, ajouta-t-il ironiquement, vous me rendez service.

L'expression de son visage lui apprit qu'elle n'en croyait rien.

— Eh bien, rappelez-vous que je ne vous ai pas demandé de le faire !

— Je n'en souviendrai, répliqua Sully.

Soudain, les mots sortirent malgré lui :

— Pourquoi semblez-vous toujours en colère ?

— Et pourquoi posez-vous toujours autant de questions ? rétorqua Rae.

Elle détestait que l'on s'intéresse à elle.

— C'est certainement une déformation professionnelle !

— Je pensais que vous étiez justement ici pour oublier que vous étiez enquêteur.

— Non, pas pour oublier que je suis enquêteur, corrigea Sully. Simplement pour oublier ce que j'ai vu en tant qu'enquêteur. C'est différent.

— Si vous le dites, répliqua-t-elle, faisant de son mieux pour paraître indifférente, même si, en réalité, ce n'était pas le cas.

C'était justement cela qui l'embêtait. Elle ne voulait pas s'intéresser à cet homme. Son seul souci devait être de veiller à la bonne marche de ce ranch, et la seule chose qui devait lui importer était qu'il fasse correctement son travail.

— Vous n'avez pas répondu à ma question, lui rappela-t-il.

Comme elle le regardait d'un air perplexe, il répéta.

— Pourquoi semblez-vous toujours en colère ?

Elle ne baissa pas les yeux.

— Peut-être parce que je le suis.

— À propos de tout ?

— Non, seulement lorsque les gens sont trop curieux, rétorqua-t-elle du tac au tac.

— Vous ne faites pas beaucoup d'efforts pour être aimable, constata-t-il avec philosophie.

— Peut-être parce que je n'ai pas envie que l'on me trouve aimable.

— Tout le monde a envie d'être apprécié, la contredit Sully.

Rae eut un rire dur.

— Vous devriez dire ça à Rawlings.

— Vous avez marqué un point, reconnut Sully. *Presque* tout le monde a envie d'être apprécié.

Puis, la regardant, il lui demanda avec un léger sourire.

— C'est mieux ?

— Ça le serait surtout si vous arrêtiez de parler, mais je suppose que vous ne pouvez pas vous en empêcher, répliqua Rae comme si elle se résignait à l'entendre.

Elle prit le plat que Sully lui tendait. Il était humide et glissa entre ses doigts.

Tous deux tentèrent ensemble de le rattraper, mais ils parvinrent seulement à se cogner la tête.

Le choc les fit tomber à terre.

— Je suis désolé, déclara Sully.

— Moi aussi, dit Rae en se frottant le front.

Sully lui prit la main pour l'aider à se relever, juste au moment où elle faisait un mouvement en arrière. De surprise, il perdit l'équilibre et se serait retrouvé allongé sur elle s'il n'avait pas anticipé la collision. Il réussit cependant à l'éviter en posant les mains à terre, de part et d'autre du corps de Rae.

Si quelqu'un était entré dans la pièce à cet instant, il aurait pu se méprendre totalement sur la situation.

Rae sentit son cœur faire un bond.

— Vous allez rester comme ça au-dessus de moi pendant longtemps ? demanda-t-elle.

Elle faisait des efforts évidents pour ne pas sembler affectée.

Car Sully ne lui avait pas seulement coupé le souffle : le

sentir si proche d'elle avait éveillé d'autres sensations. Des sensations auxquelles elle ne s'attendait pas…

Et qui l'affectaient beaucoup plus qu'elle ne l'aurait voulu.

— Vous voulez dire que j'ai le choix ? interrogea ironiquement Sully.

Son visage était si proche qu'elle sentait son souffle sur elle.

— Pas si vous voulez encore pouvoir marcher demain, l'avertit-elle.

Sully éclata de rire. C'était encore une chose à laquelle elle ne s'était pas attendue.

Avant qu'elle n'ait le temps d'ajouter autre chose, Sully s'était relevé et l'aidait à se redresser. Ce geste la surprit, et, malgré elle, l'élan l'entraîna contre lui.

Il fit un pas en arrière pour mettre de la distance entre eux, mais c'était trop tard : ce contact inattendu avait fait son effet, et elle sentait des fourmillements dans tout son corps.

— Vous allez bien ? demanda Sully.

Elle sentait son regard la balayer des pieds à la tête.

— Je ne vous ai pas fait mal, j'espère ? poursuivit-il.

— Je vais bien, et vous ne m'avez pas fait mal, répliqua sèchement Rae.

Elle tentait désespérément de retrouver le contrôle de ses émotions.

— Je vois que je n'ai pas entamé votre bonne humeur, la taquina Sully.

Rae ramassa le plat qui était toujours par terre et le lui tendit, l'air sombre.

— Il faut relaver ça.

Leurs regards se croisèrent, et il dut se retenir pour ne pas céder à son impulsion. Ce contact très bref entre eux avait réussi à éveiller en lui des sensations qu'il pensait avoir oubliées.

Sa dernière enquête l'avait forcé à se blinder pour pouvoir faire face aux horreurs qu'il voyait. Il n'avait pas le choix.

Mais le problème était que le contrôle qu'il exerçait sur ses émotions était devenu une habitude… Et il avait commencé à croire qu'il les avait fait taire à jamais.

Sully songea soudain avec une pointe d'amusement qu'il était étrange que celle qui les avait fait resurgir soit une femme qui semblait chérir sa réputation de mauvaise humeur.

Le sourire que Rae vit sur les lèvres pleines de Sully la déconcerta. Il était différent...

— Je viens seulement de vous tendre un plat. Pourquoi souriez-vous comme cela ?

Sully lui prit le plat des mains et le plongea dans l'eau savonneuse. Il la regarda par-dessus son épaule, et son sourire s'élargit.

Rae sentit son souffle se couper.

— Mais pourquoi souriez-vous ? répéta-t-elle.

Il s'interrompit dans sa tâche, se redressa, et la regarda – la regarda vraiment — d'un regard qui fit tomber toutes ses défenses et qui la toucha au plus profond d'elle-même.

— Je suis certain que vous ne voudriez pas le savoir.

8

La réponse de Sully agaça prodigieusement Rae. S'il y avait une chose qu'elle détestait, c'était que l'on pense pouvoir lire en elle.

— Si, protesta-t-elle. Je veux savoir ce qui vous fait sourire de cette manière étrange.

Sully saisit le torchon qui se trouvait sur le comptoir et s'essuya les mains lentement, prenant tout son temps. Puis il reposa le torchon et fit un pas vers elle. Il n'avait pas quitté son visage des yeux.

— Vous en êtes certaine ?

— Je viens de vous le dire, répliqua Rae sur un ton de défi.

Sully inclina la tête vers elle alors qu'un sourire naissait sur ses lèvres.

— Effectivement...

Le temps semblait comme suspendu, le monde entier se réduisait à eux deux, seuls dans cette pièce.

Rae avait l'impression que même son cœur s'était arrêté. Lorsqu'il se remit à battre, ce fut sur un rythme non pas effréné, mais plein d'allégresse. C'était une sensation étrange, entièrement nouvelle. Elle en avait une conscience aiguë, tout comme elle avait une conscience aiguë de la présence de Sully...

Et de ses lèvres qui vinrent se poser doucement sur les siennes.

Rae n'eut aucun souvenir du moment où elle le prit par le cou, et ne sut pas qui d'elle ou de lui approfondit leur baiser. Tout ce dont elle se rendit compte, c'était que le désir l'avait envahie avec une telle force qu'elle était en grand danger d'y céder.

En tremblant, elle s'éloigna de lui et tenta de ressentir de l'indignation, ou de la colère... N'importe quelle émotion qui pourrait mettre une digue entre elle et le flot de sensations qui menaçait de la submerger.

Elle essayait désespérément de se ressaisir, de retrouver le contrôle d'elle-même. Mais elle ne réussit qu'à bredouiller :

— Vous vous rendez compte que vous venez d'embrasser votre contremaître ?

— Je n'ai pas embrassé un contremaître, répliqua Sully. J'ai embrassé une femme très désirable. Une femme qui m'a embrassé en retour

— Ce n'est pas vrai ! protesta-t-elle.

Elle ne savait comment réagir à la situation. Toutes les défenses qu'elle avait soigneusement bâties lui faisaient défaut.

Sully inclina la tête.

— Alors, je vous demande pardon. Je suis désolé.

Puis il quitta la pièce sans rien ajouter.

Avec colère, Rae songea un instant à lui ordonner de revenir, à lui dire qu'elle n'en avait pas fini avec lui. Mais elle préféra se taire, sachant pertinemment ce qui allait arriver s'il rebroussait chemin.

Sully avait éveillé en elle des sentiments qui ne demandaient plus qu'à s'exprimer. Et leur en donner l'occasion serait une grave erreur.

À l'avenir, elle devrait veiller à ne plus être seule avec lui. Du moins, pas tant qu'elle se sentirait aussi vulnérable.

Cela ne serait pas facile, mais elle pouvait y arriver. Il suffisait d'être vigilante... Très vigilante.

— Les hommes t'ont laissée tomber ?

Rae venait d'arriver au Murphy's. Elle se retourna avec un sursaut, et vit Miss Joan. Elle était vêtue d'une robe bleu marine qui lui allait particulièrement bien, et avait pris le temps d'attacher ses cheveux roux en un chignon.

— Je ne vous ai pas entendue venir, Miss Joan. Vous êtes très belle !

— Ne dis pas cela comme si tu étais surprise, rétorqua Miss Joan.

— Je suis désolée, je me suis mal exprimée. Vous êtes toujours belle !

Miss Joan fit un geste évasif, et en revint à sa question.

— Alors, les hommes ne viennent pas ? demanda-t-elle.

— Ils ont dit que si, mais j'ai préféré prendre mon pick-up.

Miss Joan lui lança un regard perçant.

— Il y a une raison particulière ?

— Oui, répondit Rae : je voulais pouvoir partir au moment où j'en aurais envie, et ne pas avoir à le faire en compagnie d'employés ivres.

Miss Joan la considéra un instant, et juste au moment où Rae cherchait une autre explication à lui donner, elle déclara :

— Je comprends, mais tu n'avais pas à te soucier de cela : le shérif va veiller à ce que personne ne boive plus que de raison. C'est une célébration amicale : je ne veux pas que les choses dégénèrent.

Peut-être se faisait-elle des idées, mais Rae avait l'impression que Miss Joan avait compris que ce n'était qu'une excuse. La vérité était qu'elle ne voulait pas courir le risque d'avoir à rentrer seule avec Sully.

Lorsqu'elle était enfant, elle avait toujours entendu sa grand-mère répéter : « Mieux vaut prévenir que guérir. » Elle avait suivi son conseil.

Rae s'attendait à ce que l'interrogatoire se poursuive lorsqu'elle vit Miss Joan sourire.

— Tiens, justement...

Par-dessus l'épaule de Rae, elle regardait quelqu'un qui venait d'entrer dans le bar. Rae se retourna, même si elle s'était intimé l'ordre de ne pas le faire.

Sully était en train de pousser les anciennes portes battantes.

Il était accompagné de Warren, mais Rawlings n'était pas avec eux.

— Ce serait merveilleux que Rawlings ait décidé de ne pas venir, murmura Rae à l'attention de Miss Joan.

— Tant pis pour lui, répliqua Miss Joan en haussant les épaules. Mais au moins, Sully est là.

Rae aurait juré que Miss Joan avait dit cela pour elle.

— Bon, je dois aller saluer quelqu'un, dit-elle en s'éloignant. Tu pourrais faire de même.

Miss Joan n'avait pas précisé sa pensée, mais l'allusion était claire : elle voulait que Rae aille accueillir Sully.

Malgré cela, Rae évita de le regarder. Elle préféra se diriger vers Cash et sa femme, Alma.

— Félicitations à vous deux, leur dit-elle avec chaleur.

Elle tendit la main à Cash, puis à Alma, mais la jeune femme la prit dans ses bras.

Dès qu'elle le put, Rae se dégagea et la regarda.

— Vous êtes éclatante !

— Je n'en suis pas certaine, mais le fait est que je ne peux pas m'empêcher de sourire ! répondit Alma.

— Moi non plus, repartit Cash.

— Eh bien, vous faites plaisir à voir, tous les deux, déclara Rae.

Elle leur dit encore quelques mots, puis quelqu'un d'autre vint à son tour les saluer et les féliciter.

Rae allait s'éloigner d'eux lorsqu'elle sentit quelqu'un lui tapoter l'épaule. Avant même de se retourner, elle savait que c'était Sully.

— Bonjour, lui dit-il même s'ils s'étaient vus au ranch, une heure auparavant.

Rae avait été encore plus distante qu'à l'accoutumée, et il ressentait le besoin de mettre les choses au clair.

— Écoutez, à propos de ce qui s'est passé hier..., commença-t-il.

Rae avait décidé que la meilleure conduite à tenir était de ne plus jamais en reparler. Elle se hâta de déclarer :

— J'ai déjà oublié.

Il la surprit lorsqu'il répondit :

— C'est bien dommage.

Elle le regarda, ne sachant quoi dire.

— Parce que j'ai trouvé l'expérience très agréable. Je suis désolé d'entendre que ce n'était pas réciproque, et je vous promets que je ne recommencerai pas, poursuivit-il.

— Bien, répondit-elle tout en ressentant malgré elle une certaine déception.

Tu es en train de devenir folle.

Le bruit d'un couvert que l'on frappait contre un verre fit soudain taire tous les convives.

— Je propose de porter un toast ! déclara Harry Monroe lorsqu'il eut réussi à attirer l'attention de tous.

Il leva son verre en direction de son petit-fils et de sa femme.

— À mon futur arrière-petit-enfant !

Il lança un sourire éclatant à Cash et Alma.

— J'espère qu'il y en aura beaucoup d'autres.

Cash enlaça tendrement Alma et l'attira contre lui.

— Eh ! j'ai mon mot à dire, Cash Taylor ! déclara Alma d'un ton ironique.

L'assistance se mit à rire.

Rae eut un pincement de cœur. Elle avait fini par se résigner à la vie solitaire qui était la sienne, estimant qu'il aurait été ingrat de sa part d'en vouloir plus. Mais soudain, elle envia ce jeune couple.

Lorsque son père était mort, la laissant orpheline, elle ne se voyait plus aucun avenir. C'était alors que Miss Joan l'avait prise sous son aile et l'avait aidée. Elle avait déjà eu une chance immense. Elle ne pouvait pas en demander plus.

Liam Murphy, le plus jeune des trois frères qui possédaient le bar, entra dans la salle, suivi de son groupe. Il avait proposé de s'occuper de l'animation musicale. Lorsque Harry eut terminé son toast, les premières notes résonnèrent.

Plusieurs couples se mirent à danser, dont Cash et Alma, et Rae se mit sur le côté pour ne pas les gêner.

L'air que jouait le groupe était particulièrement entraînant, et, malgré elle, Rae bougeait sur le rythme de la musique.

Sully l'observa pendant quelques instants puis, en souriant, il lui demanda :

— Vous voulez danser ?

Rae se força à s'immobiliser.

— Non, merci.

— Ne vous inquiétez pas, vous ne risquez rien, lui promit-il. Au cas où vous ne l'auriez pas remarqué, nous ne sommes pas seuls.

En se penchant vers elle, il ajouta :

— Et je vous promets de ne pas vous embrasser.

Elle leva instantanément le menton d'un air de défi.

— Je n'ai pas peur de cela... ni de vous.

— Je suis heureux de l'entendre, répliqua Sully.

La prenant par la main, il glissa l'autre bras autour de sa taille.

— Venez, lui dit-il.

Comme elle restait immobile, il ajouta :

— Montrons-leur comment on danse.

Malgré elle, elle le suivit. Mais elle ne put s'empêcher de rétorquer :

— Ils ne danseraient pas s'ils ne savaient pas comment faire.

— Vous avez raison, acquiesça-t-il avec un sourire. Je vois bien que j'ai encore beaucoup à apprendre.

Elle fronça les sourcils et déclara :

— Je n'aime pas beaucoup les sarcasmes.

— Voilà encore une autre découverte, dit-il en la faisant tourner.

— Parler autant ne vous a jamais attiré des ennuis ? demanda Rae.

Il se contenta de sourire encore plus largement.

Mais ce fut la façon dont il soutint son regard qui lui serra le ventre.

— Étrangement, dans ma famille, je suis un des plus silencieux.

Eh bien ! songea Rae.

— J'ai du mal à le croire.

Le sourire de Sully devint éclatant.

— Il faudra que vous rencontriez ma famille.

La chanson se termina, mais avant que Rae n'ait pu s'éloigner de Sully, Liam et son groupe en avaient déjà entamé une autre, et Sully ne manifesta pas le moindre désir d'arrêter de danser.

Rae se résigna à continuer. Cela ne l'engageait à rien, se dit-elle. Ainsi qu'il le lui avait fait remarquer, il y avait beaucoup de monde autour d'eux, non ?

D'ailleurs, lorsque Sully parlait de sa famille, il y avait quelque chose dans sa voix qui avait éveillé son intérêt. Et comme toujours, cela lui avait rappelé qu'elle n'avait plus personne...

— Vous avez une grande famille ? s'enquit Rae, faisant de son mieux pour sembler indifférente.

Cette question fit rire Sully. Lorsqu'elle le regarda d'un air interrogateur, il hocha la tête et répondit :

— Oui, très.

Cela excita sa curiosité.

— Grande comment ? Cinq, dix personnes ? demanda-t-elle, tout en se disant que dix était certainement exagéré.

Il rit, tout en la guidant pour esquiver un autre couple.

— Vous êtes loin du compte.

— Quinze ? lança-t-elle d'un air incrédule.

Comme il continuait à sourire, elle poursuivit :

— Vingt ?

Il secoua la tête, et répondit :

— Encore plus...

Bon, il devait se moquer d'elle.

— Vous mentez !

Le sourire de Sully s'élargit encore.

— Ainsi que je vous l'ai dit, il faudra que vous les rencontriez.

Essayant d'imaginer ce que pouvait représenter une famille si nombreuse, elle soupira, et se tut.

Le sourire de Sully s'évanouit. Il eut soudain l'air soucieux.

— Qu'y a-t-il ?

— Rien.

Il continua à la regarder comme s'il attendait des explications. Alors elle soupira encore, et déclara :

— C'est simplement que vous avez de la chance... d'avoir une grande famille.

Maintenant, il comprenait.

— Lorsque j'étais plus jeune, il y a des moments où j'aurais dit le contraire. Mais maintenant, je suis d'accord avec vous : j'ai de la chance. Vous ne vous entendez pas avec votre famille ?

En temps normal, elle lui aurait dit de s'occuper de ses affaires. Mais ils étaient en train de danser, entourés de gens d'humeur joyeuse, et les choses étaient différentes. Alors elle répondit :

— Je n'ai personne avec qui me disputer.

— Vous n'avez pas de famille ?

Il compatissait, mais n'arrivait pas à s'imaginer une telle situation.

— Et Miss Joan ?

Certes, Miss Joan n'était pas très tendre, mais elle semblait avoir un faible pour Rae.

Cette fois, Rae sourit.

— Je dirais plutôt qu'elle est comme une bonne fée. Je l'aime beaucoup, mais nous ne sommes pas parentes.

— Une bonne fée ?

Il jeta un coup d'œil à la vieille dame, qui, apparemment, était en train de mettre Brett Murphy au pas.

— Ce n'est pas le mot que j'aurais choisi, répliqua-t-il avec un petit rire.

— Je ne vous laisserai pas dire du mal d'elle, l'avertit-elle. Elle m'a aidée alors que rien ne l'obligeait à le faire.

— Je ne m'y risquerais pas, rétorqua-t-il. D'ailleurs, mon grand-oncle Seamus réclamerait ma tête si je disais quoi que ce soit de désobligeant sur elle. Et j'aime ma tête, conclut-il avec ironie.

Rae sourit malgré elle.

— Je savais que vous en étiez capable, lui dit Sully.

— Capable de quoi ?

— De sourire, répondit-il en la faisant pirouetter.

En ce qui le concernait, cette soirée était déjà une réussite.

9

Rae avait l'intention de repartir très vite. Mais elle s'amusait beaucoup plus qu'elle ne l'aurait cru, et fut la première surprise de constater qu'elle était restée jusqu'à la fin de la soirée.

Sully ne l'avait pas quittée un instant. Pourtant, jamais sa présence n'avait été pesante. Il avait échangé quelques mots avec chacune des personnes présentes, et Rae s'était surprise à leur parler elle-même.

En quelques heures, sa vie sociale avait été plus remplie que pendant une année entière.

La soirée passa pour elle comme un tourbillon, et lui dévoila des aspects insoupçonnés de la personnalité de Sully Cavanaugh. Il était véritablement chaleureux et charmant.

Alors qu'ils s'apprêtaient à quitter le Murphy's, Rae se sentit obligée de dire :

— On ne peut pas vraiment dire que vous vous soyez comporté comme quelqu'un venu ici pour faire le point. Vous avez parlé à presque tout le monde !

Sully regarda autour de lui.

— Effectivement ! Voir tous ces gens rassemblés pour fêter l'arrivée de ce bébé m'a rappelé ma famille. Ils saisissent toujours la moindre occasion d'organiser une fête.

Il sourit à ce souvenir.

— Ces derniers temps, j'avais l'esprit tellement accaparé par toutes les horreurs que j'avais vues que je n'arrivais même plus à remarquer ce qui était beau autour de moi.

Rae perçut la tendresse qu'il y avait dans son regard lorsqu'il pensait à sa famille, et elle en tira ses propres conclusions.

— Alors, cela veut dire que vous allez bientôt repartir ?

Elle ne s'attendait pas à ce que cela la touche autant : après tout, elle avait l'habitude de voir des employés se succéder sur le ranch. Cela n'avait fait que renforcer sa conviction qu'elle ne pouvait compter que sur elle-même.

Pourtant, elle avait un nœud à l'estomac.

— Oh non ! répondit-il alors qu'ils sortaient ensemble du bar.

Le parking était presque vide.

— Je me suis engagé à rester sur le ranch pendant au moins un mois... Plus si le travail n'est pas terminé. Je n'ai pas l'intention de partir avant.

Elle sentit son estomac se dénouer... Du moins pour le moment. *Je ne dois pas m'habituer à sa présence. Il va bientôt repartir. Sa vie est en Californie.*

— C'est bien... Enfin, je veux dire que je n'aurai pas à demander à Miss Joan de chercher quelqu'un pour vous remplacer. Mais je dois vous prévenir qu'ici le travail n'est jamais terminé ! La seule chose que vous puissiez espérer, c'est de ne pas en avoir trop.

Elle s'autorisa un petit sourire.

— Vous avez déjà été beaucoup plus productif que mes deux autres employés depuis qu'ils sont ici. Warren fait des efforts, mais il n'est pas efficace. Quant à Rawlings, je ne sais pas comment parler de lui sans être désobligeante.

Elle lui avait donné sa chance à de nombreuses reprises, mais avait été déçue à chaque fois.

— Il est tout simplement paresseux.

Sully ne fit aucun commentaire sur Rawlings, mais remarqua soudain :

— En parlant de Warren, vous l'avez vu ? Il n'était plus dans le bar lorsque nous sommes sortis. Je pensais qu'il m'attendrait près de mon 4x4.

— Vous devez le raccompagner ? s'enquit-elle en se demandant si elle les avait vus entrer ensemble.

Mais elle ne se souvenait que de Sully.

— Oui. Il est venu ici avec moi, affirma Sully avec un sourire.

— Il est peut-être retourné au ranch avec quelqu'un d'autre, suggéra Rae.

Elle resta songeuse un moment.

— Lorsque j'y pense, il me semble que cela fait plusieurs heures que je ne l'ai pas vu, dit-elle. Il a dû décider de partir plus tôt.

— Vous avez certainement raison, mais je vais tout de même vérifier qu'il n'est pas encore dans le bar. Je ne voudrais pas l'abandonner ici.

Avant de rebrousser chemin, Sully prit le temps de lui dire :

— Ne m'attendez pas. Rentrez. Et conduisez prudemment.

— Comme je l'ai fait au cours des treize dernières années, répliqua-t-elle.

D'ordinaire, si quelqu'un lui avait dit cela, elle aurait immédiatement pensé qu'il ne la pensait pas capable de se débrouiller seule. Elle fut surprise de constater qu'elle ne se sentait pas offensée. Au contraire, elle était touchée que Sully se montre protecteur.

C'était étrange.

Cet homme la troublait vraiment, pensa-t-elle en le regardant retourner à l'intérieur du bar.

Au lieu de partir, elle resta quelques minutes de plus pour voir s'il trouvait Warren. Après tout, il était son employé. C'était normal qu'elle se préoccupe de lui.

— Brett dit qu'il a vu Warren partir il y a plus de deux heures, lui apprit Sully en sortant du Murphy's un peu plus tard.

Il ne pouvait s'empêcher de trouver étrange que Warren ne lui ait pas signalé son départ, puisqu'ils étaient censés rentrer ensemble.

— Le problème est résolu, déclara Rae.

Elle remarqua l'expression pensive du visage de Sully et demanda :

— Vous pensez que non ?

Sully haussa les épaules. Il se faisait certainement du souci pour rien. Pourtant, il n'était pas tranquille.

— C'est bizarre, c'est tout.

— C'est certain. Bon, j'y vais, dit-elle en montant dans son pick-up. Je vous reverrai au ranch.

Elle partit avant que Sully ne puisse lui répondre.

Il dut se rappeler qu'il n'était pas chargé de veiller sur Warren, mais il ne parvenait pas à se départir du sentiment que quelque chose n'allait pas.

L'intuition légendaire des Cavanaugh était parfois prise en défaut, songea-t-il en se moquant de lui-même. Il fallait accepter que certaines choses restent inexpliquées.

Même si cela ne lui plaisait pas.

La maison était silencieuse lorsque Sully entra. Il en conclut que Rae était déjà couchée. Il aurait aimé pouvoir échanger quelques mots avec elle avant d'aller dans sa chambre, pour faire retomber l'excitation de la soirée et retrouver un peu de calme. Mais finalement, c'était peut-être mieux ainsi. S'il avait été seul avec Rae, il aurait pu être tenté de voir s'il pouvait reprendre les choses là où il les avait laissées l'autre nuit.

Et cela pourrait compliquer la situation, songea-t-il.

C'était définitivement mieux ainsi, se répéta-t-il avec peut-être un peu plus d'insistance que nécessaire.

Il était tard et il avait besoin de dormir. Il avait le sentiment que la journée de demain serait longue. Son séjour dans le Texas lui aurait au moins appris une chose : sur un ranch, il n'y avait pas de vacances. Ce qui n'avait pas été fait un jour restait à accomplir le lendemain.

Sully ne savait pas depuis combien de temps il travaillait lorsque Rae entra dans l'écurie. Il s'apprêtait à lui dire bonjour lorsqu'elle lui demanda de but en blanc :

— Vous avez vu Warren ?

— Non, mais je ne me suis pas approché de l'annexe. Je suis allé directement à l'écurie ce matin pour nettoyer les box.

Il remarqua l'expression troublée de son visage.

— Pourquoi ? Quelque chose ne va pas ?

Rae fronça les sourcils.

— Comme je ne vous ai pas vu au petit déjeuner, j'ai pensé que vous étiez parti, vous aussi.

— J'ai mangé en vitesse. Je me suis dit qu'après la fête d'hier il y aurait pas mal de travail à rattraper aujourd'hui.

Sully s'immobilisa soudain.

— Vous avez dit qu'il était parti ? Qui ? Rawlings ?

— Non.

Au ton de sa voix, on aurait presque pu croire qu'elle regrettait que ce ne soit pas le cas.

— Je l'ai laissé dans la cuisine, en train de se goinfrer de gaufres. Il m'a dit que Warren n'était pas rentré hier soir.

— Warren n'est pas rentré ? répéta Sully. Mais il a quitté le Murphy's vers 19 heures... Peut-être 20. Il est parti bien avant nous !

— Eh bien, il n'est pas revenu ici, répliqua Rae d'un air impatient. Il n'y a probablement pas lieu de s'inquiéter... Je veux dire, il a déjà disparu ainsi par le passé. Mais cette fois, cela dure plus longtemps que d'habitude.

Elle soupira et secoua la tête.

— Si un de mes employés choisissait de partir, je préférerais que ce soit Rawlings ! Au moins, Warren essaie de faire le travail, même s'il n'est pas dans son élément.

— Et quel est son élément ? demanda-t-il.

Elle secoua la tête.

— Je n'en ai pas la moindre idée. Il ne m'a jamais dit d'où il venait, ni ce qu'il faisait avant d'arriver ici. Mais Miss Joan et Harry semblaient penser qu'il avait besoin qu'on lui donne sa chance, et je ne pouvais pas aller contre leur volonté. Je veux dire, pas après tout ce qu'ils ont fait pour moi, même si je pense qu'ils se sont trompés en ce qui concerne Rawlings... Pour sa défense, ajouta-t-elle, je dois tout de même dire qu'il était plus efficace avant que Warren ne soit embauché.

Sully la regarda avec curiosité.

— Ils ne sont pas arrivés ici ensemble ?

Sans savoir pourquoi, il s'était imaginé le contraire.

— Non. Rawlings était ici depuis plus d'un mois lorsque Miss Joan et Harry ont engagé Warren.

Sully se remit au travail : Rawlings n'était toujours pas là, et les stalles n'allaient pas se nettoyer toutes seules.

— Vous êtes allée voir dans le dortoir ? demanda-t-il à Rae.

Comme elle ne répondait pas, il expliqua :

— Pour voir si Warren avait pris ses affaires.

— Non, lança-t-elle par-dessus son épaule, contrariée de ne pas y avoir pensé elle-même.

Sully travaillait toujours – et toujours seul – lorsque Rae revint un quart d'heure plus tard. Lorsqu'il vit l'expression sombre de son visage, il s'interrompit dans sa tâche et se dirigea vers elle.

— Que se passe-t-il ?

— Les affaires de Warren ne sont plus là : il a fait ses bagages et il est parti. Il aurait au moins pu m'avertir ! Je ne comprends pas... Il ne semblait pas malheureux, juste pas à sa place... Si Rawlings avait disparu ainsi, je n'aurais pas été surprise. Mais Warren...

Elle laissa sa phrase en suspens.

— Vous avez demandé à Rawlings s'il était au courant de quelque chose ? demanda Sully.

— Il dit qu'il n'a plus revu Warren depuis qu'il est monté dans votre voiture pour aller au Murphy's. Pourtant, il faut bien que Warren soit passé par ici, puisque ses affaires ont disparu !

— Alors, soit Rawlings ment, soit Warren est rentré à un moment où Rawlings n'était pas dans l'annexe, et il a pris ses bagages conclut Sully. Où se trouve Rawlings en ce moment ? J'ai quelques questions à lui poser.

Il fallait éclaircir ce mystère, songea-t-il en posant la pelle qu'il utilisait pour nettoyer les stalles contre un mur.

— Probablement toujours dans la cuisine, à se goinfrer

comme s'il n'avait pas mangé depuis trois jours, dit Rae en fronçant les sourcils.

Sully se dirigea vers la maison et Rae le suivit, essayant de se maintenir à sa hauteur.

— Quand as-tu vu Warren pour la dernière fois ? demanda Sully à Rawlings.

— Je n'en sais rien ! Je ne tiens pas un journal !

Mais Sully ne se laissa pas intimider.

— C'était au moment où il est parti au Murphy's ? demanda-t-il avec insistance.

L'air un peu désarçonné par le ton de Sully, Rawlings répondit en haussant les épaules :

— J'imagine que ça doit être ça.

— Pourquoi n'es-tu pas venu au Murphy's ? interrogea Sully. Tout le monde était invité. Je suis étonné que tu n'aies pas été tenté par de la bière et un buffet à volonté !

— J'ai décidé de ne pas y aller, ça va ? répondit Rawlings sur la défensive. Après avoir travaillé toute la semaine, je n'avais qu'une envie : me reposer. Comme Warren n'était pas là, je n'avais pas à supporter sa conversation.

Sully s'approcha de lui.

— Et tu ne l'as plus revu depuis ?

— Je t'ai déjà dit que non ! répliqua Rawlings avec colère.

Il se retourna vers Rachel.

— Écoutez : déjà, vous ne me payez pas beaucoup... Mais en plus, ce type m'interroge comme si j'étais coupable de quelque chose, sans même m'expliquer ce qui se passe !

— Warren est parti, répondit Rae comme à regret.

Rawlings n'eut pas l'air impressionné.

— Il va vite revenir ! Comme la dernière fois...

— Il a pris ses affaires et vidé son casier, coupa Sully.

— Alors, peut-être qu'il est parti pour de bon. Je ne peux pas dire qu'il a eu tort, repartit Rawlings. Si j'avais un endroit où aller, peut-être que je ferais la même chose !

— On ne part pas sans dire au revoir. Vous aviez d'assez bonnes relations avec Warren, n'est-ce pas ? demanda Sully en regardant Rae.

— Oui. Il essayait de bien faire le travail.

— Alors, il a peut-être eu peur de quelque chose, avança Sully. Y avait-il à la soirée quelqu'un que vous ne connaissiez pas ? poursuivit-il. Le bar était bondé.

Rae secoua la tête.

— Non. Tous les gens qui se trouvaient au Murphy's étaient des habitants de Forever.

— Il ne l'est pas, lui, fit remarquer Rawlings en lançant un regard noir à Sully.

Rae repartit aussitôt :

— Vous non plus.

— Oui, mais je n'étais pas au Murphy's, leur rappela Rawlings. Je me trouvais ici sur le ranch. Vous vous souvenez ?

Sully ne prit pas la peine de lui répondre.

— Je pourrais peut-être aller voir le shérif pour signaler sa disparition, déclara Rae d'un air pensif.

— Ce n'est pas possible, répliqua Sully. Il faut attendre au moins vingt-quatre heures avant de pouvoir le faire.

Elle le regarda avec impatience.

— C'est peut-être vrai en Californie et dans les grandes villes du Texas. Mais ici, c'est différent : on considère que quelqu'un a disparu dès qu'il a effectivement disparu.

Il voyait bien qu'il était inutile de discuter avec elle. Il voyait également que – même si elle tentait de le cacher – Rae se faisait du souci pour Warren.

— Bon, dans ce cas, autant aller voir le shérif tout de suite pour faire ce signalement, lui dit-il.

Il ôta ses gants de travail et les glissa dans la poche de son jean.

— Je viens avec vous.

— Ce n'est pas nécessaire, répliqua-t-elle.

Il croisa son regard et répondit simplement :

— Si.

En hochant la tête, elle se tourna vers Rawlings.

— Bon, Rawlings, une fois encore, vous allez être seul sur le ranch.

Rawlings n'eut pas l'air ravi.

— Il n'y aura personne pour m'aider à faire le travail ?

— Vous avez tout compris, lança Rae en s'éloignant avec Sully.

Derrière elle, Rawlings marmonna quelques paroles inintelligibles. Comme elle se faisait du souci pour Warren, Rae préféra ne pas les relever.

10

Le shérif Rick Santiago leva les yeux du rapport qu'il était en train de lire. Il eut l'air vaguement surpris en voyant qui entrait dans son bureau.

— Bonjour, Rae, dit-il en se levant.

Son regard se tourna vers l'homme qui la suivait.

— Vous êtes Sully, c'est bien ça ? demanda-t-il.

Sully avait le sentiment que le shérif de Forever était beaucoup plus perspicace que son apparente bonhomie n'aurait pu le laisser penser.

Sully lui serra la main.

— Oui. Nous nous sommes rencontrés hier soir.

Rick leur sourit.

— Que puis-je faire pour vous ?

Rae prit une inspiration, comme si elle avait besoin de se donner du courage avant de parler.

— C'est une visite officielle.

Rick désigna les deux chaises devant son bureau.

— Asseyez-vous.

Lorsque ses visiteurs furent installés, il leur demanda :

— Bon, quelle est donc la raison de cette visite officielle ?

Rae se redressa.

— Un des employés du ranch a disparu.

Une lueur d'intérêt s'alluma dans les yeux du shérif. Cela le changeait de ses tâches habituelles. La plupart du temps, lorsqu'on venait le voir, c'était pour lui signaler que des bêtes étaient perdues, ou qu'un concitoyen éméché avait commis des actes de vandalisme et s'était bagarré avec un autre habitant de Forever.

— De qui s'agit-il ?

— John Warren.

Le shérif nota le nom sur son bloc-notes.

— Depuis combien de temps a-t-il disparu ?

— Depuis hier en fin d'après-midi, répondit Rae.

Elle remarqua que le shérif semblait surpris.

— Il est venu à la fête de Miss Joan au Murphy's, mais nous avons perdu sa trace depuis.

Rick leva les sourcils, regardant alternativement Rae et Sully.

— Et vous étiez censés suivre sa trace ? demanda-t-il, comme si l'emploi de cette expression lui semblait étrange.

Ce n'était pas là l'important, songea Rae, un peu agacée que le shérif ne se concentre pas sur l'essentiel.

— Non, mais vous savez bien que les gens que Miss Joan choisit d'aider ne sont pas toujours des enfants de chœur...

— D'expérience, je sais qu'il vaut mieux les avoir à l'œil, déclara le shérif.

Il regarda Sully.

— Je ne parle pas de vous, bien sûr.

Il s'interrompit avant de poursuivre :

— Vous travaillez pour la police, n'est-ce pas ?

Au lieu de lui répondre directement, Sully demanda :

— C'est Miss Joan qui vous l'a dit ?

— C'est une petite ville, répondit Rick. Le commérage est une des principales occupations des gens d'ici.

— Et que disent-ils de Warren ?

— Pas grand-chose à vrai dire, admit Rick. Ils font quelques spéculations, mais rien de précis.

Puis il ajouta :

— Ce n'est pas comme Rawlings.

— Que disent-ils de Rawlings ?

C'était Rae qui avait posé la question. Elle s'était avancée sur le bord de sa chaise, et attendait la réponse avec intérêt.

— Eh bien, on ne peut pas dire qu'il soit irréprochable.

— Il a déjà eu des condamnations ? demanda Sully.

— D'après ce que je sais, Rawlings est passé expert dans l'art de soutirer aux gens de l'argent chèrement gagné, mais il s'est bien tenu depuis qu'il est arrivé ici, ajouta le shérif.

— Et en ce qui concerne mon employé disparu ? intervint Rae, essayant de recentrer la conversation sur l'objet de sa visite.

— Pardon, s'excusa Rick. Avez-vous la moindre raison de penser que votre employé a eu des ennuis ?

Rae regarda le shérif, surprise par sa question.

— Je n'ai pas pensé à ça.

— Alors, pourquoi êtes-vous ici ? demanda Rick.

Il ne semblait pas comprendre ce qui avait pu la pousser à signaler la disparition d'un homme aussi rapidement, si elle ne pensait pas qu'il pouvait se trouver dans une situation délicate.

— A-t-il pris quelque chose sur le ranch avant de disparaître ?

Elle rougit légèrement, sachant que sa réponse n'allait pas pousser le shérif à accorder de l'intérêt à son signalement.

— Apparemment, rien ne manque. Je n'ai pas fait d'inventaire complet... Mais il est également vrai qu'il n'y a pas grand-chose à voler !

— Comment savez-vous qu'il est parti ? demanda Rick. Peut-être que Warren a fait une rencontre à la fête et a décidé de passer la nuit avec une nouvelle amie.

Il regarda Rae, curieux de connaître sa réaction.

— Ce sont des choses qui arrivent, poursuivit-il.

— Ses affaires ne sont plus là, intervint Sully. Il a pris ses habits, et le sac de voyage qui était sous son lit.

Rick se tourna vers Sully.

— Vous savez ce qui se trouvait dans ce sac de voyage ?

Sully secoua la tête.

— Je n'ai pas regardé à l'intérieur.

Le shérif eut l'air surpris.

— Vous n'étiez pas curieux de savoir ce qu'il contenait ?

— Si, admit Sully, mais je ne voulais pas être indiscret. Je me suis dit que Warren y conservait peut-être quelques habits ou des souvenirs.

Rick hocha la tête et acquiesça.

— Certainement...

En poussant un soupir, il passa mentalement en revue ce que ses visiteurs lui avaient appris.

— Bien ! À moins que vous ne vouliez porter plainte parce que Warren vous a dérobé quelque chose ou parce qu'il a commis un délit, je ne peux rien faire. Une personne a parfaitement le droit de partir si elle en a envie. Il n'y a aucune loi qui l'interdise.

— Je suis désolé, ajouta-t-il avec un sourire contrit à l'attention de Rae.

Rae réprima un soupir.

— Je comprends, dit-elle en se levant. Je me suis certainement inquiétée un peu trop vite.

L'imitant, Sully se mit debout.

— N'oubliez pas de me prévenir si Warren revient ! leur dit Rick.

— Je le ferai, promit Rae en sortant.

— J'imagine que vous ne vous sentez pas vraiment mieux après cette visite, remarqua Sully lorsqu'ils furent à l'extérieur.

Elle savait qu'elle ne pouvait pas se contenter de répondre non.

— J'ai comme l'impression d'avoir été trahie, reconnut-elle. Pas par le shérif, ajouta-t-elle rapidement pour dissiper tout malentendu. Par Warren. Je me suis montrée compréhensive avec lui. Je ne l'ai pas réprimandé pour ses erreurs, et j'ai attendu qu'il s'habitue au travail du ranch. Et puis soudain, il s'en va sans même un au revoir !

— Être bienveillant avec quelqu'un devrait être une fin en soi, lui dit Sully. Réfléchissez-y. Vous n'étiez pas compréhensive avec Warren parce que vous attendiez quoi que ce soit en retour. Vous l'étiez parce que vous sentiez que la vie ne l'avait pas ménagé, et qu'être traité avec humanité lui donnerait une raison d'espérer.

Elle le regarda en fronçant les sourcils alors qu'ils se dirigeaient vers son véhicule.

— Ils enseignent la philosophie dans votre poste de police ? demanda-t-elle en s'asseyant derrière le volant.

— Non, répondit-il en s'asseyant sur le siège du passager. C'est un trait familial : tous les Cavanaugh sont comme ça !

Elle fit démarrer le véhicule, mais resta un instant à l'arrêt en le regardant.

— Je ne sais pas si je dois être désolée pour vous, ou vous envier.

— Faites ce que vous préférez, répliqua Sully.

Cette réponse surprit Rae. Au bout de quelques secondes, elle répondit :

— Je vais y réfléchir.

Une semaine s'écoula, et Warren n'était toujours pas revenu.

— Je suppose qu'il a décidé que le travail du ranch n'était pas fait pour lui, dit Sully en élevant la voix pour que Rawlings puisse l'entendre par-dessus le sifflement du vent et le crépitement de la pluie.

Son compagnon le regarda d'un air furieux, et marmonna une vague réponse.

Le temps avait subitement changé, et le ciel s'était obscurci avant le coucher du soleil.

Lorsque les premières gouttes s'étaient mises à tomber, les chevaux étaient encore dans le corral, et Sully et Rawlings s'étaient employés à les mettre à l'abri le plus vite possible. Beaucoup d'entre eux étaient des yearlings qui n'étaient pas encore dressés, et l'orage les rendait particulièrement nerveux. Lorsque Sully tenta de les ramener dans l'écurie, un des chevaux s'enfuit au galop.

Comme Rawlings se contenta de le regarder partir en poussant quelques jurons, Sully n'eut d'autre choix que de se mettre à sa poursuite avant que l'animal ne se perde ou ne se blesse.

Sully se saisit d'un rouleau de corde posé sur un montant

du corral, et le passa sur son épaule. Puis il prit le cheval le plus proche par la crinière, sauta sur son dos, et se lança à la poursuite du yearling qui avait une bonne longueur d'avance.

Tout en se félicitant mentalement d'avoir pratiqué assidûment l'équitation dans sa jeunesse, Sully arriva finalement à rejoindre l'animal effarouché près d'un bosquet d'arbres.

Descendant de sa monture, Sully s'approcha lentement du yearling, lui parlant d'une voix calme, grave. Sans jamais le quitter des yeux, il ôta le rouleau de corde de son épaule et en fit un lasso. Il avait l'intention de le glisser sur la tête de l'animal et de le traîner ensuite jusqu'à l'écurie derrière son cheval.

— C'est bon, mon petit. Je sais que tu as peur. Il y a du bruit, de la pluie. Tu es tout mouillé. Mais je te promets que je ne te ferai pas de mal, dit-il en s'approchant du jeune cheval. Il faut que tu reviennes avec moi dans ton box bien douillet. Il y a de la nourriture qui t'attend là-bas. Ça ne te fait pas envie ?

Il se rapprocha doucement de l'animal.

— Il faut seulement que tu me laisses passer ce lasso autour de ton cou pour que je puisse te ramener à l'écurie. Ce n'est pas bien difficile, n'est-ce pas ?

Mais lorsqu'il atteignit le fugitif, le yearling affolé se dressa sur ses pattes arrière, battant l'air de ses sabots avant, et retomba lourdement sur le sol.

Le terrain sur lequel ils se trouvaient était particulièrement inégal. Le yearling trébucha et faillit tomber. Il semblait véritablement terrifié maintenant. Il trébucha encore, et poussa un hennissement.

Puis il se stabilisa et repartit, s'éloignant un peu plus de la maison et de l'écurie.

Sully était sur le point de remonter sur son cheval pour se lancer à sa poursuite lorsque son regard fut arrêté par une irrégularité du terrain.

En clignant des paupières, il observa le sol avec attention, persuadé qu'il imaginait des choses. Entre la pluie et le ciel qui s'obscurcissait, il avait dû mal voir.

Mais non...

Sully était sur le point de se mettre à genoux pour vérifier son hypothèse lorsqu'il entendit le martèlement des sabots d'un cheval. Il se retourna, ne sachant à quoi s'attendre. Par réflexe, il porta la main à son arme... Arme qu'il ne portait plus depuis qu'il était à Forever.

Ses doigts ne rencontrèrent que le tissu et il poussa un juron.

— Bon sang !

— C'est pour moi ? demanda Rae en s'approchant de lui et en descendant de cheval.

Sully se prépara à lui faire part de ses suppositions. Il aurait préféré les vérifier d'abord avant de lui en parler...

— Je ne savais pas que vous étiez dans les parages.

— Eh bien si ! Par où le yearling est-il parti ? demanda-t-elle, prête à remonter en selle pour le rattraper.

Il savait que, s'il ne lui parlait pas de sa découverte maintenant, alors qu'elle était auprès de lui, elle ne le lui pardonnerait pas.

Alors, il commença d'une voix hésitante :

— Avant que vous partiez à sa poursuite, je pense que je dois vous avertir que le yearling a failli tomber, car le terrain est irrégulier.

Rae le regarda d'un air perplexe.

— Et... ?

Rae retint un instant son cheval. Elle voyait bien qu'il essayait de lui dire quelque chose, sans pouvoir se décider à le faire.

Comme il se taisait, elle insista.

— Que se passe-t-il, Sully ?

Éloignant son cheval, Sully s'accroupit vers l'endroit où le yearling avait failli tomber. La pluie tombait plus dru maintenant, et le sol devenait boueux.

Il se mit à creuser la terre à mains nues. Elle était très meuble, et avait visiblement été déplacée et remise à cet endroit peu de temps auparavant.

Rae le regardait fixement.

— Que faites-vous ? demanda-t-elle.

Sa jument devenait nerveuse et piétinait le sol. Visiblement, elle voulait partir.

— Je creuse, répondit Sully.

— Je le vois bien, répliqua-t-elle.

Il mettait sa patience à rude épreuve.

— Pourquoi ? Que cherchez-vous ?

— Je ne sais pas, répliqua-t-il avec honnêteté. Mais on a creusé le sol ici récemment, et je me demande bien pourquoi.

— Écoutez, il y a toutes sortes d'animaux sauvages par ici... Et ils font des trous. Certains enterrent leur proie pour éviter que d'autres animaux ne les mangent. C'est probablement ce qui s'est passé ici. Vous perdez votre temps, Cavanaugh.

— Je travaillerai plus longtemps ce soir, promit-il tout en continuant à creuser. Vous pouvez peut-être essayer de rattraper le yearling.

Elle savait qu'il avait probablement raison et qu'elle aurait dû partir à la poursuite de l'animal fugitif. Mais quelque chose la retenait sur place.

Rae descendit de cheval et vint s'agenouiller auprès de Sully, l'aidant à creuser.

— C'est tout récent, n'est-ce pas ? demanda-t-elle.

La terre avait été déplacée, mais pour le moment il n'avait rien trouvé, et il commençait à se demander si le soupçon qui lui avait traversé l'esprit n'était pas totalement infondé.

— On dirait bien.

— Ce monticule est trop haut pour que ce soit l'œuvre d'un animal, commenta-t-elle, gardant la tête baissée pour éviter que la pluie ne frappe son visage.

— Non, je ne pense pas que cela ait été fait par un animal.

Ce fut à ce moment-là qu'il l'aperçut. Écartant la terre de ses mains, Sully finit par découvrir ce qu'il avait redouté d'y trouver.

Le corps de John Warren.

11

Sully entendit Rae retenir une exclamation étouffée derrière lui. Il se retourna et vit son visage figé dans une expression d'horreur. Il crut qu'elle allait hurler, une fois le premier choc passé.

Pourtant, elle se contenta de se mordre la lèvre. Elle le fit avec tant d'intensité qu'il crut presque voir le sang perler sur sa bouche.

Il l'attrapa par les épaules pour l'aider à se remettre debout, et la tint serrée contre lui pour la protéger de ce spectacle terrible.

— Ne regarde pas !

Mais au lieu de presser son visage contre son épaule, elle tourna les yeux vers le corps sans vie qui apparaissait sous la terre boueuse.

— C'est trop tard, murmura-t-elle.

Il la sentait trembler contre lui. Malgré cela, elle posa les mains sur son torse pour l'éloigner d'elle.

— Je ne suis plus une enfant, dit-elle presque avec agressivité.

— Cela ne veut pas dire que tu dois regarder une chose aussi terrible, répliqua Sully, essayant toujours de s'interposer entre elle et le cadavre de Warren.

Rae inspira avec peine, pour tenter de reprendre le contrôle d'elle-même.

— Je l'ai vu. C'est fait.

Il lâcha ses épaules à regret, mais resta assez près d'elle, au cas où elle subirait le contrecoup de cette macabre découverte et s'évanouirait.

— Nous savons maintenant pourquoi il n'est pas revenu..., dit-il.

Il voyait qu'elle faisait son possible pour ne pas céder à l'émotion. Son visage était blafard. Elle demanda d'une voix qu'elle s'efforça de rendre calme :

— D'après toi, que s'est-il passé ?

Il hocha la tête. Ce n'était pas le moment de faire des spéculations.

— Nous essayerons de le savoir plus tard.

Il jeta un coup d'œil vers le cadavre de Warren et ajouta :

— Pour le moment, je vais dégager le corps et appeler le shérif pour qu'il prenne la suite.

N'ayant ni pelle ni outil d'aucune sorte, il commença à creuser la terre à mains nues.

— Il faut que je découvre qui l'a tué... et pourquoi, s'exclama Rae. Je dois bien cela à Warren !

Elle prononça ces mots avec tant de force qu'il s'arrêta un instant de creuser. Il la regarda avec attention.

— Je m'en tiens aux faits, répliqua-t-il. Cet homme est mort, mais nous ne savons rien de plus.

— Pour le moment.

— Oui, pour le moment... Écoute, pourrais-tu essayer d'appeler le shérif pour lui dire de venir pendant que je continue à dégager le corps ?

Rae acquiesça, et s'écarta. Sully continua à creuser aussi vite que possible, même si la boue et la pluie rendaient les choses difficiles.

Lorsqu'elle revint auprès de lui, il remarqua qu'elle regardait fixement le corps, comme si elle le mettait au défi de lui recommander de détourner les yeux. Il songea soudain qu'elle était très dure envers elle-même.

— Le shérif est en route, lui dit-elle.

Enfin, elle leva le regard vers lui.

— Ça va ?

— Mieux que lui, répondit Sully, en considérant le corps. Au fait, demanda-t-il soudain, où est Rawlings ?

Elle dut réfléchir. C'était comme si elle ne l'avait plus vu depuis une éternité.

— Lorsque je suis partie, il était dans l'écurie. Je lui ai demandé de nourrir les chevaux.

Elle eut un rire sec.

— Il doit encore s'y trouver ! Il prend toujours tout son temps pour effectuer la moindre tâche !

Elle regarda à nouveau le corps de Warren. Elle n'arrivait pas à s'habituer à ce spectacle.

— Rawlings ne t'aurait pas aidé à creuser, reprit-elle, pensant que c'était la raison pour laquelle Sully lui avait demandé où l'autre employé se trouvait.

— Oh ! je le sais bien ! acquiesça Sully. Je pensais seulement qu'il aurait pu aller chercher le yearling.

Elle avait complètement oublié le cheval.

— Mon Dieu ! Il faut le rattraper ! Je vais m'en occuper.

Sully se leva d'un bond pour l'empêcher de partir.

— Je ne pense pas que ce soit une bonne idée. La nuit tombe, et tu ne devrais pas sortir seule le soir. Pas avant que nous ayons découvert ce qui est arrivé à Warren.

Rae n'aimait pas qu'on lui dise ce qu'elle devait faire, mais elle décida de passer outre, et préféra lui demander :

— Alors, tu penses toi aussi qu'il a été assassiné ?

Il n'allait pas le reconnaître tout de suite.

— Comme je l'ai dit, pour le moment, nous ne pouvons tirer aucune conclusion, mais Warren ne s'est pas enterré tout seul... Ce qui veut dire qu'on l'a sans doute tué.

Il la regarda, l'air grave, avant d'ajouter :

— Et que nous devons être prudents.

Rae avait pris l'habitude de ne jamais donner la priorité à ses besoins ou ses envies.

— Et le yearling ? Il y a des loups par ici, et je ne voudrais pas qu'il finisse dévoré par une meute !

Sully voyait bien que, s'il ne s'occupait pas de ce cheval, elle allait le faire elle-même.

— Écoute, dès que le shérif arrivera, je le mettrai au courant de la situation et je partirai à la recherche du yearling. C'est d'accord ?

— Si tu veux vraiment aller chercher le cheval, pourquoi n'y vas-tu pas maintenant ? Je peux très bien expliquer au shérif comment tu as trouvé le corps, et je n'ai pas peur de rester seule auprès d'un homme mort.

Manifestement, elle considérait que c'était la meilleure solution mais Sully n'était pas d'accord.

— Non. Je ne veux pas te laisser seule ici non plus.

Elle le regarda avec attention, comme si elle avait décelé un sous-entendu dans le ton de sa voix.

— Tu en sais plus que tu ne veux le dire ?

— Non.

Elle fronça les sourcils, essayant visiblement de deviner ce qu'il pensait.

— Alors pourquoi...

Anticipant sa question, Sully l'interrompit avant qu'elle ne puisse la formuler.

— C'est certainement mon métier qui me rend prudent, d'accord ?

Sa réponse la mit mal à l'aise.

— Je n'ai pas besoin d'être protégée.

Il eut un petit sourire et déclara :

— C'est pour te remercier d'avoir accepté que je travaille ici.

— Je n'ai rien décidé ! répliqua-t-elle. Je n'ai fait qu'obéir à Miss Joan !

Il perdit le peu de patience qui lui restait.

— Bon sang ! s'exclama-t-il, pourquoi faut-il que tout soit sujet à polémique !

Il essaya de retrouver un peu de calme, mais n'y parvint pas.

— Tu t'entendrais très bien avec ma famille, surtout mes sœurs. Vous feriez perdre patience à un saint !

Il allait en dire plus lorsqu'il la regarda un peu plus attentivement et vit des larmes dans ses yeux.

— Pardon, dit-il, regrettant ses propos. Je ne voulais pas te...

Rae lui fit signe de se taire. Si elle avait essayé de parler, les mots se seraient étranglés dans sa gorge.

— Non, ce n'est pas toi, parvint-elle enfin à articuler. Je... Je pensais seulement à Warren. Je ne lui ai jamais... jamais posé de questions sur lui... Et maintenant il est mort...

Elle s'interrompit une seconde pour retrouver le contrôle d'elle-même, et poursuivit :

— Je ne sais même pas s'il a de la famille, ni qui prévenir qu'il est... qu'il...

Elle ne put terminer sa phrase.

Sully fit mine de la prendre dans ses bras pour la réconforter. Mais elle se débattit et posa les mains sur son torse pour le tenir à distance.

— Je n'ai pas besoin de réconfort ! protesta-t-elle avec des accents de colère.

— Peut-être que c'est moi qui en ai besoin, répondit Sully tranquillement.

Puis il l'enlaça.

Un instant, il eut l'impression qu'elle allait le repousser. Mais elle se laissa faire.

Elle posa la tête contre son épaule, et tenta de refouler ses sanglots.

— Ce n'est pas... un signe... de faiblesse...

— Bien sûr que non, répondit-il calmement.

Sully resta là à la tenir jusqu'à ce qu'elle s'arrête de pleurer.

Lorsque ses larmes cessèrent de couler, Rae s'écarta de lui et prit une inspiration.

— Cela doit rester entre nous, l'avertit-elle.

Il pencha la tête sur le côté, comme s'il réfléchissait à ce qu'elle venait de dire.

— Je vais donc éviter de publier l'article que j'avais l'intention d'écrire pour le journal local.

Elle poussa un soupir.

— On t'a déjà dit que tu parlais trop ? demanda-t-elle, visiblement soulagée de savoir qu'il n'ébruiterait pas sa défaillance passagère.

La pluie s'était enfin arrêtée lorsqu'ils entendirent un cheval hennir. D'abord, Sully pensa qu'il s'agissait de son étalon, mais il vit une ombre surgir dans son champ de vision.

Il eut l'impression qu'il s'agissait du yearling.

— Je crois bien que je ne vais pas avoir à aller chercher ton fugitif dans la nuit !

Rae tenta de distinguer la silhouette du cheval. Il faisait presque nuit maintenant.

— Pourquoi est-il revenu ? demanda Rae à voix basse pour ne pas effrayer l'animal.

— Je ne pense pas que cela ait quoi que ce soit à voir avec nous, dit Sully. Je pense qu'il est venu retrouver mon cheval.

Sully chercha du regard la corde qu'il avait apportée. Il alla la récupérer, pensant l'utiliser comme un lasso.

Mais lorsqu'il se retourna vers le yearling, il vit que Rae se dirigeait déjà lentement vers lui, en s'adressant à lui sur un ton doux et apaisant.

Elle arriva à la hauteur de l'animal et lui tapota le museau tout en continuant à lui parler. Sans transition, elle déclara sur le même ton :

— C'est le moment de lui passer le lasso autour du cou.

Il fallut quelques secondes à Sully pour comprendre qu'elle s'adressait à lui. Alors, il s'approcha à pas lents. Lorsqu'il arriva auprès d'elle, il lui tendit la corde, et elle la glissa doucement autour de l'encolure de l'animal, tout en continuant à lui parler d'une voix douce et rassurante.

— C'est bien, mon grand, lui murmura-t-elle à l'oreille.

Elle croisa le regard de Sully et répéta :

— C'est bien...

Juste à cet instant, ils entendirent la voiture du shérif approcher.

Il immobilisa son véhicule près de Rae et Sully et en sortit, l'air grave. Son visage s'assombrit encore lorsqu'il vit le corps de Warren.

— J'ai l'impression que vous avez retrouvé votre employé, commenta-t-il en s'accroupissant près du cadavre.

Sully en avait découvert le tiers supérieur. Il passa les mains sous les épaules de Warren et, s'arc-boutant, il tira péniblement l'homme hors de la boue, aidé de Rick.

— Vous avez une idée de ce qui lui est arrivé ? demanda Rick, le souffle court.

— Pas la moindre, répondit Sully. Mais nous en saurons plus lorsque le médecin légiste l'aura autopsié.

Rick se releva et se tourna vers Sully.

— Il y a un problème : nous n'avons pas de médecin légiste. Le plus proche est à soixante-quinze kilomètres, et j'ai le sentiment qu'il ne viendra pas avant demain matin... ou plus tard.

Il remarqua l'air surpris de Sully.

— Forever est une petite ville où il ne se passe pas grand-chose. Nous n'avons pas besoin de médecin légiste.

— Mais on ne peut pas l'abandonner ici ! protesta Rae. Les animaux sauvages vont s'attaquer à lui.

— Je n'avais pas la moindre intention de le laisser ici, l'assura Rick.

Il regarda le corps et déclara d'un air sombre :

— Je vais le transporter dans ma voiture, même si cela risque d'être compliqué.

Il fronça les sourcils.

— Vous n'avez aucune idée de ce qui a pu lui arriver ?

— Non, répondit Sully au shérif. Je ne l'aurais jamais trouvé si le cheval que je poursuivais n'avait pas trébuché sur le monticule, là où il était enterré.

Rick fit le tour du corps allongé sur le sol, comme si cela allait lui permettre de percer le mystère de sa mort. Puis il leva les yeux vers Sully.

— Bon, nous ferions mieux de transporter le corps dans mon véhicule si nous voulons le ramener en ville. Nous allons le mettre dans le coffre, dit-il. Prenez-le par les pieds.

Pendant que Rae allait ouvrir la voiture du shérif, Sully se saisit des jambes de Warren, tout en demandant :

— Il y a un médecin à Forever, n'est-ce pas ?

Rick le regarda d'un air perplexe.

— Oui. Deux, même. Pourquoi ? Vous vous sentez mal ?

— Non. Mais l'un d'entre eux pourrait se charger de l'autopsie, expliqua Sully. Cela fait partie des études de médecine, non ?

Rick sourit en hochant la tête, puis regarda Rae.

— Il a de bonnes idées, déclara-t-il d'un air satisfait.

Il allait ainsi disposer d'éléments pour mener son enquête plus rapidement qu'il ne le pensait...

12

Le Dr Daniel Davenport gara son vieux SUV dans le parking situé à l'arrière de son cabinet. L'endroit, d'ordinaire bondé, était presque désert.

Dan avait quitté New York pour rouvrir ce cabinet resté fermé pendant plus de trente ans. Avant son arrivée, si les habitants de Forever avaient besoin d'une consultation, ils devaient faire soixante-quinze kilomètres pour voir le médecin le plus proche.

Au départ, il ne pensait passer que quelques mois à Forever. Mais, contre toute attente, il s'y était plu, et était resté.

Il avait maintenant une associée, le Dr Alisha Cordell, et le cabinet comptait également deux infirmières ainsi qu'une secrétaire médicale. La salle d'attente était toujours remplie.

Les habitants de Forever considéraient Dan comme un bienfaiteur. Quant à lui, il pensait que c'étaient eux qui lui avaient sauvé la vie en lui donnant enfin une raison valable de se lever le matin.

Même s'il avait maintenant une femme – rencontrée à Forever – et des enfants, Dan répondait toujours présent pour les urgences. Cependant, il devait bien reconnaître qu'il avait été très surpris par l'insistance du shérif lorsqu'il l'avait eu au téléphone.

Dan sortit de sa voiture et se dirigea vers le seul autre véhicule garé sur le parking.

Il tombait encore quelques gouttes, et le shérif était resté à l'intérieur de son véhicule. En voyant le médecin approcher, il en sortit, suivi de ses deux passagers.

— Je vous remercie d'être venu, docteur, dit Rick lorsque Dan les rejoignit.

— Pas de problème.

Dan pensait que le shérif serait seul. Il jeta un coup d'œil aux deux personnes qui l'accompagnaient et reconnut Rae, ainsi que l'homme qu'il avait rencontré au Murphy's, lors de la fête donnée par Miss Joan.

— Que se passe-t-il ? demanda-t-il.

Au lieu de lui répondre, Rick se dirigea vers l'arrière de son véhicule et ouvrit le haillon. Dan le suivit, puis recula d'un pas, manquant de bousculer Rae et Sully qui se trouvaient juste derrière lui.

— Eh bien...

Dan regarda le shérif.

— Vous auriez pu me prévenir avant de me montrer ça !

Il considéra le corps couvert de boue. Lorsqu'il l'avait appelé, Rick lui avait seulement précisé qu'il s'agissait d'une urgence, et qu'il devait venir le plus rapidement possible.

— Qui est-ce ? demanda-t-il, en désignant le cadavre d'un coup de tête.

— C'est le corps de John Warren, que nous venons de retrouver, expliqua Sully. Il se trouvait dans la partie nord du ranch.

— Le ranch de Miss Joan et Harry ? interrogea Dan, essayant de comprendre.

Rae hocha la tête.

— Il avait disparu depuis la fête.

Dan regarda à nouveau le cadavre, secouant la tête. À la lueur de la lune, il était difficile de distinguer les traits du visage.

— Que lui est-il arrivé ? demanda-t-il d'un ton incrédule.

— Nous espérions que vous pourriez nous éclairer, répondit Rick.

Dan sursauta.

— Vous voulez que je pratique une autopsie ?

La réticence de Dan était manifeste.

— Je sais que c'est beaucoup exiger de vous, mais oui, c'est ce que je vous demande de faire, lui dit Rick.

Dan dévisagea les trois personnes qui l'entouraient.

— Vous savez que je ne suis pas médecin légiste, n'est-ce pas ? lança-t-il d'un ton incrédule.

— Oui, rétorqua Rick, mais vous avez les compétences nécessaires. Le médecin légiste le plus proche se trouve à soixante-quinze kilomètres d'ici, et pour pouvoir donner des résultats fiables, l'autopsie doit être pratiquée le plus rapidement possible. Cela fait déjà plusieurs jours que Warren est décédé.

Dan poussa un soupir.

— Je vois... Bon, laissez-moi ouvrir le cabinet.

Il jeta un coup d'œil au shérif.

— Sully et vous pourrez entrer par l'arrière du bâtiment. Nous allons l'installer dans une salle d'auscultation, puis je me mettrai au travail. Vous allez rester ici ?

— Aussi longtemps que nécessaire, répondit Rick d'un air sombre.

— Moi aussi, renchérit Sully.

Ses instincts d'enquêteur reprenaient le dessus, et il était curieux de connaître les développements de l'affaire. En se tournant vers Rae, il lui dit :

— Je te tiendrai au courant des découvertes du médecin.

— Je reste avec toi, répliqua-t-elle sèchement.

Elle vit Rick et Sully échanger un regard, et elle en conclut qu'ils essayaient de la protéger.

— Je ne partirai pas d'ici sans avoir des réponses, déclara-t-elle.

— Bon, intervint Dan, plus vite nous commencerons, plus vite je pourrai vous les donner... Du moins, je l'espère, ajouta-t-il.

Le shérif et Sully sortirent précautionneusement le corps de Warren du coffre, et le transportèrent dans le cabinet. Rae les précéda pour tenir les portes ouvertes.

— Combien de temps dure une autopsie ? demanda soudain Rick.

Cela faisait plus d'une heure et demie qu'il attendait en compagnie de Rae et Sully. Il faisait les cent pas dans la salle, et trouvait que le temps passait de plus en plus lentement.

— Entre deux et quatre heures, répondit Sully.

Rick et Rae le regardèrent avec surprise.

— Une de mes cousines est médecin légiste, leur expliqua-t-il.

— Entre deux et quatre heures..., répéta Rick d'un ton résigné.

Juste à cet instant, ils entendirent une porte s'ouvrir à l'arrière du cabinet. Dan et Alisha utilisaient la troisième salle d'auscultation qui s'y trouvait pour pratiquer des opérations chirurgicales légères, plutôt que d'envoyer un patient à l'hôpital, situé lui aussi à soixante-quinze kilomètres de Forever. Mais c'était la première fois qu'une autopsie était pratiquée là.

Tous trois se levèrent et se dirigèrent à l'arrière du bâtiment. Dan les rejoignit à mi-chemin. Il semblait fatigué.

— Vous avez terminé ? lui demanda Rick.

— Pour aller plus vite, je n'ai pratiqué qu'une autopsie préliminaire.

Il s'interrompit pour ôter ses gants et baisser le masque qui couvrait sa bouche et son nez.

— Vous avez pu déterminer la cause du décès ? demanda Sully.

Dan hocha la tête.

— Il y avait deux blessures à l'arme blanche qui ont atteint le cœur. D'après ce que j'ai pu voir, Warren a perdu beaucoup de sang.

Rae frissonna, mais l'expression de son visage demeura impénétrable lorsqu'elle demanda au médecin :

— Vous avez trouvé autre chose ?

Dan secoua la tête.

— Non. Je suis désolé. Le médecin légiste pourra pratiquer des analyses lorsque le corps aura été transporté à l'hôpital. Peut-être cela donnera-t-il des indications intéressantes.

— Vous nous avez beaucoup aidés, docteur déclara Rick avec conviction. J'ai conscience de vous avoir demandé une chose difficile. Je vous remercie d'être venu et d'avoir pratiqué cette autopsie.

Dan lui lança un sourire las.

— Je suis désolé. Je ne peux rien faire de plus.

Le shérif remarqua soudain que Rae avait l'air particulièrement bouleversée.

— Que se passe-t-il ?

Rae secoua la tête.

— Je ne sais toujours pas qui prévenir du décès de Warren…

— Vous allez certainement trouver dans ses affaires des documents qui pourront vous aider, suggéra Rick.

— Warren les avait emportés, répliqua-t-elle.

— Dès qu'il fera jour, je pourrai retourner à l'endroit où nous avons découvert le corps, intervint Sully. Peut-être que le sac de Warren est dans les parages…

Il voulait donner à Rae une raison d'espérer, même s'il doutait fort de trouver quoi que ce soit.

Soudain, une idée lui vint à l'esprit, et il se tourna vers le médecin.

— Docteur, ses empreintes digitales ne sont pas effacées ?

Dan le regarda, perplexe.

— Vous me demandez si elles ont été brûlées ? Non. Pourquoi l'auraient-elles été ?

— Je vérifiais à tout hasard, répondit Sully.

Il se tourna vers le shérif.

— Nous pourrions relever ses empreintes, et je les enverrais à la police scientifique d'Aurora.

— Vous pensez qu'ils vont accepter de s'en occuper ? demanda Rick.

— Mon oncle est un des responsables du laboratoire, lui indiqua Sully. Peut-être que Warren a été obligé de fournir ses empreintes digitales lorsqu'il a été recruté pour un emploi précédent. Si c'est le cas, nous pourrons savoir d'où il vient.

Il remarqua l'air dubitatif du shérif.

— La base de données est très grande, dit ce dernier.

Pourtant, de toute évidence Rick commençait à penser que Sully avait accès à un nombre illimité de ressources.

— J'accepte avec plaisir toute l'aide que vous pourrez m'apporter ! déclara-t-il.

— On a l'impression que le progrès n'est pas arrivé jusqu'à Forever, remarqua Rae.

— Je ne suis pas certain que cela soit à déplorer, répliqua Rick, toute cette technologie dernier cri s'accompagne généralement de maux de tête et autres désagréments.

Il sourit à Rae.

— J'aime que les choses soient calmes et paisibles.

Le médecin hocha la tête.

— J'ai tendance à penser comme vous, shérif. Et maintenant, si vous n'avez plus besoin de moi, je propose que nous prenions les empreintes, puis je vais fermer le cabinet pour quelques heures avant que les patients n'arrivent, conclut-il avec un soupir résigné.

— Laissez-moi juste le temps de passer à mon bureau pour y chercher un tampon encreur et le formulaire officiel, dit le shérif à Dan. Autant prendre les empreintes dans les règles, ajouta-t-il en se dirigeant vers la porte.

Sully avait l'intention de s'asseoir en attendant le retour du shérif, mais Rae se dirigea vers l'arrière du cabinet. Réprimant un soupir, il la suivit.

Lorsque Dan remarqua la présence de Rae, il s'immobilisa et lui demanda :

— Vous avez besoin de quelque chose, Rae ?

— Non, mais je me suis dit que vous auriez peut-être besoin d'aide pour nettoyer la salle.

Elle remarqua son air perplexe et ajouta :

— Je veux dire, vous venez de pratiquer une autopsie, non ?

— C'est surtout la boue qui a sali la pièce.

— D'accord. Je vais l'enlever, proposa-t-elle.

C'était le genre de tâches auxquelles la plupart des gens auraient tenté d'échapper.

— Vous êtes certaine que vous voulez le faire ?

— Que je le veux ? Non. Mais j'ai envie de vous aider. Je suis certaine que vous-même n'aviez pas la moindre envie de quitter votre maison pour venir ici autopsier un mort.

Manifestement, Dan voyait bien qu'il était inutile d'essayer de la faire changer d'avis.

— C'est d'accord. Venez par-là.

— Je peux vous aider moi aussi ? demanda Sully en les rattrapant.

Lorsque Dan le regarda d'un air sceptique, Sully ajouta :

— Je n'ai pas grand-chose d'autre à faire !

— Cela sera une des nuits les plus étranges que j'aurai passées à Forever, leur dit Dan tout en les conduisant vers la salle où il avait examiné le corps.

Il ouvrit la porte.

Le cadavre de Warren était sur une table d'examen, recouvert d'un drap.

À part quelques serviettes de toilette que Dan avait utilisées pour ôter la boue du corps, et qui étaient maintenant entassées par terre, l'endroit semblait propre.

Mais cela n'était pas suffisant. Rae savait que la pièce devait être désinfectée.

— Vous voulez que je fasse bouillir de l'eau pour laver le sol ? proposa-t-elle à Dan, ne sachant pas quelle procédure elle devait suivre.

Le médecin la regarda en réprimant un sourire, mais réussit à garder son sérieux pour ne pas la froisser.

— Il faut mettre ces serviettes dans le panier à linge et bien frotter tout le mobilier avec de l'alcool, dit-il en désignant une bouteille sur une étagère.

— Il y a autre chose à faire, docteur ? demanda Sully en parcourant la pièce du regard.

— Pour le moment, je ne vois rien d'autre.

Il entendit un bruit provenant de l'avant du bâtiment.

— Pourvu que ce soit le shérif qui revient, et pas un patient qui espère être le premier lorsque nous ouvrirons nos portes !

— Vous êtes toujours occupé ? interrogea Sully.

— Toujours ! répondit Dan.

Puis il sourit.

— Et je ne voudrais pas qu'il en soit autrement. J'aime être utile, leur confia-t-il. Honnêtement, je me sens beaucoup mieux que si j'avais un de ces cabinets qui rapportent assez pour acheter une Ferrari tous les deux ans. C'était la vie que je pensais avoir un jour, jusqu'à ce que j'arrive ici et que je comprenne vraiment ce que soigner veut dire.

— Et pourquoi êtes-vous venu ici ? demanda Sully juste au moment où le shérif entrait dans la pièce.

— C'est une longue histoire, répondit Dan. Peut-être que je vous la raconterai si vous restez ici assez longtemps, ajouta-t-il en traversant la pièce pour aller rejoindre le shérif.

Celui-ci tendit à Sully un tampon encreur et le papier réglementaire pour collecter des empreintes.

— Vous voulez le faire ? proposa-t-il.

— Je ne veux pas empiéter sur vos prérogatives, répliqua Sully.

Rae leva les yeux au ciel.

— Vous perdez bien du temps à faire des manières ! Je pense que le médecin n'a qu'une envie : fermer son cabinet et rentrer chez lui.

Mais Dan semblait avoir une autre préoccupation à l'esprit.

— Qu'allez-vous faire du corps ? Vous voulez le laisser ici jusqu'à demain matin, demanda-t-il, ou l'emmener ailleurs ?

Rick avait compris ce qui tracassait le médecin : aussi incroyable que cela puisse paraître, le corps pouvait être dérobé. Il doutait vraiment que quelqu'un vienne dans la clinique dans ce but, mais il était également vrai qu'il n'aurait jamais pensé que quelqu'un puisse être tué à l'arme blanche à Forever.

— Bonne question..., reconnut Rick.

Pourtant, avant que le shérif ne puisse proposer une solution, Sully intervint.

— Je vais rester ici.

Il dévisagea les trois autres personnes présentes dans la pièce et déclara :

— À moins que quelqu'un n'ait quelque chose à y redire, bien entendu.

13

— Je n'ai pas la moindre objection, répondit Rae.

Elle poursuivit d'un ton inflexible.

— Mais si quelqu'un doit veiller le corps, c'est moi. Warren travaillait pour moi. Je lui dois bien cela.

Elle croisa le regard de Sully et y lut de la compassion. Cela l'agaça.

— Il faut que tu te reposes, répliqua-t-il. Tu as la charge du ranch !

Elle réfléchit un instant avant de répondre.

— Je ne suis pas certaine que ce soit toujours le cas.

— Que voulez-vous dire ? demanda le shérif.

Elle avait l'air sombre.

— Je suis censée veiller à la bonne marche de l'exploitation, et je crois que dans le cas présent j'ai échoué, déclara-t-elle en considérant le drap qui recouvrait le corps.

— Tu n'es pour rien dans le décès de Warren ! lui fit remarquer Sully.

— Non, mais je n'ai pas réussi à l'empêcher, répliqua-t-elle.

— Demain matin, j'irai voir Miss Joan pour lui annoncer que nous avons trouvé le corps de Warren, intervint Rick avec douceur. Il n'est pas nécessaire de la réveiller pour l'en informer maintenant...

Il était très tentant de laisser le shérif avertir Miss Joan de cette mauvaise nouvelle, songea Rae. Elle redoutait de lire la déception dans le regard de sa bienfaitrice. *Mais elle tenait à* faire face à ses responsabilités.

— Je vous remercie, shérif, mais je dois le faire moi-même, insista Rae.

Rick eut l'air de regretter cette décision – il était le shérif, et se faisait un devoir de veiller sur ses concitoyens —, pourtant il acquiesça.

— Si vous changez d'avis, Rae, vous savez où me trouver.

Rae se contenta de hocher la tête. Le shérif et le médecin quittèrent le cabinet, et Sully et Rae allèrent s'asseoir dans la salle d'attente. Un silence épais s'installa dans le bâtiment.

Rae regarda Sully et déclara :

— Tu sais, tu n'es pas obligé de rester.

Mais, à l'expression de son visage, elle vit qu'elle ne parviendrait pas à le faire changer d'avis.

— Je ne reste pas parce que j'y suis obligé.

Elle soupira.

— Alors, pourquoi restes-tu ?

Sully répondit en comptant sur ses doigts :

— Un, c'est moi qui ai découvert le corps, et deux, je me suis dit qu'un peu de compagnie te ferait du bien.

Elle ne savait pas s'il était bienveillant ou paternaliste.

— Tu risques de t'ennuyer !

— Je ne pense pas, répliqua-t-il avec un sourire, comme s'il pensait à quelque chose qui l'amusait.

— Pourtant, il ne va pas se passer grand-chose, répliqua-t-elle, sur la défensive.

Sully resta imperturbable.

— C'est bon à savoir.

Ne sachant comment réagir, Rae poussa un soupir.

— Tu es vraiment compliqué, Sully !

— Au contraire, je suis quelqu'un de très simple. Si j'ai quelque chose à faire, je le fais jusqu'au bout. Et ensuite, je me détends. Comme la plupart des gens, conclut-il.

— Tu n'es *pas* comme la plupart des gens, rétorqua Rae d'un ton qui n'admettait pas la contradiction.

Sully sourit encore.

— Est-ce un compliment, Rachel Mulcahy ? demanda-t-il en posant les mains sur son cœur.

Elle le fusilla du regard.

— Non. Et ne m'appelle pas Rachel. Mon nom, c'est Rae.

Elle refusait de laisser paraître la douceur qu'il y avait en elle. Et pourtant, elle était manifeste.

— Rachel, c'est plus joli.

Pensait-il qu'elle se souciait de son opinion ?

— Je m'appelle Rae, répéta-t-elle avec force.

— C'est un nom qui exprime la solidité et le professionnalisme. C'est l'image que tu veux donner de toi ?

Elle fut tentée de lui dire de se taire. Pourtant, malgré elle, elle se sentit obligée de répondre à sa question.

— Cela ne te regarde pas. Mais ici, il faut que l'on me voie ainsi. Et d'ailleurs, j'aime ce prénom. C'est celui que me donnait mon père... Même si je sais que c'était parce qu'il aurait aimé avoir un fils.

Il n'y avait aucune trace d'amertume dans sa voix.

— Mais cela ne fait rien, insista-t-elle. J'aime Rae.

— « Ce que nous appelons rose, sous un autre nom, sentirait aussi bon », cita Sully.

Rae fronça les sourcils, l'air perplexe.

— De quoi parles-tu ?

Sully sourit.

— Cela n'a pas d'importance, répondit-il avec bonhomie. Rae est un joli nom.

Changeant de sujet, il proposa :

— Tu pourrais essayer de dormir sur un des canapés. Je vais rester éveillé.

Elle eut soudain l'air pensive.

— Tu crois que celui qui a tué Warren pourrait tenter de voler le corps ?

Cela semblait raisonnablement impossible, mais à présent, ils n'étaient plus sûrs de rien.

— Non... À moins que le cadavre de Warren ne puisse donner

une indication sur l'identité du tueur... Mais cela semble très peu probable.

— C'est vrai, dit Rae.

Mais elle n'avait toujours pas l'air convaincue.

— Demain, à tout hasard, je demanderai au médecin s'il a remarqué quoi que ce soit d'inhabituel au cours de l'autopsie, promit Sully.

— Merci, murmura Rae, comme si elle avait du mal à prononcer ce mot.

— Alors, pourquoi ne prendrais-tu pas un peu de repos comme je te l'ai proposé ? demanda-t-il en désignant le canapé d'un coup de tête.

— Je suis épuisée, reconnut-elle, mais je ne vais pas réussir à dormir... En tout cas, pas avant d'avoir décidé comment annoncer la nouvelle à Miss Joan.

Elle vit Sully ouvrir la bouche, et parla avant lui.

— Et ne me dis pas que je devrais laisser le shérif s'en charger ! Ce n'est pas son travail.

— En fait si, la contredit Sully, annoncer un décès à la famille et aux proches fait partie de ses missions.

Les paroles de Sully lui rappelèrent qu'elle avait quelque chose à faire.

— Il faut que je sache si Warren avait de la famille.

— Je te promets que je vais t'aider à le découvrir. D'ailleurs, poursuivit-il en sortant son téléphone de sa poche, pourquoi ne pas commencer dès maintenant ?

— Maintenant ? demanda Rae avec incrédulité.

Elle regarda sa montre.

— Il est 2 heures et demie !

— Il est encore plus tôt à Aurora, répliqua-t-il en commençant à écrire un message à sa cousine. Mais je veux que Valri s'en occupe dès demain matin.

— Valri ? répéta Rae.

Elle était certaine de ne jamais l'avoir entendu prononcer ce nom auparavant.

Sully hocha la tête sans quitter son écran de téléphone des yeux.

— Ma cousine.

— Le médecin légiste ? demanda-t-elle, essayant de comprendre.

Il leva les yeux.

— Non. Une autre cousine... Celle-là est un génie de l'informatique, et elle a accès à des bases de données dont la plupart des gens n'ont jamais entendu parler.

Il prit une photo des empreintes digitales qu'ils avaient relevées et l'envoya avec le texte qu'il venait de taper.

Lorsqu'il eut terminé, il se dirigea vers la salle où se trouvait le corps.

Rae le suivit.

— Et maintenant, que vas-tu faire ?

— Je vais prendre quelques photos des blessures de Warren et les envoyer à Kristin pour lui demander si elle remarque des choses inhabituelles.

— Kristin...

Elle avait du mal à se souvenir de toutes les personnes que Sully avait mentionnées.

— Cette fois, tu parles du médecin légiste ?

Il marmonna, l'air préoccupé :

— Oui.

Rae aurait voulu lui poser d'autres questions. Mais elle se tut alors que Sully découvrait le corps et prenait des photos des blessures.

Plus elle regardait Warren, plus elle se sentait mal. Elle avait la nausée, mais aussi un sentiment grandissant de culpabilité.

Elle resta silencieuse jusqu'à ce que Sully ait terminé.

— Tu ne vas pas envoyer les photos à quelqu'un d'autre ?

Elle se voulait ironique, mais il lui répondit avec sérieux :

— En fait si, expliqua-t-il alors que l'idée venait de lui traverser l'esprit, à mon oncle Sean. Et demain matin, je demanderai au médecin de prendre un échantillon de l'ADN de Warren.

— Pourquoi veux-tu faire cela ? demanda-t-elle. Nous connaissons déjà son identité.

— Au cas où, répondit-il vaguement.

Rae le regarda plus attentivement, essayant de deviner ce qu'il avait en tête.

— Tu penses qu'il ne s'appelle pas réellement John Warren, c'est ça ?

— C'est certainement son véritable nom, mais nous ne pouvons écarter aucune hypothèse pour le moment.

Il replaça soigneusement le drap sur le corps de l'homme, et ils sortirent de la pièce.

— S'il était du coin, cela serait une autre histoire...

— C'est vrai, lâcha-t-elle pensivement.

Elle ne voulait pas songer à Warren pour le moment. Pas avant de savoir qui l'avait tué et pourquoi. Elle préférait s'efforcer de se concentrer sur la situation présente, et sur l'homme qui était auprès d'elle.

— Dis-moi, Sully, combien de membres de ta famille ont un métier en lien avec la police ?

— Trop pour que je sache le nombre précisément, admit-il.

Elle le regarda.

— Tu en parles comme si c'était une mauvaise chose !

— C'est parfois un peu oppressant.

Mais ils lui manquaient tous en ce moment. Et il devait bien reconnaître que c'était réconfortant de savoir qu'il y avait toujours quelqu'un pour le soutenir, quoi qu'il arrive.

— Oppressé par la famille ! dit Rae, essayant de s'imaginer une telle situation.

Mais cela lui était impossible. Elle secoua la tête.

— Pour moi, c'est inconcevable ! Je suis seule depuis que j'ai quinze ans.

— Tu as Miss Joan, lui rappela-t-il.

— Elle s'est occupée de moi, c'est vrai. Mais elle n'est pas de ma famille.

— On n'a pas besoin des liens du sang. Ce qui compte, c'est l'affection

Elle fit une grimace, comme si elle tentait de sourire tout en étant au bord des larmes.

— Tu as manqué ta vocation. Tu aurais pu être coach en bien-être !

Au lieu d'être agacé, Sully répliqua sur le ton de la plaisanterie.

— Si je dois envisager une autre carrière, j'y songerai !

— Tu penses qu'elles vont te recontacter ? demanda-t-elle.

Lorsqu'il la regarda, visiblement perplexe, elle poursuivit :

— Le médecin légiste et le génie de l'informatique à qui tu as envoyé tes messages. Tu penses qu'elles vont bientôt te recontacter ?

— J'imagine que j'aurai des nouvelles demain matin.

Il sourit en pensant à Valri.

— En apparence, ma cousine Val est une jeune femme douce, calme et décontractée, mais en réalité, elle a un esprit de compétition féroce.

Rae ne comprenait pas là où il voulait en venir.

— Et contre qui se bat-elle ?

Il sourit.

— Contre elle-même. Elle dit toujours qu'elle devrait être plus rapide, plus précise.

Cela avait l'air épuisant, songea Rae.

— Et le médecin légiste ?

Elle était mariée à son cousin Malloy, mais il tut ce détail pour le moment. Autant ne pas perdre Rae sous une avalanche de prénoms !

— Kristin ne s'avoue jamais vaincue avant d'avoir trouvé ce qu'elle cherche.

— Et ces deux personnes font partie de ta famille ? demanda Rae, essayant de récapituler mentalement ce qu'elle savait d'elles.

— Elles, et beaucoup d'autres.

— Et ces « beaucoup d'autres » ont tous un métier en lien avec la police ?

— D'une manière ou d'une autre, oui, répondit Sully.

— Et toi, que fais-tu précisément ?

Il se contenta de sourire.

— Je fais ma part du travail.

En plus, il est modeste, songea-t-elle. Elle eut un petit rire.

— Bon, c'est décidé, déclara Rae comme si elle avait enfin pris une décision après une longue réflexion. Dans ma prochaine vie, je veux me réincarner en Sully Cavanaugh !

Sully éclata alors d'un rire profond, sonore, qui résonna dans la pièce et sembla se propager dans tout le cabinet.

— Pourquoi ris-tu ? demanda Rae.

Sa remarque avait peut-être été inhabituelle, mais elle ne pensait pas qu'elle était particulièrement amusante.

— Parce que ça serait un beau gâchis !

Elle fronça les sourcils.

— Et pourquoi donc ?

— Parce que, répliqua-t-il en la regardant avec tant de chaleur qu'elle sentit tout son corps palpiter, comme s'il se préparait à quelque chose...

— Parce que ? interrogea-t-elle avec insistance, alors que sa question restait en suspens.

— Parce que, répliqua-t-il d'une voix grave, tu es parfaite.

— Pas du tout ! rétorqua-t-elle.

Elle était convaincue du contraire. Le mot « parfaite » s'appliquait à de belles femmes, nonchalamment assises sur des canapés moelleux, habillées comme si elles posaient pour faire la couverture d'un magazine de mode. Il ne décrivait certainement pas quelqu'un qui avait des callosités sur les mains, et qui travaillait dur du matin au soir.

— Si, tu es parfaite, répondit Sully avec douceur.

Et, pour la première fois de sa vie, il agit sans réfléchir, et céda à l'envie qui le dévorait depuis qu'il avait posé les yeux sur Rae. Il prit son visage entre ses mains, et l'embrassa.

14

Rae répondit au baiser de Sully avant même que leurs lèvres ne se touchent. Elle sentit la chaleur l'envahir et son cœur battre de plus en plus vite. Pourtant, ce n'était qu'un baiser...

Il n'y avait aucune raison pour qu'elle ait cette réaction exacerbée, surtout étant donné les circonstances.

Mais cela n'avait pas d'importance.

Rien n'avait d'importance.

Rae avait l'impression d'être une plante essayant désespérément de grandir au milieu du désert, avide de la goutte d'eau qui lui permettrait de prospérer.

C'était ce que ce baiser était pour elle.

Elle se haussa sur la pointe des pieds, et sentit les bras forts de Sully glisser jusqu'à sa taille et la presser contre lui.

Elle se laissa aller à toutes ces sensations, savourant l'élan de ce désir qui semblait emplir son corps tout entier.

Jamais elle n'avait eu autant envie d'un homme.

Au moment où elle se laissait complètement aller, Sully s'éloigna d'elle.

— Pardon, murmura-t-il. Je n'ai pas pu résister.

Elle sentait la pulsation de son cœur dans tout son corps. Elle se serait entièrement donnée à lui, à son désir, s'il l'avait seulement demandé.

Mais il ne l'avait pas fait.

Et il semblait même regretter ce qui avait failli se passer.

Elle dut faire un gros effort sur elle-même pour sauver la face.

— Il ne faut plus que cela se reproduise, l'avertit-elle, à bout de souffle.

Il soutint son regard.

— Cela n'arrivera plus.

Mais ils savaient tous les deux que ce n'était pas vrai… Et que, la prochaine fois, cela ne se terminerait pas ainsi.

Pour l'instant, il fallait qu'elle se ressaisisse, et qu'elle réfléchisse à la façon d'annoncer à Miss Joan ce qui était arrivé à son employé… et qu'elle apporte toute son aide au shérif et à Sully pour trouver le meurtrier de Warren.

— Ma proposition de t'accompagner tient toujours, lui dit Sully lorsque le jour se leva enfin.

Ils avaient passé la nuit dans le cabinet, à veiller sur le corps de Warren. Lorsqu'elle avait appris ce qui était arrivé, la femme du shérif les avait pris en pitié et avait préparé des vêtements propres pour eux. Le shérif était venu les leur apporter dès le lever du jour, et avait pris leur suite, disant qu'il allait garder le corps jusqu'à ce que le médecin légiste arrive pour pratiquer une autopsie plus complète.

Rae et Sully étaient maintenant libres de retourner à leurs occupations. Pour Rae, cela signifiait aller annoncer le meurtre de Warren à Miss Joan.

— Je te l'ai déjà dit, répliqua Rae, je n'ai pas besoin qu'on me tienne la main.

— Je le sais bien, répondit Sully. Mais j'en ai peut-être tout simplement envie.

Et il lui sourit, de ce sourire qui la touchait jusqu'au cœur. Elle pouvait presque sentir la marque qu'il imprimait en elle.

— C'est d'accord, dit-elle en cédant. Tu veux venir ? Alors, viens !

Le sourire s'élargit.

— Puisque tu me le demandes si gentiment… Je plaisante ! s'empressa d'ajouter Sully lorsqu'il la vit froncer les sourcils.

Vous avez vraiment besoin de vous détendre, mademoiselle Mulcahy !

Elle ne voyait pas les choses ainsi.

— Ça va être un moment difficile...

— Personne ne dit le contraire, rétorqua Sully en la suivant hors du cabinet.

Ils se dirigèrent vers le restaurant de Miss Joan.

— Mais, poursuivit-il, j'ai appris il y a longtemps qu'un peu d'humour aide en beaucoup de situations. Parfois, si tu ne ris pas, tu pleures... Et pleurer n'a jamais aidé qui que ce soit.

Plus elle approchait du restaurant, plus elle avait envie de tourner les talons. Entendre ces paroles de sagesse lui était presque pénible.

Elle marmonna :

— C'est toi qui inventes tous ces dictons, ou ils sont brodés sur tes serviettes de toilette ?

Il éclata de rire.

— Cela fait partie de mes talents de coach en bien-être.

Elle poussa un soupir, mais ne répondit rien.

Lorsqu'ils arrivèrent au restaurant, il lui tint la porte et la laissa entrer.

L'endroit était presque vide à cette heure : les premiers clients – ceux qui devaient prendre le travail avant 8 heures – étaient déjà repartis. Il n'y avait qu'une employée, et elle était occupée à nettoyer les tables.

Miss Joan se trouvait à sa place habituelle, derrière le comptoir. Elle leur tournait le dos et emplissait deux énormes récipients d'eau pour y faire du café.

Devinant leur présence, elle lança tout en terminant ce qu'elle avait entrepris :

— Je suis à vous dans une minute ! Un grondement sourd indiqua que la machine était en marche.

S'essuyant les mains sur son tablier, Miss Joan se retourna vers eux. Elle n'eut pas l'air surprise, mais il était vrai que son expression trahissait rarement ses pensées.

— Vous êtes ici tous les deux, commenta-t-elle. Que se passe-t-il ?

— Pourquoi pensez-vous qu'il se passe quelque chose ? lui demanda Sully.

Il était curieux de savoir comment Miss Joan en était arrivée à cette conclusion. Toute autre qu'elle aurait dit « bonjour ».

— Ne joue pas au plus malin avec moi, petit, répliqua Miss Joan. Le petit déjeuner ici est très réputé, mais Rae est capable d'en faire un tout aussi bon. C'est Angel qui lui a tout appris... même si elle prétend qu'elle n'aime pas cuisiner.

Elle les dévisagea de son regard perçant, cherchant à comprendre la raison de leur visite.

— Asseyez-vous. Je vais vous servir du café, et vous allez me dire pourquoi vous êtes ici.

C'était un ordre.

Rae ne pouvait pas attendre que le café soit servi. L'idée d'avoir à annoncer cette terrible nouvelle l'oppressait tellement qu'il fallait qu'elle le fasse immédiatement.

— John Warren a été retrouvé.

Miss Joan plaça une tasse de café en face de Rae, puis une autre en face de Sully, et un petit pot de lait sur le comptoir entre eux.

— Il est revenu...

Ce n'était pas vraiment une question, mais Rae la considéra comme telle. Elle prit sa respiration.

— D'une certaine manière.

— Et de quelle manière ? demanda Miss Joan.

Il sembla à Sully qu'elle restait étonnamment calme, et il avait le sentiment qu'elle n'allait pas être surprise par ce que Rae allait lui annoncer. Cette femme était vraiment exceptionnelle, songea-t-il. Son grand-oncle avait dû être séduit.

— Un des yearlings s'est échappé hier. Il a été effrayé par l'orage. Sully est parti à sa recherche, et il a remarqué un monticule de terre, expliqua Rae, choisissant soigneusement ses mots.

Miss Joan l'interrompit.

— Depuis combien de temps Warren était-il enterré ?

Stupéfaite, Rae la regarda, restant momentanément sans voix.

— Vous le saviez ?

— C'est là où tu voulais en venir, non ?

Miss Joan posa la question comme si elle connaissait déjà la réponse.

— Puisque tu sais que j'aime que l'on aille droit au fait, il devait bien y avoir une raison pour que tu prennes tant de précautions, poursuivit-elle.

Sully intervint.

— Nous ne savons pas depuis combien de temps il était là.

Miss Joan acquiesça.

— C'est ce que je pensais. Sinon, Rae me l'aurait dit.

Elle les regarda attentivement tous les deux.

— L'un de vous a-t-il une idée de celui qui a pu faire ça ?

— Non, répondit Sully pour eux deux. Warren était plutôt réservé, mais agréable.

Rae renchérit :

— Tout le monde semblait l'apprécier, à part Rawlings.

Elle ajouta en fronçant les sourcils :

— Mais il est vrai que Rawlings ne semble apprécier personne.

Miss Joan réfléchit à ce que Rae venait de dire et hocha la tête.

— Même si j'ai du mal à l'admettre, Harry et moi avons peut-être eu tort d'embaucher cet homme, déclara-t-elle. Je vais lui signaler que son contrat s'arrête à la fin du mois.

Elle coula un regard vers Rae.

— Je veux que tu me fasses des rapports hebdomadaires sur son activité.

— C'est d'accord, Miss Joan, acquiesça Rae docilement.

— En ce qui concerne Warren, poursuivit Miss Joan, a-t-il raconté à l'un d'entre vous d'où il venait, ou s'il avait de la famille quelque part ?

Sully et Rae secouèrent tous deux la tête.

— Je viens de demander au shérif de faire un prélèvement d'ADN sur le corps de Warren, dit Sully. J'ai pensé que je pourrais demander à la police d'Aurora s'ils avaient quelques informations.

Rae remarqua que Miss Joan ne semblait pas surprise que Sully ait pris cette initiative… et il était clair qu'elle l'approuvait.

— Bien. Et si vous n'arrivez pas à retrouver les proches de Warren, je prendrai en charge les frais de funérailles, conclut-elle.

Elle déclara cela comme si elle avait proposé de relever le courrier. Sans insistance ni affectation. C'était un simple fait.

Et une fois de plus, Rae ne put s'empêcher de songer que, sous son apparence de dureté, cette femme cachait des trésors de générosité.

Miss Joan leur jeta un coup d'œil suspicieux.

— Vous avez mangé aujourd'hui ? leur demanda-t-elle soudain.

— Non, répondit Rae. Mais nous devons retourner au ranch. J'ai laissé Rawlings tout seul, et Dieu seul sait ce que je vais trouver à mon retour !

Miss Joan ne sembla pas impressionnée par les craintes de Rae.

— Le ranch restera bien une heure de plus sans surveillance ! Vous allez prendre un petit déjeuner.

Ce n'était pas une question. C'était un ordre, et il était hors de question de s'y soustraire.

— Et pendant que vous attendez les résultats du test ADN, leur dit Miss Joan après avoir commandé deux petits déjeuners complets, je vais demander à mes clients si quelqu'un peut me donner des informations sur Warren.

— Vous savez, déclara Sully, si jamais vous décidez un jour de quitter Forever, vous pourriez venir travailler pour la police d'Aurora ! Vous seriez un véritable atout pour elle !

Miss Joan secoua la tête.

— Non, merci. Vous, les gens des villes, vous êtes beaucoup trop rapides pour moi.

Sully n'en croyait pas un mot, et Miss Joan non plus d'ailleurs. Mais il sentait qu'il valait mieux éviter de rire.

— Vous êtes la meilleure, Miss Joan !

Elle se contenta de sourire.

Ils avaient fini de manger et s'apprêtaient à partir.

— Puisque vous allez être occupés par l'enquête et que vous n'allez pas pouvoir travailler autant que d'habitude, j'ai appelé Clint Washburn pendant que vous mangiez. Je lui ai demandé s'il acceptait d'envoyer un de ses employés au J-H Ranch pour m'aider pendant quelques jours.

Miss Joan marqua un temps d'arrêt. Il était évident que Clint avait accepté.

— Son frère Roy va venir, ce qui veut dire que lorsque vous retournerez sur le ranch vous pourrez dormir un peu. Vous avez l'air d'en avoir bien besoin !

Sully lui sourit tout en protestant :

— C'est bon ! Je suis reparti pour la journée, Miss Joan.

Puis il se tourna vers Rae et ajouta :

— Mais toi, ça te ferait du bien.

Rae se redressa instantanément, comme si elle s'apprêtait à livrer bataille.

— Je vais très bien, lâcha-t-elle, les dents serrées.

Miss Joan secoua la tête en ôtant leurs assiettes.

— On ne peut rien lui dire !

Sully sourit, partageant l'amusement de Miss Joan.

Son téléphone se mit à vibrer juste au moment où ils quittaient le restaurant. Il le sortit de sa poche et lut le message.

— Valri a des informations pour nous, dit-il à Rae.

Elle eut du mal à le croire.

— Vraiment ? Déjà ?

— Je t'ai dit qu'elle était rapide !

— Effectivement, marmonna Rae. Alors, que dit-elle ?

Mais Sully ne lui répondit pas. Il lisait les messages que sa cousine lui envoyait en rafale. Lorsqu'il les eut tous consultés, il les parcourut à nouveau.

— Que dit-elle ? répéta Rae.

Elle se pencha pour pouvoir lire sur l'écran de son téléphone en ajoutant :

— Je ne suis pas fatiguée, mais j'ai épuisé mes réserves de patience.

Sully leva les yeux vers elle.

— Il y a au moins une certitude : cet homme n'est pas John Warren.

Elle ne comprenait pas.

— Tu veux dire que nous n'avons pas découvert le corps de Warren, mais celui de quelqu'un d'autre ?

Cela semblait impossible. L'homme que Sully avait déterré ressemblait vraiment à celui qui travaillait sur le ranch depuis deux mois.

— Comment est-ce possible ?

Sully regarda autour de lui, vérifiant qu'ils étaient seuls. Il ne voulait pas que la nouvelle se répande avant qu'ils n'en parlent au shérif.

Mais il n'y avait personne d'autre sur le parking, aussi commença-t-il à raconter à Rae ce qu'il venait d'apprendre.

— Nous avons bien trouvé le corps de ton employé, John Warren. Mais ce n'est pas son véritable nom. D'après ce que Valri a trouvé en analysant les empreintes digitales que je lui ai fournies, il s'appellerait Jefferson Wynters. Valri va m'envoyer tous les éléments qu'elle a. Il va falloir que je consulte mes mails dès que possible.

— Valri a trouvé des informations sur Jefferson Wynters ? Elle sait s'il avait de la famille ? Et comment les contacter ?

— Elle n'a rien précisé là-dessus pour le moment.

Il avait parcouru rapidement tous les messages, et n'avait rien lu à ce sujet. À cet instant, son téléphone se mit à vibrer de nouveau, indiquant qu'il avait reçu un autre message.

— Attends...

— Qu'y a-t-il ?

Sully lut le message.

— Valri dit que la police recherchait Wynters pour l'interroger.

Rae songea à l'homme doux et maladroit qui avait été son employé. Cela semblait incroyable.

— Pour l'interroger sur quoi ?

Sully continua à lire son message en se dirigeant vers le pick-up de Rae, que le shérif avait fait conduire ici par un de ses adjoints.

Sully lut à voix haute.

— Apparemment, l'entreprise pour laquelle il travaillait avait signalé la disparition d'une grosse somme d'argent juste avant son départ. Le dirigeant pensait que Warren – Wynters – était peut-être mêlé à tout cela.

Il garda son téléphone allumé alors qu'il entrait dans le véhicule.

Rae s'installa derrière le volant. Cette histoire lui semblait de plus en plus irréelle.

— Que veulent-ils dire par « une grosse somme d'argent » ? demanda-t-elle. Le message précise combien ?

Sully continua à lire alors que les SMS de sa cousine lui parvenaient l'un après l'autre.

— Valri dit qu'elle m'a envoyé tous les détails par mail, mais d'après son dernier message, ce serait…

Sully s'interrompit brusquement, restant bouche bée.

Rae, qui était sur le point de démarrer, se tourna vers lui.

— Combien ?

— Elle doit se tromper…

— Combien ? répéta Rae.

Elle avait toujours détesté les devinettes, et supportait mal qu'il la fasse attendre.

— Bon sang, Sully, combien d'argent Warren – Wynters – corrigea-t-elle, est-il censé avoir volé ?

— D'après ce que me dit Valri, plus d'un demi-million de dollars.

Elle regarda Sully, incrédule.

— Ce n'est pas possible !

Valri avait cessé d'envoyer des messages, et il glissa le téléphone dans sa poche.

— Apparemment, celui qui l'a tué pensait que ça l'était.

15

— Pourquoi t'arrêtes-tu ? demanda Sully.

Il pensait qu'ils retourneraient directement au ranch, mais Rae était partie dans la direction opposée. Elle avait parcouru la courte distance qui les séparait du bureau du shérif et s'arrêtait maintenant devant.

— Tu as dit que tu voulais aller consulter tes mails, dit-elle en ouvrant la portière. Eh bien, tu pourras le faire depuis le bureau du shérif.

Elle sortit du pick-up, et Sully la suivit.

Rick eut l'air surpris de les voir.

— Je pensais que vous étiez en train de retourner au ranch pour y prendre un repos mérité ! Votre véhicule est en panne ?

C'était la première raison qui lui était venue à l'esprit pour expliquer leur présence.

— Gabe m'a dit qu'il avait entendu un bruit étrange lorsqu'il a coupé le contact, poursuivit-il.

— Il fait toujours ça, répondit Rae. Non. Nous avons reçu des informations sur Warren.

Le shérif les regarda l'un après l'autre et leur fit signe de s'asseoir.

— Qu'avez-vous appris ?

Rae jeta un coup d'œil à Sully, pour lui signifier que – puisqu'il était à l'origine de ces découvertes – c'était à lui de parler.

— Cet homme ne s'appelle pas Warren, annonça Sully.

Le shérif plissa le front.

— Pardon ?

— Je pourrais utiliser un de vos ordinateurs ? lui demanda Sully. J'aimerais consulter mes mails. J'arriverai mieux à tout expliquer si j'ai les informations devant moi.

Rick n'hésita pas. Il se leva en désignant l'ordinateur qu'il avait relégué sur un coin de son bureau.

— Il est à vous !

Sully s'assit et commença à tapoter sur le clavier. Il ouvrit le site qu'il cherchait, entra son nom d'utilisateur et son mot de passe. Instantanément, une autre page apparut.

Les éléments qu'il cherchait étaient maintenant affichés, et il se retourna vers le shérif.

— Bon… L'homme que nous connaissons ici sous le nom de John Warren s'appelle en réalité Jefferson Wynters. Ses empreintes digitales sont répertoriées sur le fichier national. La prise des empreintes digitales est de plus en plus souvent exigée par les employeurs aujourd'hui… Par exemple si l'on occupe un poste de comptable dans une entreprise spécialisée dans la gestion de résidences médicalisées.

— Vous êtes en train de me dire que ce Warren/Wynters était comptable ? demanda Rick.

Sully acquiesça.

— D'après les informations qui m'ont été fournies ce matin par une de mes cousines, c'était le cas.

— Comptable…, répéta Rick. En fait, c'est assez logique… Ce type ne semblait pas du tout dans son élément ici.

Ce qui l'amena à la question suivante :

— Alors, que faisait-il à Forever ?

— Je dirais volontiers qu'il se cachait, déclara Sully.

Il regarda l'écran pour vérifier qu'il n'avait pas reçu d'informations supplémentaires, mais c'était tout.

— Wynters pensait probablement que personne n'irait le chercher ici.

— Sans doute… Mais pourquoi se serait-il caché ? demanda Rick.

Sully pensait qu'il valait mieux fournir les informations une à une.

— Probablement pour échapper à celui auquel il avait volé un demi-million de dollars, déclara-t-il en regardant attentivement le shérif.

— Un instant, ordonna Rick, certain d'avoir mal entendu. Vous pouvez répéter ?

Sully lui donna les détails.

— La police voulait interroger Wynters sur le vol d'un demi-million de dollars dans l'entreprise pour laquelle il travaillait à Prescott, dans l'Arizona. Apparemment, il aurait détourné les fonds. Lorsqu'il a disparu, il est devenu le suspect numéro 1. Pourtant, conclut-il, il n'y a pour le moment aucune preuve qu'il soit le coupable. La police le recherche encore.

— J'ai une question, intervint Rae. Où se trouve l'argent maintenant ?

— Je suppose qu'il est en possession de celui qui l'a tué, proposa Rick.

— À moins que Wynters n'ait été assassiné parce qu'il refusait de révéler où il l'avait caché.

Rick fronça les sourcils. Il n'aimait pas du tout cela.

— Cela veut dire que tous les habitants de Forever sont maintenant des suspects…

Il secoua la tête.

— J'ai grandi ici. Je connais tout le monde. Certains sont des têtes brûlées et peuvent s'emporter très facilement, mais de là à commettre un meurtre… Je ne le pense pas.

Sully n'allait pas discuter avec le shérif. Il avait besoin qu'il coopère. Alors, pour le moment, il proposa un compromis.

— Pourquoi n'interrogerions-nous pas toutes les personnes présentes à la soirée de Miss Joan pour savoir s'ils ont remarqué quelque chose d'étrange ? Cela pourrait être un point de départ, suggéra Sully.

— Nous pourrions par exemple leur demander s'ils ont vu Warren partir avec quelqu'un, déclara Rae.

— Par exemple, acquiesça Sully. Et aussi…

— C'est ma juridiction, intervint le shérif.

Il ne cherchait manifestement pas à rétablir son autorité. Il pensait seulement que les habitants de Forever parleraient plus facilement à quelqu'un qu'ils connaissaient.

— C'est à moi de mener ces interrogatoires.

Cela ne posait aucun problème à Sully. Son seul but était de parvenir à retrouver le coupable.

— Vous avez tout à fait raison. Je vous prie de m'excuser : je n'avais pas l'intention de m'imposer, dit-il en se levant, mais les réflexes ont repris le dessus.

— Dans ce cas, j'accepte volontiers tout le soutien que vous pourrez m'apporter, déclara le shérif. Je n'ai pas l'habitude de vols de cette ampleur. Si l'on y ajoute un meurtre, je me sens un peu dépassé !

— Il n'y a pas de honte à demander de l'aide, shérif, repartit Sully. Je le fais souvent moi-même.

— Hier soir par exemple, lui rappela Rae.

Lorsque Rick la regarda, l'air amusé, elle comprit que sa remarque pouvait laisser entendre qu'il y avait une certaine intimité entre eux. Elle se sentit rougir.

— Tu te souviens : tu as envoyé des messages à tes deux cousines pour leur demander de vérifier si les empreintes digitales étaient sur un fichier, et d'analyser les blessures de Warren, ajouta-t-elle rapidement.

Elle voyait bien que la lueur ironique qu'elle avait observée dans le regard des deux hommes ne s'était pas éteinte. Elle pinça les lèvres et se tut.

— C'est exact, admit Sully aimablement, même s'il ne pouvait s'empêcher de sourire. Vous voyez, shérif, il n'y a pas de honte à demander de l'aide.

Rick reprit la parole.

— Il y avait beaucoup de monde à cette soirée. Cela va être long de les interroger !

— Alors, autant nous y mettre immédiatement, intervint Rae.

Sully ne releva pas l'emploi du pronom « nous ». Il se tourna vers le shérif et lui dit :

— Lorsque nous allons les interroger, les gens vont vouloir savoir pourquoi nous leur posons ces questions. Pour le moment, je pense que nous devrions nous contenter de leur dire que Warren a disparu. Inutile de leur apprendre qu'on a découvert son corps, ni qu'il a volé plus d'un demi-million de dollars.

— D'ailleurs, ce n'est encore qu'une supposition, souligna le shérif, désireux de s'en tenir aux faits.

Sully hocha la tête.

— Effectivement.

— Et mes adjoints ? remarqua Rick. Il faut que je leur dise la vérité.

— Vous avez confiance en eux ? lui demanda Sully.

Rick n'hésita pas un seul instant.

— Entièrement !

C'était tout ce que Sully désirait entendre.

— Alors, donnez-leur toutes les informations dont nous disposons.

— Nous serons donc six, déclara Rae. Comment voulez-vous répartir le travail ?

Rick et Sully échangèrent un regard.

— Je n'avais pas l'intention de te demander de faire cela..., commença Sully.

Il ne put aller plus loin.

— Cet homme travaillait pour moi, répliqua Rae d'un ton qui ne laissait pas place à la discussion. On l'a poignardé et il est mort. Le fait qu'il ait volé de l'argent ou non n'y change rien. Personne ne mérite de mourir ainsi ! insista-t-elle.

Elle était debout entre les deux hommes, et sa détermination était presque palpable.

— Je veux savoir qui l'a tué. Je veux vous aider.

Un long silence s'ensuivit. Puis Rick sourit en regardant Sully.

— Vous avez entendu, Cavanaugh ?

— Rae ne fait pas partie de la police, insista Sully. Celui qui a tué Warren est dangereux.

Il la regarda, bien décidé à lui faire entendre raison.

— Il pourrait te faire du mal, poursuivit-il. Ou...

Rae se détourna de Sully comme s'il n'avait rien dit. Elle regarda le shérif droit dans les yeux et lui demanda :

— Je veux prêter serment et faire officiellement partie de cette enquête.

— Ce n'est pas possible ! protesta Sully.

Elle leva le menton d'un air de défi.

— Bien sûr que si. N'est-ce pas, shérif ?

Rick ouvrit un tiroir de bureau. Il en sortit un badge.

— Levez votre main droite, dit-il à Rae.

Lorsque Rae eut prêté serment, Rick regarda Sully.

— Ce n'est que temporaire, et elle fera équipe avec vous.

— L'idée était de se partager le travail ! protesta Rae. Si je reste avec Sully, cela ne sert à rien !

Mais Rick demeura inflexible.

— C'est à prendre ou à laisser, Rae.

Avec un soupir de colère, Rae marmonna :

— Je prends.

Quant à Sully, il suffisait de le regarder pour savoir qu'il était ravi de cet arrangement.

— Bien, c'est réglé, déclara Rick, l'air soulagé. Je vais appeler mes hommes. Lorsque je leur aurai tout expliqué, nous pourrons commencer. Quelqu'un a-t-il des objections ? demanda-t-il, regardant Sully, puis Rae.

— Oui, mais je vois bien que, même si je les exprime, cela ne fera pas la moindre différence, marmonna Rae.

Sully éclata de rire.

— J'ai l'impression d'entendre mes sœurs !

— La prochaine fois que tu les verras, dis-leur que je compatis : ça ne doit pas être toujours facile de t'avoir comme frère ! répliqua Rae en suivant Rick hors de la pièce.

Sully sortit sur ses talons.

Rick mit rapidement ses trois adjoints Joe, Gabe et Daniel au courant des événements.

D'ordinaire, les trois hommes écoutaient Rick leur exposer

les faits sans faire de commentaires. Mais lorsqu'il leur apprit l'identité véritable de Warren et le crime dont il était soupçonné, ils ne purent retenir leurs questions.

— Donc, nous ne sommes même pas certains qu'il a volé l'argent ? demanda Dan.

Au lieu de lui répondre, Rick regarda Sully.

— C'est vous qui avez obtenu ces informations. Vous voulez expliquer par vous-même ce que vous avez appris ?

— Wynters est le suspect numéro 1, répondit Sully. Toutes les informations que possède la police le désignent comme le coupable le plus probable, et au moins un témoin clé… Mais la police d'Arizona n'a toujours pas la preuve qu'il ait effectivement détourné ces fonds.

Ils demeurèrent un instant silencieux, et Rae en profita pour donner son sentiment sur la question.

— Eh bien, tant qu'ils n'en sont pas certains, je pense que nous ne devrions pas évoquer la possibilité qu'il y ait de l'argent volé caché à Forever.

Elle les dévisagea tous avant de poursuivre :

— C'est le genre d'informations qui peut faire ressortir le pire en chacun.

— Elle a raison, déclara Rick. Il ne faudrait surtout pas que les gens se mettent à chercher partout et essaient d'être les premiers à découvrir l'argent… Si tant est qu'il soit à Forever, nuança-t-il.

— Vous ne faites peut-être pas assez confiance aux habitants de Forever, lui fit remarquer Gabe.

Le shérif y avait déjà songé.

— Je préfère ne pas leur faire confiance et avoir tort, que voir des citoyens honnêtes tourner le dos à ce que nous avons mis des années à construire ensemble dans l'espoir de découvrir ce butin ! déclara Rick.

— Si seulement il est ici, précisa Rae.

Lorsque les hommes la regardèrent, elle expliqua :

— Wynters peut l'avoir laissé dans un coffre, ou tout simplement mis à la banque.

Mais Sully secoua la tête. Il ne pensait pas que cela soit possible.

— On ne peut pas déposer une telle somme sur un compte sans que cela ne donne lieu à de nombreuses vérifications. Tout montant supérieur à dix mille dollars attire immédiatement l'attention des autorités.

— Il pourrait avoir déposé l'argent dans plusieurs établissements différents, suggéra Joe.

— Cela l'aurait obligé à ouvrir un nombre de comptes trop importants... Sans compter le temps qu'il faudrait pour faire des dépôts de neuf mille neuf cent quatre-vingt-dix-neuf dollars jusqu'à ce que tout l'argent ait été placé, fit remarquer Rick. D'ailleurs, je ne l'ai pas vu souvent, mais Wynters ne m'a pas donné l'impression d'être passé maître dans l'art du crime.

— Il ne devait pas être si mauvais s'il a réussi à détourner autant d'argent ! observa Rae.

— C'est peut-être vrai, mais quelque chose me dit qu'il a gardé cet argent près de lui au cas où il devrait partir soudainement, déclara Sully.

— Alors, nous sommes d'accord ? demanda Rick en regardant ses adjoints, puis Sully et Rae. Nous gardons les détails de cette affaire secrets pour le moment. Nous disons seulement que Warren a disparu et que nous cherchons à parler aux personnes qui l'ont vu le dernier jour, afin de déterminer ce qui a pu lui arriver.

Les quatre autres hommes présents dans la pièce hochèrent la tête ou donnèrent leur accord verbal.

Rae attendit que tous se soient exprimés.

Alors seulement, elle prit la parole.

— Je pense que nous devrions mettre Miss Joan au courant.

16

La suggestion de Rae se heurta tout d'abord à l'opposition de deux des adjoints. Mais finalement, tout le monde se rangea à son avis : il était préférable d'informer Miss Joan de tout ce qu'ils savaient sur cet homme qui travaillait sur son ranch.

Puisque c'était elle qui avait fait cette suggestion, Rae en conclut que c'était à elle de mettre Miss Joan au courant.

Sully demeura silencieux jusqu'à ce que Rae et lui soient presque arrivés au restaurant.

— C'est moi qui vais lui annoncer ce que nous savons, déclara-t-il soudain.

Rae le regarda, prise au dépourvu.

— Je n'ai pas besoin que l'on me protège.

— Il ne s'agit pas de te protéger, répliqua Sully, mais tu n'as aucune part de responsabilité dans cette affaire. Ce n'est pas toi qui as poussé Wynters à détourner ces fonds, à s'enfuir et à venir ici… Et c'est encore moins toi qui l'as tué !

Il lisait son impatience dans son regard. Visiblement, elle s'apprêtait à discuter avec lui.

— Mets-toi bien ça dans la tête, poursuivit-il : tu n'es responsable de rien. Et c'est moi qui ai découvert toutes ces informations sur Wynters.

Elle faillit lui répondre sèchement. Mais au dernier moment, elle se retint.

Il cherchait simplement à l'aider, et à étouffer le sentiment de culpabilité qui la rongeait. C'était plus facile à dire qu'à faire…

Sully commença à monter les marches conduisant au restaurant. Il n'eut pas besoin de se retourner pour savoir qu'elle le suivait.

— Je viens avec toi, lui dit-elle au cas où il aurait cru le contraire.

Il ne tenta pas de la faire changer d'avis, ni de la convaincre de l'attendre à l'extérieur du bâtiment.

— Comme tu voudras !

Il ouvrit la porte, et entra le premier.

— J'imagine que vous ne revenez pas pour manger, commenta Miss Joan avant même qu'ils n'arrivent jusqu'à elle.

Elle les fixa de son regard perçant, puis fit un signe à Marisol, une des deux serveuses présentes ce matin.

— Remplace-moi un instant, Marisol.

Sans même attendre que la jeune femme lui réponde, Miss Joan contourna le comptoir.

— Allons nous asseoir.

Elle pointa le doigt vers une alcôve isolée du reste du restaurant, et Rae et Sully suivirent la direction indiquée.

Miss Joan attendit que Sully et Rae soient installés avant de s'asseoir. Il était difficile de savoir si elle avait choisi cette place pour être à côté de Rae, ou en face de Sully.

— Qu'avez-vous découvert ? leur demanda-t-elle.

Voyant l'air surpris de Sully, elle ajouta :

— Vous avez quelque chose à me dire, sinon vous ne seriez pas ici avec cette tête d'enterrement !

Sully sourit. Cette femme avait beaucoup d'intuition.

— Je comprends pourquoi oncle Seamus vous appréciait autant.

Miss Joan le regarda en plissant les paupières.

— Ce n'était pas la seule raison, répliqua-t-elle. Et maintenant, dites-moi.

Sully prit la parole. Aussi brièvement que possible, il lui exposa tout ce qu'il avait appris. Lorsqu'il eut terminé, il s'attendit à ce que Miss Joan exprime sa surprise, ou sa déception d'avoir été trahie : après tout, elle avait offert à Warren un toit et un travail, alors qu'il n'était vraisemblablement qu'un voleur essayant d'échapper à la justice.

Pourtant, elle demeura imperturbable.

Lorsqu'elle parla enfin, Miss Joan déclara :

— Je voyais bien qu'il n'avait pas l'habitude de travailler sur un ranch, mais pour moi, il était évident que cet homme avait besoin d'aide et d'un endroit pour dormir. Alors, Harry et moi avons décidé de lui donner sa chance.

Après ces paroles compatissantes, la personne qu'ils avaient devant eux se métamorphosa instantanément en femme tout entière tournée vers l'efficacité.

— Bon, où en est votre enquête ? demanda-t-elle.

— Pour le moment, elle n'a pas avancé, répondit Sully. Nous avons l'intention d'interroger toutes les personnes qui étaient au Murphy's, pour voir si quelqu'un se souvient d'avoir vu Wynters partir, et si oui, avec qui.

Miss Joan hocha la tête, signifiant qu'elle n'y voyait aucune objection.

— Je suis désolée de devoir vous dire que personnellement je n'ai pas remarqué à quel moment Warren est parti. Je l'ai vu parler à Jackson et Garrett – ce sont les deux frères qui gèrent le Healing Ranch – expliqua-t-elle à l'attention de Sully. Je pense qu'il était environ 20 heures, ou un peu plus tôt. Je ne me rappelle pas l'avoir vu ensuite, ajouta-t-elle. Je dois reconnaître que je n'ai pas fait très attention à lui : je regardais plutôt Cash et Alma.

— C'est déjà un élément, répondit Sully. Cela nous permet de retracer le fil des événements. Merci, Miss Joan. Vous nous avez beaucoup aidés.

Mais Miss Joan était insensible à la flatterie. Elle voyait cela comme une perte de temps.

— Non, répliqua-t-elle, certainement pas. Si Jackson et Garrett vous apprennent quelque chose, tenez-moi au courant. Et toi, poursuivit-elle se tournant vers Rae, je compte sur toi pour apporter à Sully toute l'aide dont il aura besoin pendant son enquête.

Rae rougit.

— Il faudrait vraiment que je retourne au ranch.

Après tout, c'était pour cela que Miss Joan l'avait embauchée.

— Ne t'inquiète pas de cela, lui dit Miss Joan. Clint Washburn va nous envoyer son frère Roy pour s'en occuper au moins jusqu'à ton retour, et il est particulièrement efficace. Je veux que vous puissiez vous concentrer sur l'enquête. Il faut absolument retrouver celui qui a assassiné cet homme. Je ne voudrais pas qu'il y ait un tueur en liberté dans les parages.

— J'imagine que cela veut dire que tu vas devoir me supporter, déclara Rae à Sully lorsqu'ils quittèrent le restaurant.

Elle n'envisageait pas un seul instant de ne pas obéir à Miss Joan.

Sully eut un sourire joyeux... et un peu troublant, songea Rae.

— Ce n'est pas le mot que j'emploierais, répliqua-t-il. Bon, ces deux frères dont a parlé Miss Joan, où pouvons-nous les trouver ?

— Ils dirigent le Healing Ranch. C'est tout près d'ici.

— Le Healing Ranch..., répéta Sully. J'ai entendu dire que c'était une sorte de camp de redressement.

— Effectivement, expliqua Rae alors qu'ils se dirigeaient vers son véhicule. Ils accueillent des garçons qui ont besoin d'être remis sur le droit chemin. Jackson et Garrett leur enseignent le dressage des chevaux, pour leur inculquer le sens des responsabilités.

— Ah bon...

Il songea à ce qu'elle venait de lui dire tout en s'installant sur le siège du passager.

— C'est une bonne idée, conclut-il à haute voix.

Son sourire s'élargit alors qu'il pensait à toutes les possibilités qu'offrait ce type de ranch.

— J'en parlerai à mes oncles lors de la prochaine réunion familiale.

Elle avait déjà démarré, et immobilisa son véhicule. Sully

pensait déjà au moment où il repartirait... La douleur qu'elle ressentit la surprit elle-même. Elle se sentait comme vide.

— Et quand penses-tu partir ? demanda-t-elle, affectant l'indifférence.

Elle l'entendit rire à côté d'elle.

— Tu essaies de te débarrasser de moi ?

— Non. Mais je me demandais à quel moment je devrais chercher un autre employé. Je ne sais pas si tu l'as remarqué, ajouta-t-elle avec une touche de sarcasme, mais il m'en manque déjà un... Deux, si l'on prend en compte la paresse de Rawlings !

— Oui, je sais, répondit Sully. Pour information, j'ai l'intention de rester ici jusqu'à ce que nous ayons trouvé le coupable. Et plus longtemps si tu n'as personne pour me remplacer.

Ce n'était certainement pas vrai, mais elle fit semblant de le croire.

— Je saurai te rappeler ta promesse !

Le sourire qu'il lui lança lui apprit qu'il ne considérait pas cela comme une menace. Peut-être cela voulait-il dire qu'il avait l'intention de rester ici un peu plus longtemps...

Jackson et Garrett semblaient très occupés lorsque Rae et Sully arrivèrent au Healing Ranch. Le succès de leur projet – transformer des délinquants en honnêtes citoyens – leur avait apporté une certaine notoriété, et beaucoup de travail.

Depuis la création de leur ranch, les deux frères avaient multiplié par deux le nombre de jeunes gens qu'ils pouvaient accueillir, et cela ne semblait pas encore suffisant. Ils projetaient d'agrandir le ranch, mais il leur fallait d'abord recruter des personnes de confiance pour encadrer leurs pensionnaires.

Sully réussit d'abord à trouver Jackson. C'était le plus âgé des deux frères, celui qui avait lancé le projet en l'honneur de son oncle maintenant décédé. Le vieil homme avait aidé l'adolescent rebelle qu'il était alors à rester sur le droit chemin, en le faisant travailler sur son ranch.

La suite de l'histoire était devenue célèbre.

Lorsque Sully l'interrogea, Jackson se remémora très clairement les événements de la soirée.

— Oui, Warren, Garrett et moi n'avons parlé que quelques minutes. À vrai dire, je ne le connais pas beaucoup. Je sais seulement qu'il travaille sur le ranch de Miss Joan. Il m'a semblé plutôt agréable, ajouta Jackson. Lorsque nous avons terminé notre discussion, il s'est dirigé vers les frères Rodriguez.

Il s'interrompit un instant pour réfléchir.

— Ensuite, je ne me rappelle plus l'avoir vu.

Jackson regarda autour de lui et aperçut son jeune frère dans le corral, en compagnie d'un de leurs protégés.

— Garrett ! l'appela-t-il.

Garrett termina de donner ses directives au garçon avec lequel il travaillait, puis se dirigea vers Jackson, Rae et Sully.

— As-tu remarqué quoi que ce soit d'étrange concernant Warren lors de la soirée de Miss Joan ? demanda Jackson à son frère.

Lorsque Garrett le regarda, l'air étonné, Jackson lui expliqua :

— Tu sais, c'est un des deux employés du J-H Ranch. Il a disparu.

— Quelque chose d'étrange ? répéta Garrett en réfléchissant. Non. Je lui ai simplement trouvé l'air un peu nerveux.

— Nerveux ? s'exclama Rae tout de suite en alerte. Nerveux comment ? Quelqu'un a dit quelque chose qui l'a inquiété ?

Garret eut du mal à lui répondre.

— C'est difficile à dire... Son attitude a changé au moment où il a vu Cash.

— C'est-à-dire... ?

— Il me semble qu'il a pâli, et il est parti brusquement pour aller discuter avec les frères Rodriguez.

— Vous voulez parler de l'adjoint du shérif ? demanda Sully. Gabe Rodriguez ?

Garrett secoua la tête.

— Non, non. Il s'agissait des frères de Gabe. Gabe n'est arrivé à la fête que plus tard.

Un des garçons qui travaillait dans le corral appela Garrett.

— Il va falloir que vous m'excusiez. Je pourrai répondre à d'autres questions un peu plus tard si vous le voulez, mais pour le moment, Allen a vraiment besoin de moi, dit-il en regardant le jeune homme occupé à dresser un cheval.

— Bien sûr, allez-y, lui dit Sully. C'est tout pour l'instant. Merci beaucoup pour votre aide, ajouta-t-il.

— Avec plaisir ! Si vous avez besoin de poser d'autres questions à Jackson ou à moi, n'hésitez pas !

Il s'avéra que Cash était absent, et Sully et Rae ne purent lui demander ce qui avait pu provoquer la nervosité de Wynters, ou si Garrett avait mal interprété la scène dont il avait été témoin.

Puisqu'ils ne pourraient pas interroger Cash avant le lendemain, Sully et Rae allèrent voir d'autres personnes qui étaient présentes au Murphy's ce soir-là. Mais, après avoir passé la journée à les questionner, ils durent bien admettre que leur enquête n'avait pas progressé d'un iota.

— Je ne sais pas si c'est possible, mais j'ai l'impression d'avoir le cerveau dans un étau, déclara Rae à Sully dans la soirée, lorsqu'ils se laissèrent tomber sur le vieux canapé en cuir du salon.

Ils avaient passé toute la journée en ville et venaient seulement de retourner au ranch, bien après la tombée de la nuit.

Bien que Roy – le frère de Clint Washburn – et un autre employé soient venus s'occuper des chevaux, Rae s'était sentie obligée de vérifier que tout allait bien. Elle s'était donc rendue dans l'écurie.

Les box étaient propres, garnis de paille fraîche, et il y avait de la nourriture dans les mangeoires.

Même si elle était satisfaite de voir que le travail avait été bien fait, Rae avait le sentiment dérangeant que l'on n'avait plus besoin d'elle.

Sully était maintenant installé sur le canapé à côté d'elle, et ne semblait pas avoir l'intention d'en bouger dans l'immédiat.

— Tu vas t'y habituer, lui dit-il.

Elle pensa qu'il faisait allusion à sa remarque sur l'état de son cerveau.

— Je n'en suis pas certaine, lui répondit-elle. Je sais supporter la douleur : lorsque je me suis cassé le poignet, j'ai continué à travailler, jusqu'à ce que Miss Joan s'en aperçoive et me force à aller voir un médecin. Mais là, c'est différent. Je me sens comme vidée, épuisée... Tellement que, même si le canapé prenait feu, je n'aurais pas le courage de me lever !

Sully rit en imaginant la scène.

— Oh ! tu serais surprise de voir la vitesse avec laquelle tu sauterais pour te mettre debout si c'était le cas ! D'ailleurs, j'ai pu constater aujourd'hui que tu étais encore plus forte que je ne le pensais.

Il s'interrompit pour la regarder. À part pour tourner la tête, lui-même ne se sentait pas capable du moindre effort.

— En fait, je vais te faire le compliment suprême : tu es assez forte pour être une Cavanaugh !

Prenant sa respiration pour lutter contre la douleur, Rae se tourna vers lui.

— Je suis flattée, répliqua-t-elle avec un petit rire.

— Tu peux l'être ! Ce n'est pas donné à tout le monde ! Pour cela, il faut une volonté d'acier et beaucoup d'obstination. Vraiment beaucoup ! insista-t-il.

En disant cela, il sentit une émotion indéfinissable monter en lui.

Quelques secondes plus tôt, Sully aurait juré que – tout comme Rae – il était à bout, que ce soit physiquement ou mentalement. Mais le simple fait de l'avoir regardée lui avait rendu toute son énergie.

Il se rapprocha d'elle.

Il ne savait pas comment il était arrivé là, mais il la frôlait presque maintenant.

Sully se dit qu'il devait s'éloigner, sinon, il risquait de faire une bêtise... D'ailleurs, il avait déjà embrassé Rae... Deux fois... Ce n'était pas comme s'il voulait expérimenter une sensation nouvelle.

Mais c'était justement cela : il l'avait *déjà* embrassée, et ce qui le motivait maintenant n'était pas la curiosité. C'était l'envie de renouveler l'expérience, de ressentir à nouveau la même liberté, la même légèreté, la même joie.

C'était absurde !

Il était au beau milieu d'une enquête, bon sang ! Il n'avait pas le temps de se comporter comme un adolescent amoureux.

Et pourtant...

Pourtant, tout en lui le poussait à embrasser Rae, à trouver à nouveau cette insouciance et cette gaieté qui lui étaient devenues étrangères.

Tu vas le regretter, l'avertit une petite voix dans sa tête.

Mais Sully n'avait jamais écouté la petite voix dans sa tête. Alors, il suivit son instinct...

17

Lorsqu'elle comprit ce qui allait se passer, Rae sentit son cœur s'emballer dans sa poitrine. Soudain, elle n'eut plus conscience que du désir qui s'était emparé d'elle, de manière subite et totalement inattendue.

Une seconde auparavant, elle aurait juré qu'avec la nuit puis la journée qu'ils venaient de passer il n'y avait plus rien à attendre d'elle.

Et pourtant, la promesse silencieuse de ce qui allait venir lui enflammait le corps, lui faisait désirer la suite de chaque fibre de son être.

La faisait espérer…

Elle ne parvenait plus à respirer. Allait-il l'embrasser ? Ou allait-il renoncer au dernier moment, parce qu'il ne voulait pas mêler travail et plaisir, de peur qu'ils en souffrent tous les deux ?

Le temps fut soudain comme suspendu, et ce moment lui sembla une éternité.

Le besoin irrépressible qu'elle avait de lui grandit encore.

— Tu vas m'embrasser ? demanda-t-elle.

Elle entendit sa propre voix résonner dans sa tête.

Sully resta immobile.

— Tu en as envie ?

Elle avait envie de hurler.

— Bien sûr ! Pourquoi faut-il que tu me poses cette…

Rae n'eut pas l'occasion de finir. Sully avait sa réponse.

Il caressa sa bouche de ses lèvres, et soudain, ce qui avait commencé comme au ralenti sembla s'emballer. Le désir prit le pouvoir, exigeant satisfaction.

Elle sentit – sentit vraiment – tout son corps s'embraser. Le feu la consumait tout entière, dévorant tout sur son passage, ne laissant rien derrière lui.

Elle ne le savait pas, mais ce qu'elle ressentait en cet instant était le reflet exact de ce qui arrivait à Sully.

Elle vécut toute la suite comme un rêve, un rêve d'où surgissaient des images de baisers, de caresses, de lèvres qui parcouraient son corps, ne laissant aucun endroit inexploré.

D'un feu sans cesse attisé.

Rae n'avait jamais imaginé, même dans ses rêves les plus fous, que faire l'amour puisse être aussi bon. Ses pensées elles-mêmes étaient consumées et s'évanouissaient pour ne plus laisser place qu'à une incantation : encore.

Elle en voulait toujours plus. Plus il la caressait, l'embrassait, plus elle en voulait.

Rae tenta de reprendre souffle, puis de rendre à Sully tout le plaisir qu'il lui offrait.

Tout d'abord, Sully ne sut que penser : cela le surprit. Dans chacune de ses relations précédentes, chacune de ses rencontres, c'était toujours lui qui avait donné du plaisir à sa partenaire... Et c'était ainsi qu'il avait trouvé le sien.

Être soudain celui qui recevait était entièrement nouveau pour lui. Il découvrit qu'il pouvait atteindre une intensité de plaisir qu'il ne soupçonnait même pas.

Leurs corps s'étreignaient avec tant de passion qu'ils se retrouvèrent par terre sans s'en rendre compte.

Tout tournait autour de Rae, mais elle avait pleinement conscience de chaque mouvement du corps de Sully contre le sien. Rien qu'avec ses lèvres, sa bouche, il lui avait procuré des sensations merveilleuses, faisant gonfler des vagues de plaisir les unes après les autres, consumant tout son corps jusqu'à ce qu'elle soit absolument certaine qu'elle était au bout de sa jouissance... pour sentir le désir se raviver immédiatement après.

Puis soudain, alors que le monde entier tournait autour d'elle, Rae retint son souffle en sentant Sully la pénétrer.

Il le fit lentement, lui donnant tout le temps de l'attendre, de le désirer...

Elle mourait d'envie qu'il l'emplisse, qu'il fasse cesser la souffrance de ce vide.

Rae souleva les hanches, le pressant d'aller plus vite, d'amener à son terme cette tension à peine supportable.

Elle accompagna ses mouvements alors qu'il allait toujours plus vite, toujours plus fort, jusqu'à ce qu'ils ne sachent plus qui suivait l'autre.

Il donna un dernier coup qui leur fit atteindre à tous les deux le sommet de leur jouissance.

Ensemble.

C'était comme si un feu d'artifice éclatait et que ses étincelles retombaient autour d'eux. Ils continuèrent à s'agripper l'un à l'autre, longtemps, pour retenir un peu de ce plaisir extraordinaire qu'ils s'étaient donné.

Ils n'avaient plus conscience que du battement effréné de leurs cœurs.

Battement qui, peu à peu, se calma et se tut...

Sully ne voulait pas la lâcher, ne voulait pas laisser ce moment glisser dans le passé. S'il l'avait pu, il l'aurait gardée ainsi, tout contre lui, à jamais.

Mais c'était impossible...

Alors, il continua à la tenir contre lui d'un bras, comme si elle était une possession infiniment précieuse, qui risquait de disparaître s'il la lâchait, emportant avec elle cet instant.

— Nous avons la preuve que tu es capable de bouger s'il y a le feu, la taquina-t-il.

Elle tourna la tête vers lui.

— C'est toi, le feu.

Il sentait ses cheveux soyeux contre sa joue. Pourquoi ce contact était-il si sensuel ? Et pourquoi, après lui avoir fait l'amour comme un possédé, se sentait-il l'envie de recommencer tout de suite ?

— Je veux bien être tout ce que tu voudras ! murmura-t-il d'une voix rauque.

Elle n'avait eu que trois hommes dans sa vie. Chacun avait satisfait son corps. Mais aucun n'avait satisfait son âme.

Et pourtant cet homme avait su combler le vide qu'elle ressentait toujours à la place du cœur.

Elle devait être masochiste, cela ne faisait aucun doute pour elle. Sinon, pourquoi se serait-elle autorisée à avoir des sentiments pour quelqu'un qui allait bientôt sortir de sa vie, et laisser un vide insupportable ?

Elle sentit les larmes lui venir aux yeux et se mordit la lèvre pour les contenir. Le jour où il partirait d'ici arriverait bien trop vite, l'enlevant définitivement à elle. Mais elle avait encore l'instant présent...

— C'est bien, murmura-t-elle en lui enlaçant le cou, parce que j'ai besoin de ce feu.

Sully réprima un grondement en sentant son corps tout entier lui répondre.

— Je crois qu'il n'est pas éteint, lui dit-il d'une voix rauque juste avant de l'embrasser.

Lorsqu'elle s'éveilla le lendemain matin, ils étaient dans son lit. Elle y avait emmené Sully et ils avaient fait l'amour une fois encore avant que l'épuisement n'ait raison d'eux.

Ils avaient dormi d'un sommeil profond jusqu'au matin, et avaient été réveillés par les rayons du soleil.

Rae ne voulait pas que Sully se sente obligé de lui parler. Alors, elle attrapa ses habits et se précipita dans la salle de bains, où elle se prépara en un temps record.

— Cash doit revenir ce matin, lui dit-elle en faisant de son mieux pour sembler détachée, alors que le simple fait d'être auprès de lui faisait battre son cœur. Il faudrait que nous allions à son cabinet pour l'interroger avant que des clients n'arrivent. Sinon, il risque de ne pas pouvoir – ou de ne pas vouloir – nous parler.

Sully mit les mains dans ses poches. C'était soit ça, soit il la prenait dans ses bras.

— Si nous voulons lui parler avant sa journée de travail, nous devrions aller chez lui, pas à son bureau, lui fit-il remarquer.

— Tu as raison, acquiesça Rae. Tu veux prendre le petit déjeuner ? demanda-t-elle, se rendant soudain compte qu'ils n'avaient pas mangé depuis hier soir.

Le plaisir leur avait fait oublier la faim, mais elle se faisait sentir maintenant.

Sully réfléchit un instant à sa proposition. S'ils restaient ici, il savait ce qui allait se passer. Personne n'était là pour les interrompre, une chose allait en entraîner une autre, et il ne pourrait pas résister.

Il devait se concentrer sur cette enquête. De nombreuses personnes attendaient des réponses, et ne pourraient pas dormir tranquilles avant que le coupable ne soit sous les verrous.

Il devait garder son objectif à l'esprit – même s'il ne parvenait pas à chasser Rae de ses pensées.

— Nous pourrions aller prendre le petit déjeuner chez Miss Joan avant d'aller parler à Cash ? suggéra-t-il.

Rae lui sourit. Elle avait compris pourquoi il préférait ne pas rester ici.

— Nous n'aurons pas à résister à la tentation...

Sully ne voyait pas pourquoi il aurait prétendu le contraire.

— C'est un peu ça, reconnut-il.

Elle sourit plus largement encore, heureuse de savoir que lui aussi avait été touché par ce qui s'était passé hier soir.

— C'est d'accord. Je vais seulement dire à Roy où nous serons ce matin, et nous pourrons partir.

Au moment où elle ouvrait la porte, Sully lui posa la main sur le bras. Elle le regarda, surprise.

— Quoi ?

— Tu peux rester t'occuper du ranch si tu le préfères, lui rappela-t-il.

— À vrai dire, pour la première fois depuis bien longtemps, je ne me fais aucun souci pour le ranch ! Il s'avère que Washburn s'en sort très bien. D'après ce que j'ai compris, il a même réussi à faire travailler Rawlings !

— Tu y arrives toi aussi, lui fit remarquer Sully.

— Non. Avec moi, Rawlings sauve seulement les apparences. Il a *l'air* de travailler, mais il ne fait presque rien. Washburn l'a à l'œil, et il se sent obligé de s'y mettre.

— Ça t'embête ? s'enquit Sully alors qu'ils quittaient la maison.

Elle n'était pas certaine de savoir ce qu'il voulait dire.

— De quoi parles-tu ? demanda-t-elle en s'installant derrière le volant.

Il monta du côté du passager.

— Du fait que Washburn ait tout sous contrôle et se débrouille aussi bien… Du moins, d'après ce que tu en dis.

— Cela serait bien mesquin de ma part ! répliqua-t-elle en démarrant le pick-up. Nous savons tous les deux que Rawlings a un poil dans la main. Si Washburn arrive à en tirer quelque chose, j'en suis ravie !

Sully sourit alors qu'ils s'engageaient sur la route menant en ville.

— J'admire ta réaction.

— Eh bien, Miss Joan a été généreuse pour moi. Comment pourrais-je me montrer jalouse et regretter que son ranch soit bien tenu ?

— Tu n'es pas quelqu'un de jaloux, observa Sully.

Elle fut touchée par sa remarque, mais pas convaincue. Elle lui jeta un rapide coup d'œil.

— Malgré ce qui s'est passé entre nous la nuit dernière, tu ne me connais pas, Sully.

— Je n'en suis pas si sûr. Je sais plutôt bien juger les gens.

— Si tu le dis ! rétorqua-t-elle d'un ton moqueur.

Il hocha la tête.

— Tu es généreuse, travailleuse, et lorsqu'une chose te tient à cœur, tu t'engages à fond.

— Quel portrait flatteur ! ironisa-t-elle. J'ai l'air vraiment exceptionnelle !

Il poursuivit comme s'il n'avait pas remarqué son air sarcastique.

— C'est parce que tu l'es, répliqua-t-il.

Elle regarda Sully en douce, puis décida qu'il serait plus simple et plus sûr d'allumer la radio et de laisser la musique envahir l'habitacle du pick-up. Ainsi, elle ne se sentirait pas si embarrassée, et incapable de trouver ses mots.

— Il y a du nouveau ? demanda Miss Joan lorsqu'elle les vit s'approcher d'elle.

Plusieurs clients étaient en train de prendre leur petit déjeuner au comptoir. Ils se retournèrent pour voir qui entrait, curieux de savoir à qui Miss Joan parlait, et ce qu'on allait lui répondre. C'était la version locale de la télé-réalité.

Sully s'assit sur un tabouret haut, et s'accouda au comptoir, dans une attitude indiquant clairement que ce qu'il s'apprêtait à dire n'était destiné qu'aux oreilles de Miss Joan.

Miss Joan comprit immédiatement.

— Table du fond, dit-elle.

Rae et Sully la suivirent jusqu'à la même table que la veille.

Cette fois, Miss Joan s'assit la première, puis attendit qu'ils s'installent et parlent.

— Nous avons rencontré un certain nombre de personnes hier, commença Sully. Cela n'a rien donné pour le moment, même si Garrett nous a raconté que Wynters avait semblé très déstabilisé en voyant Cash.

— Cash ? répéta Miss Joan. Mon petit-fils ?

Elle était manifestement surprise.

— Mais pourquoi Wynters aurait-il eu peur de mon petit-fils ?

— Nous voulions poser la question à Cash, expliqua Sully. Mais il n'était pas à Forever hier.

— Je le sais, répondit Miss Joan.

Sully commençait à croire que ce que tous disaient ici était vrai : rien de ce qui se passait à Forever n'échappait à la vigilance de Miss Joan.

— Vous auriez une idée de ce qui a pu provoquer cette réaction chez Wynters ?

Miss Joan réfléchit un instant.

— Cash travaille parfois loin d'ici. Peut-être avait-il croisé Wynters avant qu'il ne vienne vivre à Forever ? Vous allez devoir parler à Cash pour le savoir… Ou peut-être que Wynters ne regardait pas Cash, mais quelqu'un qui se trouvait près de lui…

— Bon, j'espère que nous en saurons un peu plus après l'avoir rencontré, conclut Sully.

18

Rae était en train de garer son pick-up devant la maison de Cash quand il sortit de chez lui pour se rendre dans le cabinet qu'il partageait avec Olivia Blayne-Santiago, l'épouse du shérif.

Cash s'immobilisa alors qu'il refermait la porte derrière lui, surpris de voir cet enquêteur de Californie et Rae.

— Cela doit être vraiment urgent pour que vous soyez venus ici plutôt qu'à mon cabinet ! déclara-t-il.

— Nous voulions vous voir hier, mais votre associée nous a dit que vous étiez en déplacement pour la journée, lui répondit Sully.

— Eh bien, je suis de retour !

Cash rouvrit la porte de sa maison et leur fit signe de le suivre à l'intérieur.

— Alma dort encore, expliqua-t-il. Sa grossesse la fatigue beaucoup.

— Nous n'allons pas la réveiller, promit Rae en le suivant dans la maison.

Il les conduisit jusqu'à la salle à manger, et s'assit à la table.

— Que puis-je faire pour vous ? demanda-t-il alors qu'ils l'imitaient.

— Nous demandons à toutes les personnes qui étaient présentes au Murphy's pour votre soirée si elles se souviennent de l'heure à laquelle John Warren est parti, expliqua Rae.

Puisqu'ils ignoraient si Miss Joan avait parlé à son petit-fils de ce qui s'était passé, ou s'il était au courant que Warren n'était qu'un nom d'emprunt, elle avait décidé qu'il était plus simple de désigner son ancien employé par le pseudonyme que tous lui connaissaient ici.

— John Warren, répéta Cash.

Ils voyaient bien que ce nom ne lui évoquait rien. Puis soudain, il sembla comprendre.

— Vous voulez parler de l'homme qui travaillait sur le ranch de mes grands-parents, c'est cela ? Celui qui a disparu ?

— Oui, répondit Sully.

Il poursuivit avec prudence.

— Nous avons interrogé un des frères qui dirigent le Healing Ranch. Il lui a semblé que Warren a eu l'air nerveux lorsqu'il vous a vu.

Sully regardait l'avocat attentivement, étudiant sa réaction. Cash semblait véritablement perplexe.

— Je ne connaissais pas cet homme, leur dit-il. Je n'interviens pas dans le ranch lui-même : je gère seulement ses contrats.

— J'imagine qu'il n'y a pas beaucoup de travail pour vous dans une petite ville comme Forever, remarqua Sully.

Il était évident qu'il demandait à Cash de manière détournée comment il arrivait à gagner assez d'argent pour vivre.

— Vous avez raison, répondit Cash. C'est la raison pour laquelle je travaille également pour des sociétés situées dans d'autres États.

Avant que Sully ne puisse lui poser la question, Cash énuméra ce qu'il faisait pour ces entreprises.

— Je mets en place leurs plans épargne retraite, je m'assure que tous les documents sont rédigés correctement et que toutes les procédures légales sont respectées. Ce genre de choses… Il s'agit essentiellement de s'occuper de la paperasserie qu'ils n'ont pas envie de faire.

— Vous travaillez avec beaucoup d'entreprises ? demanda Rae.

— Un peu plus d'une dizaine en ce moment. J'ai la liste au bureau.

Il regarda ses interlocuteurs. Sa curiosité était maintenant éveillée.

— Pourquoi ? Quel est le rapport avec Warren ?

— Je pose la question à tout hasard. En fait, nous ne savons même pas si c'était vraiment vous que Warren regardait, expliqua Sully.

— Effectivement… Mais si je peux faire quoi que ce soit pour vous aider dans votre enquête, n'hésitez pas à me le demander.

Rae regarda Sully, attendant qu'il pose la question qui aurait logiquement dû venir. Comme il ne le fit pas, elle s'en chargea.

— Pourriez-vous nous communiquer la liste dont vous avez parlé ? Celle avec les noms des entreprises pour lesquelles vous travaillez ?

— Bien sûr ! Ce sont des informations officielles, donc je ne trahirai aucun secret. Et maintenant, si vous n'avez pas d'autres questions, dit-il en se levant, il faut que j'aille au bureau. Les propriétaires de l'une de ces entreprises ont décidé de modifier leur testament, et veulent qu'il soit signé et enregistré le plus rapidement possible. Je dois repartir demain en déplacement, ajouta-t-il au cas où ils voudraient lui parler.

Sully n'aurait pas su dire pourquoi mais les paroles de Cash avaient retenu son attention. Il mit cela sur le compte de la légendaire intuition des Cavanaugh.

Il regarda Cash et lui demanda :

— Vous allez voir quelle entreprise ?

— Hathaway, Montgomery et Finch. C'est une société fondée il a vingt-trois ans, et qui a une excellente réputation. Enfin, qui avait… Récemment, ils ont rencontré de gros problèmes. Pourquoi me posez-vous cette question ?

— Laissez-moi deviner, dit Sully. Les propriétaires sont en train de restructurer leur entreprise parce qu'un demi-million de dollars vient d'être détourné. Ils ne veulent pas que cette information soit rendue publique afin de limiter les dégâts. Mais ils ne sont pas très optimistes.

Cash en resta bouche bée.

— Comment savez-vous…

Il ne réussit pas à terminer sa phrase.

Sully échangea un regard avec Rae. À part le shérif, ses

adjoints et Miss Joan, personne n'était au courant des détails de l'affaire Wynters. Il décida qu'il était temps d'intégrer une autre personne au cercle des initiés.

— John Warren s'appelait en réalité Jefferson Wynters, expliqua-t-il à Cash. Il travaillait sur le ranch de vos grands-parents car il se cachait.

— Il se cachait ? répéta Cash, visiblement perdu.

Il ne comprenait rien de ce que Sully lui racontait.

— Il se cachait de qui ?

Sully lui fit rapidement part de ce qu'ils avaient appris.

— Un demi-million de dollars ? s'exclama Cash.

Il ne parvenait pas à assimiler les informations qu'il venait d'entendre.

— Je dois me tromper. Vous n'êtes pas en train de me dire que...

— Que Jefferson Wynters était comptable chez Hathaway, Montgomery et Finch. C'est ça. L'entreprise est basée à Prescott, dans l'Arizona. Et on soupçonne très fortement Wynters d'avoir détourné un demi-million de dollars et d'avoir pris la fuite.

Cash avait toujours du mal à comprendre ce que l'enquêteur lui disait.

— Si Warren était effectivement ce comptable prénommé Wynters et qu'il avait détourné un demi-million de dollars, où se trouve cet argent maintenant ?

— Très bonne question, repartit Rae. Apparemment, quelqu'un l'a tué pour mettre la main dessus.

— Ou pour savoir où il l'a caché, intervint Sully.

— Voilà pourquoi nous essayons de savoir quand Wynters a quitté la soirée, et s'il était seul ou non, expliqua Rae à l'avocat.

— Même s'il est parti avec quelqu'un, cette personne n'est pas nécessairement le meurtrier, déclara Cash, essayant manifestement d'envisager la situation sous tous les angles.

— Vous avez raison, admit Sully, mais cette personne peut avoir des informations intéressantes à nous communiquer. Pour le moment, nous allons vous suivre jusqu'à votre bureau et prendre cette liste, juste au cas où il y aurait un élément que nous aurions négligé.

— Aucun problème.

Ils sortirent tous de la maison. Cash monta dans sa voiture, et Rae et Sully dans le pick-up.

Peut-être que consulter cette liste était une perte de temps, mais Sully voulait envisager toutes les hypothèses avant de les éliminer une à une.

— Pour le moment, ce ne sont que des suppositions, dit Rae alors qu'ils se dirigeaient vers le cabinet de Cash.

— Peut-être, acquiesça Sully, mais on peut tout à fait imaginer que Wynters ait reconnu Cash, et que cela lui ait fait assez peur pour le décider à partir.

Sa théorie se précisait au fur et à mesure qu'il parlait.

— Wynters aurait alors décidé qu'il n'était plus en sécurité à Forever, poursuivit-il.

Rae hocha la tête.

— Il a pris ses affaires et il est parti, conclut-elle. Mais j'ai encore une question.

— Vas-y.

— Pourquoi Wynters a-t-il choisi Forever ?

De toute évidence, la coïncidence lui semblait étonnante.

— Ce n'est pas comme si c'était un endroit célèbre. À part le Healing Ranch, il n'y a rien ici !

— C'est bien pour cela ! répliqua Sully. Imagine : l'avocat qu'emploie Hathaway, Montgomery et Finch vient de Forever. Un des propriétaires a pu dire un jour que Forever était une ville minuscule où il ne se passait jamais rien, et Wynters a entendu sa remarque.

Comme Rae gardait le silence, il poursuivit :

— Ce nom lui est resté dans la tête sans qu'il sache pourquoi, et lorsqu'il a finalement décidé qu'il était temps de s'enfuir avec l'argent qu'il avait volé, il s'est dit que personne n'irait le chercher dans un coin comme Forever. Il n'avait probablement pas compris que l'avocat de l'entreprise vivait ici... Pas avant qu'il ne voie Cash et ne comprenne son erreur, conclut Sully.

— Et alors, il a décidé de repartir...

— C'est la seule explication logique.

Elle était plutôt d'accord avec lui.

— Mais où est l'argent maintenant ?

— Dans les mains de celui qui l'a tué et enterré.

Soudain, une idée vint à l'esprit de Sully.

— Nous n'avons pas pris le problème par le bon bout ! Nous ne devrions pas interroger tous ceux qui étaient au Murphy's, mais plutôt ceux qui n'y étaient pas.

Rae écarquilla les yeux.

— Parce que les personnes présentes ont toutes un alibi, pensa-t-elle à voix haute.

— Exactement.

Ils retournèrent chez Miss Joan.

— Eh bien, vous n'avez pas l'air d'avoir touché au but, mais visiblement il y a eu du progrès ! déclara la vieille dame en les voyant entrer. Que puis-je faire pour vous aider ?

Sully eut un petit rire.

— Vous devez pratiquer l'art de la divination ! s'émerveilla-t-il.

Miss Joan leva les yeux vers lui.

— Je ne devine jamais, petit, déclara-t-elle d'un ton pragmatique. Je sais.

— Pardon, répondit Sully, réussissant à ne pas sourire.

Miss Joan fit un signe de tête imperceptible.

— Et maintenant, qu'attendez-vous de moi ?

— Nous aimerions avoir la liste des personnes invitées à la soirée de Cash et Alma, lui dit Sully.

— Il n'y avait pas de liste, certifia Miss Joan. Tout le monde était invité.

— Il y a bien dû y avoir des personnes qui n'étaient pas conviées, insista Sully.

— Je n'ai écarté personne, répliqua Miss Joan. Ceux qui ne sont pas venus se sont écartés eux-mêmes. C'était leur choix, pas le mien.

Sully poussa un soupir.

— Donc, nous allons vraiment devoir interroger tout le monde !

— Pas tout le monde, corrigea Miss Joan. Seulement ceux que vous n'avez pas encore questionnés.

Sully inclina la tête. Cette femme avait raison – comme toujours. Il dut faire un effort pour ne pas céder momentanément au découragement.

En sortant du restaurant, Rae se tourna vers Sully.

— Nous devons informer le shérif et ses adjoints de ce que tu as découvert.

Il se rendit compte que la matinée avait été tellement occupée qu'il avait oublié de mettre la police au courant des derniers développements de l'affaire.

— Tu veux dire ce que *nous* avons découvert, corrigea Sully.

Rae fut surprise qu'il présente les choses ainsi.

— Tu veux partager ton succès ?

Il se mit à rire. Il était habitué à travailler en équipe, pas à tirer la couverture à lui.

— Lorsque tout cela sera terminé, il faudra vraiment que je t'emmène à Aurora pour rencontrer ma famille. Aucun Cavanaugh n'essaie de briller seul. Nous travaillons toujours ensemble, quel que soit le problème à résoudre !

Elle songea à la façon dont il s'était procuré les informations qui leur avaient permis de découvrir ce qu'ils savaient maintenant.

— Comme lorsque tu as appelé tes cousines... Valri et la légiste ?

Elle ne se souvenait plus de son prénom pour le moment.

Sully lui sourit alors qu'ils traversaient la rue pour se rendre chez le shérif.

— Tu as tout compris !

Il semblait heureux, songea-t-elle. Pourquoi, elle n'en avait pas la moindre idée. Cet homme était vraiment une énigme !

Ni le shérif ni aucun de ses adjoints n'étaient là lorsqu'ils arrivèrent. La seule personne présente était Alvin Hays.

Alvin venait de terminer ses études secondaires et se demandait encore ce qu'il voulait faire de sa vie. En attendant, afin de gagner un peu d'argent, il travaillait à temps partiel dans le bureau du shérif et tenait le standard. La plupart du temps, puisque personne n'appelait, Alvin faisait du café, classait des documents et, parfois, il passait le balai.

En ce moment, il était assis à son bureau, et sifflotait en regardant dans le vide.

— Tu es seul ? s'enquit Sully.

Alvin se redressa immédiatement lorsqu'il reconnut celui qui était entré. Il sembla très impressionné par Sully et marmonna une réponse inintelligible.

— Tu peux répéter ? lui demanda Sully patiemment.

Alvin s'éclaircit la gorge. Cette fois-ci, ses paroles furent audibles, bien que prononcées d'une voix tremblante.

— Ils sont partis interroger les personnes qui étaient à la soirée de Miss Joan. Si vous allez au Murphy's et chez le garagiste, vous devriez les rencontrer, dit Alvin.

La peau de son cou se tendait sous les mouvements de sa pomme d'Adam.

Alvin avait probablement raison, mais cela voulait dire qu'ils allaient devoir informer Rick et ses adjoints de leur découverte l'un après l'autre, songea Sully, et il n'avait pas très envie de répéter son histoire à quatre reprises. Ce serait une perte de temps.

— Tu pourrais les appeler et leur demander de revenir ici ? demanda Sully.

Alvin se mit debout, dépliant sa longue silhouette maigre.

— Vous voulez dire tous ? lança-t-il d'une voix hésitante.

Il avait l'habitude de recevoir ses ordres du shérif et ne savait trop s'il devait obéir à Sully.

— Oui, tous, répondit patiemment Sully.

— Eh bien, je suppose que je peux le faire, mais...

Alvin laissa sa phrase en suspens. Sa réticence était manifeste.

Sully décida qu'il était temps de faire preuve d'autorité.

— Alors, fais-le, ordonna-t-il.

— Ils ne vont pas te le reprocher, lui promit Rae. Tu ne fais que suivre les instructions de l'enquêteur, et je suis certaine que le shérif serait d'accord.

L'air toujours hésitant, Alvin se dirigea vers la radio, et poussa un bouton.

C'était la première fois qu'il utilisait la radio, et il eut l'air un peu surpris lorsque le contact s'établit.

— Shérif ? commença-t-il d'une voix nerveuse. À vous, ajouta-t-il un peu trop tard.

— Je t'ai dit quoi avec la radio, Alvin ? À vous, répondit Rick.

— De ne pas m'en approcher, déclara Alvin d'une voix qui s'étranglait dans sa gorge.

Il attendit un peu avant de se sentir capable d'ajouter.

— À vous.

— C'est bon. Alors, pourquoi appelles-tu ? À vous.

Alvin avala sa salive, jetant un coup d'œil en direction de Rae.

— Parce que Rae m'a dit que vous ne seriez pas fâché contre moi. À vous.

— Elle est avec toi, Alvin ? À vous.

— Oui, shérif. À vous.

— Passe-la-moi, lui dit Rick. À vous.

Il semblait à bout de patience.

Alvin se retourna et faillit se cogner contre Rae.

— Il veut vous parler.

— J'ai entendu, Alvin. Shérif, c'est Rae. Je pense que vous et vos adjoints devriez revenir ici.

— Vous savez qui est le meurtrier ? À vous.

L'espoir se faisait clairement sentir dans la voix du shérif.

— Non, mais nous avons découvert un autre élément. À vous.

— Un élément important, intervint Sully, prenant momentanément le relais. À vous.

— Nous serons là dans dix minutes. À vous et terminé, conclut Rick.

Rae tendit l'émetteur à Alvin. Ce dernier le prit et la regarda avec de grands yeux effarés.

— Il n'avait pas l'air fâché, n'est-ce pas ? demanda-t-il pour se rassurer.

— Non, répondit Rae, tentant de calmer l'adolescent. Non, Alvin.

Elle espérait seulement que le shérif ne serait pas déçu qu'ils n'aient pas plus à lui annoncer.

19

Rick et ses adjoints arrivèrent presque en même temps.

Tous partagèrent les informations qu'ils avaient recueillies, en commençant par Sully et Rae, qui expliquèrent que Wynters avait vraisemblablement reconnu en Cash Taylor l'avocat qui travaillait pour l'entreprise où il était comptable. Il avait pris la fuite avant que Cash ne puisse le reconnaître et faire le lien entre Wynters et l'argent détourné.

— Billy Tanner dit qu'il a vu Wynters partir. Il était seul, leur apprit Gabe.

— Liam Murphy m'a raconté la même chose lorsque je l'ai interrogé, intervint Daniel. Il m'a aussi expliqué qu'il avait vu Wynters sortir par l'entrée des fournisseurs, à l'arrière du saloon. C'était à peu près au moment où son groupe et lui terminaient leur deuxième série de chansons.

Rae essaya de se remémorer le déroulement de la soirée, pour tenter de déterminer l'heure qu'il pouvait être.

— Je dirais qu'il était environ 19 heures.

— Moi aussi, déclara Sully.

Il regarda les autres pour en avoir la confirmation. Le shérif hocha la tête, tout comme un de ses adjoints.

— Quelqu'un a bien dû conduire Wynters au ranch ce soir-là, reprit Rae. Il n'a pas pu rentrer à pied : c'est un trajet bien trop long.

— Bon, déclara Rick en se tournant vers ses adjoints, voici une nouvelle question à poser : qui a raccompagné Wynters au ranch – autant l'appeler Warren, puisque c'est sous ce nom qu'il est connu ici – ou qui l'a vu monter dans un véhicule ?

— Je commencerais par interroger les gens qui habitent près du Murphy's, déclara Sully. On ne sait jamais : on pourrait avoir de la chance. Peut-être qu'une personne qui est rentrée tôt ou qui n'a pas pu se rendre à la soirée a regardé par la fenêtre et a remarqué quelque chose.

Alors qu'il terminait sa phrase, il se rendit compte que, dans son désir de voir les choses avancer, il avait peut-être été un peu trop directif.

— Ce n'est qu'une suggestion, ajouta-t-il.

— Et elle est excellente, répliqua Rick. Bon, vous avez entendu Sully. Au travail !

— Shérif...

Sully retint le shérif alors que les autres hommes quittaient la pièce.

— Vous avez eu des nouvelles du médecin légiste ?

— La cause du décès est bien celle que nous avions établie, répondit Rick. Wynters a été frappé de deux coups mortels au cœur.

Sully voyait à l'expression du shérif que ce n'était pas tout.

— Autre chose ? s'enquit-il.

— Oui. Le médecin a aussi remarqué des bleus sur les bras de Wynters, et il a une plaie à l'arrière du crâne.

— Le meurtrier l'a tout d'abord frappé avec une pierre ? interrogea Rae, essayant de comprendre ce qui avait pu se passer.

— Soit ça, soit Wynters est tombé et s'est violemment cogné.

Cela n'est pas la même chose, songea Rae.

— Cette blessure peut être la cause du décès ? demanda-t-elle au shérif.

— On ne le sait pas encore.

Rae essayait de comprendre.

— Mais s'il a été tué par le choc, pourquoi lui donner des coups de couteau ensuite ?

— Nous en saurons peut-être plus lorsque nous aurons découvert qui a raccompagné Wynters jusqu'au ranch, répondit Rick.

— Hé, shérif, j'ai peut-être trouvé quelqu'un qui peut nous aider ! annonça soudain Daniel en entrant dans le bureau.

Il n'était pas seul. Une jeune femme aux traits tirés, qui semblait ne pas avoir dormi depuis plusieurs jours, le suivait.

— Pourquoi ne t'assieds-tu pas, Edna ? proposa Rick en avançant une chaise.

Elle se laissa tomber dessus.

— Tu as été témoin de quelque chose, samedi dernier ? lui demanda-t-il, veillant à garder la question aussi vague que possible.

Il ne voulait pas risquer d'influencer sa réponse.

— Mon bébé a des coliques, commença Edna. Cela fait une semaine que je ne dors pratiquement plus. Je passe la nuit à le tenir dans mes bras et à marcher. Mon mari travaille et a besoin de dormir, expliqua-t-elle.

— J'imagine que vous êtes épuisée maintenant, compatit Rae.

Edna poussa un soupir.

— Vous avez probablement regardé par la fenêtre en promenant le bébé dans la maison, poursuivit Rae.

Edna hocha la tête.

— Oui. Il faut bien passer le temps !

— Je comprends ! dit Rae à la jeune maman.

Elle regarda les autres et vit qu'ils attendaient tous que la jeune femme se décide à leur raconter ce qu'elle avait vu.

— Et vous avez remarqué quelque chose d'intéressant ? demanda Rae, tentant de ramener Edna vers le sujet.

Edna soupira encore.

— Il n'y avait pas grand-chose à voir ! J'avais l'impression qu'à part mon bébé et moi tout le monde était au Murphy's ce soir-là en train de s'amuser ! Même Jim, mon mari, y était, ajouta-t-elle d'un air boudeur.

— Donc, vous n'avez rien vu ? dit Sully pour la pousser à en venir au fait.

— Je n'ai pas dit cela ! protesta Edna. J'ai vu cet homme...

Elle s'arrêta quelques secondes, pour trouver le mot juste.

— Je crois que c'est un des protégés de Miss Joan... Quoi

qu'il en soit, il s'est avancé au milieu de la route et a fait des signes pour arrêter quelqu'un qui conduisait un pick-up. Il a parlé au conducteur, puis il est monté dans le pick-up, et ils sont repartis ensemble.

— Tu as vu qui conduisait ? demanda Rick en essayant de garder une certaine indifférence.

Comme les autres, il ne voulait pas influencer Edna, et induire de faux souvenirs.

Edna hocha la tête et ses cheveux châtain clair retombèrent sur son visage. Elle les glissa derrière son oreille.

— C'était un des jumeaux McGee, répondit-elle. Par contre, je serais incapable de dire lequel.

C'était manifestement tout ce qu'elle pouvait leur dire. Rick l'aida à se lever, et lui sourit.

— Tu nous as beaucoup aidés, Edna, lui dit-il.

L'air satisfaite, mais toujours aussi fatiguée, elle hocha la tête.

— Il faut que je rentre, shérif. J'ai laissé Jim avec le bébé. C'est un bon mari, mais il est incapable de s'en occuper. Il ne sait pas quoi faire de lui lorsqu'il se met à pleurer !

— Peut-être que tu devrais lui montrer comment faire, suggéra Rick en la raccompagnant. Les hommes apprécient de pouvoir aider. Ils ont simplement besoin qu'on leur explique les choses.

— Où pourrais-je trouver les jumeaux McGee ? demanda Sully dès que la porte se fut refermée sur Edna.

— Sur le ranch familial, je suppose, répondit le shérif. Ils ont une exploitation à l'est de Forever. Ils y élèvent du bétail. Je vais vous y conduire, dit-il à Sully en se dirigeant vers la porte.

— Je viens avec vous, annonça Rae.

Rick éclata de rire.

— Je l'avais deviné !

Il leur fallut un peu plus d'une demi-heure pour atteindre le ranch des McGee.

Rick fut le premier à descendre de voiture. Il se dirigea vers la porte d'entrée et frappa. Elle s'ouvrit presque immédiatement.

— Il faut que je parle à tes garçons, Jacob, déclara Rick à l'homme au visage buriné qui se trouvait de l'autre côté.

Jacob McGee leur expliqua qu'il venait de rentrer à la maison pour se laver les mains.

À en juger par l'expression de son visage, il n'était pas très heureux de cette visite.

— Qu'ont-ils encore fait ? demanda-t-il d'un ton las.

L'épouse de Jacob, Peggy, ouvrit grand la porte.

— Pourquoi ne laisses-tu pas le shérif parler avant d'en venir aux conclusions, Jake ?

Jacob ne daigna pas répondre à sa femme, mais son visage se rembrunit un peu plus.

— Je vais vous conduire vers eux, proposa-t-il en prenant un chapeau accroché près de la porte.

— Jake ! l'appela sa femme d'une voix agacée.

Rick s'arrêta pour la rassurer.

— Vous n'avez pas à vous inquiéter, madame McGee, lui dit-il. J'ai seulement quelques questions à poser à vos fils.

— Ils n'ont rien fait ! leur cria-t-elle alors qu'ils s'éloignaient.

— C'est bien là le problème, grommela McGee. Ils ne font jamais rien !

Plutôt que de leur expliquer sur quelle partie de l'exploitation ses fils se trouvaient, Jacob McGee insista pour les accompagner jusqu'à l'endroit où ils travaillaient.

Sur le trajet, Rae ne put s'empêcher de comparer ce ranch avec celui qu'elle exploitait. Il était beaucoup plus grand... Mais, contrairement à Miss Joan et Harry, le seul but de Jacob McGee était visiblement de gagner de l'argent.

— Le shérif voudrait vous parler, dit Jacob à ses garçons dès qu'il fut descendu de son pick-up.

Ses fils s'arrêtèrent de travailler et échangèrent un regard.

— Nous n'avons rien fait, shérif ! déclara un des jumeaux sur la défensive.

Avec leur haute taille, leurs cheveux blonds et leurs yeux verts, Bob et Bill étaient de vrais jumeaux que même leurs parents ne parvenaient pas toujours à distinguer.

Rick expliqua aux jumeaux d'une voix amicale pourquoi il était ici.

— Edna Miller dit qu'elle a vu l'un d'entre vous faire monter John Warren dans son véhicule samedi dernier. Où l'avez-vous emmené ?

— C'était moi, déclara Bob en s'avançant. Il m'avait forcé à m'arrêter.

— Et vous l'avez conduit jusqu'au ranch ? demanda Sully.

— Oui, assura Bob.

Il ajouta, comme pour se justifier :

— C'était ce qu'il m'avait demandé de faire, et c'était sur mon chemin. Pourquoi ? demanda-t-il en regardant tour à tour le shérif et l'homme qui l'accompagnait.

Il fronça les sourcils.

— Warren dit autre chose ?

— Où l'avez-vous déposé sur le ranch ? interrogea Rae.

Bob la regarda. Visiblement, il ne comprenait pas pourquoi on lui posait toutes ces questions.

— Il a voulu que je l'emmène jusqu'à l'annexe. Il m'a donné dix dollars pour aller jusque-là, précisa-t-il, comme si cela expliquait tout.

Puis il ajouta nerveusement :

— Pourquoi ? Je n'aurais pas dû le faire ? Vous l'avez licencié ? demanda-t-il à Rae.

Il savait que c'était elle qui dirigeait le ranch, même si, de toute évidence, cela lui paraissait risible.

La voix de Sully s'éleva.

— Vous avez vu quelqu'un d'autre lorsque vous avez déposé Warren près de l'annexe ?

— Je ne cherchais personne, répliqua Bob d'un ton presque geignard.

Il se tourna vers le shérif.

— Que se passe-t-il ?

— Oui, que se passe-t-il ? répéta Bill.

— Et Rawlings, demanda soudain Rae en s'adressant à Bob. Vous l'avez vu ?

Bob haussa les épaules.

— J'ai aperçu une silhouette à l'intérieur quand Warren a ouvert la porte de l'annexe, mais je ne sais pas de qui il s'agissait. J'étais pressé de rentrer.

— Parce que tu voulais revenir sans que je te voie, n'est-ce pas ? intervint Jacob avec colère. Tu penses que je ne sais pas que tu t'es remis à boire ? Tu vas te bousiller le foie en un rien de temps ! Tu le sais, n'est-ce pas ?

Faisant mine d'ignorer l'accusation de son père, Bob regarda le shérif.

— Je peux retourner travailler maintenant ? demanda-t-il. Billy et moi avons encore du bétail à marquer.

— Oui. Tu peux y retourner, dit Rick. Et merci pour ton aide.

Même si elle avait bien du mal à se contenir, Rae demeura silencieuse jusqu'à ce que Sully, le shérif et elle soient seuls.

Dès qu'ils furent dans le véhicule du shérif, elle s'autorisa enfin à parler.

— Rawlings prétend qu'il n'a pas vu Warren revenir du Murphy's ce soir-là, mais Bob McGee affirme qu'il a aperçu quelqu'un dans l'annexe quand il a laissé Wynters là-bas.

— Ce qui signifie que l'un des deux ment, déclara Sully d'un ton convaincu.

— À moins que quelqu'un d'autre n'ait attendu Wynters à l'annexe, leur fit remarquer Rick.

— C'est une possibilité, reconnut Rae.

Après réflexion, elle ajouta :

— Mais cela paraît peu vraisemblable.

Les deux hommes la regardèrent.

— Pourquoi ? demanda Sully.

— Parce que Rawlings affirme qu'il n'a pas quitté l'annexe ce soir-là, rappela-t-elle aux deux hommes.

— Je vais l'interroger, déclara Rick à ses deux passagers.

— Non, répliqua Sully.

— Non ? répéta Rae avec confusion. Pourquoi pas ? En ce moment, tout semble indiquer que c'est Rawlings qui a tué Wynters pour mettre la main sur l'argent qu'il avait détourné. Tu ne penses pas ?

Sully hocha la tête.

— Je dirais également que c'est l'hypothèse la plus plausible.

— Dans ce cas, pourquoi ne veux-tu pas l'interroger ? demanda Rae.

— Il vaudrait mieux le laisser tranquille pendant quelques jours, conseilla Sully, tout en le mettant sous étroite surveillance. Pour le moment, nous n'avons aucune preuve contre lui, et il risque de nier tout en bloc. S'il a tué Wynters pour l'argent, il l'a probablement caché quelque part. Il ira bientôt vérifier que son butin se trouve toujours à l'endroit où il l'a dissimulé, ou alors il va décider de partir d'ici au plus vite, et dans ce cas, il va l'emporter.

Il sembla réfléchir quelques instants, puis il conclut :

— D'une manière ou d'une autre, il va nous amener jusqu'à l'argent, et c'est à ce moment-là qu'il faudra le pincer. Mais cela sera seulement possible s'il pense que nous ne le soupçonnons pas.

— Et s'il décide d'attendre ? demanda Rae. Tu es prêt à laisser les choses traîner pendant combien de temps ?

Sully eut un petit rire.

— Regarde Rawlings ! Tu penses vraiment qu'il a l'air de quelqu'un qui est prêt à attendre six mois, un an – ou plus longtemps encore – avant de récupérer l'argent et de s'enfuir ?

— Non, effectivement, acquiesça Rick.

Rae fronça les sourcils. Agir ainsi allait contre sa nature... Sans compter qu'elle ne s'imaginait pas travailler avec Rawlings tout en sachant qu'il était probablement coupable d'un meurtre.

— Donc, nous attendons, conclut-elle à contrecœur.

Sully regarda le shérif.

— Qu'en dites-vous, shérif ?

Rick avait déjà pris sa décision.

— Je pense que vous avez raison, dit-il à Sully.

Rae poussa un soupir.

— Donc, nous attendons, répéta-t-elle d'une voix résignée.

20

— Eh bien, je dois dire que je suis plutôt content que les choses reviennent à la normale, déclara Rawlings à Rae le lendemain matin.

Après avoir donné quelques dernières informations, Roy Washburn et son employé étaient repartis pour le ranch familial.

En les regardant s'éloigner, Rawlings semblait véritablement exulter. Jamais Rae ne l'avait vu aussi heureux depuis que Miss Joan l'avait envoyé ici, il y avait quatre mois de cela.

— Il a fallu que j'aie affaire à Washburn pour apprécier la façon dont vous gérez le ranch ! s'exclama Rawlings. Il n'arrêtait pas de hurler des ordres ! On aurait cru un dictateur !

— Ah bon ? s'étonna Rae qui servait le petit déjeuner à Rawlings et Sully.

Elle prépara une dernière assiette pour elle.

— Oh oui ! poursuivit Rawlings avec enthousiasme. Washburn ne vous arrive pas à la cheville.

Tout en parlant, il enfournait les œufs brouillés et le bacon qui se trouvaient sur son assiette.

Rae n'était pas dupe : Rawlings en faisait trop. Jamais il ne l'avait autant flattée depuis qu'il était sur le J-H Ranch.

Elle ne pouvait s'empêcher de croire que tout ceci n'était que du cinéma, et que Rawlings attendait seulement l'occasion de récupérer l'argent et de partir.

Il lui suffit d'un coup d'œil à Sully, assis en face d'elle, pour qu'elle comprenne qu'il pensait exactement la même chose.

Il ne leur restait plus qu'à attendre que Rawlings passe à l'acte. Mais c'était à peine supportable...

La routine s'installa à nouveau.

Le travail semblait se faire plus rapidement. Bizarrement, Rawlings était plus efficace maintenant que Warren/Wynters n'était plus là. Il n'essayait plus de se débarrasser trop rapidement d'une tâche, ou de trouver des excuses pour y échapper.

Même si Rawlings semblait transformé, Rae ne pouvait s'empêcher d'avoir l'impression qu'elle était assise sur un baril de poudre prêt à exploser.

Au bout de quatre jours passés ainsi, Rae se sentait de plus en plus nerveuse. Elle craignait que les jours se succèdent sans que rien ne se passe.

— Je me suis peut-être trompée, dit Rae à Sully tout en apportant un sac de granulés pour les chevaux dans l'écurie.

Elle lui parlait doucement pour que leur conversation ne soit pas surprise.

— Tu n'es pas certaine que Rawlings soit le coupable ? demanda Sully en lui prenant le sac des mains.

Sully, quant à lui, n'avait pas la moindre hésitation, même si les empreintes digitales partielles qu'il avait réussi à trouver et à envoyer à Valri n'avaient rien donné.

— Si. Mais je n'aurais pas cru qu'il pourrait attendre aussi longtemps avant de disparaître avec son butin. Visiblement, il est beaucoup plus patient que je ne le pensais !

Elle regarda Sully.

— Si tu étais à sa place, où cacherais-tu l'argent ?

— Il y a beaucoup d'endroits qui me viennent à l'esprit...

Il ouvrit le sac et commença à distribuer la nourriture aux chevaux.

— Mais nous pourrions passer ce ranch au peigne fin sans rien trouver ! ajouta-t-il.

Elle-même avait regardé dans chaque box.

— Et moi qui pensais que tu étais optimiste !

— Non. Je suis réaliste. Ne t'inquiète pas, lui dit-il d'une voix réconfortante, Rawlings va finir par faire une erreur. Le shérif fait surveiller l'annexe par un de ses adjoints chaque soir, au cas où il déciderait d'aller récupérer son magot. Et je l'ai continuellement à l'œil dans la journée.

Rae soupira.

— Oui. Moi aussi.

Mais son malaise ne faisait que croître.

À vrai dire, Rae devait bien reconnaître qu'elle avait des sentiments mêlés à ce sujet. D'un côté, elle voulait vraiment arriver à prouver que c'était Rawlings qui avait tué Wynters. Et pour cela, il fallait le prendre la main dans le sac.

Mais, d'un autre côté, elle savait que dès qu'ils auraient la preuve de sa culpabilité tout serait terminé. Sully retournerait chez lui, en Californie. Il n'aurait plus aucune raison de rester ici.

L'homme silencieux et renfermé qu'il était lorsqu'il était arrivé ici avait disparu à la seconde où il avait découvert le cadavre de Wynters. Il était évident que Sully Cavanaugh aimait son métier : il avait besoin de cette stimulation intellectuelle, de la satisfaction de mettre des personnes malfaisantes sous les verrous. Et c'était le genre de vie qu'il ne pouvait pas avoir ici. Tout cela l'attendait chez lui, en Californie...

— Je devrais peut-être aller dormir dans l'annexe, lui dit Sully quelques jours plus tard.

Il avait pensé tout haut alors que Rae et lui tentaient de seller un des yearlings.

Sa remarque était impromptue, et la prit totalement au dépourvu. Elle en oublia le cheval pour un instant.

— Pourquoi ?

— Eh bien, si je dors dans le même bâtiment que lui, il va se sentir surveillé. Cela pourrait le pousser à partir plus vite...

Et voilà qu'elle se sentait à nouveau déchirée. Sully avait raison, mais avait-elle envie de hâter les choses ?

— Les adjoints de Rick montent la garde chaque nuit, lui rappela-t-elle.

— Oui, mais il n'est pas inutile qu'une autre personne le surveille.

Rae savait qu'elle aurait dû approuver ce plan. Tous ceux qui avaient un intérêt à ce que l'affaire connaisse un dénouement rapidement l'auraient fait.

— Je ne veux pas que tu ailles dormir dans l'annexe, déclara-t-elle.

Sully n'avait pas bien entendu sa réponse, et ce qu'il en avait perçu n'avait pas de sens. Il cligna des paupières, essayant de comprendre.

— Pardon ?

— Je ne veux pas que tu ailles dormir dans l'annexe, répéta-t-elle fermement. Je veux que tu restes ici, dit-elle en croisant son regard, avec moi.

Il la dévisagea pendant un long moment, et elle n'aurait pu dire ce qu'il pensait.

Puis il eut un petit sourire.

— Je ne peux pas désobéir à mon contremaître.

Rae avait conscience qu'elle n'aurait pas dû réagir ainsi, mais elle s'en moquait. Elle voulait profiter aussi longtemps qu'elle le pourrait du rayon de soleil qui était entré dans sa vie. Sully allait partir trop vite, et ils le savaient tous deux.

— Certainement pas ! murmura-t-elle.

Elle jeta un coup d'œil autour d'elle pour vérifier que personne ne les voyait – qu'il s'agisse de Rawlings ou de l'adjoint du shérif – et embrassa Sully.

Elle s'écarta de lui avant qu'il ne puisse approfondir leur baiser : si elle n'y mettait pas un terme immédiatement, les choses allaient échapper à son contrôle, et elle ne voulait pas risquer de compromettre tout ce que Sully avait mis en place.

Il faudrait attendre ce soir, lorsqu'ils seraient à l'abri des regards...

Sully était allongé auprès de Rae. Une fois encore, ils venaient de faire l'amour avec passion. Il lui semblait qu'à chaque fois il avait un peu plus de mal à reprendre son souffle.

Il se tourna vers elle.

— Tu m'en demandes beaucoup après une journée de travail !

À regret, il se leva et enfila son jean. Il voulait être prêt au cas où il devrait agir rapidement.

Mais il n'avait qu'une envie : rester allongé à côté d'elle...

Rae vivait tant avec la crainte que tout s'arrête d'un moment à l'autre qu'elle fut saisie d'effroi.

— Tu veux dire que tu veux arrêter ?

Sa question le surprit.

— Non. C'est ma façon de te dire que je vais devoir acheter des vitamines ! répliqua-t-il en riant.

Il regarda par la fenêtre, et s'immobilisa.

Rae avait enfilé la longue chemise qu'elle mettait pour dormir. En voyant l'expression du visage de Sully, elle demanda :

— Que se passe-t-il ?

— Gabe est à terre ! Rawlings vient de l'assommer ! cria Sully par-dessus son épaule en dévalant l'escalier.

Elle attrapa son jean, l'enfila, et se rua à la suite de Sully.

Au rez-de-chaussée, elle s'arrêta quelques secondes avant de suivre Sully au-dehors.

Sully courut vers l'annexe. Rawlings avait pris la fuite. Gabe était allongé face contre terre, inconscient. Sully remarqua qu'il avait une plaie à l'arrière du crâne.

Comme Wynters.

Le sang coulait de sa blessure.

Sully lui prit le pouls. Il poussa un soupir de soulagement lorsqu'il sentit que le cœur battait encore, faiblement certes, mais il battait.

Il sortit son téléphone de sa poche et appela le shérif.

— Santiago, dit celui-ci en décrochant.

— Nous avions raison : Rawlings est parti. Il a assommé Gabe. Il faut envoyer des secours !

— Où êtes-vous ? demanda Rick d'un ton pressant.

— Devant l'annexe. J'ai vu Rawlings s'enfuir après avoir frappé Gabe à la tête.

Il regarda l'adjoint.

— Peut-être avec la même arme que celle qu'il a utilisée avec Wynters...

— J'arrive ! s'écria Rick en ajoutant : je prends le médecin au passage.

Il mit fin à l'appel.

Ce ne fut que lorsque Sully se retourna pour glisser son téléphone dans sa poche qu'il se rendit compte que Rae n'était plus là.

— Bon sang !

Il ne pouvait pas laisser Gabe, mais il n'aimait pas la savoir seule.

Rae était partie à la poursuite de Rawlings.

Manifestement, Rawlings connaissait mal la nature. Une fois de plus, il en faisait la démonstration : il avait plu la veille, beaucoup de routes étaient encore boueuses, et il laissait une trace que même un enfant de cinq ans aurait pu suivre.

Rawlings avait déjà tué un homme. Il était probable qu'il n'hésiterait pas à récidiver. Elle ferait tout ce qui était en son pouvoir pour le mettre hors d'état de nuire.

L'idée qu'il avait donné la mort à un autre être humain lui était intolérable. Elle ne pouvait pas le laisser s'en tirer.

Elle devait l'attraper avant que quelqu'un d'autre – Sully peut-être – ne le coince, et que Rawlings se sente obligé de le tuer pour s'en sortir.

Elle se força à ne penser à rien, à part rattraper Rawlings.

Il s'était enfui dans son véhicule, mais le sol accidenté et la boue rendaient la progression difficile. Et la pluie s'était remise à tomber.

Dans ces conditions, elle avait choisi de se lancer à la poursuite de Rawlings à cheval, et suivait la trace qu'il avait laissée dans la terre humide.

Elle ne tarda pas à le rattraper : son véhicule s'était embourbé.

Elle entendit le moteur vrombir, et comprit que la voiture de Rawlings n'avancerait pas. Les roues avant ne faisaient que creuser plus profondément les ornières.

Rae descendit de cheval et s'approcha de Rawlings. Il était tellement absorbé par son problème qu'il ne l'avait pas vue venir.

— Vous allez quelque part ? demanda Rae en criant pour couvrir le bruit du moteur.

Surpris, Rawlings lui lança un regard mauvais et lui envoya une bordée d'insultes.

Soudain, le déclic caractéristique d'un pistolet que l'on arme résonna, et Rawlings s'immobilisa.

Cette arme était la seule chose que Rae avait pris le temps d'attraper avant de suivre Sully hors de la maison.

Elle la pointait maintenant sur Rawlings.

— Sortez de ce véhicule ! ordonna-t-elle.

— Vous n'oserez pas tirer sur moi, la défia Rawlings.

La seconde d'après, il laissa échapper un cri guttural qui trahit sa peur, et se recroquevilla par réflexe. Une balle venait de lui frôler l'oreille droite.

— À votre place, je n'en serais pas si sûre, déclara Rae calmement. Avant de me confier la direction du ranch, Miss Joan s'est assurée que j'étais capable de me défendre. Je ne manque jamais ma cible. Là, j'ai visé à droite de l'oreille. Mais je peux aussi me rapprocher...

Maintenant Rawlings tremblait.

— Je vous donnerai la moitié de l'argent, lui dit-il sans jamais quitter des yeux l'arme qu'elle avait à la main. Il y en a beaucoup ! Je vous promets que je vous en donnerai la moitié si vous me laissez partir.

Comment osait-il lui faire une telle proposition ! Pensait-il pouvoir la corrompre ?

— C'est non.

— D'accord ! cria-t-il, le regard fou de panique. Je vous donnerai tout. Tout ! hurla-t-il, si vous me laissez partir !

Pensez à tout ce que vous pourriez faire avec. Vous pourriez vivre comme une reine !

— Je n'ai jamais voulu être une reine, répondit-elle avec indifférence.

La pluie plaquait sur son corps la chemise qu'elle avait enfilée. Elle ne devait pas être très impressionnante.

— Je vous arrête pour le meurtre de Jefferson Wynters.

Il eut l'air totalement déboussolé.

— De qui parlez-vous ?

— De l'homme que vous connaissiez sous le nom de John Warren. Celui que vous avez tué pour pouvoir lui prendre l'argent qu'il avait dérobé.

À présent, Rawlings ressemblait à un animal pris au piège.

— Je ne l'ai pas tué ! protesta-t-il.

Elle n'allait pas discuter avec lui.

— Il était pourtant bien mort lorsque je l'ai vu.

Il respirait péniblement. Tout en parlant, il tenta de s'approcher d'elle.

— C'était un accident ! Il est tombé en arrière et sa tête a heurté une pierre !

— Et les blessures au couteau ? demanda Rae. C'était un accident, ça aussi ?

Visiblement, Rawlings savait qu'il n'avait plus rien à perdre. Il poussa un cri de bête blessée, baissa la tête, et se rua sur Rae avec l'énergie du désespoir.

L'attaque prit Rae par surprise. Elle en eut le souffle coupé et laissa tomber son arme à terre.

— Espèce d'idiote ! Tu ne pouvais pas me laisser tranquille, non ?

Il se retourna pour attraper l'arme.

21

Rawlings se saisit du pistolet. Il fit un pas en arrière et le pointa sur Rae.

Ses yeux brillaient d'un éclat malsain.

— Je pense qu'il est temps de se dire au...

Rawlings fut interrompu par des détonations, et poussa un hurlement : une balle lui avait transpercé l'épaule.

Il tomba à genoux. Tout tourbillonnait autour de lui alors qu'il essayait de comprendre ce qui venait de se passer, et qui avait tiré sur lui.

Il n'eut pas à se poser la question longtemps.

Gardant son arme pointée sur Rawlings, Sully s'approcha rapidement de Rae.

Elle se releva avec effort.

— Jamais je n'ai été aussi heureuse de te voir !

— Bon sang, à quoi pensais-tu en partant toute seule ! s'écria Sully sans quitter Rawlings du regard. Il aurait pu te tuer !

Le scénario de ce qui aurait pu se passer se déroulait dans sa tête.

— Je voulais l'empêcher de faire une autre victime, répliqua-t-elle pour se justifier.

— Mais tu devais attendre d'avoir des renforts ! Tu le savais, non ?

Elle fit une petite grimace.

— Et où sont tes renforts ?

Sully s'apprêtait à lui répondre lorsque Rawlings commença

à reculer, semblant espérer que Rae allait le distraire assez longtemps pour qu'il puisse s'échapper.

Sully fronça les sourcils.

— Si tu fais encore un pas, je te tire une balle dans les jambes... Et ensuite, je te montrerai ce qui arrive lorsque je me mets vraiment en colère !

— C'est bon, c'est bon, gémit Rawlings en levant les mains.

Rae poussa un soupir tremblant, s'efforçant de retrouver un peu de calme. La situation avait été critique et, pendant quelques instants, elle avait eu très peur.

— Comment m'as-tu retrouvée ? demanda-t-elle à Sully.

Il lui jeta un coup d'œil. Il aurait voulu la serrer dans ses bras, mais il fallait attendre que Rawlings soit définitivement hors d'état de nuire.

— J'ai suivi sa trace, comme toi.

Il reporta toute son attention sur Rawlings. Sortant de sa poche une paire de menottes, il lui ordonna :

— Mets les mains derrière le dos.

Lorsque Rawlings refusa de lui obéir, Sully lui tira les mains en arrière. En refermant les menottes sur ses poignets, il déclara :

— Jack Rawlings, vous êtes en état d'arrestation pour le meurtre de Jefferson Wynters, et tentatives de meurtre sur les adjoints Gabriel Rodriguez et Rachel Mulcahy.

— Je n'ai tué personne ! cria Rawlings, tentant vainement de se dégager.

— Je ne discute pas avec toi. Monte dans la voiture... À l'arrière.

Avec des gestes rapides, Sully l'attacha sur son siège.

— Installe-toi devant, dit-il à Rae.

Elle jeta un coup d'œil en direction de son cheval.

— Je vais rentrer sur Starlight..., commença-t-elle.

Il l'interrompit.

— Bien sûr ! Cette ordure t'a frappée à la tête. Je ne vais certainement pas prendre le risque que tu aies des étourdissements et que tu tombes de cheval !

— Mais je ne peux pas laisser Starlight ici ! protesta-t-elle.

— Nous allons attacher les rênes du cheval à l'arrière du pick-up. Ne t'inquiète pas, je conduirai doucement, ajouta-t-il pour la convaincre.

Il fit la grimace en commençant à charger dans son coffre les sacs emplis de billets qui se trouvaient dans le véhicule de Rawlings.

— Même si cette odeur me donne envie d'aller aussi vite que possible, reprit-t-il en fronçant le nez !

Une bouffée d'ammoniac brûla soudain les sinus et la gorge de Rae.

— Qu'est-ce que c'est ? s'exclama-t-elle avec un sursaut.

Au moment même où elle posait cette question, elle comprit.

Sully avait déjà la réponse. Il savait maintenant où Wynters avait dissimulé son butin, et pourquoi personne ne l'avait trouvé. L'odeur était caractéristique.

— L'argent était bien caché ! déclara-t-il en regardant son prisonnier, assis sur le siège arrière. Tu as surpris Wynters au moment où il récupérait ses sacs le soir de la fête, c'est ça ?

Ce n'était pas une question.

— C'était plutôt malin, concéda Sully. Personne n'a envie de plonger les mains dans du fumier s'il n'y est pas obligé !

Il devait bien reconnaître que Wynters avait été particulièrement habile.

Rae s'efforçait de ne prendre que de courtes inspirations.

— Malin, mais répugnant ! s'exclama-t-elle.

— Je ne te contredirai pas ! répliqua Sully en riant.

Il fixa les rênes de Starlight à l'arrière de son pick-up, et s'installa derrière le volant. Toutes les fenêtres du véhicule étaient ouvertes.

Le trajet allait tout de même leur sembler long, songea-t-il.

— Vous avez mis du temps à revenir ! s'exclama le shérif.

Il avait été alerté par le ronflement du moteur, et il était sorti de son bureau pour accueillir Sully, Rae, et leur prisonnier.

— J'allais justement partir à votre rencontre, ajouta-t-il. Je me disais qu'il avait dû arriver quelque chose.

— Rae s'était lancée à la poursuite de Rawlings à cheval, expliqua Sully en descendant du pick-up. Pour le retour, j'ai accroché les rênes de sa jument à la voiture, mais j'ai dû rouler doucement, expliqua-t-il.

— Hé, vous n'avez pas à vous excuser ! Surtout après avoir pincé celui qui a tué Wynters, répliqua Rick.

— Je peux sortir d'ici ? cria Rawlings. Cette odeur est insupportable !

Sully ouvrit la portière arrière et le fit descendre.

— En fait, c'était un travail d'équipe. C'est Rachel qui l'a attrapé. Je suis simplement venu en renfort.

Rae fut surprise que Sully présente les choses ainsi. Elle ne voulait pas qu'on lui attribue des mérites qui ne lui revenaient pas.

— Sully a fait bien plus que cela, shérif.

Mais Rick l'arrêta là.

— Il est très tard, et je n'ai pas envie de jouer les arbitres ! Nous verrons tout cela demain matin. Je veux seulement mettre ce type derrière les barreaux.

Malgré ses protestations, il conduisit Rawlings à l'intérieur. Il se dirigea avec lui vers l'arrière du bâtiment et l'enferma dans l'unique cellule de l'établissement, qui était très rarement occupée... Et lorsque c'était le cas, c'était pour qu'un ou deux ivrognes puissent y passer la nuit avant de retourner chez eux.

La porte se referma sur Rawlings.

— Comment va Gabe ? demanda Rae lorsque Rawlings fut derrière les barreaux, et l'argent en sécurité dans le coffre-fort du shérif.

Le shérif éclata de rire.

— Le médecin l'a soigné. Après quelques jours de repos, il sera encore plus en forme qu'avant ! Il a la tête dure. Il lui en faut plus qu'un coup de caillou pour l'abattre ! En parlant de médecin, ajouta Rick en regardant Rae avec attention, j'ai l'impression que les choses ne se sont pas passées aussi facilement que vous le dites pendant la confrontation avec Rawlings...

Rae écarta sa remarque d'un geste de la main.

— Je vais très bien.

Sully fit comme s'il ne l'avait pas entendue.

— Je vais l'emmener chez le médecin.

Rick hocha la tête.

— C'est ce que j'allais vous suggérer. Davenport vous attend dans son cabinet.

Prenant fermement la main de Rae dans la sienne, Sully la guida hors du bureau du shérif.

— À demain ! promit-il en sortant.

Il installa Rae dans son pick-up, et la conduisit au cabinet médical.

Lorsqu'il se fut garé, il sortit rapidement de son véhicule et le contourna pour aider Rae à en sortir. Il la prit dans ses bras et referma la portière avec son dos.

— Que fais-tu ? demanda-t-elle avec surprise.

Elle tenta mollement de se dégager, mais lorsqu'elle n'y parvint pas, elle se rendit compte qu'elle se sentait trop faible pour entrer seule dans le cabinet.

— Je m'entraîne.

— Tu t'entraînes ? Tu t'entraînes à quoi ?

Il sourit.

— Tu poses trop de questions !

Il monta les marches du perron et n'eut pas à frapper. Dan les attendait.

— Suivez-moi, leur dit-il.

Rae poursuivit leur conversation comme si elle ne s'était pas interrompue.

— Mais tu ne réponds jamais à mes questions ! insista-t-elle. C'est comme avec Rawlings : tu ne m'as pas expliqué comment tu avais réussi à le retrouver. Tu es un citadin : tu ne connais pas la nature, lui fit-elle remarquer.

Elle ne croyait pas un seul instant qu'il ait pu suivre sa trace.

— J'ai passé tous les étés à chasser avec mon grand-père.

Elle secoua la tête.

— J'ai du mal à t'imaginer en train de tirer sur des animaux !

— C'est parce que nous ne le faisions pas, répliqua-t-il. Nous nous contentions de les suivre. Une fois que nous les avions repérés, nous passions à autre chose. C'était les pister qui était excitant. Cela développe le sens de l'observation.

— Eh bien, je suis heureuse que tu l'aies développé. Sans cela, le médecin serait dans son lit en ce moment, en train de prendre un repos bien mérité, déclara-t-elle en se tournant vers Dan.

Il regarda Sully.

— Était-ce un remerciement masqué ou une critique ?

— Honnêtement, je serais bien incapable de le dire, répondit Sully en le suivant dans le couloir. Elle n'est pas toujours facile à comprendre.

— Je vous souhaite bon courage, répondit le médecin. Je n'y arrive toujours pas avec ma femme.

— Hé, j'ai été bousculée, mais je n'ai pas perdu l'audition !

— Nous tâcherons de nous en souvenir, repartit Dan. Pièce du fond, Sully.

— Je peux marcher ! protesta Rae.

— Je le sais, mais laisse-moi le plaisir de t'aider.

Il entra dans la salle et la déposa sur la table d'examen. Elle s'attendait à ce qu'il s'éloigne, mais il resta tout près d'elle. Craignait-il qu'elle ne s'enfuie ?

— Vous êtes à jour pour les rappels du tétanos ? lui demanda Dan.

Elle fronça les sourcils, essayant de se rappeler quand le dernier avait eu lieu.

Dan hocha la tête. Il avait sa réponse.

— Si vous êtes obligée de réfléchir aussi longtemps, la dernière injection est trop ancienne. Je vais faire un rappel. Il faut que j'aille chercher le vaccin dans l'autre salle, leur dit-il. Ne bougez pas, je reviens.

Avant de sortir de la pièce, il se retourna pour la mettre en garde :

— Restez bien tranquille, d'accord ?

Rae changea de position sur la table d'examen et Sully s'approcha d'elle.

— Tu as entendu ce que le médecin a dit.

— Ne t'inquiète pas, protesta-t-elle : je ne vais pas partir !

Prononcer ces mots lui rappela que lui, par contre, allait s'en aller, maintenant que Rawlings était sous les verrous. Elle sentit la tristesse l'envahir.

— Toi si.

Il fronça les sourcils comme s'il ne comprenait pas ce qu'elle voulait dire.

— Mais je suis là !

— Non. Je veux dire, partir de Forever. Maintenant que tu as terminé ton enquête, tu n'as plus aucune raison de rester.

Elle avait vu combien son attitude avait changé depuis qu'il essayait de retrouver l'assassin de Wynters. Il avait besoin de ce genre de défis. Et ce n'était pas à Forever qu'il pourrait les trouver. Il mourrait d'ennui s'il restait ici.

— Tu veux me chasser ? demanda Sully innocemment.

— Non, bien sûr que non.

Mais elle ne pouvait pas non plus l'enchaîner, songea-t-elle.

— Mais je sais reconnaître qu'une chose est terminée.

— Eh bien, mon père disait toujours que lorsqu'une porte se ferme une autre s'ouvre.

Elle le regardait, suspendue à ses lèvres.

— Je ne suis pas un génie en maths, mais il me semble qu'il te manque deux employés en ce moment.

Elle ne comprenait toujours pas ce qu'il voulait dire, et elle ne voulait surtout pas entretenir de faux espoirs, de peur d'être déçue.

— Wynters est mort, et Rawlings va être jugé pour meurtre. Donc, je dirais que ton calcul est bon, répondit-elle. Mais...

Avec patience, Sully reprit :

— Tu ne m'as pas dit que c'était une période très chargée pour toi ? Que c'était le moment où il fallait dresser les yearlings ?

Elle ne le quittait pas des yeux, cherchant à étouffer l'espoir qui s'éveillait en elle.

— C'est ce que j'ai dit, mais...

Sully fit semblant de rebondir sur le mot « mais ».

— Alors, tu n'as pas besoin d'aide.

— Bien sûr que si ! s'écria-t-elle. Mais...

Il ne la laissa pas poursuivre. Décidément, elle parlait trop.

— Alors je vais rester t'aider. À moins que tu ne le veuilles pas.

— Ce n'est pas que je ne veuille pas...

Il avait un métier et une famille qui l'attendaient.

— C'est que...

Sully l'interrompit.

— C'est décidé.

Il écarta une mèche de cheveux de son visage.

— Je vais rester.

Elle poussa un soupir agacé, et demanda :

— Tu vas me laisser terminer une phrase ?

Une lueur amusée s'alluma dans ses yeux.

— Ça dépend.

— De quoi ?

Cet homme voulait la rendre folle.

Alors qu'il était là, debout à côté d'elle, elle avait l'impression qu'il lui faisait l'amour rien qu'en la regardant.

— Si c'est quelque chose que j'ai envie d'entendre ou non, répondit-il.

Elle sentait le rire monter en elle. Mais elle tenta de le réprimer. Elle voulait attendre d'être seule avec lui.

— Décidément, tu es bizarre !

Sully éclata de rire.

— Je suis un Cavanaugh : c'est normal ! Et maintenant, arrête d'essayer de changer de sujet. Veux-tu que je reste t'aider jusqu'à ce que tu aies fini de dresser ces yearlings ?

— Bien sûr que oui !

Les yearlings de cette année, et tous ceux à venir !

— Mais ta famille a certainement envie de te voir, reprit-elle.

— Ma famille attendra. Je vais rester pour t'aider, et lorsque ça sera terminé... nous verrons.

— Je peux entrer ? demanda Dan, les regardant tour à tour.

— Bien sûr que oui ! s'exclama Sully. Je suis désolé. Je n'avais pas vu que vous attendiez.

— J'avais le sentiment qu'il s'agissait d'une de ces conversations qui peuvent changer le cours d'une vie, remarqua Dan en se lavant à nouveau les mains et en enfilant une paire de gants. Bon, dit-il en se retournant vers Rae, une seringue à la main, vous êtes prête ?

Elle glissa un regard vers Sully et, pour une fois, elle ne réprima pas le sourire qui lui vint aux lèvres.

— Je suis prête à tout !

Sully tenta de ne pas éclater de rire.

— Vous avez entendu, docteur, dit-il sans quitter Rae du regard.

— Alors, allons-y ! déclara Dan à sa patiente.

Elle croisa le regard de Sully et le soutint.

— Oui, allons-y, répéta-t-elle si doucement que seul Sully put l'entendre.

Épilogue

Rae avait l'impression qu'il y avait des Cavanaugh dans tous les coins et recoins de la vaste maison et du jardin où ils s'étaient rassemblés pour fêter le retour de Sully. C'était son oncle Andrew qui avait arrangé ces retrouvailles, lui avait dit Sully comme si cela allait de soi.

Et pour lui, c'était le cas, songea-t-elle. Elle n'avait jamais eu la chance de penser comme lui, car personne n'avait jamais organisé de fête en son honneur.

Ils étaient tous là...

Pour une seule personne...

Elle se sentait très intimidée à l'idée de rencontrer tout ce monde, mais quelques minutes seulement après son arrivée, ils avaient déjà réussi à la mettre à l'aise.

Grâce à leur chaleur, son appréhension s'évanouit rapidement, et elle commença à s'amuser.

À vrai dire, le temps fila, et elle en savoura chaque instant.

— Alors, qu'en dis-tu ? demanda Sully à Rae lorsqu'il réussit enfin à lui parler seul à seul, plusieurs heures après leur arrivée.

— Je pense que je n'ai jamais vu une famille aussi grande ! répondit-elle pensivement.

Sully éclata de rire.

— C'est certainement vrai ! Lorsque je suis parti, j'avais besoin de m'éloigner d'eux... Mais je suis tellement heureux de les retrouver !

Malgré elle, elle ne pouvait s'empêcher de sourire constamment... Sourire, et en même temps, ressentir un pincement d'envie.

— Si j'étais toi, jamais je ne serais partie !

— Ma famille n'était pas le problème, lui rappela Sully. C'était mon travail.

— Non. C'était l'enquête que tu venais de terminer, corrigea Rae. Et c'est du passé. Lorsque je t'ai vu à Forever essayer de percer le mystère de l'assassinat de Wynters, j'ai compris que tu avais ça dans le sang... Comme tous les Cavanaugh en fait, ajouta-t-elle avec un sourire, en promenant son regard sur tous ceux qui étaient autour d'elle.

Il y avait tant de visages qu'elle se sentit submergée.

— Comment fais-tu pour te souvenir de chacun de leur nom ? demanda-t-elle en essayant de se rappeler qui était le couple dans le coin là-bas, et en déclarant forfait.

— C'est vrai que cela nécessite un effort, admit-il. Mais surtout beaucoup d'affection.

Elle sourit en voyant Andrew déposer un léger baiser sur la joue de sa femme, Rose.

— Tu ne sais pas la chance que tu as, lui dit doucement Rae, continuant à dévisager la foule.

— Oh ! je crois que je le sais bien ! répliqua Sully sans la quitter des yeux.

— Cela va vraiment me manquer lorsque je rentrerai, déclara-t-elle avec chaleur.

— Alors, pourquoi ne resterais-tu pas un peu plus longtemps ? demanda Sully.

Il la regarda, le cœur gonflé d'espoir.

Elle aurait vraiment aimé, mais elle avait le sentiment qu'elle ne pouvait pas. Miss Joan comptait sur elle.

— J'ai demandé à Miss Joan une semaine de congé, et elle se termine. Je ne peux pas la laisser tomber.

— Peut-être qu'elle a une solution, et que tu ne la laisses pas tomber, remarqua Sully.

Elle le regarda avec étonnement.

— Que veux-tu dire ?

— Eh bien, j'ai parlé à Miss Joan, moi aussi, lui dit-il, commençant à aborder le sujet qui lui brûlait les lèvres. Je lui ai demandé si elle avait une autre solution.

— Une autre solution ? répéta Rae.

Elle ne voyait pas du tout ce qu'il voulait dire.

— De quelle autre solution parles-tu ?

Il entrelaça leurs doigts.

— Au cas où tu resterais ici plus longtemps qu'initialement prévu. Et elle a répondu oui, d'ailleurs.

— Elle a répondu oui..., répéta Rae, perplexe.

— Qu'elle avait une autre solution.

— Et en quoi consiste-elle ?

— Elle peut demander à Roy Washburn de revenir s'occuper du ranch. Il s'est très bien débrouillé lorsque nous étions occupés ailleurs, lui rappela-t-il, et Miss Joan pense qu'il rêve de gérer sa propre exploitation, sans avoir tout le temps son frère sur le dos.

— Alors, si je restais une semaine de plus, tout le monde serait d'accord ? demanda Rae d'une voix hésitante.

Sully eut un large sourire.

— Absolument.

— Et si je décidais de rester un mois ?

— Aussi ! répondit Sully encore plus chaleureusement.

Rae réfléchit à tout cela.

— Non, pas un mois, dit-elle, se parlant à elle-même.

Sully la regarda avec inquiétude.

— Et pourquoi pas ?

Elle pensait que la réponse était évidente.

— Je ne veux pas m'imposer. Tu commencerais à en avoir assez.

Le sourire de Sully devint carrément sexy.

— Oh ! non ! Dans cinquante ans peut-être, mais pas moins.

Rae éclata de rire.

— Tu plaisantes !

— Non, répondit sérieusement Sully, croisant son regard. Je ne plaisante pas.

— Que veux-tu dire ? demanda Rae, craignant de laisser son imagination s'emballer.

Il la regarda un long moment. Et, alors, il aurait pu jurer entendre la voix de Miss Joan dans sa tête : « Allons, petit, dis-lui ce que tu as dans le cœur. Tu lui dois bien cela. Elle ne le devinera pas toute seule, tu le sais bien ! »

Vous avez raison, comme toujours, Miss Joan, songea-t-il.

Prenant Rae par la main, il l'attira vers le seul coin de la maison qui n'était pas envahi de Cavanaugh.

— Ce que je veux dire, c'est que je ne veux pas que tu partes. J'avais une idée derrière la tête lorsque je t'ai demandé de venir ici avec moi, reconnut-il.

— Quelle idée ? s'enquit-elle, confuse.

— Je voulais voir comment tu réagirais en rencontrant ma famille... Voir si tu pourrais t'entendre avec eux, lui répondit-il avec honnêteté.

— Tu croyais que je pourrais ne pas les aimer ? demanda-t-elle, incrédule. Eux ? Lorsque j'étais petite, il n'y avait que mon père et moi. Je priais tout le temps pour qu'un jour une famille apparaisse comme par magie, une famille que mon père aurait oubliée. Mais ce n'était qu'un rêve, et il ne s'est pas réalisé. Ensuite, mon père est mort, et je me suis retrouvée seule. En rencontrant ta famille et en faisant semblant, juste pour un jour, d'en faire partie, c'était comme réaliser ce rêve.

Puis, repensant à ce qu'elle venait de lui avouer, elle secoua la tête.

— Tu dois penser que je suis folle !

— Non. Et tu n'as pas à faire semblant...

Elle se sentit rougir.

— Je sais. Pardonne-moi. Je n'aurais pas dû.

Elle tenta de se détourner, mais il lui prit les deux mains et la força à lui faire face.

— Parce qu'ils pourraient être ta famille... Si tu veux de moi.

Elle entendit les mots, mais ne les comprit pas. C'était trop beau pour être vrai. Elle devait avoir loupé quelque chose.

— Que dis-tu ?

— J'essaie maladroitement de faire une demande en mariage.

Il prit sa respiration, et se lança.

— Je ne suis pas très habile parce que je n'en ai jamais fait auparavant. Peut-être que si je m'entraîne...

Elle écarquilla les yeux et s'écria :

— Oui !

Il pensait qu'elle lui demandait d'essayer à nouveau.

— Bon, d'accord. Depuis que...

Elle secoua la tête. Il ne comprenait pas.

— Non !

Maintenant, il était complètement perdu.

— Alors, tu ne veux pas que je fasse une demande en mariage.

— Non.

Elle pressa la main sur sa poitrine comme si cela pouvait calmer les battements frénétiques de son cœur.

— Non, tu n'as pas à faire une autre demande en mariage, souffla-t-elle, parce que c'est oui !

— Tu acceptes parce que j'ai une grande famille ? demanda-t-il avec un immense sourire.

— J'accepte parce qu'à chaque fois que tu m'embrasses je ne pense plus à rien d'autre. Parce qu'avec toi je me sens aimée et en sécurité. Et parce que tu me donnes envie de te donner tout cela moi aussi.

— C'est déjà fait ! murmura-t-il en la prenant dans ses bras.

Jamais elle n'avait été aussi heureuse. Elle avait l'impression qu'elle ne pourrait plus jamais s'arrêter de sourire.

— Je suppose que je n'ai plus qu'à appeler Miss Joan pour lui annoncer que j'ai décidé de rester ici.

En la tenant toujours serrée dans ses bras, Sully, baissa la tête pour la regarder.

— Je pense qu'elle le sait déjà.

— Je me demande si elle aimerait me conduire à l'autel...

— Je crois qu'elle compte là-dessus !

Il voulait faire une annonce... Mais d'abord, pour une minute, il voulait garder Rae rien que pour lui.

Et c'est ce qu'il fit en approchant ses lèvres des siennes.